"性别视角下的中国文学与文化"丛书

乔以钢 主编

中国现代文学文化现象与性别

乔以钢 等著

南开大学出版社

图书在版编目(CIP)数据

中国现代文学文化现象与性别／乔以钢等著．—天津：南开大学出版社，2012.6

（性别视角下的中国文学与文化丛书）

ISBN 978-7-310-03882-4

Ⅰ.①中… Ⅱ.①乔… Ⅲ.①中国文学－现代文学－文学研究－文集 ②现代文化－中国－文集 ③妇女文学－文学研究－中国－现代－文集 Ⅳ.①I206.6-53 ②G122-53

中国版本图书馆 CIP 数据核字（2012）第 082538 号

版权所有　侵权必究

南开大学出版社出版发行

出版人：孙克强

地址：天津市南开区卫津路 94 号　邮政编码：300071

营销部电话：(022)23508339　23500755

营销部传真：(022)23508542　邮购部电话：(022)23502200

*

天津市蓟县宏图印务有限公司印刷

全国各地新华书店经销

*

2012 年 6 月第 1 版　2012 年 6 月第 1 次印刷

787×960 毫米　16 开本　35.5 印张　4 插页　439 千字

定价：58.00 元

如遇图书印装质量问题，请与本社营销部联系调换，电话：(022)23507125

教育部哲学社会科学研究重大课题攻关项目

总　序

乔以钢

　　这套丛书是教育部哲学社会科学研究重大攻关课题"性别视角下的中国文学与文化"的研究成果。

　　众所周知，性别与生俱来，但其之所以成为关系人类生存的根本性问题，浸润、影响于人类个体与群体的方方面面，则主要源于它同社会文化之间的密切关联。然而，由于种种原因，在很长的历史时期内，有关这方面的话题近乎讳莫如深。性别在人类物质生存和精神生活中产生的深刻影响被覆盖、被遮蔽。华夏文明演变进程中，两千多年的封建统治所形成的思想禁锢，更是使这种覆盖和遮蔽达到极致。其主要表现之一就在文学文化方面。正因为如此，从性别视角观照文学文化，具有重要的学术价值和实践意义。

一

　　20世纪下半叶以来，在世界范围内，性别问题逐渐成为文化研究的热点。国外不少学者结合女性主义理论、现代性社会理论以及后殖民主义理论等，对后工业社会的文学文化进行解读。1988年，E. Honing & G. Hershatter编写了 *Personal Voices: Chinese Women in the 1980's* 一书，主题是20世纪80年代中国女性的成长。书中应用大量小说、报纸、杂志等材料,反映社会意识和大众文化生活。90年代,在女性文学文化研究方面颇有影响的两部著作——Dorothy Ko 的 *Teachers of the Inner Chambers: Women and Culture in Seventeenth-Century China* 和 Susan Mann 的 *Precious Records: Women in China's Long Eighteenth Century*[①],运用女性书写的材料,就明清时期的文学出版与女性主体、社会观念等方面的关系展开考察。其基本思路的共同点,一是重视从女性本身的作品出发探讨性别的历史,努力寻找女性自己的声音;二是以中国文化为中心,通过解读文本考察女性生存的多样性。

在国内,80年代以降,文学领域的性别研究稳步推进,相关成果进一步积累。其间,国外性别理论的译介起到重要的推动作用。近十多年来,女性译介者数量增加。不少人拥有在国内外不同文化背景和现实环境中求学或访学的经历,在切身体察中华文化传统和现实性别生存状况的同时,对世界范围内性别研究的趋势有了更多的了解。一些学人在有选择地译介国外相关成果时,融入了对本土性别问题的思考;既指出国外性别理论的积极意义,也就其自身存在的缺陷以及在本土实践中引发的困惑进行了反思。

更多的研究者在吸收借鉴国外研究成果的同时,结合本土实际,从性别角度出发,展开对中华民族文学文化传统和现实的探讨。这一探讨实际上涉及更为深邃的人类文明史。在研究过程中,人们尝试选取了多种路径。例如,将思想史、文化史与女性文学成长过程的探询紧密结合;在建构女性文学的历史叙述时,注意在开阔的视野中体认女性文学的现代传统;通过创作活动及文学文本的深入解读,生发出

---

① 两书的中译本2005年由江苏人民出版社出版,分别为:[美]高彦颐:《闺塾师:明末清初的才女文化》,李志生译;[美]曼素思:《缀珍录:18世纪及其前后的中国妇女》,定宜庄、颜宜葳译。

对具有一定代表性的文学文化现象的学术新见；如此等等。一些研究者深入分析中华民族悠久思想文化传统中所蕴涵的性别观念，开掘华夏文化传统有关性别问题的多样思考，对本土理论资源在性别诗学建设中的功能和意义给予了必要的重视。新启蒙主义、女权/女性主义理论以及马克思主义女性话语在中国女性文学批评实践中产生的影响，其间的复杂状况及其得失等问题，也受到研究者的自觉关注。

在具体研究中，近年来以下方面所取得的进展比较突出：结合历史和现实剖析性别化的民族、国家话语；揭示以往文学批评在对文化与历史的再现进行评论时所呈现的性别盲点；从性别角度对文学创作的主旨、形象、叙述方式以及语言等进行分析；对国内学界的性别研究实践进行理性审视等。有研究者指出，学术界在经历了"寻找"和"发现"女性创作主体的阶段、以女性的经验和语言为中心的文本分析阶段之后，正在进入多焦点的、强调性别平衡的学术观阶段[①]。这样的阶段意味着，研究者更倾向于以一种"涵盖的视野"考虑两性复杂的经验，认识这种经验是在社会性别与种族、族裔、阶级、性倾向、年龄等多重因素的相互作用中产生的，从而避免在性别问题的讨论中陷于狭隘和偏执。

毋庸讳言，迄今为止，有关方面的研究虽然取得了一定的成绩，但还存在许多不足。比如，多年来对性别与文学关联性探讨的重点主要是现当代女作家创作，特别是其中女性意识浓郁或持比较鲜明的女性立场的作家作品，而对古往今来更为广泛的富于性别文化意味的文学现象则缺乏系统深入的研究。又如，许多时候，研究者在进行性别分析的过程中，自觉不自觉地将男女两性想象为二元对立的本质化的群体，片面解读女性的社会历史处境，忽视了性别内部的差异以及各种

---

① 周颜玲：《有关妇女、性和社会性别的话语》，见王政、杜芳琴主编：《社会性别研究选译》，三联书店，1998年。

因素的相互缠绕,从而将原本复杂的问题大大简单化了,于是无论在学理上抑或实践上,其有效性都不免大打折扣。此外,相关文学批评在强调和突出"性别政治"的同时,对文学创作的艺术品性往往缺乏应有的审美观照,也是一个比较明显的弱点。

可以说,在整个文学领域,性别研究目前总体上仍处于初步发展阶段,性别视角在文艺学建设和性别文化构建方面的积极作用尚未得到充分的发挥,体系相对完整的性别诗学建构以及多种研究方法的有效整合还有待于艰苦的实践。正是基于这样的状况,本丛书希望在力所能及的范围内有所作为。

二

本丛书的总体目标是:在全面探讨古今文学领域性别因素的体现与影响的基础上,适当扩展至更为宽广的文化领域,揭示华夏文化与文学中关乎性别问题的优良传统以及在现代观念衡量下的缺陷,校正因性别偏见造成的史实偏离,克服因视角局限产生的视域盲点,并提出相关的理论原则与方法论方面的观点,以期在学术上将该领域的研究提高到一个新的水平,在实践上为当下我国的相关创作、欣赏、批评提供理论参考,从而促进理性的性别和谐观念在社会上的良性发展。

丛书本着尊重事实、不走偏锋、重视文化传统、体现时代精神的指导思想,主要围绕以下问题进行探询:

第一,从性别视角出发,审视中国古代文学及文化传统。中国传统的性别观念是一个复杂的系统,并非"男尊女卑"可以完全概括。在这一占主导地位的性别观念之外,无疑还有其他方面的影响值得关注。例如,周易的阴阳互转思维、道家的柔弱胜刚强观念、佛家的"不二"法门和民间的多元性别观等。而性别观念、性别意识在文学中的表现更是多样纷呈,有待开掘、梳理与评说。丛书结合具体考察对象对传统文学文化进行性别分析,意在为全面认识中华民族的文学文化传统打开新的思路。

第二,考察文学现代性生成过程中性别因素的多样表现,对各种文学文化现象进行性别分析。特定历史时期思想文化的转型和激变一定程度上带来社会性别观念的变化,这种变化对社会文化和文学创作产生了深刻影响,其间有着复杂的内在机制。为此,丛书深入探究现代女性写作的发生,考察现代文学的性别主体建构,剖析现代文学家庭书写的性别内涵以及国族话语与现代文学女性想象之间的深刻联系,藉以从性别角度加深对近代以来一百多年来文学文化转型、蜕变的动态进程的认识。

第三,对中国妇女/女性文学史书写进行反思。近百年来的妇女/女性文学史书写实践,是现代观念史和文化史的重要组成部分。丛书综合多种因素,分析性别观念、性别意识在选择标准、评价尺度以及具体论述等方面对妇女/女性文学史书写产生的影响,考其内涵,辨其得失,尝试探询未来包含"性别"与"超性别"视角的文学史书写形态之可能。

第四,在性别视野中对文学语言进行深入研究,探察文学文本呈现的特定语言形态与性别文化之间的有机联系,从语言这一重要方面深化对文学本体与性别之间关系的理解。

第五,考察性别研究的理论背景,剖析性别理论与其他当代理论思潮之间的复杂纠葛,阐明性别理论开放性、包容性、多元性的内在特质,把握其在当代文论中的历史维度。通过分析中西方理论视野和语境的差异,勾勒、描述中国本土的性别研究和理论批评视野,探讨现代性别理论的合理建构。

丛书借鉴了女性主义批评以及社会学、历史学、文化学、心理学等学科的理论方法。在此过程中,力求充分考虑到性别问题的本土特征及其复杂性,体现对当代问题的关注以及真诚的人文关怀,努力追求理论与文学文化实际相结合,文学文化实际与理论相融汇、相说明。

三

这套丛书的出版历经多年,是跨地区、跨高校的学术团队倾力合作的结果。

2006年春,"性别视角下的中国文学与文化"重大课题完成开题工作。按照有关要求,我们以南开大学的科研力量为基础,搭建了团结协作共同攻关的学术平台。其间,特别邀请了数位兄弟院校的学者主持部分子课题的研究。河南大学刘思谦教授、陕西师范大学屈雅君教授、厦门大学林丹娅教授、北京语言大学李玲教授等知名学者,对这项事业给予了热情的支持。她们以自己多年从事本领域研究的丰厚积累投入工作,为项目的完成付出了辛勤的劳动。大家相互信赖,真诚合作,体现出深厚的情谊。各位学者的参与,对丰富课题的研究内容,保证丛书的学术质量,起到了重要作用。此外,部分子课题的研究吸收了若干位高校博士生参与。

而今丛书问世之际,我们希望这项研究在以下几方面有所建树:

一是通过去除历史文化中的遮蔽,更为全面、深入地认识民族文化传统和文学发展演变的方方面面,开掘中国文学的丰厚内涵。从性别视角进行审视,指的是在对文学、文化现象的学术观照中发现其中所表现或隐含的性别观念、性别意识,具体考察和分析这种观念、意识产生的影响。实际上,由于性别的对待是人类社会最基本的一对关系,每个人概莫能外,所以,人类的文学/文化活动不可避免地带有一定的性别立场和性别色彩,只是这种立场和色彩如果与居于社会主导地位的价值观念同一向度,往往就会隐涵而不彰。所谓去除历史文化的遮蔽,就是要尽量还原特定意义上的性别文化真相,通过"性别"这一认识人类生命活动的新维度,启发我们对人类文明进程的批判性反思，促进先进性别文化的建设。

二是通过对文学文化现象及文学文本进行分析，丰富文学批评的视角，推动文学理论特别是具有中国本土特色的性别诗学的建设，使文学批评的开展更趋多元。半个多世纪以来，女性主义的文学批评在世界范围内发展迅速，性别理论也在其推动下得到长足发展。近二十年来，国内的女性主义文学批评实践有了一定的积累，理论研究也初见成效，但受种种因素的制约，迄今还难以形成相对成熟的体系。在这样的背景下，我们力图通过这一系列性的研究，为建设具有民族特色的性别理论提供较为丰厚的材料资源，尽己所能推进本土性别诗学的建设。

三是为当代文艺创作、评论提供借鉴，促进先进性别观念的塑造和传播。毫无疑问，社会的精神文明建设离不开先进的性别理念。而事实上，传统性别观念根深蒂固，当代文艺创作中腐朽性别观念的影响大量存在。各类文艺作品在性别观念的塑造和传播方面所起的作用不容小觑。我们渴望通过自己的工作，促进学界对性别问题的关注和重视，为社会性别观念的更新发挥积极作用。

附带说明，本套丛书之外，还有一批同属于这一重大课题的学术成果，近年来陆续以论文的形式刊发在多种学术期刊上。其中《南开学报》自2006年以来设立的"性别视角下的中国文学与文化"专栏，集中刊载相关方面的研究论文，迄今已逾50篇。部分文章发表后被《新华文摘》《中国社会科学文摘》等刊物转载，产生了良好的社会反响。

我们深知，丛书的出版并不意味着研究工作的终结。"性别视角下的中国文学与文化"作为一个具有特定内涵和学术指向的研究命题，有待于在今后的实践中持续关注，深入思考。我们将为之付出不懈的努力。

目　录

总　序 ……………………………………… 乔以钢(1)

"女国民"的兴起：近代中国女性主体身份与文学实践
　　………………………………… 乔以钢　刘　堃(1)
晚清末期的文学行旅与女性形象 ……………… 林　晨(15)
晚清的女性教化与女性想象——以《孽海花》为中心 …… 刘　堃(30)
女学生：民族国家视域下的新妇女想象 ………… 张　莉(44)
早期鸳鸯蝴蝶派与中国女性小说创作的发生
　　………………………………… 宋声泉　马勤勤(65)
性别视野中的现代中国新诗 …………… 罗振亚　卢　桢(87)
"延安道路"中的性别问题——阶级与性别议题的历史思考
　　………………………………………… 贺桂梅(102)
因性而别：中国现代文学中的家庭冲突书写 …… 陈千里(118)
日常化情欲的指归——论早期新海派文本的题旨转换
　　………………………………… 乔以钢　孙　琳(140)
被阅读、被阐释、被经典——论第一代女作家的"浮出历史地表"
　　………………………………………… 张　莉(151)
论新感觉派文本的"尤物叙事" ……………… 孙　琳(169)
"打破恋爱梦"——现代女作家"革命减爱情"文学书写探微
　　………………………………………… 张凌江(181)
扭曲的母神——现代女作家"拒绝母职"的革命书写探微
　　………………………………………… 张凌江(195)

可贵的现场反思——20世纪40年代初延安文学中的"革命婚恋"
………………………………………………………… 李　振(213)

    *　　　　*　　　　*

当代女性主义诗歌论 ………………………… 罗振亚(224)
三个文艺女性，一场时代爱情——重读《爱,是不能忘记的》、
《一个人的战争》、《我爱比尔》………………… 张　莉(240)
论"文革"叙事的性别化表述——以铁凝、王安忆创作为中心
………………………………………………………… 刘　堃(253)
少数民族传统伦理与多样化的性别生态——当代新疆少数民族
文学的性别书写 …………………………………… 王志萍(270)
蒙古族生态叙事的民族认同与女性想象 ………… 包天花(287)
爱情诗歌 何以经典——以林子《给他》为例
　　　　　　　　　　　　　　　　　乔以钢　罗　麒(299)
"新生代"小说个人话语的性别探析 ……………… 傅建芬(310)
论当代女性小说中的流产叙事 …………………… 何宇温(332)
近三十年"城乡交叉地带叙事"中的"新才子佳人模式"——
以《人生》、《高老庄》、《风雅颂》为中心的考察 …………
　　　　　　　　　　　　　　　　　乔以钢　李彦文(355)
婚恋观念与20世纪90年代的小说叙事 ………… 王　宁(372)
招魂、分裂与质询——新世纪乡土文学叙事中的"好女人"书写
………………………………………………………… 李彦文(391)
当身体不再成为"武器"——"80后"部分女作家身体书写初探
　　　　　　　　　　　　　　　　　乔以钢　李　振(406)

    *　　　　*　　　　*

当代女性文学批评的一个历史轮廓 ……………… 贺桂梅(415)
世纪之交中国女性文学研究的新进展 …………… 乔以钢(448)
20世纪80年代女性文学批评中的身体想象……… 陈　宁(472)

性别视野中的"小女人散文"批评话语 ……… 乔以钢　李　萱(490)

论生态女性主义批评及其本土实践 ………… 乔以钢　李晓丽(500)

舒芜的妇女观及其性别文化批评 …………… 乔以钢　李　玲(514)

问题与挑战:女性文学学科建设之思 ………………… 乔以钢(540)

后　记 ……………………………………………………………(551)

"女国民"的兴起：近代中国女性主体身份与文学实践

乔以钢 刘 堃

近代中国与西方列强的交往，迫使知识分子不得不以西方"民族国家"概念来重构"国家"的理念和个人与国家的关系。这一思想界的重大变化，对女性的历史地位构成巨大冲击。此前，传统中国的女性几乎没有独立的个体身份，所谓在家从父，既嫁从夫，夫死从子；她们更无法以主体身份与"国家"之间建立联系[①]。而近代中国思想界对"国民—国家"关系的建构，个体国民身份在政治话语中的确立，为近代女性谋求新的身份认同开拓了话语空间和政治空间。一些先进女性也正是在这种话语空间和政治空间中确立了独立的个体身份——女国民[②]。由此，女性以被赋予的国民权利和国民责任为名，重新进入历史，而这也奠定了此后百年女性与民族国家关系的基本模式。

一、责任先于权利：女性被国家"征召"的前提

对于"女国民"身份内涵的理解，从维新时期到辛亥革命时期，男

[①] 似乎可以作为反例的"木兰从军"，也是花木兰因不忍老病的父亲再上疆场而"替父出征"，在"孝"的伦理框架之内才得以冒用了父亲的身份从而参加战争，而古代历史上后妃参政、主政都被比喻为"牝鸡司晨"，因为不符合传统政治伦理而被主流历史记载所贬斥。

[②] 参见宋少鹏：《民族国家观念的建构与女性个体国民身份确立》，《妇女研究论丛》2005年第6期。

性精英和女性先觉者们既有一致也有分歧。维新时期，男性思想精英以民族国家为本位，提出戒缠足、兴女学的妇女解放思想主张，是为了"张女子之用"，以实现救亡图存、强国保种的功利目的。张之洞感叹中华两万万妇女因为缠足而"废为闲民谬民"，只能坐而衣食，"不能直立，不任负载，不利走趋，所作之工，五不当一"，就是从国权的维护以及国富的角度来审视女性的身体价值[1]。康有为上书请禁裹足，也是基于"欧美之人，体直气壮，为其母不裹足，传种易强也。回观吾国之民……为其母裹足，故传种易弱也"[2]的逻辑推理。黄鹄生指出妇女缠足的弊端，在于"皆成废疾，不能教子佐夫，而为之夫子者亦只可毕生厮守，宛转牵连，无复有四方之志……是缠足一事，到天下妇女之足者患犹小，丧天下男子志者患无穷也"[3]。这种忧惧妇女缠足可能导致弱国弱种，并有碍男性生产力发挥的论调，显然并非从女性的身体权益着眼，也不是出于美学标准的反省，而是以民族国家的兴亡作为唯一的考量尺度，功利目的和政治计算才是这场运动的核心[4]。

女学的倡兴反映了同样的逻辑。梁启超的《论女学》提出"治天下之大本二：曰正人心；广人才。而二者之本，必自蒙养始；蒙养之本，必自母教始；母教之本，必自妇学始。故妇学实天下存亡强弱之大原也"。作者对女学的提倡出于"母教"之用，以此"智民"进而"兴国"。同时，他还以务实求用的标准区分了两种不同的女学：深藏闺阁、侍弄文字的女性"终身未尝见一通人，履一都会，独学无友，孤陋寡闻，以此

---

[1] 张之洞：《张尚书不缠足会叙》，引自张玉法、李又宁编：《近代中国女权运动史料》（下册），传记文学出版社，1975年，第847页。

[2] 康有为：《请禁妇女裹足折》，引自张玉法、李又宁编：《近代中国女权运动史料》（上册），传记文学出版社，1975年，第509页。

[3] 黄鹄生：《中国缠足一病实阻自强之机并肇将来不测祸说》，载《时务报》第35册，1897年8月8日。

[4] 参见黄金麟：《历史、身体、国家：近代中国的身体形成》，新星出版社，2006年，第40～41页。

"女国民"的兴起:近代中国女性主体身份与文学实践

从事于批风抹月、拈花弄草之学","本不能目之为学";真正可以称之为"学"的东西,必须能够"内之以拓其心胸,外之以助其生计"①。讲求实学、以期致用是这位维新思想家倡兴女学的唯一宗旨。这种将国家命运关联于妇女的实用知识技能及其所具有的生产力的议论,打破了"女子无才便是德"的封建意识的钳制,同时也使女性的存在价值工具化。这显然是一个特定历史情境的产物,它不单反映了国际竞争形势在当时给中国造成的极大压力,同时也揭示了"国权"逾越"父权"而直接对女性进行询唤与征召的历史进程。

在性别观念层面,鼓吹社会改革的精英男性把通过废缠足、兴女学来改造传统女性作为拯救国家危亡的途径,其深层隐藏着的另一层含义是传统的"女祸论"——把国家衰弱的责任推给羸弱、愚昧的无用女子。在此,传统中国女性的形象作为象征性符号,类比于传统中国的国家形象:裹着小脚的传统中国女性不再轻盈美丽,而成为羸弱的象征;无智无识的传统女性形象对应落后的、不开化的国家形象。

这样的立场,也为当时的女性先觉者所遵循。胡彬夏在《论中国之衰弱女子不得辞其罪》中呼吁:"夫二万万女子,居国民全数之半者,殆残疾无用,愚陋无知,焉能尽国民之责任,尽国家义务乎?……自今而后,凡我女子,苟人人以中国之患难为己之患难,中国之腐败为我之腐败,抱此思想,达其目的,则中国兴如反掌耳!"②香山女士刘瑞平在《敬告二万万同胞姊妹》篇首坦陈:"呜呼,同胞同胞,中国亡矣,汉种奴矣……吾不暇责专制之君主……吾惟痛哭流涕而责我有责任有义务之国民……吾今敢为一言告我诸姐妹曰:今日国亡种奴之故,非他人之责,而实我与诸君之罪也。"篇尾"则请与诸君约:誓须独立,誓尽义

---

① 梁启超:《论女学》,载《时务报》第25册,1897年5月2日。
② 全国妇联妇女运动历史研究室编:《中国近代妇女运动历史资料(1840—1918)》,中国妇女出版社,1991年,第223页。

3

务,为国家吐气,为种族雪耻"①。这种把国家积贫积弱的罪责单方面归于女性一方的论调,一方面体现出男性主流话语对女性思想观念的决定性影响,另一方面确也反映了女性希望通过承担国家责任来获得国民主体身份的急迫心情。在这样的思想前提下,同样承担"国民"责任的女性与男性之间的关系是平等的,"女国民"与国家之间的关系是紧密而没有矛盾的。而以女性权利为本位思考、较为全面展开"女国民"内涵的思想,则发生在"女权"概念的传播与成熟之后。

二、从"天赋人权"、"男女平权"到"权责并举":"女国民"内涵的全面展开

从1902年起,"女权"变成了妇女解放论的口号。倡导女权的男性知识分子以马君武和金天翮为代表。马君武在译介西方近代自由平等学说的过程中,较早关注了男女平权思想。1902至1903年,他翻译了英国社会学家斯宾塞的《女权篇》,并译述了英国哲学家穆勒(即其所译弥勒约翰)的《女人压制论》和西欧社会民主党《女权宣言书》中关于男女享有平等权利的思想主张。斯宾塞《女权篇》开首即云"公理固无男女之别也",认为人类不分男女,均享有平等之自由,"男女同权者,自然之真理"。根据"天赋人权"的理念,女人当与男人同样享有参政权,所谓"与妇人以政权,乃自第一感情(指自然——引者注)而生,因人生当依平等自由之天则,以获人类之最大幸福,故不得不尔,固非第二感情(指习惯——引者注)之所能夺也"②。马君武把男女平权与民主共和相提并论,认为欧洲之所以能够进入近代文明社会,

---

① 全国妇联妇女运动历史研究室编:《中国近代妇女运动历史资料(1840—1918)》,中国妇女出版社,1991年,第223页。
② 马君武:《斯宾塞女权篇》,莫世祥编:《马君武集》,华中师范大学出版社,1991年,第16、17、26页。

"女国民"的兴起:近代中国女性主体身份与文学实践

是因为经历了"君民间之革命"与"男女间之革命"这两大革命,要改变"人民为君主之奴仆,女人为男人之奴仆"的专制国家状况,"必自革命始,必自革命以致其国中之人,若男人、若女人,皆有同等之公权始"①。这一论点把"天赋人权"逻辑内的"男女平权"与政治文明的程度隐然联系起来。

稍后,金天翮著《女界钟》于1903年8月在上海刊行。这是中国妇女思想史上最早的一本全面系统阐述女权革命理论的著作,一经出版即在知识界引起极大震动,其理论观点频频被以后的妇女解放论者所引用。《女界钟》引述的西方近代思想资源主要也是斯宾塞、穆勒等人由"天赋人权"引申出的"男女平权"的思想主张,但它同时针对本土妇女的现状提出了很多开创性的见解。首先,作者主张民权②与女权密不可分:"十八、十九世纪之世界为君权革命之时代,二十世纪之世界为女权革命之时代"③。他明确指出了"民权"和"女权"的延续性:西方国家首先发生民权革命,接着才发生女权运动;中国的民权革命既未实现,遑论女权革命,所以"两大革命之来龙,交叉以入于中国"④。因此,在中国的革命目标中,"民权与女权如蝉联跗萼而生不可遏抑也"⑤。其次,他称妇女为"国民之母",身担养成国民品性的重责;同时,国家兴亡,不仅匹夫有责,"匹妇亦有与责"。他把这种责任称为女

---

① 马君武:《弥勒约翰之学说》,莫世祥编:《马君武集》,华中师范大学出版社,1991年,第142~145页。
② 据日本学者须藤瑞代考证,在近代启蒙语境下,"民权"概念是指国民之公权即参与国事的权利,而"人权"概念是指人生来就拥有的权利,包含男女平等、言论自由等含义。参见《近代中国的女权概念》,《山西师范大学学报》,2005年第1期。而在时人的论述中,这两个概念的边界较为模糊,尤其在论述女权问题时,论者时常把两者兼而论之,统统纳入女权的辨析之中。
③ 金天翮:《女界钟》,第六节,上海古籍出版社据大同书局1903年刊行本重新标点简体字版,2003年,第46页。下引《女界钟》均出自此版本。
④ 《女界钟》,第六节,第46页。
⑤ 《女界钟》,第一节,第4页。

5

子"爱国与救世"的"公德"。与"公德"相比,守身如玉、相夫教子的"私德"则具有等而下的价值①。作为国民的"匹夫"、"匹妇",在对国家负有救亡责任这一点上是完全平等的。这种观点既包含男女平权的思想,又对"女国民"概念及其意识的形成具有奠基作用,可谓风行一时。《女报》、《神州女报》等均曾屡加引用,在辛亥革命时期,激励着成百上千的妇女肩负起救国重任。第三,他特别重视女子参政权利,认为20世纪女权问题之核心就是女子参预政治。但在满清专政下,男子尚不能干政,何况女子?所以他鼓励女子从事革命:"女子亦知中国为专制君主之国乎?夫专制之国无女权,女子所隐恫也。……夫议政者,固兼有监督政府与组织政府之两大职任者也。然而希监督政府而不得,何妨退而为要求;愿组织政府而无才,则不妨先之以破坏。要求而绍介,则吾男子应尽之义务也;破坏而建设,乃吾男子与女子共和之义务也。"②金天翮的洞见在于发现女权的对立面并不仅仅是男权,而更是专制主义的政权;女性必须和男性一起革命,打破专制制度,在一个更为合理的民主共和国框架下,才有可能谋求政治权利。这种振聋发聩的议论唤醒了很多妇女解放的理论家与实践者,也催生或呼应了许多秋瑾式的女革命者。

总之,马、金两位的论述有共同之处:第一,他们所说的"女权"都包含"天赋人权"和"男女平等"思想;第二,他们主张"民权"与"女权"密不可分,甚至在民主政治的框架下女性参政就是"女权"的应有之义;只有争取参政权利,女性才能贡献作为国民的责任,从而承担起国家富强的重任。这一女权论述的内在理路是:王朝国家的合法性来自君权神授,国家属于神授的君主,民众只是被统治的客体,对国家权力无所有权,对国家事务无发言权,自然无权利可言;而由"国民"组成的

---

① 《女界钟》,第二节,第6~12页。
② 《女界钟》,第七节,第56、65页。

"女国民"的兴起:近代中国女性主体身份与文学实践

国家,其合法性来自国民,国民对这个国家享有所有权,所以也对国家享有责任和义务。女性在与男性"同担责任、同尽义务"之后,就获得了与男性同样的"国民"身份①。这是近代女权运动一个重要的思想资源和论证女权正当性的基础。

对于男性启蒙者的"女权"言说,当时的女性思想家既有赞同呼应的一面,也有基于女性独立意识和性别自省的别异洞见。《女学报》的创始人和主笔陈撷芬②以国家的"公共性"作为女权伸张的空间。她在《女界之可危》中称:"吾中国之人数也,共四万万,男女各居其半。国为公共,地土为公共,患难为公共,权利为公共。……国既为公共,宁能让彼男子独尽义务,而我女界漠不问耶?"③然而,当"公共性"④还没有在国家/社会关系这个充满张力的领域中明确履行政治功能的时候,女权特别是女子参政权的实现,恐怕还不具备充分的现实可能性。尽管男性精英为此大声疾呼,但他们往往陶醉于启蒙主义的思想激情,止步于现实政治的改革与斗争。而如果女性仅仅满足于跟在男性启蒙者身后挥舞几下旗帜,对"女权"没有身体力行的理解与实践,或者干脆企望从男性手中接过现成的"女权",那么女权的伸张将只能是

---

① 参见宋少鹏:《民族国家观念的建构与女性个体国民身份确立》,《妇女研究论丛》2005年第6期。
② 陈撷芬是《苏报》负责人陈范之女,1899年在上海编辑随《苏报》附送的《女报》,即《苏报》妇女版,1902年5月她将《女报》改为独立月刊,更名为《女学报》。冯自由所撰《革命逸史》称之为"开吾国革命教育宣传事业之先河",参见王绯:《空前之迹:中国妇女思想与文学发展史论(1851—1930)》,商务印书馆,2004年,第215页。
③ 陈撷芬:《女界之可危》,《中国日报》1904年4月26日。引自全国妇联妇女运动历史研究室编:《中国近代妇女运动历史资料(1840—1918)》,中国妇女出版社,1991年,第203页。
④ 陈撷芬所说的"公共性"显然不具有哈贝马斯"公共性/公域/公共空间"概念的理论内涵,但她至少敏感意识到,在国家权力和个人权利的紧张关系之间,存在着一种可以以"公共性"命名的博弈途径。参见[德]哈贝马斯《公域的结构性变化》一文,见邓正来、[英]J.C.亚历山大编:《国家与市民社会——一种社会理论的研究途径》,中央编译出版社,2005年,第121~155页。

空想。

　　身为女性的陈撷芬对男性精英所进行的"女权"动员,有着难能可贵的警惕和反思。她认识到女权主要由男性提倡,女性靠男性赠与权利,则女性永远无法摆脱依附于男性的命运。在《独立篇》中,她说:"即有以兴女学、复女权为志者,亦必以提倡望之于男子。无论彼男子之无暇专此也,就其暇焉,恐仍为便于男子之女学而已,仍为便于男子之女权而已,未必其为女子设身也……呜呼,吾再思之,吾三思之,殆非独立不可!"①她认为男性对"女权"的设计往往从男性自身的利益和目的出发,不会真正为女性设身处地着想,因此女性必须提出自己的女权观,并且不应由男性越俎代庖,而应独立地争取权利。这种启悟使陈撷芬在《女界之可危》中表达了她运思深入的女权观:"我辈数千年为彼奴隶,岂至今日时尚昏然不知,再欲随男子后,而作异族奴隶之奴隶耶?"②她眼中的"女权",包括了女性对男性要求权利的运动、汉人对满清要求权利的运动以及作为"中国"对西方列强要求权利的运动。

　　在女界,更多的讨论集中在对男性精英所倡导的"国民之母"观念进行辨析并对"国民之母"与"女国民"的关系进行反思方面。诗人兼教育家吕碧城时任天津北洋女子公学总教习,她在《论某督札幼稚园公文》③中对女子入学后只教其如何做"乳媪及保姆"提出批评:"女子者,国民之母也,安敢辞教子之责任;若谓除此之外,则女子之义务为已尽,则失之过甚矣。殊不知女子亦国家之一分子,即当尽国民义务,担国家之责任,具政治之思想,享公共之权利";进而明确表示,"我高

---

① 陈撷芬:《独立篇》,《女学报》第二年第一期,1902年,引自全国妇联妇女运动历史研究室编:《中国近代妇女运动历史资料(1840—1918)》,中国妇女出版社,1991年,第245页。
② 陈撷芬:《女界之可危》,《中国日报》1904年4月26日。引自全国妇联妇女运动历史研究室编:《中国近代妇女运动历史资料(1840—1918)》,中国妇女出版社,1991年,第203页。
③ 吕碧城:《论某督札幼稚园公文》,载《女子世界》第9期,1904年9月10日。

"女国民"的兴起：近代中国女性主体身份与文学实践

尚独立之女国民"是不会甘心只做服役幼儿的乳媪保姆的，这类"乳媪学堂"绝不是培养国民之学堂，而是"制造奴隶之学堂"。"且为奴隶则亦已耳，何必建一学堂使人学习方出为奴隶耶？"与此同时，她大力倡导"欧美女子之教育"，反对"女子只应治理家政，不宜与外事，故只授以应用之技艺"的女学宗旨，认为这不过是"造成高等奴隶斯已耳"①。秋瑾在《中国女报》上撰文，同样激烈批判当时的女子教育之结果——"不过养成多数高等之奴隶耳"。她进一步说："吾亦尝闻诸侈谈女学之言矣……提倡女学使能自立，无为大好男儿累。咄咄，女界之振兴，果尽于是耶？苟若此，则贤内助之资格，于彼男子诚利矣，与吾女界何！与吾祖国何！"②

吕碧城、秋瑾敏锐地意识到：男性对女性提出做受教育、有知识的"国民之母"要求，其目的"强国保种"，只不过是"相夫教子"的传统女性工具论在近代民族国家框架下的应变性发展。"国民之母"与女性主体意识充分发展、"具政治之思想，享公共之权利"的"女国民"，在内涵上存在很大差异，甚至仍然作为男子"贤内助"的"国民之母"根本就与女性权利和国家福祉无关。苟言之，"国民之母"只是男性的高等奴隶/工具。因此，虽同有"国民"二字，做"国民之母"并不必然导出"女国民"的主体生成，女性只有逾越了自身在生育场域中的性别角色，以主体身份直接服务于国家，在无性别差异的个人与国家之间构建充分的权利和责任空间，才是实现"女国民"身份的唯一正途。秋瑾因而大声疾呼："吾之所祝与同胞姊妹者，为我女子辟大世界，为我祖国放大光明，为我女界编大历史，争已失女权于四千年，造已死国魂于万万世"③。

值得注意的是，金天翮等男性精英所主张的"女权"，往往把基于

---

① 吕碧城：《兴女学议》，载《大公报》1906 年 2 月 18、26 日。
② 秋瑾：《大魂篇》，载《中国女报》1907 年第 1 期。
③ 秋瑾：《大魂篇》，载《中国女报》1907 年第 1 期。

"天赋人权"的女性权利伸张与为中国富强效力、做"国民之母"的女性责任要求相结合。而事实上,将没有性别差异的"天赋人权"与强调性别角色的"国民之母"勉强结合,势必造成理论上的混乱和实践上的缺陷。秋瑾在彻底否定"国民之母"的性别角色之后,主张女性对国家"尽与男子一样的任务"①,甚至试图抹煞客观存在的性别差异。她与陈撷芬等几位女性组织"共爱会",制造炸弹,学习暗杀,并计划创设女子军。她穿着男装、崇尚铁血,也是出于同样的心理。

在性别角色的层面上,另外一些女界精英对"女国民"身份的实现则持有不同见解。比如近代第一位女性西医张竹君②在论述中避免使用"国民之母"的概念,而改用"人群之母"的说法:"夫女子为人群之母,母教之不讲,民品所由败也,女学之不昌,人种所由弱也。大局阽危,任其责者,疯狂之男居其半,柔曼女性居其半,驯此不变,既无列强瓜分,亦难免于天演之淘汰。"③在张竹君看来,中国的颓弱之势确与女性作为母亲的素质有关,但做母亲并不是女权的目的,而是女性应该得到女权的理由;女性在求得经济独立和思想独立之前,是没有侈谈"国民"资格的条件的。在"久久从事工业,以求自强,以求自养,而去其昔日之依赖"之后,进一步谋求政治上的权利和身份不是没有可能的,因为中国"男子之无政治思想,且略等于女子,则今日吾辈急起直追,不难于实际上与男子获同等之权利"④。张竹君没有否定女性为人母的性别角色,但她把"国民"之社会身份与"母职"之家庭身份分而论之,把女性的社会性别与生物性别区别看待,在此认识论的基础上更加强调女性作为"国民"身份所必备的个人与社会条件——女性个体

---

① 秋瑾:《敬告中国二万万女同胞》,《白话》第2期,1904年10月。
② 张竹君,1879年出生于广东,幼患小儿麻痹,因得到美国牧师医生救治而对西医感兴趣,立志学医,获得基督教医院行医资格,后在广州开设医院,在妇女中普及医学知识,同时把行医收益用于开办女子学校,呼吁中国女性觉醒。
③ 张竹君:《女子兴学保险会序》,《警钟日报》1904年4月23日。
④ 张竹君:《卫生讲习会演说》,《警钟日报》1904年5月25日。

的独立与社会全体政治思想和制度的完善。这种观念显然比那些充满理论空想激情的男性启蒙者说更为理性客观,也比秋瑾式的抹煞性别差异更具备对女性的关怀。

三、文学实践:对"女国民"形象的表现与消费

在男性精英和女界先贤对"女国民"议题持续不断的激烈讨论中,他们或许没有意识到,这些集中在报章、杂志、译著、宣传册子中的议论文字,已经形成了一个众声喧哗的话语场域;他们更不会意识到,在晚清"诗界革命"、"小说界革命"、文学书写与思想政治启蒙联姻的历史语境下关于"女国民"的讨论,在主体性名义下已经在产生着一个非政治形式的公共领域——在政治领域发生作用的公共领域以外的、以文学形式出现的一种公共性先导[1]。对于"女国民"而言,它的生成过程从一开始就是在两个方向上展开:一是通过报章之类的议论文章,从抽象概念的层面阐述其内涵与外延;二是通过诗歌、小说等创作,从具体形象和文学想象层面预演其现实生成。

秋瑾的弹词小说《精卫石》可看做"女国民"文学形象的范本。这是一部未完成之作。虽然现在仅能读到不足六回的内容,但从作品序中出示的"精卫石目录",可以了解到,秋瑾计划书写的是一部全面寄托自己妇女解放思想政见、完整揭示传统被压迫女性向"女国民"蜕变的史诗性大著。秋瑾在作品的序中这样表白自己的创作目的:"余也谱以弹词,写以俗语,欲使人人能解,由黑暗而文明;逐层演出,并尽写女子社会之恶习及痛苦耻辱,欲使读者触目惊心,爽然自失,奋然自振,以为我女界之普放光明也。今日顶香拜祝女子脱奴隶之范围,作

---

[1] [德]哈贝马斯:《公域的结构性变化》,见邓正来、[英]J.C.亚历山大编:《国家与市民社会——一种社会理论的研究途径》,中央编译出版社,2005年,第153页。

自由舞台之女杰……祈余二万万女同胞无负此国民责任也。"①按秋瑾的写作计划,她最终是要让主人公"拔剑从军","立汉帜胡人齐丧胆,复土地华国大扬眉",最终"共欣光复,大建共和"的。但这一构想还未及实现,她本人已在反满革命中殉难,以最彻底的形式实践了自己的"女国民"抱负,为理想中的共和国献出了生命。

作为近代历史上第一位为"国"捐躯的"女国民",秋瑾的死在当时的舆论界、知识界掀起轩然大波。1907年7月15日(农历六月初六),秋瑾在故乡浙江绍兴以"谋反罪"被斩首杀害。消息传出,在各界激起强烈反响。作为当时舆论中心的上海,各种不同背景的报纸都迅速作了详细的报道。《神州日报》连续公布浙江省发布的有关通报、函电、文告,并转录外电、外报刊出的有关消息。《时报》除了对秋瑾案始末作了连续报道之外,还发表了《哀秋瑾案》、《记秋女士遗事》等几十篇有关秋案的评论文章以及诗词、漫画。《申报》刊登各种体裁的有关报道、评论等30多篇,累计达3万多字。其中包括秋瑾被捕与就义的情况报道、秋瑾男装持手杖照片、秋瑾生前演说稿、秋瑾好友徐自华撰文、吴芝瑛书写的秋瑾墓表等,可谓当时舆论报道秋瑾案的集大成者②。可以说,秋瑾的"女国民"形象主要不是藉由她的理论宣告,而是透过当时舆论(民营报刊)对秋瑾案的广泛反响而建立起来的。然而,这些报道普遍利用了人们同情弱者的心理,把秋瑾描述为被官府任意摧残杀害而无丝毫反抗能力的悲惨女性,从而冲淡了秋瑾行为背后的思想动因,某种程度上消解了秋瑾形象的政治意义。

另一方面,秋瑾事件中的"女性"、"喋血"要素充分刺激了通俗文学生产。几乎在秋瑾就义的同时,以秋瑾为原型的小说、戏曲等大量

---

① 秋瑾:《精卫石》,见《秋瑾集》,上海古籍出版社,1991年,第119页。
② 参见夏晓虹:《纷纭身后事——晚清人眼中的秋瑾之死》,见《晚清女性与近代中国》,北京大学出版社,2004年,第286～294页。

"女国民"的兴起:近代中国女性主体身份与文学实践

通俗文学作品纷纷出现。萧山湘灵子的《轩亭冤》传奇(又名《中华第一女杰轩亭冤传奇》)写成于1907年9月9日,距秋瑾遇害仅三个月零三天。1907年9月初,无生的短篇小说《轩亭复活记》在上海《女子世界》增刊本发表(后改题为《秋瑾再生记》,由竞存书局出版)。1907年9月下旬,古越嬴宗季女的《六月霜》传奇由上海改良小说会社出版单行本。上海《小说林》更是刊出了多种以秋瑾生平为题材创作的小说、戏曲。例如,包天笑的长篇小说《碧血幕》(连载)、吴梅的《轩亭秋》杂剧、龙禅居士的《碧血碑》杂剧、啸卢的《轩亭血》传奇等①。从上述作品的题目不难看出,秋瑾于旧历六月被杀,很容易使人联想到关汉卿笔下因冤屈而死以致六月飞霜的窦娥。如此比附,突出的是秋瑾作为"弱女子"而非"女英杰"的形象。秋瑾形象由是沦为通俗文学的消费品,其主动选择牺牲、渴望以"女国民"身份作"死于谋光复者"表率的壮烈情怀无以从中体现。

这些当年名噪一时的"秋瑾文学"很快烟消云散。使秋瑾作为一个转喻的文学形象得以流传的人是鲁迅。鲁迅在1919年4月发表的小说《药》中塑造的人物形象夏瑜,即是秋瑾的隐喻②。故事讲述夏瑜热血澎湃地企图拯救民众,向人们灌输反清言论和革命理念,人们却辱打他,围观他被斩首,并把他的鲜血当做治疗肺病的"药"出售。故事凸显了为辛亥革命而奔走的革命知识分子的"救民"意识与普通庶民朴素的"求生"意志之间的残酷疏离,从而揭示出先觉先行者与民众隔绝这一关涉根本的思想命题。正如他在《随感录五十九·圣武》中所说:"新主义宣传者是放火人么,也须别人有精神的燃料,才会着火;

---

① 参见陈象恭:《秋瑾年谱及传记资料》,中华书局,1983年,第93～101页。
② 周作人在《鲁迅的故家·百草园·园的内外》之"秋瑾"条目中说:"秋瑾与鲁迅同时在日本留学。……革命成功了六七年之后,鲁迅在《新青年》上发表了一篇《药》,纪念她的事情。夏瑜这名字是很显明的。"见周作人著,止庵编:《关于鲁迅》,新疆人民出版社,1997年,第132页。

是弹琴人么,别人的心上也须有弦索,才会出声;是发声器么,别人也须是发声器,才会共鸣。中国人都有些不很像,所以不会相干"①。基于这样的认识,鲁迅对革命者作无谓的牺牲持否定态度。《药》也因此而成为现代文学史上富有时代思想内涵的重要篇目,秋瑾/夏瑜的自我牺牲作为辛亥革命"历史局限性"的象征性佐证也成为定说。

秋瑾从一个"女国民"的践行者转变为被公众从不同需求角度加以消费的文学形象,喻示着近代关于"女国民"的讨论终不免走向变异和消散的命运②。

如上所述,到辛亥革命为止,有关"女国民"的讨论,始终蕴含着这样一个矛盾,即:女性基于"天赋人权"而获得男女平等的"民权",与奉国家富强为第一要务、要求女性(作为"国民之母")为"国家"征用之间的矛盾。其中对女性性别角色的肯定与拒斥、西方人权思想与"国家主义"的对立等问题更为复杂,导致这场讨论无法得出统一的理论思想,也无法在实践上更加有效地指导女性的行动。然而,在近代中国思想界对"国民—国家"关系的建构中,个体国民身份得以在政治话语中确立,一批近代先进女性在这种话语空间和政治空间中确立了作为"女国民"的独立的个体身份。同期的某些文学实践,一再言说和强化着这一主体身份,形成了声势颇为浩大的"女国民"话语;同时也以其对"女权"、"民权"、"天赋人权"等概念的不同理解,在相关话语场的内部形成了富有意义的张力。

---

① 见王得后编:《鲁迅杂文全编》(上册),陕西师范大学出版社,2006年,第84页。
② 辛亥革命爆发后,许多女性自愿参加革命活动。1912年中华民国成立后,作为"权责并举"的"女国民"之最高纲领的"女子参政权运动"兴起,"女子参政会"等团体在各地成立。1912年3月3日,陈撷芬等110名女性向临时大总统孙中山要求女子参政权,3月19日参议院审议女子参政权问题时,不惜砸碎玻璃、冲击警察,但中华民国还是没有采取男女平等参政的纲领。参见全国妇联妇女运动历史研究室编:《中国近代妇女运动历史资料(1840—1918)》,中国妇女出版社,1991年,第582页。

晚清末期的文学行旅与女性形象

林 晨

晚清时代,中国开启了从传统帝国向现代国家转型的历史进程。这一进程历时漫长,规模浩大,影响深远,步步血泪。晚清文学乃至整个现代中国文学就是在见证、跟随、召唤和推动这古老民族艰难嬗变的过程中确立着自己的意义,变化着自己的面貌。

晚清中国的转型并非起自本土王朝的盛衰更替,诚如严复所言,是来自外洋的"舟车之利""闯然而破""数千年一统局":

> 盖使天下常为一统而无外,则由其道而上下相维,君子亲贤,小人乐利,长久无极,不复乱危,此其为甚休可愿之事,固远过于富强也。……而今日乃有西国者,天假以舟车之利,闯然而破中国数千年一统之局。①

于是传统天朝"率土之滨,莫非王臣"的世界观随着天朝帝国地理秩序的变动渐渐崩落。其实早在变局之初,李鸿章便敏感于此,感叹遭遇了"三千余年一大变局":

> 臣窃惟欧洲诸国,百十年来,由印度而南洋,由南洋而中

---

① 严复:《拟上皇帝书》,胡伟希选注:《论世变之亟——严复集》,辽宁人民出版社,1994年,第74页。

国,闯入边界腹地,凡前史所未载,亘古所未通,无不款关而求互市……此三千余年一大变局也。①

晚清中国的转型,从一开始便与"舟车之利"、"印度"、"南洋"这些"行旅"概念紧紧相扣,何况在剧烈的社会转型运动中,人们遭逢乱世,往往被时代裹携而颠沛奔走。黎民百姓的闯关东、走西口、奔逃离难、背井逃荒,帝王将相的"两宫回銮"、海军远征、出洋考察、留学归来、躲进租界等异于往昔的行旅形态密集出现,强有力地标志着国运变迁、风云流转。相应地,晚清文学也在见证、吟哦、推动这些崭新行旅形态的过程中,挥别传统,确立自己的风貌。因此,通过"文学行旅"这一视角观察晚清中国方案书写姿态的嬗变与转型,可以在地理秩序、意识形态、国家想象、心理与书写模式的结合处,获得进一步的思想与文化纵深。

一

晚清末期,即庚子国变之后,"女学"赫然兴起。上至朝堂政纲,下至文人笔墨,都倾注热情,著力推动,女性形象也在晚清文学行旅的书写姿态和勾画脉络中迥别以往。

观察晚清末期中国文学的行旅书写,有一个倾向颇可玩味,那就是在彼时作者笔下,往往将自己的理想和高深的判断附加于旅途中萍水相逢的女性人物身上。例如,当时颇负盛名的小说《邻女语》(连梦青),以"庚子国变"时有志少年金不磨挺身北上解救黎民的行旅为线索。金不磨旅途中偶至一尼姑庵,遇老尼空相。空相一登场,便是高人之相。书中写道:

---

① 梁启超:《李鸿章传》,《梁启超全集》,北京出版社,1999年,第530页。

空相已是眉长发白,貌于古松;昙花是素脸淡妆,颇似闲云野鹤。……空相大师是一个经过洪杨大乱奔走江湖的老妓女剃度来的优婆尼,眼光如电,久能识人。

当空相与金不磨言及"庚子国变"的惨状时,空相所出之言,正是作者心中的旨归:

空相又说:"……虽然老衲出家以来,心如槁木死灰,业已置此身于度外,却已看得生就是死,死就是生,分不出什么人鬼的境界。施主做事,将来必须学到这个地步,方得大无畏的好处,大解脱的真相。施主不要忘了,这就当做今日老衲的见面礼罢。"不磨听得这番议论,不觉毛骨悚然,连声答道:"蒙老师父指点,这真真可以做我的前途引针"。①

晚清作者面对"庚子国变"这场"自有国家以来未有之奇变",已难从以往的"夷夏之辨"中找到济世良方或自圆之道,佛法的概括事实上成了彼时大多数作者的意义旨归。而此时,连梦青将自己对这场灾难的最重要的理解,托一"奔走江湖的老妓女剃度来的优婆尼"之口说出,叙写姿态耐人寻味。

刘鹗《老残游记》中子平于山中迷路而遭遇的屿姑,更是引历代文学史家瞩目的人物。林语堂曾在《老残游记二集》的序言中专门言及屿姑:"具有这样出色的议论风采的女性大概是合乎铁翁最喜欢的才识,屿姑和逸云同是开悟隐遁、隐栖自适的才女。想起这样的人,有如于幽谷中闻兰花之香。"②阿英和日本著名学者樽本照雄还专门著文

---

① 连梦青:《邻女语》,《中国近代文学大系·小说集6》,上海书店,1991年,第15~16页。

② 林语堂:《老残游记二集·序》,刘鹗《老残游记二集》,良友图书印刷公司,1935年,第3页。

17

考察屿姑的人物出处。屿姑的各种特点确实迥异常人,不仅容貌殊丽,"眉似春山,眼如秋水",而且通达本土国学,亦洞悉外洋耶稣、伊斯兰之教义,谈儒论道之间,所抒正是作者怀抱:

> "至于外国一切教门,更要为教兴兵接战,杀人如麻,试问,与他的初心合不合呢?所以就愈小了……后世学儒的人……却把孔孟的儒教被宋儒弄的小而又小,以于绝了。"子平听说,肃然起敬道:"与君一夕话,胜读十年书!真是闻所未闻!"

不唯此也,屿姑所烹之茶,也神乎其技,标识着隐逸之美:

> 茶叶也无甚出奇,不过本山上出的野茶,所以味是厚的。却亏了这水,是汲的东山顶上的泉。泉水的味,愈高愈美。又是用松花作柴,沙瓶煎的。三合其美,所以好了。

屿姑与黄龙子合奏之《海雨天风》曲也如天外之音:

> 久之又久,心身俱忘,如醉如梦。于恍惚杳冥之中,铮纵数声,琴瑟俱息……屿姑道:"此曲名叫《海水天风》之曲,是从来没有谱的。不但此曲为尘世所无,即此弹法亦山中古调,非外人所知。"[①]

这样的人物,如梦如幻,已若天外仙女,使得即便文中言及后世"北拳南革"的惨状,作者仍似有理由寄托理想,免于绝望。细品之下,子平遇到屿姑的山谷宛若桃花源之境,但传统中国文学中"桃花源"之引路者或为"渔人",或为"白须长者",像屿姑这样艳丽多姿、通晓外国教义并侃侃而谈的女性形象,实为传统文学所鲜见。

---

① 刘鹗:《老残游记》,上海古籍出版社,1991年,第48、56页。

晚清末期的文学行旅与女性形象

  苏曼殊的《断鸿零燕记》也有同工之妙。三郎在赴东洋寻母的旅程中得遇东洋美女静子。静子学养丰瞻,"慧骨天生",佛学旨趣与作者苏曼殊和作品中的三郎正出一辙。静子言梵文典,"其句度雅丽,迥非独逸、法兰西、英吉利所可同日而语";而且,她佛学深厚至"固究心三斯克列多文久矣",不禁令三郎感叹:"善哉,静姊果超凡入圣矣!"[①]

  陆士谔著《新中国》中,"我"恍然一觉由"宣统二年"而至"宣统四十三年",在好友李友琴女士的引领下,访游富强民主、令外邦臣服的"新中国"。这个理想世界完全是在"女士"的带领下展现,由一个又一个"女士道"开启的女士语言加以介绍。李友琴女士侃侃为"我"讲述"汽油车"、"电汽车"等新奇物件,言谈话语间,对现代科技信手拈来,直让须眉男儿的"我"咂舌不已。

  这些被晚清作者寄托莫大理想的女性形象身份各异,被赋予的理想也各不相同,但她们都是在行旅书写中与作者的笔触相遇,一朝萍水相逢即被惊为天人。奔波在乱世旅途上的小说的主人公,他们的迷茫和理想经由这些女子形象画龙点睛。仔细分析起来,这些女性及其身负的晚清作者的理想,蕴含着巨大的颠覆性意义。她们的身份或为隐逸(如老尼空相和屿姑),或为外洋(如静子),或为未来之人(如李友琴)。隐逸,对抗着庙堂;外洋,质疑着本土;未来,敌视着当下。而这些女人身上负载着的晚清作者的理想,或为佛法,或为西学,或为被称为"于今已绝"的中国古典传统。这些理想无一不与彼时的庙堂秩序强烈冲突,同明君忠臣的传统理想南辕北辙。当晚清作者的这些理想借助女性形象堂而皇之地代言时,一个时代的王纲解纽便也呼之欲出。

[①] 苏曼殊:《苏曼殊小说诗歌集》,中国社会科学出版社,1982年,第33页。

二

前述若干女性人物,都是小说主人公在行旅中遇到的,往往灵光一闪而现理想之辉;也常因其灵光一闪,而成为行旅书写中引人注目的配角。但晚清小说的行旅书写中,还有一种女性形象属于另外的情况,那就是女性本身即为行旅叙事的主人公。她们不再是配角,不再需要行旅中的男性去发现,而是如须眉男儿一样奔波于旅途之上,与纷繁的乱世景象迎头相撞。

晚清作者在叙及这些女主角形象时,笔触常会格外具有夸张的、理想化的色彩。如吴门天笑生所著《碧血幕》中的秋瑾,就是一个颇为典型的融入晚清作者浓郁情感的理想化人物。书中叙道:

> (秋瑾)是浙江山阴县人氏,本来是个世代簪缨,不过一个宦门千金罢了。却自幼随着他祖父某公,出守闽中,又长居在台湾地方。这秋姑娘儿时游钓之乡,便是二百余年前,有个郑成功,张拳弩目,要保住这亡明一寸山河的地方。如今故老传闻,灵魂接触,不知不觉,在这小姑娘脑髓中,留下一个影子。后来他父亲弃幕改官,宦游湖南,那个三湘七泽之间,本来是个种性不灭的地方,这也是地理上的关系,衡岳嶔奇,类多气节磊落之士,所以以前有王船山一班逸民遗老,结茅空山,著书穷谷,专播这种子,后来又有浏阳二杰,持着流血主义,要想普救苦恼众生。中间还有许多枭雄怪杰侠客大盗,时时出没,根尘所接,却能使人变化气质。那位秋姑娘不觉脑中这个影子,渐渐放大了……加以近年来,欧美学说横渡太平洋,却从日本间接儿传至中国,什么卢骚的民约论,孟德斯鸠的万法精理,一进了人的脑子里,再也不能出去。

作者又写秋瑜后来又随这做官的父亲到了京师。她目睹政治腐败、官场黑暗、百姓野蛮,不免咨嗟太息,错愕不平。秋瑜便"在这冷灰星星中爆出第二个绝大希望来,却是舍身救国,要做一个震天撼地的人"。正如秋姑娘诗中所说的:"祖国陆沉人有责,天涯漂泊我无家。"①为此,第一层便须"冲决家庭罗网,从此锦装玉裹的天囚,变成了个破槛冲藩的野鹤"。于是秋瑜赴日本游学。

追寻秋瑜这个女性主人公的羁旅之痕,真可谓行程万里。小说字里行间实可见作者的用心良苦。秋瑜足迹所至,几乎囊括晚清民族、民主革命的各方面资源:台湾郑成功的血性呼唤着"驱逐鞑虏";人文鼎盛的浙江和湖南遗老的著书,正是"恢复中华"的绝佳根底的结合;"血性主义"和"枭雄怪杰、侠客大盗"的豪情赋予秋瑜勃勃英姿,正可作为革命军中之女豪杰;通读卢梭、孟德斯鸠,意味着获取了现代文明思想;游历京师而见腐败、黑暗,见证着革命之必须;游历东洋,可做通晓西学的标志;"舍身爱国"之志,更是令人感动的革命激情。作者以粗糙的笔法,在短短篇幅之内便赋予秋瑜这个人物所有革命事业所需要的光辉符号,活脱脱一个夸大了的"鉴湖女侠"秋瑾,也是晚清作者在行旅书写中理想化女性的典型。

作者抒发理想、确立标竿之志,往往急不可奈。又如苏曼殊《碎簪记》中写到莲佩,称其"恭让温良,好女子也",同时又"于英法文学,俱能道其精义,盖从苏格兰处士查理司习声韵之学五年有半,匪但仪容佳也,此人实为我良师"。陈啸庐著《新镜花缘》中年轻女子们的新学见识简直惊人:"诸位小姐,不但于天学地学算学绘学,以及声光化电静重格致理化各科学,研究得剖晰微芒,连那政治法律,下至路矿农桑植畜牧,同一切生计制造等实学,亦无不切实讲求。"至此,虽为小说而

---

① 吴门天笑生:《碧血幕》,《中国近代小说大系·洪水祸·碧血幕等辑》,百花洲文艺出版社,1996年,第308页。

几近神话。一望而知的虚构背后,是晚清作者难以压抑的表达理想的急切诉求。

晚清作者倾注如此急切的理想,究竟所为何来?一位"小姐"口陈之心意可谓言之无遗:

> 倘能有一个出色人材,替我们黑暗女界发一异彩,岂但压倒中国男权,亦使外洋各国知道中国并非真真睡狮。即使是睡狮,只要一觉睡醒,那一声"河东吼"已尽够叫他肝胆坠地的了。①

晚清小说的作者们笔下,"新学"、"科学"的符号成为行旅书写中女性形象的重要亮点,而作者急切赋予、描摹、夸大这一符号的背后,心中念兹在兹的,其实是强国保种、救亡图存的宏大旨归。

回想晚清之初的19世纪60年代,创办了中国第一个现代兵工厂的一代名臣曾国藩在其日记中还流露如此心迹:"内人病日危笃,儿辈请洋人诊视,心甚非之而姑听之。"②而四十年之后的文学景象中,"内人"们却已出门在外而新学渊博,晚清前后期的分际亦从中可见。

与《红楼梦》、《西厢记》一类中国传统文学脉络不同,晚清后期的文学中多数女主角都不再囿于深宅大院之内,而是行走于千里旅途之上,或赴上海,或奔京师,甚至远涉重洋。如果我们考究历史,会发现这种文学图景其实是文学对历史的变形与改写。彼时中国有机会出洋游学的女性,当然只是凤毛麟角。只是晚清作者们此时对囿于一府之内的文学图景已失去兴趣。

与《金粉世家》、《家》、《雷雨》等新文学之作相比,晚清作者们更急

---

① 陈啸庐:《新镜花缘》,《中国近代小说大系·中国进化小史等辑》,百花洲文艺出版社,1996年,第223、267页。
② 曾国藩:《曾国藩全集·日记(三)》,岳麓书社,1989年,第1845页。

不可待地愿以浓墨重彩书写或虚构勇敢离开家门以求新知的女性形象。他们叙及男性出洋留学时,常对其身上的种种劣根陋习痛心疾首。例如在前述小说《碧血幕》中,作者对与秋瑾同赴日本留学的男性揶揄甚多,极写其醉生梦死和不学无术:"这内地出来的官费留学生,真是瞧见了,令人可笑,又可怜,又可羞,又可悲"。但叙及女性出洋留学时,却几乎从未有此质疑,反而青眼有加,竭力以理想化的笔触夸张其事。被传统文化束缚千年的女子形象初出深宅,文学作者便掌声四起,推崇膜拜。从中可以窥见传统中国家族纲常伦理渐渐剥落的痕迹。却原来,"五四"新文化运动中产生广泛反响的"娜拉出走"的命题,在晚清后期的文学行旅中,早已有想象的模型、情感的先声。

  同时,通过这些女性形象亦可厘清晚清作者们的一些理想理路。与林黛玉、崔莺莺们不同,这些行旅中的女性形象被作者赋予的才能不再是琴棋书画、诗文典籍,而是常常被竭力夸大为"新学"、"旧学"兼通。值得玩味的是,晚清作者叙写这些女性形象时,很少有耐心再如大观园里的行酒令、结诗社一般,详细铺展其旧学领域的诗书才情,而只愿以极少笔墨在叙述过程中将"旧学深厚"的符号如帽子一般扣在这些女性形象身上;但对她们的新学知识却著力渲染,兴味盎然。于是,通过这些被理想化的行旅书写中的女性形象,我们发现所谓"旧学"的概念在彼时作者的想象世界中已渐渐被"空洞化"、"符号化"了,但还难以割舍;而"新学"固然五彩缤纷,却又一时难以说清。面对新学、旧学,晚清作者步履坚定,但目光游移。

  新学、旧学之辨,应是当时作者面临的最为重要的需要加以折冲权衡的想象性符号之一:旧学,言其不曾忘本;新学,言其推行变革之正当。只有不忘本,才能不以夷变夏;只有深通西学,才能救亡图存;也只有两者兼备,才能振兴中国。晚清时代的新旧交替过程,往往呈现为新者方生而未成型,逝者将死而尚存的复杂局面,无论在文学想象还是历史实际方面皆是如此。

三

晚清末期的行旅书写中的女主角还有另一种情形。她们没有被过分突出新旧学问的闪亮光彩,但或忠贞得有些匪夷所思,或"淫荡"得令人瞠目结舌。这几乎是冰火两重天的女主角们,以矛盾的身姿共同冲撞着传统伦理中最敏感的环节——节烈观。

传统社会将女性束缚于宅门之内,归根到底是为了保证女性之"贞洁"。历经宋明理学的洗礼,礼法至清朝更为苛严。而晚清的文学景象中,女性人物纷纷踏上乱世奔波的旅途,在这个展开特定想象的场域内,如何折冲权衡传统的节烈纲常与开新大潮,事实上成为晚清作者必然面对、不可回避的命题。当此之际,晚清作者们笔下也呈现出新旧交替之际的复杂景象。

一方面,部分晚清作者着意在行旅书写中凸显女性的贞洁美德。其中最为醒目的例子出自著名作家吴趼人的《恨海》。该作叙及庚子灾乱中,在国破家亡、流离失所之际,几个向南方逃难的青年男女聚散离合的悲欢故事。其中女主角棣华与未婚夫走散,千里护母南归。其未婚夫伯和在逃难途中染上毒瘾,终于自废。但棣华始终不离不弃,照顾体贴,甚至在伯和峻拒之时,还在"暗想":

> 天下没有不能感格的人,他今日何以如此,见了我只管淡然漠然?莫不是我心还有不诚之处,以致如此?或是列不善词令,说他不动?嗳!怎能剖了此心给他一看呢(吴趼人注:棣华不啻是情人,竟是圣人!)默默寻思,不禁又扑簌簌的滚下泪来。①

---

① 吴趼人:《恨海》,《吴趼人小说四种》(上),吉林文史出版社,1986年,第69页。

最后伯和病逝,棣华遁入空门。《恨海》朴实而蕴含感伤的笔调亦成为晚清小说中不可多得的佳作,其中棣华为未婚夫病亡而遁入空门的形象也格外醒目。

李定夷的《茜窗泪影》以女子千里寻夫为题材,亦是当时言情小说中的名作。书叙两对未婚夫妻均因夫婿参加革命军而婚期延搁。二女皆为新学堂的学生,千里寻夫颇历其险,虽被拐入妓家而竟能逃出从而葆全贞操。后来,其中一女夫婿回返;另一女(琇侠)的夫婿则战死沙场,琇侠为未婚夫守节终生。这是一篇文笔感人而情节古怪的作品。琇侠本未成婚,为未婚夫婿守节,即便严苛如清代礼法亦未作如此要求,未免太过突兀。但这又并非一个乖张版本的寻夫、守节的传统中国文学故事。作者以一番爱国激情使得各种情理得以勉强自圆其说,亦似有感人之处。例如:

> 琇侠曰:"际此千载一时之盛举,尚不求显主亲扬名,更待何时?姊不闻,义所当死,死贤于生,龄哥等设有不幸,亦国家之荣光,异日青史留名,书曰:某年某月某日某烈士战没于某地,令千古下闻风仰慕,其光荣何如!若以余辈而论,万一不能生如厥愿,即可死以殉情,生生死死,自达观处之。"

琇侠夫婿参加的是旨在推翻满清的"革命军",若着眼于传统伦理而论,此君堪为"乱臣贼子",但作品盛赞其"爱国",这显然已是基于新道德的判断,体现着新的国家认知。作者也只能以此为支点,方可使女主角琇侠的古怪守节一变而为可歌可泣之举,作者的笔锋转折堪称陡峭。

晚清末期作者笔下的女性纷纷踏上乱世行旅而大放异彩,背后是女权思想兴起的推动。但从当时作者特定的叙写姿态分析也可看出,面临女界自由的新世态,晚清作者徘徊、挣扎于新旧观念之间。情节的突兀之处并非作者无知无能,而正是作者极力思索却力有未逮、不能圆转之际。事实上,处于社会急速转型的开端,在节烈等涉及纲常的问题上,哪怕只是最初步的厘清,也并非此时作者所能完成。即便时至新文化运动,也不过稍具眉目。

同时,"爱国"与"言情"在晚清言情小说的书写中往往紧密相扣,很多富有光彩的女性形象在言情小说中格外引人注目。于是,晚清言情小说叙事模式一个重要的有别于以往之处或可概括为:浪迹天涯的男主人公先后遇到两位美貌女子,一位坚守旧道德而忠贞不渝,一位身负新学而可为知音。男主人公在新旧两个女子之间痛苦抉择,最后以悲剧收场。此一模式中出现的人物虽为二女一男,但通篇绝不可能有任何一人牵涉淫邪,男女之间必为纯洁爱情。这是现代中国文学言情小说中出现最早的"三角恋爱"模式。"三角"而固守贞洁,"恋爱"却牵涉新旧,传统与开新之间的折冲痕迹亦可从中窥见。苏曼殊几乎所有的言情小说皆循此路,徐枕亚的《玉梨魂》、《雪鸿泪史》更以此模式而成名作。其中徐枕亚打破了传统言情悲剧之化蝶、还魂的轮回模式,令二女伤心而逝,男主角则奔赴远方最终成为"革命军中无名烈士",以凄美的行旅书写中的爱情故事标识着新的民族国家伦理渐渐成型[①]。

但在此新旧道德交冲的狭窄空间内,晚清小说的"三角恋爱"模式也只能囿于一男面对二女的痛苦抉择。至于一女面对二男的选择、饱满微妙的女性心理、女性主体意识的展示等方面的文学表现,就只能等到经历了"五四"洗礼之后,"浮出历史地表"的女作家以《莎菲女士的日记》(丁玲)一类的作品来表现了。

与上述始终无法挥别传统节烈观的作品相比,另一路晚清小说的

[①] 本尼迪克特·安德森曾一语中的:"没有什么比无名战士的纪念碑和墓园,更能鲜明地表现现代民族主义文化了。"(本尼迪克特·安德森:《想象的共同体——民族主义的起源与散布》,上海世纪出版集团,2003年,第11页)

行旅书写则异峰突起。这些作品里独擅胜场的女性有着特殊的身份——妓女。"庚子国变"举国重创,于是坊间盛传曾嫁给状元的名妓赛金花,以香艳手段与联军统帅瓦德西旧情复燃,周旋其间救民于水火。以曾朴名著《孽海花》为代表的一批小说对这个故事描摹多多。在晚清作者们笔下,赛金花(或傅彩云)出身风尘,中华文理难说深厚,但却精通德语,当以如夫人身份陪伴状元夫君出使欧洲,游遍列国。她还曾跻身于各国贵妇之间,得宠于德国皇后之侧,与俄国虚无党女杀手从容周旋,与德国青年军官瓦德西风流一度。这些缤纷的跨越国界的经历,恰是赛金花神奇力量的源泉。晚清作者的行旅书写触及赛金花等妓女形象时,虽未必有意地寄托自己的理想,但浓墨重彩之间的热情洋溢、夸张神话间的兴味盎然,则是不争的事实。

心青所著《新茶花》叙及名妓"状元夫人"曹孟兰,便显然来自赛金花的故事。相形之下,中国的高官立显可鄙可悲:

> 他曾经跟着使节,到过德国,能说德国的言语,恰好此时在京,张着艳帜,便放出他的手段,运用他的神通……等到酒席摆上,那洋人也不睬主人,只管大吃大喝,谈笑自如。梦兰却侃侃的讲些难民的苦楚,市面的败坏,谈一阵,笑一阵,到后来洋人也答应相机办理,通席没同主人讲一句话,竟是走了。主人仍旧恭恭敬敬送出大门,看上了车,方才回来……梦兰笑道:"你们这一班外交官,竟是这等没出息,见了洋人,吓得什么似的……"那主人听了大为无趣,又不敢触犯他,怕他告诉洋人,只得讪讪的走了。①

赛金花们虽能于危难中救民于水火,但却从始至终绝对与贞节无

---

① 心青:《新茶花》,梁心清、李伯元等:《中国近代孤本小说集成》,第1卷,大众文艺出版社,1999年,第35页。

缘。她甚至可以在被状元夫君捉奸之时,将自己的越轨品性说得掷地有声:

> 我的性情,你该知道了,我的出身,你该明白了。当初讨我的时候,就没有指望我什么三从四德、三贞九烈,这会儿做点不如你意的事情,也没什么稀罕。你要顾着后半世快乐,留个贴心伏伺的人,离不了我。那翻江倒海,只好凭我去干……若说要我改邪归正,阿呀! 江山可改,本性难移。老实说,你也没有叫我死心塌地守着你的本事嘎!

在晚清作者笔下,赛金花的形象中固然有"淫荡"成分,但救民之举中又似带有三分侠义。与此同时,她还光彩照人、精力充沛、魅力无穷。同样是身处亡国乱世时代的名妓,赛金花的形象与《桃花扇》中的李香君迥然有异。李香君虽为名妓,但却保留着对侯方域的忠贞,并以忠于大明的"大义"而令人敬服;赛金花活得有声有色却分明"无君无父"。她的浮荡毫不遮掩,肆无忌惮,香艳风流得趾高气昂。作者恰是让这样的女子以其魅力、精力和海外游历的见识与资本,于"庚子国变"中拯救黎民,令国中状元、大臣们立显卑琐。如果说李香君的形象讥刺羞辱的是"奸臣"和"贰臣",那么赛金花形象挑战的可说是整个儒家纲常。

"庚子国变"之后,儒家礼教急剧式微。1902年后,"新小说"一时演为风潮,一批妓女形象乘势在晚清文学行旅书写中跃然而起。不仅一个赛金花,另如《新茶花》中的"武林林"、《恨史》中的秋瑛等,一时都颇引读者注意。《碧血幕》中,与秋瑾并列的人物就有名妓谢文漪。作者极言:"最奇怪的,是中国社会上有两种人进化得最怪,一是优伶一是妓女。将来有人操着龙门巨笔,编那中国进化史时,倒不可不在那南都金粉北地胭脂里去搜集材料呢。"晚清作者笔下,这些妓女人物虽堕入风尘,但也在乱世行旅中风尘仆仆,她们的视野和身姿皆不同以往,有力地冲击着传统礼教。这些引人注目的妓女形象与忠贞、守节的棣华、琇侠们同时出现在晚清文学行旅的图景中,昭示着晚清作者的节烈观与家国观在传统意识形态体系开始崩溃之后的急速转型中的矛盾与杂芜。

综上,晚清文学中部分作者的行旅书写,因应历史时代的变革诉求,对女性形象倾注了自己的理想。他们以极高的热情为置身行旅的女性添加光彩甚至演绎神话,开启了新的书写女性形象的范式,生动地诠释着转折时代的风貌与意义。当此之时,传统文学女性书写的脉络迅速式微,现代中国女性文学中的种种重要命题与矛盾无形中于此奠基。但同时,仔细推究亦可发现,这些理想和神话大都处于"符号化"、"概念化"的状态,同时囿于男性作者的视角之内;在文学构建上,并未与现实的女性生活、女性情感,特别是女性主体意识切实相通、紧密关联。另一方面,晚清作者于行旅之间书写赋予女性的理想和神话,说到底其实大都旨在回应强国保种、救亡图存的时代命题。唯其如此,女性形象始终是作为家国问题的一部分而被思考与塑造的。如果说晚清末期是现代中国文学的起点,那么,本文从这一文学行旅与女性形象角度所作的考察,亦从一个侧面映现出,现代中国文学百年间性别议题与家国大业之间的紧密纠缠,并不全因后世政治思想的推动,而是它发轫之初就带有的"基因"。

晚清的女性教化与女性想象
——以《孽海花》为中心

刘 堃

1904年8月29日的《万国公报》上,刊载了一篇讨论文明教化与女性关系的文章,作者是美国传教士林乐知[①]。他提出一种评判文明的标准,"凡国不先将女人释放、提拔,而教养之以成其材者,绝不能有振兴之盼望",也就不能算一个文明国家。林氏的"女性教化决定论"很快成为流行于晚清的一种文明观,梁启超是这种文明观的赞同与宣传者之一,他认为晚清国势之衰微,与原本发达的女学传统之衰落互为印证。古代中国家国同构,"家"为"国"之根基,而"女"为"家"之内主,女性的道德教化则意味着"家—国—天下"这一统治秩序的坚强础石。所以,梁启超主张重振女学,只有对女性重新加以教化,才能重新整饬和稳定政治秩序,并使晚清中国跻身于文明国家[②]。

[①] 林乐知(Young J. Allen,1836—1907)是《万国公报》的总编辑,也同样是位多产的作家和译者。林乐知编辑了十卷本的《全地五大洲女俗通考》,这篇文章就是此书的序言。
[②] 见《倡设女学堂启》,《时务报》1897年11月15日。

晚清的女性教化与女性想象——以《孽海花》为中心

一、"才女"批判与女学新义

在梁启超著名的政论《变法通议》①中，梁启超专门拿出一章讨论"女学"，关于女性到底应该学习什么样的学问、具备什么样的才能，梁启超是通过否定传统"才女"的方式来提出问题的：

> 古之号称才女者，则批风抹月，拈花弄草，能为伤春惜别之语，成诗词集数卷，斯为至也！若此等事，本不能目之为学。②

在拒绝承认"才女"的学问之后，梁启超继续把现代的女学定义为具有两种特别的性质，所谓"内之以拓其心胸，外之以助其生计"。首先，妇学的知识结构已经由传统的经史小学、诗词歌赋置换为西方的"格致诸学"；其次，由于当时舆论对妇女的普遍抱怨之一，就是她们缺乏教育进而导致不能生产财富、经济上依赖男性、成为男子和国家的负担，于是新学的一部分被设计为针对妇女的职业训练，以便她们能够成为国家财富的生产者。在具体的教学规划中，梁启超引用一位西方人的观点，所谓"言算学格致等虚理，妇人恒不如男子；由此等虚理而施诸实事，以成为医学制造等专门之业，则男子恒不如妇人"，基于这种并不可考的"科学"观点，新的妇学把女性教育局限于一个明确的范围，即以普及初等知识和培养实用技能为主，而不包括更深层的智

---

① 《变法通议》是梁启超担任上海《时务报》主笔时发表的早期政论文章的结集，发表的起止日期为1896年至1899年。《变法通议》共有14篇，其中，《自序》、《论不变法之害》、《论变法不知本原之害》、《学校总论》、《论科举》、《论学会》、《论师范》、《论女学》、《论幼学》、《学校余论》、《论译书》、《论金银涨落》12篇刊于1896年至1898年的《时务报》，《论变法必自平满汉之界始》、《论变法后安置守旧大臣之法》2篇刊于1898年底至1899年初的《清议报》。

② 梁启超：《变法通议·论女学》，《饮冰室合集》（文集之一），中华书局，1989年，第38页。

力教育和学术研究。但他也认为,男性对智力/学术活动的垄断是一个客观事实,虽然从根本上违背"圣人之教,男女平等"①的古训,但由于"去圣弥远,古义浸坠",女性没有被(按照古义)很好地教育和引导,所以才产生了智力上的性别差异。

在梁启超看来,这一客观事实的产生是历史"由盛而衰"的必然性例证,而能够作为理想国度与现代"泰西"相提并论的,只能是古代中国:"男女平权,美国斯盛,女学布浸,日本以强……三代女学之盛,宁必逊于美日哉?"然而,当梁启超试图在西方的妇女教育和古典儒家的圣人教导之间建立联系时,他把女性完全等同于"母亲"——替丈夫的家族延续了子嗣的家内女性,才是家国结构中女性的合法身份,也是名至实归的伦常之"始",而"正始"的核心内容,就是"母仪胎教":

> 胎教之道,《大戴礼》《论衡》,详哉言之,后世此义不讲盖久,今之西人则断断留意矣,故西人言种族学者,以胎教为第一义。……今与人言此义……而不知此盖古先哲王与泰西通儒所讲之极熟,推之至尽,而汲汲焉以为要图也。②

梁启超的女学规划在"勤勤于母仪,眷眷于胎教"的传统女训与西方现代生物学/种族学之间找到了一个契合点,但其后果是妇女被等同于"母亲"、被设想为改良未来国民的生物性工具而非"国民"本身,从而为我们揭示出晚清女性教育的意识形态——这是一种明确以养成"贤妻良母"为目标的教育,它强调女性教育的伦理性质而非智力性质,强调女性为服务家庭而学习,而非为个人独立和发展而学习。

随着甲午战败和主权危机的加深,一种冀盼民众从身体和精神上

---

① 《倡设女学堂启》,《时务报》1897年11月15日。
② 梁启超:《变法通议·论女学》,《饮冰室合集·文集之一》,中华书局,1989年,第40页。

晚清的女性教化与女性想象——以《孽海花》为中心

强壮、勇武起来乃至全面"军事化"的思潮出现了①,于是晚清女学议程也增加了一个新的面向,即主张女性以一种"英雌女杰"②的人格气质与身份角色直接服务于民族国家的救亡,这一主张具有明显的政治倾向,同时"爱国"被逐渐塑造成为一种新的女性道德原则。例如一篇新闻评论把历史上的爱国女性视为女学校的培养目标:

> 昭君犹在,吾将移其爱君之心使爱国;缇萦复生,吾将易其爱父之心使爱同胞,务令其宗旨与志士相等,其热诚与志士相等,其气焰与志士相等,咸能执干戈以卫祖国。③

就女学的宗旨目标而言,无论是为了富国强种而强调"母仪胎教",还是动员女性"执干戈以卫祖国",都是一种站在民族国家立场对于女性的道德训育,而非智力教育——虽然道德在传统的教育中一直是一个与学问不可分割的重要组成部分,但以梁启超为代表的晚清改革者却主张把针对男性的德育和智育分开,所谓"修身养性"与"读书穷理"并重④,然而这个区分并未体现于女性教育。

二、衰朽的儒生与男性身份危机

与女学一起陷入危机的,是传统儒学教育在政治上的合法性以及

---

① 这一思潮的标志是1902年发表于《新民丛报》的一篇文章——蔡锷(奋翮生)的《军国民篇》。其时正留学日本军校的蔡锷,有感于日本军队与国民军事素质的强大,提出要在中国推行"军国民主义",文章希望通过军事化国民身体、精神与生活方式的组织与规训,熔铸"国魂"而使"全民皆兵",从而达到捍卫国家主权与军事安全的目的。这一主张很快得到了梁启超、蒋百里、张謇、蔡元培等重要知识分子的呼应。
② 关于这种思想倾向与相应的文学形象,参见刘慧英:《女权启蒙中塑造的救国女子形象》,《中国现代文学研究丛刊》2002年第2期。
③ 忆琴:《论中国女子之前途》,《江苏》第四、五期,见李又宁、张玉法编:《近代中国女权运动史料(1842—1911)》(上),(台北)传记文学出版社,1975年,第408页。
④ 参见[美]张灏著,崔志海、葛夫平译:《梁启超与中国思想的过渡(1890—1907)》,江苏人民出版社,1995年,第45~51页。

男性在"学问—仕途"之间所建立起来的身份认同。1902年,梁启超在《论学术之势力左右世界》①一文中,思考:"天地初辟以迄今日,凡我人类所栖息之世界,于其中求一势力最广被而最经久者,何物乎?"他以亚历山大、梅特涅、拿破仑为例,指出武力、权术都会随身死而灭,而真正不朽的则是"曰智慧而已矣,学术而已矣"。智慧与学术被提升为一种"势力",一种推进历史演变的原动力。在梁氏看来,欧洲学术的成就、传播与发展,是近世文明进步的全部原因。当然,此时传统学术所遁之"世",已经不再是"王道天下"的"治乱之世",而是列强争霸、优胜劣汰的丛林般的"世界"。在这个新的世界面前,儒家"政统/道统/学统"三位一体的思想体系已经无法对其提供合理解释并承担运转动力。在梁启超这一代知识分子看来,中国被排除在这个"世界"之外,甚至成为这个"世界"的对立面,究其根源,还是在于思想学术的陈腐僵化,在于未能发生近代西方科学、法学、哲学领域那样的重大思想变革。

中国急于纳入"世界"并与之共竞共存的身份焦虑,由知识分子代为表达,与其自身在新旧时代转换之际的认同危机表里为一,也和把政治经济的一切症结都归因于思想学术、以思想学术为"元解释"这样一种独特的知识论和价值观紧密结合在一起,构成了晚清一部分先进知识分子所特有的心态:不能忘却"修齐治平"理想的他们,一边面对国家的颓势而自责不能力挽狂澜,一边挟自己所拥有的知识身份以自重,认为拯救国家必须依靠思想学术。然而,这个所谓的"思想学术"到底包括什么样的知识、思想与见解,到底需要经过何种途径才能获得,而获得了之后如何用它来经世济用,在晚清读书人那里引起了各种困惑与讨论。

---

① 见《饮冰室合集·文集之六》,中华书局,1989年,第110~116页。

晚清的女性教化与女性想象——以《孽海花》为中心

晚清最畅销的通俗小说之一《孽海花》①的作者曾朴(1872—1935),就是那一代人的一个典型。作为一位接受了传统学术训练并在科举制度中取得了一定成功的学者(中过举人),曾朴"目睹外侮之日急,这时候就觉悟到中国文化需要一次除旧更新的大改革,更看透了固步自封的不足以救国,而研究西洋文化实为匡时救国的要图……决心学习外国语言,致力于西洋文化的研讨,并认定外交官是为国宣劳的唯一捷径"②。这种观念颇代表了一批胸怀抱负的年轻士人的想法,他们认定在国家遭遇外来威胁的时刻,国与国的交界,即外交领域,才是真正施展才华、报效国家的广阔舞台。1895年,曾朴进入清廷专办对外交涉的总理衙门所设立的同文馆学习外语,而他在语种上作了审慎的选择:"英文只足为通商贸易之用,而法文却是外交折冲必要的文字,故决意舍英取法。"虽然当时的同学都以学习外语作为考取总理衙门、做外交官的敲门砖,但曾朴却在考取总理衙门失败、放弃仕途之想之后,在外交官和翻译家陈季同③的影响下逐渐被法国文学所吸引,不仅广泛涉猎,而且成为同代人中罕有的能够根据外国原著进行翻译的人之一。这一转折固然与仕途上的挫折和与陈季同的相遇④有关,但也不能不说是他"性格上的一个特点","凭着一股热情,凡是他

---

① 本文所依据的版本是《中国近代小说大系·孽海花》,百花洲文艺出版社,1996年。下文标注页码的引文均出自此版本。
② 曾虚白:《曾孟朴年谱》,见魏绍昌编:《孽海花资料》(增订本),上海古籍出版社,1982年,第158页。
③ 陈季同(1851—1907),清末外交官,字敬如,一作镜如,号三乘槎客,福建侯官(今属福州)人。毕业于福州船政学堂,后去法国学习法学、政治学,历任中国驻法、德、意公使馆参赞。他法语造诣很深,并通晓欧洲多国语言,除外交工作外致力于文化输入与输出,译有多种法国小说及法律文献,同时不仅把《聊斋志异》等中国小说戏曲译为法文,还著有《中国人自画像》、《中国人的快乐》等,向世界介绍中国,在当时的西方影响很大。
④ 曾朴在一封给胡适的信中(1928年3月16日,原刊《真美善》杂志第一卷第十二期)详述了自己和陈季同的相识经过,并说经过了陈季同的指点自己才入了法国文学的门径,从此"发了文学狂"。

35

爱好的,他可以舍弃一切,牺牲一切,非得到他自己的满足,不肯罢休"①,这一判断出自他最欣赏、同时也最了解他的长子曾虚白之口,显然道出了曾朴身上某些传统学者的特质。

这一特质在小说《孽海花》的主人公金雯青身上同样体现出来。这是一位纪实多于虚构的人物,他的原型洪钧(字文卿,1840—1893),是曾朴父亲的义兄,也是他闱师之师,即"太老师"。洪钧于1868年考中状元,1888年至1891年出任清廷外交官,出使俄、德等国。与他一起出国履职的小妾,即晚清名妓赛金花(1874—1936),亦即小说中的傅彩云。《孽海花》的故事开始于1868年,金雯青在科举中夺魁,成了新科状元,他旅行来到新学的中心上海,拜会了备受尊崇的洋务领袖冯桂芬。在小说中,冯桂芬向金雯青描述了一种不同的世界概念,即"五洲万国交通时代";同时界定了适应于这一崭新世界之需求的知识分子所扮演的角色,即通外语,学西学,"周知四国,通达实务"。但金雯青没有按照冯桂芬所建议的去学习外语和西学,他作为传统文人/学者的自我心像是如此强烈和清晰,以至于他一生的兴趣都在于编辑一部有关元史的补正,为了精确他的研究,他从一个俄国人那里买来三十五张中俄边界地图——除了实现他的学术抱负,地图的现实效用则是为阻止俄国人的领土侵犯提供依据。但这些地图后来被证明是伪造的,当金雯青把地图作为解决领土纷争的官方依据呈献给清廷时,朝廷险些吃了大亏,他的外交事业就此宣告失败。经历了重大挫折的金雯青从此更加专注于学术,他一头扎进有关元史的历史书籍之中,外交使馆几乎变成了一个纯粹的书斋。

金雯青所遇到的挑战,在于他必须在传统的知识/学问(儒学)与新学(西学)之间、传统仕途(内政)与国家当务之急(外交)之间、传统

---

① 曾虚白:《曾孟朴年谱》,见魏绍昌编:《孽海花资料》(增订本),上海古籍出版社,1982年,第163页。

晚清的女性教化与女性想象——以《孽海花》为中心

思维方式(儒家学术及伦理)与诡诈残酷的现实规则(政治、外交权谋)之间,进行一系列的选择和转换,而由于个人思想上的无所准备和性情上的迂腐,这些选择与转换注定是悲剧性的。这样的读书人只是晚清中国"三千年未有之大变局"的沧海一粟,拥有相似经历与困境的曾朴感同身受地理解了这一悲剧的内涵,而他理解的方式,则是对文学倾注以巨大的热情与野心:

> 我看着这三十年,是我中国由旧到新的一个大转关,一方面文化的推移,一方面政治的变动,可惊可喜的现象,都在这一时期内飞也似的进行。我就想把这些现象,合拢了它的侧影或远景和相连系的一些细事,收摄在我笔头的摄影机上,叫他自然地一幕一幕的展现,印象上不啻目击了大事的全景一般。①

当时以及后来的许多读者都欣赏钦佩这种全景式的历史叙事美学,他们所不理解和质疑之处在于曾朴为什么要用傅彩云(赛金花)这样一个兼具"美貌"和"色情狂"的妓女来作为全书连缀的线索,以至于胡适直接批评《孽海花》"布局太牵强,材料猜度,但适于札记之体而不得为佳小说也"②,而曾朴自己则辩解称,"我的确把数十年来所见所闻的零星掌故,集中了拉扯着穿在女主人公一条线上……但他说我的结构和《儒林外史》等一样,这句话我却不敢承认……譬如穿珠,《儒林外史》等是直穿的,拿着一根线,穿一颗算一颗,一直穿到底,是一根珠练;我是蟠曲回旋着穿的,时收时放,东西交错,不离中心,是一朵珠花"③。

---

① 曾朴:《修改后要说的几句话》,刊于1928年真美善书店出版的《孽海花》修改本卷首,见魏绍昌编:《孽海花资料》(增订本),上海古籍出版社,1982年,第131页。
② 胡适和钱玄同曾在《新青年》杂志上讨论《孽海花》的优劣得失,胡适此语出自他对钱玄同高度评价《孽海花》的回应,刊于《新青年》三卷四期(1917年5月10日)。
③ 曾朴:《修改后要说的几句话》,刊于1928年真美善书店出版的《孽海花》修改本卷首,见魏绍昌编:《孽海花资料》(增订本),上海古籍出版社,1982年,第130页。

他并未把描写一位"奇突的妓女"作为最重要的写作目的,更不想再创作一部类似于《桃花扇》、《沧桑艳》那样的描写名妓的作品,而是希望用傅彩云的人生沉浮来"容纳近三十年的历史",所以他认同林纾的评价:"彩云是此书主中之宾,但就彩云定为书中主人翁,误矣"[①]。然而,书中除了对晚清政要名士的轶事与狂态加以靡无巨细的描述——"皆有所本"这一点吸引了蔡元培以及诸多富有考据癖的读者——之外,最令人难忘的就是傅彩云这位"主中之宾",她从三十年晚清历史的长卷中浮现出来,大大迥异于时髦的女学生或者女豪杰,成为一个独立的视像。

三、越界的妓女:"文化"作为关键词

通过对《孽海花》文本的细读,我们可以发现,彩云作为一个妓女的身份与生活场域并没有被排除在晚清"由旧到新,可惊可喜"的动态之外,恰恰是这个半新不旧、既时髦又落伍的个性女子,在曾朴的想象铺陈中,不仅成为晚清三十年历史的折光,更为晚清小说史上的女性形象增添了别样的一枝——如果说"国民之母"与"英雌女杰"是以启蒙者自居的男性知识分子对女性进行有意识教育引导的想象结果,那么,傅彩云这样的女性形象则象征着女性教化的潜在"危险":那些"由旧到新"的女性,并不一定就会按照男性所期待和规定的方向,成长为与男性一起拯救民族国家的有机力量,相反,她们会旁逸斜出,变换出各种"新"的姿态,蕴藏着未知的可能性。

与金雯青食古不化、退守书斋形成鲜明对比,彩云在外国完成了一系列转变。她最初只是一个妓女,成为金雯青的小妾后也需要避人

[①] 曾朴:《修改后要说的几句话》,刊于1928年真美善书店出版的《孽海花》修改本卷首,见魏绍昌编:《孽海花资料》(增订本),上海古籍出版社,1982年,第131页。

耳目,尤其要躲避正室。但当金雯青被朝廷指派为大使,彩云的身份发生了戏剧性的变化:金的正室夫人宣称自己因为身体羸弱而放弃伴随大使出洋的使命,同意彩云"冒名顶替"(金夫人的原话是把"诰命补服"这一身份的象征"暂时借她")——这一正一侧两位女人无疑获得了双赢:金夫人恪守传统妇道,不仅不嫉妒丈夫的新妇,而且大方地让渡了自己的身份(官服);不仅让丈夫高兴,而且维护了丈夫身边的女人所代表的"国之观瞻"的体面。除了展现妇德,金夫人也同样表现出了自己的民族大义。彩云则一举实现了多重界限的跨越:在社会等级上,她从低贱的妓妾一跃而为"诰命夫人";在行动范围上,她从藏娇于"金"屋之"内"的禁锢状态一下子跨越了家门与国界;在礼仪规范上,她不像金夫人那样畏忌中国传统礼仪对女性的约束,而是很快入乡随俗,从衣装到日常礼仪都如外国人一般。关于最后一点,金夫人和丈夫私下里表明,她之所以不愿意出国,主要顾忌的是"文化差异":

"闻得外国风俗,公使夫人,一样要见客赴会,握手接吻,妾身系名门,万万弄不惯这种腔调……"①

一位出身名门的诰命夫人,无论如何不能想象违背"内/外"之分、抛头露面甚至要与异性有身体接触的行为,而彩云本来"伦常之外"②的妓女身份,恰恰"适合"这样的行为,她也因而成为公使夫人的唯一适合人选。如果说彩云通过借取正室的官服所获取的身份权力还要拜金夫人的慷慨大度所赐的话,那么她在外国主动寻求"入境随俗"的新身份的行动,则迅速转化为超越其身份的更大权力。

---

① 《孽海花》第八回,第74页。
② 谭嗣同在《仁学》中提出"通"为"仁"之第一义,所谓"上下通,男女内外通",但是娼妓在伦常之外,"然世有娼妓者,非伦常,非非伦常"。无论"仁"所能贯通的范围多么广大,总还是有"良民"和"非良民"的区别,仁政可以限定其泽被的范围。妓女显然不在这个范围之内,同时也就不受"仁"之规范的约束。见蔡尚思、方行编:《谭嗣同全集》,《仁学之二》,中华书局,1981年,第368页。

彩云最主要的行动是学习并掌握了外语:在开往德国的萨克森号轮船上,她遇到了一位十分投契的俄国女郎夏雅丽,而夏氏在金雯青的邀请下成为了她的德文教师。彩云在夏雅丽的指导下很快掌握了基本的德文,接着便积极地参与到这位老师对金雯青的勒索当中——夏雅丽作为一个正在筹集活动经费的俄国虚无党人,以金雯青对她的调戏为借口索要一万马克,否则就要开枪杀了金雯青。彩云利用金雯青听不懂德语这一点,把夏雅丽支开后,用汉语向金翻译夏的要求,罚金的数目却说了一万五千,转眼就从中大赚一票[1]。除了获取经济利益,语言能力还为彩云的红杏出墙起到了"合法化"的掩护作用。这一次是在他们的归途中,同样乘的是萨克森号,金雯青几乎当场捉到彩云与船长偷情,而她又一次仗着语言的优势反败为胜:

(彩云哭道):"这都是老爷害我的!学什么劳什子的外国话!学了话,不叫给外国人应酬也还罢了,偏偏这回老爷卸了任,把好一点的翻译,都奏留给后任了。一下船,逼着我做通事……"[2]

仗着金雯青不懂德语,她声称自己来找船长只是为了请他给自己在柏林的女性朋友写封回信。金大人被她啼哭的娇态所软化,又被她理直气壮的态度所安抚,更重要的是他没有考究事实真相的语言能力,于是一场闹剧草草收场。

"外国语言"赋予彩云的象征性意义,包括经济独立(尽管是不光彩的欺诈性盈利)、公共领域的参与(做"通事"、随同出访),甚至还有性自由(偷情的勇气和更广泛的性对象),这些议题在晚清来看都相当"进步"。然而,彩云所不够"进步"的,是她缺乏一个合法化的行动目

---

[1] 《孽海花》第十回,第87页。
[2] 《孽海花》第十八回,第175页。

标：她努力学习外语，不是像冯桂芬要求洪钧的那样，用来学习西方的现代学问并以此服务于国家的现代化进程，也没有像她的外语教师夏雅丽那样，做一个"救国女子"，为了"理想国家"的政治目标而献身①。——她从来没有为一个"崇高"的目的而努力过，也不曾升华为一个"爱国女杰"或者"巾帼英雄"，她一切行为的唯一宗旨就是物质和身体的享乐以及享乐的自由——当金雯青病死，她使用了一个金蝉脱壳的计策，轻而易举地脱离了金家，继而重张艳帜，恰似"好鸟离笼"，在欲海情天之中自由翻飞了。

与彩云的"个人享乐主义"形成对照的，是其所本、历史人物赛金花（1872—1936）的演绎传说。赛金花在1900年夏天八国联军入侵北京的危机中扮演了传奇性角色：为了报复义和团，八国联军在北京烧杀淫掠，其德国统帅瓦德西也因此臭名昭著。而在传说中，赛金花在随洪钧使德时就与瓦德西有染，此刻又重逢于北京，她借着鸳梦重温的机会劝阻联军的野蛮行径，收到了切实的效果，甚至还在清廷与八国联军的议和中起了关键作用。但就《孽海花》这一未完成的小说而言，彩云在女性的经济与性方面的自由，与民族国家对女性身体的实际/象征性征用之间的矛盾，作者曾朴还没有来得及面对和处理，而在晚清另一部被誉为"欢场指南、嫖界百科"的狭邪小说《九尾龟》里面，赛金花仅仅是一个年老色衰的平凡妓女，她一遍遍地向寥寥无几的恩客讲述1900年的传奇，只是为了给自己增添一点吸引力，她的顾客对她过往经历的好奇和兴趣也明显胜于她早已不再的青春美色。因"救国"而显得崇高神圣的风流传奇，在此消解了神圣色彩，还原为讲故事

---

① 夏雅丽的原型是俄国虚无党人索菲亚·彼洛夫斯卡娅（Sophia Perovskaia，晚清的汉译多为"苏菲亚"），她因为暗杀沙皇亚历山大二世而被处死。索菲亚在晚清是社会知名度最高的外国女性之一。

的俚俗消遣，可以附着于身体一起出卖①。

从1901年拳乱结束到1937年抗战全面爆发这三十六年之间，不少小说、戏剧、杂文、传记和回忆录都以赛金花为主角。曾朴所描绘的彩云给读者最深刻的印象就是她在私生活方面没有任何真正忠诚的对象。但以夏衍创作于1936年的话剧《赛金花》为代表，30年代末的赛金花为"国防文学"这一旗帜下的作家提供了合适的象征符号——地位低下的妓女秉持着一种崇高的忠诚，这种爱国妓女的形象在中国历史悠久，其中最著名的便是戏曲《桃花扇》中的晚明名妓李香君。

然而，曾朴明确拒绝了这种想象模式。令人感兴趣的是，曾朴为什么不以傅彩云为契机，联结起一个源远流长的"爱国妓女"传统和一个时髦的"女子救国"想象，就像30年代抗战时期的爱国作家所做的那样。或者说，彩云作为晚清小说史上最后一位"名妓"，为什么恰恰终结了"名妓"这一女性形象的文学书写传统？结合曾朴对于金雯青的描摹，我们不难作出某种推测：在曾朴的心目中，对于传统文化的执着与眷恋，使他同情金雯青这个在政治风云中的退守者和失败者，也使他鄙薄彩云"爱国"的能力，在他看来，也许只有那些具备诗情才学并对其爱国的士人伴侣忠贞不二的名妓，才有分享"爱国"道德美誉的资格。

事实上，从晚明至清初有关名妓的叙述中，她们与文人士子往来酬唱所必须具备的诗歌修养与文化水平亦即"文化"是一个"关键词"，它也正是梁启超所批判的"才女文化"的重要组成部分。这个"才女文化"在盛清时期的江南达到兴盛的顶点，然后与清朝的国运一起走向衰微，到了曾朴生活的时代，即便是傅彩云这样声名大噪的高级妓女，也没有留下任何文名。同时，彩云作为一个名妓的没落更在于她没有

---

① 对《九尾龟》的详细分析见王德威著，宋伟杰译：《被压抑的现代性——晚清小说新论》第二章，北京大学出版社，2005年。

晚清的女性教化与女性想象——以《孽海花》为中心

历史上那些名妓对于士人伴侣的忠贞——尽管王德威指出,曾朴设定彩云是曾经被金雯青始乱终弃并含恨自杀的另一位妓女的转世,她的淫荡是对金雯青的因果报应①,这对彩云的个性和行为是个合理的解释,但并不代表曾朴可以原谅她的不忠。当他把彩云从"名妓"的想象传统中放逐出去的时候,也隐隐寄寓着一个既失去痴情红颜又无力重整河山的旧式文人的怅然与落寞②。然而,曾朴对傅彩云的"放逐",无意中开启了女性想象的另一别样谱系,即逸出"教化"与"家国"之外的女性,在20世纪中国小说中这一谱系在毁誉和争议中延续倔强的生命力。

结论:晚清男性启蒙者所发起的重新定义女学和倡导女性教化,事实上投射着他们的家国忧患和认同危机。如果说以梁启超为代表的知识分子提出"才女批判"是对晚清整体性文化危机的局部回应的话,那么以《孽海花》为标志的晚清小说对"名妓"想象的终结,就是断开了"名妓—名士"这一想象体系与其情感、道德的特殊表现方式之间的有机联结;如果说前者在思想史上是重要的,那么后者则在女性形象书写史上占据了一个关键的位置,它促使我们深入思考晚清女性的文化/道德/人格的合法性问题及其所投射的复杂历史。

---

① 对《九尾龟》的详细分析见王德威著,宋伟杰译:《被压抑的现代性——晚清小说新论》第二章,北京大学出版社,2005年。
② 关于名妓与士人的相互影响与自我投射,孙康宜(Kang－I Sun Chang)的著作《晚明诗人陈子龙:爱情与遗民意识的危机》(*The Late Ming Poet Ch'en Tzu－lung: Crisis of Love and Loyalism*, New Haven: Yale UP, 1991)有比较深入的研究。作者认为,晚明及清初具有遗民意识的文人之所以流连于名妓,与之诗歌往还,是因为身遭家国沦难,在潜意识中把自我投射到沦落风尘但精神高洁的名妓身上,而相对地,名妓也投入到她们所倚附的文人的理想中,一方面扮演文人红粉知己的角色,一方面自己也声名大噪,跻身士林。

43

女学生：民族国家视域下的新妇女想象

张 莉

本文讨论的是现代意义上的女学生的出现。19世纪后期的两个发现——对民族国家的发现和对妇女问题的发现，构成了本文的叙述背景。实际上，这也是女学生出现必不可少的条件，它使改造家内妇女为新妇女的想象成为可能。

为了阐释妇女在历史上被集中讨论的现象以及女学生出现的意义，本文将这一问题放置于晚清一系列社会背景下讨论。本文首先将描述"西方知识生产"——这样的知识既包括西方文明、科学的一整套话语，也包括19世纪晚期以来西方妇女形象在晚清的系列塑造——给晚清妇女问题带来的影响。接着，关注晚清知识分子在民族国家视域下对妇女问题的认识及策略性讨论，西方妇女形象在晚清叙述中的"变形"与"错位"。最后将讲述1898年至1925年间中国女子教育领域发生的变化，论文对促使女子教育变化的诸种文件和运动保持关注，中国的第一代女性知识分子大都是这些法律条例和社会运动的直接受益者。某种程度上，晚清知识分子想象中的新妇女形象逐渐在女学生身上得以落实。

发现妇女

19世纪40年代，随着鸦片战争的结束，中国的南方城市，比如厦

女学生:民族国家视域下的新妇女想象

门或广州,来了一群陌生的金发碧眼者。这群人大都在本国受过高等教育,他们的行李里带着《圣经》和基督教义,他们的理想是献身于基督教事业。在汉语中,他们被称为"传教士"。1860年后,当这些身穿黑袍的传教士们被允许进入中国内地时,也是他们"侵入"并"影响"中国人生活的开始。

传教士们建立了中国境内的第一所女子学校。从1844年到19世纪70年代,中国土地上所有的女子学校几乎都是由教会建立的,它们大多分布在东南沿海开放地区。① 进入20世纪后,传教士们还创办了著名的教会女子大学:华北协和女子大学、华南女子学院、金陵女子大学。另外,中国最早的"不缠足会"和中国境内最大规模的"不缠足会",其主办者也都是传教士。

传教士创办了许多杂志,最有影响的要数《万国公报》②;他们发行了几百种书籍,与妇女问题有关的书籍包括《女学论》、《生利分利说》、《全地五大洲妇女习俗考》等;由他们引发的妇女问题讨论曾波及全国。这些讨论大都发表在《万国公报》上。据一部专门研究《万国公报》的著作所列,《万国公报》在1875年至1907年间,发表"不缠足"、"兴女学"、"革陋习"、"介绍国外妇女"等方面的文章近百篇③,并且,这份报纸还举办过"不缠足"的征文活动,以引起社会对此问题的高度

---

① Gregg, *China and the Educational Autonomy*, pp. 16—17,转引自王立新:《美国传教士与晚清中国现代化》,天津人民出版社,1997年,第226页。

② 《万国公报》,1868年创刊,前身为《教会新报》。1874年改为《万国公报》。1907年休刊,中间曾停刊6年,实际发行时间为28年。1874~1883年为周刊,1889~1907年为月刊。周刊450卷,月刊出刊227册,数目之大,为同时代刊物所无法比拟。在中国近代史上,《万国公报》以报导中外时事要闻、介绍西学、鼓吹变法为重,对当时包括康有为、梁启超等人在内的中国知识分子产生过重要影响。对《万国公报》介绍,参考王林:《西学与变法——〈万国公报〉研究》,齐鲁书社,2004年。

③ 据该书所列表格计算,"不缠足"讨论的文章共有40篇,"兴女学"的文章40篇,"革陋习"的文章28篇,"介绍国外妇女"的文章大约50篇。王林:《西学与变法——〈万国公报〉研究》,齐鲁书社,2004年,第329~341页。

重视。

传教士对中国妇女问题作出的贡献已有许多令人信服的成果,笔者所作的尝试在于从另一个角度观察此种贡献。这个角度,以"发现"为关键词。对于熟悉的事物、几千年来的习惯行为,人们常常习以为常。为什么"不识庐山真面目"? 恐怕是"只缘身在此山中"。

有必要想象一下那群传教士踏上中国土地时的心情。当中国人把他们当做"陌生者"观察时,他们也在观察着这个"新大陆"。从地理、气候到风土人情,这里所有一切都与他们的国家不同。他们感受到了。尤其注意到妇女——中国妇女们不抛头露面,因为她们生长在闺阁;陌生男人要与良家妇女交流极其困难,因为中国有"男女授受不亲"的传统;中国妇女的脚也与外国妇女不同,她们的脚被裹着,是小脚;妇女们不识字,不进学校,因为中国人信奉"女子无才便是德";中国人的夫妻关系也令人困惑,社会允许一夫多妻……所有这一切,对于传教士而言,都是令人震惊和不可思议的。因为,这都违反了基督精神。在1877年9月出版的《益智新录》第5卷中,传教士艾约瑟最早对中国妇女地位表达了不满,他认为一夫一妻才符合基督精神。很快,更多的传教士开始指出,妇女裹足、无学都违反了基督教义。

也有人认为,传教士们的不满是因为中国妇女的处境会影响他们的传教工作——缠束的双足不利于布道,不识字还会影响她们对教义的理解与掌握。因而,他们号召妇女不缠足、去学堂学习,也未尝没有创造传教条件之目的。

这也许是妇女们在最初被传教士当做"问题"讨论,却并没有真正打动中国人的原因。无论是违反基督精神还是不利于布道,中国的知识分子和老百姓完全有理由听而不闻——因为他们并不信奉基督教,

女学生：民族国家视域下的新妇女想象

那么"违反"也就无从谈起。实际上，晚清以前，中国有过一些知识分子[①]对中国妇女裹足、无学习俗的批评，但这种声音极其细微，丝毫没有引起社会的波澜。情况一直到19世纪90年代才有所改观。

正如一粒种子的发芽需要适当的土壤、水和气候一样，妇女问题能在整个中国社会长成"参天大树"，进而引发社会的变革，除了传教士们的"外来之眼"，还需要更多条件的催生。

首先，把妇女看做"问题"，需要一定的知识背景。19世纪80年代之后，这种认识背景日趋成熟——中国知识分子对西学知识的掌握日渐普遍。1887年成立的"广学会"[②]出版了大量的西学书籍，这些书籍中包括叙述19世纪欧美各国资本主义发展史的《泰西新史揽要》、介绍甲午中日战争的《中东战纪本末》、介绍美国教育制度的《文学兴国策》以及介绍各国妇女生活习俗及生存境遇的《全地五大洲妇女习俗考》……另外，"广学会"还曾对当时的普通士人进行赠书活动，以便更迅速地传播西方文明。

与其说这是一场有关西方文明的传播，不如说是有关西方知识的生产。传教士们也在改变着叙述策略。例如，在《万国公报》上尽管还在批评妇女处境，但不再明显出于基督教义。书写者改变的书写策略包括对西方妇女教育状况的介绍、对教育制度的分析、对西方妇女的处境的描述——妇女们自由交际、出外读书、运动以及自谋职业的生活情况，以及结合国家实力对妇女入学的重要性进行探讨等。例如，

[①] 对于中国妇女的地位，历代知识分子，如李贽、颜元、唐甄、俞正燮、李汝珍、钱泳等人，都批评过中国妇女们的不公平待遇。

[②] "广学会"，1887年11月1日建立，初名为"同文书会"，1892年后改称"广学会"。英文名字初为"The Society for the Diffusion of Christian and General Knowledge among the Chinese"，1905年改为"The Christian Literature Society"。参加这个学会的主要是英美传教士，此外还包括不少的在华外交官和商人。在近代西学东渐和维新思想的传播中，"广学会"发挥了重要作用，对晚清维新运动和社会变革产生了重要影响。——本段介绍参引自王立新：《美国传教士与晚清中国现代化》，天津人民出版社，1997年，第339页。

在传教士林乐知翻译的《美女可贵说》中就描述了一幅美好图景：美国男女平权，夫妇平等；妇女有自己的职业；美国妇女可以干预国政；她们可以进入学校，还可以男女同校；妇女们的婚姻也是自由的，她们有自由选择权……①

对美国妇女生活进行赞美的同时，林乐知也对印度等国妇女的生活习惯表达不满。在《论印度古今妇女地位》②中，借印度妇女之口，他列举了妇女的生活情状：男女授受不亲、没有女学、男女结婚须由他人做主，等等。这些讲述远胜于枯燥的从基督教义出发进行的讲解，并且，这一时期对国外妇女的介绍还常常配以照片、图画的方式，其益处莫过于生动形象，使读者有"带入感"。

后来，林乐知把文章结集出版，定名为《全地五大洲女俗通考》。书中，林乐知尝试讲述妇女与国家之间的关系，"凡国不先将女人释放提拔而教养之以成其材，决不能有振兴之盼望"③。尽管这样的说法显然脱胎于法国著名思想家傅立叶的"妇女解放的程度是一个社会解放程度的标志"，但他的创造性发挥还是应该被记住。即林把妇女问题与国家强盛联系了起来④。或者说，他利用中国人对于世界的想象，对多国妇女的教化程度进行了排序，这样的排序又与当时各国的实力排序相近。一个隐隐的判断标准——国家强盛与妇女处境的关系正在生成："中国之衰弱，在于其教化，在于其女人之地位，诚能知其故，而

---

① 林乐知：《美女可贵说》，《近代中国女权运动史料(1842—1911)》(上)，龙文出版社股份有限公司印行，1995年，第177页。
② 林乐知：《论印度古今妇女地位》，《近代中国女权运动史料(1842—1911)》(上)，第183～187页。
③ 林乐知：《全地五大洲女俗通考·序》第1集，《近代中国女权运动史料(1842—1911)》(下)，第825页。
④ "他并非单纯以基督教道德来评判中国妇女的地位，而是认为妇女的地位是衡量一个国家文明程度的标志，并与国家的兴衰息息相关。"引自王立新：《美国传教士与晚清中国现代化》，天津人民出版社，1997年，第258页。

女学生：民族国家视域下的新妇女想象

以提拔女人为修治教化之基,安见其不能成功者?"①没有比与国家强盛有关的话题更能引起晚清人的注意了。

关注《全地五大洲女俗通考》中国读者的反映,会约略看到一部西方著作如何对中国读者产生影响的过程。作为林乐知的助手,任保罗以一个中国知识分子的角度阐述了林乐知写书的目的。与林自述的著书主旨不同,任保罗的言语更有急切之意:"凡以求人之知,且望人于知之后,即继以行,不趋歧途,务遵正道,急起直进,勇往不懈,以近法日本维新之大业,远师欧美文明之教化,安见中国美大之山河,不能与东西各强国抗衡乎?"②以一位中国人的身份,他设想了一幅在世界的舞台上中国人"急起直进"的画面。这暗示了"妇女/国家等级"想法的初获认同。

范祎对林乐知以"妇女教化定格"的说法也表示认可。他描述了教化悖于道德的危害:"教化之尤悖于道德者,莫若幽闭妇女之一端。使全国之妇女,不读书,不识字,窒塞其聪明,束缚其能力,钳制其身体,上焉使为花为鸟,以供人之玩弄,下焉使为牛为马,以听人之鞭策,而一切愚鲁虚伪、邪妄淫恶诸端,得以乘间而入,积业秽于人人闺门之间……不进步而日退步……"③谈到读书感受,范祎说:"读是书者,诚能憬然于五千年来,中国寝贫寝弱之所以然,又憬然于五千年来各国以风习之不同,而结果因之以异,又憬然自十六七世纪而后,改正教勃兴,遂开辟英德美诸新国,执全世界之大权。于是幡然变计,不徒驰骛于政治风俗之空谈,急迎受新教化而从之,中国之幸也。"④——林乐知

---

① 林乐知:《全地五大洲女俗通考》,《近代中国女权运动史料(1842—1911)》(下),825页。
② 任保罗:《全地五大洲女俗通考序 其二》,《近代中国女权运动史料(1842—1911)》(下),第828页。
③ 范祎:《全地五大洲女俗通考书后》,《近代中国女权运动史料(1842—1911)》(下),第829页。
④ 范祎:《全地五大洲女俗通考书后》,《近代中国女权运动史料(1842—1911)》(下),第830页。

有关先进与落后、光明与黑暗、教化与未教化的价值标准,在中国读者那里,得到了"意料之中"的反映。

对于林乐知的贡献,有必要从两个方面认识:第一,他提供了一系列的各国妇女生存景象。这种生存景象——有关"他者"的历史,因为书写者本人的多方游历经历及强国国民身份而具有不容质疑的权威性。在这之后的晚清报刊上,中国知识分子们在批评妇女问题时都采用了以西方为镜的方式。没有出过国门的作者们,对西方妇女处境的赞美性叙述,其真实根据在哪里?传教士们对于西方的介绍,在此刻发挥了"效力"。第二,正如上面已提到的,林乐知引入了一种新的视域:把从基督教义理解的中国妇女问题转化为国家问题。这也就引入了一种新的价值判断:从民族国家角度出发看妇女的价值。

林乐知的价值判断慢慢被接受的同时,李提摩太的"生利分利说"也深受认同。李提摩太把社会人群分为生利者(生产者)与分利者(即消费者)两类。而中国妇女——处于深闺的、缠足的、无学的妇女,被认为属于分利者和坐食者。

有关生利分利说的认识,其实是西方妇女解放的大历史背景。这样的变化归根于一只"看不见的手"[1]。在工业革命中,当机械力代替肌肉力、智力代替体力已成不可逆转的趋势时,就为妇女大规模地重返社会、参与经济活动提供了必要和可能[2]。李提摩太的积极作用,是把国外对妇女生产力的关注引入了中国语境,并使之与中国境况发生

---

[1] 工业革命首先以其"看不见的手"将经济生产活动与家务劳动强制性地分离为二,让男人走上社会参与经济生产和竞争,把妇女置留于家庭从事单纯的家务,使性别角色分工日益分明。但工业革命所带来的社会化大生产最终势必要将所有的人都带上工业化和社会化的战车,不论男性和女性。此分析引自闵冬潮:《国际妇女运动 1789—1989》,河南人民出版社,1991年,第68页。

[2] "妇女的解放,只有在妇女可以大量地、社会规模地参加生产,而家务劳动只占她们极少的工夫的时候,才有可能。而这只有依靠现代大工业才能办到,现代大工业不仅容许大量的妇女劳动,而且是真正要求这样的劳动,并且它还力求把私人的家务劳动逐渐溶化在公共的事业中。"引自恩格斯:《家庭、私有制和国家的起源》,人民出版社,1999年,第169页。

女学生：民族国家视域下的新妇女想象

关系。其后，中国的杂志上出现了妇女们是国家和家庭的分利者、坐食者的论述，这种论述既出现在梁启超等大知识分子那里，也出现在像金天翮这些普通知识分子的叙述中。

在中国历史上，妇女是否真的是分利者和坐食者？即使不是从极端的女权主义角度出发，也能够知晓：历代的中国妇女在养蚕、纺织、刺绣等行业作出过贡献；另外，"男主外，女主内"的家庭分工法则也意味着中国妇女虽然是在家中，但并不是终日无所事事者。事实上，在晚清，传统的"女红"——纺织、刺绣，还是当时家庭乃至国家的支柱产业①。但是，从李提摩太的生利分利法则出发，妇女们曾经的劳动价值被忽视了，因为这个判断体系是以国家利益为出发点的。如果说作为一个外国人，李提摩太并不一定真正了解中国妇女的历史及价值的话，那么在通晓文史知识的中国知识分子那里，何以接受这种忽视女性贡献的叙述？

如果把这种判断标准看做一粒"种子"，这一时期的社会氛围无疑属于"气候"因素。此一时期，严复的《天演论》受到了国人关注。物竞天择学说的传播进入重要时期。杜赞奇在《从民族国家拯救历史》中指出了这种传播带来的"阴影"。在他看来，19世纪末期社会达尔文主义开始冲击非西方世界时，它代表的是启蒙理性最阴暗的一面，因为它在启蒙文明的名义之下，把人类划分为"先进"与"落后"的种族。晚清中国人和非西方的其他国家一样，都毫不例外地受到了此种思想的影响，进而承认了自己"落后"的一面。

就世界的范围来看，欧美通过战争、殖民、外交以及签订不平等条

---

① "在江南，一个成年妇女和她九岁的女儿通过养蚕和织这些蚕吐的丝，能够使一个相当贫穷的农民家庭每年增加十一点七三两白银收入，并且仍然能做好家务；如果这个家庭能够无需借债即为这种生产提供资金，她们就能够挣到十三点七三两白银。在这一区域一个男性农业工人即使一年能得到十二个月的工作，每年最多挣五两工资，再加上他本人的部分伙食；如果他是一个长工而不是按日或月受雇，他可能得到全部饮食供给，但只能挣到二至四两白银。"引自[美]彭慕兰：《大分流》(中译本)，江苏人民出版社，2003年，第85~89页。

51

约等方式,把"强势的民族国家"以及"先进的西方文明"推行到全世界,也推行到了中国的家门口。另一方面,一衣带水的邻国日本却迅速发展起来。日本在政治上完成了民族国家以及政治文化的建设,并且,在日俄战争中也实现了"黄种人"打败"白种人"的"壮举"。而中国呢,面临的却是 1840 年和 1856 年的两次鸦片战争、1884 年中法越南战争、同英国在西藏问题上的冲突、同沙俄在边界问题上的冲突以及其后签订的不平等条约,这使当时的知识分子深感焦虑。当然,1895 年中日甲午战争的失败更令人心痛,晚清人真切认识到"亡国灭种"的危险。

意识到"亡国灭种"时,也是晚清人的价值判断开始以国家利益为重时,于是,妇女们的家内的工作价值"顺理成章地"被贬低。这是改写中国妇女史的开始。19 世纪 90 年代以后的晚清,它获得了从精英到一般士子的普遍认同。"种子",在适当的"时节"和"土壤"的配合之下,开始了它的"发芽"。

中国近代对于妇女问题的发觉不是自省的,是由对待对象而得来。王尔敏在《清季知识分子的自觉》[①]中对中国知识分子近代人格分析的结论,同样适用于中国妇女。在提供对待对象方面,传教士对西方妇女形象的讲述,无疑是最初的也是最重要的,它使中国人获得了重新认识妇女的可能——一双特殊的民族国家之眼。正是这双眼睛的获得,晚清知识分子对妇女的传统价值判断出现了一次重要的、卓有意义的"倒错"与"颠倒":曾经的美变成了丑,曾经的有价值变成了无意义,曾经的无足轻重变成了至关重要,曾经被忽视的群落获得了前所未有的关注。以前,有关妇女价值的一切都是以"家"作为判断标准,而此刻,她们的价值将从"国家"的角度被重新解释。"这就是妇女

---

① 王尔敏:《中国近代思想史论》,社会科学文献出版社,2003 年,第 94 页。

人格的重新估价,也就是妇女地位之重被重视。"①对妇女价值的重估与改写,也成为了晚清风云变化的"总爆发点"——一场近代革命运动的"风眼"。

作为生产力的妇女

当外国传教士来到中国之时,中国人也走出了国门,他们都看到了"外面的妇女"。震惊之感是相互的。在美国加州的圣何塞(San Jose),女主人问她的华人花匠,他到美国之后,感到最奇怪的是什么。花匠回答:"女人会读书和写字。"②

另一位来到英国的中国人,在写给家人的信中说,英国女人与中国女人不一样——她们不缠足,可以受教育,并且,英国也不允许杀害女婴③。中国人开始注视妇女问题时,仅仅理解为只从西方传教士获得视角并不符合事实,"发现"绝不应该简单地被理解为"冲击—反应"模式,它们要复杂得多。普通人看到的是两个国家妇女生活情况的不同,而作为留洋的知识分子,其思索的就不仅仅是生活差异。

在李圭的《环游地球新录》中,已经开始思索西方文明与西方女子教育之间的关系了:"各国女塾,无地无之,英国大书院,男女一律入学考试。德国女生八岁入学,例必入塾读书,否则罪其父母。美国女师女徒多至三四百人,其所以日益昌盛者,亦欲尽用其才耳"④。良好的学校教育,使女子们看起来"举止大方,无闺阁气,有须眉气","颇能建大议、行大事",联系到幽禁于闺阁的中国女子之"无用"状况,李圭意识到使女子成为有用之才对民族国家前途至关重要,因为"天下男女

---

① 王尔敏:《中国近代思想史论》,社会科学文献出版社,2003年,第101页。
② 转引自罗苏文:《女性与近代中国社会》,上海人民出版社,1996年,第66页。
③ 同上。
④ 李圭:《环游地球新录》,湖南人民出版社,1980年,第41页。

53

数目相当,若只教男而不教女,则十人仅作五人之用"①,"女学"恐怕才是解决女子之用问题的理想途径。

走出去的中国人,还有另外的惨痛经验,它被描述为"被围观的脚"。1903年,日本大阪世界博览会上发生"人类学馆事件","日人竟拟于其中置一中国人,撷拾我一二旧俗,模肖其腐败之态,以代表我全国"②,消息被居留日本的华人视为莫大耻辱。因政府的干涉,人类学馆的事情被取消了,但在台湾馆(台湾在当时是日本的殖民地)内却安排了一小脚女人。此事带给国人的冲击巨大而深远,1904年成立的广东香山女子学校,在规定学生不准缠足时,就复述了发生在日本的"耻辱":"野蛮人类,馆列大阪,腾笑五洲","我实痛之,我实耻之"。

很快,这种被围观的耻辱在晚清的报纸上以各种形式被讲述和呈现,变成了一种与民族国家有关的仪式。作为妇女身体的双脚不再是属于妇女个人,不再属于私人隐秘。小脚美或不美,放脚以及如何放等一系列问题,全都被转化成为举国讨论的大问题。在晚清,这小脚已是一种象征——象征野蛮的、不卫生的、不文明的、耻辱的、祸国殃民的不祥之物。它们在报刊上以各种形式被言说,慢慢形成一种普遍的认识:妇女的双脚是"丑怪"。

对女人双脚的讨论,最终出现在康有为的《请禁妇女裹足折》中。"而最骇笑取辱者,莫如妇女裹足一事,臣窃深耻之。"③当然,作为臣子,试图打动皇帝的理由,"耻辱"只是其中一个——国家耻辱:"欧美之人,体直气壮,为其母不裹足,传种易强也。回观吾国之民,尪弱纤偻,为其母裹足,故传种易弱也。今当举国征兵之世,与万国竞,而留

---

① 李圭:《环游地球新录》,湖南人民出版社,1980年,第42页。
② 《日人侮我太甚〈敬告东京留学生〉》、《博览会人类学馆事件》、《新民丛报》25、27号,1903年2月、3月,转引自夏晓虹:《晚清社会与文化》,湖北教育出版社,2001年,第261页。
③ 康有为:《请禁妇女裹足折》,《近代中国女权运动史料(1842—1911)》(上),第508~510页。

女学生:民族国家视域下的新妇女想象

此弱种,尤可忧危矣!"①这是一位晚清知识分子对妇女身体价值的凝视。这样的讲述,使妇女与民族国家在某种程度上出现了重叠:"妇女的生物性再生产(生育)被等同为民族的生物性再生产(繁殖)"②。

对妇女身体的认识,也出现在晚清大臣张之洞的感叹中,在他眼里,中华两万万妇女因为缠足而"废为闲民僇民",只能坐而衣食,"不能植立,不任负载,不利走趋,所作之工,五不当一"③,这也是从国权的维护以及国富的角度来审视妇女身体价值的④。梁启超在《变法通议·论女学》中也反复阐说妇女身上的劳动能力。这种劳动能力先由"生利分利说"展开。"中国即以男子而论,分利之人,将及生利之半,自公理家视之,已不可为国矣!况女子二万万,全属分利,而无一生利者。惟其不能自养,而待养于他人也……彼妇人之累男子也,其不能自养,而仰人之给其求也,是犹累其形骸百年。"⑤梁为人类的未来所设想的蓝图中,是"国人无男无女,皆可各执一业以自养"⑥,当妇女身上的自养能力被发掘,那么"夫使一国之内,而执业之人,骤增一倍"⑦,人人都能自养,则国富民强。

尽管从康有为、梁启超的主张中依稀能看到西方理论的影响,但就此判断他们看法的"舶来"性质不免简单化。事实上,康有为、梁启

---

① 康有为:《请禁妇女裹足折》,《近代中国女权运动史料(1842—1911)》(上),第509页。
② 陈顺馨:《导言一:女性主义对民族主义的介入》,见陈顺馨、戴锦华编:《妇女、民族与女性主义》,中央编译出版社,2004年,第9页。
③ 张之洞:《张尚书不缠足会叙》,《近代中国女权运动史料(1842—1911)》(下),第847~848页。
④ 黄金麟:《历史、身体、国家——近代中国的身体生成(1895—1937)》,新星出版社,2006年,第40页。
⑤ 梁启超:《变法通议·论女学》,《近代中国女权运动史料(1842—1911)》(上),第550~551页。
⑥ 同上,第555页。
⑦ 梁启超:《变法通议·论女学》,《近代中国女权运动史料(1842—1911)》(上),第550页。

超在"发现妇女"方面作出的贡献应该被充分理解和认识。这种贡献首先应理解成:他们把西方话语本土化——使有关妇女问题的论述符合中国人的话语逻辑。

在《请禁妇女裹足折》开始,康设计了一种有意味的象征关系,他提到了汉代贾谊。"窃惟汉臣贾谊上治安策,谓大臣以簿书期会为大故,本末兼失,世败坏则不知怪,此诚知治乱之体要也。"①尽管这种写作手法常在大臣写给皇帝的奏折中出现,但它的意味深长之处还是应该被注意到:康有为在自我与贾谊之间建立了某种关联,进而使自己与皇帝的对话进入悠久的中国历史传统中。换言之,康有为使用了一种与"过去"重新建立关系的方式来打动皇帝。

这只是开始。在讨论了裹足为妇女带来行动不便和苦难处境、妇女身体对于国家"种"的流传的重要性之后,康有为开始追溯裹足的历史:"臣尝考裹足恶俗,未知所自,史记利屣,不过尖头,唐人诗歌,尚未咏及,宋世淹被,遂至方今,或谓李后主创之,恐但恶风所扇耳!宋人称只有程颐一家不裹足,则余风可知。古今中外,未有恶俗苦体,非关功令,乃能淹被天下,流传千年,若斯之甚也,则可骇莫甚焉!"②

对过去的重新解读,目的在于为现在的取消裹足寻找理由。既然裹足是苦体、非关功令的"恶俗",那么,取消它不仅合理,而且合法,因而皇帝所做的工作并不是对历史与传统的反叛,恰恰在于进入传统。于是,这种合法性不仅仅被理解为对传统的传承——"且国朝龙兴,严禁裹足,故满洲妇女,皆尚天足"③,也被理解为维护国家统一的需要:"凡在国民,同隶覆帱,率土妇女,尤宜哀矜,且法律宜一,风俗宜同。"④

---

① 康有为:《请禁妇女裹足折》,《近代中国女权运动史料(1842—1911)》(上),第508页。
② 同上,第509页。
③ 康有为:《请禁妇女裹足折》,《近代中国女权运动史料(1842—1911)》(上),第510页。
④ 同上,第510页。

女学生：民族国家视域下的新妇女想象

因而，禁妇女裹足，便不止是事关富国的手段，还在于"怜此弱女"和"改兹恶俗"。皇帝的行为不仅仅是为国家将来着想，还被认为是关怀百姓及改革恶俗之举。也就是说，康有为在《请禁妇女裹足折》中，成功地改写了裹足与"过去"、"现在"与"过去"，"现在"与"更远的过去"的关系，即"现在"所做的只是修正"过去"，而与"更远的过去"相联，进而传承历史、维护国家统一。

通过借助"过去"而获得合法性的方式，即托古改制，也出现在梁启超的《倡设女学堂启》中："是以三百五篇之训，勤勤于母仪；七十后学之记，眷眷于胎教。宫中宗室，古经厘其规纲；德言容工，昏义程其课目。必待傅姆，《阳秋》之贤伯姬；言告师氏，《周南》之歌淑女。圣人之教，男女平等，施教劝学，匪有歧矣。去圣弥远，古义浸坠，勿道学问，惟有酒食。等此同类之体，曾不一事生人之业，一被古圣之教！"①在梁启超的文字中，传统是神圣的，妇女无学并不是传统的一部分，而恰恰违背了过去和传统，因而，现在的"兴女学"，是与"更远的过去"——"古圣"接轨。

在一个历史悠久、传统力量强大的国族里，这种策略最终取得了成效。就上层而言，光绪帝和慈禧接受了禁裹足的请求，不缠足运动终获合法，妇女教育被纳入了官方的教育文件；就民间而言，这种策略延展到了报刊、杂志及街头巷议，并获得广泛认同。当然，这种使不裹足、倡女学进入历史系统的理解并不是康有为、梁启超的发明，只不过，他们的论说更为系统，更有文学性、煽动性，公众能见度更高。无论怎样，透过他们的言论可以看到，发现妇女的过程尽管借用的是来自西方的视角和话语，但最终使这些言论和系统扎根于中国土壤的，是中国知识分子的努力。他们对历史与现实做了复杂的"交易"、"消解"、"溶入"、"同化"等工作，这是传教士们所无法做到的。

---

① 梁启超：《倡设女学堂启》，《近代中国女权运动史料(1842—1911)》(上)，第561页。

还有另一种策略性工作。《变法通议·论女学》是梁启超思索"女学"的文章。整篇文章都围绕着一个论点展开:"然吾推极天下积弱之本,则必自妇人不学始。"①如何使女人自养,在他看来是整个国家摆脱落后、家庭摆脱贫穷的重要途径。在此处,梁启超借用了民族国家这一"想象的共同体",他以一位中国人的身份对传教士的行为进行象征性处理:"彼士来游,悯吾窘溺,倡建义学,求我童蒙。教会所至,女塾接轨。夫他人方拯我之窘溺,而吾人乃自加其桎压,譬犹子弗鞠,乃仰哺于邻室;有田弗芸,乃假手于比耦。匪惟先民之恫,抑亦中国之羞也!"②

通过对民族国家共同体的体认,梁启超把传教士的行为解释为"悯"、"拯",而中国人的差耻则在于"仰哺"、"假手",进而,他指出了自办女学的必要与必须:"夫男女平权,美国斯盛,女学布濩,日本以强,兴国智民,靡不如此"③。在"他者"的映照之下,梁提出:"三代女学之盛,宁必逊于美日哉!"④——时间将超越空间,那远在万里之外的"他者",有一日会变成我们自己。

"他者"至少被提到两次:一次被用来鼓励读者"知耻而后勇";另一次也是鼓励,认为现在的"他者"即未来的"自我"。这篇名传一时的文章,因捕捉到了当时中国人的集体感受而令读者备受鼓舞。这正是梁启超在民族国家叙述中所采用的叙述方式:放大对于民族国家成员身份的体认,从而把一种既屈辱又乐观的感受引入关于妇女的想象中。正如一位学者所指出的:"这种将国家命运关联于妇女智识开启的议论,不但使女学的传散得到一个正当化的名头,打破女子无才便是德的父权意识的钳制,同时也相对使妇女身体的存在价值工具化。

---

① 梁启超:《倡设女学堂启》,《近代中国女权运动史料(1842—1911)》(上),第555页。
② 同上,第561页。
③ 同上,第562页。
④ 同上,第562页。

女学生：民族国家视域下的新妇女想象

这种试图将两万万妇女的劳动生产力和智识转化成为一股国力的基础的努力,显然是一个特定历史情境的产物。它不单十足反映国际竞争情势在当时对中国所造成的绝大压力,它同时也揭示一个父权对国权低头过程。"①

因为学校可以塑造出生物学和文化意义上生育"优质"公民的高效母亲②,因为女学堂培养的妇女"上可相夫,下可教子,近可宜家,远可善种,妇道既昌,千室良善"③,所以,建造女学堂的任务显得极为迫切。当然,需要补充说明的是,这种片面和功利的身体发展趋向,并不能说是一种对身体的解放④。尽管后世的妇女研究者们一厢情愿地认为兴女学开启了中国妇女解放的大幕,但是,从动机而言,女学堂的建立无论是培育国民之母还是女性国民,都是为了一个目的,也只是为了一个目的:保国强种。女学堂与其说是中国妇女解放的一环,不如说是近代民族国家想象过程的重要一步。

由家内而家外

1903年之前,女学堂一直未得到法律上的承认。当时的女学堂都是民间私人力量开办,民间性使得这些学堂某种程度上"名不正言不顺",就此而言,1903年的《奏定学堂章程》的颁布具有特殊意义。此章程认为"蒙养院及家庭教育,尤为豫教之厚",但也指出"惟中国男女之辨甚谨,少年女子断不宜令其结队入学,游行街市,且不宜多读西书,

---

① 黄金麟:《历史、身体、国家——近代中国的身体生成(1895—1937)》,新星出版社,2006年,第41页。
② 同上,第561页。
③ 梁启超:《变法通议·论女学》,《近代中国女权运动史料(1842—1911)》(上),第550页。
④ 黄金麟:《历史、身体、国家——近代中国的身体生成(1895—1937)》,新星出版社,2006年,第41页。

59

误学外国风俗,致开自行择偶之渐,长蔑视父母夫婿之风","女学之无弊者,惟有家庭教育"。——虽然承认女学合法,但确定的是女学教育实际上还是家庭教育的定位。这样的官方承认,与晚清知识分子所呼吁的成就国民之母的期待有一定距离。

1906年,民间呼声日渐强烈的情况下,慈禧太后面谕学部兴办女学。1907年3月,清政府颁布了中国第一个女学堂章程——《学部奏定女子小学堂章程》26条和《学部奏定女子师范学堂章程》39条,正式承认了女学的合法性。《学部奏定女子师范学堂章程》中提到,女子教育的目的是培养"知守礼法"的贤妻良母,与男子教育有所区别。依此章程之说,女子教育的最高机构是女子师范学堂而非大学,女子教育也没有中学和实业学堂,女子小学堂与师范学堂的修业年限也比男校各少一年。这是男女完全分校的、两性双轨制教育体制。与1903年的《奏定学堂章程》相比,此章程承认了女子教育的合法性,并奠定了官办女学堂的法律基础。章程颁布后的重要性很快显现出来:至1909年,全国已有女子小学堂308所,占小学堂总数的0.6%;共有女学生14054人,占小学生总人数的0.9%[①]。

民国建立初期,教育部颁布了学校章程——《壬子癸丑学制》,开始淘汰两性双轨制,规定初等小学可以男女同学,还可以设立女子中学、女子师范和高等师范。女子教育的范围扩大,女子受教育的年限延长,这都有助于女子教育程度的提高。

中国现代文学史上的第一批女作家陈衡哲、袁昌英、谢冰心、黄庐隐、冯沅君、苏雪林、凌叔华等人,都受惠于民国初年颁布的《壬子癸丑学制》。因为这个章程以法律的形式认可了女子教育,使得女子求学历程中所遇到的障碍得以减少。章程颁布之后,各地政府都陆续开办了省立女子师范,这大大增加了女孩子们进学校读书的机会:谢冰心

---

① 程谪凡:《中国现代女子教育史》,中华书局,1936年,第79页。

女学生:民族国家视域下的新妇女想象

1912年曾就读于福州女子师范学校预科,之后进入北京的教会学校贝满女中;黄庐隐先是在教会小学和女子高小读书,之后进入北京女子师范学校;凌叔华在进入北京燕京大学之前,进的是天津女子师范学校;苏雪林进入安徽省立女子师范学校;石评梅进入山西省立女子师范学校。政府还为这些前来求学的女孩子们提供官费资助,黄庐隐、苏雪林、石评梅都得到了这种官费资助——家里没有学费的负担,女孩子读书遇到的阻力和家庭的经济负担也相应地减少。

1917年,教育部公开在全国招收女子高等师范学校的学生,这些女学生来源须是全国各地女子师范的毕业生,黄庐隐、苏雪林、冯沅君开始进入中国最早的女子高等学府学习。

到了1919年,大学开始允许女生就读,中学男女可以同学,越来越多的女性接受了西方的个人主义和男女平等思想,走进学校。1922年,教育部公布《新学制系统改革令》,建立了男女平等的单轨教育体制,女性享受平等教育的机会增多。在1920年,北京高等女子师范学校共有学生236人,这其中就包括黄庐隐、冯沅君、苏雪林、石评梅等在校生。到了1924年,北京高等女子师范学校改名为北京女子师范大学,设有10个系。1922年至1923年间,全国有女子高等学校2所,女大学生887人[①]。

此一时期,去国外留学的女子也出现增长趋势。借助于乔素玲《教育与女性》[②]及近代留学研究资料可以看到,最早出洋留学的女子大都是以陪读的身份走出国门,她们有的是随从父兄,有的是跟从丈夫,大都属于"游学"性质。从《中国近代女子留学史》一书中可以看到,1901年就开始有中国女留学生到日本,但真正的留日热潮出现在

[①] 此数字引自俞庆棠:《三十五年中国之女子教育》,见庄俞等编:《最近三十五年之中国教育》,商务印书馆,1931年,第199页。

[②] 近代女子教育留学详细资料参见乔素玲:《教育与女性》第一章"近代女子教育的产生与发展",天津古籍出版社,2005年。

1904年,"凡有一人在日本者,多有妻女姊妹相随"①。1911年学部制定了《编订女生留学酌补官费办法》,女学生取得留学官费补助权。1914年,清华学校开始送女学生赴美留学——从社会各校毕业生中招考女生直接派遣。这一年,清华录取了10名女孩子,其中就有陈衡哲。陈衡哲先在瓦沙女子大学读书,之后获得芝加哥大学奖学金,攻读西洋艺术史硕士学位。相比留日女生而言,留美女学生学习成绩优异,回国后成为中国历史上第一批现代职业女性。留学法国,主要是起于1912年的勤工俭学热潮。1919年女子勤工俭学留法人数增多,多以湖南人、四川人为主。苏雪林在女高师读书一年多后去法国学习,成为留法女生。

特别提出的是,后来成为现代文学史上著名的女作家的陈衡哲、冰心都是获得公费资助或从国外获得奖学金的女学生,受惠于当时的留学政策。没有民国政府有关妇女教育政策的松动、鼓励以及帮助,一个女孩子想在民国读书并且留学海外,会难上加难。

在当时,进学校读书并不是普通女孩子能做到的,这需要家庭有一定的经济实力。据以北京某教会女校为研究对象的调查报告②称,19世纪20年代,该校女学生的家长职业多以商界、政界、教育界为主,这个比例大约占了58%强。在中国社会,这个阶层应该属于中上阶层。这个调查表明,有关女校学生多来自有钱家庭的看法,并不孤立和片面。事实上,一般著名的女校招收女生都有条件限制,比如要求女学生家室良好、清白,有一定的经济基础。

有了经济基础和识字基础,也并不是每一个女孩子都可以像冰心、凌叔华、袁昌英那样顺利进入心仪的女校的,大部分女孩子需要自

---

① [日]实藤惠秀著,谭汝廉、林启彦译:《中国人留学日本史》,生活·读书·新知三联书店,1983年,第37页。
② 吴榆珍:《一个女子中学的课外生活》,《社会学界》1933年6月第七卷。

女学生:民族国家视域下的新妇女想象

己觉悟主动要求上学。陈衡哲年幼时,舅舅曾经为她讲述过西洋女人的故事,并且教育她:"你是一个有志气的女孩子,你应该努力的去学习西洋的独立的女子。"当她问如何成为"西洋的独立的女子"时,舅舅则告诉她进学校①。

但是,进学校谈何容易。对于陈衡哲的家庭来说,在晚清末年送一个女孩子进学校是"破天荒",而陈衡哲又是家中第一个进学校的女孩,所需要付出的努力更是特别大②。为了争取学习机会,陈衡哲拒绝了父亲命她结婚的要求。在舅舅的帮助之下,她进入上海一所女校学习英文,有了英文基础才有了考取清华留美预科的机会。这个决定后来被证明极其明智——这使陈衡哲后来有机会成为最早使用白话文写作的女作家、北京大学教授。

同样的倔强也成全了冯沅君。1917年,当在外地读书的哥哥告诉她北京女高师正在招收学生时,冯沅君强烈要求母亲允许她进入女高师,经过激烈的思想斗争,这位开明的母亲同意了女儿的请求。如果女孩子遇到一位并不开明的父亲或母亲,求学之路将变得异常艰难。苏雪林在安庆省立女子师范恢复时请求母亲允许她参加入学考试,后来,苏雪林回忆说:"这不算是请求,简直是打仗,费了无数的眼泪、哭泣、哀恳、吵闹,母亲虽软化了,但每回都为祖母或乡党间几位顽固的长辈,轻描淡写两三句反对论调,便改变了她的初衷。愈遭压抑,我求学的热心更炽盛地燃烧起来。当燃烧到白热点时,竟弄得不茶不饭,如醉如痴,独自跑到一个离家半里名为'水口'的树林里徘徊来去,几回都想跳下林中深涧自杀,若非母亲因为对儿女的慈爱,战胜了对尊长的服从,带我和堂妹至省投考,则我这一条小命也许早已结束于水

---

① 陈衡哲:《我幼时求学的经历》,《西风》,上海古籍出版社,1997年,第85页。
② 同上,第85页。

63

中了。"①

在克服家庭阻挠的同时,求学的女子还要面对周围人的不理解以及窃窃私语。在山西,石评梅中学毕业后要进入大学时,就遇到了巨大的社会压力:"一般的思想是这样的:一个女孩子家,中学毕业亦就可以了,何必费功的深造呢?所以她在故乡人脑中的位置,和假洋鬼子的位置差不多。她在故乡的思想中,确实是一个孤独者,然而她却奋斗着,奋斗着,终于战胜了。"②

无论如何,女儿们最终走出了家,在"女儿"身份之外也就多了"女学生"这样的身份。陈衡哲曾无限感慨地回忆当年进入学校读书的意义:"虽然后来在上海所进的学校绝对不曾于我有什么益处,但饮水思源,我的能免于成为一个官场里的候补少奶奶,因此终能获得出洋读书的机会,却不能不说是靠了这进学校的一点努力。"③

走出闺阁,进入学校,被"解放"的妇女们学习现代科学文化知识,接受文明教育、人格教育,学习体操、强健体魄,与男性一起认知社会与自身、担负建设国家的任务,认识男性与女性,认识家庭与情感,认识国民的责任与义务……具有现代办学思想与理念的学校,成为培养、教育、塑造、规训妇女,使其成为新型的、符合现代国家需求的、合格国民的最理想空间。"有学问而后有知识,有交际而后有社会,有营业而后有生利,有出入自由而后去种种之束缚、得种种之运动。"④晚清知识分子们关于民族国家的设想,在女学生从历史地表浮现并进入历史舞台的过程中一步步变成现实。

---

① 苏雪林:《我的学生时代》,《苏雪林文集》(2卷),安徽文艺出版社,1994年,第59页。
② 月如:《评梅的死》,蔷薇社编:《石评梅纪念刊》,载《世界日报》,1928年12月1日。
③ 陈衡哲:《我幼时求学的经历》,《西风》,上海古籍出版社,1997年,第85页。
④ 丁初我:《女子家庭革命说》,《女子世界》第4期,1904年4月。

早期鸳鸯蝴蝶派[①]与中国女性小说创作的发生

宋声泉　马勤勤

"五四"时期,富于女性主体意识的女性文学在中国文坛勃然兴起。依体裁而论,女性小说的成就最为突出。因而,在一般意义上,学术界普遍认定"五四"时期是中国女性小说创作的初兴阶段。"中国现代女作家作为一个性别群体的文化代言人,恰因一场文化断裂而获得了语言、听众和讲坛,这已经足以构成我们历史上最为意味深长的一桩事件。"[②]这种强调女性从新旧的"文化断裂"获得话语权的论述有其启示意义,但仔细推敲就会发现,这也同时在某些方面偏离、甚至遮蔽了历史的本来面目。因为"断裂"说无法清楚地解释女性从事小说创作的禁锢是如何被逐渐消除的,缺乏一种全景式的显像。

[①] 鸳鸯蝴蝶派在狭义上仅指言情小说;而广义上,近现代通俗小说都可以归入其中。建国后,鸳鸯蝴蝶派作品目录几乎收录了除新文学作家创作的小说之外的各类通俗小说。这个概念历史建构的复杂过程参见《重估〈新青年〉同人对"鸳鸯蝴蝶派"的批判》,《中国现代文学研究丛刊》2009年第4期。本文采用宽泛意义上的界定,主要考察辛亥革命至五四运动前后的民国旧派小说家,故称为"早期鸳鸯蝴蝶派",但这个时期女性的小说创作未计入其中。这一处理既有历史因素的考量,也是策略性的选择:一方面,这些小说不属鸳鸯蝴蝶派有影响的代表性作品;另一方面,这种处理方式便于探讨男性文人与中国女性小说创作发生之间的关系。其中,由于吕韵清的作品被收入《鸳鸯蝴蝶派小说分类目录》,有学者认为其可算得上是鸳鸯蝴蝶派的一位代表作家(见薛海燕:《近代女性文学研究》,中国社会科学出版社,2004年,第215页)。但笔者认为,该目录的编纂较为粗糙,误录甚多,且只收入吕韵清一篇作品,不足以作为划定其为鸳鸯蝴蝶派代表性作家的依据。故不取此说。

[②] 孟悦、戴锦华:《浮出历史地表——现代妇女文学研究》,中国人民大学出版社,2004年,第1页。

事实上,清末时期,小说作品的作者署名标注女性身份的情况已经出现,但不少作者的真实性别难以考订。据研究者统计,辛亥革命前,能够确定是女性创作的仅有 6 篇,而民初的女性小说创作已达近百篇①。有的研究者就此给予热切的肯定:"民初,可以说是'女性小说'真正兴起的时期"②。但事实上,与"五四"时期相比,民初时期既没有出现具有足够影响力的女小说家,其小说文本也缺乏鲜明的女性主体意识,更没有形成一个大范围内的文学潮流,因此笔者倾向于视之为发生阶段。曾有研究者大略分析当时女性成批介入小说创作的诸种条件,认为 20 世纪初女性小说迅猛发展的原因有三:"域外小说的输入"、"近代报刊业的发展"、"时代审美风尚的转变"③。这是有一定眼光的。但笔者发现,实际上还有一群文人在中国女性小说创作的发生过程中起到了相当重要的作用,那就是以往在这方面一直被忽视的鸳鸯蝴蝶派作家。以下就此加以论述。

一

民国初年,一些鸳鸯蝴蝶派的男性文人开始支持和扶持女性从事小说创作。他们着力突破旧时小说领域的男性文化专制,打开千百年来禁锢着女性小说创作的男权传统的樊篱,帮助女性拥有新的表达自我的艺术形式和更为广阔的文学天地。

---

① 沈燕在其硕士学位论文《20 世纪初中国女性小说作家研究》(上海师范大学,2004 年)中对此考证较为严格,确为女性的小说作者总计 37 位,民初的女性小说创作共计 88 部(篇),但这一数字仍有遗漏;薛海燕在《论中国女性小说的起步》(《东方丛刊》2001 年第 1 期)中的统计称,民初署名为"某某女士"发表作品的作家共 56 位,作品 105 种,不免失之于宽泛。笔者在此取其约数,认定民初的女性小说创作约有近百篇。
② 李舜华:《"女性"与"小说"与"近代化"——对明以来迄晚清民初性别书写的重新思考》,《明清小说研究》2001 年第 3 期。
③ 沈燕:《二十世纪初(1900—1919)中国女性小说概述》,中国近代文学国际学术研讨会暨第十三届近代文学年会论文集,2006 年。

早期鸳鸯蝴蝶派与中国女性小说创作的发生

首先,在鸳鸯蝴蝶派文人的家庭中,男性的家庭成员常常在女性的小说创作活动中扮演重要角色——在精神上鼓励着她们,在写作技巧上给予指点。例如,名媛陈翠娜[①]既能写诗词,又可以翻译和创作小说,十几岁便称誉文坛。这与她父亲——鸳鸯蝴蝶派的名家陈蝶仙的培养和家庭氛围的熏陶分不开。在陈蝶仙编辑《女子世界》[②]时,曾分两期登载了女儿的照片。其中第一期特意题为"十二龄能诗女子陈翠娜",可见对女儿的喜爱。此外,陈翠娜的哥哥陈小蝶也是鸳鸯蝴蝶派中写言情小说的名家。她的母亲朱嬿云则与陈蝶仙共同参与《女子世界》的编务,还一起写过小说。《礼拜六》杂志上的广告称《他之小史》"是书为天虚我生之夫人潄馨女士所撰,皆自述其新婚以前、新婚以后闺阁伉俪间之经过"。再从署名上看,《娇樱记》为"潄馨女士笔述,天虚我生润文",《他之小史》为"潄馨女士口述,天虚我生戏译"。韩南虽然对此提出了质疑,认为是陈蝶仙借用了妻子的语气,但仍然承认朱嬿云可能参与了《娇樱记》和《他之小史》的创作[③]。在这种浓厚的文学家庭氛围中,陈翠娜也开始了小说创作。她的译作"社会小说"《薰蕕录》和创作"哀情小说"《情天劫》,都署上了"天虚我生润文"。父亲的帮助、家庭的氛围,为女儿学习小说创作提供了便利。

一些已婚的女性从事小说创作,则是一定程度上得到了丈夫的扶助。例如,高剑华[④]作为民初时期多产的女性小说作者之一,在小说讲述故事和行文话语等方面多有新意,甚至不乏所谓"离经叛道"的惊人

---

① 陈翠娜,又名小翠,"十三岁着银筝集诗词,写小说,刊于《申报》"。见宋浩:《陈小翠的〈翠楼吟草〉》,《粤海风》2003年第4期。郑逸梅赞赏她的诗"潇漕清放,流宕自然",夸她多才多艺,"绘事法书,莫不结藻英华",见《郑逸梅文稿》,中州书画出版社,1981年,第73页。

② 在中国近代期刊史上曾先后出现过两份同名异质的《女子世界》,一为1904年丁初我创办,一为1914年天虚我生陈蝶仙编辑。

③ 韩南:《中国近代小说的兴起》,上海教育出版社,2004年,第231~236页。

④ 高剑华,号俪华馆主,著短篇小说《婉娜小传》、《处士魂》、《春去儿家》、《裸体美人语》、《刘郎胜阮郎》、《绣鞋埋愁录》、《蝶影》、《裙带封诰》、《卖觯女儿》和长篇小说《梅雪争春记》等。

之语。这得益于她丈夫——鸳鸯蝴蝶派的名家许啸天的开明和夫妻间日常的文学交流。夫妻二人志同道合,感情深厚。高剑华在《俪华馆游记》中写道:"今日作征妇,嫁得夫媚是文人,天涯橐笔,形影相随。"①不难看出,嫁给许啸天,她感到非常幸福。"橐笔",原指古代书史小吏,手持橐橐,簪笔于头,侍立于帝王大臣左右,以备随时记事;后亦指文士的笔墨耕耘。这里既可以理解为妻子在丈夫写作时的陪伴,也不妨看做夫妻间亲密的文学交流。与高剑华同编《眉语》的柳佩瑜曾撰小说向读者展示许啸天夫妇的感情,称"俪华夫妇笃于情,镜台拾钗,晶案画眉,闺帏间尽多韵事,旖旎绵密,锦绣春光,不能为阃外人漏泄一二也"②。从许啸天致高剑华的十封书简中,我们也可以发现二人亲昵的感情,"所幸贫贱夫妇,得欢笑无间,平安相守,镜台拾钗,晶帘画眉"③。

又如卞韫玉在她的小说《雪红惨劫》的"韫玉自识"中讲述了写作材料的来源及夫妻间的合作:

  (影郎)缕述既竟,太息不已。侬笑曰:痴哉,郎也。然玉楼艳迹,是色即空,虽幻象难凭,讵非说部之绝妙资料乎?因拈笔书其事,而呈于影郎润次之。乙卯既望韫玉自识。

她的丈夫"影郎"讲罢故事,非常感慨,而卞韫玉将其作为小说写了出来,丈夫又加以润色,一起完成了创作。

其次,相比古代,民初时期女性作家的文学交游领域已经从诗文唱和拓展到小说方面的合作。一些女性小说作者与鸳鸯蝴蝶派文人结为朋友,直接从他们那里得到帮助。例如,吕韵清的至交好友徐自

---

① 高剑华:《俪华馆游记(五)"越中风土记"》,《眉语》1915年第4号。
② 柳佩瑜:《才子佳人信有之》,《眉语》1915年第5号。
③ 许啸天:《新情书十首》,《眉语》1915年第4号。

华女士曾经提到她"盖顷正与倦鹤、小凤、朴安诸子,有《七襄》杂志之刊,兼与病倩相倡和,故兹特来访也"①。可见吕韵清与南社文人交往密切。而南社中有不少人是鸳鸯蝴蝶派的名家,如《七襄》的主办者姚鹓雏和引文中提到的叶小凤等。吕韵清的小说《凌波阁》、《狸奴感遇》、《白罗衫》等就登载在《七襄》上。再如黄翠凝②的丈夫早逝,遗下一子,她靠着写小说"卖文抚孤"。她的作品经常通过包天笑的介绍得以出版③。可以说,是包天笑的鼎立相助缓解了黄翠凝母子的经济压力。之后,黄翠凝的儿子张毅汉也是在包天笑的帮助下成为优秀的小说家和翻译家的。包天笑在编辑《小说林》、《妇女时报》和《小说时报》等杂志期间,还提携过其他的女性投稿者,如黄翠凝的好友陈信芳④等。

有的女性小说作者与早期鸳鸯蝴蝶派文人合作著译。如朱畹九与鸳鸯蝴蝶派的名家姚民哀一起,合译了《铁血制鸳鸯》、《急煞侬矣》、《离婚》等小说,署为"畹九译意、民哀笔述";刘韵琴曾与鸳鸯蝴蝶派的名家毕倚虹合译美国小说《纽约夫人》,宣传妇女解放的先进思想。1916年,她的《韵琴杂著》由上海泰东书局出版,其中列入"小说"栏内的短篇小说创作共有15篇,鸳鸯蝴蝶派的名家"平江不肖生"向恺然为之题词"横扫千人军"⑤。

---

① 徐自华:《寒谷生春记》,《七襄》1915年第7期。
② 黄翠凝创作过"奇情小说"《姊妹花》、"侦探小说"《猴刺客》和短篇小说《离雏记》,译著有"言情小说"《牧羊少年》和"奇情小说"《地狱村》等。
③ 包天笑:《我与鸳鸯蝴蝶派》,见魏绍昌编:《鸳鸯蝴蝶派研究资料》,上海文艺出版社,1984年,第178页。
④ 包天笑晚年将其误记为"姓黄",他写道:"还有几位女作家,记得一位是张毅汉的母亲黄女士,还有一位黄女士闺友,好像也是姓黄的,她们都是广东人,都能译英文小说,或是孀居,或是未嫁。"(《钏影楼回忆录》,山西古籍出版社、山西教育出版社,1999年,第459页)其实所指当是与黄翠凝一起翻译《地狱村》的陈信芳(参见郭浩帆:《张毅汉——一位被遗忘的小说家》,中国近代文学学会第十二届年会暨翻译文学与中国文学近代化学术研讨会论文集,2004年)。
⑤ 李西亭:《刘韵琴传略》,见《兴化文史资料》第12辑,1988年,第46页。

上述两性间的文学交游,促使女性小说创作活动突破家庭的狭小空间,强化了小说创作实践的社会性。

另一种类型的文学交游发生在同性之间。爱好小说创作的女性在一定的地域范围内走向了联合,出现了中国第一份以发表女性小说创作为主的杂志《眉语》[①]。其"宣言"标榜"本社乃集多数才媛,辑此杂志"。事实上,它的编辑确实多为女性,如马嗣梅、梁桂琴、柳佩瑜、梁桂珠、许毓华、孙青未、谢幼韫、姚淑孟等,均有照片为证,且都在《眉语》上发表过小说。尤其值得注意的是,"宣言"着重提出"许啸天夫人高剑华女士主笔政",似乎是在"借夫之名"来提高刊物的影响力。许啸天也一直襄助高剑华编辑《眉语》,而且他们都在该刊上发表了多篇小说。

《眉语》上的女性小说无论是文学观念还是审美趣味,都与早期鸳鸯蝴蝶派相近。它的"宣言"提到"锦心绣口,句香意雅,虽曰游戏文章、荒唐演述,然谲谏微讽,潜移默化于消闲之余,亦未始无感化之功也"。这与许多鸳鸯蝴蝶派杂志的发刊词十分相似。例如,《游戏杂志》的"序"中说:"惟此谲谏隐词,听者能受尽言……冀藉淳于微讽,呼醒当世……且今日之所谓游戏文字,他日进为规人之必要"[②]。两者的关键词均为"游戏"与"微讽"。此外,鸳鸯蝴蝶派的名家也有向《眉语》投稿者,如顾明道便曾化名"梅倩女史"在上面发表作品[③],致使某男性读者误以为作者是女性而向其求婚[④]。顾明道着意化名为女性作者,从一个侧面反映出鸳鸯蝴蝶派文人对女性从事小说创作的认同。而《眉语》刊出的小说在内容上以反映女子旖旎缠绵的生活为主,许多作

---

① 鲁迅在《上海文艺之一瞥》中混淆了《眉语》与《女子世界》,认为《眉语》是"制造兼可擦脸的牙粉了的天虚我生先生所编",不确。
② 爱楼:《〈游戏杂志〉序》,《游戏杂志》1913 年第 1 期。
③ 顾明道在《眉语》上使用过"明道"、"梅倩"和"梅倩女史"等多个笔名。署"梅倩女史"的有《帐底鸳鸯》、《印度女郎杀虎记》和《沙场英雄谭》。
④ 纸帐铜瓶室主:《悼顾明道兄》,《永安月刊》1944 年第 61 期。

品明显带有鸳鸯蝴蝶派风格。

早期鸳鸯蝴蝶派名家们的默许或鼓励、培养或交流,客观上促进了中国女性小说创作的发生以及女性小说创作人才的成长,对消除传统社会对女性创作小说的偏见起到积极作用。这一中间环节的存在与其他多种因素一起,为"五四"女小说家看似"横空出世"地登上现代文学历史舞台,作出了铺垫。

二

在文学生产过程中,文本创作与作品的发表、出版是密切联系的两个环节。早期鸳鸯蝴蝶派除了在女性从事小说创作方面起到一定的推动作用之外,他们编辑的各类杂志也纷纷发表女性小说作品,有的还将女性创作的小说结集出版。

清末民初时期,报刊是文学生产最主要的媒介。客观地说,晚清时期已经有不少期刊开始发表署为"女士"或"女史"身份的小说创作。1902年,《杭州白话报》和《新小说》分别发表了"曼聪女士"的《女子爱国美谈》和"岭南羽衣女士"的《东欧女豪杰》。此后,《女子世界》、《白话》、《月月小说》、《江苏白话报》、《中国女报》、《时报》、《神州日报》、《民立报》等刊物也都发表过一至两篇署为女性身份的小说。其中一些小说实际上是男性拟作的,如"岭南羽衣女士"被认为是罗普[①],"萍云女士"是周作人,"挽澜女士"可能是陈伯平[②]等。而其他作者大多难以准确考订其性别。真正出自女性之手的小说寥寥无几,比较确切者

[①] 近代著名女医生张竹君曾使用"岭南羽衣女士"作为笔名,发表过许多报刊文章。阿英在《小说二谈》中将《东欧女豪杰》的作者认作张竹君,郑逸梅的《艺林散叶续编》也持相同看法。然而,以冯自由与包天笑的记载为依据,晚近的研究者多将作者身份认定为康有为的弟子罗普。

[②] 也有材料说"挽澜女士"是陈伯平的胞妹。见秋宗章:《六六私乘》、《六六私乘补遗》,《东南日报》文史副刊《吴越春秋》第32期至75期、第348期至370期。

仅有如女史的《女举人传》、王妙如的《女狱花》、邵振华的《侠义佳人》、汤红绂的《蟹公子》以及被包天笑帮助过的黄翠凝的《姊妹花》和《猴刺客》。但在那一历史时期，能够或实或虚署为女性身份发表小说创作，已可谓是对男权中心文化禁锢的一种突围。

相比较而言，民初时期，女性创作小说的行为在男性的鸳鸯蝴蝶派文人那里得到了更为显著的"赋权"。《小说时报》、《女子世界》、《小说丛报》、《香艳杂志》、《春声》、《小说画报》、《小说海》等鸳鸯蝴蝶派的重要杂志，分别发表了杨令茀的《瓦解银行》，吕韵清的《秋窗夜啸》，汪咏霞的《埋愁冢》，吕韵清的《彩云来》，姚琴嫃的《一血剪》，朱畹九的《怜卿曲本事》，徐畹兰的《悞悞》、《以嫖治嫖》、《周莲芬》，吕韵清的《金夫梦》、《红叶三生》，黄翠凝的《离雏记》，黄璧魂的《沉珠》，"明离女子"的《珠光剑气录》等。而且，这些刊物还大量登载女作者的照片，将其真实性别公布于众。尽管其间不排除有设法吸引读者注意以增加报刊发行量等商业因素的考虑，但其客观上具有一定的文化史意义，为后世留下了当时女性参与小说创作活动并在特定范围空间里得到传播的切实记载。

在众多男性文人编辑的鸳鸯蝴蝶派杂志中，《礼拜六》发表的貌似女性创作的小说最多。实际上许多小说作者性别身份的真实性无法被准确辨别，如秀英女士、镜花女士、佩瑛女士、静英女士、慧侬女士、鹅西女士、颖川女士等。而可以认定确为女性作者的，至少有温倩华、幻影女士、陈翠娜、黄璧魂和吴忏情等5位小说家。其中幻影女士颇为突出，自第19期至第86期分别发表了12篇小说创作。与晚清时期相比，《礼拜六》的超越性体现在：它更为集中地发表以女性身份署名的小说创作；并且，多位以女性身份署名的小说作者发表作品在3篇以上。在"五四"前停刊的前100期《礼拜六》中，有近30期均发表有署以女性身份作者的小说作品。尤其在第41期之后，甚至常常出现一期刊物上发表2到3篇此类作品的情况。从性别文化的角度观之,《礼拜六》的这种编辑行为具有建立女性创作小说合法性的意义。

这些小说的范围涉及"家庭小说"、"社会小说"、"言情小说"、"义烈小说"、"国家小说"、"侦探小说"、"理想小说"、"灾情小说"、"警世小说"、"实事短篇"、"滑稽短篇"等多个方面,向读者密集地展示了女性小说创作内容的丰富性。体裁方面,既有长篇,又有短篇;语体方面,既有白话,又有文言;且题材多样,视野广博,讲述精彩,对女性从事小说创作既是引导,又是支持。

同时,《礼拜六》在女性小说创作的传播方面作用突出,因为它的发行量在民初时期是极大的。周瘦鹃回忆称,它"第一期销数达二万以上"[①]。编者在广告中称第2期销数达1万余册,第3期销数计1.7万余册[②]。天虚我生在《礼拜六》第46期上提到,它"将满五十期矣,风行海内,每期达两万册以上"。尽管这之中有些不实的赞颂之语,但现代出版大家张静庐也说过《礼拜六》"确有几期销过一二万本以上的"[③]。另外,陈蝶仙的《女子世界》也受到当时女界的热烈欢迎,"出版后声华籍甚,闺阁贻书称女弟子者数百人"[④]。这些鸳鸯蝴蝶派的期刊以其巨大的发行量和在当时不凡的号召力推动了女性的小说创作走向读者,使之得到更广泛的消费和推广,进而在文坛上和市民读者中获得一定的影响力。

此外,一些鸳鸯蝴蝶派的文人在编辑刊物时,还给予女性小说创作较高的评价。《礼拜六》的主编王钝根曾热切地赞扬幻影女士的《回头是岸》:

  幻影女士当是基督徒,故能以削切慈祥之意,作此有功

[①] 瘦鹃:《〈礼拜六〉旧话》,《礼拜六》(《工商新闻》副刊)第271期,1928年8月25日。
[②] 《〈礼拜六〉出版告白》,《申报》1914年6月20日、1914年6月27日。
[③] 张静庐:《在出版界二十年》,上海杂志公司,1938年,第36页。
[④] 钝根:《本旬刊作者诸大名家小史》,《社会之花》第1卷第1期,1924年1月5日。

世道之文。……深望女士此文,普及中华妇女界,渐知济人为天职,失意者竭其力,得意者助以资,使震旦前途,不致为怨雾所阻塞,国家进步之曙光,庶几可见矣。①

另,包天笑在为黄翠凝的《离雏记》作的"编者前记"中称赞她"善作家庭小说,情文并茂。今自粤邮我《离雏记》一篇,不及卒读,泪浪浪下矣"②。尽管这些鸳鸯蝴蝶派的文人语中不乏男性本位意识影响下的偏识成分,但作为编辑,能够比较开明地对待女性创作的小说,并亲自作评加以提携,显然有利于引导更多的女性介入小说创作。

在出版方面,值得一提的是,1919年上海广益书局出版了波罗奢馆主人编的《中国女子小说》,共辑录"女子小说十种"。波罗奢馆主人即为早期鸳鸯蝴蝶派的名家胡寄尘。他及时地将女性小说创作结集出版,在其编的《中国女子小说》的"序例"中称:"均因零篇断简,散而不聚,且原书久已无从购觅,编者惜焉。特将什袭珍藏之稿,汇刊成编。"当时女性小说创作仍很稀少,还没有被广泛认可,胡寄尘却明确肯定说:"吉光片羽,至足珍也。作者不均以小说见称,此乃其偶然兴到之作,故尤为难得。"他对部分小说略加介绍,予以推重:

> 《黄奴碧血录》系美国某夫人纪中国事,复由作者译为中文者也。所记当系事实,诚中国女界不幸之惨剧也。《女露兵》及《旅顺勇士》两篇,写爱国英雄,勃勃有生气,其他如《寒谷生春》,足称韵事,《荒塚》、《祈祷》,可谓诙谐,亦各擅所长,堪深玩味。③

在中国女性小说创作的发生过程中,胡寄尘辑录的《中国女子小说》具

---

① 王钝根的评语,见《礼拜六》1915年第48期。
② 载1917年7月《小说画报》第七号。
③ 波罗奢馆主人编:《中国女子小说》,上海广益书局,1919年。

有一定的文学史意义,是中国女性文学史上第一部女性短篇小说集。

民国初年,鸳鸯蝴蝶派为女性小说创作大量提供发表阵地,并予以推介,还适时地将它们结集出版。这促进了女性小说创作新的传播空间的生成,使其在更加广阔的范围中被阅读和被讨论,从而提高了作品影响力,为女性创作小说的历史合法性争取了民间的舆论,在公共空间中逐渐形成女性同样可以创作小说的观念,并作为一种常识建构起来。

三

如今,人们已经对职业的女小说家习以为常,但在清末民初时期,将小说家作为中国女性的固定职业,是极少见的。早期鸳鸯蝴蝶派通过"借镜西方"的方式,"求新声于异邦"。他们大量译入域外女小说家的创作,同时向中国读者介绍她们的情况,并大加赞扬,刺激、启迪和引导女性读者参与小说创作。

自晚清开始,域外女小说家的作品便已陆续被译入。据笔者考察,这种译介活动至迟不晚于1875年女性传教士博美瑞翻译的威尔通女士的《安乐家》。该书由"中国圣教书会"出版,1882年画图新报馆再版。同期,来华的若干西方女性传教士①翻译的一些西方女性创作的小说进入中国。此外,从1901年至1906年,小说翻译界又译入了至少5部作品,分别是斯土活夫人②的《黑奴吁天录》、步奈特夫人的《小英雄》、戈特尔芬女史的《小仙源》③、甘糜伦夫人的《斯芬克斯之美

---

① 如美国的亮乐月、杜步西夫人和英国的季理斐夫人、杨格飞夫人等。
② 这里的"斯土活夫人"以及下文中的"斯拖活夫人"、"批茶女士"、"海丽爱德斐曲士",均为今译"斯托夫人"在晚清时期的不同译法。
③ 《〈小仙源〉凡例》中言"作者为瑞士文学家……历经重译,戈特尔芬美兰女史复参酌损益,以示来者"。

人》和维多夫人的《印雪簃译丛》。1907年出现了译介的小高潮,《东方杂志》分5期发表了加撒林克罗女史的《陶人案》、《数缕发》、《黑幻象》、《车中语》和《拯三厄》等小说;而商务印书馆出版勃内登女士、男爵夫人奥姐、沙斯惠夫人的3部小说《苦海余生录》、《三疑案》(《雪驹案》、《伊兰案》、《跛翁案》)和《一仇三怨》,第二年又出版男爵夫人阿克西的《大侠红蘩露传》。1910年,改良小说社出版摩洛女士的《情狱》。1911年,《小说月报》发表琐司倭司女士的《薄幸郎》;同年鸳鸯蝴蝶派的名家周瘦鹃也在《妇女时报》上发表译自仇丽痕托麦司夫人的《飞行日记》。

  同样,晚清时期也已经出现了对域外女小说家的介绍。一些译者在所译的外国女小说家作品的前言或序跋中,对作者会加以十分简要的介绍。如林纾在《〈黑奴吁天录〉跋》中说:"斯土活,美洲女士也。卷首署名不以女士加其顶者,以西俗男女并重,且彼原书亦不自列为女士,唯跋尾见之,故仍而不改。"[①]至迟不晚于1902年《选报》第18期刊载的《批荼女士传》,域外女小说家的传记开始正式被陆续介绍进入中国。但这篇传记集中关注的是批荼能"以一枝纤弱之笔力,拔无数沉沦苦海之黑奴",其书一出,使"美人始恍然于役使黑奴为不合人理,犹拔数十重阴翳之云雾,而复见天日"。传记的中心是将批荼女士置于美国废奴运动的先驱来观照。她的著作甚至不被当做小说来看待,而是看成促动社会变革的巨著。至1905年,丁初我向国内介绍今译为"斯托夫人"的《女文豪海丽爱德斐曲士[②]传》。虽在标题上突出了"女文豪"的角度,但通读全篇,作者关注的仍是"文字固有左右世界之能力,而为造成事实之母"。正是由于"女史之著作一出现","而解放奴

[①] 林纾:《〈黑奴吁天录〉跋》,《黑奴吁天录》1901年武林魏氏藏版。转引自陈平原、夏晓虹:《二十世纪中国小说理论资料》,北京大学出版社,1997年,第43页。
[②] "斯土活"、"批荼女士"、"海丽爱德斐曲士"皆是"斯托夫人"在晚清时期的不同译法。

隶之潮流遂披靡于美洲全境"。晚清对域外女小说家介绍的总体情况是并未将她们当做小说家来看待。

　　清末,在介绍域外女小说家方面,值得一提的译者是周作人。他对爱理萨阿什斯科(即奥西斯歌,Eliza Orzeszko,1842—1910)和乔治爱里阿德(即乔治·艾略特)的介绍,不仅文中涉及姓名及文学作品时标注了英文原名,还非常注意文学作品的艺术成就。如赞美有"波兰之乔治珊德"之称的爱理萨阿什斯珂能"穷愁著书",其作品"大抵描写波人促迫苦愁之状,读之可感";引法人洛利氏之语称爱里阿德为文"刻写性情,至可叹赏","在写实之中,于心里观察亦无微或缺",点明了艾略特小说的艺术特征。但晚清时期这种介绍域外女小说家的方式犹如凤毛麟角,十分罕见。

　　进入民初以后,类似的情形有了很大的改变。最为明显的变化是,所介绍的域外女小说家,无论是人数还是文章篇目数量都明显增多,绝大多数传记都采用了正规的传记体,清晰地标示了传主及其作品的外文原名。其间,早期鸳鸯蝴蝶派的名家周瘦鹃着力甚勤。早在1911年,他的《英国女小说家乔治哀列奥脱女士传》就详细叙述了乔治哀列奥脱的出生地、家庭成员、幼年生活、学习生涯及著述事业。周瘦鹃在介绍中大加推崇,称她的小说是"大手笔","是书一出,文名大著",赞扬其小说创作艺术性高,"雕藻绣词,如春云之出岫,如春蚕之吐丝,于文学界中始崭然露头角",且好评如潮,名人的褒奖书"如雪片而至"。周瘦鹃还视其为女小说家的成功典范,"女士遂横行阔步于英国文坛上,为女界破天荒"[①]。

　　民国初期,周瘦鹃一发而不可收,先后于1912年至1916年的五年时间里译出七篇小说,有美国挨金生女士的《恋爱之花(林肯之情史)》、法国施退尔夫人的"哀情小说"《无可奈何花落去》、英国比阿特

―――――――――――――
[①] 瘦鹃:《英国女小说家乔治哀列奥脱女士传》,《妇女时报》1911年第2期。

里斯·格里姆肖女士的"忏情小说"《世界尽处》、英国近代女文豪玛丽·考雷利的"哀情小说"《三百年前之爱情》、英国女小说家曼丽哀奇华司的"女子德育小说"《手钏》（原名 The Bracelets）、美国近世女文学家哀丽娜格林的短篇小说《情苗怨果》以及英国贾斯甘尔夫人的"侠情小说"《情场侠骨》[①]等。此间，周瘦鹃还撰写了两篇女小说家传记。他的《德国最有名之女小说家》不仅叙述详细，而且极尽能事地向读者夸耀女小说家李楷达罕克的成就，赞其小说为"近世界不世出之杰作"，"蜚声于欧罗巴……汉司贝山博士近于'窦格里夫'丛报中为文以揄扬女士，称为德意志自有小说以来之第一作家"[②]。此外，《中华小说界》还登载了周瘦鹃附于翻译小说《情场侠骨》之后的《贾斯甘尔夫人小传》，称她"性既温媚，貌复艳绝，善为小说家言"，还列举了她的《玛丽白顿》等9部小说，称"诸书""俱足以传世"[③]。

相较而言，晚清时期"女小说家"的译入比较分散，而周瘦鹃翻译域外女小说家的作品更为集中；晚清的译者大多无意于作家的性别，但周瘦鹃不仅翻译女小说家作品，还热衷于对她们加以介绍，因而这种翻译行动似更具有主动性。

一些鸳鸯蝴蝶派刊物或是与之关系密切的杂志，此时也开始刊文介绍西方女小说家。《女子世界》发表了蕙云的《欧美才媛小史·法国女著作家盎瑟尔蔓茵》，称赞其"著一说部曰《珂琳娜》，则又哀感顽艳，

[①] 分别见《妇女时报》1912 年第 8 期，《礼拜六》1914 年第 20 期，《女子世界》1915 年第 5 期，《女子世界》1915 年第 6 期，《中华妇女界》1916 年第 2 卷第 1 期，《春声》1916 年第 2 集，《中华小说界》1916 年第 3 卷第 4 期。

[②] 瘦鹃：《德国最有名之女小说家》，《中华妇女界》1915 年第 1 卷第 6 期。

[③] 瘦鹃：《情场侠骨·〔补白〕贾斯甘尔夫人小传（附肖像）》，《中华小说界》1916 年第 3 卷第 4 期。

不落寻常窠臼,传诵全欧,文名藉甚"①。《中华妇女界》②起到的作用更大,先后刊发了莘农的《法国女著作家马龙尼小传》、侠花的《英国女小说家史蒂尔夫人(译英国世界报)》、《英国现今最著名军事小说家格莱扶似女士小传》和《英国女小说家利芙斯女士》,或是夸赞女小说家能"把其生花垂露之笔掇取沙场上血飞肉舞之故事,一一笔之于书,衍为说部,行间字里,虎虎有生气,而使世之读者为之兴起"③;或是推崇其"缘是书一字一句,实处处为近今一般妇女写照,而又妙在能根据社会上之状态,了不作泛泛之语,其陈义既高,识见亦有独到处"④。但这些文章大都较为简短,且多留意于女小说家的生平。而由于周瘦鹃是民初时期言情小说的巨匠,"少年男女,几奉之为爱神,女学生怀中,尤多君之小影"⑤,故他在当时年轻女性知识群体中的影响力是很大的。正因为如此,他对域外女小说家的介绍也便更容易引起读者的注意。

当时,鸳鸯蝴蝶派之外,也有人曾介绍域外的女小说家,尤以斯拖活夫人最多。比如孙毓修在其《欧美小说丛谈续编》中提到:"我国宫闺,多擅篇什,而留意于小说者,殊少概见。欧美才媛则不然,芬芳之舌,琬琰之思,于虞初九百之中,别树一帜者,其人何限,而脱去女儿口吻,有功于世道人心者,其惟美国斯拖活夫人之乎。"⑥他一方面认为中国女性的小说成就不高,另一方面指出自己推崇斯拖活夫人的原因之一,是欣赏其"脱去女儿口吻"。这就涉及读者的接受心理。应该说,当时女性的小说创作能够获得承认,某种程度上与女性创作文本往往

---

① 蕙云:《欧美才媛小史》,《女子世界》1914年第1期。
② 它虽然不是鸳鸯蝴蝶派的文艺期刊,但仍有大量鸳鸯蝴蝶派文人参与其中,尤其是小说创作和小说翻译方面主要由周瘦鹃、包天笑、张毅汉和后来成为新文学家的刘半农等供稿。
③ 侠花:《英国现今最著名军事小说家格莱扶似女士小传》,《中华妇女界》1915年第1卷第8期;《英国女小说家利芙斯女士》,《中华妇女界》1915年第1卷第9期。
④ 侠花:《英国女小说家利芙斯女士》,《中华妇女界》1915年第1卷第9期。
⑤ 钝根:《本旬刊作者诸大名家小史》,《社会之花》第1卷第1期,1924年1月5日。
⑥ 孙毓修:《欧美小说丛谈续编》,《小说月报》1913年第4卷第5期。

具有"去性别化"的特征有关。又如高君珊译介斯土活女士的传记时提出:"汤姆之斗室及其他名稗史,将永垂千古。以作者有深意寓其中,非徒作小说观也。小说虽佳,苟不具讽世之意移俗之功,则如春花烂漫转瞬即萎耳。"①她倾向于把出自女性之手而大获成功的小说"非徒作小说观"。这些看似中性的介绍基本上是承接晚清时期对域外女小说家的翻译方式的余波。与之相比,周瘦鹃的"夸大其词"在建构女小说家的域外典范方面更具策略性。

此外,早期鸳鸯蝴蝶派的杂志也纷纷登载域外女小说家的照片,展示她们的风采。笔者以为,传记与照片,堪称同一事件的两种不同的叙述方式——传记以文字的形式包含着大量的信息,将女小说家们的生平事迹与文学成就展示给中国读者;照片则进一步增加了她们的真实性与可感性。从这个意义上讲,照片实际上是传记的一种重要补充。例如,1914年第25期《礼拜六》杂志上登载了三幅女小说家的"图画",分别是"法国女小说家奥克珊男爵夫人(Baroness Orczy)"、"美国女小说家荔他(第史门黑蒲兰夫人)(Rita〔Mrs. Desmond〕Humphreus)"、"美国女小说家麦乔利勃朗文(Miss Marjorie Brown)";又如1915年第6期《女子世界》上也刊登过一幅女小说家照片,即"英国著名女小说家梅丽柯丽烈女士(Marie Corelli)";再如《小说月报》分别在1913年第4卷第9号、1914年第4卷第10号、1915年第6卷第7号、1918年第9卷第6号等期登出过"英国现在之小说家 Miss May Sinclair②"(封面图片)、"英国现在之小说家 Mrs. Humphry③"(封面图片)、"希康刺司"、"英国著名女小说家阿克西男爵夫人(大侠红蘩蕗传之著者)小影"。西方女小说家们的美丽"倩影"以及所署的"女小说

---

① 高君珊女士:《记述门:泰西列女传·斯土活夫人》,《妇女杂志》1917年第3卷第5期。
② 今译为梅·辛克莱(May Sinclair,1863—1946)。
③ 今译为亨福雷·华尔德夫人(Mrs. Humphry Ward,1851—1920)。

家"作为域外的风景,更具有了深层的文化意义,它不会因身份僭越而被斥责,同时又对现有文化语境的束缚有所突破。

以周瘦鹃为代表的早期鸳鸯蝴蝶派的名家不遗余力地引入域外的女小说家。这些通过翻译引入中国的西方女小说家的作品、传记以及照片,某种程度上为当时女性介入小说创作树立了典范,也促进了中国文坛对女性创作的体认。

四

法国社会学家布迪厄认为,"在高度分化的社会里,社会世界是由大量具有相对自主性的社会小世界构成的",其中,拥有不同资本的团体或个体,按照他们占据的不同位置之间的客观关系形成了一个网络或一个构型,即为"场域"①。"当亚群体的人们为更高的地位而奋斗的时候,他们也要在场域内部寻找到一个位置并获得承认。"②在他看来,"文学场域像其他所有场域一样:文学场域涉及权力(例如,发表或拒绝出版的权力);它也涉及资本,被确认的作者的资本,它可以通过一篇高度肯定的评论或前言,部分地转到年轻的、依然不为人知的作者的账上"③。我们在思考早期鸳鸯蝴蝶派对中国女性小说创作的发生所起的综合性作用时,由此可以获得一些启示。

中国古代男性中心的社会文化将女性的文学活动禁锢在无形的樊篱中,这一点在小说创作方面体现得尤为明显。在相当长的一段时间里,小说被看做品格趋俗,有悖于传统伦理道德对女性的规范和塑

---

① [法]皮埃尔·布迪厄、[美]华康德著,李猛、李康译:《实践与反思:反思社会学导引》,中央编译出版社,1998年,第133~134页。
② [英]安吉拉·麦克罗比著,李庆本译:《文化研究的用途》,北京大学出版社,2007年,第164页。
③ [法]皮埃尔·布迪厄著,刘晖译:《艺术的法则:文学场的生成和结构》,中央编译出版社,2001年,第217页。

造。与此相关,20世纪以前,已知的确为女性所作的小说仅有三部:汪端的《元明佚史》、顾春的《红楼梦影》和陈义臣的《谪仙楼》。其中,《元明佚史》早已亡佚,而《谪仙楼》并未刊行,即便是留存的《红楼梦影》仍未敢显露作者的女性身份,而只是署为"云槎外史"①。可以说,在中国前现代的"文学场域"中,小说创作的权利基本是由男性文人所拥有,女性只能作为读者而存在。并且,在作者与读者的结构关系中,女性处于受教育的地位,小说被看做"教育女性、传播儒家传统女德的最好工具"②。

　　特殊的情况发生在弹词领域。在这个领域里,女性不仅可以创作,而且还取得了较大的成就。于是有学者将弹词作为小说的一种特殊体裁,把明清以来的女性弹词当成女性的小说创作传统③。但在笔者看来,尽管弹词亦可称为"传奇小说"或是"七字小说",而且在晚清文学理论中,小说的界定颇为宽泛,涵盖面极广,但二者一为韵文体,一为散文体,毕竟难以等同。夏曾佑便认为弹词虽"摄于小说之中",但"其实与小说之渊源甚异",视《玉钏缘》、《再生缘》之类"其用则专以备闺人之潜玩"④。因而,男性中心话语主导的文坛对这两类创作的包容程度不尽相同。在男性文人眼中,弹词往往近于女性日常的游戏活动,而并不具备进入文学场域的资格。

---

① 长期以来,"云槎外史"究竟为何人,一直是一个谜。孙楷第《中国通俗小说书目》谓《红楼梦影》为"清无名氏撰"。1988年,北京大学出版社影印出版了《红楼梦影》,其《点校说明》认为"作者署名根据原书扉页题作'云槎外史',原书每回前题'西湖散人撰',与云槎外史当为一人"。1989年,赵伯陶在《红楼梦学刊》第三辑上发表了《〈红楼梦影〉的作者及其它》一文,根据太清所著的《天游阁集》的日藏本影印页片,考证出"云槎外史"是顾太清,"西湖散人"为其闺中好友沈善宝。
② 李舜华:《"女性"与"小说"与"近代化"——对明以来迄晚清民初性别书写的重新思考》,《明清小说研究》2001年第3期。
③ 参见胡晓真:《才女彻夜未眠——近代中国女性叙事文学的兴起·序言》,北京大学出版社,2008年,第1页。
④ 别士:《小说原理》,见王运熙主编,邬国平、黄霖编著:《中国文论选·近代卷(下)》,江苏文艺出版社,1996年,第63页。

早期鸳鸯蝴蝶派与中国女性小说创作的发生

　　直到民国初年，大部分男性仍是希望女性将重心放在家庭，不要涉足风花雪月的小说创作。他们普遍认为"男子治外，女子治内"是"我家族主义之民族颠扑不破之论"，轻视"动以图画美术等自炫耀，或以学术自高尚，而于实用之技能，反不加以研求，甚至詈为琐屑"的女校学生，担心她们"一旦肩任家事，将自恨其拮据也"①。"美术"在清末民初之际基本上可以看做"美学"的另一代名词，"'文学'乃'美术'之一种"的看法，"已经达成了某种相对普遍的共识"②。反对女性以"美术"来炫耀，自然会反对女性创作小说。时人汪集庭也劝告女性"短札笔记，未尝不可阅，惟严避浮薄猥琐之小品丛话"③。其所列"妇女应有之知识"凡十种，均为家庭生活方面，包括理财、子女教育、烹调、裁缝、清洁及房间布置等，对女性文化上的要求仅为"簿记、书札，能不假手他人"④而已。

　　更严苛的是，民初的文化教育界甚至存在着对女性阅读小说的激烈抨击。1915年，女学教习张芳芸在《妇女杂志》的发刊辞中严正声讨了民初女子耽于阅读小说的恶习：

　　　　盖女子粗通文义，最嗜稗官，此殆天性使然，未足深异。客有自武林返者语余云，浙江图书馆中每日来阅书者，人数寥寥，间有女子，则恒以新小说等为消遣品。此其明验，无才是德，贻人口实者，固别有在焉。抑余之为斯言，非于小说家言表极端之反对也。惟以今日女学幼稚时代，当读之书，为类滋伙，女子责任实大且重，沾沾于此中觅生活，未免玩物丧

---

① 蕉心：《对于近世妇女界之针砭》，《妇女时报》1915年第17期。
② 贺昌盛：《晚清民初"文学"学科的学术谱系——从"词章"到"美术"再到"文学"》，《学术月刊》2007年第7期。
③ 汪集庭：《女青年与出版物之关系》，《妇女杂志》1917年第3卷第6期。
④ 汪集庭：《妇女应有之知识》，《妇女杂志》1917年第3卷第1期。

志耳。①

她从嗜读小说是女子天性的角度出发,认为处"今日女学幼稚时代",阅读小说是"玩物丧志"的行为。因为这些小说"曲学阿世,导后进以偷惰,陷风俗于淫靡",会对"神圣庄严之女界"产生极为恶劣的影响。众所周知,阅读小说是创作小说的基础。在当时,连女性阅读小说的行为都遭非议,更勿论女性从事小说创作了。

与上述话语所反映出来的性别观念相比,早期鸳鸯蝴蝶派在特定层面上超越了他们所处的时代。他们的一系列与女性小说创作相关的实践活动,客观上促进了文学场域内性别层面上的变化。他们大力支持、扶持甚至直接参与女性的小说创作,为女性的小说作品提供发表阵地,将她们的作品结集出版,并多有奖掖推赞之语,这些都为女小说作者在公共空间获得一定的象征性资本和文化资本创造了条件。与此同时,他们翻译和介绍域外的女小说家,借着当时处于强势文化地位的西学之风,冲击旧有文学场域的"惯习"。这样的实践与来自女作者自身的以及其他方面的多种因素相融合,使女性从事小说创作开始得到社会上越来越多人的肯定和接受。这一变化在小说创作和性别层面具有双重的进步意义。

不过,我们也不能过分地夸大这种进步性。文学场域的更新根本上源自社会变革,同时与政治和经济等场域之间关系密切。受时代和自身素养的限制,早期鸳鸯蝴蝶派所提供的"二合一"式的新的小说观念和性别观念,只能是一定程度上对文学场域的渐变起到促进作用。同时还须看到,在鸳鸯蝴蝶派成员中不乏持有反对意见的人。即便曾对女性从事小说创作有所帮助者,也不等于完全抛弃了男性本位的立场。如包天笑和张毅汉就翻译过一篇嘲讽女性的小说作品空疏乏味

———————
① 张芳芸:《发刊辞三》,《妇女杂志》第1卷第1期,1915年1月5日。

早期鸳鸯蝴蝶派与中国女性小说创作的发生

的《女小说家》①。

此外,早期鸳鸯蝴蝶派在赞扬女性小说创作的同时也可能有其偏见,如胡寄尘编的《中国女子小说》的"序例"中提到:

> 作者不均以小说见称,此乃其偶然兴到之作,故尤为难得。……方今女学发达,女子课读之余,多喜浏览小说。惟坊本汗牛充库,苦无相当之书,是编均出自女子手笔,文意皆佳,以供女子消遣,尤为适当。

他将一些女性创作的小说视为"偶然兴到之作",并直言其编辑本书的用意主要是将这些出自女子手笔的作品"供女子消遣",用以防止女性学生们课余读到可能会带来恶劣影响的坏小说。

然而,值得肯定的是,渐变的文学场域已经孕育着新的女性思想。林传甲的女儿林德育在其《泰西女小说家论略》中叹息"吾国文人,昔多鄙薄小说",且"女子小说家,尚无人焉",并发出了自己身为女子而希望从事小说创作的心声:"吾愿继林畏庐之后,为女小说家,藉效通俗教育之义务也。"②如此直接而热切的呼声在当时是比较罕见的。另外,林德育也是当时极少直言奉劝本国女性可以将创作小说作为职业的人。她羡慕西方女小说家"以著述显于世界",希望通过自己的介绍和推重引起当时女界同胞的注意,乃至"闻风而起",并认为女性可以作为小说家自立。她还结合自己的投稿经历,为女界同胞算了经济账:

---

① 天笑、毅汉译:《女小说家》,《中华妇女界》1915年第1卷第3期。作品描写贝勒梅夫人只顾醉心于小说创作而忽视了身为女性的责任。无奈她没有创作小说的才华,耗尽心血所著的小说却被出版社退了回来。但她总是盲目自大,丈夫为她自费出书后,读者恶评如潮,她遭到周围人的耻笑。小说以女小说家放弃写作,宣称"今而后我知过矣"的自我反省告终。

② 林德育女士:《记述门:泰西女小说家论略》,《妇女杂志》1917年第3卷第12号。

>前月费四星期之余力,平均每两日编成一长篇,四日共成两篇,投稿妇女杂志社,得书券数元,似可敷一人一月之用。若勉力为之,暑假内日日不懈,则一月所得,必七八倍于此,足以仰事父母矣。教育月薪七十元至百元者,其名不出乎一校。若编辑著述投稿于著名杂志,则名满全国矣。

这里,她毫不讳言希冀依靠小说获得荣誉的功利心态。尽管林德育的思想中还有很守旧的成分,在为女性作职业小说家呼告的同时未能尽脱男权中心的思维;但即便如此,她终向男性主导的文坛发出了女性的声音。在从晚清到"五四"女小说家身份的自我确认过程中,这样的觉醒堪称重要的一环。

新时期以来,以鸳鸯蝴蝶派为代表的现代中国通俗文学研究取得了突出的成绩。研究者们不仅对民国旧派小说创作的文本世界进行思想、题材、体裁、叙事等多方面的内部研究,还从外部研究如地域文化、市民文化、读者接受、传播媒介等不同层面进行了广泛而深入的探讨。从性别视角着眼的研究,基本集中于女性形象的分析,而实际上,鸳鸯蝴蝶派在中国文学的性别维度现代化进程中所起到的作用更加值得考量。这既是对鸳鸯蝴蝶派研究视阈的新开拓,也是对性别与文学研究对象的扩容。

性别视野中的现代中国新诗

罗振亚 卢 桢

"五四"运动以造山之势,推进了中国文学的现代性转型。在时代话语的催生下,传统女性在父权制社会中的生存境遇和遭际命运,成为一代知识分子"整体性反传统"的有力武器,"人的文学"便是妇女解放的一面大纛。以白话语体形式承载现代人文理想的新诗,自然成为诗人表达个体性别诉求、确证性别身份、挥洒性别意识的有力载体。在现代伦理的烛照下,诗人们以倡导女性平等意识作为切入点,向封建道德观念发起挑战,在新诗这块绽蕾的土壤中辛勤耕耘,不断地丰润着它的性别内涵。

一

20世纪20年代,反对旧道德、提倡新道德的呼声响彻意识形态的各个领域,以此为契机,思想界掀起了一场性别文化的启蒙运动。以鲁迅、茅盾、周作人、张竞生为代表的现代知识分子策动了以"人本主义"为核心、以解放妇女为先导、以现代人道主义为本位的性别观念变革运动,向吃人、特别是吞噬女性生命的传统文化痼疾发起挑战。觉醒的一代作家秉持着追求个性之"真"的理想,以自我表现的姿态投入性别解放的洪流,使得"中国现代文学性别意识现代性正面价值的初步建构,在男作家创作和女作家创作两方面展开"①。

1. 初建饱含性别质素的诗学象征体系

新月诗人徐志摩曾宣告"逃出牢笼,恢复了我们的自由"(《这是一个懦怯的世界》),被封建礼教压抑着的男性,同样为自由的空气而沉迷陶醉,这体现出男性诗人对其独立之"真"的呼唤。他们的性别意识往往同代表现代启蒙的婚恋自主权相生相连,从而与大多数女性诗人达成视野的一致。汪静之便以现代意义上的婚恋观规范他的文字,以独特的文字象征符号喻指其性别观念取向。在诗歌中他坚持用"伊"而不是"她",除非用"男也"作为一个汉字来替代"他"②。为了抵牾传统婚恋观里的畸形心态,他在《贞节坊》里为"贞女"、"节妇"和"烈妇"扼腕,在《不曾用过》中辛辣地讽刺"贞男",针对封建旧道德、伪道德写下叛逆的宣言。

在女性诗人阵营中,新式教育体制的熏染和启蒙思想的同化使她们可以直面自身,自由建构其精神世界,并开凿出一系列带有浓重女性经验的诗学母题。20世纪20年代初,冰心以"泛爱"的视角开启了中国文学母性意识的主题言说,从理性爱的高度书写女儿心。新月诗派的林徽因和方令孺则把抒情视点由社会转向女性内心情绪的排解和个体情感的表达,体现出女性意识的内在自发性。与她们相比,九叶诗人郑敏和陈敬容更重视营造女性的知性存在模式。在《寂寞》中,郑敏体验的是个体与外在世界的隔膜以及在寂寞之中寻求生命流向的心路历程。在《题罗丹作〈春〉》、《珠的觅珠人》中,陈敬容肯定了宇宙的创造"不是用矜持,而是用爱",进而体验到最高的幸福是"给予,不是苦苦的深埋",这是开放式的智性姿态。女性不再充当男性情感的投射物,而是将自我视作光源,以昂扬的姿态印证其群体存在价值,

---

① 李玲:《性别意识与中国现代文学的现代性》,《中国文化研究》2005年春之卷。
② 汪静之:《汪静之情书:漪漪讯》,浙江文艺出版社,2002年,第161页。

在深沉厚重的灵魂思辨和宇宙玄思中,建立起自己的象征体系。

2. 以爱情叙事作为重要载体

在"五四"新文学中,爱情叙事充当着文学诸生态中最常见的熟面孔,朱自清认为中国士大夫诗作中"缺少情诗,有的只是'忆内'、'寄内',或者曲喻隐指之作;坦率地告白恋爱者绝少,为爱情歌咏爱情者更是没有"[1]。因此,中国现代白话新诗正以其鲜明的叛逆倾向、冲决男女大防的气势,创造了现代婚恋叙事的新气象。胡适把1919年他翻译的《关不住了》称为自己"'新诗'成立的纪元"[2],这首诗以爱情的创造与毁灭之伟力,抒发其欲罢不能的情怀。创造社成员洪为法写过一首近二百行的长诗《她,他》,以第一人称抒写一对冲破封建礼教藩篱的青年大胆的恋情,诗篇洋溢着他们对其传统性别自恋情结的挑战与超越。俞平伯同样以这样一种挑战的姿态在《占有》中反诘:"谁敢说这是一种罪过?(至少我是不敢说)/我们要爱,/我们要热热的爱"。如果说诗人对传统话语的挑战带有冷傲的蔑视姿态,那么潘漠华的《寻新生命去》则吐露着一种彻底背叛的决心:"愿把我俩的生命/就毁灭也毁灭在我俩底爱恋里。"作为对自由意志的集体投射,歌咏爱情成为新诗性别内涵的重要支点,同时实现了男性自我性别的确认与期待。

与男性作家追求"爱的自由"相补益的是,女诗人黄琬在《自觉的女子》中更重视"不爱的自由":"我没见过他,怎么能爱他?/我没有爱他,又怎么能嫁他?"这首诗歌能够入选1919年的《新诗年选》,其价值正在于选择"不爱"比选择"爱"的自由更具有超越性和前瞻性,这是现代中国女性主体意识萌发的初始之音。在九叶女诗人陈敬容的《骑士之恋》中,强悍骄傲的骑士用"鲜红的心,/涂上一些更红的谎语"射中

---

[1] 朱自清:《中国新文学大系·诗集·导言》,上海良友图书出版公司,1936年。
[2] 胡适:《尝试集·自序》,上海亚东图书馆,1920年。

纯真的流浪少女,他们的婚姻却充满了"适当的谴责和及时的暴戾",这张网使"她再不高飞也不能歌唱"。陈敬容所要昭示给世人的是女性不仅需要爱,更需要男性对其独立意识的尊重。所以,诗人果决地警示男性"请你回到你的园中,/让我在这儿独自眺望"。女诗人能够自主选择对"爱"的拒弃,正从另一侧面昭示出其性别意识逐步走向成熟。

3. 男性诗人的异性想象:隐秘的话语霸权

在构筑性别现代性的爱情叙事中,部分现代男性诗人仍然会或多或少地表现出男性中心的立场偏颇,很多男性诗人不约而同地建构出女性的一种"具象"——裸露的神性存在。在《到我这里来》中,戴望舒希望爱人"全裸着,披散了你的发丝",而胡也频经常把女性想象成裸体的姿态:"假若你这时已脱去了睡衣,/你就裸体的来到我枕畔"(《愿望》),"此去若临海,/我愿与你裸体而浴"(《自白》)。尽管这里没有情色意味,诗人强调的也是西洋女神般端庄、圣洁的美,但自恋气息依然浓厚,一个个天使般的女性很容易滑入男性欲望的场域而重新成为"镜像的存在"。闻一多有一首《红豆篇》:"我若替伊画像,我不许一点人工产物,/污秽了伊的玉体。/我并不是用画家底肉眼,/在一套曲线里看伊的美;/但我要描我常梦着的伊——一个通灵彻洁的裸体的天使!"这里臆想出的"妻子",其"神性"远大于她的"日常性",而这种神性光晕,就是男子对"晶莹玉琢的美人"(冯乃超《现在》)这一童贞形象的重构,本是对女性的赞美,却因"反向歧视"而陷入意识迷津。

此外,很多男性诗人没有从他们在明显秉持的平等意识出发,而将女性置于两性关系的弱势地位。汪静之的《定情花》写道:"我将我底心当做花园,/郑重把伊供养着。"徐志摩《天神似的英雄》中"恋爱将她偎入我的怀中",穆木天《落花》中"你弱弱的倾依着我的胳膊",这些诗行中的女性都需要男性作为情感的靠山来依偎/依靠。她们既无清晰的心理轮廓,又带有男性赋予的消极被动的气质特征,成为被悬空之后又加以贬抑的"他者"。郭沫若在《瓶》的第四十二首中以少女口吻诉说着"我今后已经矢志独身,/这是我对你唯一的酬报……",正如同戴望舒《残叶之歌》中的女性将"残叶底生命还你"一样,女性的牺牲精神实则是忠贞观的复现,其指针已然偏离了现代人性观的罗盘。诚然,新诗做到了如朱自清所说"坦率告白恋爱"的第一步,但由于部分男性诗人缺乏深层的自省意识以及受民族文化心理的潜意识积淀影响,依据他们自我审美方式对女性产生的想象,仍然带有严重的文化错位。

4. 个体性别意识与民族国家观念的融合

现代国家富强观念使现代诗人在关涉自身的同时,更关注社会时政,特别对女诗人而言,这种关注更曲折表达了她们要以女性之躯进入男性政治权力话语的努力。林徽因的《"九·一八"闲走》使我们从另一面理解了女儿的民族心,许广平的《鲁迅夫子》、《为了爱》,石评梅的《祭献之词》除了抒发妻子对丈夫的厚重情感外,还表达了继承伴侣未竟事业、争取民族解放的"赤子之情",现代诗歌的性别内涵由此在心理世界的内视角搭建与关注民生民运的外视角强化中,逐步走向丰富。

在丁玲为冯雪峰作的《给我爱的》一诗中,诗人写道:"我们不会讲到月亮,也不讲夜莺,/还有那些所谓爱情,/我们只讲一种信仰,它固定着我们的心……固定着我们大家的心"。该作标志着中国现代女性诗歌"从草创时期的人性觉醒与妇女自主的讴歌,以迅疾的速度转到了投身新兴事业的呼号"[①],曾经困扰作家的感情折磨和爱情私语消融

---

① 谢冕:《她们在创造——序〈她们的抒情诗〉》,阎纯德主编:《她们的抒情诗》,福建人民出版社,1984年。

在对革命理想的话语同构之中。在民族危难的战时背景下[①]，女性要求男性一视同仁地对待自己，一道迎接陈敬容在《力的前奏》中所期望的"共同的黎明"，安娥、杨刚、关露的创作均体现出这种民族关怀内涵和社会参与意识。不过，这样"雄化"的、向政治话语靠拢的姿态是否会对女性意识的丰富性造成压抑，进而从文化层面淡化其性别特征，仍值得我们思考。女性按照时代话语的节奏调节写作，分享男性的话语权力，当会对自身造成某种主动的遮蔽，其结果是"代表了中国未来希望的新的男权力量使女性意识再度消隐"[②]。进入 50 年代，这一"相抵触"的矛盾便更为显豁。在同时期的台港文学空间中，这种思考才得到了某种程度上的延续，并为中国大陆新时期女性意识的爆发作了理论预设和文本参照。

二

战时背景对中国新诗的性别叙事影响是空前的，直到 20 世纪 40 年代中叶，它才进入意味与艺术并重的合题阶段。在国统区，无论是以战斗姿态突进现实的七月诗人，还是以诗之方式切入人生的九叶诗人，在爱情吟唱的心理潮汐中都融入现实风云的因子，清新热情的《祝福》（曾卓）、深沉内敛的《六行》（杭约赫）、充满灵魂搏斗与思辩的《诗八首》（穆旦），都接通了个人情思与时代意绪，赋予意味以隐显适度的抒情方式，为现代爱情诗历史书写下冷清而高明的结尾。与此同时，在解放区洋溢着欢乐与希望的土地上，《王贵与李香香》（李季）、《姑

[①] 20 世纪上半叶中国历史上"对现代中国意识结构直接发生影响的战争有两次，一次是 1911 年的辛亥革命，另一次是 1937 年的抗日战争"（陈思和：《陈思和自选集》，广西师范大学出版社，1997 年，182 页）。这里提到的"战时背景"乃指后者，它既涵盖了抗日战争，也包括第二次国内战争以及解放战争，也就是从 20 世纪 20 年代末到 1949 年内战结束这二十余年。

[②] 李小江：《亲历战争：让女人自己说话》，《读书》2002 年第 11 期。

娘》(陈辉)等被拓新的主题涂抹喜剧色调的诗篇,在高挑亮色的同时,也为新中国初期的诗歌订立了基调。

1. 艰难的重新确证

新中国的成立使女性获得了在政治生活与婚姻关系中的平等地位,"五四"妇女解放的性别愿望化梦为真。大部分诗人将视点集中于对新时代婚恋观的咏唱。作为承载权力与革命话语的十七年诗歌,其性别叙事往往是洁化的,诗人的情感脉动多与国家的呼吸产生着共鸣。饶阶巴桑在《母亲》中以"母亲的胸脯"比喻"祖国的胸脯"之宽广,如同食指在"四点零八分的北京"呼唤妈妈(首都/祖国)一样,他们的母性想象昭示出政治学对诗学强有力的渗透,这种渗透在一定程度上也压抑了诗歌性别内涵的表达。不过,林子写于1958年、发表于1980年的赠诗《给他》,以"只要你要,我爱,我就全给,/给你——我的灵魂、我的身体。/常春藤般柔软的手臂,/百合花般纯洁的嘴唇,/都在等待着你……"的珍重许诺,饱浸女子对情人的深思苦念。在当时的历史场域中,这种追寻爱情的直率和独闯禁区的勇气足以称道。1987年,诗人又写下一首题为《风》的诗:"我爱,迎风站立。/浪风裹住/挺直的身躯,衣裙/顺从它的手指,/把我雕成一座岩石。/……它塑造我,/仅只依据我自己,/不用任何别的模式!"诗人不再像《给他》那样不断地抛舍自我,她开始珍视不依附外力的主体性人格,这体现出诗人性别意识的不断演进,并复现了舒婷的"木棉"之爱。

70年代中后期,思想解放的阳光雨露滋养,唤来了诗歌葱郁蓬勃的艺术春天,传承知识分子精英情结和使命意识的"朦胧诗潮"的出现,以主体的情感自觉和自由的精神寻觅,开启了一代人的抒情话语。北岛便以最直白、简洁的语言呼唤爱的权利:"我是人/我需要爱/我渴望在情人的眼睛里/度过每一个早晨或黄昏"(《结局或开始》)。几个细瘦简单的汉字组合、最常规的语法形式,却为思想增添了无穷的力度。同为"崛起的一代",舒婷则以女性代言人的身份,在《致橡树》中选取坚韧伟岸的橡树和热烈挺拔的木棉两个象征性形象,表达出现代女性的自尊意识与高扬"木棉"之爱的人格独立思想。台湾女诗人蓉子早就写下过"我是一棵独立的树——不是藤萝"(《树》),而舒婷的"木棉"正是这粒种子在中国大陆的新芽。在《神女峰》里她坦言:"与其在悬崖上展览千年/不如在爱人肩头痛哭一晚",她呼唤着灵肉一体的现代爱情,批判了人们习焉不察的贞节观。诗人曾说过:"我愿意尽可能地用诗来表现我对'人'的一切关怀"①,其间表现对"人",特别是对女性自由爱情的追寻,也上升为她的重要母题。

与舒婷同时期,王尔碑、傅天琳、申爱萍、王小妮等一长串熟悉或陌生的名字,在思想解放的智光下轰然崛起。一时间,张扬女性意识、呼唤女性自觉,成为女性性别意识重新确证的抢手主题。不过,她们更多关心的是作为整体的人类理性觉醒与解放,即使是爱情表达,也多停留在群体性的精神层面上。如徐敬亚论舒婷一代朦胧诗人的爱情诗所说:"他们的爱情诗压缩了人的生物本质因素,没有生动真切和强烈的性感受。多是对人类普遍情感的暖调歌颂,基本上没有超过人伦道德的范畴。在当时'爱'与外部世界毫不相容的情况下,他们无暇体味爱的内部微妙,或者说,还有点放不下社会批判者的勇士风度,无法性恋起来。"②对性爱的疏离,使这些诗作多统摄于高贵的古典理性想象,而缺乏对现实生活的直接进入。直到80年代中期,受益于西方女权主义理论和美国的"自白派"诗歌观念的影响,大量女性主义诗人群"同盟"式的涌现,方使其性别叙事再次迈入高潮。

2. 躯体诗学的繁盛与解体

在中国女性主义诗歌史上,1984年是最值得记忆的一年。翟永明

---

① 1980年《诗刊》杂志社以"青春诗会"的形式集中推出了17位朦胧诗人的作品和诗歌宣言,其中便包括舒婷的感言。
② 徐敬亚:《禁地的沉沦与超越——现代诗中的性意识》,《崛起的诗群》,同济大学出版社,1989年,第320页。

的组诗《女人》及其序言《黑夜的意识》的发表可视为女性主义意识与诗歌诞生的宣言和标志。她将躯体、欲望纳为感性言说的对象和抒情机缘点,表白作为女性最关心的自己同性的命运,这成为同期女性主义诗人共有的诗学取向。

女性诗歌的躯体叙事首先表现为女性隐秘的生理、心理经验呈现,它们是女性身体存在的基本依据。女性抒情群落们正是"用自己的身体和眼光去发现事物,又通过这种种发现进一步肯定自己与世界的联系"①,进而表现事物的。伊蕾在《独身女人的卧室》里写道:"四肢很长,身体窈窕/臀部紧凑,肩膀斜削/碗状的乳房轻轻颤动/每一块肌肉都充满激情",孤芳自赏的注视、抚摸散发着生命和美的气息。翟永明的《女人》初现女性的种种躯体姿态,《静安庄》则承接《女人》的性别立场,在身体的变化和历史场景的变迁结合背景下,书写出女人个体的身体史。女性诗人呈现自身隐秘的生理与心理经验的优卓点,在于"身体的智慧"之营造:"我身上气象万千/摸不准阴晴/一场细雨湿不透心/腋窝里长出一朵白云"(唐亚平《身上的天气》),这里用身体代替大脑思维,暗示心情的浮动不安,是对身体的迷恋,更是对男性文化的拒绝。

躯体诗学的又一显著特质是对性欲望与性行为的偏执自白。女性主义诗人惯于以身体语言具现其精神欲望乃至隐秘飘忽的性体验、性行为,使古老的爱情书写遭遇了令人惊骇的难堪变奏,尤以伊蕾为代表。"当思想还没有成熟,身体却成熟了/像需要呼吸,需要吃饭一样/我需要身体所需要的一切"(《女性心态》),"用你屈辱而恐惧的手抓住我/像抓住一只羔羊/看着我在你脚下发抖吧/这个时候/我愿对你彻底屈服/这个时候/我是你唯一的奴隶"(《把你野性的风暴摔在我身上》),这些范本以肉身化的渴望呼告或歇斯底里的自虐式呐喊,希

---

① 唐亚平:《我因为爱你而成为女人》,《诗探索》1995 年第 1 期。

望得到强有力的男性征服以印证女性本质。她甚至为《独身女人的卧室》设计了封闭、幽暗、躁动、神秘而有诱惑力的空间,反复呼唤"你不来与我同居","无边无沿"的性欲望、性梦幻和四面围困之"墙"的对立,把一个"坏女人"的渴望激发得亢奋而满爆,肉欲气息充塞其中。

和伊蕾引起诗坛震动的《独身女人的卧室》中的"你不来与我同居"相比,尹丽川则从精神上的性呼喊、性渴求彻底游移到性的行为层面,甚至是细微的做爱细节,她也毫不放过。《为什么不再舒服一些》把一次次的做爱与"按摩、写诗、洗头或洗脚"这些日常事物相勾连,舒适的造爱成为诗人追求的目标,而男性批判的主题则被搁置了。躯体诗学在"下半身写作"旗下微缩成"肉体诗学",并与传统赋予诗人的理性承担和社会"给定性"的规束相隔绝。其主将沈浩波便将肉体视为诗歌写作的全部目标,其露骨程度更为骇人。《一把好乳》中使诗人垂涎的是少女高耸的胸脯和隆起的屁股,而《做与爱》则干脆直接地探讨起做爱的体位来,肉体的频频在场却反向暗示出一种精神的缺席,女性肉身成为性交暴政的符号而失去思想,也就无法保全自我实体的重量。如朵渔所说:由于"身体成为不折不扣的工具,从对抗一种道德专制中建立起另一种道德专制","在'下半身'伟大论调的掩护下,很多身体死了"[①],这正是"下半身"的尴尬。以身体本体论建构的抒情方式却因视野的窄化和偏执而溶解自身,诗歌的贴肉状态在回到本质、原初体验的实验中背离了他们逃避思想异化的初衷,其诗意之"号叫"不是金斯伯格式的带有侵略性的生命力流露,而是私人的、无视生命尊严与两性道德承载的"无伦理"放逐。

就女性主义诗歌而言,从呻吟中突围、进行调整是必要的,也是必须的,女性需要更新其自审的尺度。翟永明就深刻地反省那篇被称为

---

① 朵渔:《没有差别的身体》,《意义把我们弄烦了》,人民文学出版社,2004年,第108页。

"女性主义诗歌宣言"的《黑夜的自白》"充满了混乱的激情、矫饰的语言,以及一种不成熟的自信",并预见"女诗人将从一种概念的写作进入更加技术性的写作"①,要"思考一种新的写作形式,一种超越自身局限,超越原有的理想主义,不以男女性别为参照又呈现独立风格的声音"②。她所强调的这种语言意识的自觉和将目光投向人类、历史、未来、理想和终极关怀的超性写作,正是女性主义诗人弃绝浮躁、步入成熟的必由之路。

三

回溯新诗近百年的发展历程,男性诗人与女性诗人在建立两性平等文化的诗学实践中逐步形成对现代伦理相一致的认同,并在同一性与差异性的不断遇合中进行着对话。由现代启蒙观念催生的新诗之性别内涵,正是在性别话语与时代气息不断"融合/碰撞"的起伏中,逐步实现其丰富、并展现出复杂性的。

1. 性别意识:"由强化到淡化"的两次衍变

一个世纪以来,中国新诗中的性别意识经历了两次"由强化到淡化"的衍变,其内涵也通过这两次行旅逐渐走向广阔的丰润。由"五四"春风撩动生发并强化的一系列母题,如冰心的母爱崇拜和童心视角、陈衡哲的"造命"姿态、方令孺和林徽因对"小我"的私语感悟等,在20世纪三四十年代的战时背景下,被更富时效性与实用性的群体宏大叙事所掩抑而淡化,这种状况直到新时期之初朦胧诗人的登场方得到改善。

梁小斌在《雪白的墙》中以儿童的口吻向妈妈倾诉他看到了"雪白

---

① 翟永明:《再谈"黑夜意识"与"女性诗歌"》,《诗探索》1995年第1期。
② 翟永明:《"女性诗歌"与诗歌中的女性意识》,《诗刊》1989年第6期。

的墙",以此反喻"肮脏、粗暴"的动乱年代。"妈妈"的形象一方面承袭了艾青、臧克家一代诗人对"国家/母亲"的心理同构,另一方面也隐含着诗人对家庭情感空间的重视,这一纹路在舒婷那里更为清晰。她沉浸在自由的心声吐露中,寻求个体经验与一代人"类"经验的契合,在集体的情感低音区撩拨自我的颤音。她对现代爱情的信风召唤,和同时代的傅天琳、申爱萍的"母女"主题深挚缱绻,使当代诗歌的性别内涵在承袭"五四"精神的基础上再次丰满而得到强化。

中国新诗的性别意识在 90 年代再次发生鲜明的变衍,这主要集中在女性诗歌中。80 年代的女性先锋诗歌试图正视主体性的焦虑与绝望、确立独白话语,但它对躯体对抗和廉价情感的张扬使其又走入窠臼,于是方有女性主义诗人在 90 年代所作的超越性努力。整体观之,女性抒情群落已从翟永明等人的黑色情思系列跨过,普遍淡化了自赏、自恋和自炫意识,在接通女性视角和人类的普泛精神空间中,选择普范化的命题进行超性言说。在这一向度上,非但王小妮、虹影、张真、海南、阎月君等先锋代表有意识地实现了转向,就是那些 90 年代崛起的诗人也纷纷展开尝试,她们"有意地摒除明显地归属于'女性'的一些特征,尽量使文本显得缺乏直觉和经验的成分,同时又专著于某些'重大'的、所谓'超性别'的题材"[①],其中不乏女性以少有的冷静与睿智从人性的观照中发现思想的洞见。她们以其技术性的写作方式走出"屋子",开始向更广阔的日常生活迈进。由此观之,其性别意识的淡化不是消弭,而是由注重"点"的力度走向"面"的宽度,新时期诗歌性别意识由强化到淡化的内核,与现代诗歌的衍变不尽相同,它指向更为宽广的诗学空间。

2. 性别内涵:丰富掩映下的复杂

如前所述,在现代性别观念引导下的诗人开创出一系列时代母

---

① 戴锦华、周瓒、穆青:《关于〈翼〉与女性诗歌的对话》,《诗林》2000 年第 2 期。

题,以"母爱"主题为例,作为女性"建立自己传统必不可少的前提"和"中国现代女作家走上从女儿到女性道路的先在假定"①,冰心在诗歌中对它首先加以呈现,此后无论是"疲倦的母亲"(郑敏《金黄的稻束》),还是"逝去的老祖母"(顾城《给我逝去的老祖母》),以及傅天琳、申爱萍在新时期重新拾起的"母女琴歌",其题旨都是对母爱神圣性的澄明。但是,新时期崛起的女性主义诗人却在反思中建立起一套新的"审母"甚至是"反母"模式(如翟永明的《母亲》、《死亡的图案》),以此验证着新诗性别内涵的复杂。再如恋爱母题,当代诗人唐欣在《中国最高爱情方式》中描写了一对邻居的精神之恋,两个人相爱六十年却没说过一句话,男性甚至"固执"地认为"一开口就会亵渎了她/我知道她也如此"。宗教苦修般的圣洁,反衬出爱情的沉重悲怆。而巫昂则要轻松得多,《青年寡妇之歌》中的女子可以率真地享受性爱,甚至"舍不得再嫁",巨石般的道德负载踪迹全无。两首诗的发表时间只相差十年,断裂感却不言自明。当然,同样的母题,在时代推进中也存在着同向审美取向的可能,如盘旋在女性主义诗歌中的死亡精神咏叹,便与郑敏《时代与死》中的死亡意识实现了承传性的生命对话。

现代中国诗歌性别内涵的丰富,还与诗人自身性别意识的复杂息息相关,现代男性诗人的"圣女"想象正是佐证。而梁小斌的《你让我一个人走进少女的内心》也体现出历时变迁所沉淀出的某种一致性,诗人希望让"一代人走进少女的内心吧"以感受青春与活力,这"少女"拥有"烫人的体温、苗条的身体",诗人希望让她们也"散发出男性气息"。从视阈上判断,这与"圣女"想象如出一辙,同样隐含着男性之"看"的视界局限。当然,面对这样的复杂性,我们不能越位苛求,而应该保持历史的客观态度。有的学者论说冰心的诗歌没有超出"温柔敦

---

① 孟悦、戴锦华:《浮出历史地表——中国现代女性文学研究》,河南人民出版社,1989年,第19页。

厚"的传统诗教观,说林徽因、方令孺、赵萝蕤的部分诗作缺乏女性内省意识,但她们叙说的价值正在于对女性私人话语这条历史线索的架设,它对"独处"的表意空间之首创已然弥足珍贵。就男性诗人文本而言,我们首要洞悉并肯定他们对改变女性边缘困境的努力和对两性社会性存在的不懈探索,进而才可甄别其"丰富"的局限。这种局限既潜藏着可超越性,也预示着两性连绵对话的历史不会中断,诗歌的复调特质不会消亡。

3. 性别诗学:走向和谐的两性对话

毋庸讳言,在介入世界的角度以及运作思维的方式上,男性与女性有着归属自身性别的相异特质。在一定时期或特殊条件下,男性文本多秉持社会/历史的视角探询宏观层面的现代性叙述,而女性文本多以自传化的方式描述曾经隐秘的微观经验世界。不过,就诗歌整体面貌而言,没有哪一种视角或者抒情方式具有性别专属性,在建构性别诗学的进程中,片面强调单一性别主体的主导地位是不现实的,因为男人/女人并不是"强/弱"、"尊/卑"这样简单的二元对立关系。男性在现代性话语中对女性存在的隐蔽漠视,也会对其自身造成反作用的制约;而女性解放的目的,也并非要剥夺男性的话语权,而是针对父权制文化的价值规范,即便对男性形象有过放逐,那也是在特定时期下为了回归自身视角、建构主体性的暂时需要;从性别诗学的旨向上看,和谐才是双方的终极目标。现代爱国女诗人沈祖棻曾为久别归来的丈夫写道:"我为你安排下柔软的/被褥,不嫌厚,也不嫌薄;/一切都随着你的意思,/枕头是放得高些,或/低些?还是要在放惯的手臂上静静地安息?"这种对丈夫饱含母性的细腻关怀,显然不能理解为诗人独立意识的丧失。再翻开当代女诗人王小妮的诗篇,《我和他,提着两斤土豆走出人群》来源于她对丈夫徐敬亚体贴入微的细致观察:"现在,他笑着从屋里面出来/他把电脑拆了,又装回去,电脑启动了/他在种土豆的这个晚上多么高兴/他哗哩叭啦地打着键盘让我看/他像孩子——那样对我喊:这不算能耐吗!"男性在生活化的诗意叙述中展现出人性的丰富特质,这恰来源于女诗人在消除性别鸿沟后以开放的母性视角投来的温柔一瞥,这样便弥补了部分女性作家以丑化亦或放逐的姿态对男性形象的排斥,在改写两性关系中流露出由"对抗"到"对话"的理性超越意识。男人和女人是"人"字的一撇一捺,哪一方缺席都会影响另一方的主体构成。随着中国文学迈入新的世纪,面对现代中国诗歌开创的一系列理趣丰盈的性别母题,诗人们当以更加包容的心态和更为广阔的胸襟,在两个性别的声部中找寻一致的音位,既有对个体特别是异性生命的从容体会,又有对人类命运的沉静哲思,在双声部的和谐互动中,书写壮阔的生命谱图。

"延安道路"中的性别问题
——阶级与性别议题的历史思考

贺桂梅

1941~1943年中国共产党在以延安为首府的陕甘宁边区施行的一系列政治、经济和文化的新政策,不仅成为此后共产党夺取政权的基础,也为新中国确立了基本的建国模型。这一新体制被称为"延安道路"[1]。尽管许多研究者都承认中共取得抗战胜利和夺取政权与其妇女政策有密切关系,如杰克·贝尔登(Jack Belden)写道"在中国妇女身上,共产党人获得了几乎是现成的、世界上从未有过的最广大的被剥夺了权力的群众。由于他们找到了打开中国妇女之心的钥匙,所以也就是找到了一把战胜蒋介石的钥匙"[2],但关于"延安道路"的研究中,性别问题却没有得到重视[3]。

对于从延安新政策开始的毛泽东时代妇女解放史,形成了一些影响广泛的"定见",比如:革命政权并不特别关心女性本身的问题,而仅将其作为此前未被利用的劳动力从家庭中解放出来;革命实践尽管赋

---

[1] [美]马克·赛尔登(Mark Selden)著,魏晓明、冯崇义译:《革命中的中国:延安道路》,社会科学文献出版社,2002年。

[2] [美]杰克·贝尔登著,邱应觉等译:《中国震撼世界》,北京出版社,1980年,第395页。

[3] 《革命中的中国:延安道路》指出当时的农村政策"将农民问题视为男性村民的问题",同时著者检讨道:"《延安道路》以及包括我在内的后来的研究者所出版的著作都没有认真探讨性别及家庭问题。迄今人们对这些问题依然语焉不详,部分地是因为党与政府很少系统地论述这些问题。"(第270页)

予了女性广阔的社会活动空间,但却剥夺了女性在社会角色和文化表达上的独特性……但类似的"定见"并没有在复杂的历史语境中得到具体讨论。而自"文革"结束以来,当代女性文化则在批判毛泽东时代的妇女政策的基础上,侧重于女性问题与阶级议题的分离部分,即其生理、心理和文化表达的独特性。其中,一个未曾自觉的重要方面是,20世纪80年代以来女性话语关注和表达的主要是"知识女性"的问题,从与新启蒙主义话语的结盟到引进西方当代女性主义理论,女性话语始终潜在地以中产阶级女性作为女性主体想象的基础。于是,毛泽东时代的工农女性形象逐渐从文化舞台上消失了身影,而代之以充满中产阶级情调和趣味的女性形象。一方面是女性主义与左翼话语的分离倾向,另一方面是女性主体想象的中产阶级化,当代女性文化的这些特征事实上都源于共产党的妇女解放历史造成的繁复后果。重新回到对于形成社会主义中国的女性文化和政策具有关键意义的"延安道路",考察革命实践与女性话语间的冲突和磨合过程,就不仅仅是一种历史研究,同时也尝试为当代女性话语实践提供一种理论参照。

"四三决定"的农村妇女政策与"妇女主义"的冲突[①]

1943年开始全面施行的延安新政策,一个重要方面包括关于性别

---

① 日本菲利斯女学院大学江上幸子教授曾著文《从〈中国妇女〉杂志看抗战时期中国共产党的妇女运动及其方针转变》(中译文收入《丁玲与中国女性文学——第七次全国丁玲学术研讨会文集》,湖南文艺出版社,1998年)质疑"四三决定"在中国妇女运动史上的转折意义。通过对1939~1941年出版的《中国妇女》杂志的分析,针对中共妇运史强调"四三决定"对于女性的正面价值和欧美女性主义者的否定性评价,江上教授提出,整风运动之前的妇女运动一直都在进行着多元化的活动以解放妇女。她倾向于认为"四三决定"对"妇女主义"的批判,主要是批判"王明主义"的副产品,即"妇女运动的缺点帮助了批判王明,同时,对王明的批判有助于割舍多元性妇女解放运动"。但论文在"第四节 整风时的否定与方针转变的功过——小结"中又同意关于"四三决定"偏向经济解决和强化党性这两个关键结论。本文对于"四三决定"前后是否存在政策的断裂不作历史考据,而强调新决定本身的导向性,以及由此造成的历史后果和其中隐含的理论问题。

问题的新决议,这指的是由中央妇女委员会起草、经毛泽东修改后于 2 月公布的《中国共产党中央委员会关于各抗日根据地目前妇女工作方针的决定》(简称"四三决定")。这一决定的重要偏向之一,是把组织农村妇女参加生产作为"首要任务"和唯一的衡量"尺度"。在考量这一政策的意义时,新决定指出:"多生产、多积蓄,妇女及其家庭的生活都过得好,这不仅对根据地的经济建设起重大的作用,而且依此物质条件,她们也就能逐渐挣脱封建的压迫了"。它并不否认动员妇女生产主要是为解决根据地的"经济建设"问题,但同时也认为妇女经济地位的提升将帮助她们"挣脱封建的压迫"。不同的妇女运动文献和当时的介绍资料都强调,参与生产运动使农村妇女的家庭地位得到提高,她们的社会活动范围也扩大了;且由于边区政府采取一些鼓励妇女参与生产的特别措施,比如评选女"劳动英雄"①、"劳动模范"、有比例地选择妇女参与农村政权组织等,也提高了农村妇女的社会地位。但新决定同时强调,提高农村妇女的地位,必须以保证"她们的家庭将生活得更好"为前提,也就是说,妇女地位的提高不得破坏原有的家庭结构和家庭关系。也正是在这一点上,"四三决定"和此前的妇女政策之间形成了较为明显的冲突。

"四三决定"的出台事实上也是整风运动的一部分。1941 年秋天,中共高层发起整风运动后不久,即改组了中央妇女委员会,由蔡畅接替王明担任中央妇委书记,并于 9 月,由中央妇委、中央西北局联合组成妇女生活调查团,调查根据地妇女运动现状②。新决定一开篇便批评了原有妇女组织的工作方式"缺少实事求是的精神",缺乏"充分的

---

① 1943 年 3 月 8 日,陕甘宁边区组织了纪念"三八妇女节"会议,农村妇女们"手里打着毛衣、纳着鞋底、织着袜子,以崭新的姿态庆祝自己的节日",并评选出 7 位农村妇女作为"陕甘宁边区劳动英雄","多少年来被人们所轻视的妇女竟成为英雄,这巨大的变化实在太令人兴奋了,整个边区为之轰动"(《中国妇女运动史》,第 514 页)。

② 参阅中华全国妇女联合会:《中国妇女运动史》(新民主主义时期),春秋出版社,1989 年,第 508~519 页。

"延安道路"中的性别问题——阶级与性别议题的历史思考

群众观点"。在列举具体的事例时,除指责她们没有把经济工作看做"妇女最适宜的工作"之外,主要强调妇女工作者"不深知她们的情绪,不顾及她们家务的牵累、生理的限制和生活的困难,不考虑当时当地的妇女能做什么,必需做什么,就根据主观意图去提出妇女运动的口号",尤其批评那种经常招集她们出来"开会"的运动方式所造成的"人力物力"上的浪费。蔡畅在1943年3月8日发表于《解放日报》的社论文章《迎接妇女工作的新方向》中,对过去工作中的"错误"偏向说得更为具体:"特别是妇女工作领导机关的知识分子出身的女干部,有不少是只知道到处背诵'婚姻自由'、'经济独立'、'反对四重压迫'……等口号,从不想到根据地的实际情形从何着手;……当着为解决妇女家庭纠纷时,则偏袒妻子,重责丈夫,偏袒媳妇,重责公婆,致妇女工作不能得到社会舆论的同情,陷于孤立",进而更尖锐地批评她们"甚至闲着无事时,却以片面的'妇女主义'的观点,以妇女工作的系统而向党闹独立性"。——蔡畅在此激烈批判的"妇女主义",在很大程度上可以视为与"延安道路"在性别问题上构成冲突的对立面。尽管难以找到行诸文字的直接史料来说明"妇女主义"如何阐述自身及其具体的行为方式,但可以断定,这种由"知识分子出身的女干部"所持的观点,大致是把女性(尤其是其中居弱势地位的年轻女性)利益视为主要衡量标准,因此,在具体处理农村家庭纠纷时才会"偏袒妻子,重责丈夫,偏袒媳妇,重责公婆"。

"妇女主义"造成的问题是,鼓动农村年轻女性的独立和个人要求,势必造成乡村矛盾,尤其是与根深蒂固的乡村男权观念,及通过家庭/家族秩序实施的男权控制之间形成冲突。在不同的材料中都可以看到,作为一种革命力量的共产党妇女工作者的出现,对于乡村男性形成了某种威胁。如蔡畅的文章在介绍示范地区的妇女工作经验时提到,运动早期在鼓动妇女参加纺织厂时,即引起了乡村男性的抵制:

105

"赚几个钱,老婆没有了怎么能行?"杰克·贝尔登在他的《中国震撼世界》①中,则详细讲述了一位乡村女性金花如何利用共产党的妇女组织迫使她的公公和丈夫就范的故事。金花迫于乡村习俗和父母的意愿,嫁给一个大自己十多岁的"丑"男人。丈夫和公公、公婆、小姑子的虐待,使她了无生趣且充满仇恨。共产党在村里组织妇女会之后,金花依靠组织的帮助"教训"了丈夫,而"教训"的手段则是妇女会集体出动,把男人痛打一顿,并迫使他答应不再虐待妻子。那个丈夫最后充满怨毒地逃离了家乡:"……我认为女的就应该听男的。可是,你看,在八路军管辖地区里,女的都狂得很,不听男人的话"。金花也和他离了婚,并满怀希望地畅想未来的新生活。——正是上面这个故事,使贝尔登得出结论,认为共产党找到了"打开中国妇女之心的钥匙"。尽管故事发生的时间在"四三决定"之后,且区域也不一样(冀中而非陕甘宁边区),但从故事描述的内容上看,金花及其所在村庄的妇女会的行为显然并非延安新政策鼓励的方式。"四三决定"批评此前妇女政策的错误时,列举的内容与金花的故事有许多相似之处:"在宣传男女平等、婚姻自由,鼓励妇女向封建势力做斗争的过程中,采取了一些比较激烈的斗争手段。例如给虐待媳妇的婆婆带高帽子游街,在大会上批斗打骂妻子的丈夫,轻率的处理婚姻纠纷等等"②。

但上述局面,显然与中国共产党力图形成广泛的社会动员、赢得乡村农民(尤其是作为军队核心构成的男性农民)的支持这一目标发生了冲突。为了减少妇女运动造成的乡村矛盾,"四三决定"偏向于寻找一种避免冲突的方式,即只强调妇女参与生产和增强她们对于经济生产的贡献。事实上,一旦把"经济工作"作为"首要任务",就意味着

---

① 《中国震撼世界》,"金花的故事",第340~382页。
② 中华全国妇女联合会:《中国妇女运动史》(新民主主义时期),春秋出版社,1989年,第510~511页。

"延安道路"中的性别问题——阶级与性别议题的历史思考

在妇女解放和共产党的乡村动员之间偏向了后者,而前者因此成为"过于激烈"、"主观主义"、"形式主义"、"没有群众观点的作风"等"妇女主义"的错误倾向。毛泽东在阐述新妇女政策的必要性时,明确地提到需要得到乡村男性的认可:"提高妇女在经济、生产上的作用,这是能取得男子同情的,这是与男子利益不冲突的。从这里出发,引导到政治上、文化上的活动,男子们也就可以逐渐同意了"[1]。这事实上是通过从妇女解放"后撤"到保障妇女的工作、劳动权利,来达到既开发剩余劳动力又维护乡村稳定的目的。"四三决定"列举的妇女参与经济生产的诸项能力,既包括传统家庭女性的活动——"能煮饭、能喂猪"以及能"把孩子养好,保护了革命后代"[2],也包括此前不允许女性(尤其是年轻女性)参与的纺织、种地、理家等活动。在此,一方面新决定并未在任何意义上质疑传统乡村的男女两性分工,而把家务劳动视为女性理所当然的任务;另一方面,鼓励女性参与社会工作,事实上也有着相当实际的考虑,即补充由于战争动员造成的男性劳动力的缺失。如尼姆·威尔斯(Nym Wales)在描述陕甘宁边区的妇女状况时提到:"红一方面军初到西北时,在几周内竟在这个人口稀少的地区补充了2万名新战士,原因不外乎由于妇女组织起来了,可以在后方顶替男子劳动"[3]。

把经济生产作为农村妇女工作的"首要任务",极大地调节了乡村的性别矛盾,并提升了妇女的社会地位,但也始终存在着不能解决的问题,其根源在于乡村传统的父权制家庭结构。事实上,"四三决定"及其多种阐发、说明文件中,很少谈论乡村伦理、宗族、家庭关系结构

---

[1] 《毛泽东周恩来刘少奇朱德论妇女解放》,人民出版社,1988年,第46页。
[2] 《更进一步发动解放区妇女参加生产卫生文化运动》,《解放日报》社论1943年3月7日。
[3] [美]尼姆·威尔斯著,陶宜、徐复译:《续西行漫记》(1939),解放军文艺出版社,2002年,第272页。

对于妇女的特殊压迫,尤其是农村女性在婆媳关系、夫妻性关系上面临的矛盾。相反,特别强调的是"婆姨汉一条心,沙土变黄金"①,强调家庭和睦。维护并巩固传统家庭结构,不仅止于防止引起乡村(男性)的骚动,更关键的是家庭被作为共产党新政策的基本生产单位。整风运动之后发起的"大生产运动"的一个重要构成部分是纺织业,早期施行的集体大工厂生产由于战时环境、交通、组织生产等方面的问题,而改为以家庭为单位的作坊式生产。在这种生产方式中,由于原材料的获取、产品的流通等因素使妇女直接介入社会活动。但这不是破坏而是强化了家庭结构,如迪莉亚·戴维指出的:"家庭是基本的经济单位。这种家庭并不是资本主义社会的那种小的(纯婚姻上的)家庭,而是乡村中的'大家庭',它的目的在于有效地利用劳动力。这种大家庭是正在支持抗战的农村经济的基础。所以,作为行动的基点,应该重新构造和巩固这类家庭"②。也就是说,不仅是由夫妻、公婆组成的小家庭,还包括由宗族、邻里等构成的乡村伦理秩序,亦同样被保持和巩固。尽管战争时期,由于男性被征调到军队而造成的空缺有可能削弱家庭内部男性对女性的压制,但由于维护家庭结构关系和乡村伦理秩序,事实上压制女性的父权制结构并未松动。而且因为生产成为唯一目标,往往是那些此前控制家庭资金和有更熟练技术的老年女性(母亲或婆婆)更能在生产运动中得到好处,且她们对年轻女性的控制不是减弱而是增强了③。因此,如果说经济生产能够把妇女从家庭中解

---

① 蔡畅:《迎接妇女工作的新方向》,《解放日报》1943年3月8日。
② 迪莉亚·戴维:《妇女工作——革命中国中的妇女和共产党》,牛津大学出版社,1979年,第4页。
③ [瑞典]达格芬·嘉图在《走向革命——华北的战争、社会变革和中国共产党1937—1945》中提到,"老中年妇女却在生产运动中占居着领导地位。这是由于后者有熟练的纺织技术,纺织是她们主要的生产活动,她们是'劳动群众中仅有的有足够资金购买纺车、织机和其他设备以及原材料的人'。地主和富农出身的妇女也成为妇女协会的成员"(杨建立等译,中共党史资料出版社,1987年,第281页)。

放出来的话,但却不能改变由于资本的引入而导致的农村女性内部在年龄、经济地位、技术掌握等方面形成的新的控制等级。

"四三决定"与"延安道路"的新政策是密切相关的,即不再强调"反封建势力",而以"动员"民众为核心,与以父权制为核心的乡村伦理秩序形成一定的协商关系。如果说"妇女主义"在一定程度上强调的是农村妇女(尤其是年轻女性)的利益,那么"四三决定"出于经济和文化动员的考虑所形成的乡村组织方式,势必会抹掉那些因前者而造成的不和谐音。作为一种可能的结果,在贝尔登的故事中,金花或许将不是以打跑丈夫、扬眉吐气地规划自己的新生活作为结局,而是为了不造成农村矛盾,忍气吞声地和她所痛恨的丈夫、公婆生活下去,尽管也许他们将不能如以前那样随心所欲地虐待她。

延安"新女性"和离婚事件的争议

"四三决定"形成的另一个重要偏向,是把农村妇女的重要性提高到了整个妇女工作的核心地位。它发出号召,要求"妇女工作者"、"女党员"、"机关里的知识分子出身的女干部"(被称为延安"新女性"),"深入农村去组织妇女生产"。"新女性"在"延安道路"中的处境与专家、知识分子的处境有极为类似之处。整风运动之后,延安文化人均经历了向"工农兵"立场的转移;此前他们对于延安政权内部的等级制、政治/文艺关系等提出的批评,均被视为"自由主义"倾向受到严厉批判。"王实味事件"即是典型。与王实味同时受到批判的,是1942年3月9日在《解放日报》上发表杂文《"三八节"有感》的作家丁玲。似乎并非偶然的是,尽管丁玲并非"妇女工作者",但她提出的却是女性问题,且其矛头所向是延安政权未公开讨论的性别观念及延安新女性在婚姻、家庭关系上遭受"无声的压迫"的问题。

《"三八节"有感》是丁玲即将卸去《解放日报》"文艺"副刊主编之

职前写就的杂文①。她曾这样回忆文章的写作经过:"3 月 7 日,陈企霞派人送信来,一定要我写一篇纪念'三八'节的文章。我连夜挥就,把当时我因两起离婚事件而引起的为妇女同志鸣不平的情绪,一泄无余地发出来了"②。丁玲提及的两起"离婚事件"无法找到具体的文字材料,但尼姆·威尔斯提供的一则材料或可作为参照:一位老布尔什维克"仅仅由于美学上的理由",提出和"曾随他长征,而且刚生了一个壮实的男孩"的妻子离婚。这一事件在延安引发了争论和"斗争"③。当威尔斯询问康克清对这一事件的态度时,后者一方面支持"双方的政治态度不同,完全应该离婚",同时也对女方提出批评:"李同志的妻子算不得一个贤惠的家庭主妇,政治上也很落后,我并不同情她。……有些妇女甘心依附男子,为他们生儿育女,李同志的妻子就是这种类型"④。与康克清这种指责女方个人品质的态度不同,丁玲几乎将她全部的同情都倾注于为婚姻和生育、育儿所拖累的女性身上。她充满感情地写道:"我自己是女人,我会比别人更懂得女人的缺点,但我却更懂得女人的痛苦",进而她发出了这篇文章受到最多批评的呼吁:"我更希望男子们尤其是有地位的男子,和女人本身都把这些女人的过错看得与社会有联系些"。在描述延安女性的处境时,丁玲格外强调"社会"而非"个人"因素:她指责包围延安女性的各种流言蜚语中隐含的未曾受到批判的性别观念——"不管在什么场合都最能作为有兴趣的问题被谈起。而且各种各样的女同志都可以得到她应得的非议";她更批判结了婚且生了小孩的女性之间的不平等——"被逼着带孩子的一定可以得到公开的讥讽:'回到了家庭的娜拉。'而有着保

---

① 值得一提的是,此时的丁玲刚刚和陈明结婚不久(1942 年 2 月),陈明是离开妻儿与丁玲结合的(周良沛:《丁玲传》,北京十月出版社,1993 年,第 427 页)。
② 丁玲:《延安文艺座谈会的前前后后》,《新文学史料》(北京)1982 年第 2 期。
③ 《续西行漫记》,第 166~168 页。
④ 《续西行漫记》,第 226 页。

姆的女同志,每一星期可以有一天最卫生的交际舞,虽说背地里也会有难比的诽语悄声的传播着";更重要的是,她提出在离婚问题上不应该简单地批评女性"落后",而应该"看一看她们是如何落后的"。显然,强调社会因素的丁玲认为造成女性"落后"的因素之一,在于革命政权没有提供保障性措施来分担女性因怀孕、养育孩子而遭受的"无声压迫";另一更重要的因素是一种普遍的观念,即女性"天然"应该怀孕、生育和抚养孩子,还包括照顾男性,女性因承担这些"看不见"的额外负担而付出的代价被看做"自作孽,活该"。因此即使一些女性愿意放弃社会工作做一个"贤妻良母",她"落后"于革命时代的命运也并不被人同情。

丁玲就离婚事件提出的女性问题,不仅涉及延安的敏感话题,即男女两性关系,而且特别关注已婚且生育的女性群体在家务劳动上遭遇的社会歧视和性别压迫。与农村女性相比,延安新女性面临的问题不是是否"走出家庭"的问题,而是在拥有社会工作之后,迫于工作和家庭的双重压力而承受的身体、心理压力,以及被迫"退回家庭"之后遭受的歧视。当丁玲指责延安女性永远处在流言蜚语的包围之中,且同情所有女性的"血泪史"时,她强调的是,尽管延安新女性表面上获得了与延安男性同等的社会工作权利,但那些制约她们的父权制秩序和性别观念并未更动,那些来自"男同志"的讥讽,或许是更能引起身处革命圣地的丁玲的愤怒的;而她关于已婚且生育的女性所受到的家庭牵累,则更触及家庭结构内部的性别关系模式。丁玲在此提出的问题,正是马克思主义关于女性解放提出的解决方案——即通过赋予女性社会工作权利、参与社会事务来获得解放——的盲区。在某种意义上,她提出的是20世纪60年代西方女权运动中的激进女性主义者提出的问题,即那些与男性并肩战斗在民主运动前线的女性,发现她们必须同时承受来自父(男)权的压制。这也是70年代社会主义女性主义者提出马克思主义和女性主义是"不快乐的婚姻"时的具体情境。

性别观念并没有作为独立的问题在延安得到讨论,但从相关的史料中仍可隐约看出一些端倪。经常被提及的是红一方面军的30位女性高层领导①。尼姆·威尔斯写道,这些女性所赢得的重要地位,是因为她们"进行了长期艰苦的斗争,自己赢得了在红星下的合法地位"。她还提到一个有趣的现象:"无论对待大小问题,她们都是志同道合的集体。红军中只有真正有胆识的勇士才敢在大小问题上冒犯这个集体"。这些女性的团结一致,颇有意味地显露出女性革命者在性别问题上自觉的一面。但她们在延安的权力,显然也因为她们"作为苏维埃上层领导人的亲密伴侣和多年的老战友","又在宝座后面更确切地说是在政治局幕后,执掌着传统的大权"。红军战士将这些人称为"通天人物"②,不经意地显露出这种联姻给她们带来的特殊地位。在生育问题上,这30位女性或为避免麻烦,大多不生育,如康克清;或即使生育,也几乎无力照料孩子,如刘群先;或因身体虚弱和生育退回家中,如贺子珍。从这些相关的史实来看,丁玲在《"三八节"有感》中提出的问题并非虚词。尽管她提出的解决方案仅仅是一些关于个人品质锤炼的"小话",但如若女性真正具有如此独立而"理性"的品格,就不仅仅关乎女性,而几乎要改变革命秩序的主要构成。同时,由于意识到革命话语本身的性别等级,丁玲的指向是相当尖锐的,她拒绝拿"首先取得我们的政权"的"大话"来掩盖这些问题的存在。

尽管丁玲的立场或许称不上是"女性/女权主义",但她赋予女性的特别的同情、她对于性别观念的敏感,以及对于造成女性弱势地位的"社会"因素的强调,都使她必然站在女性立场上,与有意无意间把性别问题视为"看不见的问题"的延安主流社会形成冲突。因此,丁玲

---

① 参阅郭晨:《巾帼列传——红一方面军三十位长征女红军生平事迹》,农村读物出版社,1986年。
② 《巾帼列传——红一方面军30位长征女红军生平事迹》,第128页。

"延安道路"中的性别问题——阶级与性别议题的历史思考

和她的《"三八节"有感》在整风运动中首当其冲,只因受到毛泽东的庇护才得以幸免与王实味同样的命运①。在检讨文章②中,丁玲仍旧拒绝否定自己提出问题的真实性:"我在那篇文章中,安置了我多年的痛苦和寄予了热切的希望",但她承认"我只站在一部分人身上说话而没有站在党的立场说话",而重新摆正"党"和"女性"的位置,承认前者比后者更重要。如同解决"四三决定"与"妇女主义"关于农村妇女政策的冲突一样,丁玲和延安政权间的冲突,最终的解决方式,便是搁置性别问题,以"党性和党的立场"作为收束。正是这种"不了了之"的方式,使得隐约呈现的性别问题被强行抑制下去。这种冲突留下的余音构成此后中国革命实践中的问题,也是今天重新清理这段历史借以提出问题并展开理论讨论的有限空间。

马克思主义和女性主义的结合

不仅是延安新政策,事实上整个20世纪中国革命实践都倾向于把妇女解放作为整个民族解放和阶级运动的现代化议程的统合而非分离的部分。从20年代向警予等左翼领袖把妇女运动纳入劳工运动开始,20世纪中国妇女运动一直包含着一种潜在的冲突。蔡畅在1951年回顾共产党与妇女运动之关系时,提及的"右"和"左"两种错误倾向大致可以看出冲突的关键所在。"右"的倾向即"以资产阶级妇女运动的观点来代替无产阶级妇女运动的观点","只和上层妇女进行团结","做了资产阶级的尾巴"而"脱离了广大工农劳动妇女";而所谓"左"的倾向,则是"将妇女运动突出,把它从整个的革命斗争中孤立起

---

① 丁玲:《延安文艺座谈会的前前后后》。
② 丁玲:《文艺界对王实味应有的态度及反省》,《解放日报》1942年6月16日。

来,离开当时的中心政治任务来谈妇女解放"①。一是妇女内部的阶级差异,一是妇女运动和"党的中心政治任务"的关系,蔡畅的倾向性是明确的,即强调"无产阶级妇女运动"比"资产阶级妇女运动"重要,同时强调妇女运动必须服从党的中心工作。其中蕴含的恰是阶级/性别议题的结合以及以何种方式结合的问题。

如果说性别问题的阶级偏向不只表现于"四三决定"之中("四三决定"不过表现得更明显并将其制度化),而有着更深远的历史脉络的话,则可以追溯到"五四"后期左翼革命话语如何整合女性话语,尤其是整合现代都市激进女性文化的方式。在此,丁玲是另一个值得分析的恰当个案。作为后"五四"时代的都市知识女性,丁玲在她早期的作品中,相当清晰地表现了对现代都市资本体制中女性"色相化"处境的自觉。她的处女作《梦珂》(1927)以遭性骚扰的女模特事件为开端,以梦珂清醒地被迫步入由男性色相目光所构造的"女明星"位置而结束,显露出女性所遭遇的制度化的性别压制处境。罗岗相当有趣地借用"技术化观视"这一范畴,提出"丁玲不是在理性的层面上讨论'娜拉走后怎样',而是在都市的消费文化、社会的'凝视'逻辑和女性的阶级分化等具体的历史背景下,把抽象的'解放'口号加以'语境化'了"②。丁玲后来陆续在《莎菲女士的日记》(1928)、《阿毛姑娘》(1928)等作品中,深化了她在《梦珂》中提出的女性问题。20世纪30年代初期,有着激进女性立场的丁玲转向"革命"。就"革命"的本义来说,如果丁玲早期小说显露的是资本体制和男权体制的结盟,则女性解放势必应该在颠覆双重压制(性别和阶级)的意义上提出。但当时的权威左翼理论家冯雪峰在判定丁玲早期小说的性别批判的意义时,却认为那仅仅是

---

① 蔡畅:《中国共产党与中国妇女》,《人民日报》1951年6月27日。
② 罗岗:《"视觉互文"与身体想象——丁玲的〈梦珂〉与后五四的都市图景》,《华东师范大学学报》(哲学社会科学版)2005年第5期。

"延安道路"中的性别问题——阶级与性别议题的历史思考

"殖民地和半殖民地所传播的那种最庸俗和最堕落的资产阶级的'恋爱文化'"[①],即通过将激进女性文化指认为"资产阶级的"和"殖民主义的",而取消其合法性。就更普遍的历史意义而言,冯雪峰的判断并非纯然是简单粗暴的,而与第三世界、后发现代化国家的女性主义理论暧昧的现代性特征联系在一起,即这种源自西方的以中产阶级女性作为主体想象的激进理论,显然需要更为复杂的转换环节才能得到"半殖民地"中国的阶级解放理论的认可。而这种"转换"无论在作为左翼理论家的冯雪峰还是在激进女作家丁玲那里,都没有成为自觉的问题。这不仅造成丁玲"向左转"后的革命小说取消了女性视点和性别议题的个人原因,也可以说是革命运动简单取消激进女性文化的历史原因之一。

"延安道路"中存在的性别问题,事实上也与国际共产主义运动所依据的妇女解放理论有着密切关联。朱丽叶·米切尔（Juliet Mitchell）在关于马克思、恩格斯、倍倍尔、列宁女性观的描述中,指出马克思主义理论始终强调"社会主义即等于妇女解放"[②]。后来的社会主义女性主义者称这一纲领为"性别盲"（Gender—Blind）。马克思主义理论侧重从经济角度关注与工作相关的妇女问题,并把妇女受压迫的根源指认为资本主义制度,因此,解放妇女的实践方案就是鼓励妇女进入公共劳动领域。类似的妇女解放观念同样被实践于中国的革命运动中。在战争时期和建国后,共产党领导的中国革命把建立和建设独立的民族国家政权作为目标,并且动员"半数的女同胞积极参加",但这种动员是以"男女都一样"（一种未经反省的男性主体）的方式提出的,而掩盖了女性的特殊问题和性别要求。从共产党在乡村展开的社会

---

① 冯雪峰:《从〈梦珂〉到〈夜〉》,《中国作家》第1卷第2期(1948年)。
② [英]朱丽叶·米切尔:《妇女:最漫长的革命》,李银河主编:《妇女:最漫长的革命——当代西方女权主义理论精选》,生活·读书·新知三联书店,1997年,第8~45页。

动员和经济发展来说,相当程度地借重了传统的家庭结构,父权和夫权中心的性别模式依然存在。女性介入公共领域及其社会地位的提高,都是在不改变家庭内部的性别秩序的前提下进行的。这种对父权制的让步导致女性的双重负担问题,即在承担社会工作的同时,承担家庭劳动。如果说马克思主义始终将女性解放作为阶级解放的同一议题的话,那么在对待父权制的方式上,则显示出女性解放与阶级/民族国家解放的冲突面向。其中的问题是:其一,建立社会主义政权之后,女性解放是否是"自然而然"的事情?其二,妇女解放运动是否不如民族解放和阶级解放重要?也正是在这两点上,女性主义者和马克思主义者发生了理论冲突。海蒂·哈特曼(Heidi Hartman)用了一个形象的比喻来比附两者关系:"马克思主义和女性主义的'婚姻'就象大英法律所描述丈夫和妻子的结合一般:二者合而为一,而这'一'是马克思主义。"①这种"不快乐的婚姻"导致社会主义国家仍以"父权制社会"的形态存在,而关键原因正在于"马克思主义的概念范畴,就像资本本身,都是没有社会性别视角的","马克思主义者倾向于认为,妇女的受压迫远不如工人的受压迫那么重要"。于是,女性主义者提出不仅应当对资本主义制度提出批判,同时应该向父权制挑战,妇女解放应该在反抗资本主义和父权制的"两个战场"作战②。由此,以更为激进和积极的方式把女性主义结合进社会主义实践。类似发生于60至70年代西方女性主义理论界的讨论,或可作为思考中国妇女运动历史的参照。

"延安道路"中蕴含的女性内部的阶级差异、女性运动和党的工作

---

① [英]海蒂·哈特曼:《马克思主义和女性主义不快乐的婚姻:导向更进步的结合》,收入《女性主义经典:十八世纪欧洲启蒙,二十世纪本土反思》,女书文化事业有限公司,1999年。

② [美]罗斯玛丽·帕特南·童著,艾晓明等译:《女性主义思潮导论》,华中师范大学出版社,2002年。

"延安道路"中的性别问题——阶级与性别议题的历史思考

孰重孰轻的冲突,事实上正是女性主义面对传统马克思主义时发生冲突的普遍问题。努力地浮现20世纪中国革命实践和妇女运动中那些被压抑的声音,并不是要简单地重复它们(正如80年代的女性文化所做的那样),而是意在将具体历史情境中的复杂面向重新浮现出来,为进一步思考提供线索。在某种程度上,对阶级/性别问题的话语脉络的浮现,既是一种历史清理也可说是一种理论建构;而更丰满更有想象力的表述,则需要更长时间的探索和更为艰难的实践。

因性而别:中国现代文学中的家庭冲突书写

陈千里

家庭书写是中国现代文学的重要内容,但是在相当程度上被研究者忽视或是轻视。"国"—"家"—"人",可以说是现代文学内容的三极,而研究者取宏大视阈时,见到的往往是"国";如果取微观视阈,则较多见到的是"人"。如萧红的《生死场》,过去多从抗日救亡角度肯定其价值,晚近则转到人的命运、价值方面。这诚然有其充分的合理性,但作为故事发生的主要平台——"家庭",不能成为鼎足的视角,毕竟反映了视阈的盲区。由于"家庭"的文学书写本身的被忽视,其中因性别导致的差异就更加处于被遮蔽状态了。

事实上,"家庭"是社会结构中与性别关系最为密切的一部分,因而其文学表现也最能显示"因性而别"的特色。这既表现为"写什么",也表现为"怎样写"。例如中国现代文学作品中的父亲形象。男作家或是刻意回避而不正面出现,或是写成落伍的、压迫的权威性人物,在他们的笔下很少能见到代表正面价值的具有精神力量的父亲形象。而女作家的笔下,父亲的偶像化与恋父怨思往往并存在作品中,从古代的《天雨花》到现代的《古韵》、《茉莉香片》、《心经》等作品中都可以看到这种复杂心态。再如母亲形象,男作家写得不多,但写到的常有一种依恋的情感,如《在酒楼上》、《寒夜》之类。而女作家则走向两个极端:有的写母女之情十分亲密,冯沅君的《母亲》、苏青的《结婚十年》

都是典型；有的却是具有明显的解构神圣的倾向，特别是张爱玲，她的《金锁记》、《心经》、《创世纪》、《倾城之恋》、《第二炉香》等作品，母亲的形象都不再是慈祥可敬的，有的甚至是令人畏惧的。当然，夫妻的形象在不同的性别视角下就更有"公说公有理，婆说婆有理"的倾向了。而这种情况，在写到家庭中的矛盾冲突时，表现得也就更加集中、突出了。所以，下面就从三种较为常见的家庭冲突入手，进一步作性别视角的比较研究。

视角比较之一："神圣"与"世俗"的书写

在现代文学对于家庭生活的描写中，"神圣"与"世俗"的冲突是经常出现的内容。最早一批女性创作的小说中，冰心的《两个家庭》主题就是"如何使神圣的爱情在日常的生活中延续"，而鲁迅的名作《伤逝》则是"世俗"侵蚀"神圣"的挽歌。这一对矛盾在文学作品中频频出现，反映了中国社会走出封建的阴影后，人们的个性意识逐渐得到伸张，精神自由的要求逐渐强烈。但是，作为家庭生活中的现象，此类冲突却不是这一时段的专利，甚至可以说，古今中外的专偶制家庭无不受类似的困扰，只是程度与形式有所不同罢了。前苏联学者沃罗比约夫在《爱情的哲学》中谈到：

> 爱情的熄灭是一个古老的、世界性的问题。
> 在爱情上升到顶点时，它总感到自己是永恒的。这听起来很离奇，但事情只能是这样。难道在倾心相爱的时候，在一个人抛却了私心，感到自己是一个真正的人的时候，会想到这种幸福有朝一日会完结吗？但是，迟早会有清醒的一

天,那时往往是双方都感到失望。①

他认为两个人爱的激情燃烧只能是一个过程,此时,双方完全沉浸其中,充满了神圣的感觉;但是这一过程必定要有一个终点,然后所进入的家庭生活阶段,伴随着神圣终结必然要产生失落。这是人类社会一个普遍的现象。对于这一现象的深层原因,他又作了进一步的分析:

> ……肉体的幸福和精神的幸福很难达到和谐。压制一方(特别是妇女)的爱好、兴趣和习惯的自由发展,整个生活程序日复一日的强制和种种繁琐的细则……这就造成了一种无法忍受的精神气氛。在这种气氛中最忠实的爱情也会窒息而死。②

这一分析相当深刻,指出了这种冲突的三个层面的原因:首先是家庭生活所具有"物质性"与"精神性"的悖离倾向;然后指出物质性的生活内容所具有的重复性与繁琐性;继而指出这种重复与繁琐必然产生厌倦感,使浪漫的爱情"窒息"而死。也就是说,当二人实现了肉体的结合,爱情向婚姻发展之后,家庭生活不可避免地常态化,"柴米油盐"替代"花前月下",于是"诗"演化为"散文"。

可以说,所有进入家庭"围城"的人都要经过这一过程——"围城"之为"围城",原因也大半在此,而其中多数人虽会有所苦恼,但也会很快适应。因为人类本质上是物质的和实用优先的。不过,对于精神生活要求过高的人、精神高度敏感的人,对于身处特别关注精神自由之时代的人,他们就会很难适应,甚至无法适应,结果就是苦闷、破灭,以

---

① [苏联]沃罗比约夫:《爱情的哲学》,见瓦西列夫编:《情爱论》,生活·读书·新知三联书店,1984年,第426~427页。
② [苏联]沃罗比约夫:《爱情的哲学》,见瓦西列夫编:《情爱论》,生活·读书·新知三联书店,1984年,第429页。

至于冲出"围城"、爱巢毁弃。把这样的精神－心理状态表现于文学，就有了《伤逝》一类的作品。

在古代的家庭文学作品中，之所以几乎看不到这种冲突，是因为几乎没有哪一部作品从爱情写到家庭（罕见的例外是《浮生六记》），而成了家的女性严格遵守"女主内"的分工准则，其处境是别无选择的。没有了选择的可能，"围城"也就成了"铁屋"，大家尽管苦闷却只有听从命运安排。不过，《红楼梦》中贾宝玉崇拜未婚少女、鄙视婚后的妇女，其隐含的心理也是对家庭生活的世俗属性的反感。

现代文学中的叙事文学比起古代的同类作品来，爱情描写增加了很多，且多与追求思想解放、追求自由生活的题旨发生联系，这样就进一步把爱情神圣化了。在这种情况下，家庭生活与爱情感受之间的落差也便随之增加。当神圣的爱情被世俗的家务侵蚀，家庭里弥漫起"窒息"的毒雾，当日的爱侣忽然反目生怨时，一个问题便自然产生：这是谁的责任？

我们且看在不同的性别视角下见到的情景各自如何：

《伤逝》，虽然是涓生在忏悔，但说到家庭破裂的责任却似乎不是悔而是责。子君不仅完全陷入了"重复而繁琐"的物质生活里——"管了家务便连谈天的工夫也没有，何况读书和散步"；而且精神上也随之急剧降落——"子君的功业，仿佛就完全建立在这吃饭中"，"她似乎将先前所知道的全都忘掉了"，"她总是不改变，仍然毫无感触似的大嚼起来"。透过涓生的眼睛，那个美丽的恋人的形体也急剧改变得粗俗难看，手变得粗糙，人变胖了，整天汗流满面，而目光变得冰冷，精神世界则空虚得除了鸡和狗之外，只剩下和房东太太生闲气。那么，涓生如何呢？他勉力同恶劣的环境斗争，拼命写作、翻译，可是不但要受到子君的干扰，而且连饭都吃不饱，因为子君要剩下粮食喂鸡和狗。显然，男人在极力维持这个家庭，在留恋当日的圣洁而浪漫的爱情，而女人则变成了世俗的俘虏，进而变为世俗的同谋，来联手毁弃掉男人珍爱的一切。

鲁迅另一篇家庭题材小说《幸福的家庭》,情况和《伤逝》相近,或者说是《伤逝》的节选——淡化了正剧的开头与悲剧的结尾,只把中间一节变为了一幕喜剧。而这一幕喜剧恰恰就是家庭世俗化的样本。在这一幕喜剧中,充分世俗化的太太证明了"幸福的家庭"这一命题本身的虚妄,而男人的苦恼也便成为对破坏家庭"幸福"责任的无言的追究。

老舍的《离婚》立意更近于《幸福的家庭》,而由于篇幅的加大,对男人陷身世俗家庭的苦恼描写更细、渲染更充分。小说所写的两个家庭中,老张的家庭已经最充分地世俗化了,口腹之欲成了全家人最高的生存目标,而由于这个家庭成员精神世界同样"俗"透了,所以他们内部没有"俗"与"圣"的冲突。不过,这个家庭是作者调侃的对象,也可以说是老李家庭观念的冲突对象。老李的家庭内部则冲突不断,老李也总是陷入苦恼的泥沼。老李有一段表白,自述苦恼之源:

> 我要追求的是点——诗意。家庭,社会,国家,世界,都是脚踏实地的,都没有诗意。大多数的妇女——已婚的未婚的都算在内——是平凡的,或者比男人们更平凡一些;我要——哪怕是看看呢,一个还未被实际给教坏了的女子,情热象一首诗,愉快象一些乐音,贞纯象个天使。

他的苦恼是家庭中没有"诗意",而没有"诗意"的原因是妇女"被实际教坏了"。家庭不能给男人带来精神上的满足,是因为女人"比男人更平凡",因为女人的"被实际教坏"。也就是说,当女人辛辛苦苦忙着家务,忙着那些单调、重复、劳碌的事务的时候,她们的劳动不但没有产生价值,反而是破坏性的——这就是老李的家庭观念,而老李在一定程度上是作者声音的代表。

我们再来看看女作家们如何处理类似的冲突:

萧红的《生死场》写的都是农村下层民众的家庭,但是这种感情的跌落过程却是完全相同的。作者借成业婶娘之口诉说了女人对于这个跌落过程的痛苦感受,她讲说了自己少女时对爱的渴求,也诉说了男人无情的改变:"你总是唱什么落著毛毛雨,披蓑衣去打鱼……我再也不愿听这曲子,年青人什么也不可靠,你叔叔也唱这曲子哩!这时他再也不想从前了!那和死过的树一样不能再活。"萧红又用两段传神的描写来渲染这一小小的家庭悲剧,她写女人主动地"去抚媚他",而得到的却是冰冷的回应;然后就描写道:

> 女人悄悄地蹑著脚走出了,停在门边,她听著纸窗在耳边鸣,她完全无力,完全灰色下去。场院前,蜻蜓们闹著向日葵的花。但这与年青的妇人绝对隔碍著。

家庭的温暖、情趣完全死灭了,女人的精神世界也完全枯涸了。而这不是她本身的原因,她不甘心,她要挽回,但是那个完全浸泡到种田、喝酒里的男人,是她根本无力改变的。在这个问题上,萧红的深刻与巧妙在于描写了成业和他叔父两代人的爱情、婚姻与家庭的对照图,而两代人重复着同样的轨迹,就使得悲剧的制造者不再是某个个别的丈夫,而成为了带有普遍性的"男人们",从而有力地实现了女性的无言的控诉。

苏青的《结婚十年》是一部完整的"家庭破裂史":从二人相爱到建立家庭,再到情感冷却,最终分道扬镳。比起前面举出的男作家的几部作品,苏青既写了在"柴米油盐"的考验面前两个人的不同表现,还写了当女性挺身而出为家庭建设新的精神空间时,男人的拙劣表现。面对家务的考验,女主人公苏怀青一方面感到厌烦,但同时又毫不犹豫地挑起了这副重担,而她的丈夫却是毫不领情,甚至不肯稍尽自己的一点经济责任——连买米的钱都不肯出,家庭的气氛就这样开始被恶化了。而当女主人公要把自己的"爱好、兴趣""自由发展"一下时,她的丈夫莫名其妙地充满敌意,为了不让她读书,就把书橱锁起来。当她的处女作发表出来时,她高兴地用稿费买了酒菜和丈夫一起庆祝,而丈夫却是"吃了我的叉烧与酒,脸上冷冰冰地,把那本杂志往别处一丢看也不高兴看"。总之,男人不但自己不去努力恢复家庭的生机与情趣,而且破坏女人含辛茹苦的建设物质基础与精神家园的工作,其偏狭、蛮横到了不可理喻的程度。自然,家庭最终破裂的责任就是这个不能负起责任的丈夫。

潘柳黛《退职夫人自传》里家庭的破裂过程比较曲折,丈夫既负心又变态,不过在对待结婚后的家庭生活负担的态度上,与苏怀青的丈夫毫无二致。由于经济的拮据,妻子担负了更多的家务劳动,对此,丈夫先是质问妻子:"你为什么没有钱呢?""你为什么这样懒呢?"再后来就极端恶毒地把家庭气氛变坏的责任推到妻子身上,处心积虑地暗示妻子的精神出了毛病。于是,家庭对于女人变成了地狱——"他从天堂把我推到了地狱,我在地狱里幻想着天堂的生活"。显然,这种"天堂地狱"之论,在《伤逝》、《幸福的家庭》、《离婚》中都有相近似的表达,所不同的只是推者与被推者的性别倒换了过来。

不过并不是所有的女作家都是这样处理此类冲突的。冰心的《两个家庭》就是把家庭"世俗化"的责任完全推到了那个妻子的身上。因了她的"俗",丈夫精神"窒息"而死,家庭也自然瓦解。作者的同情心完全在丈夫身上,所以把那个妻子的形象刻画得俗不可耐:"挽着一把头发,拖着鞋子,睡眼惺忪,容貌倒还美丽,只是带着十分娇情的神气。"有趣的是,作者同时描写了一个不"俗"的家庭,夫妻二人"红袖添香对译书",居所则在绿荫花径之中,孩子则是只知道童话与积木的模范儿童。这个家庭足以打破"俗化"的定律,不过它只能存在于小姑娘的粉红色想象中,因为冰心作此篇时还是一个单纯的女学生。

同样的家庭问题在不同性别视角下所见竟有这么大的差异,这既有各自经历不同的原因,又有立场的因素。只要把自家的立场作为唯

因性而别：中国现代文学中的家庭冲突书写

一的立场，就难免视角的偏颇。正如波伏娃所讲：

> 只要男女不承认对方是对等的人……这种不和就会继续下去。
>
> "谴责一个性别比原谅一个性别要容易"，蒙田说。赞美和谴责都是徒劳的，实际上，如果说这种恶性循环十分难以打破，那是因为两性的每一方都是对方的牺牲品，同时又都是自身的牺牲品。①

她讲的是在现实家庭生活之中的情况，其实同样适用于文学创作之中。由爱情的"诗"到家庭的"散文"，这几乎可以说是人类永恒的主题，减轻其消极冲击的唯一妙药就是超越自己性别的自然态，求取夫妻双方的理解与体谅。同样，作品中克服偏颇以臻更高境界的妙药也是超越，是作家超越人物的立场，站到足以俯视双方、俯视爱情与家庭的高度。

视角比较之二："淑女"与"荡妇"的书写

《礼记·昏义》："男女有别而后夫妇有义，夫妇有义而后父子有亲，父子有亲而后君臣有正。"②显然，夫妻关系是家庭得以建立的最基础关系。而夫妻关系建立的基础则是"男女有别"，即性别关系。"性别"之"别"，在家庭生活中，既是异性相吸引的关键，也反映了家庭性生活中男女所持态度的差别。

文学作品表现家庭生活，涉及性的内容往往比较敏感，所以作家们有的明写，有的暗写，有的回避。但无论怎么写，其立场与态度都会

---

① [法]波伏娃：《第二性》，中国书籍出版社，1998年，第81页。
② 《礼记集说·昏义第四十四》，中华书局，1994年，第499页。

自觉不自觉地流露到笔下。特别是写到男女主人公在性生活上出现分歧的时候,或是在性生活与道德评判相纠缠的时候,尤其如此。

例如对于女人在家庭生活中的性要求,萧红在《生死场》中数次写到,虽然都是含蓄的,或是间接的,却也旨趣相当显豁。一次是前文提到的福发媳妇和丈夫之间的一冷一热:媳妇由于回忆起当年的恩爱而一时情动,"过去拉著福发的臂,去抚媚他",结果遭到冷遇,丈夫先是无动于衷,继而要发脾气,最后自家酣然入睡;可怜的女人只能孤独地看着春天里花开虫飞,寂寞地"听著纸窗在耳边鸣"。这里的笔调显然是对女人充满了同情,而不满于那个麻木的丈夫。另一处是写村妇们在王婆家的聚会,女人们放肆地谈论着家庭中的性生活:

> 菱芝嫂在她肚皮上摸了一下,她邪昵地浅浅地笑了:"真没出息,整夜尽搂著男人睡吧?""谁说?你们新媳妇,才那样。""新媳妇……?哼!倒不见得!""像我们都老了!那不算一回事啦,你们年青,那才了不得哪!小丈夫才会新鲜哩!"每个人为了言词的引诱,都在幻想著自己,每个人都有些心跳;或是每个人的脸都发烧。

对此,萧红是以兴味盎然的态度来描写的,甚至可以说这一段是"生死场"中唯一充满了欢乐的描写段落。女人们诉说着自己的欲望,在快谈中得到某种满足,甚至在虚拟状态下实现自己的心理要求。在萧红的笔下,这一切都是完全自然地发生着,毫无羞恶之感,更无贬斥之意。

同是写下层社会的家庭性生活,老舍笔下的虎妞与祥子也是一冷一热。虎妞从一开始就是主动的,而且是从性诱惑开始二人关系的,祥子则从一开始就试图逃避。两个人结婚后,身强力壮的祥子最怕的就是虎妞的性要求,他认为虎妞对自己"好象养肥了牛好往外挤牛奶",而这样的老婆"象什么凶恶的走兽","是个吸人血的妖精","能紧紧的抱住他,把他所有的力量吸尽"。所以每次的性生活之后,老舍描写祥子的心理是:"觉得混身都粘着些不洁净的,使人恶心的什么东西"。对于夫妻床上的不协调,老舍的态度是很明确的:女人的主动、强烈是男人的灾难。他不仅在以上这些具体描写中流露出自己的感情态度,而且在整部作品的大框架上也有所体现。祥子一生的悲剧起源于虎妞的纠缠,虎妞的"虎"既有形象的特征,也有"吞噬了骆驼"的隐义,与上述"凶恶的走兽"描写相互发明。不仅老舍如此,在这一时期男作家的笔下,在性方面主动、强烈的女性人物形象,似乎没有一个是正面的、有好结果的[①]。

与此相映衬的,那些对此持"无所谓"态度的女性,在性的问题上较为"淑女"的人物,男作者的笔触会流露出较多欣赏的态度,如《京华烟云》中的曼娘、木兰,《财主的儿女们》中的蒋淑华等。

相关的另一个家庭问题,是作品里对男人性无能的描写。不同的立场也有不同态度,着眼点也因之有所不同。女作家笔下的典型是《金锁记》,贫家女嫁给了残疾的丈夫,作者着眼的是她的生理方面的感觉,写她接触那没有活力的肉体时的苦闷:"你碰过他的肉没有?是软的、重的,就像人的脚有时发了麻,摸上去那感觉……","天哪,你没挨着他的肉,你不知道没病的身子是多好的……多好的……"。更深一层则着眼于她内心欲望与利益的冲突,揭示其本性、本能的扭曲。而同样的故事也发生在《京华烟云》的曼娘身上,作者林语堂的着眼点却是这个守寡一生的女人道义上的表现,写她守活寡时如何恪尽妇责。而终其一生作者尽管写到一些生活的单调,却从未写到她的生理的苦闷和怨悔,甚至暗示性的笔墨也没有,仿佛她就是生活在纯粹理念的世界里。

---

① 甚至在恋爱方面过于主动的女性形象,也难得男作家的青睐。如《围城》中的苏文纨、孙柔嘉,《财主的儿女们》中的王桂英等。

对于家庭生活中的男性性无能,茅盾有过更为正面的描写,如短篇小说《水藻行》,面对有生理缺欠的男性,女性的生命欲望最终服从于人伦与家庭的利益。《霜叶红于二月花》中女主人公张婉卿也是忍受着个体生命的苦楚,屈就于无生命的伦理规范。而在写她以理性战胜欲念,心安理得地追求家庭的利益时,作家的态度是欣赏的、赞许的,女性在家庭生活中的正当生理要求则被看得很淡很淡。

在家庭与性的话题中,"红杏出墙"之类的越轨现象是引人注目的,也是文学表现的热点。在这方面的情节处理上,一般而言,男作家兴趣似乎更浓一些,往往有浓墨重彩之笔,相对来说,女作家的态度要淡然一些。

男作家笔下的"淑女"游走于"出墙"边缘的时候,总是能"发乎情止乎礼义",最终保持住"淑女"的身份——而这样的形象往往都是作家自己情之所钟的对象。如老舍《离婚》中的马少奶,遇人不淑,实际上长期守活寡,但她对老李总是若即若离,以其善解人意而让老李神魂颠倒,同时又以"在水一方"的姿态保持着自己的"名节"及对老李的神秘感。林语堂的《京华烟云》中,姚木兰对孔立夫也是一直游走于边缘,作者几次让她走到越轨的边缘,甚至出现身体接触、身体诱惑的苗头,然后迅速"急转弯",让她从危险地带走开。而女人一旦"出墙"或是"将身轻许人",其结果大多十分不妙。最典型的是曹禺《雷雨》中的繁漪、《原野》中的金子,不但自己身败名裂,也毁灭了身边的一切。

女作家对此态度明显有所不同。苏青笔下的女主角,新婚后初尝禁果即孤身外出,在寂寞难耐的情况下对应其民产生了好感。作者对此不仅毫无谴责之意,而且把这一节径直命名为"爱的饥渴"。这显然是从女性自身体验的角度来观察的。潘柳黛的《退职夫人自传》写女主角被丈夫阿乘抛弃后,先后与"画家"、"阿康"交好,作家是这样来描写这种关系的:"我像戏院里的幕间休息一样,没有一个男朋友在我身边,于是阿康便又乘隙而入,与我接近。"一切显得很自然、很随意。沉樱的《欲》写女性的越轨,毫不掩饰地把其根源与"欲"联结到一起,一切毛病都是因为"平凡不堪的婚后生活",而越轨的诱惑给女人带来了新的生命,"那因结婚而冷静了的青春之血,似乎又在绮君的身内沸腾起来"。作者的同情、惋惜之情溢于笔端。

周作人曾经指出:"(在男权社会里)假如男女有了关系,这都是女的不好,男的是分所当然的"①。舒芜也讲过类似的意见:"既云性的犯罪,本来总要有男女两方,有罪也该均摊,但是性道德的残酷,却在于偏责乃至专责女子。"②可以说,很多男作家对待此类情节,常常不能摆脱这种偏见,有意无意间流露到自己的笔下;而在女作家的笔下,则开始改变这种双重标准带来的不公。为女性的生理欲望站出来讲话的女作家首推丁玲。在丁玲的《莎菲女士日记》里,作者大胆而直露地表现了一个女人对于男人的渴望:"去取得我所要的来满足我的冲动,我的欲望。"作者把她刻画成真实、热烈、富有生命活力的女人,基调是赞扬的。到了张爱玲的时代,她在《倾城之恋》中揭露男权社会的偏见道:"一个女人上了男人的当,就该死;女人给当给男人上,那更是淫妇;如果一个女人想给当给男人上而失败了,反而上了人家的当,那是双料的淫恶,杀了她也还污了刀。"她又借人物对话直接对男性的自私与偏见进行批判:

> 柳原道:"一般的男人,喜欢把好女人教坏了,又喜欢感化坏的女人,使她变为好女人。我可不像那么没事找事做。我认为好女人还是老实些的好。"流苏瞟了他一眼道:"你以为你跟别人不同么?我看你也是一样的自私。"柳原笑道:"怎样自私?"流苏心里想:你最高的理想是一个冰清玉洁而又富于挑逗性的女人。冰清玉洁,是对于他人。挑逗,是对

---

① 周作人:《谈虎集》,河北教育出版社,2002年,第213页。
② 舒芜:《女性的发现》,《周作人的是非功过》,人民文学出版社,1993年,第156页。

于你自己。如果我是一个彻底的好女人,你根本就不会注意到我。她向他偏着头笑道:"你要我在旁人面前做一个好女人,在你面前做一个坏女人。"柳原想了一想道:"不懂。"流苏又解释道:"你要我对别人坏,独独对你好。"

张爱玲笔下的白流苏对待爱情与婚姻是非常"世俗"的,行为也是不"严谨"的,但作者对她并无贬抑,而是七分理解三分同情。她的这一番话很大程度上传达了作者的声音,核心就是揭露男权世界的虚伪与偏见,同时也是在为白流苏这样为生计所迫有所"越轨"的女性作一自我辩护。

视角比较之三:"支配"与"平等"的书写

家庭成员之间的关系可以分为三个类别:一类是由血缘纽带联结的,如父母与子女之间、兄弟姐妹之间等;一类是由姻缘纽带联结的,如夫妻之间、婆媳之间等;一类是附属关系,包括主仆之间及收养等。而无论哪种关系,使彼此愿意维系并留在家庭这一特殊社会组织之内的无非下列因素,即感情关联、利益关联与权力关联。前两种关联是显而易见的,而后一种则有时十分隐蔽。家庭内部的权力关联在家庭内部往往被前两种关联所遮蔽,表现为含蓄的形式,但对于社会来说,却最容易成为公共话题,并与社会的权力结构问题产生共振。美国学者古德在其《家庭》一书中指出:

> 在某种程度上,即使最幸福的家庭也可以被看做是一种权力制度……几乎在一切社会中,传统的规范和压力都给予丈夫以更多的权威和特权来管教孩子。[①]

---

① [美]古德:《家庭》,社会科学文献出版社,1986年,第117页。

他的意见包含四层意思：一是家庭的基本属性之一是某种权力制度，二是父子间父亲是权力结构的强势方，三是男女间男性是强势方，四是这样的结构是社会所认可、所维护的。

权力关系无论在或大或小的范围、或公或私的领域，都意味着支配与被支配。其强化就意味着地位悬殊、利益差别的进一步拉开，其弱化则意味着双方在走向平等。就大趋势而言，家庭中的权力关系的强弱，是与社会的文明程度、家庭成员的受教育程度成反比的；同时也与社会思潮、社会变革有着密切的关系。在中国现代文学的三十年间（1919～1949），恰恰是中国社会剧烈动荡，各种社会思潮此起彼伏，而民众受教育的程度——特别是女性受教育的程度空前提高的阶段。因此，现实中传统的家庭权力关系被质疑、被撼动，而文学作品中也就有了相应的甚至是先导的表现。

比较家庭文学中，不同性别的作家在表现家庭权力问题时更关心家庭权力的哪些方面，例如哪些权力关系——族权、父权抑或夫权，哪些权力因素——经济支配、人身支配或是权力的运作方式，还有他们/她们如何表现自己的这种关心，即在描写家庭中支配与反支配时作家的立场、态度、各自的手法与方式，都是很有趣味的课题。

男性在家庭中的权力有纵向与横向两个不同向度的体现，纵向的体现为父权，横向的体现为夫权。所造成的反作用力，前者是子女的平等、自由的要求；后者是妻子的平等、自由的要求。我们下面的考察便分别循着两个不同的向度来进行。

德国学者温德尔在《女性主义神学景观》中分析"父权制"的属性时讲："这个概念最初源于社会学，'父权制'意味着'一种社会结构。在这种社会结构中，父亲就是家长。'(《杜登词典》)这个意义迄今在我们的科学理解中占居统治地位。"[①]他所强调的是家庭中父亲权力的社

---

① ［德］温德尔：《女性主义神学景观》，生活·读书·新知三联书店，1995年，第30页。

会属性。而中国古代的典籍则有不同的着眼点:《仪礼·丧服传》"父者,子之天也"①,《说文解字》"(父的字义、字形)家长率教者,从又举杖"②,更多的是着眼于其道德依据和功能表现。这在很大程度上反映了文化传统的差异。因而中国的文学家描写父权,无论古今,无论肯定否定,也都是从天伦道德、人生训诫、强力意志的角度来观察与描写的。

由于"经历巨大社会变革的大型社会的一大特征"就是存在"一二十岁的年轻人"普遍地"反抗父母"的行为③。所以,现代文学三十年中,描写家庭中子女反抗父权的作品空前增多。而这一点又突出表现在男作家身上。如果具体分析可以发现以下几种不同的情况:早期的家庭描写如鲁迅作品《狂人日记》、《长明灯》、《伤逝》等,稍后的巴金的《家》,其批判的锋芒很大程度落在了"族权"上,父权的功能由秉持着族权的祖父、叔父乃至长兄来实现。这样的写法,一方面批判封建家族制度的意义得到凸显,另一方面也有不忍"弑父"的潜在心理。正面批判家庭中的父亲的作品,当以《雷雨》为典型。周朴园对儿子们声色俱厉的训诫,在很大程度上是故意"耍威风",是在有意强化父权。而周萍的乱伦行为,其潜在的意义之一正是对这种绝对父权的另类反抗。另一种情况出现在稍晚一些的作品中。《京华烟云》、《财主的儿女们》立意都是要写家族与时代历史变迁的大著作。由于作者的阅历、价值观念和读者设定都有很大不同,所以二者之间的思想差别是很明显的。可是,与前述两种情况相比,这两部著作又有其相近之处。由于到了20世纪三四十年代之交,批判封建文化、封建制度已经不再是社会关注的热点,所以这两部以家族为描写对象的百万言大作对族

---

① 《仪礼》,《四部丛刊初编经部》,上海商务缩印明徐氏仿宋本,第113页。
② 许慎撰,段玉裁注:《说文解字注》,上海古籍出版社,1981年,第115页。
③ [美]古德:《家庭》,社会科学文献出版社,1986年,第130页。

因性而别：中国现代文学中的家庭冲突书写

权的批判几乎了无痕迹了。与此相关的是，两部书中父亲的家长形象也不是可恶的悲剧制造者，他们尽管也享有对子女很大的支配权力，但权力的使用经常给读者以"合理"的感觉，有时他们本身反而带有可悲、可悯的色彩。

简言之，这三十年间的很多男作家对父权题材有较浓的兴趣，而其表现则趋于两极：一极或是"为尊者讳"，回避直接描写父亲形象，或是笔下留情，表现出对父权的一定程度的理解与同情；另一极却是无恶不归之于父权，并让其受到最严厉的惩罚。

比较起来，女作家的态度与视角大多都有所不同。正面描写父子之间意志冲突的，以冰心的《斯人独憔悴》和张爱玲的《茉莉香片》为例。前者中的父亲化卿形象，冰心塑造的就不是一个"敌对"的人物，他的一切行为尽管专横、迂腐，但都是由他的身份——旧官僚、家长所决定的。他不仅没有其他劣迹，专横也是有限度的，所以尽管发了脾气，姨太劝一劝，女儿打一个圆场，也就比较快地烟消云散。这样写，较为合乎一个"父亲"的真实，但也使作品的思想张力与艺术张力弱化了。《茉莉香片》的特点是写了聂传庆的两个"父亲"，一个是现实的真实的父亲聂介臣，一个是想象的精神的父亲言子夜。二者都对聂传庆持有威压的权力。聂介臣的威压是直接的物质层面的，包括打骂、经济管制等；言子夜则是精神层面的，包括知识能力的轻蔑和人格形象的鄙视。这篇小说有双重视角，一重是聂传庆的，两种父权的威压感都是通过这一特定视角传达给读者的；另一重视角是叙述者的，在这里与作者的基本重合，在这重视角下，既有对聂传庆感受的观察，也有对这两位"父亲"、两种父权的审视。而审视之下，这两种父权都不再具有威压的力量。聂介臣威严与力量的失落缘于他自己的腐朽——这种意味只在叙述者的视角下呈露。言子夜威严与力量的失落缘于历史的追溯。这两重视角的重叠造成了复杂的叙事效果，也表现出对于父权的复杂态度。这种态度的基本点是审视的，是"执其两端而扣之的",也就是说既揭示其强力支配的负面,又揭示其虚弱的无力的本质。

就小说的意味复杂程度和叙事技巧来说,《茉莉香片》高出《斯人独憔悴》多多。但就两篇作品对父亲形象与父权的态度来说,却又有相似之点,就是都有"审父"的倾向而无"弑父"的动机。

家庭中的横向权力关系主要是夫权,这是男权的更直接的体现。由于和性别冲突的关系密切,在不同性别作家的笔下的表现也就有更大的差异。

温德尔在《女性主义神学景观》中指出:"尼采的定理是:'男人的幸福意味着:我愿意。女人的幸福意味着:他愿意。'这个定理说中了迄今占据统治地位的性别关系。"①在他看来,男性主导家庭是普遍的现象,女性的从属地位主要表现为主体性的丧失。这应该是和男权社会的大多数家庭的情况相合的。可是,在我们所观照的中国现代文学的作品中,描写到的家庭情况却有很多不是这样的。比如鲁迅的《离婚》与老舍的《离婚》写到夫权都是随写随抹,那边刚刚写了老张的有限的夫权,这边马上写老李在家中面对泼辣太太的无奈,这边刚刚写了爱姑的控诉,那边却又写爱姑的泼悍。真正的控诉夫权,描写女性在夫权下痛苦挣扎的,似乎只有《雷雨》一部。

两相比较,女作家作品中正面写夫权的比例远高于男性,如《那个怯弱的女人》、《生死场》、《金锁记》、《茉莉香片》、《心经》、《结婚十年》、《退职夫人自传》等,无疑都是持揭露、控诉态度的。而其揭露的戏剧性、控诉的激烈或许不及《雷雨》,但描写的矛盾冲突的细致、真实又多有过之。

更有意思的是,在不少男作家的作品中,不仅没有描写女性在夫权支配下的痛苦,而且写了家庭内权力旁移,男人们在"妇权"笼罩下

---

① [德]温德尔:《女性主义神学景观》,生活·读书·新知三联书店,1995年,第29页。

的苦闷。如老舍《牛天赐传》中牛奶奶对牛老者的支配权,《骆驼祥子》中虎妞对祥子的支配权,曹禺《原野》中金子对焦大星的支配权,巴金《寒夜》中曾树生对汪文宣的支配权,路翎《财主的儿女们》中金素痕对蒋蔚祖的支配权,以及相应的这些丈夫们内心的苦恼与无奈。这些女性的共同特点是精力旺盛,而其中的金素痕、曾树生和花金子还都貌美如花,主体性很强,不安于室。在对这些形象的刻画中,隐隐流露出作者本人对此类女性的疑虑甚至恐惧。

作为对比的是,女作家也写了一系列主体性强、有活力、试图争取家庭权力的女性形象。如萧红《生死场》中的王婆,张爱玲《倾城之恋》中的白流苏,《创世纪》中的紫薇,苏青《结婚十年》中的苏怀青,潘柳黛《退职夫人自传》中的柳思琼。她们在一定程度上主宰着自己的命运,在各自的家庭中有着起码的发言权,或是争取着这份权利。为此,她们不可避免地与丈夫之间出现冲突,而作者的同情无一例外地放在这些"不安份"的女人身上。这一点,适足可以同前面的《寒夜》等作品进行比较,其立场与态度的迥然相异是一目了然的。

阅读这一时期几位著名女作家的小说,有时还会为她们流露在作品中的一种共同的倾向感到诧异,这种倾向就是对女性"母爱"的弱化乃至颠覆。萧红的《生死场》描写王婆讲述她没有照看好自己的第一个孩子,以致孩子摔死的情况:"一个孩子三岁了,我把她摔死了,要小孩子我会成了个废物。……孩子死,不算一回事,你们以为我会暴跳著哭吧?我会嚎叫吧?起先我心也觉得发颤,可是我一看见麦田在我眼前时,我一点都不后悔,我一滴眼泪都没淌下。"在生存与母爱之间,萧红笔下的女性选择的是生存优先。而作者唯恐我们没有注意王婆的感情态度,特意让王婆讲出"绝情"的不后悔、不流泪的话来。这显然和我们通常持有的母亲爱孩子胜过一切乃至自己的生命的印象大不相同。不止是王婆一个母亲如此,《生死场》中的母亲形象大半如此,如金枝的母亲:"因为无数青色的柿子惹怒她了!金枝在沉想的深渊中被母亲踢打……金枝没有挣扎,倒了下来。母亲和老虎一般捕住自己的女儿。金枝的鼻子立刻流血。……母亲一向是这样,很爱护女儿,可是当女儿败坏了菜棵,母亲便去爱护菜棵了。农家无论是菜棵,或是一株茅草,也要超过人的价值。""老虎一般"、"踢打"、"立刻流血",这都是描写亲生母亲对待自己女儿的用语。不知道在萧红之前有没有哪一位男性作家这样塑造过母亲的形象。

张爱玲对母爱的质疑更是众所周知的。她说:"自我牺牲的母爱是美德,可是这种美德是我们的兽祖先遗传下来的,我们的家畜也同样具有的——我们似乎不能引以自傲。"①"母爱这大题目,像一切大题目一样,上面作了太多的滥调文章。普通一般提倡母爱的,都是做儿子而不做母亲的男人。而女人,如果也标榜母爱的话,那是她自己明白她本身是不足重的,男人只尊敬她这一点所以不得不加以夸张,浑身是母亲了。"②她的这种观念是和她个人的生活、感情经历分不开的,"张爱玲……写角色的母女关系,其实也在象征性地再现她身上的母女关系。"③在这种观念以至个人情感的影响下,她笔下的母亲几乎没有"慈母"的形象。从《沉香屑》两炉香的不称职的母亲、《倾城之恋》的不可依靠的母亲到《金锁记》中变态的母亲、《心经》中与女儿成为情敌的母亲,非常突出地显示了"身为女性作家,张爱玲的确是不标榜母爱的"④。

苏青倒是正面描写了苏怀青的失女之痛,但同时用更多的篇幅以及更强烈的笔触描写了女人生育的痛苦。她还把母亲和父亲对孩子的态度作比较,父亲反而是溺爱的反面形象。到了《续结婚十年》中,

---

① 张爱玲:《造人》,《张看》,经济日报出版社,2002年,第67页。
② 张爱玲:《谈跳舞》,《张看》,经济日报出版社,2002年,第258页。
③ 平路:《伤逝的周期》,杨泽编:《阅读张爱玲》,广西师范大学出版社,2003年,第137页。
④ 胡锦媛:《母亲,你在何方》,杨泽编:《阅读张爱玲》,广西师范大学出版社,2003年,第154页。

女主角尽管不断陷入孤独寂寞的境况,但始终不再组成新的家庭,原因就是对于生育的痛苦记忆和离别子女的折磨——这些负面的代价超过了做母亲带来的正面的享受。

拿这些母亲的形象和男性作家的作品来比较,差异是巨大的。这一时期男作家着意描写母亲形象的作品并不多,有的尽管落墨不少,人物却也不一定是正面的,如《原野》中的焦母、《寒夜》中的汪母。男作家之间对待"母亲"这一感情符号的态度也并不相同,如鲁迅在作品中流露出的依恋感就是老舍、巴金所没有的。但是,这些男性作家在写到母亲和子女关系的时候,换言之在写到母爱的时候,其观念却是基本一致的。无论这母爱结出的果实是甜是涩、是善是恶,母爱本身都是真诚的、强烈的。

也就是说,男性作家看待与表现母爱的态度与女性作家相比,明显有所不同。男作家的评价更积极些,表现更正面些。那么如何认识这种差异呢?

罗素在《婚姻革命》中的一段论述可能对我们会有些启发:

> 母性的情感长期以来一直为男人所控制,因为男人下意识地感到对母性情感的控制是他们统治女人的手段。[1]

在他看来,男性实现自己性别统治的手段有两种:"父权的发现导致了女人的隶属地位……这种隶属起初是生理上的,后来则是精神上的。"[2]而"精神上的"软手段就是塑造利于自己的女性社会性别形象,而"好的女人都是对性没有兴趣",却"对孩子天然热爱"。"母爱"与"无性"就是这种塑型的两个密切关联方面。

有趣的是,前面引述的张爱玲谈母爱的言论,就其着眼于两性牴

---

[1] [英]罗素:《婚姻革命》,东方出版社,1988年,第141页。
[2] [英]罗素:《婚姻革命》,东方出版社,1988年,第17页。

悟而言，与罗素的见解颇有相通之处。虽不能断言张爱玲受到罗素的影响，但二人对此问题所持的犀利观点确是异曲而同工。从这个角度来看，这一时期女作家对传统母亲形象与母爱观念的解构，可以说是包含着主体性的觉醒和对家庭中男权及其话语挑战的因素。当然，无论是男作家对母爱的肯定性描写，还是女作家对母爱的颠覆性描写，背后所具有的与家庭中权力关系的联系，在大多数的情况下，都不见得是十分自觉的。

家庭生活中，和夫权相关的还有一些重要的方面，例如女性的受教育权利问题、职业女性与家庭关系的问题、女性的社会交际问题等，在不同的性别视角下，也呈露着程度不同的差异。这里就不一一缕述了。

英人密尔曾尖锐地指出："家庭关系问题，就其对于人类幸福的直接影响来说，却正是比所有其他问题加在一起还要更为重要的一个问题。"① 他又指出，家庭关系中恶性的夫权与父权因当事者立场的偏隘——"公然以权力拥有者的立场来说话"②——而难于真正解决。从上述的比较分析看来，要彻底解决这方面的问题，还有很远的路要走，因为性别之"别"就意味着男人与女人立场的差别，于是就有了视角的差别，而不能相互理解与了解，真正意义上的平等就不能实现。

通过上述比较、分析，我们既能感觉到一般意义上不同性别之间的隔膜，也能看出，即使在文化精英里，在力主男女平等的作家中，性别视角仍然是会遮蔽一些东西、扭曲一些东西的。其实，这也是很自然的事情。女性被男性"他者化"，其实正如同男性被女性"他者化"一样，其本源乃在于两方面生理上的差异以及由此差异造成的需求、吸

---

① ［英］密尔：《论自由》，商务印书馆，1982年，第114页。
② 同上。

引与隔膜。因此,这种情况的存在是不可能彻底根除的。所能做的事情,只是在精英的范围内较为充分地认识此种现状的缺失,并通过先觉者的工作最大限度地降低彼此"他者化"的程度,进而对社会、对民众有一积极性的导引——文学及文学的解读都应发挥这方面的作用。

日常化情欲的指归
——论早期新海派文本的题旨转换

乔以钢 孙 琳

本文涉及的作家大致符合以下两方面的考虑：一是通常被公认为海派作家；二是大体活动于20世纪20年代末至30年代的海派转型期。具体包括以写"三角恋爱"小说著称的张资平，兼有"先锋"、"通俗"两副笔墨的叶灵凤，"性爱写手"章衣萍，以及推崇"唯美—颓废"思潮的章克标等。这些作家的身份背景和创作风格差异较大，文学史对其指称也各式各样，或以之为"第一代海派作家"，或冠之以"性爱小说作家"。本文为将其与施蛰存、穆时英、张爱玲等成熟的、更具代表性的海派作家加以区分，姑且以"早期新海派"称之。

早期新海派作家是身份特殊的一群。有研究者指出："活跃于沪上文坛的海派作家多数有'五四'作家和革命作家的前身"[①]。的确，这些作家大都有着"新文学下海"的经历。他们处于海派叙事"自我更新"的关节点上，既为海派带来了新文学的东风，又初步显示了海派叙事的独特走向。从这个角度说，有关早期新海派文本的探讨对新海派文学叙事研究具有一定的"发生学"意义。这里主要考察早期新海派文本的叙事模式，揭示它们与原有叙事模式之间的"裂痕"和"缝隙"，探究这些"裂痕"和"缝隙"指向了怎样的题旨，这之中又包含着怎样的叙事意图。在此基础上，分析作家在创作题旨选取方面的内在动因，

---

① 姚玳玫：《想象女性》，中国社会科学出版社，2004年，第158页。

日常化情欲的指归——论早期新海派文本的题旨转换

探询他们为后来的海派叙事所提供的资源。

一、"社会—反抗"题旨的转换

张资平的小说向来因其叙事的相似、情节的雷同为人诟病。的确,张资平并非一个文体意识很强的作家,他以为的"很不坏"的手法大概更多的是指《留东外史》式的写实描摹[①],他期望由这些贴近自然欲望心理的摹写唤起读者共鸣,而非依凭文体的尝试或叙事技巧的翻新。在这样的背景下,《公债委员》就显得独特了。它大概是张氏小说中叙事技巧应用最为明显的作品。仅就叙事结构而言,它的精巧、完整,在相当程度上克服了张氏小说一贯的拖沓。那么,这个故事有何特别之处,使得作者"一反常规"玩起技巧了呢?作者运用这些叙事策略想给我们讲述一个怎样的故事?这种叙事倾向背后有着怎样的文化姿态?我们不妨对这篇小说的故事层次略加探询。

《公债委员》讲述的是一个叫做陈仲章的"公债委员"的故事。它有两个鲜明的故事层:一个置于小说首尾,构成完整的故事,可称其为外层故事;另一个位于文章中部,我们称之为内层故事。其各自所具有的完整性使之分别构成了独立的叙事。外层故事并不复杂:小说开头描写一个已退职的公债委员(陈仲章)伙同一个革了职的排长,携短枪到某村假托发行公债票的名义勒索乡村富绅。小说结尾写事情败露,陈仲章被捕。在首尾的呼应中,建立起第一个故事层。内层故事则写阿欢病重,陈仲章百般筹款而不得。其中夹杂着由于缺少金钱而引起的生活困窘和心理焦虑。可见,从叙事伦理上看,内层故事其实

---

① 1918年郭沫若在日本福冈初次与张资平深谈时,听他称道《留东外史》"写实手腕很不坏",感到颇为惊讶,并且暗确认为"这家伙的趣味真是下乘"。可见二人的文学趣味从一开始就存在距离。见郭沫若:《创造十年》,《沫若文集》第七卷,人民文学出版社,1958年,第49页。

141

是外层故事的"前因",是外层故事发生动因的"补充"。通常,内层故事往往为外层故事服务,层层铺垫,使外层故事的发生更具必然性,意蕴更丰厚。然而,在这部作品的叙事中,内层故事的叙事时间和叙事深度呈现出多层次、深向度的特点,外层故事的叙事却十分简单。这使文本叙事表现出某种"不平衡"。本应为外层故事服务的内层故事"喧宾夺主",成为叙事重心,叙事伦理和叙事效果形成了悖反。

考察内外层故事叙事的指向,也许有助于思考这种悖反的意味。我们看到,外层故事属于典型的"社会—压迫"型叙事。陈仲章因为社会黑暗处处碰壁,心爱的女人重病在身急需用钱,以致铤而走险伪造身份敲诈乡绅。如果我们认可这样的"前因"并由此推及后果,那么这将是一个类似"骆驼祥子"一样的主人公被逼"犯罪堕落"的故事。这在"五四"小说中是常见的写法,它揭示、追究悲剧的外在动因,生发的题旨倾于控诉和反抗。但偏偏《公债委员》的叙事重心不在外层故事,而在内层故事。它是主人公"肉身—堕落"型的生命史。这个故事中的主人公陈仲章既没有祥子那样的单纯善良,也没有于连式的精神痛苦,而是更像一个实利至上的投机分子。他的"堕落"近似于生活中的一次投机失败。他不可能像郁达夫笔下的主人公那样,将国族观与个人命运相联系发出"生命的绝叫",也无法使故事本身生发出"反抗"的题旨。

如果作者以"社会—压迫"型的外层故事作为叙事重心,很可能导向反抗题旨的表达;而实际上他所采取的"肉身—堕落"型的内层叙事则体现了与平安苟活的市民心态之间的密切联系。作者使用种种叙事策略,使整部作品客观上将叙事重心转向内层故事,无形中促成了"社会—反抗"题旨向市民生活题旨的内在转换。与此同时,得到肯定的是世俗欲望和祈望现世安稳的世俗人生观。小说在"五四"的外衣下包裹着海派的精魂,悬置了高蹈的社会改造理想,呼应了建立在日常生活基础上的市民意识形态。这里,实际上已经暗示了张资平与

"五四"新文学之间的距离。

二、两性之爱的"乌托邦"演绎与日常困境

章衣萍初版于1926年5月的《情书一束》①曾先后印过三版,可见当时产生的影响。它所持的肉欲趣味颇能显示作者的"海派"情怀。对比文本和1911~1925年现代杂志上几场关于爱情的讨论②,不难发现二者文化姿态上的契合。

《情书一束》的开篇《桃色的衣裳》,讲述了一个"三人恋爱到底"的"乌托邦"故事。女主人公菊华有个只知读"四书五经"、吃鸦片的未婚夫,切身感受着包办婚姻的痛苦。偶然的机会,她与南京美专学生谢启瑞相识相恋,不久又与男青年逸敏成为笔友,继而相爱。这个三角恋爱故事的特异之处在于情感纠葛中的三个当事人对"爱情"所持的激进观点。首先,他们认为爱情至上,高于社会生活的其他方面。逸敏为迎接菊华的到来推脱了工作,他在日记里这样解释:"工作是要紧的,恋爱更是重大的。没有恋爱,工作便成了空虚"。其次,他们所推崇的爱情是高度自由的。在他们看来,爱情是纯粹的情感投射,不存在占有和被占有的权力关系,因此爱情没有排他性。菊华向逸敏坦陈自己早有爱人后,要求对方"不要因为我有他而忧愁,因为你应该爱我一切所爱,爱我一切的事物";而逸敏在日记中也认可菊华的观点:"一个女人可以爱一个男人,也可以爱两个或两个以上的男人,只要她的

---

① 尽管已有论者指出《情书一束》与作者个人经历之间的密切对应关系,但即便是高度写实色彩的自叙传小说,也不能否认其中的虚构想象成分以及这些成分与作者深层文化心理的互动关系。毕竟,小说是"虚构的叙事"。为此,这里倾向于抛开将故事情节与作家经历对号入座的企图,从想象性叙事的层面探讨叙事的差异性,进而探询差异背后作家的文化姿态。

② 张莉:《浮出历史地表之前:女学生与现代妇女写作的发生(1898—1925)》,博士学位论文,北京师范大学,2007年。

爱是真实的……爱是应该绝对自由的"。再者,他们认为爱情是孤立自足的。"爱情首先被激进地定义为与婚姻的分离,与通常认为自由恋爱是为了婚姻这种论点截然相反。"菊华认为,"结婚的制度不打破,恋爱总不能美满"。小说结尾,逸敏和菊华定下了"三人恋爱到底"的计划,男女主人公满怀憧憬地告别。

除却大胆的肉体描写,《情书一束》颇像当时社会上关于爱情问题讨论的文本演绎,它几乎包含了现代"爱情神话"的所有激进要素。那时,在肉欲描写的背后,作家所执著的往往是个性解放和打破一切封建伦理秩序,故事中灌注着"反传统"的启蒙意识。然而,当我们对比1927年章衣萍移居沪上之后出版的《情书二束》时,很容易发现作者在关注焦点和文化姿态上都有了变化。

《情书二束》中的文本《痴恋日记》与《情书一束》中的《桃色的衣裳》构成了有趣的"互文"。除了人物设置由"二男一女"变为"一男二女"之外,前者类似后者的接续。《桃色的衣裳》所讨论和设想的三人同居的情爱"乌托邦"在这部日记体小说中得到了实现。叙事者"我"与任之是恋人,"我"本着"爱情绝对自由"的理念将其介绍给女友芷英,之后三人组成"家庭"。然而,"黄金时代"的到来伴随的是两性的日常烦恼。"我"和芷英分别代表了"灵"与"肉","绝对理性"与"世俗常情"。"我"觉得"唯有'理性'可以救我,我只有重复地要求'理性'来帮助我了"。面对三人之间出现的困境,"我"仍记得三人同居的初衷,常常克制隐忍,试图调和。芷英有"丰满的肉",是个"虚荣的女子"。她任性自私,为吸引任之的注意而有意折磨他,常常借故吵闹甚至赌气离家。这一切都使"我"和任之苦恼。但让"我"困惑的是,"任之常说芷英缺点太多,但他爱的却是她的缺点罢?一个女子能用她的肉体去献给她的爱人,以她的妖冶的眼波打动她爱人的心,这算什么呢?这并不是她的缺点,然而任之常说她太磨人了,不知不觉地在那缺点中打滚,享乐着自己的魂灵,反而说我是一个不会表现爱的人"。结果,"我"的百般退让换来的是自身的情欲压抑和爱人的日渐疏远。最后三人同居终于无法维持,"我"退到日本,贫病交加,客死异乡。

这里,"日常"压倒了"先锋","常情"战胜了"理念"。作者将一个"情爱乌托邦"的文本演绎改写成两性的日常故事;立足于人性的常识,解构了关于婚姻爱情的激进构想。其间映现着市民价值观对"五四"理念的弱化。

三、"娜拉走后"的几种结局

20世纪中国文学中的"娜拉叙事"为人熟知。"娜拉"这一被移植的文学形象某种程度上成为"五四"精神的重要表征之一。新文学出身的"海派"作家似乎也未曾割舍"娜拉情结",他们笔下的女性人物往往有着娜拉的"前身":她们曾是爱好文艺的"女学生",甚至有过因不满封建婚姻、追求爱情自由而出走的经历。例如张资平笔下的苔莉(《苔莉》)、阿欢(《公债委员》)、丽君(《红雾》),叶灵凤笔下的丽丽(《时代姑娘》)等。在这些小说中,"娜拉"的命运也正与鲁迅"不是堕落,就是回来"[①]的预言暗合。然而,其文本最终并未像《伤逝》那样指向严肃的题旨,而是充满"海派"趣味。

《苔莉》中的女主人公苔莉是个"高谈文艺和恋爱"的"很时髦的女学生",她喜好文艺,婚后还在"社"中担任职务。苔莉曾经为追求恋爱自由而离家出走,不料"自由婚姻"是一场骗局,她再次充当了另一个男人的"妾",重又落入封建家庭秩序。但是,苔莉的婚外情并非反抗意识支配下的选择,而是更像一个精于算计的生意人:货比三家,确定目标,采取行动。她曾将克欧与另一个"后备"情人相互比较,最终克欧的"男性魅力"更胜一筹。苔莉对男主人公的"恋情"不再如"五四"

---

① 鲁迅:《娜拉走后怎样》,《鲁迅全集》第一卷,人民文学出版社,2005年,第166页。

女儿那样充满精神之恋的幻想,而是落入了柴米油盐中的世俗诱惑。与《伤逝》里沉浸在反思忏悔中的叙事者不同,《苔莉》中运用外视角的叙事者没有展示任何立场,也从未打断这种在日常化的"拟家"游戏中推进的叙事。文本的叙事重心在于用相当长的篇幅津津乐道地描写女性主人公对男性主人公的诱惑。至此,《苔莉》在呼应"五四"题旨的表象下,将题旨置换成了一个庸俗的婚外情故事。

叶灵凤的《时代姑娘》演绎的是"娜拉走后"的另一种结局——堕落。表面看,这是个典型的"娜拉堕落"故事:秦丽丽是个活泼大胆的女学生,她已有一个自由恋爱的恋人韩剑修,家里却为她安排了另一段"货物"式的婚姻。立意报复的丽丽精心安排在半岛酒店内将自己的肉体奉献给真正的爱人韩剑修,而后出走到上海,成为银行家萧洁的情妇。这个故事外观上似乎具备"五四"问题小说的格局,但叙事并未沿着探讨女性道德和经济双重压力的话题延续下去。丽丽的选择较多地带有自主性,因而她的所谓"堕落"似乎并没有多少被迫成分。丽丽放弃与韩剑修双宿双栖,主动选择做萧洁的情妇,并且能够在这种非婚关系中游刃有余。她面对萧洁妻子也"落落大方,侃侃而谈",以致"萧妻竟为所慑,敢怒而不敢言"。最后,韩剑修发觉丽丽"堕落"的真相,出于自责而自杀。这部连载小说以丽丽"幡然悔悟"草草收尾。

如果说这部小说对"女性解放"、"婚恋自由"怀有某种反思意味,那也不过是相当表面化的"浪子回头"式的道德训诫。叙事者并不关心女性建立在"绝对自由"理想上的生活是否无路可走;若非韩剑修的自杀,丽丽作为一个"时代姑娘"的生活似将依然顺利。丽丽在两性关系中相对主动,游戏中有着自赏的心态。她并不爱萧洁,只是得意于"自己能够颠倒旁人驱策旁人的威力"。她很少有曹禺剧作《日出》中陈白露式的对自我悲剧命运的认知。与陈白露最终陷入精神绝境不同,对于丽丽而言,"太阳升起来了",太阳仍然属于她。

章克标的《秋心》呈现了"出走"结局的又一种可能。作品中的女主人公放弃家庭以成全个人在事业和精神上的追求,虽然获得成功但却终怀遗憾。小说中的"她"与"五四"女作家陈衡哲的小说《洛绮思的故事》中的女主人公一样有着远大志向。丈夫去世后,"她"孤身出国留学,"抱定宗旨做一个女流教育家,为社会国家造福利"。不同的是,陈衡哲笔下的洛绮思虽坚持独身,但在精神上是不无惆怅和矛盾的;章克标的小说却设置了一连串的巧合、误解,循序渐进地激发了女主人公的个体情欲。曾作为理想象征的一张小照,在女主人公情欲觉醒的目光中有了变化:她近来觉得那页小照"再不是和气可亲的面容了,好像对她怒目叱责";"又觉得那一页小照是羁绊她的绳索……她对于自己的境地,有深切悲痛发生了"。最后,"她"只感到那页小照"同尸体一样的坚冷的触觉",终于将象征坚贞的小照"连架框放进不惹眼的书籍角里去了"。在作家看来,剥离了政治内涵的个体情欲同样具有正当性,当情欲不再用于表征反抗,不再作为激进革新的武器,它在日常生活中仍具备颠覆性的力量。

不难看出,早期新海派作家的"娜拉叙事"从故事内核中剔除了启蒙理想,而热衷于将娜拉还原成具有色情欲望的女子,在日常生活场景中演绎她们的激情故事。

四、虚置的"革命"

早期普罗小说为"娜拉"安排的另一种前景是"革命"。"革命"在当时的上海成为颇时髦的话语,趋新的海派作家也叙述了不少"革命+恋爱"的故事,如滕固的《丽琳》、叶灵凤的《红的天使》、张资平的《黑恋》、《长途》等。但深入分析小说叙事可以看到,"革命+恋爱"的题旨在海派作家和左翼作家笔下有着重要差异。

首先值得注意的是"革命"在功能层上的作用。茅盾曾将早期左翼小说的"革命+恋爱"公式概括为三种类型：第一类"为了恋爱而牺牲革命"，借主人公现身说法指出"恋爱会妨碍革命"；第二类是"革命决定了恋爱"；第三类是"革命产生了恋爱"①。不管是哪一种，在早期普罗小说中，"革命"与"恋爱"的确发生了关联。"革命"作为"行动元"在叙事中具有"核心功能"的作用②，能够决定性地影响叙事进程；叙事主要是根据"革命"逻辑进行推演。丁玲《韦护》中的爱欲狂欢因"革命"以戛然而止的方式结束；蒋光慈《冲出云围的月亮》中曼英放纵肉体的内在动因是出于对"革命"的沮丧，而她后来又因对"革命"重拾信心得以冲出肉身堕落的云围。

但在海派的"革命+恋爱"叙事中，"革命"与"恋爱"往往并不构成互动关系，更毋谈"革命"的"核心功能"。"革命"于此大多只是作为背景性的点缀，其功能在于使叙事增添几分类似侦探小说的惊险神秘，内核则仍是两性情欲故事。在这种情况下，即使祛除"革命"的元素，故事仍然成立。例如，张资平小说《黑恋》的叙事框架，是几个年轻人在大革命期间的生活经历和革命活动。但在具体叙事中，"革命"成了男女恋情的调味品，在其衬托下所讲述的，不过是个"多角恋爱"的情欲故事。他的长篇小说《明珠与黑炭》也是如此。

其次，叙事的差异表现在叙事者对"革命"的态度上。米克·巴尔说："在叙述文本中可以找到两种类型的发言人：一类在素材中扮演角色，一类不扮演（这种区别即便当叙述者与行为者合二为一，例如在叙述中以第一人称讲述时，依然存在）"③。这类不扮演角色的叙述者往

---

① 茅盾：《"革命"与"恋爱"的公式》，《茅盾全集》第二十卷，人民文学出版社，1990年，第337~339页。

② 根据[法]罗朗·巴尔特的叙事学理论，"核心功能"是能够对故事进程起逆转性影响的功能。见罗朗·巴尔特：《叙事作品结构分析导论》，伍蠡甫、胡经之主编：《西方文艺理论名著选编·下卷》，北京大学出版社，2003年，第483~484页。

③ [荷]米克·巴尔著，谭君强译：《叙事学：叙事理论导论》，中国社会科学出版社，1995年，第215页。

日常化情欲的指归——论早期新海派文本的题旨转换

往或显或隐地占据权威地位,更接近隐含作者。当人物声音呈现多声部,叙事出现矛盾时,不扮演角色的叙事者可起到"场外"评判的作用,引导读者的认同感。早期普罗小说中,"革命"无疑具有正当性。当"革命"与爱情冲突时,即使人物声音处于交战纠缠中,叙事者的声音也往往居高临下地强调着"革命"。在丁玲的《一九三零年春上海(一)》、《一九三零年春上海(二)》等小说中,都可以听到这样的权威叙事声音。

而海派小说文本中权威叙事声音的立场则迥异于早期普罗小说。《红的天使》中,作为革命者的男主人公一出场就有一段类似普罗小说立场的心理独白:"谁说女性是人生的安慰?她是男性的仇敌,至少也是我这样男性的仇敌。她是蛇,是时时都在向你诱惑,想你抛下你的工作,去伏在她怀中。抛下我的工作去伏在一个女性的怀中么?不,不能!我宁可做女性眼中的罪人,我不能做我工作的罪人。"对此,权威叙事者忍不住跳出来评论:"但是,在明眼人的眼中,都知道这是健鹤没有实际经验的理论,他还不知道在这两难的问题中藏着有一条幸福的第三条路"。叙事者于此急不可待地提示"第三条路",可见其并不认同革命话语对个人情爱选择的控制。

早期普罗小说"革命+恋爱"背后是革命主体和知识分子主体之间的紧张关系。左翼作家虽强调"为大众代言",但他们对自己的身份定位仍是"知识阶级",某种程度上持守的是精英立场。而早期新海派文本则实际上抽空了"革命",虚置了精英价值和革命话语,"恋爱"(私人情欲)题旨在通俗化的改写中"一枝独秀"。

综上,早期新海派文本在借用原有叙事模式的同时,对"五四"文学进行了别有意味的题旨转换。作者将"社会—反抗"题旨演化为与市民价值观一脉相承的"肉身—堕落"故事;从对高蹈理念的讨论回落到对两性日常困境的描写;为"娜拉出走"提供了迥异于新文学叙事的结局；在涉及"革命+恋爱"题材时抽空了"革命"的正当性和权威性，将故事的内质置换为革命背景下的两性游戏。变化后的文本题旨在相当程度上具有趋同性，即大都指向了日常情欲。这些转换和改写不同程度地有着"去意识形态化"的作用，它使叙事偏离了原有的主题，呈现出殊途同归的指向——日常化情欲。

　　"五四"时期的人本主义为情欲"正名"。但在启蒙话语、革命话语下，"情欲"是作为具有颠覆性力量的武器的，其最终诉求联系着革命知识分子关于现代国家的想象，被纳入了另一种"理性"言说。而早期新海派作家借助人本主义思想，通过创作昭示了情欲言说的合法性。他们以市民立场抽空、消解激进理性，将市民意识和精英意识进行了一次颇有意味的对接，重新构筑和展现了新语境下关于两性的日常想象。早期新海派文本对既有叙事模式的改写，一方面以其媚俗的文化取向影响了文学的审美品位，另一方面却也在特定的意义上有助于开启不同于主流叙事的想象中国的途径，为后来的海派平民世界书写提供了经验。

被阅读、被阐释、被经典
——论第一代女作家的"浮出历史地表"

张 莉

陈衡哲、袁昌英、冰心、庐隐、冯沅君、凌叔华、苏雪林等被公认为中国现代文学史上的第一代女作家,但是,1917 至 1925 年间发表作品的女作者却绝不只是这几位。是哪些因素使她们被"公认"为中国现代女性作家中的代表?她们是如何从浩如烟海的作家群中进入批评家的视野,进入现代文学史的教材中?她们如何被共时作家及后来的批评者们进行评价和定位?本文关注的是她们的作品成集、出版以及她们进入《中国新文学大系》的经历——这是现代女作家进入"文学史"并确立合法地位的过程。

结 集

作为中国文学的始祖,孔子删诗的行为意味深长。——编纂者的权力如此重要,它使诗文得以保存、流传,有成为经典的可能。陈衡哲、袁昌英、冰心、庐隐、冯沅君、凌叔华等人在 1928 年以前,几乎全部都出版了她们的作品集[①]。尽管她们在重要的文学杂志上有过发表作

[①] 1925 年 7 月,庐隐小说集《海滨故人》出版。1927 年 1 月,淦女士小说集《卷葹》出版。1928 年 1 月,凌叔华小说集《花之寺》出版。1928 年 4 月,陈衡哲短篇小说集《小雨点》出版。

品甚至连载的经历,但在当时,大部分的新杂志其发行数量不应该被高估。《少年世界》杂志曾对新杂志作过一番调查,列出的 40 种杂志,平均每期销数都在 1000 到 4000 之间,最多是 6000 份左右,最少的只有 200 份①。这样的数字意味着作家作品成集尤为重要:成集在于凝聚读者,呈现作家的全面创作实绩,也为后来的读者留下认识其作品的机会。

  结集也为批评者提供评论的便利。凌叔华的经历具有代表性。1925 年,凌叔华的小说《酒后》在《现代评论》第一卷第五期发表后,获得了周作人的注意。"在《现代评论》里读得一篇叔华先生的小说《酒后》,觉得非常地好……"②但是,在这之后,并没有人对凌叔华的小说进行过系统评价,直至 1928 年 1 月,凌叔华的小说集《花之寺》由上海新月书店出版。徐志摩为小说集写了序,后来《新月》杂志将其当做了该小说集的广告词:"《花之寺》是一部成品有格的小说,不是虚伪情感的泛滥,也不是草率尝试的作品,它有权利要求我们悉心的体会。"③结集之后的评论数量日益递增,1928 年 12 月 9 日,弋灵的书评《花之寺》发表于《文学周报》第七卷;同年 12 月 18 日,《海风周报》第二期发表了钱杏邨的文章《关于凌叔华创作的考察》;到 1930 年时,凌叔华已经开始被毅真归入"新闺秀派的作家"中,并且认为她是当代中国女小说家之一。

  女作家作品成集的过程,也是作品风格自我建构的过程。凌叔华的第一篇小说是《女儿身世太凄凉》,之后,凌叔华在 1924 年间共在晨报副刊上发表了 6 篇作品,其中 2 篇是小说。出版于 1928 年 1 月的《花之寺》——凌叔华小说集并没有收录她发表在《晨报》的两部小说。

---

① 《出版界》,《少年世界》1 卷 4 期,1920 年 4 月。
② 平明(周作人):《嚼字》,《京报副刊》1925 年 1 月 19 日。
③ 《新月》杂志,1928 年。

被阅读、被阐释、被经典——论第一代女作家的"浮出历史地表"

因而,在评论凌叔华的小说时,也就有了著名学者赵园的看法:"凌叔华的创作,看不出怎样分明的'由幼稚到成熟'的过程。她一下笔就写得很熟,象是老于此道。"[①]非常可能的是,赵园并没有看到凌叔华在《现代评论》之前所创作的小说。如果不从《晨报》副刊寻找以"瑞唐"为笔名的作品,后来的读者及文学批评家们将永远没有机会读到。那么,凌叔华为什么会抽掉前期作品?这跟她的丈夫陈源的建议有关。作为"现代文艺丛书"第四本,凌叔华的第一个短篇小说集《花之寺》由其丈夫陈源编定。在《编者小言》中,陈源讲到了他们的收集原则:"在《酒后》之前,作者也曾写过好几篇小说。我觉得它们的文字技术还没有怎样精炼,作者也是这样的意思,所以没有收集进来。"作为《现代评论》的主编,同时也是英美文学的教授,陈源很有经验地建议把风格成熟的小说进行收录,对与后来风格不一致的、"没有怎样精炼"的作品进行了剔除,从而保证了小说集的品质。这使凌叔华作品"形成"了独特的、令人印象深刻的叙事风格,也保证了凌叔华小说从布局到题目都开始给人以风格成熟、用墨节制、态度客观的长期印象,这正是凌叔华与当时诸多青年作家颇为不同的创作风格与审美情趣。小说集出版后的评论中,没有人提到凌叔华作品的多样性,更没有人提到其最初作品的青涩感,代之而来的,是对其作品一以贯之的风格的欣赏。凌叔华成熟的、独特的女作家的形象深入人心。——编纂者当初的有意筛选显然收到了良好的效果。

进入流通阅读领域的小说集是否受到读者的追捧、评论者们热议不再只是缘于小说本身所具有的品质,它还包括与小说集有关的一切包装,比如名人的序言和推荐。名人作序的作用不可低估——它以"权威"方式塑造小说作者的形象,确立对作品理解的范式,进而奠定

[①] 赵园:《"五四"小说家简论——庐隐·王统照·凌叔华》,《论小说十家》,浙江文艺出版社,1987年,第387页。

作家作品论的基本框架。没有一位女作家作品的序言可以与陈衡哲小说集的序言相媲美。陈衡哲小说集《小雨点》除自序外,还有两个人作序,一位是她的丈夫任叔永;一位是她的好朋友、大名鼎鼎的胡适先生。因而,有着三个序言的陈衡哲小说集《小雨点》甫一出版,就显示出了与众不同的"建构"意味。最重要的序被称为"胡序"。胡适先是讲了陈衡哲与自己的交往:"民国五年七八月间,我同梅、任诸君讨论文学问题最多,又最激烈。莎菲(陈衡哲的笔名)那时在绮色佳过夏,故知道我们的辩论文字。她虽然没有加入讨论,她的同情却在我的主张的一方面……她不曾积极地加入这个笔战;但她对于我的主张的同情,给了我不少的安慰与鼓舞。她是我的一个最早的同志。"[①]

"最早的同志"的提法并非虚言。在《〈尝试集〉自序》中追述当年在美国和一班朋友讨论语言、文学问题时,胡适写道:"至今回想当时和那班朋友,一日一邮片,三日一长函的乐趣,觉得那真是人生最不容易有的幸福。我对于文学革命的一切见解,所以能结晶成一种有系统的主张,全都是同这一班朋友切磋讨论的结果。"另外,在胡适的留学日记中,他也提到过这些朋友们之间的诗文唱和。1916年,《留美学生季报》主笔任叔永收到陈衡哲寄来的两首五绝,看后觉得是"在新大陆发现了新诗人",立即把诗抄寄给胡适,要他猜是何人所作(任叔永在给《小雨点》写的序中,则说故意骗胡适"是我作的")。胡适的回答一语中的:"两诗妙绝。……《风》诗吾三人(任、杨及我)若用气力尚能为之,《月》诗绝非吾辈寻常蹊径。……足下有此情思,无此聪明。杏佛有此聪明,无此细腻。……以适之逻辑度之,此新诗人其陈女士乎。"《胡适留学日记》这个似乎只能从古书上读到的"知音"故事,为胡适所谓的"同志"加上了一个绝佳的注脚。

胡适与陈衡哲之间的关系并不属于"公共领域",它看起来更像是

---

① 胡适:《小雨点·胡序》,《小雨点》,新月书店,1928年。

被阅读、被阐释、被经典——论第一代女作家的"浮出历史地表"

一种有着某种私人意味的(笔者把同学朋友看做了私人情谊)"知音"关系。"知音"与"同志",尽管都可能指的是两个人志趣相投,但话语所呈现的意义却明显不同。"同志",大多数情况下指的是没有性别意义的、没有私人关系的公共称谓,它意味着"志同道合",也常常指的是在神圣领域里的同路人。胡适对陈衡哲的"同志"称谓,其实是把二人关系引入了一种有"理想"、"意义"的事业中间来。作为新文化运动的领袖胡适的"同志",便也不再只是一个人的"知音",而在文学革命事业成就之后再讨论"最早的同志",陈衡哲也便成为当年胡适文学理想、文学事业的支持者。恐怕,这也就是有着文学史家眼光的胡适在为陈衡哲作序时,何以没有从文学价值上去阐释陈衡哲作品带来的意义,而先从作者"最早的同志"说起的原因。不管是出于无心还是有意,把类似于"知音"的朋友关系转化为"同志"的说法,对于陈衡哲的文学地位无疑有着某种提升。换言之,胡适为陈衡哲进入现代文学领域确定了一个"元老"的"身份"。

不只是"最早的同志"的定位,胡适还为陈衡哲确立了"现代文学史上最早使用白话文写作的作者"的地位。"当我们还在讨论新文学问题的时候,莎菲却已开始用白话文做文学了。《一日》便是文学革命讨论初期中的最早的作品。《小雨点》也是《新青年》时期最早的创作的一篇。民国六年以后,莎菲也做了不少的白话诗。我们试回想那时期新文学运动的状况,试想鲁迅先生的第一篇创作——《狂人日记》——是何时发表的,试想当日有意作白话文学的人怎样稀少,便可以了解莎菲的这几篇小说在新文学运动史上的地位了。"

把《一日》和《狂人日记》的地位相提并论,从时间上或许不无道理,但这一说法并非毫无疑问。《一日》以流水账式的方式讲述了美国女学堂里的日常生活。尽管采用的是白话形式,言语也颇多生动有趣,但也止于"白话的小说"。这样的小说,读者很难看到这些女孩子们的特点,更没有什么故事情节和写作技巧。另外,《一日》与《狂人日记》的读者数量不能相提,影响更无法相比。但胡适言之凿凿的回忆,使陈衡哲小说的文学意义,也借由小说集中的"序言"获得了生发。作为现代文学史上有着较早的白话文创作实绩的女作家,陈衡哲的作品固然有一定的魅力,但其在文学史上所受到的关注,甚至新文化运动"元老"身份的确立、"第一位白话小说作者"的历史评价,却少不了"胡序"的努力①。

除去编纂方法和作序者,出版社的名气、小说集归入的系列丛书,也将影响女作家的作品是会被淹没在数量众多的出版读物中还是会被人始终关注:冰心1923年出版的几部作品集都是由著名出版社出版的,如《繁星》、《超人》由上海商务印书馆出版、《春水》由新潮社出版;庐隐的《海滨故人》由上海商务印书馆出版;冯沅君的《卷葹》由北新书局出版;凌叔华和陈衡哲的小说集则由新月书店出版。当然,冰心和庐隐的作品是作为文学研究会丛书的形式出版,冯沅君的小说则是鲁迅主编的"乌合丛书"之一。冯沅君的小说集从命名、结集到印刷、出版,都是鲁迅本人亲自出面,并且鲁迅还写信给画家陶元庆,请他设计《卷葹》封面,自己则撰写广告词。有实力有名气的出版社、系列丛书的旗号、"特殊"的编纂者、"著名的"作序人和策划,再加上作家作品本身具有的魅力,诸种因素聚合在一起,使这些女作家被人深深铭记,没有成为《中国新文学大系·史料索引卷》编纂者阿英的遗珠之恨。

---

① 有意味的是,胡适对于陈衡哲"最早的白话文作者"的定位及"最早的同志"的提法,在其后较长的时间内并没有成为"主流"看法。在《中国新文学大系》的叙述中,茅盾、鲁迅强调的是《新青年》对于白话文的提倡、《狂人日记》所做的开拓性工作。即使是在20世纪30年代现代女作家的评论集中,对胡适这种看法的附和声音也没有出现。没有人郑重地质疑,也没有人郑重地给予赞同。或许,当时的批评家们并没有充分认可这个"第一"。情况一直到了70年代末夏志清在台湾出版《新文学的传统》时,以《小论陈衡哲》的方式进行响应。在《现代文学三十年》中,编者们已把陈衡哲作为中国最早的白话文小说的实践者写入文学史。胡适对于陈衡哲小说的定位,为中国现代女性写作实践与现代文学之间最早确立关系提供了重要的佐证。尽管如此,陈衡哲的文学成就还是应该得到适度估价。

被阅读、被阐释、被经典——论第一代女作家的"浮出历史地表"

批评家的阐释

1930年7月出版的《妇女杂志》上发表了《几位当代中国女小说家》,这是较早对女作家进行集体论述的论文,作者毅真。在论者看来,"'女作家'这个名词本是不通的,因为作家就是作家,固无男女之分也"。那么,为什么还要提出"女作家"这个概念呢?是因为"我们可以从此看看某一部分的生活。因为女子的内心生活和社会生活究竟和男子不同;她们所描写的对象,每为男子所难想象到的。所以,她们的生活实在可以代表另一种为男子所十分隔阂的生活"。论者既看到了男女之间的平等,同时,也认识到了性别间的差异性。论者有意地疏离了"才女"、"美女"的说法,而是把男女性别放在文学的同等背景下考量。以筛选的方式对当代的女作家作品进行评述,毅真大约是个开始。其后,当时的文坛上出现了女作家作品评论热潮[①]。在短短不到5年的时间里,有7部现代中国女作家评论集和1部女作家作品评论集出版——编选者们无意中正在写作一部有关现代中国女性写作的历史。在1930年毅真对当代中国女小说家的筛选中,只选出了5位,她们是:冰心、绿漪(苏雪林)、凌叔华、沅君和丁玲。之后,在黄英编选的《现代中国女作家》中,他对于现代中国女作家的外延延伸到了

[①] 从1931年至1935年间,据不完全统计,已经有7本有关现代中国女作家的评论集、作品集出版。1931年4月,黄英编选了《现代中国女作家》一书,由北新书局印行。1931年5月,复兴书局出版了《中国现代女作家》。也是在1931年,北新书局出版了《现代中国女诗人与散文家》,1932年出版了《中国现代女作家》。1932年,上海文艺书局出版了雪菲女士编的《现代中国女作家创作选》。1932年9月,上海现代书局出版贺玉波编者的《中国现代女作家》。1933年,黄人影编选的《当代中国女作家论》由光华书局出版。另外,《冰心论》(李希同)作为专门研究女作家作品的评论集也于1932年由北新书局出版,其中收录的是《小说月报》、《创造季刊》上对于冰心的评论文章。

9位,她们分别是冰心、庐隐、陈衡哲、袁昌英、冯沅君、凌叔华、绿漪、白薇、丁玲。而在1933年的《当代中国女作家论》中,这个数字没有改变,只是由冰莹替代了袁昌英。这种对现代中国女作家的固定认识慢慢正在变成"共识"。不止是出现在评论集中的作家人数正趋于固定,对于她们风格的认识也开始出现了某种共同的价值判断。

比如对于冰心作品的阐释中,批评家们都注意到其作品的温婉和亦中亦西的风格[①]。比如对凌叔华的评论中,一方面是有关其作品风格的,大部分批评家们注意到了她作品温和、平淡的特点。1928年12月9日,弋灵的书评《花之寺》发表于《文学周报》第七卷,他感觉作家的作风是平和的:没有讽刺的气味,也没有偏激的狂热,只是把感觉到的现象忠实地写在纸上。当然,评论者也认为凌叔华的描写有时流于平庸,显出了"气力的薄弱"。1933年王哲甫《中国新文学运动史》评论说:"总之她在描写资产阶级的太太小姐们的生活和心理上面,是有了相当的成就,文笔也很细腻干净,虽然还不能说是精炼。"[②]1931年6月30日,沈从文在《文艺月刊》第二卷第五六期合刊发表评论《论中国现代创作小说(续)》,谈及凌叔华创作特色时说道:"使习见的事,习见的人,无时无地不发生纠纷,凝静地观察,平淡地写去,显示人物'心灵的悲剧'或'心灵的战争'……"另一种评论是从阶级角度出发的。贺玉波在《中国现代女作家》中认为凌叔华的创作态度不严肃郑重,"因为她是个有闲阶级的夫人,便养成了无聊、轻薄、滑稽、开玩笑的恶习。而这种恶习便很充分的表现在她的作品里,使人读到那种作品时,发生一种轻视厌恶的心理"[③]。对于凌叔华,批评者们都意识到了她对于

[①] 详见张莉:《优美的女性的灵魂:冰心女士的阅读史》,《冰心论集(四)》,海峡文艺出版社,2009年。

[②] 王哲甫:《中国新文学运动史》,杰成印书局,1933年。转引自陈学勇:《凌叔华年表》,《新文学史料》2001年第1期,第135页。

[③] 贺玉波:《〈酒后〉作者淑华女士》,《中国现代女作家》,现代书局,1932年。转引自陈学勇:《凌叔华年表》,《新文学史料》2001年第1期,第134页。

被阅读、被阐释、被经典——论第一代女作家的"浮出历史地表"

写作题材的开拓、她的平和、她的注重描写等,但关于凌叔华是资产阶级的夫人、小姐的看法也占有一定的比例。

相比而言,对沅君小说的评价更为趋同。批评家们都注意到了沅君小说的时代意义。"沅君在文坛上的价值,其时代的价值实高于其技术的价值。她所代表的时代,是母亲的爱与情人的爱相冲突的时代。她的作品能把这种冲突的现象表现得十分有力。她的作品的主人常是一个挣扎于母亲的爱与情人的爱互相冲突的悲剧之中富于反抗精神的新女性。"[1]钱杏邨称沅君是位"一以贯之的恋爱小说作家"[2],他认为她的作品里面潜藏着一种生命的活力。另外,他也认为沅君的作品只表现某一类生活在家庭与学校中的人物。他认为这些人"是不会亲切的接近一切的社会问题,只是生活在家庭与学校之中,没有感到其他的刺激,仅只在恋爱上受着打击的小资产阶级的自由思想者的立场"[3]。但是,这些人物,却也是"代表着宗法社会思想底下婚姻自由运动过程中的两性青年的反抗心理"[4]。成仿吾也从阶级角度出发评价沅君的创作的立场,认为她是小资产阶级智识分子的立场。"在她的创作之中,只有《卷葹》一部值得她自己矜持,因是这其间所表现的一切,确实能代表民族资产阶级解放初期的'五四'时代的青年女性心理。"[5]批评家眼中的庐隐与读者眼中的庐隐则有些不同。在苏雪林的回忆中,"那《海滨故人》的短篇小说集,也曾获得当时女中学生狂热的爱好"[6]。相对于女学生读者们的喜爱,批评家们对她的关注要少得多。贺玉波为庐隐的小说总结了一些特点,在他看来,庐隐描写的对象大都是小资产阶级"半新半旧"的闺秀,"富有处女生活和尊视心

---

[1] 毅真:《几位当代中国女小说家》,《当代中国女作家论》,第29页。
[2] 钱杏邨:《关于沅君创作的考察》,《当代中国女作家论》,第119页。
[3] 同上,第122页。
[4] 同上,第123页。
[5] 同上,第129页。
[6] 苏雪林:《〈海滨故人〉的作者庐隐女士》,《苏雪林文集》(2卷),第421页。

理以及嫁后的空虚的悲哀,对于社会组织的盲目,发些牢骚和愤懑等"。在作品被评述的同时,女作家作品中的女性特质也被讨论。最广为流传的是毅真在《几位当代中国女小说家》中提出的分类:闺秀派作家——冰心、绿漪;新闺秀派——凌叔华;新女性派——沅君、丁玲。1917至1930年间,诸多对女性作家的评论并没有哪种更显"权威",它们只是呈现在各种评论集或文学杂志的批评栏目中,直至1935年《中国新文学大系》的问世。

进入《中国新文学大系》

《中国新文学大系》是奠定现代作家作品地位的"权威"与"经典"。"自从胡适、郑振铎、鲁迅以及《中国新文学大系》的其他编者奠定了经典性的中国现代文学史观的基础后,这种千篇一律的叙述在中国大陆、在美国和欧洲一遍遍地讲述着。"[1]在以"再现"文学运动为要旨的《中国新文学大系》中,出现了哪些现代女性写作者的身影?进入《中国新文学大系》后,她们的作品如何被讲述、被评价?进入"经典"的过程中,她们是否被误读?

从1936年阿英《中国新文学大系·史料索引卷》说起。作为一位藏书家,阿英收录了1917至1927年间的总史、会社史料、作家小传、创作编目、翻译编目和杂志编目等。尽管看起来已经"全面",但阿英在序言中还是说"现在印出的全书,实际上不过是原稿二分之一,然已超过预定的分量不少"[2]。阿英的遗憾也暗示,即使是在资料丰富的"史料索引卷"中,收入的名录也是有所删选的。这种删选原则在于是

---

[1] 刘禾著,宋伟杰等译:《跨语际实践》,生活·读书·新知三联书店,2002年,第323页。

[2] 阿英:《中国新文学大系·史料索引卷》,上海文艺出版社(影印本),第6页。

被阅读、被阐释、被经典——论第一代女作家的"浮出历史地表"

否与新文学主干杂志有关。这些主干杂志包括:《新青年》、《小说月报》、文学研究会及创造社主办的系列刊物、《语丝》、《新潮》等。简单地说,进入《中国新文学大系》的杂志、作家,几乎无一例外地与"两社一刊"有关。

《史料索引卷》中涉及女作家部分的收录分为三种类型:第一种类型是作家小传,其二是著作集录,其三则是杂志存目。从这三种史料中都可以检索到当时现代女性写作者的创作实绩。当然,就这部史料而言,作家小传最为重要。这被认为是《中国新文学大系》公认的作家名录,有着某种"进入纪念碑"的意味。阿英收录了9位女作家的名字。和男性作家们一样,她们被按照姓氏笔划的顺序散列在整个现代写作者的队列中,这些女作家是袁昌英[1]、凌叔华、陈衡哲、陈学昭、冯沅君、黄白薇、黄庐隐、谢冰心、苏梅。作家小传并不长,每个人大约20到50字不止。主要是对这些作家的原籍、作品集或在哪个杂志发表作品进行简单列出。虽然篇幅有限,但阿英还是对作家尽可能地作了扼要评价,显示了其"史家"笔力。

被阿英特别评价的一共有6位女作家。对于陈衡哲,除了列出其代表作品和简单介绍外,他还给予了特殊定语:"新文学运动初期干部。最初出现于新文坛的女作家"[2]。对于冯沅君,他的着重点是"小说《隔绝》初发表于《创造周刊》,极惹起注意。后继续有作"[3]。对于黄庐隐,除了介绍她的生平之外,简介中多了"文学研究会会员"[4]的特别说明。对于黄白薇,则指出她是"以著诗剧《琳丽》知名"[5]。关于谢冰

---

[1] 袁昌英:戏剧作者。湖南醴陵人,字兰紫。曾在英爱丁堡大学研究文学。著有戏曲集《孔雀东南飞》及《法兰西文学》等。
[2] 阿英:《中国新文学大系·史料索引卷》,上海文艺出版社(影印本),第220页。
[3] 同上,第222页。
[4] 同上,第223页。
[5] 同上,第223页。

161

心的介绍中,指出她除是诗人、小说家之外,还是"文学研究会干部"①。对于苏梅(苏雪林),则指出她"以《绿天》知名"②。陈衡哲、谢冰心被冠以"干部"的称呼值得注意。"干部"这个词,在《史料索引卷》语境中,可能是"主力、主要参与者或贡献者"的意思。事实上,"干部"的称呼还出现在其他男作家介绍中,比如鲁迅被介绍为"《新青年》干部作家",郑振铎被介绍为"文学研究会干部",沈雁冰被介绍为"文学研究会干部"等。"干部"的称呼在男女作家身上同样使用,显示出陈衡哲、谢冰心与胡适、鲁迅、沈雁冰等人身份相同,都被视作对新文化运动、新文学写作产生重要影响的人物。换句话说,新文学发生期,两位女性作家陈衡哲和谢冰心所作的贡献和努力,在《史料索引卷》中得到了呈现。

创作总目中也有女性作者们的身影。在冰心《春水》之后,阿英给予了特别的说明:"作者在新诗方面最大的贡献为小诗,据周作人自己的园地小诗篇可知。"③在介绍《繁星》时,阿英指出这是"作者第一小诗集,初发表于北京晨报,商务印单本,为文学研究会丛书。封面绿纸灰色印繁星图,是为中国小诗最初之作,亦影响最大之作"④。另外,阿英还指出冯沅君的《卷葹》是作者最引起注意之作品,初发表于《创造周报》"⑤,庐隐的《海滨故人》"海滨故人一篇,为作者前期代表作。此书是作者第一个创作集"⑥,等。在这一时期,女性写的文学史专著被列入进来,它们是陈衡哲的《文艺复兴小史》、袁昌英的《法兰西文学》、苏雪林的《李义山恋爱事迹考》。

在杂志存目部分,阿英列出了主要杂志详目。这些杂志包括《新

---

① 阿英:《中国新文学大系·史料索引卷》,上海文艺出版社(影印本),第 227 页。
② 同上,第 227 页。
③ 同上,第 308 页。
④ 同上,第 332 页。
⑤ 同上,第 336 页。
⑥ 同上,第 339 页。

被阅读、被阐释、被经典——论第一代女作家的"浮出历史地表"

青年》、《新潮》、《小说月报》、《文学周报》、《诗》、《戏剧》、《创造季刊》、《创造周报》、《创造日》、《洪水》、《语丝》等。女性写作者们的名字散落其中,既包括陈衡哲、冰心、庐隐、冯沅君、苏雪林,也包括评梅女士、王士瑛女士、玉薇女士、CF女士、侍鸥女士等。无论是杂志还是作家小传、创作目录,阿英都尊重了史料的原貌。如果作者后面加上了"女士",就以女士录入。如果没有,也不特别标明女性身份。这种既没有单列为女性作家介绍,在介绍作品时也没有特别标其性别特征的方式,也出现在茅盾、鲁迅的序言中。这是新文学史对于女性写作的认识:她们是现代写作者队伍中的一部分,而不是特殊的一个。平等的收录和对性别不加以强调的方式,是现代女性写作发生时的"幸运"。当然,把女性创作纳入经典作家作品序列、人物小传,使女性写作成为现代写作一部分的方式,也暗示了"五四"时代知识分子的"男女平等"的女性观。史料索引涉及的作家作品众多,但也显得有些芜杂。因而,也就有了按题材进行编选的其他各卷。这些卷目包括小说、散文、诗歌、戏剧、文艺理论等。

冰心是《中国新文学大系》中被收录作品最多的女作家。她的名字先后出现在"史料索引卷"、"小说一集"、"散文二集"和"诗集"中①。对冰心作品的大量收录,显示了这位勤奋创作的女作家在第一个十年里所作的开拓性贡献——这不只属于女性写作领域,还属于整个新文学史。茅盾是《中国新文学大系》中第一位对冰心小说作全面评价者。他说:"冰心最初的作品例如选在这里的《斯人独憔悴》,是'问题小说'。《冰心小说集》共收二十八篇,大部分作于一九一九年到一九二三年,而且大部分即使不是很显明的'问题小说',也是把'人生究竟是

---

① 《小说一集》选收了《斯人独憔悴》、《超人》、《寂寞》、《悟》、《别后》共5篇小说;《散文二集》收录了《寄小读者》、《往事》等散文在内的22篇作品;诗集中则收录了《繁星》、《春水》、《诗的女神》、《假如我是个作家》、《纸船》等共计8首诗作。

什么'在研究探索的。""文学应该反映社会的现象,表现并且讨论一些有关人生一般的问题",是"小说一集"中茅盾判断小说的标准。冰心前期1921年的"问题小说"、1921年以"爱"为哲学的小说其实都符合了这样的评价体系。但是,茅盾为什么没有给予冰心小说更为积极的评价呢?这也许需要从茅盾1934年发表的《冰心论》谈起。在这篇作家论中,茅盾曾对冰心作品进行分期:"问题小说"是第一时期,"爱的哲学"是第二时期。对于冰心的第一时期作品,茅盾说:"她既已注视现实了,她既已提出问题了,她并且企图给个解答,然而由她生活所产生的她那不偏不激的中庸思想使她的解答等于不解答,末了,她只好从'问题'面前逃走了,'心中的风雨来了'时,她躲到'母亲的怀里'了,这一个'过程',可说是'五四'期许多具有正义感然而孱弱的好好人儿他们的共通经验,而冰心女士是其中'典型'的一个。"[1]

"软脊骨的好人"茅盾并不喜欢,作为"革命者"的他对于冰心小说中流露出来的"中庸"也并不认同。在他眼里,冰心在《最后的安息》里的结尾,其实是"企图在丑恶的现实脸上搽一些'哲理'似的粉了……她企图把'现实'来'诗化'"[2]。对于冰心小说中的"乐观"、"慰安",他认为"撇开了'现实'而侈言'理想',则所谓'讴歌'将只是欺诳,所谓'慰安'将只是揶揄了"[3]。甚至在茅盾眼中,"问题小说"并不是表现现实,而是"'舍现实的',而取'理想的',最初乃是一种'躲避',后乃变成了她的'家',变成了一天到晚穿着的防风雨的'橡皮衣'"[4]。在茅盾看来,冰心对于现实与人生的表现并不是"正确"的。另外,茅盾在《小说一集》中没有对"问题小说"加以重点论述的原因还在于,冰心发表这些小说并引起人们讨论的1919至1920年间,《小说月报》还没有革

---

[1] 《文学》3卷2号,1934年8月1日。
[2] 同上。
[3] 同上。
[4] 同上。

新,文学研究会也还没有成立,这并不属于他论述的"范围"。"小说一集"最重要的目的在于为文学研究会"实绩"作总结,因而,茅盾对冰心所做的开创性工作就自动"忽略"了。这也就是"小说一集·序言"中为何对冰心"爱的哲学"小说加以特别关注的原因所在。这些小说大都在《小说月报》上发表,同时,冰心也是文学研究会成员的身份。当然,对于冰心以"爱"解决社会问题的方式,茅盾也不认同。在茅盾眼里,冰心的"美"和"爱"其实就是一个人"灵魂的逋逃薮"①。

茅盾欣赏的是庐隐——一位"五四"产儿的形象。这在《庐隐论》中体现得很完整:"庐隐与'五四'运动,有'血统'的关系。庐隐,她是被'五四'的怒潮从封建的氛围中掀起来的,觉醒了的一个女性;庐隐,她是'五四'的产儿。"②茅盾承认庐隐那些写身外的广大的社会生活题材的作品"幼稚",但认为"庐隐如果继续向此路努力不会没有进步"。茅盾说从庐隐作品中可以看到一批青年,这些青年是"五四"时期的"时代儿"③。在读庐隐作品时,他说自己就仿佛在呼吸着"五四"时期的空气。——茅盾之于庐隐的奖赏,在于其作品中的"进步"。借助于是否真实地表现了当时的社会现实这个标准,茅盾对于冰心和庐隐两位作家的"文学成就"给予重新评价。笔者无意在这里指出茅盾是在"有意"褒贬,笔者想指出的是茅盾有意凸显了是否表现"社会问题"作为一种文学判断标准。它后来被许多批评者、作者所接受,某种程度上成为评价一位女作家作品价值的一种标杆。

颇为有趣的是,在"散文二集"的编选者郁达夫那里,受到贬抑的冰心获得了"空前"褒扬,这种褒扬既体现在郁达夫选收了冰心散文作品22篇,还在于郁达夫给予冰心散文作品的高度评价:"冰心女士散

---

① 《文学》3卷2号,1934年8月1日。
② 《文学》3卷1号,1934年7月1日。
③ 《文学》3卷,1934年7月1日。

文的清丽,文字的典雅,思想的纯洁,在中国好算是独一无二的作家了……我以为读了冰心女士的作品,就能够了解中国一切历史上的才女的心情;意在言外,文必已出,哀而不伤,动中法度,是女士的生平,亦即女士的文章之极致。"①

对于同样一位作家的作品,在茅盾与郁达夫视野中出现的不同判断的现象,乔以钢、刘堃在一篇专门研究《中国新文学大系》中的性别策略的论文中指出:"当富于女性生命感受的爱被女作家作为解决社会问题与人生矛盾的一种理想投向广阔的社会公共空间时,被明确指认为无效、无力;可是,当女性之爱作为温柔的抚慰点缀在家庭式场景中时,就被认为适当且令人愉快。"②笔者赞同这种观点。但是,笔者还想从另一个角度进行理解:无论是欣赏的郁达夫还是明褒实贬的茅盾,在评价冰心作品时都显示了他们固执的"女性"观。事实上,上文中提到的茅盾对于冰心作品"爱的哲学"的不欣赏,很有可能就在于他本人对于温婉的女型类型并不喜欢。他对《两个家庭》中的新贤妻良母持保留态度。这种女性观落实在他评价作品时的表现方式便是,他明确地拒绝温和的传统女性的视角,作为一位政治家和新文学的坚定拥护者,他偏爱"革命女性";而在"名士气"极浓的郁达夫那里,优美的散文就在于温和的才女风格,冰心无疑更合乎郁达夫对于女性美的理解。

从以上分析不难看出,阅读女性作品的同时也是阅读和接受女性形象的过程,《中国新文学大系》也未能避免。事实上,鲁迅对于冯沅君也颇有对"新女性"的欣赏之意。冯沅君笔下那位追求自由、追求爱情的缥华,是不是与子君形象有着某种共通之处?当然,对于沅君作品的理解,鲁迅也从其作品风格角度表达了欣赏,即"未伤其自然"。

---

① 《文学》3卷,1934年7月1日。
② 乔以钢、刘堃:《试析〈中国新文学大系·小说一集〉的性别策略》,《南开学报》2005年第2期。

被阅读、被阐释、被经典——论第一代女作家的"浮出历史地表"

在引用沅君《旅行》中"拉手"一段后,他评价道:"这一段,实在是'五四'运动直后,将毅然和传统战斗,而又怕敢毅然和传统战斗,遂不得不复活其'缠绵悱恻之情'的青年们的真实的写照。"①

不过,虽然鲁迅与茅盾都可能对某种类型的女性形象有所偏爱,但是,在对两位女作家作品的认识上,鲁迅更尊重的是作家本身的风格。他给予这些女性小说的评价大抵是从创作风格及创作范围的角度而言的:当时对于冯沅君与凌叔华的评价并不少,但鲁迅对于沅君小说表现了"五四"之后一些青年人"将毅然和传统战斗,而又怕敢毅然和传统战斗"的分析,指出凌叔华在开拓女性写作领域的贡献——"世态的一角,高门钜族的精魂",既没有脱开阅读者和批评者的共识,又比普通批评家更加富有洞见。

结 语

《中国新文学大系》装潢考究的封面上,是一位健壮的播种者在播洒种子。"播种"具有双重意味。它是"曾经的播种",意味着1917年以来播下的文学的"种子"终有收获。"播种"也意味着"现在的播种",即面向未来。就女性文学发展而言,这两个意义也都蕴含其中。与1917年《新青年》强烈呼唤女性写作者但应者廖廖的情形相对照,十年间女性写作的成绩成为新文学的重要实绩。《中国新文学大系》对女性作品的判断标准的确立也意味着一次"播种"。以表现社会与人生为主要评价体系的标准不仅带给了冰心和庐隐的作品"别种模样",还将如影随形地影响女性本人对写作的判断。这使许多女作家急迫地抛弃"小我"而进入"大我"。——当有着巨大影响力的《新文学大系》代代相传时,它也使这种将是否反映社会问题作为判断标准的写作价

---

① 鲁迅:《中国新文学大系·小说二集·导言》,《中国新文学大系》,上海文艺出版社(影印本)。

值观成功得以推行(当然,这种标准并不是只针对女性写作)。

尽管本文突出了女作家进入《中国新文学大系》的诸种因素:是否与文学研究会和创造社有关;是否在《小说月报》、《创造季刊》、《新青年》、《语丝》发表作品;作品是否结集出版……但是,所有这些条件都具备的女性作者,并不必然进入《中国新文学大系》。换言之,尽管这些因素将影响她们的受关注程度,但最终使女性进入经典的在于作家本人的勤奋创作和作品本身具有的魅力。也就是说,第一代女作家在《中国新文学大系》中的地位是女性自身发挥作用的结果。

论新感觉派文本的"尤物叙事"

孙 琳

鲁迅说:"我们有馆阁诗人,山林诗人,花月诗人"而"没有都市诗人"[①]。在现代中国文学演进过程中,都市直到新感觉派作家笔下才第一次获得独立,真正成为审美对象。新感觉派作为"海派"的一支,自觉运用现代派的叙事技巧,对女性的言说方式有别于同时期"写实主义"作品,叙述姿态也带有商业化和殖民化以及某种疯狂的"末世情怀"。他们的作品塑造了别具特色的女性形象。将这些女性形象与都市意蕴相联系,有助于在一个更为开放的视野中观照作家的叙述立场,探讨它试图构建什么样的两性关系,以及构建这种两性关系的深层原因。

本文试图结合创作实际探讨新感觉派"尤物叙事"的特征,分析这种叙事通过怎样的叙事策略塑造了"尤物"形象,又以这种"尤物"形象为基点构筑了怎样的两性关系,进而考察其背后的深层原因。

一、具有现代意味的"尤物叙事"

按照詹姆斯·费伦的说法,叙事是"大概出于一个特定的目的在

[①] 鲁迅:《集外集拾遗·〈十二个〉后记》,《鲁迅全集》第七卷,人民文学出版社,1981年,第719页。

一个特定的场合给一个特定的听(读)者讲一个特定的故事"①。也就是说,叙事具有目的性、虚构性,同样的事件、人物为何这样描述而非那样描述,叙事策略取舍的本身即体现着叙述者的某种姿态。在文学叙事中,这种目的性和虚构性更加突出。置身于商业化大都市的新感觉派,他们的文学叙事与其他商业媒体一道,不但在记忆现实,同时也在拟想现实。在有关女性形象的叙事中,自觉不自觉地灌注着他们对于女性的审美希冀和价值立场②。

"尤物"是中国文学作品中早有的一类女性形象。关于"尤物"的叙事传统源远流长。美人误政、美人害国,中国传统意义上有关"尤物"的关键词即是"美"和"有害"。"五四"新文学在打击封建文化的同时,也在有意消解"尤物"这一带有鲜明封建男权烙印的形象。且不论茅盾笔下的"新女性",就连沈从文边城水乡中保留大量民间气息的野性女子都少有这种蛊惑性的魅力。而在海派文学中,此类形象却得以衍生和丰富,尤其在新感觉派作家笔下蔚为大观:充满诱惑力的"尤物"是刘呐鸥"都市风景线"中一道靓丽的风景,也是穆时英"造在地狱上的天堂"不可或缺的一部分。当然,新感觉派的女性形象塑造并不曾苑囿于传统文化中"尤物"的内涵,而是衬之以现代城市风貌,更借鉴了西方"尤物"原型,即借用弗洛依德学说将其视作性的潜意识的化身。

按照女性人物的不同身份,可以将新感觉派笔下的"尤物"形象分为三类:

一是都市中的现代"尤物"。主要包括刘呐鸥、穆时英笔下的都市

---

① [美]詹姆斯·费伦:《作为修辞的叙事》,北京大学出版社,2002年。
② 李欧梵在《上海摩登:一种新都市文化在中国 1930—1945》(毛尖译,北京大学出版社,2001年)中,曾对20世纪二三十年代上海女性形象作了翔实的考证和分析,证明当时的电影、杂志等流行媒介的热情叙述旨在塑造具有鲜明"舶来特色"的"上海摩登"女性形象。新感觉派作家无疑也加入了这种塑造。

摩登女性。如《骆驼·尼采主义者和女人》里的不羁女子、《被当作消遣品》中的蓉子、《Craven"A"》里的余慧娴等。都市是她们赖以生存的背景和展现魅力的舞台。二是城乡之间的魔幻女子。主要指施蛰存自称走入"魔道"的小说中的女性,如《魔道》、《宵行》中的神秘女子。她们大多出现在城乡交接部,身份不明,形象模糊。三是历史戏谑中的悲剧预示者。主要指施蛰存历史小说中的女性,比如《鸠摩罗什》中大师的妻子、《将军的头》中的黑衣姑娘等。她们在施蛰存意味独特的叙事轨道中发挥着相当重要的作用。

当我们将这些身份不同的"尤物"形象并置时,很容易从中发现某些近似的叙事策略。

(一)物化的修辞

首先,在施蛰存走入"魔道"的小说和历史小说以及刘呐鸥、穆时英的文本中,男性几乎是叙事的唯一主体。在作为感知主体的男性面前,女子是被感知的"他者"。摩登女性的躯体在男性欲望的目光中常常像一幅诱人的风景,被作家以充满玩味的态度进行静态描述。例如:"他拿着触角似的视线在裸像的处处游玩起来了。他好像亲踏入了大自然的怀里,观着山,玩着水一般地,碰到风景特别秀丽地方便停着又停着,止步去仔细鉴赏。山岗上也去眺望眺望,山腰下也去走走,丛林里也去穿穿,溪流边也去停停。"(刘呐鸥《礼仪与卫生》)"仔仔细细瞧着她——这是我的一种嗜好。人的脸是地图;研究了地图上的地形山脉,河流,气候,雨量,对于那地方的民俗习惯思想特性是马上可以了解的。放在前面的是一张优秀的国家地图:……"(穆时英《Craven"A"》)而《白金的女体塑像》(穆时英)更是直接将女性有血有肉的躯体描写成冰冷的金属物:一尊"没有羞惭,没有道德观念,也没有人类的欲望似的,无机的人体塑像"。在这里,女性不过是静止的"物",是男性审美的欲望对象,男性居高临下的把玩姿态一览无余。

其次,小说文本中,都市"尤物"的出现,往往伴随着一系列物质性的意象,例如汽车、烟酒、夜总会、霓虹灯等代表都市的通用符号。正如李欧梵所指出的,新感觉派作家"更把女性的身体物质化,与汽车、洋房、烟酒和舞厅连在一起,像是另一种商标和广告"①。在这里,女性形象在一定程度上与汽车、电影等并排陈列为新的都市景观,被作家视为都市生活不可或缺的物质组成部分。现代城市的体验和感受因此与这些女性形象紧紧嵌连在一起。

再次,考察这些"尤物"形象特征,可以发现叙述者的审美标准有着惊人的相似。诸如"近代产物"(《游戏》)、"近代都会的所产"(《风景》)、"温柔的货色"(《两个时间的不感症者》),是刘呐鸥定位女性形象的常用语汇。它们直接突出了女性"物"的特征。但这种物化修辞不同于古典文学中"手如柔荑,肤如凝脂"之类传统比喻的色调,而是带有现代都市的审美特征。刘呐鸥、穆时英对女性的外貌身体描写如出一辙,作品中常出现的人物肖像描写是"丰满的嘴唇"、"理智的前额"、"瘦小而隆直的希腊鼻"、疏懒疲惫的大眼睛、狡黠的笑意、肉感的曲线等。而如果将施蛰存历史小说中的潘巧云(《石秀之恋》)置于现代,则其外貌特征与都市摩登女性几乎无异。这些融入了现代西方审美特征的女子形象被作家一再书写,乐此不疲。

正是在如此这般物化描写的基础上,小说中的女性人物普遍被抽象为爱欲的载体,女性成为男性欲望的对象。

施蛰存历史小说中,物化的女性颇接近于所谓"尤物"的内涵。潘巧云本身即是传统"尤物"的典型。在有关作品中,鸠摩罗什美艳的妻子使高僧纠缠于欲望的樊篱无法自制(《鸠摩罗什》),汉族姑娘使将军放弃责任(《将军底头》),甚至坚贞的阿褴公主客观上也是引起争斗的诱因(《阿褴公主》)。所谓"尤物""美而有害"的特质被充分张扬。与

---

① 李欧梵:《漫谈中国现代文学中的"颓废"》,王晓明主编:《二十世纪中国文学史论》,上海东方出版中心,2005年,第361页。

传统"尤物"不同,这些女子在施蛰存笔下更纯粹地充当着爱欲的载体。作品对这些虚构的历史"尤物"的诱惑力少有正面描写,她们常是隐藏在男主角近乎偏执的想象里,在关键时刻跳出来给他们致命的一击。

在历史的戏谑中,她们更为强大,成为某种不可逆转的命运悲剧的代言。如果说《石秀》是场鲜血淋漓张扬着主人公巨大快感和满足的喜剧,"只用力在描写一种性欲心理"[①],那么《鸠摩罗什》和《将军底头》却展现了某种挥之不去的虚无的悲剧感。鸠摩罗什的前妻犹如梦魇阴魂不散,时时缠绕在他的现实生活里,将他拉入欲望的渊薮。他的尸体最终"和凡人一样地枯烂了",只有那被妻子吻过的舌头"没有焦烂,替代了舍利子,留给他的信徒"。这个充满讽刺意味的结尾,消解了肉欲挣扎的意义,荒谬中有种虚无的悲剧感。施蛰存在《将军底头》中大力渲染现实性的情境,但姑娘的性格多来自将军的臆想,缺少预设和铺垫,人物对话显得突兀。与其说是姑娘与将军的对话,毋宁说更像将军的一次自我审判,是作者为了突出将军内心矛盾而设置的自说自话。可见,姑娘只是作为爱欲的载体而象征性地存在,因此她最后对无头将军的调侃也不应仅仅看做一个人物对另一个人物的嘲讽,而是更具有象征意味。将军从这调侃中感到了自我身份的丧失。缺少性格预设和铺垫的姑娘充当了命运的刽子手,无情地点破爱欲的虚无,将主人公推入命运的泥潭。在这里,女性不仅是爱欲诱惑的象征,更抽象地成为悲剧的预示者。施蛰存借助这些抽象的女性,在已成为陈迹的历史结果里发现了命运的无法逃离、人生的不可把握。女性于此同样丧失了自我言说的空间和生命的存在,甚至不只是沦为"物",而是同时还沦为混沌的象征性的能指。

---

① 施蛰存:《自序》,《将军底头》,新中国书局,1932年。

(二)妖魔化的倾向

新感觉派"尤物叙事"的另一倾向是将女性人物妖魔化。穆时英、刘呐鸥在把女性作为一种都市存在物的"他者"时,还倾向于将这个"他者"客体构筑成欲望的陷阱。她们是现代都市的"恶之花",带有与生俱来的妖魔色彩,是男人逃脱不掉的梦魇。

这种妖魔化倾向的叙述有时通过异己化的修辞来完成。刘呐鸥惯用"老虎"、"山猫"、"鳗鱼"这样中国传统记忆或西方原型中常见的异物形象来喻指女性,而"蛇身猫脑"的女性形象在穆时英笔下也屡次出现。这种异己化的修辞本身就带有神秘恐怖的意味,投射出叙述者的肉欲冲动下的深层恐惧心理。

也有时,作家以陌生化的方式完成对女性形象的妖魔化处理。刘呐鸥、穆时英笔下的都市"尤物"向来没有任何来历背景,仿佛只是都市这罪恶渊薮天然生成的妖孽之物,男性对其充满神秘感和不可知的恐惧。即使在那些对女体近乎痴迷的描写和想象中,也充斥着陌生诡异的气息。最为典型的莫过于《白金的女体塑像》中的描写:"把消瘦的脚踝做底盘,一条腿垂直着,一条腿倾斜着,站着一个白金的人体塑像,一个没有羞惭,没有道德观念,也没有人类的欲望似的,无机的人体塑像。金属性的,流线感的,视线在那躯体的线条上面一滑就滑了过去似的。"[①]这里的女性人物毫无热气,毫无生机,仿佛如现代机械般在阳光下闪着锋利的光芒。女体仿佛根本就不是一具活物,而是诡异得近似妖魔,感染着现代都市的冰冷。

还有些时候,陌生与神秘联系在一起,例如《将军底头》中的黑衣姑娘、施蛰存"魔道"小说中那些被男主人公狂乱喊叫着的"天妇"、"夜叉"的女性。她们同样身份不明、来历不清。在小说中,这些人物几乎

---

① 穆时英:《白金的女体塑像》,《白金的女体塑像》,黑龙江人民出版社、北方文艺出版社,1997年。

从未获得清晰具体的叙述,未见任何个性特征,而是常被作者用"妖媚"、"淫秽"、"诱惑"这样的词汇加以指认。她们的外貌形体常被抽象成模糊的影子,近于一种恐惧的象征,其鬼魅气息完全建立在男主人公的"妄想"之上。她们的存在仅仅依存于男性主人公歇斯底里的表述,从外表到内心都被遮蔽起来。在男性的臆想及其带有神秘意味的表达方式中,女性成为妖魔化的抽象符号。

就这样,叙述者异己化、陌生化、神秘化的叙事方式,产生了女性人物妖魔化的叙事效果。借助物化修辞和妖魔化叙述,新感觉派作家塑造出一系列迥异于人们传统阅读经验的"尤物"形象,并使其成为"城市物质文化的载体"①。在这样的叙事中,作家仅痴迷于对女性相貌躯体的表层叙述,很少深入女性内心。这些女性人物有着相似的面目,主体行为意识被遮蔽,不是作为有着独立个体生命价值的人,而是作为"物",甚至"混沌的能指"存在于男性欲望的镜城之中。美与恶,在作家笔下的"尤物"身上共生。正是以此为基点,新感觉派作家在文本中构筑了令人深思的两性关系。

二、悖论性的两性关系及"女性—城市"的相互隐喻

如前所述,在"尤物叙事"中,几乎无一例外地采用了男性视角。男性充当感知者,占据着叙述话语权。女性人物在男性叙述者的叙述中被物化、妖魔化,丝毫没有自我言说的空间,更不要说自我演绎。她们沦为男性观赏的对象和发泄欲望的工具。然而同样值得注意的是,在这些作品中,男性人物面对"尤物",无一例外地经历的是受到诱惑和感觉焦虑的双重体验。

---

① 李欧梵:《上海摩登——一种新都市文化在中国1930-1945》,北京大学出版社,2001年,第29页。

《被当作消遣品的男子》(穆时英)中的"我",在与蓉子交往之初就认识到她是"危险"的:蛇身猫脑的外貌,有"一张会说谎的嘴,一双会骗人的眼",于是时刻提醒自己不要接近她,不要被她诱惑。然而无论内心怎样刻意抗拒,"我"最终却还是不得不承认她是"贵品"、"温柔与危险的混合物",于"我"有着强大的诱惑。其实,在"我"的潜意识里,是希望受到诱惑的,只不过又在自欺欺人地找借口——"不是我去追求人家,是人家来捕捉我的呢!"甚至在听到蓉子毫不羞愧地将男女交往比作吃糖似的"消遣",唯一的结果就是男子被"排泄"出来这样赤裸裸的理论时,还幻想自己和这女子的交往会是个特例。但是,很快"我"就意识到危险,马上提醒自己不要被她征服、成为她的"消遣品",从而遭到"被排泄"的命运。然而,"我"终于无法抵抗诱惑,即使知道她在说谎、在玩弄"我",也还是无力逃脱蓉子的掌控。这里的"我"时刻感受着蓉子的诱惑,在诱惑中又忍受着焦虑,害怕在两性交往中丧失自身主体地位,情绪任其摆布。"我"在叙事中是叙述者、感受的主体。"我"可以凭感觉、立场随意塑造和扭曲蓉子,使她有着猫脑蛇身的恐怖形象,反复从道德层面谴责她"撒谎"。"我"始终站在更高的价值立场来审视蓉子。但在两性交往的实际中,蓉子却高高在上,她轻而易举地玩弄"我"于股掌之上,使"我"欲罢不能。她先引诱"我",后控制"我",最终抛弃"我"。

  这里,被物化、妖魔化的"尤物"在两性关系中时时处于优势,控制着这种关系的走向。与此相似,启明虽然肉体出轨,精神上仍然受制于"狐精"般的妻子,甚至不得不服从于妻子出走后给他安排的另一性伙伴[1]。《游戏》中的男主角显然不能够适应现代都市单纯享乐的放纵主义,他在"游戏"中落败,被"尤物"诱惑又抛弃[2]。《骆驼·尼采主义

---

[1] 刘呐鸥:《礼仪与卫生》,《刘呐鸥小说全编》,学林出版社,1997年。
[2] 刘呐鸥:《游戏》,《刘呐鸥小说全编》,学林出版社,1997年。

者和女人》男主人公试图扮演一个纠正不良灵魂的教导者,却终于不敌肉体的诱惑,"灵"和道德训诫轻而易举地在肉欲中沉沦①。他们一方面禁不住诱惑,一方面又诅咒,形成一种奇特的受虐心理——"我恨你……却离不开你"②。从故事表层看,"尤物"们在两性游戏中始终处于主动。她们诱惑男性,令其产生患得患失的焦虑,最终又抽身离去,使男性的欲望落空。男性人物于此陷入怪圈:他们将女性等同于物,用以检验自身存在,结果却是被"物"所异化,丧失了自身存在的意义。

新感觉派的这部分文本可以说是典型的男性中心立场的叙事。在这里,男性是叙述的主体,他们可以自由地将自己的价值立场凌驾于女性人物之上,随意对她们作出价值判断甚至道德训诫。按说这种叙事立场似可顺理成章地确立男性的"强者"地位。然而,如前所述,掌控整个叙事进程的其实是被叙述、被感知的"他者"——女性人物。女性在这场游戏中充满不可抗拒的魔力,她(们)才是最终的"胜利者"。于是,叙事立场与叙事结果构成了悖反,两性关系也形成了有趣的悖论。

与大部分叙事立场相似的男性作家文本相比,在新感觉派作家们的文本中的带有悖论性内涵的两性关系显得极为特殊。那么,究竟是什么原因使得这些作家们不约而同地完成了这样一种比较特异的两性关系的型构呢?我们不妨从他们共同关注的城市经验中寻找答案。

在新感觉派那里,"城市"不再是一个混沌的大背景,而"成为独立的审美对象"③,具有了与其他审美对象相互隐喻的可能。实际上,"尤物叙事"中的物化描写不仅折射出男性的性别立场,更潜在地展示了

---

① 穆时英:《骆驼・尼采主义者和女人》,《白金的女体塑像・圣处女的感情》,人民文学出版社,1988年。
② 穆时英:《被当作消遣品的男子》,《白金的女体塑像》,黑龙江人民出版社、北方文艺出版社,1997年。
③ 吴福辉:《都市漩流中的海派小说》,湖南教育出版社,1995年,第146页。

"尤物"与城市的共性,"尤物"一定程度上已经成为新的都市符码[1]。最为直接地表现出这种隐喻关系的是穆时英《Craven"A"》中的叙述:"在那两条海堤的中间的,照地势推测起来,应该是一个三角形的冲积平原,近海的地方一定是个重要的港口,一个大商埠。要不然,为什么造了两条那么精致的海堤呢?大都市的夜景是可爱的——想一想那堤上的晚霞,码头上的波声,大汽船入港时的雄姿,船头上的浪花,夹岸的高建筑物吧!"这是男性主人公关于女性下体的一段充斥着肉欲的狂想,他直接将其想象成为上海大都市的具体存在。

"男作家创作中的女性形象,表达的首先是男性对女性世界的想象,对女性世界的价值判断,同时也可能还以性别面具的方式曲折地传达男性对自我性别的确认、反思、期待。"[2]新感觉派作家的"尤物叙事"其意义还远不止如此。如我们分析的那样,"女性—城市"在作家笔下互为隐喻,于是叙述者对"尤物"的立场显然又包含了对城市的价值评估和复杂心态:刘呐鸥、穆时英将城市摩登女性形象物化、魔化、不可知化,以此指称富有魅力又不可把握的城市生活,两性关系中表露的紧张和焦虑一定程度上暗示了都市人与现代都市的微妙关系。男性将对城市的种种感情投射在女性身上。男性主人公对女性迷恋又厌倦、向往又疑惧,这种情绪和心态同样映照在都市人对现代都市的观感上。从刘呐鸥、穆时英到施蛰存,新感觉派作家不约而同的对女性之魔性因素的书写并非偶然,除去作家自身经历的影响[3],女性与城市的相互隐喻在此已经成为潜在的共识。这是作家对城市、生存不可捉摸的冥冥之力的抵抗式的表达,他们将对城市的异己感表现为对

---

[1] 正如李欧梵所说,新感觉派用女性的形象来歌颂物质文明。新感觉派作家塑造的"尤物"成为现代都市想象不可或缺的一部分。
[2] 李玲:《中国现代文学的性别意识》,人民文学出版社,2002年,第19页。
[3] 姚玳玫在《想象女性》中披露刘呐鸥本人怀有"厌女"倾向(中国社会科学出版社,2004年,第186页)。

女性的异己感。正是基于"女性—城市"的相互隐喻关系,作家们不约而同地在各种故事题材中选择了进行类似的"尤物叙事"。

由此,我们也就可以解释悖论性的两性关系背后的深层原因了。"尤物"女性一出场就是被异化的完成时,而被异化的痛苦焦灼和异化后的空虚完全由男性主人公充当体验者,在肉欲追逐的游戏中尚未完全异化的男性不得不一步步向"尤物"屈服。

相比较而言,男性正在被都市化,而女性已经近乎等同于都市本身。于是,刘呐鸥、穆时英笔下的都市摩登女性很自然地在两性关系中游刃有余;施蛰存笔下城乡结合部的女性也或明或暗地与时代意识发生了关系。所稍异者,施蛰存的魔幻女子带有都市摩登女性和乡间妖狐的双重想象。她们有时长发披肩,身着白衣,仿佛《聊斋志异》中摆脱不掉的妖媚之影;有时又"一身淡红绸的洋服","纤细的朱唇","永远微笑的眼睛","怀抱黑猫"①,带有鲜明的都市色彩。这些魔幻女子是作家城市经验与乡间妖狐的传统印记相结合的不伦不类的混合体。这恐怕与故事发生的特殊地点有关。考察施蛰存自称"走入魔道"的作品,这些颇有爱伦坡恐怖风格的故事大都发生在远离中心都市的城市边缘②。

城乡之间的魔幻女子,一方面可以看做施蛰存对民间妖狐志怪形象的重新演绎,一方面也可以将其看做城市压力的心理延伸。都市或者像一妖妇,时刻可能吞噬他们的肉体和灵魂(《魔道》),或者是更凶恶的梦魇、驱散不清的阴魂(《凶宅》)。故事中男主人公出行的目的常是为了逃离都市压力③。然而,乡村恬静优美的风景难以治疗都市生活给人物留下的痼疾。在远离大城市的乡村,这些都市的逃亡者并没

---

① 施蛰存:《魔道》,《十年创作集》(上),人民文学出版社,1991年。
② 《魔道》写上海大都市中周末外出郊游的男子的诡谲奇遇;《宵行》、《旅舍》则从题目就可以想见故事发生的特定环境。
③ 《魔道》、《旅舍》、《夜叉》的主人公都是都市精神分裂症患者。

有获得心灵的抒解,他们由于包裹着乡村面貌的城市印记的再次追杀而陷入疯狂。此类故事复制了城市对人的诱惑和疏离,现代人逃离都市又奔向都市共同进行的矛盾过程,也从另一个侧面印证了女性与城市的相互隐喻。

值得注意的是,"五四"一代知识精英对都市现代化的参与是"以都市放逐者的战斗姿态对都市文化进行批判",而新感觉派作家与后来的张爱玲一样,既是都市文化的消费者,又是它的品质提升者[①]。其中也有批判姿态,只是他们端起鸩毒的快乐的酒杯,将这种批判潜隐在感觉化的肉欲描写中。

新感觉派书写"尤物"的这种颓废思潮,"一方面是把生命追求停留在声色犬马的疯狂感官享受上,另一方面又是作为机械化时代的反叛力量而存在"[②]。新感觉派作家笔下纸醉金迷的同时又是空虚无助的,这种复杂的矛盾体现在两性关系的纠结中。文本中男性在女性面前的"去势",表现了他们在整个大都会中的败北感。他们都是"被生活压扁了的人"。现代城市的高压姿态给都市人以渺小感、悲剧感,由此我们可以更加理解施蛰存历史小说中关于人类存在的悲剧感何以并非偶然;穆时英作品中存在着潜在的哀伤气息,印证了都市人的孤独焦虑,以及丧失自我认同后的空虚。

总之,新感觉派借助"尤物叙事"塑造了一系列具有现代意味的女性形象;他们以女性形象置换城市,以两性关系隐喻都市人和都市。这种特殊的叙事,鲜活展露了当时文人面对都市现代化的复杂心态,为我们探讨都市小说提供了新的向度。

---

① 陈思和:《民间与现代都市文化——兼论张爱玲》,《陈思和自选集》,广西师范大学出版社,1997年,第297~298页。

② 陈思和:《第十二讲 浪漫·海派·左翼:〈子夜〉》,《中国现当代文学名篇十五讲》,北京大学出版社,2003年,第324页。

"打破恋爱梦"
——现代女作家"革命减爱情"文学书写探微

张凌江

在中国现代文学史上,左翼文学是以"革命与恋爱"模式的兴起鸣响开场锣的。1927年,中国民主革命从高潮跌入低谷,文学却从"文学革命"向"革命文学"高歌猛进。考察20世纪20年代末兴起的"革命与恋爱"题材的创作,笔者发现了性别书写的"差异性",发现了两性作家有关革命与爱情的图腾与禁忌。具体而言,"革命与恋爱"的模式,在男性作家笔下往往呈现为"革命加爱情"的诉求,而在女作家笔下则常具有"革命减爱情"的内核。

从女性文学批评的理论视角来看,当时一些男性作家(如蒋光慈、茅盾、洪灵非等)的作品,体现了革命的"性政治"逻辑。他们将"爱情"与"革命"联系在一起,从而将女性及其身体纳入革命阵营,达成男性作家对革命的浪漫想象中性欲力比多宣泄的合法性。可以说,革命文学中的男性写作在这一时期占据了绝对的主导地位,女性形象在男性的文本中更多地是处于被看的境地,女性身体也只是被利用的客体。女性身体成为革命男性的欲望化对象和革命映射的物质化身体。

研究者指出,这一时期蒋光慈、茅盾等左翼作家笔下的女性具有鲜明的感官娱乐性和色情特征。例如,男性作家尤其是茅盾的小说中,"革命新女性"往往都拥有健美的体态、丰满的乳房、丰腴的身体以及开放与放纵的性观念,成为男性的欲望客体与理想的"革命公妻"。

她们"实际上是独立于女性人格、个性之外的、纯粹应男性欲望而设置的女性肉体特点。男性叙事对这一点的过分迷恋和极度夸大,显然承袭了男权文化传统中把女性当做纯粹的性客体、从而使女性性感无限膨胀而成为女性生命异化物的偏颇"[1]。可见,革命可以改朝换代,可以颠覆政治制度,但它并不能阻止男权中心的文化观念依然在革命的肌体中潜藏滋长。尽管在革命旋即进入由"大众"参与的全面战争的残酷阶段后,"革命加爱情"这一渗透男性中心色彩的浪漫想象也随即风流云散。

值得注意的是,男性作家的"革命加爱情"书写在将女性视为性尤物、性客体的同时,也高度肯定了自由主义、个性主义与革命的浪漫激情,而同一时期女性作家的革命书写却迥异其趣。如果说"爱情至上"是"五四"女作家张扬个性解放的重要题旨的话,那么,书写"革命"、贬抑性爱则成为此期女作家的自觉选择。这里,虽然恋爱仍是重要的创作题材,但性爱主题受到抑制和排斥,并鲜明地呈现出"去女性化"的审美特征。

一

在国民革命大潮中逃离父权家庭、摆脱包办婚姻而毅然从军的谢冰莹,利用战斗的间隙写出了《女兵自传》[2]。其中一节记录了女兵们喜欢唱的《奋斗歌》:"快快学习,快快操练,努力为民先锋。推翻封建制,打破恋爱梦;完成国民革命,伟大的女性!"在这部文学自传中,有着革命女性之恋爱观的直接阐发:她们并不把恋爱看得稀奇神秘,或

---

[1] 李玲:《中国现代文学的性别意识》,人民文学出版社,2003年,第79页。
[2] 谢冰莹:《女兵自传》,《谢冰莹文集》,北京燕山出版社,1998年。以下该篇引文均出于此。

"打破恋爱梦"——现代女作家"革命减爱情"文学书写探微

者怎样重要,她们最迫切的要求只有两个字——革命!她们把自己的前途和幸福都寄托在革命事业上面。人生需要创造永久的幸福,创造全人类享受的幸福;恋爱是个人的私事,在愿把生命献给国家民族的坚决信仰中,恋爱不过是有闲阶级的小姐少爷们的玩艺儿而已。对于倾向革命的女作家来说,此时"革命"就是她们心中最神圣的号角,恋爱只是"出走的娜拉"的奢侈品。在这"千年等一回"的革命浪潮中,她们决不会用恋爱来交换参与革命的机遇。

在不同性别的革命作家的书写中,与革命者相关的纵欲与禁欲的倾向也呈现出不同的面貌。冯铿的《红的日记》[①]通过红军女政工队员马英六天的日记,描绘了红军和赤卫队火热的战斗生活和宣传发动群众的工作。其中写到马英某夜晚被一个不知名的红军战士性骚扰的经历:

> 昨晚上睡去的时候,不晓得谁个压在我的身上,却把我弄醒了!"不能!不能!同志兄弟!……"我叫喊着!一翻身把他滚下到地上去。"记着我们都是红军的同志兄弟,同志!……"他没有做声,在黑黑魆魆里悄悄地溜去了!于是我重新睡下去。

如同一枝带刺的"铿锵玫瑰",一声"同志兄弟"就把性沟填平了!在这篇日记中,冯铿痛快淋漓地阐明了"红的女人"的"无性论"主张:

> 真的,现在的我简直忘掉了我自己是个女人,我跟同志们一道过着这项有意义的红军生活已经快满一年零五个月了!我是一个人一个完完全全的顶天立地的×军兵士!别的什么男人,女人这些鸟分别谁耐烦理他!

---

① 冯铿:《红的日记》,冯铿、罗淑:《红颜文丛·红的日记》,中国社会出版社,1998年。以下该篇引文均出于此。

冯铿进而警告那些妇女部的人员:"第一件是……不要给男同志们眨眼睛"!这种抑制身体欲望的钢铁意志,在她的小说《重新起来》中也表达得十分鲜明。故事主人公苹和辛是一对在1927年参与并组织农民暴动时结识的红色恋人。革命失败后,苹和辛被通缉追捕,两人在经历了逃难与分离后最终在上海团聚。辛谋到了一个小职员的位置,希望与苹过上平静的家庭生活。但苹始终不能忘怀革命。她与辛越来越格格不入,一方面眷恋着与辛的美妙的身体欢愉,一方面又在时时苛责着自己的堕落。当苹在街头撞到了工人斗争的场面时,面对群众与资方汹涌斗争的场面,"她真惊悚起来了!自己若不再紧紧抓住眼前的时机,献身给伟大的事业,抛弃了过去的迷梦,追求着时代的热烈的,群众的爱情……那不用几个十天,几个一月,便会把自己跟着已经没落的他,一同沉进不能自拔的黑暗里去了"。从千年禁锢中走出来的革命女性,最惧怕的莫过于被时代抛弃。走出"父的家"和"夫的家"的"娜拉们"已经没有了退路,一旦被时代抛弃、被革命抛弃,就如同离开了雁群的孤雁,将被隔绝在孤独的恐惧中。所以,她们只有紧紧地跟上时代步伐,加入到革命大家庭中。

对于女作家革命书写的"去女性化",有学者作出了精到的评说:

> 大多数女作家基于对妇女屈辱卑微地位的反抗和参与社会历史进程的责任感,有意识地弱化并掩盖传统意义上的女性特征、自觉地由女性"小我"迈向社会大众,她们不仅将"做人"置于首位,而且几乎视为唯一。在她们看来,阶级、民族所遭受的灾难浩劫涵盖了女子个人由于性别而遭受的压迫奴役,阶级的、民族的抗争包容了女性寻求个性解放的奋斗。反映在创作上,即体现为忽略自然性别、社会意识突出

"打破恋爱梦"——现代女作家"革命减爱情"文学书写探微

而强烈,艺术表现上淡化或取消女性色彩。①

也正因为如此,当爱情在谢冰莹的生活中不期而至时,她警告自己说:"爱神呵!/你一箭射穿了我的心/夺去我的灵魂!/你是吃人的恶魔/我要杀掉你才甘心/不要忘记了你是个非凡的女性/不要忘记为求学而自杀的苦心/继续奋斗呵/你应该做个社会上有用的人!"(《女兵自传》)爱情是毁灭革命者生命的"恶魔",它必须被"杀掉",二者没有共存的可能。正如有研究者所指出:"文学革命转变为革命文学之后,两性关系比前一个历史阶段更贴近社会关系。对爱情和性的表达也变得更加富有激情和更带阳刚性和暴力性。"紧跟时代的女作家革命叙事的一个重要的特征就是对身体(尤其是女性身体)的否定。郁茹的小说《遥远的爱》中,女主人公对丈夫说:"我们的手既然负有推动时代的使命,我们的情感,也只好让它无情地倾轧在它锋利的齿轮下。"女革命者彻底抛弃个人感情的态度之决绝,甚至引发了男性同道这样的感叹:"我们不是她的匹配……她是魔鬼,是神,而不是人。"②

二

从"五四"时代走进左翼文学阵营的具有代表性的女作家丁玲的创作,亦透露出"革命减爱情"的讯息,且愈加有意识地体现着革命与爱情失衡、分裂乃至扭曲的"现代性"。

正如茅盾所言:"那时中国文坛上要求着比《莎菲女士的日记》更深刻更有社会意义的创作。中国的普罗革命文学运动正在勃发。丁

---

① 乔以钢:《多彩的旋律:中国女性文学主题研究》,南开大学出版社,2003年,第10~11页。
② 郁茹:《遥远的爱》,《中国抗日战争时期大后方文学书系》第6卷,重庆出版社,1990年,第1837页。

185

玲女士自然不能长久站在这空气之外。……丁玲女士开始以流行的'革命与恋爱'的题材写一部长篇小说了。这就是那《韦护》。"①1928到1929年,丁玲创作了《韦护》、《一九三〇年春上海》(之一、之二),开始了"在黑暗中"②寻找光明的艰难跋涉。这三部小说可以说是"一组作品",在题材与内容方面表现出高度的联系与演进,即书写"革命与爱情"的冲突与矛盾。作品的结局是命定的——革命战胜爱情。不少评论者认为,丁玲的这组作品是创作转向的标志,是她从小资产阶级个人主义者转向革命之作。如有评论云:"《韦护》以革命与恋爱对立模式的设计与小资产阶级恋爱至上主义划清了界线,标志着丁玲开始主动放弃纯然女性的立场以'女国民'的姿态进入文学书写。"③也有研究者认为,《韦护》这组作品体现的是城市自由女性与革命及其偶像——大众的冲突④。笔者则在重读《韦护》的过程中体会到另一种况味。

丁玲的"转变"并不是那么毅然决然,她未必是毫不犹疑地"放弃纯然的女性的立场"而成为"女国民"的。事实上,《韦护》所表露的是艰难的蜕变、深刻的矛盾和无奈的抉择。王绯曾分析女作家群与女作家本人出现的"两个世界的分立"的现象,有关阐述用来解析丁玲的内在矛盾似乎颇为到位:

> 自从中国有了阶级的政党和阶级的革命,女性的文学书写便悄悄地出现两个世界的分立,即妇女意识为主导意识形态(民族意识、国家意识、政治意识、阶级意识)所统摄的女国民化的文学书写,超越主导意识形态并具有普泛意义和永恒

---

① 茅盾:《女作家丁玲》,《茅盾选集》第5卷,四川人民出版社,1982年,第160页。
② 丁玲:《在黑暗中》,开明书店,1928年。这是丁玲早期创作的第一部小说集。
③ 王绯:《睁着眼睛的梦》,作家出版社,1995年,第92页。
④ 孟悦、戴锦华:《丁玲:脆弱的女神》,见《浮出历史地表》第一章,中国人民大学出版社,2004年。

"打破恋爱梦"——现代女作家"革命减爱情"文学书写探微

价值的纯然女性化的文学书写。从某种意义上说,中国现代女性文学书写的历史,也是女性化与女国民化两种文学书写越来越明晰地走向分立的历史,这两种分立既表现在不同的书写个体之间,又表现在同一主体内部,构成了中国现代社会以来女性文学书写的一大特色(传统?)。①

《韦护》中表现的即是这两种女性书写在同一叙事主体内部的冲突与矛盾。丁玲曾经为人们把她的《韦护》作为时尚的"革命加恋爱"的作品而感到烦恼,她自言不满足于写作"一个很庸俗的故事,陷入恋爱与革命冲突的光赤式的陷阱里"②。事实上,作品的主旨体现的是革命意识形态对个人情爱的控制和消解,以及这个过程给革命者的个人情感带来的伤害和磨难。同时,《韦护》带有强烈的女性主义、个人主义倾向,其对人的情爱欲望表达之直接与热烈,对革命压抑情爱的困惑的书写,在中国革命文学书写中是相当突出的。究竟是以"无欲则刚"的态度坚定地投身革命,还是抵抗来自革命需要的压力并抚慰个人情感,这样的纠结令作品到处存在着叙述的"缝隙"与"裂痕"。

虽然丁玲对革命有着高度的叙事热情,但女性的直觉与敏感使她不自觉地维护爱情,潜意识里的认同使她对韦护的挣扎充满同情。众所周知,《韦护》的人物原型是瞿秋白与丁玲的挚友王剑虹。丁玲在《我所认识的瞿秋白同志》(1980)一文中,详细叙写了瞿秋白与王剑虹的爱情经过。瞿秋白因革命而离开,王剑虹因感染了瞿秋白的肺结核病而致死。文中写出了瞿秋白的忏悔和自己的怨宥:"尽管他们的这段生活是短暂的,但过去这一段火一样的热情,海一样的深情,光辉、温柔、诗意浓厚的恋爱,却是他毕生也难忘的。他在他们两个最醉心的文学之中的酬唱,怎么能从他脑子中划出去?……只要他仍眷恋

---

① 王绯:《睁着眼睛的梦》,第89页。
② 丁玲:《我的创作道路》,《丁玲文集》第5卷,湖南人民出版社,1986年,第381页。

文学,他就会想起剑虹,剑虹在他的心中是天上的人儿,是仙女(都是他信中的话);而他对他后来毕生从事的政治生活,却认为是凡间人世,是见义勇为,是牺牲自己为人民,因为他是韦护,是韦陀菩萨。"①爱情是精神生活,是与文学艺术密切关联的唯美的追求,是自我的伸展;而革命却是世俗的事务,是自我的遏制与牺牲。丁玲的这段话揭示了革命者在革命的严酷律令与个人的感情及艺术需要之间、在精神生活与政治生活之间的两难抉择。

小说中的韦护酷爱文学,但革命的理性却不允许他发展这方面的爱好。他放弃文学,投入到革命理论的研读与革命檄文、议论文的书写中。夜深人静,丽嘉枕在他的臂弯中熟睡,韦护却在沉思:

> 他在自己身上看出两种个性和两重人格来!……若是他能继续舞弄文墨,他是有成就的。但是,那新的巨大的波涛,汹涌的将他卷入漩涡了,他经受了长时间的冲击,才找到了他的指南,他有了研究马克思列宁等人著作的趣味。……他用明确的头脑和简切的言语,和那永远像机器一般的有力,又永久的鼓着精神干起工作来,他得到无数的忠实的同志的信仰。但是,唉,他遇着丽嘉了!这热情的,有魔力的女人,只用一只眼便将他已死去的那部分,又喊醒了,并且发展得可怕。②

正如歌德笔下的浮士德所道出的巨大困惑:"在我的心中啊,盘据着两种精神,/这一个想和那一个离分!/一个沉溺在强烈的爱欲当中,/以固执的官能贴紧凡尘;/一个则强要脱离尘世,/飞向崇高的先人的灵

---

① 丁玲:《我所认识的瞿秋白同志》,《丁玲文集》第5卷,第102页。
② 丁玲:《韦护》,《丁玲文集》第1卷。以下该篇引文均出于此。

"打破恋爱梦"——现代女作家"革命减爱情"文学书写探微

境。"①韦护身上的艺术气质与他所从事的工农革命的工作时时发生冲突,他内心深知革命与艺术是冲突的,所以选择放弃诗歌,以使自己成为一个更纯正的布尔什维克。但是自从遇到丽嘉,诗歌情愫重又复活,爱情激活了一度沉潜的艺术细胞。而作为作者的丁玲清楚地意识到韦护身上的文人知识分子情趣与革命理性之间尖锐激烈的冲突势必带给主人公隐痛:"唉,若是在以前,当他惊服和骄傲自己的才情的时候,便遇着丽嘉,那是一无遗恨和阻隔的了。而现在呢,他在比他生命还坚实的意志里,渗入了一些别的东西,这是与他原来的个性不相调和的,也就是与丽嘉的爱情不相调和的。他怠惰了,逸乐了,他对他的信仰,有了不可饶恕的不忠实;而他对丽嘉呢,也一样的不忠实了。"也就是说,当恋爱与爱诗、爱文学的才情结合在一起时,那是"一无遗憾和阻隔"、加倍美好与逸乐的,然而这份美好逸乐却是与"革命"(写理论文章、战斗檄文)这严肃紧张的工作不相协调甚至相敌对的。那么,唤醒了文学情思的恋爱,自然也便成为革命的对立物。

与丽嘉相爱同居之后,韦护遭到了来自革命阵营内部的攻击。批评者说他是一个伪善者、投机者,他的生活都足以代表他的人生观;说他们同居的家像一个堕落的奢糜的销金窟。于是,一心革命的韦护决定"像一只蚂蚁往前爬",让自己麻木、冷血。他凭着革命的钢铁意志与理性决定放弃爱情,离开丽嘉,到广东去继续从事革命活动。在给丽嘉的诀别信中,他写道:"你知道,我却在未得爱情以前,接受了另一种人生观念的铁律,这将我全盘变了"。"所以我要说,韦护终究是物质的,也可以说是市侩的,他将爱情亵渎了,他值不得丽嘉的深爱呵!"离开丽嘉的韦护走在街上,不觉间眼泪流淌,他心中悲怆地哀叹:"呵!这不可再得的生命的甜蜜啊!"

可以看到,革命者韦护心目中的"爱情"是精神的、神圣的,而革命

---

① [德]歌德著,董问樵译:《浮士德》,复旦大学出版社,2001年(第二版),第58页。

是"物质的"、"市侩的"。革命的、大众的伦理与爱情的、个人的伦理之间的巨大冲突无法调和。在大众革命伦理中，每一个个体首先应当选择将阶级利益放在高于一切的位置。于是，与蒋光慈、茅盾等男作家笔下的"革命与爱情"书写往往呈现为"革命加爱情"（文本中的男性主人公通常是革命的主体，而爱情所牵出的女性则是革命主体的欲望化对象）不同，丁玲通过人物描写揭示了革命者的内心世界，写出了个人伦理的内心独语与婉转呢喃。这里，"革命与爱情"实质演化为"革命减爱情"。革命夺走了美丽、挚情的丽嘉的爱人，也夺走了韦护的神圣界域——精神的、诗的、文学的、唯美的。革命与人性的冲突，与世间美好事物的冲突，在革命家韦护的心目中是一清二楚的。正因为如此，在暗恋丽嘉时，他为自己是一个"革命同志"而深感自卑："那姑娘决不会把他放在心上的。若果他是一个个人主义者，自由主义者，或是一个音乐家，一个诗人，他都有希望将自己塞满那处女的心中去。然而，多不幸呵。他再也办不到能回到那种思想，那种兴趣里去。他已经献身给他自己的不可磨灭的信念了。而这又决不能博得她的尊敬的。"但是韦护有着训练有素的革命情操："韦护"就是普陀、就是牺牲。他甘愿牺牲掉自己的思想、兴趣和个人价值，牺牲掉自己的爱情，来换取"无数忠实的同志们的信仰"和革命的理想价值。由此，韦护的革命情操与牺牲精神才令人感佩不已。

在韦护的二重性中，革命是现实层面的、是俗务，艺术则是心灵层面、精神层面的。韦护是从本能上就贴近艺术，对文学作品有着特殊的爱好的：

> 他一天天的感出这些文学巨著内容的博大。他对于艺术的感情，渐渐的浓厚了，竟至有时候很厌烦一些头脑简单、语言无味的人。他只想跑回家，成天与这些不朽的书籍接近。他在这里可以了解一切，比什么都快乐。若不是为另一

"打破恋爱梦"——现代女作家"革命减爱情"文学书写探微

种不可知的责任在时时命令他,他简直会使人怀疑他的怠惰和无才来,他真是勉强在写那文章。

在《我所认识的瞿秋白同志》中,丁玲追忆了一件往事:1930年瞿秋白曾经同他的弟弟瞿云白一起到丁玲家里去探望。当他见到胡也频与丁玲的孩子时,开玩笑地说丁玲应该给孩子起名"韦护",因为这是丁玲的又一个杰作。当时,丁玲沉思:"我理解他的心境,他不是爱《韦护》,而是爱文学。他想到他最心爱的东西,他想到多年来对于文学的荒疏。那么,他是不是对他的政治生活有些厌倦了呢?……我想,一个复杂的人,总会有所偏,也总会有所失。在我们这样变化激剧的时代里,个人常常是不能左右自己的。那时我没有说什么,他则仍然带点忧郁的神情……"①从中,我们看到,在革命者瞿秋白(韦护)身上体现的文人知识分子的文学艺术情趣与革命理性之间尖锐激烈的冲突的隐痛。在丁玲笔下,革命客观上不啻是一场个人化叙事伦理与革命的、大众的叙事伦理之间的摩擦和碰撞。这一摩擦和碰撞在《韦护》的作者丁玲身上同样是殊死的纠结。20世纪40年代,在风雨如磐的延安,丁玲在《风雨中忆萧红》(1942)一文中又一次提到了瞿秋白:"昨天我又苦苦地想起秋白,在政治生活中过了那么久,却还不能彻底地变更自己,他那种二重的生活使他在临死时还不能免于有所申诉。我常常责怪他申诉的'多余',然而当我去体味他内心的战斗历史时,却也不能不感动,哪怕那在整体中,是很渺小的。"②

从这篇文章中我们读出了某种"情绪"。而丁玲本人又何尝不是有着复杂的人格?她的革命书写从一开始就充满了歧义与裂痕。实际上,在丁玲此后的写作中,革命与爱情、大众与个人、女性主义与国族主义等相互间的关系,很大程度上仍处于一种暧昧不定的状态。

---

① 丁玲:《我所认识的瞿秋白同志》,《丁玲文集》第5卷,第103页。
② 丁玲:《风雨中忆萧红》,《丁玲文集》第5卷,第41页。

三

　　根据物理学的能量理论，能量只会是转移和偏移而非消失。在特定意义上，女性的原欲(libido)与生命力正是革命所需要转化和利用的巨大力量。革命有可能从中获得不容低估的精神资源，例如政治热情、阶级斗争热情、仇恨与破坏的热情。冯铿的小说《重新起来》中，苹在辛的心目中是一个"铁似的女斗士"。小说写到苹的内心时，多次采用了"毒焰"这个词。复仇的"毒焰"使美丽的女性心中填满了"凶猛粗暴的铁锤、刀剑"。国族主义政治革命对女性的期求就如同对男性一样，不是希望成就这个肉身，而是要把它锻造成为一块革命的"钢铁"。

　　在阶级斗争、大众神话等无产阶级革命话语置换了个性主义的"五四"话语之后，国族主义—革命运动进一步神圣化、圣洁化、禁欲化。革命者真正要战胜的并不只是政治敌人的邪恶，也还有自身欲念的"邪恶"。出于对情欲冲动的恐惧，"禁欲"几乎是任何一场神圣革命的常规。革命是奉行"大众化"的国族与集体优先的准则，而性爱是最自我、最个人化的行为。波伏娃指出："可以肯定，性本能不允许把自身同社会融为一体，因为在性冲动当中存在着瞬间对时间的反抗，存在着个性对共性的反抗。"[①]因为性爱与性体验是一种最个性化的体验，它趋向于使个人执着于自我，因此性爱对大众化、集体主义的革命有着危险的抵触性。但耐人寻味的是，革命的"反性"性质，反映在革命文学中，却主要是在"女性"这一性别的革命主体身上实践的。

　　这里出现了一个悖论："反性主义"既是对女性气质的刻意颠覆，也是向男性风格的认同和靠拢，于是又大大降低了它作为女性反叛的意义。"这种倾向中往往包含着某种误解，即将阶级解放、民族解放与

---

① [法]波伏娃著，陶铁柱译：《第二性》，中国书籍出版社，1998年，第54页。

"打破恋爱梦"——现代女作家"革命减爱情"文学书写探微

妇女解放以及作为个体的人的彻底解放视为因果关系或简单化地以前者代替后者,这种误解与其他因素结合在一起,客观上曾导致女性主题、个性解放主题在相当长的时间里受到漠视乃至鄙弃,女性文学的发展也因此而付出代价。"①革命是一种"伦理的"和"禁欲的"历史,也就是有关各种道德主体化的方式以及为了确保道德主体化而进行的各种自我实践。如国族解放的革命动员令需要妇女全身心地投入与奉献,而女性的身体、欲望与情爱需求势必使她们固执小我,造成革命力量的耗散与浪费而干扰革命,所以革命意识形态要对女性的身体与情欲作出规训,使其成为"政治肉体"(body politic)。在《规训与惩罚》一书中,福柯提出了"肉体的政治技术学"这一概念:

> 肉体也直接卷入某种政治领域;权力关系直接控制它,干预它,给它订上标记,训练它,折磨它,强迫它完成某些任务、表现某些仪式和发出某些信号。……这种征服状态不仅是通过暴力工具或意识形态造成的……可能有一种关于肉体的"知识",但不完全是关于肉体功能运作的科学;可能有对肉体力量的驾驭,但又不仅是征服它们的能力;这种知识对这种驾驭构成了某种可以称为肉体的政治技术学。②

福柯这里所说的关于肉体的"知识"、"政治技术学"在现代女性文学写作中的表现,或显性或隐性,可能是强制的也可能是同谋的。女性文学创作从"五四"时期表现礼教与恋爱的冲突,到大革命时代书写革命与恋爱的冲突,性爱的个人话语始终与国族、阶级、革命等政治话语相互缠绕,肯定和讴歌性爱的个体主义的叙事伦理,在特定的历史

---

① 乔以钢:《多彩的旋律:中国女性文学主题研究》,第12页。
② [法]福柯著,刘北成、杨远婴译:《规训与惩罚》,生活·读书·新知三联书店,1999年,第27~28页。

语境中被"神圣化"的国族/集体主义的叙事伦理所屏蔽。这一情爱政治鼓励女性在为了国族的独立而献身的同时，还需为了规避自己的性别身份而奋斗。这种贬抑、遮蔽自己性别身份的"去女性化"写作，使女性自我处于分裂而失衡的状态。它并没有能够为女性解放开辟新途，反而使女性写作在很大程度上与自己的身体失去了联系。

从特定时代女性革命主题书写中可以看到，中国现代史所具有的妇女解放与社会解放不可分割的纽结关系，造成了女性主义的两难：女性个体性爱的生命欲求与反性主义的革命欲求相抵触，女性性别的差异性特征与以男性为主体的国族主义政治革命相捍格。在此情境中，为了顺从革命的需要，女性在文化中必须以"花木兰"的方式易装甚至易性、"去性"。"革命减爱情"最终减去的，是被启蒙与救亡的历史正调湮没了的女性性别身份。

扭曲的母神
——现代女作家"拒绝母职"的革命书写探微

张凌江

梳理中国现代女性文学的发展脉络,20世纪20年代的主流话语是性爱的主题,在"五四"启蒙文化精神的策动下,性爱书写渲染了个性解放的题旨。而在三四十年代,伴随着左翼文学运动的崛起和阶级斗争、民族矛盾的升级,女性文学叙事的主流话语转换为"革命",性爱主题被政治革命的强势话语置换。这一变化带来了与性爱相联系的家庭、婚姻与母职等传统女性叙事主题与价值的畸变。"打破恋爱梦"[①]的革命书写必然带来对母职的拒绝与否定、对生育的恐惧与厌恶的激进写作姿态。"拒绝母职"的主题表现了投身革命的女作家"去女性化"的反性主义的革命书写意向。在疾风暴雨的革命大潮中,女作家文学创作中有关母职的书写在价值的遮蔽与题材的凸显中,表现了革命与母职的扞格与博弈。

一、母职主题的变奏与遮蔽

所谓"母职",即是女性承担人类繁衍的命运所带来的母亲身份的

---

① 谢冰莹在《女兵自传》中有一节题为"打破恋爱梦",记录了女兵们喜欢唱的一首《奋斗歌》:"快快学习,快快操练,努力为民先锋。/推翻封建制,打破恋爱梦;/完成国民革命,伟大的女性!"见《谢冰莹文集》,北京燕山出版社,1998年,第58页。

担当与认同,它包括孕育、生育、养育等内容,同时也延伸到这一自然属性所蕴含的文化意义——母爱以及由此带来的"母权价值"——博爱、良善、反战、珍视生命、非暴力和关联性等女性的"关怀伦理"。

20世纪上半叶,中国现代女性文学史上的"母性"主题连绵不绝,蔚成传统。但是,从"五四"时期冰心的"母爱神话"到左翼文学兴起之后的"拒绝母职",母性主题走了一条否定之路。

"五四"时期步入文坛的冰心,是一位对"母神"极尽称颂的作家。冰心认为,能够弥补世界破碎的心灵、给予人类生存希望与关怀的只有母爱。冰心的"母爱哲学"用诗性与哲理肯定母爱的人性价值与社会价值,将女性繁衍生命的生物属性通过一个"爱"字提升到具有崇高文化价值的地位,用文学再现的形式打破了文化与自然的二元分立。

冰心的"母爱哲学"在现代女性文学母爱主题的书写中留下了颇具影响力的一页,此后女作家同类题材的创作经历了曲折的演进。"五四"时代走出父权家庭的"出走的娜拉们",她们的文学叙事大体上都表述了与母亲剥离的阵痛和回归母亲的吁求。最具代表性的是冯沅君与苏雪林的创作。她们表达了"五四"女儿在走出"父的家"之后,对母亲与母爱欲罢不能的频频眷顾。正如冯沅君作品中的人物所说:"我情愿牺牲生命来殉爱——母亲的爱,情人的爱!爱的价值不以人而生差别,都值得以生命相殉。"[①]在这里,母爱与性爱具有平等的价值。由此可见,"五四"一代反叛的新女性,"弑父"与"恋母"两种情绪交织在一起,其中母女从分离走向同一的文学书写脉象十分明晰。离弃与回归母亲构成了现代女作家母性主题的一条思想线索与女性写作的话语方式之一,它也是"女性的现代性"的历史路径之一。

如果说冰心的"母爱哲学"是在和谐与慰藉的情感溪流中娓娓言说,冯沅君、苏雪林则是徘徊在同母亲剥离与回归的歧路剖心告白,那

---

① 冯沅君:《误点》,《春痕》,上海古籍出版社,1997年,第43页。

扭曲的母神——现代女作家"拒绝母职"的革命书写探微

么,白薇的剧作《打出幽灵塔》则是在"弑父"的激情与喧嚣中讲述了母女认同的故事。这部剧作将反叛父权、母女认同与革命的主题融合在一起。父权制度的"幽灵塔"象征人物胡荣生与被他压迫与损害的三位女性萧森、萧月林、郑少梅的激烈冲突与对峙,最终以叛逆女性的"弑父"行为象征性地宣告了父权制度的死亡。意味深长的是,女儿萧月林用身体为母亲萧森挡住了胡荣生的子弹,临死前终于与母亲相认相拥,幸福地死在母亲的怀抱。全剧落幕前,是萧月林的诀别辞:

> 我打出了幽灵塔!有了我的姆妈!我打出了幽灵塔,有了我……的……姆……妈!①

这个结局既是象征,又是寓言。母女从分离到相聚进而合力打出父权"幽灵塔",正是母性主题的变奏。剧中母亲萧森被胡荣生强暴生下女儿萧月林,为了自救,母亲抛下女儿去寻求出路,女儿从此被压在"幽灵塔"孤立无援。离弃女儿的母亲只有重新拥抱女儿才能得到精神与情感的慰藉,得到反叛的勇气。剧作演绎了一个母与女相互认同、彼此救赎的幕后剧。复归母爱的主题在激进的革命壮剧中被深情地呼唤。女作家的革命叙事借助永恒母爱这一"大母神"原型,演绎了现代政治革命的新场面,接续的是"五四"时代开辟的"文学母系"的文化线索。

然而,"母爱哲学"到了20年代末阶级斗争、国共矛盾尖锐斗争的年代,已经不符合阶级斗争学说和"普罗文学"的新要求了。因为赞美母亲就意味着追求自然与社会的和谐,也就是幻想人性的美善与阶级调和。只有宣扬不可调和的阶级对立和你死我活的斗争哲学,暴力革命才可望得到全面铺展。现代女作家对革命的狂热追随使她们很自然地受到这一斗争哲学的裹挟,她们的革命书写将妇女解放与国家民

---

① 白薇:《打出幽灵塔》,《白薇作品选》,湖南人民出版社,1985年,第331页。

族最高利益实现、与暴力革命的狂热斗争缝合在一起,而与"母爱哲学"渐行渐远。再则,由于战争升级,社会动员需要将占全国一半人口的妇女从家庭牵引到社会、战场,而几千年来被禁锢在父权制"幽灵塔"中的女性,恰逢"千年等一回"的投身国族大业的机遇,她们决不愿因生儿育女而捆缚了自己的手脚,错失千载难逢的良机。故而,这一时期女作家的文学书写充满了超越女性生命价值的国家民族与政治革命的烙印。

1926年,陈学昭发表于《新女性》的一篇文章《给男性》,曾引起读者对现代女子苦闷的同情。《新女性》杂志为此搞了一个征文活动,征文题目是"如何解除现代女子苦闷"。征文意见书中写道:

> 现代女子,都抱有攻究学问、改造社会的大愿望,但同时她们却不能不尽天赋的为妻为母的责任。然照现在实际社会的情形,这两种任务,常不免发生冲突,因此,每易使她们感到绝大的苦闷。究竟女子应该抛弃了为妻为母的责任而专心攻究学问,改造社会?还是不妨把学问和社会事业暂时置为缓图,而注重贤妻良母的责任?或者另有一种调和这冲突的方法?①

征文活动引起了较大反响,周作人、沈雁冰等都撰文反驳倡导贤妻良母主义的文章。陈学昭先后在《新女性》发表两篇文章《现代女子的苦闷问题》、《"现代女子的苦闷"的尾声》来阐释自己的意见。在后文中陈学昭果断地作出结论:妇女们应投身政治革命而拒绝做贤妻良母。②

上述观点在当时的女作家中颇具代表性。"怀孕的无比欢乐"③在

---

① 陈学昭:《现代女子的苦闷问题》,《海天寸心》,浙江人民出版社,1981年,第107页。
② 陈学昭:《"现代女子苦闷"的尾声》,《海天寸心》,第111~112页。
③ [法]埃莱娜·西苏:《美杜莎的笑声》,张京媛主编:《当代女性主义文学批评》,北京大学出版社,1992年,第207页。

扭曲的母神——现代女作家"拒绝母职"的革命书写探微

女作家的革命叙事中被夸大的咒语驱赶。怀孕和生育以及随后的养育是影响女性投入公共政治生活的极大障碍。在白朗的中篇小说《四年间》(1934)中,当女主人公戴珈("戴枷"的谐音,象征着生育的"枷锁"将女性锁定在家庭中——笔者)发现自己已有了两个月的身孕时,顿时感到"这消息好像一声霹雷把她的一切希望震破了。她哭了——绝望地哭了,一切从此完结,希望幻灭了,前途是无涯际的黑暗"。小说写的是戴珈四年间生下了三个女孩都病死了。羸弱的孩子的死,是在诉说生育是盲目的、毫无意义的,对女性是一种纯粹的损耗。当写到第二个孩子的死时,丈夫为了安慰又将失去孩子的妻子,对她说:"宝宝不好你别伤心,咱们是不需要孩子的,孩子会妨害我们光明的前途!她要真的死去,你便可以走到社会上去了……"丈夫进而告诉她,可以为她谋到一个教师的职位。这个消息让戴珈高兴,她喊道:"那么,快叫她死吧!带孩子的生活真腻死人!""她欣喜得几乎发狂了,她这时唯有希望孩子速死而完成她第二步希望,这并非她太残忍,也并非不爱她的孩子,实在是她爱希望更甚于爱孩子"!濒死的孩子与死神抗争的尖叫使戴珈烦躁,她让妈妈踢孩子几脚,好让孩子快点死掉。第二个孩子的死让家人和邻里都很难过,"然而戴珈却泰然处之,嘴角露着微笑"①。

这一令人毛骨悚然的"微笑",是否暗藏着母亲潜意识里"杀婴"的狂乱心理?这一"恐怖母神"形象映射出渴望走出家庭、摆脱母亲身份压抑的一代叛逆的革命女性自我的扭曲与变异。杨刚的短篇小说《肉刑》(1935),同样写的是革命女性怀孕与打胎的苦难。女主人公的内心世界千徊百转,愁肠寸断。她从怀上孩子就在内心深深地自责,因为怀孕影响了她和丈夫所从事的革命工作。

---

① 白朗:《四年间》,《白朗文集》(二),春风文艺出版社,1985年,第105、137、119、120、121页。

>自然我是个女人,我喜欢由我自己迸发出一条新生命,正如一切作家们创造他们的名世作品一样,不,更多,因为它将要作自然的执行者,也就是自然最高的形式——人!这小人以自己柔嫩的哭声,好奇的小眼和睡的微笑,向世界提出他那纯美有力的生存要求。在这要求之前,一切天上地下的强有力者,都应该俯首。……而我,被它称为母亲!这样的光荣和喜悦,谁有权利谁又有力量来拒绝?我没有,一切女人也都没有。①

当未来的母亲萌发了母性的本能,希望体验小生命来到世间时的欢欣,并对于自己要毁灭小生命的行为深深自责时,另一个声音,一个超越母性的革命的律令跳出来谴责她:

>由这样的转念所生的幻想,像毒针一样猛刺入我的脑中,痛苦和伤心夹攻我,觉悟在心底发出长睡初醒时的呻吟。……到了这时候,生命如何才适宜于存在,乃是全人类的问题了。而我还要以可笑的母爱来自己骗自己,来满足个人的自我张大狂!②

革命中的女性担心母亲身份使自我丧失,阻遏自己的政治生活,很多时候,妇女在决定是否要孩子时受到的压力不是来自个体,而是作为特定民族的成员与国族利益相冲突。女作家革命书写中大量堕胎、弃婴的意象,像一则阴郁的寓言,充满了对怀孕与生育的诅咒与拒绝的情绪。女性的解放与赋权竟然是以自我摧折、自我虐待、自我扭曲的方式来实施的,其怪异、变形与残酷可见一斑。

埃利希·迈伊曼在《大母神——原型分析》一书中指出了女神的

---

① 杨刚:《肉刑》,《杨刚文集》,上海人民出版社,1984年,第218页。
② 杨刚:《肉刑》,《杨刚文集》,第218~219页。

扭曲的母神——现代女作家"拒绝母职"的革命书写探微

两种特征,即女神的基本特征与变形特征:"一位女神,她可以是个善良的母神,基本特征占优势,也可以显露出恐怖母神的特点,具有变形特征优势。两种特征对于自我和意识的状况都是有意义的。"①"大母神"不仅给予生命,同时也给予死亡,"爱的撤回"就是"大母神"的"女性变型特征",即对于"大母神"基本特征生育和给予的变形,也是对女性身上所体现的保守性、稳定性、不变性的基本特征的变形。这个变形是追求独立自由的叛逆女性的另一形态——"恐怖母神"形态。它同样具有积极意义。这一分裂与变异借助时代语境与革命话语,在全面战争的险恶时期显露了它阴暗、狰狞的一面,但最终将达成分裂与回归的有益循环。

二、"干革命,做女人,和抚育孩子"

在中国现代文学史上的三四十年代,女作家的文学书写依然注重母性题材,但却表达了挣脱母亲身份这一与传统母性主题相悖逆的价值观。这一对母亲身份"剪不断,理还乱"的情结,表现的是干革命与尽母职的二项对立。革命在女作家的笔下特别地与女性身体,尤其是女性的母亲身份相对应。由于女性独特的生物特征与生命本体欲求,女性革命者的道路走得比男性更为艰难。在杨刚的小说《肉刑》中,当女主人公决定为了革命大业施行堕胎时,情节骤然向更残酷的事态发展。未来母亲的丈夫被捕入狱,为了不暴露怀孕妻子的地址而自杀狱中。女主人公被迫去到一个革命同志的家里实施打胎。当服下堕胎药后,她在失去丈夫和孩子的双重痛苦中处于极度晕厥迷幻状态……此时,敌人突然闯入将她抓捕。在监狱中,她看到一个已有六个月身

---

① [德]埃利希·迈伊曼著,李以洪译:《大母神——原型分析》,东方出版社,1998年,第37页。

孕的母亲因被用刑流了产,躺在监牢的地上无人照料,其状惨不忍睹。小说结尾是女革命者在狱中开始了流产的阵痛……

这是一幅革命女神的受难图,是革命女性血淋淋的献祭,是政治革命投在女性革命者身上的最浓重的阴影!阶级斗争竟然在女性身体上摆开如此惨烈的战场,如此残酷的杀戮。在女作家所绘制的革命图像中,阶级、民族的痛苦是通过女人身体的伤痕和屈辱来表达的。杨刚的这篇小说虽然叙说的是革命者在严酷的斗争环境中为了革命大业堕胎的故事,但小说中流淌着一股来自女性的涓涓情感细流。作者突出描写革命者怀孕时在打胎与生下孩子之间的心理矛盾与自我挣扎,流产时身体与心灵的痛楚,以此彰显革命女性的钢铁意志,以及为革命付出的血肉代价。葛琴的短篇小说《生命》(1940)描写抗日女革命者戚瑛独自一人从敌后来到城市里待产,整个生产过程充满了撕心裂肺的痛楚。这部小说的主旨不在描写革命女性临产的悲惨情景和生育的痛苦过程,而是象征性地写出了"在一场巨大灾难中民族新生的艰难,以及为迎接新生经受磨难的圣洁灵魂的坚韧"[①]。在这里,民族新生的过程是以女性身体的摧折、生育的痛苦来表征的。女作家的革命书写无意间步入了父权话语的窠臼,女性身体以及女性的生育行为被"物化"为国族及其象征物。

革命阵营中的女性需要的不是怀疑,甚至不是真理,而仅仅是信念和意志,以此来达成革命的彻底性。谢冰莹的短篇小说《抛弃》(1932),其题旨依然是革命与母职的冲突。一对革命夫妻若星与珊珊有了"别人所谓爱之结晶,他们视为障碍物的东西"——孩子。他们没有丝毫将要做父母的喜悦,打胎、流产都未奏效,不得已生下了女儿,在抚养还是抛弃孩子的问题上,夫妻两人发生了争执。丈夫要抛弃孩

[①] 乔以钢:《点出"中国的眼睛"——左翼女作家葛琴的文学实践》,《中国女性的文学世界》,湖北教育出版社,1993年,第323页。

扭曲的母神——现代女作家"拒绝母职"的革命书写探微

子,亲子本能使妻子反对丈夫的提议,最终丈夫说服了在革命事业与孩子之间犹豫的母亲①。

故事的结局是年轻的母亲任凭年轻的父亲将新生的婴儿抛弃,事后丈夫对妻子说:

> 因为经过这次大的痛苦,大的困难后,更明了自身的责任,女人不等到新社会产生时连孩子都不能生的!②

这对革命夫妻的冲突,实际上是亲子之情与政治信仰两种伦理的冲突,是母性伦理与父性伦理的冲突。前者是母性的本能,后者是超越这一自然本能的冷峻的理性。母亲的被说服可见出父性的革命伦理的雄辩性、合法性与统摄力。小说在叙事结构上设置了大段夫妻二人的对话与争执,这正是作者本人内心撕裂与冲突的形式化。那个革命父亲是预设在作者内心的宏大革命话语系统,而母亲则是作者亲子本能的情感映射。当然,无论叙事如何曲折,结局都是宿命的——放弃母职,为革命牺牲。

"干革命"与"做女人"、"抚育孩子"之间的矛盾和冲突,在草明的短篇小说《疯子同志·李慕梅》(1942年儿童节)中表现得更加深沉而惨烈。小说叙述者"我"与李慕梅被敌人关在同一个看守所里,这时李慕梅已经完全疯了。同伴们说,她刚刚打过胎还不到一个礼拜,他们夫妻和3岁的女儿就被抓到这里,很快,丈夫被解往南京。不久,女孩出了一场天花死掉了。在小女孩病重时,特务一天叫她去谈三次话。每次照例说:"都承认了吧,只要你把实话说出来,我就释放你,送你的小孩进医院。"李慕梅没有叛变革命,而代价是失去了女儿。女儿死后,她就完全疯了。她总是说一些不着边际而又充满玄机的疯话。她

---

① 谢冰莹:《抛弃》,《谢冰莹作品选》,湖南人民出版社,1985年,第545~546页。
② 谢冰莹:《抛弃》,《谢冰莹作品选》,第551页。

常对看守所所长说:"枪毙了我吧,这样我才对得起革命,对得起我的女孩子。"她甚至对为她打预防针的医生说:"种痘不出天花,革命不出母亲,是吗?"一次,在夜深人静时,她突然坐起来摇醒"我"说道:"革命里面有母亲的份么?……我算不算母亲?"小说结尾作者写道:

> 李慕梅的神经错乱的脑筋里,永远记得革命,女人,小孩三件事,是不是她曾经为了努力把这三件事联在一起因而得了疯病?——当时我年纪很轻,没有做母亲的经验,不明白她为什么死了一个小孩子就会发疯。现在,我对于"干革命,做女人,和抚育孩子"有了不同的理解了。①

这篇小说采取的是一种"故事外"的叙述视角,故事的叙述者"我"既参与了故事的情节又作为"旁观者"有了一个相对超越的叙事身份。李慕梅演绎的是一个母亲为革命而献祭而疯狂的故事,"我"则是一个观察者、思考者、倾听者的角色。从"我"的"有距离"的革命讲述,我们仿佛在宏大革命叙事的主旋律中,隐约听到女性的叙事声音——投身革命洪流的女性微弱的呢喃与呻吟、女人生命的折裂与挣扎的无助的哭泣。然而,这一声音最终被革命的宏大叙事所遮蔽,从而失音。母性的亲子本能无法在亲子与革命之间找到一个人性化的链接,"疯狂"恰是一个意味深长的意象——女性与自己生命本能的断裂以及这一断裂带来的精神分裂症。这是身份认同危机而产生的精神分裂,是传统的母亲身份与革命者身份难以自洽而在某些人格中造成的心理混乱现象。

女作家的革命生涯,大多都有干革命与做母亲的两难经历,也都有母子离别的真实的痛史。这些经历不仅在她们的叙事作品中而且

---

① 草明:《疯子同志》,《草明文集》,光明日报出版社,1992年,第360~362页。

扭曲的母神——现代女作家"拒绝母职"的革命书写探微

在自述性较强的散文中都有所表现。白朗散文《西行散记》中的《我踯躅在黑暗的僻巷里》与《到前线去》两篇作品,记述自己在同丈夫一起奔赴抗日前线与留在孩子身边的痛苦选择。在大后方重庆的白朗夫妇将随作家代表团奔赴抗日前线,想到要离开襁褓中的爱子,白朗游移不定,难舍的眼泪不停地流淌。她曾经夭折了四个孩子,所以对这个存活的孩子特别珍爱。她在心中默默思忖:"离弃了襁褓的婴儿是一种残忍的举动,施残忍于亲生孩子更是加倍的残忍。我想:离开了他,我会痛苦死的。"①

当白朗离别孩子的时候,她的心情是无限悲凉的:"我没有勇气去向我的孩子吻别,便匆忙地跑了出去。我的泪已经禁不住地流了出来。别了,我可爱的宝宝,我是用了多么锋利的刀才割断这难断的感情呵!"②文中反复出现的"光明的坦途"与"黑暗的僻巷"的修辞,带有鲜明的价值判断的意味。在这里,奔赴国难与留在家中尽母职已经不是情感的冲突,而是关乎道德善恶的价值判断:革命就是光明的生路,尽母职就如同陷入永劫不复的黑暗深渊。可见,国族主义—政治革命的意识形态强迫症使女作家的革命书写几乎没有在干革命与做母亲之间选择的余裕。这种在亲子与革命之间抉择的痛苦,在陈学昭、丁玲、草明等的作品中也屡屡出现。

从社会意义上来说,妊娠、生育、抚育不是一种无时间性、非历史性的女性经验,也不是纯粹的自然行为。反之,它取决于所处的社会情境。它可以是一种福祉、一种灾难、一种罪行或一种寻常事件。而在上述作品中,妊娠、生育与养育被笼罩在血腥与生死的黑暗世界,恰恰是女性在革命中所经历的最切肤的情感体验。女性革命者同自身生物性的搏斗与阶级斗争、民族解放斗争同样惨烈! 中国的政治革命

---

① 白朗:《到前线去》,《白朗文集》(第3、4卷),第106页。
② 白朗:《我踯躅在黑暗的僻巷里》,《白朗文集》,第109页。

在女性的身体内部开辟了一个战场,在这个战场上国族的利益与女性的生命欲求、革命的理性与母亲本能展开了搏斗,革命女性无法胜任这一战役,只得背对自己的生命本体价值——拒绝母职。

三、母职问题的女性主义思考

现代女作家的革命书写中对与女性本体生命价值相联系的生育与母职的拒斥,是现代女性乘革命之势,摆脱母亲身份,跃入社会大舞台,为自己的人生扩容的价值选择,也是她们在国族主义意识形态统摄下为革命付出的惨重代价,其中包含着现代女性在追求自由与解放的历程中自我的扭曲、分裂与变形。因为国族与革命动员常常酝酿自男人的而不是妇女的经验,为了国族动员与政治革命的人力资源开发,女性的生育、抚育从经济上来说是一种人力的浪费,女性的家庭亲情及对孩子的感情倾注也是对革命感情的"不纯"与"不忠"。国族与革命的话语中并没有一个关注女性生命需求的空间,也没有以女性为主体的女性生命意识的表达空间。女作家的革命书写在拒绝母职的主题开掘中亦展示了革命、母亲/孩子之间的难以兼及,以及二者的扞格与博弈,这个特殊的角落一旦被揭示出来,它的意义远超出文学。

有学者指出:"中国妇女,如同其他父权'第三世界'国家的妇女同胞一样,一而再、再而三地被要求为了更远大的民族主义与爱国主义牺牲、延宕她们的需求与权益……每当有政治危机时,她们就不再是女人……"[①]奔赴国族危难、投身革命的神圣律令,成为超越一切的价值选择,它凌驾于性爱、生育、母职等女性的生命需求之上,搁置了母亲身份、亲子之情等女性的生命伦理,表现了女作家革命书写的彻底性和激进性。正如西苏在《美杜莎的笑声》中所言:

---

① 转引自宋素凤:《多重主体策略的自我命名》,山东大学出版社,2002年,第197页。

扭曲的母神——现代女作家"拒绝母职"的革命书写探微

迄今为止,写作一直远比人们以为和承认的更为广泛而专制地被某种性欲和文化的(因而也是政治的、典型男性的)经济所控制。我认为这就是对妇女的压制延续不绝之所在,这压制再三重复,多多少少是有意识的,而且以一种可怕的方式。因为它往往是藏而不露的或者被虚构的神秘魅力所粉饰。①

西苏所说的"神秘魅力"在这里可以诠释为革命的神秘魅惑力和"解放"的巨大感召力。

有关母职与生育的问题一直以来就是女性主义理论探讨的重要话题。中国现代女作家的革命书写中对母职的拒绝与"第二波"女性主义的观念一脉相承。其核心争论中涉及女性身体的一个方面就是"母亲身份"。传统政治理论和某些影响极大的女性主义著述,如波伏娃的《第二性》、米利特的《性政治》、弗里丹的《女性的奥秘》等,都否定女性作为母亲角色的价值和女性的家庭价值,认为女性之所以成为"他者",成为"第二性"是由于"生育"和"母亲身份"对女性的限制,她们将女性在文学上与社会政治地位上的成功看做对女性特征的超越。如被誉为"女性主义理论《圣经》"的波伏娃的《第二性》,从物种的角度分析了生育对女性身体、心理的影响,认为正是物种的特性改变了习俗,造成了男尊女卑的社会现实。认为女性是最受物种奴役的性别,分娩的女人无法懂得创造的自豪,她们是模糊力量的玩物,而男性的优越地位是由于他们超越了这一生物性。女性因为生育失去外部世界,男性的优势恰恰在于女性失去的外部世界(公共领域)的超越性实践。波伏娃的解决方案是否定女性的生物性价值。首先,为了进入男

---

① [法]埃莱娜·西苏:《美杜莎的笑声》,张京媛主编:《当代女性主义文学批评》,北京大学出版社,1992年,第192页。

人的文化和理性的领域,女性必须超越自己的生物性,超越自己的身体;第二,女性在私人领域中的一贯角色,尤其是作为母亲的角色是她们获得独立的最大障碍。波伏娃的理论是建立在社会性别(gender)与自然性别(sex)、公共领域与私人领域、文化与自然的二元性基础之上的理论架构。这种将女性的苦难归罪于自身生物性之"大孽"的观点,是女性解放所步入的最具有悲剧性的误区与歧途,它引导女性憎恨自己,与自己的自然性为敌,发动她们的巨大力量与自己作对,与女性的常识作对。

当然,生育这一女性的自然属性在不同的女人身上呈现出不同的生命际遇,它与女性的所处的种族、阶级、阶层,以及生存的环境等方面密切相关。由于个人所处的环境不同,生育有可能是节日的庆典,也有可能是命运的诅咒。但问题不是出在女性的生育行为本身,而是生育的"观念",是父权文化带给生育观念形态的扭曲。"无罪的母亲"被这一生育观永恒地诅咒,这是父权制文化强加给女性的最深重的灾难。对于这个问题的文学表述,我们需要再一次"重返《生死场》"。

萧红的《生死场》充满了扑朔迷离的意义场,这部小说将创造生命的生育视为"刑罚的日子"。萧红这样描述女人生育的场面:

> 受罪的女人,身边若有洞,她将跳进去! 身边若有毒药,她将吞进去,她仇视着一切,窗台要被她踢翻。她愿意把自己的腿弄断,宛如进了蒸笼,全身将被热力所撕碎一般呀![1]

萧红将人的生育与动物的生育联系起来,五姑姑的姐姐生产之前,萧红刻意描写动物的生产:

> 房后草堆上,狗在那里生产。大狗四肢在颤动,全身抖

---

[1] 萧红:《生死场》,《萧红小说全集》(上),时代文艺出版社,1996年,第447页。

扭曲的母神——现代女作家"拒绝母职"的革命书写探微

撒着。经过一个长时间,小狗生出来。

> 暖和的季节,全村忙着生产。大猪带着成群的小猪喧喧的跑过,也有的母猪肚子那样大,走路时快要接触着地面,它多数的乳房有什么在充实起来。①

在写了金枝生产之后,马上写动物的交配:

> 牛或是马在不知觉中忙着栽培自己的痛苦。夜间乘凉的时候,可以听见马或是牛棚做出异样的声音来。牛也许是为了自己的妻子而角斗,从牛棚撞出来了。木杆被撞掉,狂张着……②

当麻面婆的婴儿诞生的时刻——

> 窗外墙根下,不知谁家的猪也正在生小猪。③

"在乡村,人和动物一起忙着生,忙着死……"。作者刻意将人的生育与动物的生育联系起来,在写女人生育的污秽场景之后,紧接着书写动物的交配与生育行为。生育是污秽的、剧痛的、丑陋的,也是盲目的、毫无价值的,女性选择生育,无论是出之于被动还是主动,无疑就是选择死亡。萧红的《生死场》触到了"死亡"这一生育的符咒。她笔下的女性由于生育而招致的灾难与死亡,并没有通过"新生"对"死亡"的超越而赢得女性生命的意义与尊严。萧红笔下女性生育的盲目性与动物性使生育永无超越的可能,永远沉沦在龌龊的、牲畜一般的污泥浊水之中。生育的女性的身体"变成供陈列的神秘怪异的病态或死

---

① 萧红:《生死场》,《萧红小说全集》(上),第446页。
② 同上,第449页。
③ 同上,第450页。

亡的陌生形象,这身体常常成了她的讨厌的同伴,成了她被压制的原因和场所"①。

一直以来,《生死场》令人费解的地方在于,作品用了整整六章的篇幅来写农村妇女的悲惨命运,尤其是着力写生育与死亡的场面,它与第七章开始的村民们的觉醒之间是什么关系?刘禾在《重返生死场:妇女与民族国家》一文中将此现象解释为二者之间的断裂。因为前六章是女性的世界,而后七章则是"从女性世界伸向男性世界,大量描述国家民族主义进入农民意识的过程;这些描述不仅把'男人'和'国家'紧密联系在一起,而且深刻揭示了民族主体根本上是一个男性的空间②。"需要指出的是,刘禾将女性的身体体验与男性的国族主义相对立的读解强化了作品意义的断裂,依然无法揭示萧红《生死场》的结构谜团,并且有将女性永久封闭在自然与动物属性的范畴,从而与文化和政治相隔绝的危险。笔者认为,萧红的《生死场》对于女性的生育持一种否定态度,而小说后半部村民们的觉醒则是肯定性的笔法。在褒贬抑扬中可见出,萧红同样没有逃脱国族主义政治革命的宏大叙事的桎梏,没有逃脱父权"厌女症"的话语窠臼。《生死场》张扬的依然是传统男权文化观念强加给女性的"生育厌恶"、"生育恐怖"——一种内在的女性卑贱观。

从女性主义政治文化批判的角度来看待拒绝母职的主题,我们有如下思考。首先,必须针对政治理论的公共领域与私人领域、文化与自然的二元构架本身提出疑问。政治哲学的二元论固有的内在本质是将男性认同于理性、秩序、文化和公共生活,而女性则与自然、身体、情感、欲望和私人生活密切相关。在这一政治文化的二元对立模式

---

① [法]埃莱娜·西苏:《美杜莎的笑声》,张京媛主编:《当代女性主义文学批评》,北京大学出版社,1992年,第193页。
② 刘禾:《重返生死场:妇女与民族国家》,李小江、朱虹、董秀玉等编:《性别与中国》,生活·读书·新知三联书店,1994年。

扭曲的母神——现代女作家"拒绝母职"的革命书写探微

中,与女性相联系的部分是被贬值的。传统的妇女解放的思路是,简单地否定私人领域的价值,将女性从她们生存的私人的、自然的领域中牵引出去,引入公共政治领域。女性渴望进入男性一统天下的公共领域,就要获得与男性一样的优势。革命高潮时期,国族动员的需要使女性有了进入公共领域的机会,这个机会是以放弃女性特质(情感、性爱、家庭、母职)作为入场券的。因为"生育不像愿意为国捐躯的行为那样重要,而为国捐躯是对男性公民资格传统的、终极的检验"[1]。在女作家的革命书写中,女性革命者形象是作为一种被剥离主观性别感受和性别需求的"去女性化"的形象而凸现的。国家民族主义政治革命计划中没有考虑到女性的生命权利,甚至有意遮蔽了这一权利,所以它是父权制的。

面对这一文学现象的反思,我们还需要从"差异政治"的角度来思考。即强化差异,将两性差异作为不可更改的既成事实,并在这一前提下强调两性价值的平等。卡罗尔·吉利根在其心理学理论与妇女发展研究的著作《不同的声音》中严肃地指出:"倘若从妇女的道德话语中得出发展标准,首先就有必要审查一下妇女在道德领域的建构是否借助了一种与男人不同的语言,以及在定义发展时它是否为一种同样有价值的东西。接下来就需要寻求妇女有权利进行选择,并因此愿意通过自己的声音来讲话的空间。"[2]需要建构一种包括女性生命需要的新的政治伦理,作为母亲的女性应该成为女性主义政治分析的出发点,以替代功利主义的政治伦理,打破公共领域与私人领域的价值区隔;赋予女性具备而男性缺乏的生理特征——生育以平等的政治意义;对于女性来说,加强对脆弱的、易受伤害的弱小者(孩子)的保护,

---

[1] [加]巴巴拉·阿内尔著,郭夏娟译:《政治学与女性主义》,东方出版社,2005年,第299页。

[2] [美]卡罗尔·吉利根著,肖巍译:《不同的声音》,中央编译出版社,1999年,第73页。

将肯定亲子母性的价值作为政治交流模式的基础,也是重构政治学的巨大潜力所在。

当然,对母职的拒绝不可能成为一个女性主义的政策,拒绝母职必然同时冷落和失落了许多关于女性生命本体的书写命题。性与母性是观照人类社会深层结构的最直接的窗口,也是探究人性、人的价值和命运的迷宫,它诱惑着、考验着作家的智慧。当今人类的大多数已看到在新生命降临人世时达到完满的可能性。孩子的降临人世,将使母亲进入一个非凡的人生经历。母亲身份使女性在专注、温柔、忘我之中的缓慢、艰难、快乐的尝试,甚至抚育孩子的漫长岁月的琐碎与日常性正是女性人格成长、人性丰满的途径之一。

新一代("第三波")女性主义者抗议对母亲身份的谴责,她们把母亲身份看做女性的一个强项而不是弱点;认为"母亲身份"作为女性的多重身份之一应该得到认同,女性写作应该致力"寻找我们母亲的花园"[①],即寻找女性文学自己的传统。埃莱娜·西苏倡导女性必须以不同的方式进行写作,遵循有别于男性的思维方式和写作规则。这样的写作与女性的性征密切相关,更与女性的母亲身份相关。她形象地将这种"母性的写作"比作"用白色的乳汁写作"[②]。第三波女性主义强调差异,强调女性诗学,如果真正地在承认两性差异的前提下寻求平等、寻求写作的空间和资源,就有可能打开整个知识领域的新视野。

---

① 美国黑人女作家艾丽丝·沃克曾用"寻找我们母亲的花园"来作为一篇随笔的篇名,这一比喻蕴含寻找女性文学传统的意蕴。
② [法]埃莱娜·西苏:《美杜莎的笑声》,张京媛主编:《当代女性主义文学批评》,北京大学出版社,1992年,第196页。

可贵的现场反思
——20世纪40年代初延安文学中的"革命婚恋"

李 振

20世纪20年代末出现于左翼文学阵营中的"革命加恋爱"创作模式,为革命的婚恋罩上了一个闪亮的光环。时至今日,我们在文学作品中还能见到"革命的爱情分外浪漫"这样的语句。然而,40年代初延安的实际恋爱状况却是耐人寻味的。据史料记载,1938年前后,延安革命队伍中的男女比例为30∶1;1941年前后为18∶1;到了1944年初,虽然男女比例失调的压力稍有缓解,但依然高达8∶1[①]。如此悬殊的两性比例,一方面给延安革命队伍中的人们解决婚恋问题造成了现实的困难,另一方面也因之而滋生了一些不太光彩的现象。值得一提的是,当时已有一批从事文化工作的先行者注意到并不浪漫的现实,在文学写作中融入了对"革命婚恋"的质询。

一、对"上层路线"的反思

1942年2月15日,延安美协在军人俱乐部举办讽刺画展,展出漫画家张谔、华君武、蔡若虹的七十余幅画作。由于参观画展的人数众多,遂将展览移至作家俱乐部和南门外,时间持续到2月21日。这些画作涉及延安生活中存在的种种不良现象,例如主观主义、教条主义、

---

① 参见朱鸿召:《延安文人》,广东人民出版社,2001年,第88页。

党八股、官僚作风、畸形婚恋观等。对此,漫画作者坦言:"我们已经看到了新社会的美丽和光明,但也看到部分的丑恶和黑暗,这些丑恶和黑暗是从旧的社会中,旧的思想意识中带过来的渣滓,它附着在新的社会上而且腐蚀着新的社会。"①其中,一幅题为"首长路线"的漫画颇引人注意。画中,两个女子在路上聊天,其中一个说:"哦!她,一个科长就嫁啦?"意在讽刺一些来到延安的年轻女性"谁的官大就嫁谁"的现象。在林默涵专为延安讽刺画展撰写的《讽刺要击中要害》②一文中,对华君武的"路线问题"表达了不同的看法。林默涵认为,所谓"上层路线"并非女青年爱攀高枝,而是"一些人利用了自己的某种方便来吸引女同志","这样的人才更加卑劣,更加值得讽刺"。

其实,"上层路线"并非华、林二人所说得那么绝对。所谓"上层路线",实际上更是一种个人需求与组织"包办"的对接。一个孤身前往革命圣地延安的女青年想嫁个好丈夫,寻个坚实的依靠本身无可厚非。在那个战火纷飞的年代,在物资匮乏的延安,作为女性理想的依靠,革命干部当然是首选,其次是知识分子。毕竟这些人在生活上受到一定的优待。而从组织的角度看,为那些出生入死、立下战功的将军、干部解决个人问题,也是顺理成章。事实上,在相当长的一段时间里,革命队伍里的婚姻往往受到组织的约束。比如当时军人、干部的结婚条件有"二五八团"和"三五八团"之说。二五八团,即年龄25周岁,军(干)龄8年,团职;三五八团,即男女双方有一方为团职以上干部,双方均为党员且党龄3年以上,双方年龄之和为50岁。当然,这些规定并没有形成严格的组织文件,各地、各部门可能自行拟定一些规则,在执行中也往往比较宽松。例如当时驻守米脂的八路军三五九旅就规定红军时期入伍的连以上干部、抗战时期入伍的团以上干部,

---

① 华君武、张谔、蔡若虹:《讽刺画展的"作家自白"》,《解放日报》1942年2月15日。
② 默涵:《讽刺要击中要害》,《解放日报》1942年2月25日。

可贵的现场反思——20世纪40年代初延安文学中的"革命婚恋"

凡是28岁以上的即可被批准结婚[①]。所以,"上层路线"的问题关键在于,个人或是组织以什么样的方式实现当事人需求的对接:是本着双方平等自愿的原则,还是强行指派甚至是逼婚。

在小说创作中,就"上层路线"进行反思的,首屈一指的当是马加的《间隔》[②]。这部作品中,与队伍走散的县救国会女干事杨芬,在山中碰到了带队与敌人遭遇的支队长。杨芬的出现让支队长又惊又喜,"他被她那红晕脸蛋出现的纯朴美丽所迷惑住了,惊战得不知所措"。然而,面对女人这样一种"稀缺资源",支队长的第一反应便是要将其像一个珍贵的物件那样收藏、占有:"他的两只小眼睛频频的闪着光,表示着无限的愉快,似乎他在打扫战场时意外地发现了希(稀)罕的胜利品"。支队长把杨芬带回了队伍的宿营地,"显示了露骨的亲密把她从马上抱下来,拍去了她身上的尘土",并大献殷勤地让特务员给她端去了洗脚水。在支队部里,小勤务员的眼神让杨芬感到不安和烦躁;原本坐在一旁的政治部主任也悄悄地溜走了;支队长否决了她离开队部的要求,坚持她留下来做文化娱乐工作,并以特定的话语表达了自己的意图,这一切都让她尴尬而愤怒。

杨芬的恋人周琳的到来似乎可以扭转局面,但是,他的猜疑打破了杨芬的希望。周琳的懦弱让她"绝望而又憎恨",他的痛苦同样刺痛着她的心。渐渐地,杨芬"带着一种恐惧的感觉来认出了自己的处境",她的周围全都是想使她陷入某种设计好的境遇中去的人——表面上大家对她都很好,但是没有人能了解她,仿佛都罩着"一层虚伪的薄膜"。终于,支队长道出了请求组织批准与杨芬结婚的想法,这让杨芬措手不及,哭叫着瘫倒在桌子上。这时候,支队长依然没有忘记他

[①] 参见朱鸿召:《1937—1947:延安日常生活中的历史》,广西师范大学出版社,2007年,第243页。

[②] 马加:《间隔》,《解放日报》1942年12月15、16日。

215

的教条:"第一点,你和我结婚你会进步,二点……"紧接着,参谋长和政治部主任找她谈话,给她东西吃,在政治上进行说服。但到最后,她还是拒绝了。她的拒绝让支队长把怨气全部撒到了周琳身上,以为这是他不能得到杨芬的障碍所在。实际上,杨芬一直不能接受支队长,"她不能像他的部下那么爱他,总觉得有些不顺眼",支队长的"直率,单纯,都只成为一种没有教养,连吃辣椒也使她不喜欢"。让她嫁给支队长,就如同"有谁在勉强她吃苍蝇一样的困难"。支队长步步紧逼,甚至拿出不能违抗组织的命令相要挟。他紧紧地捏住她的手,把她逼到了墙角边……小说结尾,杨芬终于逃离了队部,独自转到一条僻静的山沟里去。当她想起自然界的生命即将陷入冬天的残酷,想起已经离开的原来的恋人周琳,想起她初次被战争的空气卷进荒山的情景,不禁泪流满面。马加通过小说让我们看到了一个带着纯真的理想走向革命的弱女子,在战斗的危险与生活的苦难之外,仅仅因为生而为女,便要面对更多的心灵与身体的困扰。

小说中的两个男性形象形成了鲜明的对比,周琳单纯而懦弱,支队长阴险而粗暴。他们面对女性、婚恋自然也就形成了不同的态度。与周琳将杨芬视为精神上的伴侣、"有着共同的理想和目的"不同,小说中"胜利品"的比喻明确了支队长在肉身方面对杨芬强烈的占有欲。小勤务员的眼神、政治部主任和参谋长的说教,支队长的诱惑和强力,使杨芬陷入了一个仿佛被精心设计过的圈套,这让她感到了"一种人生的恐怖"。小说尤为可贵之处,便是将这些"利用自己方便"的人如何引诱、威胁女性与之结婚的手段展露无余。

从这些手段的实施逻辑看,首先是利用险恶环境的威慑力来实现个人的私欲。在战争环境下,无论怎样的理想追求与精神境界,生命的安危始终都是人们不能摆脱的顾虑,这一点对于一个涉世不深、初识战争残酷的女孩子来说影响尤为重大。所以,支队长遇到杨芬之后,一再强调离开队伍的危险:"现在敌情不明,你一个人走路会遇到

可贵的现场反思——20世纪40年代初延安文学中的"革命婚恋"

危险的","你和我们一块打游击,是没有危险的"。他做出侦察敌情的姿势,实则通过望远镜偷偷看着杨芬的脸。在杨芬到达游击队驻地再次要求离开时,支队长又装模作样地指着军用地图,谎称敌人从大王村插过来封锁了道路,示意她除了留在游击队别无出路。这样一来,杨芬不得不依然呆在支队长身边,为支队长实施下一步计划提供了条件。

在此基础上,支队长又展开了第二轮的攻势,以社会地位和物质满足加以诱惑。他根据女学生的普遍心理,提出让杨芬主持游击队的文化娱乐工作,甚至不去考虑她是否能够胜任:"效果不大好也没有关系,只是女同志……"接着支队长又把珍贵的派克钢笔摘下来插到她的身上,以示自己在物质上能够满足她的需求。另外,支队长安排自己的勤务兵给她打洗脚水,直接把铜盆端到她的面前;就连参谋长和政治部主任来找她谈话时也不忘先给她送东西吃,给她烟抽。令人尊敬的革命业绩和社会地位,相对优厚的生活条件,在行军时骑马、走路差距悬殊,物质资料又极端匮乏的延安,无疑成为一部分革命女性被诱惑、被征服的重要因素。做轻松而又高尚的文化娱乐工作,成为公家人、文化人,对于像杨芬这样参加革命的女学生来说,更是具有极大吸引力。就连原本颇具优势的竞争者周琳,面对这样的境况也一下子失去了信心,他知道这是他无法给予的:"剧团里的工作要比县救国会里好得多,受优待";而有勤务员、用派克钢笔以及一系列的现实利益,又足以让吃了生活的苦头的年轻女性心动。为此,丁玲曾在《三八节有感》中大发感慨:

她们被画家们讽刺:"一个科长也嫁了么?"诗人们也说:"延安只有骑马的首长,没有艺术家的首长,艺术家在延安是找不到漂亮的情人的。"①

虽然丁玲是在为延安女性所面临的婚姻困境抱不平,但不能忽略的是,当时确有一些女子在艰苦的生存环境下无法抵御物质的诱惑,为了吃上小灶,为了一月多出几块钱的津贴,"一个科长也嫁了";也确有人不能抗拒"官太太"的虚荣,不管土包子、洋包子都情愿接受,真正使其心动的在于对方是"骑马的首长"。

如果物质的吸引一时不能奏效,便会由"组织"出面"协调"。小说的这段描写是颇有趣味性的。在"组织"的谈话中,参谋长和政委全然不顾杨芬的个人意愿,谈话的中心无不围绕着促成支队长的婚事,其中不乏利诱和导引:"找一个老干部结婚,是顶吃得开的。"杨芬和支队长同样是革命队伍中的同志,为何"组织"谈话的立足点却是仅限于支队长?参谋长的职权范围原本在于军事工作,政治部主任则负责主持政治思想工作,而此时,对于支队长的婚事是如此地兴师动众,原本当是未婚男女之间你情我愿的事情,似乎变成了一项政治任务。这里与其说是表现了"组织"对该情况的重视,不如说是借助了"组织"对个体的威慑力、强制力。而且,从拿茶壶的小勤务员向支队长使的眼色,到政治部主任悄悄离开为支队长提供方便,再到剧团小鬼中途插话对周琳的挑衅、敲打以及最终参谋长公开的谈判,"组织"从杨芬一出现就开始悄悄地发挥着作用,织成了一张全面覆盖杨芬工作、生活、人际关系的网络,处处对其构成钳制。

根据1939年4月陕甘宁边区政府颁布的《陕甘宁边区婚姻条例》,遵循"民权主义之根本精神与陕甘宁边区之实际情况",男女婚姻须"照本人之自由意志为原则"。但在这篇小说里我们看到的是在现实的婚姻程序中,该条例却没有发挥作用。米利特在《性政治》中指

---

① 丁玲:《三八节有感》,《解放日报》1942年3月9日。

可贵的现场反思——20世纪40年代初延安文学中的"革命婚恋"

出,由来已久,两性之间呈现出一种支配与从属的权力关系,它以一种"内部殖民"的方式在两性体制中得以实现,"而且它往往比任何形式的种族隔离更为坚固,比阶级的壁垒更为严酷,更为普遍,当然也更为持久",从而成为人类文化中"最普遍的思想意识、最根本的权力概念"①。米利特更多地将视野置于文化和思想意识的范畴,这种支配与从属的关系在20世纪40年代的延安却曾在革命的名义下具体地落实到现实的组织工作当中。在这里,男性对女性的控制不再仅仅是文化或是意识当中具有弹性的软权力,而成为了与物质生活、社会地位特别是革命姿态、政治要求紧密关联的、具有强制执行能力的政治任务。在文化领域的"性政治"中,女性的"违规"所面临的主要是道德评判与舆论压力,而在组织参与的"性政治"中,个体对婚姻这种性支配的拒绝,意味着她将与组织为敌。当一个女性面对这般具有强制执行能力的局面时,除了表示驯服,便只有像小说中的杨芬那样选择逃离。

根据丁玲的回忆,《解放日报》文艺栏因发表这篇小说而受到了来自杨家岭的批评。报社因此作了检讨,在文艺整风中《间隔》更是在报社内部成了一个重要的靶子②。而且,李洁非、杨劼在《主题的变换与变迁》③一文中认为马加的《间隔》更接近黄克功案④的原型。该案件至少证明了这一类人物和故事在延安并非只见于小说。

由此可见,马加在这篇小说中对延安婚姻问题的反映以及对其中

---

① 参见[美]凯特·米利特著,宋文伟译:《性政治》,江苏人民出版社,2000年。
② 相关史料参见丁玲:《延安文艺座谈会的前前后后》,艾克恩编:《延安文艺回忆录》,中国社会科学出版社,1992年。
③ 李洁非、杨劼:《主题的变换与变迁》,《长城》2006年第1期。
④ 1937年8月,红军干部黄克功任抗日军政大学十五队队长(后为六大队队长)。同月,16岁的中学生刘茜奔赴延安,不久即进入抗日军政大学十五队(9月初转入陕北公学)。二人不久便确立了恋爱关系。但由于他们之间在生活、情调、年龄等方面差异太大,不久刘茜即不想继续。黄克功深感失望,写信责备刘茜,同时要求与之结婚。刘茜因黄克功过于纠缠未予答复,对此黄克功十分恼怒。1937年10月5日晚,黄克功找刘茜到延河边散步,再次逼婚遭到拒绝后,连开两枪致刘茜身亡。

卑劣手段的揭示是切近现实、言之有据的,而且,作者对这一问题的文学反思,显示了当时延安一批作家对女性处境和社会公正的关注。

二、革命理想与婚姻琐事

虽然对延安婚姻"上层路线"的批判以及一系列歌颂新政权在改变旧婚姻制度中的积极作为构成了延安文艺作品反映婚恋问题的主体部分,但是这些创作往往给人以主题先行、不食人间烟火的意味,缺少了生活中朴实、细腻甚至是琐碎的真实感。而葛陵的《结婚后》[①]则弥补了这方面的不足。它由婚后夫妇二人心理状态的变化以及生活琐事对其理想、追求的消解,展现了延安婚恋的另一真实侧面。

小说在一个固定的场景中展开:妻子马莉抱着正满月的孩子坐在床上跟前来祝贺的朋友们欢快地聊着天,丈夫杜廉守着砂锅在给大家准备午餐。从表面上看是一派欢快而祥和的景象,但是,在这对夫妇心中,却各自隐藏着一些与之并不怎么和谐的情绪。马莉一年前曾是一个对恋爱、结婚极端戒备和厌恶的人,如今虽然抱着孩子在朋友们面前显出一种幸福而满足的样子,但在交谈中却又流露出懊恼与矛盾:

> "所以,我劝你们不要着急。人总归要恋爱结婚的,匆忙决不会得到什么好结果。看看我们周围结过婚的人吧。比如苏和马;郭和王……有几个不是匆忙与不慎重害了的。"她叹了一口气,好像她也是被匆忙和不慎重的结婚所害了一样。

从小说中描述马莉曾在大学里读书并以善于弹奏钢琴而出名可

[①] 葛陵:《结婚后》,《解放日报》1942年3月3日、4日。

可贵的现场反思——20世纪40年代初延安文学中的"革命婚恋"

以断定,她是一个怀着激扬的革命理想离开大城市来到延安的女学生。但是,即使是一心革命,在延安也未必是最受欢迎的,正如丁玲在《三八节有感》中所说:"不结婚更有罪恶,她将更多的被作为制造谣言的对象,永远被污蔑。"所以,她也不得不面对那使之厌恶的婚姻。经过两个月的恋爱,她有幸嫁给了从事文艺工作的杜廉而不是被组织安排嫁给一个粗鲁的老干部。然而,这依然无法解除她对于婚姻的抵触情绪。婚姻琐事、生育,让她疲惫不堪,牵制了她的行动,一点点地消磨着她的革命理想与斗志,使她一再地向朋友们强调婚姻需要慎重,匆忙只能害了自己。小说中马莉的历程无疑是当时投奔延安的相当一批女学生命运的缩影。她们在婚姻与革命的夹缝中被揉搓、被挤压,承受着身为女性所独有的痛苦与折磨。同时,马莉的心中还藏匿着另一份酸楚——吃饭的时候她突然推说头疼就放下碗筷,是因为她难以忘记"曾经疯狂地爱着她,而实在并不太坏的男人"。虽然我们无从清楚地知道,究竟是否因为她离开城市到了延安抑或是其他什么原因,使得两人最终不能走到一起,但可以确定的是,它确确实实地成为马莉婚姻之中一个解不开的疙瘩或者是一道难以愈合的隐密的伤口。

而对于杜廉来说,原本并不可怕的婚姻也给他带来了出乎意料的烦恼。首先,他不得不去面对那些令他感到厌恶的马莉的朋友。听着她们在房间里高声地说话,杜廉对她们的夸夸其谈和懒惰不禁心生鄙夷;她们还不时地向炖着猪肉和白菜的砂锅投来贪婪的目光;在谈论孩子的时候,又不时地打击着他脆弱的自尊。这一切都使其产生了一种想把她们大骂一通然后赶出屋子的冲动。然而,这也只不过是内心的冲动罢了。虽然他与这些人原本并不相识,但是如今她们成了令他无法拒绝的客人。其次,婚姻牵绊着他的理想。杜廉擅长于文学,原本可以写出不错的诗和散文,并梦想有朝一日可以到战斗的最前线去写下振奋人心的文字。但是,一方面,"结婚后的生活是如何轻易而舒适呀","他几乎忘记了战争,忘记了一切,变成一个麻痹的好吃懒做的动物"，就连一篇"敌后方底军队与民众"的报告也是动手三个多月还未能完成；另一方面，"那对于青年夫妇不过是第六个脚趾的孩子"如同"阴雨天气底野菌一样轻易地生出来了"，他不得不放弃到前线去的强烈的渴望，"洗衣服，端着小锅到伙房做菜"。用他自己的话说："有什么办法呢。一个人有了孩子，嗳！"与马莉恰恰相反，原本并不惧怕婚姻的杜廉在婚后反而对婚姻多了一份恐惧和怨恨，当他的职业理想与革命追求被婚姻所阻隔，虽然他心里想不能因为孩子的将来就牺牲掉自己，但在现实中他依然难以作出决绝的选择。

小说结尾，杜廉对别人说："看吧，明年春夏都说不定。总之明年我是一定要出去的。"然而他几乎不可能到前线去了，因为他已经深陷在了婚姻的琐屑之中不能自拔。由此，小说在婚姻问题上为我们提供了另外一个视角，它不同于延安的文学创作中常见的那些仅着眼于婚姻给革命女性带来的困扰，而是以杜廉为样本，对男性给予了特别的观照，揭示了男性在面对婚姻、家庭、后代与革命的冲撞时所面临的同样使其无可奈何的困顿之境。

另外，有别于延安创作中常见的光明的结尾，葛陵对于婚姻与革命的冲突是悲观的。小说中，杜廉外出时遇到了相识不到一个月就忙着去结婚的吴联和齐锦。作者在此意欲向人们说明，这不但又将是一场使人苦恼的匆忙的婚姻，而且，这样的婚姻还将不断地出现，杜廉和马莉的苦恼难免在其中反复上演。

这篇小说虽然没有像马加的《间隔》那样引起强烈的反响，但是，同样透露出作者对作为人类社会常态的婚姻在特殊历史条件下产生的变异及其陷入的尴尬处境之关注。虽然小说中并没有对革命婚姻的种种问题拿出某种切实可行的解决方案，但是，对于一个作家来说，在历史现场中发现问题、提出问题的意义似乎更是其职责所在。

综上，当众多的人们还沉浸在革命圣地的光辉与革命婚姻的浪漫

可贵的现场反思——20世纪40年代初延安文学中的"革命婚恋"

中时,一批延安文学写作者已经凭借其敏锐的观察和独立思考,开始对其中存在的种种问题作出了反思。这些小说对婚恋中不平等、不自主现象的批判,对因婚姻带来的革命理想与生活琐屑冲突纠缠的展示,显露出作家们对现实问题的强烈关注和对生活的全面理解。而且,这些作家凭借其深入的观察和思考,能够置身其间又有所超越,从历史现场敏锐地发现问题、及时反思,并通过创作促使人们警醒。今天看来,这份"当局者"的冷静和清醒尤为可贵。

当代女性主义诗歌论

罗振亚

从生理特征上讲,女性感情的易动性、体验的内视性、情绪的内倾性、认知的形象性,使她们在诗创作方面有种先天的优势。可是遍检西方诗歌史,截至 20 世纪 60 年代美国的自白派诗群崛起之前,女性却始终缺席。至于中国的女性诗歌,虽源远流长,但也始终是一支涓涓细脉。漫漫三千年间只有蔡文姬、薛涛、李清照、秋瑾等少得可怜的几位女才子作为"补白"偶尔亮相;并且充溢诗中的"多是相思之情,离别之恨,遭弃之怨,寡居之悲以及风花雪月引出的种种思绪"[1],其诗歌发出的声音仍是男性"他者"话语的重复,性别意识一直被蒙蔽着。到了现代诗中,女性的觉醒获得了长足进步,陈衡哲、冰心、林徽因、陈敬容、郑敏等人,对女性主题的拓展扩大了女性诗歌的视野。然而它与浩荡的女性解放潮流仍不相称,其女性性别和书写意识还相当微弱。20 世纪 70 年代中后期的思想解放,唤来了女性诗歌的春天,舒婷、林子、傅天琳、王小妮等一大批崛起的诗人,在诗中张扬女性意识、呼唤女性自觉。她们那种群体精神与个体经验的融汇,从男权社会"离析"后的绮丽、温柔、婉约的力量,对美、艺术与优雅的张扬,都暗合了女性诗歌的情思与艺术走向;但这一切还只是女性主义诗歌的早期形态,

---

[1] 乔以钢:《低吟高歌——20 世纪中国女性文学论》,南开大学出版社,1998 年,第 9 页。

此时她们关心的是整体的"人"的理性觉醒和解放,代表的是一代人的觉悟,诗歌内质上仍受制于古典主义、理性主义的精神理想。直到1984年翟永明的组诗《女人》及序言《黑夜的意识》发表,才标志着具有鲜明的性别主体性的女性主义诗歌在中国正式诞生。此后,一股反抗男性话语、挖掘深层生命心理、具有先锋意识的女性诗歌创作潮流逐渐形成。

英国女权主义创始人弗吉尼亚·伍尔夫曾说,一个女人如果想写小说"要有一间自己的屋子"①,为自己构筑一个情感和灵魂的空间。其实写诗也是如此。中国新时期女性主义诗歌创作,走的正是这一出入于"自己的屋子"的创造路数。

解构传统的躯体诗学

"每个女人都面对自己的深渊——不断泯灭和不断认可的私人痛楚与经验"②,她首先是女人,然后才是诗人。翟永明这段话显示女性生命意识和女性主义诗歌已由"人"的自觉演进为女性的自觉。以此为开端,她相继写出诗作《静安庄》、《黑房间》。紧承其后,几乎在1984至1988年间,唐亚平推出黑色意象组诗《黑色沙漠》;孙桂贞更名为伊蕾,携组诗《情舞》和《独身女人的卧室》,惊世骇俗地挺进诗坛;陆忆敏、张真、海男也纷纷在诗中标举女性意识。这些诗人的渐次登场,以综合女性深层心理挖掘、女性角色极度强调与自我抚摸的自恋情结的躯体诗学,替代了舒婷一代的角色确证,以自我扩张和主动进攻的方式,确立了性爱、情欲的存在意义,支撑起足以与男性对抗的话语

---

① [英]弗吉尼亚·伍尔夫:《一间自己的屋子》,生活·读书·新知三联书店,1999年,第2页。
② 翟永明:《黑夜的意识》,见吴思敬编:《磁场与魔方》,北京师范大学出版社,1993年,第140页。

空间。

那么,女性主义诗歌如何建构躯体诗学?埃莱娜·西苏说:"妇女必须通过自己的身体来写作,只有这样,女性才能创造自己的领域"[①]。在人类社会里,传统女性包括身体在内的一切都由男性书写,其鲜活的人体也只是男性鲜花、饰物等象喻系统中的"物",是男性娱乐文化里的一个玩偶、一道风景。女性要改变被讲述的命运,却没有自己能够沿袭的形象和话语积淀,借用男性的"他者话语"作参照,又只能变相地钻入男性思想欲望的圈套;于是唯一有效的出路就是摆脱属于男性的传统、历史和社会经验的纠缠,回归躯体,将躯体作为写作资源。因为在男性文化统摄下,女性属于自己的只有身体,用躯体写作是突破传统躯体修辞的最佳角度;因为在"自己的屋子"里,女人的存在首先是身体的存在,逃离了他者的窥视,身体成为赖以确证自己存在和价值的尺度,成为灵感的来源所在。翟永明说"站在黑夜的盲目中心,我的诗将顺从我的意志去发掘在诞生前就潜伏在我身上的一切"[②],唐亚平在诗中呈现了女性的躯体体验,并使其成为压倒一切的情思意向。若说后朦胧诗歌主张"诗到语言为止",此时的女性主义诗歌则有一种"诗到女性为止"的倾向,它把世界缩小到女性的范围,把女性看做了诗歌生命的全部。

和女性躯体关系最密切的是什么?有许多。如梦、神话、飞翔、镜像、黑夜、死亡等,都是女性诗歌钟情的意象,但首当其冲的是黑夜,所以女性主义诗歌找到的第一个词语就是"黑夜"。翟永明的《女人》之后,其他诗人也都心有灵犀地操起"黑色"的图腾,释放女性生命的欲望和体验。黑夜直面着女性生命的本来状态,"我披散长发飞扬黑夜

[①] [法]埃莱娜·西苏:《美杜莎的笑声》,见张京媛主编:《当代女权主义文学批评》,北京大学出版社,1992年,第191页。

[②] 翟永明:《黑夜的意识》,见吴思敬编:《磁场与魔方》,北京师范大学出版社,1993年,第142页。

的征服欲望/我的欲望是无边无际的漆黑"(唐亚平《黑夜沙漠》);黑夜引得诗人心灵飞翔,"我是你的黑眼睛,你的黑头发……夜潮/来临,波中卷走了你,卷走一场想象"(沈睿《乌鸦的翅膀》);黑夜包容着复杂的想象和感受,"我插在你身上的玫瑰/可以是我的未来 可以是这个夜晚"(虹影《琴声》)……一般说来,诗人多瞩目太阳或月亮,为何女诗人偏偏钟情于黑夜,使其成为女性诗的共同隐喻?这要从诗人隐秘的心理深层去破译。翟永明以为"女性的真正力量就在于既对抗自身的命运的暴戾,又服从内心召唤的真实,并在充满矛盾的二者之间建立起黑夜意识……保持内心黑夜的真实是你对自己的清醒认识,而透过被本性所包容的痛苦启示去发掘黑夜的意识,才是对自身怯懦的真正的摧毁"[1],显然,黑夜意象兼具表现女性在男性话语下深渊式的生存境遇和在黑夜里摸索对抗的双重隐喻功能,象征着女性生命的最高真实。从审美眼光看,夜之"单一的深黑色可能会使人感到空间变得狭窄,而如果面对的是朦胧的黑色,由于看到的景物轮廓不分明,可能会产生空间扩大的感觉"[2]。从诗学渊源看,太阳之神阿波罗掌管的白昼是属于男性为主体的世界,而作为中心边缘的女性,只能把视觉退缩到和白昼相对的世界的另一半——黑夜。黑色本身极强的包容性和遮掩性,和女性子宫的躯体特征及怀孕、分娩、性事的躯体经验的天然契合,能使女性回复到敞开生命的本真状态中深挚地体味;黑夜作为难以言明和把握的混沌无语空间,涵纳着女性全部的欲望和情感,那种万物融于一体的近乎"道"的感觉境界特性,与女性敏感善悟、遇事常隐忍于心、心理坚韧深邃的个性有着内在的相通,容易激发女性的想象力,是女性填补历史的最佳想象通道;黑夜的黑色在色彩学上代

---

[1] 翟永明:《黑夜的意识》,见吴思敬编:《磁场与魔方》,北京师范大学出版社,1993年,第140~141页。
[2] 刘纳:《嬗变:辛亥革命时期至五四时期的中国文学》,中国社会科学出版社,1998年,第336页。

表色彩的终结,也意味着开始和诞生,黑色的夜则幽深神秘,宜于潜意识生长,它喻示着女性躯体的浮现与苏醒。鉴于上述原因,女性诗人们普遍滋长出自觉的黑夜意识,并在黑夜意识笼罩下展开了躯体叙述。

一是女性隐秘的生理与心理经验的呈现。女人的生命经验首先源于身体的认知,女诗人们正是通过身体的发现,如月经、怀孕、流产、生殖、哺乳等生理特征和变化感受以及对身心的影响,确立了自己与世界的联系。"我的乳汁丰醇,爱使我平静/犹如一种情愫阻在我胸口/像我怀抱中的婴儿"(林雪的《空心》),诗宣显着人类崇高的母爱体验,体现了从女儿性到母性心理成熟的平静和自豪。成熟女性都恐惧青春消逝,有种自恋倾向,从身体提取写作资源的视角更强化了这一特点。伊蕾在《独身女人的卧室》里注视自己,孤芳自赏味十足。翟永明很多诗也都以躯体讲述作写作支点,是女性之躯的历险,并且都围绕女性身体的某一生命阶段展开。《女人》初现女性种种躯体姿态;《静安庄》书写女人个体的身体史;长诗《死亡的图案》表现母女深爱又互戕,写母亲临终前七天七夜里的煎熬、残忍和女儿为之送终过程的感受。女性诗人凭借自身隐秘的生理心理经验的优势,将以往对母爱的神圣描述进行了去蔽化处理,让人感到"它既是伟大崇高令人肃然起敬的,又是愚昧、非人性丧失自我的"[1]。翟永明的《母亲》的反母性视角就使母亲形象带上了平庸渺小、限制人拖累人的沉重阴影。

二是性欲望、性行为的袒露。作为"水做的骨肉",女性主义诗人都为爱而存在,将爱视为宗教。只是她们不再像舒婷、申爱萍等人那样含蓄典雅、欲说还休,或则带灵肉分离的柏拉图色彩;而以女性生命之门的洞开,具现女性的精神欲望乃至隐秘飘忽的性体验、性行为。伊蕾的《独身女人的卧室》在幽暗、躁动、神秘而有诱惑力的空间里,反

---

[1] 禹燕:《女性人类学》,东方出版社,1988年,第50页。

复呼唤"你不来与我同居",希望有强有力的男性征服以印证自己的女性本质,其对爱近乎疯狂的传达,把"坏女人"的渴望激发得亢奋而饱满,撕毁了礼教和道德虚伪的面具。和伊蕾的受虐心理相对,唐亚平有施虐倾向。《黑色沙漠》组诗中沼泽、洞穴、睡裙等意象的大量铺展,在寄寓忧郁痛苦的宿命时也隐喻着女性器官,流露出女性身体的内在神秘,"是谁伸出手来","在女人乳房烙下烧焦的指纹/在女人洞穴里浇铸钟乳石"(《黑色洞穴》)。诗已成为性动作、性行为的隐曲展现。张烨的《暗伤》完全是性爱过程和感觉的陶醉。强烈的美感都是肉感的,没有情欲与性欲吸引互补的爱情只能是虚幻的,女性意识的自觉就包括对情欲与性欲的重新认识。女性主义诗人关于性的尽情挥洒,在一定程度上动摇了禁欲主义观念,对每个人的艺术和道德良知都构成了一种严肃的拷问。

　　三是死亡意识的挥发。反省死亡的宿命是一切诗人的共同主题,对于感觉细微的女性而言,死亡更是她们生命中挥之不去的情结。她们对死亡的体悟似乎比男性更彻底,对和死亡相关的危机氛围更敏感。对命运的敏锐预感和连续三年居住病房的经历,使翟永明总感到死亡的阴影在悄悄临近,"听见双星鱼的嗥叫/又听见敏感的夜抖动不已/极小的草垛散布肃穆感/脆弱唯一的云像孤独的野兽,蹑脚走来"(《静安庄》)。乡村平常的物象和夜晚,在诗人的眼睛和心里却神秘而恐怖,仿佛随时会有意外发生。在陆忆敏那里,死亡意识似乎与生俱来。死亡一会儿成了装着各种汗液的小井,一会儿又变为难以逃避的终极,"翻到死亡这一页/我们剪贴这个词,刺绣这个字眼/拆开它的九个笔画又装上"(《美国妇女杂志》)。但好在不论是心怀恐惧还是意欲征服,不论是视为本能享受还是希求拯救方式,哪种死亡观都和悲观厌世无缘,都指向着生命的自觉和生命意义的探求。如伊蕾的死亡意识常包孕着破旧立新的精神意向,由死亡意识这"个人的隐秘世界出发,探讨了当代女性所面对的种种危机和困惑,思考了生命的本质问题"[①],其《黄果树瀑布》中死亡的同义词是永生和再生,它使生命获得了形而上的意义。唐亚平的《黑色石头》中虽有面对死亡的千古浩叹,但是死亡是对人类精神故乡"返航"的彻悟,却赋予了诗作宗教式的无悲无喜的平静豁达、超脱坦然。

女性躯体诗学的生命体验呼吁相应的文学文体和话语方式来承载。鉴于中国女性话语意识到新时期才获得实质性觉醒,此前始终无自己语言历史的现状,为解构菲勒斯中心主义文化,女性诗人们不约而同地向美国诗歌寻找艺术援助,启用"偏执"自白的话语方式。因为在自白派中,罗伯特·洛威尔、西尔维娅·普拉斯和安妮·塞尔斯顿等,都以自白式表述作为书写风格和抒情方式。这种内心独白、神秘的女性自传现象适合于女性的天性,和中国女性诗人躯体、生命深处的黑色情绪存在着天然的契合,所以被中国女性诗歌所采用。许多作品干脆以《独白》、《自白》为题,以实现对自身经验和外在世界的再度命名。或者说,女性主义诗歌的言说对象是缩写的躯体秘密和内心真实,诗人把它们从灵魂里径直倾泻出来,最接近生命的本真状态,倾诉和独白就足以撑起诗人和世界的基本关系。

这些自白诗的特点,一是第一人称使用频率极高,"我"始终像一块居于中心的磁石,将周围的世界吸纳、浑融一处,形成穿透力强烈的叙述气势和语气。"我只为了你/以最仇恨的柔情蜜意贯注你全身/从脚至顶,我有我的方式"(翟永明《独白》);"我禁忌什么我自己也不知道/我无视一切/却无力推开压顶而来的天空/这一天我中了巫术"(伊蕾《情舞》);"我不在你啜泣的风衣中死去/我不在你碎语的阴影中死去"(海男《女人》)……冷静犀利的翟永明,报复情结浓郁的伊蕾,书写个人咒语般的海男,都是"我"字当先,呼之欲出的激情烧灼使她们抛

[①] 张颐武:《伊蕾:诗的蜕变》,《诗刊》1989年第3期。

开象征话语,一律启用直指式的"我"字结构,一连串决绝强烈的表白和倾诉,有一气呵成的情绪动势和情思冲击力。二是以自白和诉说作基本语调,使诗从过去的歌吟走向自言自语,结构日趋意绪化、弥散化。受普拉斯的非规范的个人化语法影响,中国女诗人滋长了一种毁坏欲和创造欲,伊蕾说崇拜语言又不得不打掉对语言的敬畏而去破坏语言,海男希望到一片可以使用女人语法、不用考虑规范的没有语言的地方去。"年迈的妇女/翻动痛苦的鱼/每个角落,人头骷髅/装满尘土,脸上露出干燥的微笑,晃动的黑影"(翟永明《静安庄》),人头骷髅上竟露出干燥的微笑,荒诞离奇;但将主客观世界沟通的幻觉,却使平淡静态的现象世界里容纳了心智的颤动,印象强烈,是典型的个人化语法的拆解、破坏体现。三是注意自白和叙述、议论、抒情手段的配合,克服仅为表达痛快而忽视语言优美的弊端。一味直抒胸臆或用意象抒情,都容易失之肤浅和苍白,深解此中三昧的诗人们因之而变得节制,即便直面灼热的生命内蕴也会以理性驾驭,"谨慎的疯狂"。陆忆敏诗里少有撕心裂肺、呼天抢地的景象,《我在街上轻声叫嚷出一个诗句》内向、节制、抑扬有度,让情感在混乱得难以自拔的情境下仍有殊于他人的"文明"色彩;连十二首涉足死亡的"夏日伤逝"也平静得出奇。伊蕾也动用自白派诗的语言形式,但由叙事然后转入议论和抒情是其自白诗的一大特色。《独身女人的卧室》每段结尾的"你不来与我同居",就兼具巴赫金的对话理论的妙处。女性主义诗歌的自白话语,孕育了一批好文本,但无限制的运用也使其陷入了误区。一方面,过于排斥外在世界和社会题材,在反抗男性主权话语的过程中不时显露出失常、失控和近乎疯狂之态,许多内向的挖掘常滑向单调贫乏、歇斯底里和矫揉造作。另一方面,过分抬高自白话语,也让人常误以为诗不是"经过技术的磨练而获得的艺术,而被兴奋地视为女性自身的一种潜在的天性"①,从而使诗失却了西方自白诗对日常经验的体认和捕捉后的分析、评论品质,排除了技术因素,降低了写作难度。

总之,20世纪80年代的女性躯体诗学以男性话语霸权的解构和女性自白话语方式的建构,改变了诗歌领域女性被书写的命运。它拓宽了内宇宙和人性蕴涵的疆域,实现了女性文学的真正革命。它扩大了女性解放的内涵,使诗人们把目光收束到女性世界自身,在狭窄却幽深的天地里尽情经营,感觉是女性的,思维是女性的,话语是女性的,使诗歌从思想到载体都烙上了女性主义色彩。这不仅使诗歌样态更加繁复,也以躯体符号为女性主义诗歌找到了自由恰适的精神栖息空间——"自己的屋子"。当然,女性躯体诗学的高度个人化和私语化,不乏片面的偏执的深刻,也减弱了共感效应。另外,过度地制造性别的人为显示,也会陷入自我把玩、孤芳自赏的泥淖,甚至变男尊女卑为女尊卑男的挑逗,以至最终呈现了运作的技巧,却失去了写作的诗意。

激情与技术共生的写作

在诗歌写作越来越边缘化的80年代后,女性主义诗歌却相对平静,不但翟永明、伊蕾、唐亚平、王小妮、张烨等"老"诗人锐利不减,唐丹鸿、李轻松、鲁西西、周瓒、安琪等"新"诗人更源源不断;而且置身于物质欲望的潮流里,诗人们能拒绝其精神掠夺,超然宁静,在寂寞中致力于日常生活的提升,以精神创造的反消费力量为诗"招魂"。更可贵的是,出于对男权话语和西方女权主义话语的双重反拨,出于对自身以往缺陷的矫正,女性主义诗歌在"语言论转向"的全球化语境影响下,作了诗学策略的相应调整。法国女性主义理论家朱利亚·克里斯

---

① 臧棣:《自白的误区》,《诗探索》1995年第3期。

蒂娃在《妇女的时间》一书中说,女性的写作要经历三个阶段,即对男性词语世界的认同——对男性词语世界的反叛,即二元对立式的词语立场——回到词语本身,直面词语世界。我以为,在新时期女性诗歌视野里,如果说舒婷一代和翟永明、伊蕾、唐亚平一代分别完成了女性写作觉醒、确认的前两个阶段;那么 90 年代后女性主义诗歌则进入了回归词语本身、直面词语世界的语言写作时期,在 80 年代关注"说什么"的基础上,又开始关注"怎么说"的技术问题。或者说,已进入激情和技术对接、混凝的时期,明显表现出新的审美指向与形态。

一是淡化了性别意识。性别意识确立、女性身体的开掘,使女性主义诗歌获得了成功;但对它的过度张扬则使女性主义诗歌破绽百出。"当西方的女权主运动者唾弃一切传统留给妇女的权益,要求受到男子一样的社交待遇时,中国的一些女性反抗却表现在请将我当一个女性来对待"[①],这种总想到性别的写作是低级的。因为真正的女性诗歌要通过文本接近成功的境界,而不能借助和男性文化对抗的性别姿态;成熟的女性主义诗歌应有角色意识又能超越角色意识,打破性别界限,着眼于女性,和全人类讲话,接通女性视角和人类的普泛精神意识。明了这一道理后,女性诗人们在 90 年代后除少数个体仍承继翟永明、唐亚平们开辟的路子,对女性内在的神秘感受、体验、冥想进行言说外,大部分诗人都淡化了自赏、自恋和自炫意识,积极缓解性别对抗,不仅言说女性,还向女性之外的人群、女性问题之外的人类命运与历史文化,作更博大的超性言说,而且别有洞天。在这一向度上,非但王小妮、虹影、张真等自觉转向了宽大的人文视野,如"现在我想飞着走/我想象我的脚/快得无影无踪"(王小妮《活着·台风》),那对于诗意的不可落实的存在幻想,是人类不满庸俗尘世生活、渴望永恒超越的心理外化;翟永明的《壁虎和我》中悲悯壁虎的经验,不再为女性

---

① 郑敏:《诗歌与哲学是近邻》,北京大学出版社,1999 年,第 395 页。

所独有,而成为笼罩全人类的伟大情怀,上升到命运沉痛思索的高度。就是新崛起的诗人也纷纷瞩目重大书写领域,创造超性别文本。如周瓒的《窗外》是知识的底色和轻灵的感受并驾齐驱,虽然思维、语感和表达方式依旧是女性的,但节制内敛,处处闪现着智慧的辉光,本色的语言流动里寄寓的思考已攀缘到了完全可以和男性比肩的感知高度。性别意识淡化后,女性诗人以少有的冷静与睿智,通过直觉力的介入和对感受深度的强调,打破了那种理性、知识、抽象等存在常和男性必然联系、而和女性互相背离的迷信,从人性的观照中发现思想的洞见,超越片断的感悟、灵性和小聪明,抓住、抵达事物的本质属性,介入了澄明的哲理境界。"在春天的背面/有些事物简明易懂/类若时间之外的钟/肉体之上的生命/或是你初恋时的第一滴泪/需要谁的手歌唱它们 并把它们叫醒"(陈会玲《有些事物简明易懂》),对生命的思考已进入人类的生存和灵魂深处,说明人类的最高言说都存在于肉体之外。沙光的《灰色副歌》对人类处境的鸟瞰不再依赖性别角色,大地表象后短暂、破碎、不定因素的幽暗本质发现,和吁求拯救的灵魂承担,已有受难的基督徒的苦苦挣扎和上升的神性闪现。王小妮的《不要帮我,让我自己乱》中无可奈何的"烦"心理,也契合了现代人渗透骨髓的空虚和绝望心理,以及都市化压迫、异化、隔绝人类的残酷本质。

二是向日常化与传统的"深入"。80年代一些女性诗人的特立独行、嫉愤孤傲,和包括诗人在内的广大女性群体相比,不无贵族化的落寞寡合之感;女性主义诗歌也因过分瞩目思想感觉的敏感地带,无法涵盖女性生理、心理和社会属性的全部特征,视野狭窄。90年代后,诗人们意识到自己决非女神、圣女式的超人,和其他女性相比没什么优越感、神圣感;更年轻的诗人干脆不把自己当诗人,认为写诗和吃饭、睡觉、性爱、吃零食等事端一样,都是一种生存方式和自娱行为。这种对尘世的认同,使她们将目光下移,向自己屋外的世俗现实人生、生活场景俯就,写生存的境遇和感受,注意使经验日常化。例如,此间的王小妮把自己界定为家庭主妇和木匠一样的制作者,认为"诗写在纸上,誊写清楚了,诗人就消失,回到他的日常生活之中去"①,协调了诗与日常生活的关系,置身于琐屑里却能固守一颗诗心,"一日三餐/理着温顺的菜心/我的手/漂浮在半透明的白瓷盆里",完全是一个家庭主妇的口吻叙述,细碎而充实;并且还"不为了什么/只是活着"(《活着》)。诗作对凡人俗事、卑微生活细节的抚摸,已由恬淡平静的顿悟取代了诗人早期诗中的纯真清新之气,蛰伏着"纸里包不住"的理想之火。翟永明也开始从日常经验中提取需要的成分,《小酒馆的现场主题》透过酒馆的灯红酒绿、五光十色,发现的是都市现代人精神的贫乏、无聊、虚夸和在困境中的无望努力。特别是进入新世纪后,深入底层和平民的打工诗歌、乡土诗歌那种对普通生活、心灵细节的具象抚摸和深挚的人道情怀,更表现出一种令人欣喜的伦理承担。如郑小琼的《表达》写道:"多少铁片制品是留下多少指纹/多少时光在沙沙的消失中/她抬头看见,自己数年的岁月/与一场爱情,已经让那些忙碌的包装工……塞上一辆远行的货柜车里"。诗介入了时代良心,显示出对人类遭遇的关怀和命运担待。这就是女工青春的现实,寂寞与忙碌是生活的二重奏,爱情、青春只能在机器流水线上被吞噬。钢铁与肉体两个异质意象并置,赋予了诗一种情绪张力,底层的苦楚与艰辛不宣自明。女性主义诗歌向现实的"深入",还包括对过去的现实即传统题材和精神向度的回归。若说翟永明写赵飞燕、虞姬和杨玉环的《时间美人之歌》,写黄道婆、花木兰和苏慧的《编织行为之歌》,写孟姜女、白素贞和祝英台的《三美人之歌》,分别取材于中国戏曲、小说、民间传说,它们和张烨的《长恨歌》、唐亚平的《美女西施》等一道,在选材上有传统音响的隐约回应,偏重于古典素材、语汇和意象的现代意识烛照与

---

① 王小妮:《木匠致铁匠》,见现代汉诗百年演变课题组编:《现代汉诗:反思与求索》,作家出版社,1998年,第361页。

翻新,那么燕窝的《关雎》、安琪的《灯人》等则侧重于传统人文精神和情调的转化和重铸。如"灯火国度里被我们男子带走的/我饲养过的马匹和蚕/还好吧/一个人打秋千时//幸福的花裙子/飘到天上"(《关雎》),这是燕窝"恋爱中的诗经",含蓄精美;《灯人》让人读着仿佛走进了潇湘馆,女诗人心怀高洁又满腹心事的纤弱,犹似林黛玉再现。蓝蓝的《在我的村庄》那清幽质朴的感恩情怀,香色俱佳的宁静画意,浸满人间烟火又脱尽人间烟火的天籁生气,凝结温暖和忧伤的意境,又似陶渊明再生。

三是进入了"技术性的写作"。90年代后,诗人们发现了以往抒情那种只考虑生命自白式奔涌、不顾及技法的缺失,并借助张曙光、孙文波等男性诗人的叙事性手段和空前提高的语言意识,既考虑那些体内燃烧的、呼之欲出的词语本身,又考虑怎样把它们遵循美的标准进行贴切安置组合的技巧问题;从而转向了"技术性的写作",并在一定程度上使技艺晋升为左右写作的主要力量。这种技术至少包括两方面,首先表现为内省式叙述。如在绝望矛盾的80年代认同普拉斯的翟永明,到写作《死亡的图案》、《咖啡馆之歌》时就逐渐完成了语言的转换,以细微而平淡的叙述替代受普拉斯影响的自白语调,即便使用自白语式也加大了抒情态度的客观性。也就是说,为消解、对抗激情的弊端,很多诗人将日常叙述作为改变诗和世界关系的手段,以口语化的词语本身和叙述联姻介入生活细节,去恢复、敞开、凸显对象的面目,敲击存在的骨髓,这一方面增强了诗歌对生活细致入微的观察、分析成分和处理复杂事物的能力,一方面使日常生活场景大面积地在诗中生长。如翟永明借助《壁虎和我》两个生物的互视,写心灵和文化的隔膜,写在异邦的寂寞孤独,诗已由内心的剖述转为一种对话性的戏剧展开。丁丽英将观察由诗歌方法晋升为认知态度,《一天早晨》是对有限性的体认,但它自我思想的抒发已让位于精到的观察和细节的描绘,自我思想完全被对象化了。虹影试图将外部的某些片段、场景和内在的情感、体悟融合,锻造既有外部世界质感又涵纳精神世界的意象诗,"婚礼正在进行。电视等着转播它的结尾/新娘走了过来/她头顶一罐酒/人们逃走,比水银还快/胜利者从桌下爬了出来,独自关上厚重的铁门"(《老窖酒》),把局外的胜利者预谋破坏婚礼又不出面的形象闹剧,写得极具吸引力,画面后的旨意也颇费思索。其次表现为语言的明澈化。诗人们感到诗的使命就是对"在"的显现,让语言顺利地出场;并在实践中努力实现语言和诗人的生存、心理状态的同质同构,实现语言的明朗化、澄澈化。如"推开东窗西窗/我把纤丽光洁的地板拖了十次/任敲门声不迟不早不偏不倚地滑进"(叶玉琳《子夜你来看我》),它朴素真诚地揭示对情人的诚挚,既把女性的尊严与细腻表露无遗,又有新奇的流动感,读着它仿佛能听到诗人微微的喘息心跳和灵魂的神秘震颤。海男的诗集《虚构的玫瑰》语言也一改佶屈聱牙的晦涩,语句趋于连续澄明,生命本色的激动渐渐退去,理智和语言技艺的贯通,具体可感,优美耐读。翟永明则大量运用成语、引用或化用古诗名句,如《脸谱生涯》中的"穿云裂帛的一声长啸——做尽喜怒哀乐","穿云裂帛"和"喜怒哀乐"放在此语境里乃是贴切至极。需要说明的是女性主义诗歌这种转型和韩东、于坚等第三代诗的日常生活处理不同。抛却它消除80年代诗到语言为止实验的激进色彩、进入历尽沧桑后的超脱平静不说,仅是其寻找既和生活发生摩擦又符合现代人境遇的表现方法,就和第三代诗无谓的平民化展示在取向上截然不同;那种更多着眼于生活中高尚、普遍、永恒事物的视点,也和第三代诗的丑的展览、死亡表演有本质区别;至于它接近诗歌的方式,与第三代诗的自我包装、商业炒作气息就更是不可同日而语了。

走出"屋子"的得与失

对女性主义诗歌从80年代走进"屋子"到90年代后走出"屋子"

的两极精神互动,人们评价不一;有人攻击它是对男权文化的投降,有人盛赞它是向成熟境界的趋赴。笔者以为对此应该辨证地加以认识。

必须承认,90年代后女性主义诗歌的自审、调整是必要、必须的,它兼顾人文性别立场与艺术诗性价值,以人的本质生存处境和诗歌规律技巧的双重关注及综合,结束了80年代激情喷涌的单向追索的贫乏历史,渐入成熟。首先,其性别意识淡化后的理性意识苏醒,是对人类文化双性关系的改写,它在显示女性意识艰难嬗变的螺旋式上升轨迹同时,使诗人们得以突破二元对立坐标,摆脱性别限制,在更阔大的视界里从容地去拥抱社会,思考人类命运;并因人类的永恒性关系的建立而强化了诗歌厚重深刻的生命,告别了躯体写作中的急躁、焦虑和轻浮色彩;并且,其性别意识的淡化使两性的对抗走向了两性对话,使两性和谐的性别诗学建构具有了某种可能。其次,女性主义诗歌经验向日常化和传统的深入,是一种新气象的拓展;它来自日常境遇并充满焦虑的指向,真实折射了现代人的生命和生活本质,在加强诗歌介入现实、叙述生活的适应能力和幅面的同时,使诗人对感觉经验的驾驭变得异常自由;原来被人忽视、遗忘的日常细节和经验,被起用为诗人和时代、人性对话的载体,使诗与存在、日常生活统一,增添了现实精神的活力,超越了以往那些大声疾呼的回归现实的诗歌。再次,女性主义诗歌叙述选择的戏剧感和现场感,使诗性从想象界转为真实界,直面人类生命生活的真本存在;叙述性的口语言说,为诗歌创作提供了观察生活和自我的新视角;深化女性自身的语言探索,回击了女性在商业社会中的身份消费化倾向,使诗歌从沉溺的感情世界走向现代理性观察有了可能。另外,由于诗人们注意了对技术因素和情思蕴涵协调的强调,注意平静沉潜的技术打造,就将女性主义诗歌从80年代的破坏季节带入了90年代后的建设季节,使诗艺水准大幅度上升,同时保证了诗人风格的多元和繁复。那里有虹影式的敏锐而充满激情的超现实营造,有赵丽华式的来自日常生活的通彻表述,有周瓒式的依靠知识积累所获得的智性追踪,有安琪式的借助语言策略对现实、经验和历史的重构等,这样就建立起了90年代后女性主义诗歌的个人化奇观。

　　女性主义诗歌走出"屋子"选择的弊端也不容忽视。立足性别又超越性别,是女性主义诗歌自我拯救的不二法门,但女性主义诗歌也因之付出了感召力减弱的相应代价,不少诗人放弃女性立场后仅仅蜷缩在男权话语的大树下分一块阴凉,放弃了对男权话语再次覆盖的警惕和反对。而在日常化的深入过程中,一些诗人过度倚重形而下的"此在"世界,淡化了对蕴含着更高境界的"彼在"的关注。因为表现的生活人们过于熟悉,无疑加大了写作难度,使表现存在的深度、走向大气的理想实现起来更加不容易。事实上,90年代后女性主义诗界也的确貌似热闹实为无序,诗人们普遍缺少博大的襟怀、理想主义的终极追求和高迈伟岸的诗魂支撑,所以震撼人心、留之久远的佳构难觅,读者一致企慕的大诗人就更为少见。如果说80年代还能够看到翟永明、唐亚平、伊蕾、海男这样领潮式的重量级人物胜出,到诗界整体艺术水平提高的90年代后,让读者心仪不已、能代表一个时代的有分量的诗人却几乎没有显影,这无论怎么说也是一种不小的遗憾。再者,女性主义诗歌理论贫乏的老问题,一直未引起诗人们的充分重视。这注定了她们的写作难以从感性阶段上升到智性写作高度。时常可见的是对生活材料提炼淘洗不够,组织随意,题材和主题互相生发,有重复叠合之嫌;而书写的轻松狂欢和解构传统的迫切心态更"火上浇油",容易导致诗人滥用个人化的话语权利;有时作品只具备反诗性的浅白、粗鄙、庸常,却缺少对生命本质的逼视和承担;自我情感经验无限度的膨胀漫游,即兴而私密,平面又少深度,使诗魂变轻,叙述和口语在扩大诗意空间的另一面则造成了诗意流失。观照对象对写作的高要求和写作手段的低质量的反差,把90年代后一些女性主义诗歌文本推向了无效写作的灭顶深渊。这一现象无法不让关心诗歌命运的人深思。

三个文艺女性,一场时代爱情
——重读《爱,是不能忘记的》、《一个人的战争》、《我爱比尔》

张 莉

三部当代小说《爱,是不能忘记的》、《一个人的战争》和《我爱比尔》的文学史意义并不相同,但基本情节都与一个女人的爱情有关。三位女主人公钟雨、多米、阿三都热爱文学艺术,是我们通常所说的文艺女性,她们都一往情深地爱过男主人公。如果以长厢厮守为幸福判断标准,她们的爱情一个比一个不如意:钟雨和"他"一生在一起的时间超不过24小时;多米被"他"深深背叛和欺骗;阿三不仅得不到比尔的爱,还因为"爱比尔"滑向一个巨大的、黑暗的深渊——她因为做妓女最终进了劳改场。三部小说发表的当时——1979、1994、1997年,都引起过轰动和争议,三部小说的作者张洁、林白、王安忆也都是在当代文坛有着重要和广泛影响的女性小说家。

三个文本讲述的都是对爱情的追忆——小说发表的时间和小说中爱情故事发生的时间出现错位:《爱,是不能忘记的》中的爱情跨越了建国后和"文革"岁月;《一个人的战争》中爱情的发生与结束定格于20世纪80年代;《我爱比尔》中阿三爱情的背景则是全球化风涌的90年代。某种程度上,每部小说既是关于一个文艺女性的爱情故事,又有其暧昧的语境和指代。通过本文的分析,我们将发现一个卓有意味的事实:三个文艺女性的当代爱情史,也是新时期三十年颇有症候的文化史,三部小说"讲述一个人和个人经验的故事时最终包含了对整

三个文艺女性,一场时代爱情
——重读《爱,是不能忘记的》《一个人的战争》《我爱比尔》

个集体本身的经验的艰难叙述"[1]。

阅读产生爱情

《爱,是不能忘记的》中,女主人公钟雨以一位"隐忍的热恋者"形象出现。钟雨爱情的叙述由笔记本中的文字与女儿的回忆共同构成:"二十多年啦,那个人占有着她全部的情感,可是她却得不到他。她只有把这些笔记本当是他的替身,在这上面和他倾心交谈。每时,每天,每月,每年。"打动读者的是女主人公对男主人公的思念。为了看一眼他乘的那辆小车,她煞费苦心地计算过他上下班可能经过那条马路的时间;每当他在台上做报告,她坐在台下,泪水会不由地充满她的眼眶。她和他之间的交往,最接近的是两个人的共同散步。彼此离得很远地在一条土路上走。"我们走得飞快,好象有什么重要的事情在等着我们去做,我们非得赶快走完这段路不可。我们多么珍惜这一生中唯一的一次'散步',可我们分明害怕,怕我们把持不住自己,会说出那可怕的、折磨了我们许多年的那三个字,'我爱你'。"女主人公对一个人的思念二十年不变,它们因写在纸上而变成了永恒。

《一个人的战争》中,多米对"N"的热爱不亚于钟雨。"我常常整夜整夜地想念他,设想各种疯狂的方案,想象自己怎样在某种不可思议的行动中突然来到他的面前"。像钟雨对"他"赠送的书爱不释手,林多米对"N"用铅笔随意写的两张纸条特别着迷,一刻不停地想着要看、要抚摸、要用鼻子嗅、用嘴唇触碰它们。多米盼望他的到来。"在那个时期,我生活的主要内容就是到阳台、过道、楼顶、平台、卫生间,看他窗口的灯光。只要亮着灯,我就知道他一定在,我就会不顾一切

---

[1] 詹明信:《处于跨国资本主义时代中的第三世界文学》,《晚期资本主义的文化逻辑》,生活·读书·新知三联书店,1997年,第545页。

地要去找他,我在深夜里化浓妆,戴耳环,穿戴整齐去找他。……在这样的夜晚,我总是听到他的门里传出别人的声音,我只有走开。"与前面两位女主人公的"精神性思念"不同,《我爱比尔》里阿三的思念更具行动性。她的身体勤于学习,在床上变幻着花样去赢得比尔的注意。阿三的热爱并不逊于前面两位:"没有比尔,就没有阿三,阿三是为比尔存在并且快活的。"

成长于不同时代与背景,脾气、秉性也完全不同,但三个人共同具有的"飞蛾扑火"的姿式,使人对促成她们共性的原因有所体察:她们对文学或艺术深深热爱——她们中,有两个人从事文字写作工作,一个从事绘画工作。这样的背景决定了她们表达爱情的方式:她们用文字或画笔表达思念。在《爱,是不能忘记的》中,她和他借由写小说/读小说来传达感情。"他突然转身向我的母亲说:'您最近写的那部小说我读过了。我要坦率地说,有一点您写得不准确。您不该在作品里非难那位女主人公……要知道,一个人对另一个人产生感情原没有什么可以非议的地方,她并没有伤害另一个人的生活……其实,那男主人公对她也会有感情的。不过为了另一个人的快乐,他们不得不割舍自己的爱情。'"阿三和比尔对性的认识藉助于阿三画作展开——阿三的"绘画讲述"说服了比尔。《一个人的战争》中多米多次承认,是阅读和写作影响了她对爱情的理解:"这个女人长期生活在书本里,远离正常的人类生活,她中书本的毒太深,她生活在不合时宜的艺术中,她的行为就像过时的书本一样可笑。"

女主人公都不以容貌美丽而著称,她们每一个人对自我外表的认识都清醒,同时,无论是叙述人还是小说中的人物,对女主人公的才华都认可并确信——对文学艺术的热爱使她们拒斥世俗对女性的价值判断标准。《爱,是不能忘记的》中,叙述人夸奖钟雨时认为她有趣味(而不是美丽)。《我爱比尔》中,阿三凭借自己流利的英语和独特的绘画才能表明自己与"她们"不一样。林多米坦诚自己不漂亮,但她认为

三个文艺女性，一场时代爱情
——重读《爱,是不能忘记的》《一个人的战争》《我爱比尔》

自己有气质。"气质"的优越感和对自我才华的确信使小说中的爱情故事具有了"精神性"——女主角与"他"的交往,是艺术追求和爱情理想追求的合而为一。

文艺女性的身份是重要的,它带给爱情故事讲述时的隐性动力和合理理由。柄谷行人说:"阅读西洋'文学'本身给人们带来了恋爱。"[①]正如包法利夫人阅读爱情读物才会疯狂地追求"爱情"[②],子君阅读新文学才学会自由恋爱,在整个中国现代至当代的文学史上,经典爱情小说中的女主人公——镌华(冯沅君《隔绝》)、莎菲女士(丁玲《莎菲女士的日记》)、林道静(杨沫《青春之歌》),都有文艺女性的身份特征。"接受'文学'影响的人们则形成了恋爱的现实之场。"[③]这三部小说中女主人公之所以如此"执迷不悔",与她们都受到某种爱情文化的熏陶有关:钟雨的爱情是革命文化和革命文学的衍生物,是革命文化符码化的结果。多米的爱情观念来自她熟悉的爱情小说和电影。阿三的欲望被西方绘画的审美标准所唤起,她被大量的进口的绘画理念所淹没。对于阿三来说,"好东西都在西方"。阿三对于美国人比尔的爱,从根本上来说,是对"西方"的爱。

由身体到精神

《爱,是不能忘记的》是重要的建构了新时期爱情话语的小说。爱情在小说中不仅仅被表述为人生不可或缺的,有着神圣、伟大、神秘、能超越生死的力量,而且被作为先验的生命信仰与根本意义,可以超

---

① [日]柄谷行人:《日本现代文学的起源》,生活·读书·新知三联书店,2003年,第76页。
② [美]苏珊·桑塔格:《重点所在》,上海译文出版社,2004年,第134页。
③ [美]柄谷行人:《日本现代文学的起源》,生活·读书·新知三联书店,2003年,第76页。

越世俗的法律、道德等障碍和界限。《一个人的战争》中,讲述爱情的章节主要是"傻瓜爱情"。林白是站在一定的时间和空间的距离之外去审视当年的爱情,读者在阅读过程中逐渐认识到男人不值得爱,意识到这样的情感方式是如何荒谬——当叙述人"嘲讽"性地叙述一个女人当年莫名的热情时,这是对爱情及男性神话的一次成功解构。《我爱比尔》是全知视角——读者既可以清晰地了解阿三对于爱情那隐匿的热情,也可以看到比尔和马丁的反应——他们的反应与阿三的那种沉迷和不能自拔互为呼应,从而使爱情故事变成了没道理的"心酸"。借此,王安忆以一位文艺女青年的堕落史戳穿了久附在爱情里的空壳和谎言。

爱情故事脱离不了身体与性。《爱,是不能忘记的》中,爱情的炽热和专一以肉体的"不在场"完成。肉体没有参与甚于参与——钟雨二十多年来始终把日记本和《契诃夫文集》("他"送给她的礼物)带在身边,临终时要求女儿把《契诃夫文集》与笔记本一起火葬——与其说钟雨是从精神层面完成了对"他"的爱情的坚守,不如说她是以精神无限强大以至消弭肉体的方式完成了对爱情圣坛的献祭。爱情的神圣性也由此生发:"那么,有没有比法律和道义更牢固、更坚实的东西把我们联系在一起呢?"

爱情甚于婚姻形式的判断早在"五四"时代就已经被讨论和认可。陈独秀在与刘延陵关于自由恋爱的通信中说:"自由恋爱,与无论何种婚姻制度皆不可并立;即足下所谓伦理的婚姻,又何独不然。盖恋爱是一事,结婚又是一事;自由恋爱是一事;自由结婚又是一事;不可并为一谈也。结婚也未必恋爱,恋爱者未必结婚……"[①]《新青年》的爱情至上观念,动摇的是中国人传统的家庭婚姻观念,引导人们对旧有的婚姻与家庭秩序进行破坏与对抗,从而争取个人自由与精神上的解

---

① 《新青年》1918年第4卷第1号。

三个文艺女性，一场时代爱情
——重读《爱，是不能忘记的》、《一个人的战争》、《我爱比尔》

放。把《爱，是不能忘记的》置于现代文学以来的历史语境，会发现它接续的是"五四"爱情观。既然这种爱情模式其来有自，为什么张洁这部小说在当代文学史中，尤其是在新时期以来还会引起那么广泛的争议？因为它具有自己的写作前提。在这部小说发表的1979年之前，当代小说对个人私密情感的关注与讲述几是空白——这是这部对道义婚姻形式进行质疑的小说显得大胆而令人称奇的重要原因。这也正如卢卡契所说："没有偶然性的因素，一切都是死板而抽象的。没有一个作家能够塑造出活生生的事物，如果他完全避免了偶然性。另方面，他又在创作过程必须超脱粗野的赤裸的偶然性，必须把偶然性扬弃在必然性之中。"[1]

尽管林白是一位以女性写作和身体写作而著称的作家，但她书写男女之间的爱情时却着力于精神层面。《一个人的战争》"傻瓜爱情"的章节中，多米从未讲述过自己与"N"的性爱感受，甚至连接吻都没有提到。她几乎全是在讲述自己对他的思念、对他的沉迷和执迷。无论是从肉体还是从语言，多米都没有讲述过她与他的交流——一切都是一个女人的独语。小说书写爱情的悖论也即在此——她痛切地认识到爱情中"精神追求"的可笑，因为她最终发现男人热衷的是年轻女人的"形而下"（这一推断通过她对另一位青年女性身体的赞美完成）。她发现男人只希望她身体里的孩子赶快消失，而并不在意她的疼痛和孩子的宝贵。因此，叙述人认为当年的自己很愚蠢。对"精神爱情"追求的后悔，使整部小说通过对曾经爱情经历的嘲笑抵达对"理想追求"的失望。

阿三的肉体经历是重要的，但小说中阿三的追求终归落脚在精神上。小说后半部分阿三事实上已经成为妓女。她不断地强调自己是

---

[1] [匈]卢卡契：《叙述与描写》，《卢卡契文学论文集》（一），中国社会科学出版社，1980年，第40页。

"不卖的",以此来表明自己与另一种妓女的不同,但事实上,她与她们并无二致。她既是肉体上的妓女,还是精神上的妓女。她不是为了追求物质幸福而卖身,而是为了精神上的需要,是为了与国际接轨。阿三在与以比尔为代表的外国男人的交往中,有着一种精神上的自我欣赏和满足,这最终使她经由身体抵达了"爱情"的迷幻感受,她最终享受的是被"西方"接纳的快乐。

精英男人与文化权力

有意思的是,三部小说中的男主角都是"沉默寡言"的,但又都是强大的,他们都是各自时代的精英人物。《爱,是不能忘记的》中,"他"是共产党人。"他"有非同一般的魅力,也有对马列主义的坚贞:"他被整得相当惨,不过那老头子似乎十分坚强,从没有对这位有大来头的人物低过头,直到死的时候,留下来的最后一句话还是:'就是到了马克思那里,这个官司也非打下去不可。'"共产党人身份、在"文革"期间被迫害致死的结局使男主人公和当时的主流社会所认可、推崇的男性形象相一致——他以对革命和党无限忠诚的形象成为一个可以爱慕者,也获得了当时读者的深刻认同。钟雨爱"他",因为"他"的政治身份、政治观点以及对社会的贡献。在以"他"为对象的爱情面前,女主人公的自我情感和主体意识显得那么渺小:"我从没有拿我自己的存在当成一回事。可现在,我无时不在想,我的一言一行会不会惹得你严厉地皱起你那双浓密的眉毛?我想到我要好好地活着,好好地生活,像你那样,为我们这个社会——它不会总像现在这样,惩罚的利剑已经悬在那帮狗男女的头上——真正地做一点工作。"在这里,个人的爱的表达已然转喻为公共的社会话语的表白,她对"他"的爱,是男女之爱,更是一个社会人对以"他"为代表的革命信仰的忠贞与坚守——钟雨的爱情说到底是以社会、党和国家的标准为标准的——爱

三个文艺女性，一场时代爱情
——重读《爱，是不能忘记的》、《一个人的战争》、《我爱比尔》

情叙事因为有主流文化的庇护成为神圣的，这样的叙事模式也一度成为当时的女性作家与精英知识分子共享的合法话语。

对文学艺术和主流文化的热烈追求深刻影响了文学青年们爱情对象的选择。《一个人的战争》中，N是被寄予在国外获奖希望的导演。年轻的多米认为N是个了不起的人物。"我第一眼看到了N的身高，第二眼看到了他的面容，第三眼看到了他的气质，他的五官长得跟高仓健一模一样，高鼻梁，脸上的皮肤较粗糙，显示出岁月沧桑的痕迹，他的气质深沉冷峻，简直比高仓健还高仓健。"把他们之间谈论的书名和电影名罗列在一起是有趣的：斯特拉文斯基的《火鸟》、《查拉图斯拉如是说》，刘晓波的《选择的批判》、《菊与刀》，索尔·贝娄的《洪堡的礼物》，伍尔夫的《到灯塔去》，萨特的《理智之年》，索尔仁尼琴的《悲怆的灵魂》，马尔克斯的《族长的没落》。这是一份奇特的精神文化产品清单，是一份文化消费主义的图表。这些名字构成了多米爱情的航标和旗帜。当男女主人公之间的话题以这些西方文化产品名词构成时，那不只是一个男人与女人之间的故事，还是一个80年代中国社会文化权力分布的隐形地图。男人因导演身份而变得"值得爱"，这与西方文化有关的话题因共同深植于彼此的精神世界成为他们"有共同话语"的见证。强大和不容质疑的N对年轻多米的看重，意味着精英文化在向文艺女性挥舞它迷人的橄榄枝。女主角怎么能不臣服于"他"？"他说现在的国产片是如何糟糕，国内演员的素质是如何低，观众的趣味又是如何俗，他把我认为不错的国产片批判了一通，认为这是媚俗的问题，他说他独立拍的第一个片子拷贝为零，说他是为二十一世纪拍片的，现在的观众看不懂他。我便对他五体投地。我那时坚信，拷贝为零的导演是世界上最伟大的导演。"多米与N之间对于西方文化书籍的着迷令人想到"所有第三世界的文化"这一命题，事实上，作为第三世界的中国的文化其实都不应被看做人类学所称的独立或自主的文化，"相反，这些文化在许多显著的地方处于同第一世界文化帝国主义进行生死博斗之中——这种文化博斗的本身反映了这些地区的经济受到资本的不同阶段或有时被委婉地称为现代化的渗透"①。

当文艺女性生活在一切都是以美国/西欧的趣味为马首是瞻的时代时,其热爱的男性此刻便也变了国族身份——比尔因"西方人"属性在小说中变得强大。阿三的绘画追求不知不觉以获得来自西方画商的认可为最高目标,阿三的爱情是如何获得美国外交官比尔的爱,使他说出"我爱你"。比尔之于阿三,是神,是电影里的"铜像","比尔对阿三说:虽然你的样子是完全的中国女孩,可是你的精神,更接近我们西方人"。比尔和阿三的相遇使阿三获得了置身"世界"的幻觉:比尔和阿三在马路上走,两个人都有着欲仙的感觉。"比尔故作惊讶地说:这是什么地方?曼哈顿,曼谷,吉隆坡,梵蒂冈?阿三听到这胡话,心里欢喜得不得了,真有些忘了在哪里似的,也跟着胡诌一些传奇性的地名。"——比尔对于阿三意味着西方,比尔对阿三的接纳意味着西方及西方文化对文艺女青年阿三的认同和接受,比尔使阿三"西方化"的灵魂获得安慰。阿三多么沉湎于被西方接纳的幻觉!可是,当比尔告诉阿三,"作为我们国家的一名外交官员,我们不允许和共产主义国家的女孩子恋爱"时,现实才露出强硬、狰狞、无情的面目——比尔和阿三之间有着深不可测和仿佛无法逾越的沟壑:阿三和比尔之间的差异,最终体现为来自第一世界的比尔与来自第三世界的阿三之间的差异,那是冷冰冰的经济利益与政治格局。阿三与比尔之间的爱情,使人无法不想到詹明信在《处于跨国资本主义时代中的第三世界文学》中所言:"第三世界的文本,甚至那些好像是关于个人和利比多趋力的文本,总是以民族寓言的形式来投射一种政治:关于个人命运的故事

---

① 詹明信:《处于跨国资本主义时代中的第三世界文学》,《晚期资本主义的文化逻辑》,生活·读书·新知三联书店,1997年,第521页。

三个文艺女性，一场时代爱情
——重读《爱，是不能忘记的》《一个人的战争》《我爱比尔》

包含着第三世界的大众文化和社会受到冲击的寓言。"①

爱情是文化的产物。张洁回忆说："我就是这么被造就出来的：《卓娅和舒拉的故事》、《普通一兵》、《牛虻》、《钢铁是怎样炼成的》……这供给我们一代整个发育期所需要的养料、水分和阳光。"②这段话提示我们，在20世纪70年代末80年代初之所以会有钟雨的出现，钟雨爱情故事之所以有着广泛影响，便是当时社会文化土壤的造就：当男主人公被认为是"真正的共产党人"，当革命意味着对理想的实践和对"真、善、美"的追求时，钟雨爱上"他"几乎是下意识的选择。可是，当时代变迁，整个社会推崇的是与西方文学、文化有关的"艺术"时，"她"热爱的对象身份便也发生变化：文艺女性多米狂热追求电影导演"N"。而到了全球化的90年代，阿三爱上比尔几是必然——文艺女性热爱的对象与时代精英主流人物出现了奇妙的互动。如果说关注社会主流文化是性格活跃、天生敏感的文艺女性追求爱情的一个隐性诱因，那么促使"她"会爱上谁则取决于谁是社会中的精英人物。爱情不只是爱情，性也并不仅仅意味着性，爱情欲望不是自然的本能的冲动，而是文化"春药"催情使然。从根本上来说，爱情是一种政治、经济和文化权力博弈、较量与配置的结果③。

爱情政治：个人经验与集体经验

一个作家不会仅仅因为他的写作本身获得意义，一个人的写作也不可能天然地完全孤立地获得意义。作家本人也许更清楚。张洁说："我的主题不是爱情。人们常常谈论我在写爱情，而我真正要写的是

---

① 詹明信：《处于跨国资本主义时代中的第三世界文学》，《晚期资本主义的文化逻辑》，生活·读书·新知三联书店，1997年，第523页。
② 张洁：《我为什么写〈沉重的翅膀〉》，《读书》1983年第5期。
③ 旷新年：《写在当代文学边上》，上海教育出版社，2005年，第156页。

爱情后面的东西。"①王安忆说:"《我爱比尔》其实是一个和爱情无关的故事,因为名字叫《我爱比尔》他们就以为是写爱情。"②在这样的表述之后,可能潜藏有作家更大的写作理想:社会。的确如此。《爱,是不能忘记的》固然提供了一个神圣爱情文本,但小说中支撑这一叙述的是恩格斯的名言,也是新时期初年口耳相传的名言:没有爱情的婚姻是不道德的。在爱情小说的外壳之下,它"建构并显现了新时期(部分地延伸到90年代)一个重要的精英知识分子的思考与话语形态:反道德的道德主义表述。它们因之而成为女作家书写所负载的精英知识分子话语的又一组成部分,并因此而在一定程度上成为另一类突破禁区的共识表达"③。《爱,是不能忘记的》其实是以爱情小说的方式呼唤了个人的力量和个人情感的美好与神圣,这与新时期文学发轫初期的"个人"主题发生了某种契合。

在谈到如何理解中国作家作品中的意识形态的价值观时,詹明信认为需要严密地检验其具体的历史背景。这一判断也适用于对三部小说的分析与理解。如果以记忆为主题词,《爱,是不能忘记的》显现了作家张洁之于"文革"的态度。孟悦指出,《爱,是不能忘记的》的主题其实引导了"生命战胜历史劫掠"的叙事模式,记忆与回忆构成了人物的精神价值,构成了叙事的结构与动机,这正是彼时彼刻张洁作品特有的魅力。"那份劫后犹存的日记中(《爱,是不能忘记的》),正是对于爱的记忆和回忆使生命抵御了十年的历史灾难。凭借日记、记忆和回忆,《爱,是不能忘记的》为未来的、活着的、可在历史的严寒中僵硬缩瑟的生命们留住了本可能一去不返的诗意、温暖和理想。凭借记忆

---

① 林达·婕雯著,宋德亨译:《与社会烙印博斗的人》,香港《亚洲周刊》1984年12月9日,《中国当代文学研究资料·张洁研究专集》,贵州人民出版社,1991年,第335页。
② 王安忆、张新颖:《谈话录》,广西师范大学出版社,2008年,第150页。
③ 戴锦华:《涉渡之舟:新时期中国女性写作与女性文化》,陕西人民教育出版社,2002年,第56页。

三个文艺女性，一场时代爱情
——重读《爱，是不能忘记的》、《一个人的战争》、《我爱比尔》

和回忆，《爱，是不能忘记》的从劫后的满目荒芜中举出一份可以交付未来、交付后人的'过去'，如同为荒无一人的大地老人奉献一个美丽的婴儿。"[1]换言之，张洁以对苦难岁月中纯洁爱情的歌颂与赞美，为曾经荒芜的时代留下了浪漫的近似乌托邦的一笔，这是作为作家的张洁对苦难岁月的抵御以及反抗。

《一个人的战争》中，多米对以往的岁月有着清晰的自省意识。在年轻的多米眼里，N身上的光环与无数新鲜的名词令人目眩；可经历了世事的多米回视时却发现，这男人字写得难看，爱撒谎，欺骗，无理占有他人劳动，不尊重别人的情感，不负责任，狠心地要求她流产——叙述人含蓄地指出了在当时被社会目为精英的导演身上的虚伪、滥情、品德低下、说大话、行为猥琐等缺陷。小说固然是以亲历者的角度指出了作为女性的"我"在爱情上所受到的伤害，但是，写于90年代的小说中，当80年代以"我的年轻时代"的模样，以既美好又虚幻、既丑陋又粗鄙的模样出现时——《一个人的战争》以对精英身份男人的质疑，显示了经历80年代的叙述者林白对当年盲目追求精英/西方文化的深刻批判和自我反省。

身份认同和困惑是《我爱比尔》中阿三无法回避的问题，也是这个时代中国知识分子无法回避的问题。小说的结尾处，阿三从劳改农场逃出后挖出一个鸡蛋。"这是一个处女蛋，阿三想。忽然间，她手心里感觉到一阵温暖，是那个小母鸡的柔软的纯洁的羞涩的体温。天哪！它为什么要把这处女蛋藏起来，藏起来是为了不给谁看的？阿三的心被刺痛了，一些联想涌上心头。她将鸡蛋握在掌心，埋头哭了。"怎样在这个时代真正辨别自己想要的，怎样才真正了解自己是谁，了解自己的欲望和身份，进而确立自己的位置？阿三是那么的矛盾："这其实是一个困扰着她的矛盾，那就是，她不希望比尔将她看做一个中国女

---

[1] 孟悦：《历史与叙述》，陕西人民教育出版社，1991年，第141～142页。

孩，可是她所以吸引比尔，就是因为她是一个中国女孩。"民族国家话语的存在使《我爱比尔》从"爱情"中脱离开来——小说讲述了男人与女人在性和身体感受上的"不可沟通性"，这既是美国外交官身份的比尔和中国文艺女性阿三的不可沟通，也是西方经验和东方经验、第一世界和第三世界的"沟通"艰难的深刻隐喻。"所有第三世界的文本均带有寓言性和特殊性：我们应该把这些文本当做民族寓言来阅读。"①《我爱比尔》中，爱情故事与民族身份思考的联袂登场，个人情感与民族际遇的共同受到重创，这是出自一种高明的小说叙述策略——小说表层是阿三爱情故事的书写，内核却是叙述人王安忆在"全球化时代"作为中国作家的隐密的文学式发言。

把《爱，是不能忘记的》、《一个人的战争》、《我爱比尔》作为连续的文本互文阅读是必要和有效的：钟雨之于共产党人、多米之于电影导演、阿三之于美国外交官比尔的故事，既是一位文艺女性狂热对爱情执着追求的故事，更是中国社会从"文革获救"、"遭遇世界"再到"全球化"际遇的"文学"隐喻。讲述这一份际遇的过程，其实也是作家面对中国社会现实审视、批判、困惑和反思的过程。——和世界上诸多第三世界国家的知识分子一样，无论是张洁、林白还是王安忆，她们的个人书写与个人经验的书写，其实都是集体经验的书写。爱情政治永远是社会政治的一部分，知识分子也永远都是政治知识分子。

---

① 詹明信：《处于跨国资本主义时代中的第三世界文学》，《晚期资本主义的文化逻辑》，生活·读书·新知三联书店，1997年，第523页。

论"文革"叙事的性别化表述

——以铁凝、王安忆创作为中心

刘 堃

"文革"(1966~1976)作为中国革命史、政治史、文化史的重要一章,作为中国大陆整整一代人建立在共同经验上的集体记忆,在当代(1978年以后)文学创作中投下了深远的影响。以"文革"为时代背景、记忆资源和表现主题的创作蔚为大观。而1989年以后,随着全球范围内社会主义实践的失败和挫折,实际否定中国革命和中国社会主义实践的知识氛围开始浮出水面,它赋予90年代之后"反思文革"以既定的认识论框架,同时也为"文革"记忆的处理指明了新的出路——当"文革"作为集体记忆的政治正确性不复存在,"文革"日渐成为一种与个人经历有关的、随着个人生命终结而注定要消亡的个人记忆时,关于"文革"的叙述反而获得了某种程度的自由,特别是在大众传媒高度全球化的当下,个人立场上有关"文革"经验与记忆的叙事作品藉由印刷出版物、影视、网路在超国界的传媒空间中传递,客观上却造成了某种全球化的"奇观":以"文革"为高潮和终结的中国革命,这一对于西方世界来说被隔绝的"他者"经验在西方知识界引起普遍重视,它作为西方世界的思想资源无法完全处理的历史认识的问题已经作为知识焦点出现了。在此背景下,日益边缘化的文学能否及如何对这一严肃的思想问题作出呼应,颇值得研究玩味。本文选取当代女作家的"文革"叙事为研究对象,试图讨论其性别化表述对政治的别样呈现,以期从性别政治的视角出发,为考察当代的文化政治提供某种思路。

一、"文革"叙事的新阶段和新语境

从1977年到1988年,中国作家协会每年举办"全国优秀短篇小说奖"、"全国中篇小说奖"以及专门为长篇小说而设的"茅盾文学奖"的评奖活动,获奖作品会被及时收入国家级出版社(如人民文学出版社)的新选本,并受到文学评论界的广泛重视,从而获得大量读者,引起社会广泛重视①。这一时期,"文革"叙事的重要文本都来自这些获奖作品。学者许子东的专著《为了忘却的集体记忆——解读50篇"文革"小说》专门研究了这些获奖作品。从这些文本中,许子东归纳出四种叙事模式:契合大众审美趣味与宣泄需求的"灾难故事";体现知识分子/干部忧国情怀的"历史反省";先锋派文学对"文革"的"荒诞叙述";以"我不忏悔"为主要情感立场的红卫兵/知青叙事②。

20世纪90年代以后,上述四种叙事模式中的前三种逐渐消失,而以"文革"亲历者身份写作的个人叙事(包括红卫兵/知青叙事)占据"文革"叙事的主流。这一现象对应着中国社会及其文化政治环境发生的具体变化:在明确了"经济建设"这一政府核心工作之后,政治改革及相关讨论暂时被搁置了(对"文革"的反思显然属于被搁置的内容之一),同时,金钱物欲成为整个社会替代性的价值指标,而处于价值空虚日益深重状态的中国社会,文学所能提供的种种社会、政治和文化想象,已经招致越来越广泛的怀疑,对"文革"叙事的主流化、经典化起到重要作用的文学评奖制度逐渐式微,文学因"拒绝进入公共领域"

---

① 许子东:《为了忘却的集体记忆——解读50篇"文革"小说》,生活·读书·新知三联书店,2000年,第11页。
② 许子东:《为了忘却的集体记忆——解读50篇"文革"小说》,生活·读书·新知三联书店,2000年,第225~226页。

认"文革"叙事的性别化表述——以铁凝、王安忆创作为中心

而"演变成一种'自恋'式的文字游戏"①,从而丧失了其应有的社会现实回应能力。以政治、经济、文化资本为指标的社会阶层重新出现和高度分化,以及个人享乐匮乏期之后的巨大反弹,使得人们普遍对历史、社会、道德、进步、革命之类的大事情失去了兴趣,而愈益珍重自己个人的具体的生活。于是,对"文革"进行集体叙事的文化环境消失了,"文革"叙事所蕴含的沉重的集体记忆与心理症结成为时过境迁的历史话题。"文革"日渐成为一种与个人经历有关的、随着个人生命终结而注定要消亡的个人记忆,"文革"叙事以个人化、碎片化、多媒体化的新特征而存在。

其中海外女作家的作品,比如《鸿:三代中国女人的故事》(张戎,1991)、《红杜鹃》(闵安琪,1994)、《往事并不如烟》(章怡和,2004)、《暴风雨中一羽毛——动乱中失去的童年》(巫一毛,2007)等,大多基于自传或家族回忆录,当然其作者也对经验与记忆进行了不同程度的想象、虚构与改造,其中最显著的改造因素就是受到西方读者的阅读期待和情感预设的影响。例如,美国华裔作家闵安琪以英文发表的《红杜鹃》和《成为毛夫人》都是"文革"题材的作品②。《红杜鹃》是一部描述"文革"生活的自传小说。小说第三部分中的"首长"是以江青为原型的。这个"江青"便是《成为毛夫人》一书中的主角。在这两部作品中,"文革"的意义都是从"江青"这个女性经由个人奋斗反抗中国男性政治的压迫来揭示的。"个人奋斗"和"女性解放"这两个基本价值立场符合英语读者的接受期待和问题倾向,《红杜鹃》于是博得了美国文学批评家的青睐,被赞誉为一部对"文革"中的人性有深刻认识的著作。《成为毛夫人》也同样被赞誉为一部把江青"去妖魔化"、"给江青

---

① 蔡翔:《何谓文学本身》,《当代作家评论》2002年第6期。
② Anchee Min, *Red Azalea*, New York: Berkley Books, 1995; *Becoming Madame Mao*, Boston: Houghton Mifflin, 2000.

以她自己声音"的佳作①。

又比如,同样是"文革"叙事,严歌苓在旅美之前创作的《一个女兵的悄悄话》和旅美之后创作的《白蛇》在叙事伦理上存在着明显的差异。《一个女兵的悄悄话》讲述了一个豆蔻年华的文艺女兵在"文革"中的人生遭际:怎么锻炼都难以"政治成熟",怎么改造都难以"进步达标",从而只能置身于更艰苦、更残酷的锻炼改造中,直到生命最后一刻。但作者对"文革"经验的价值判断则隐含在另一条叙事线索(初恋的神圣、纯洁、美好)当中。作者在后记中说:"荒唐年代的荒唐事,我也庄严地参加进去过,荒唐与庄严就是我们青春的组成部分。但我不小看我的青春,曾经信以为真的东西,也算作信仰了。凡是信仰过的,都应当尊重"②。对青春和信仰所作的肯定性价值判断代替了对"文革"历史的道德审判。而在《白蛇》中,作者讲述了一个名叫孙丽坤的、以饰演"白蛇"而著称的女舞蹈演员,在"文革"中遭到批判和关押,并被一个从小迷恋她舞姿的、有着高级军官家庭背景的少女徐群珊所诱惑和解救,最后两人身陷同性情欲,却最终都被"拨乱反正"的时代所"矫正",恢复"正常"和陌路。在叙述方式上,小说以"官方版本"、"民间版本"、"不为人知的版本"分别代表了同一历史在不同话语层级(官方、民间—公共空间、个人自我)中迥然相异的表述和剧烈的价值冲突,并且以剥茧抽丝的方式凸现官方意识形态、传统历史文化对个人

---

① See for example, Wendy Larson, "Never This Wild: Sexing the Cultural Revolution." Modern China 25:4 (1999): 423—50. Wendy Somerson, "Under the Mosquito Net: Space and Sexuality in *Red Azalea*." College Literature 24:1 (1997): 98—115. For a criticism of these critics see, for example, Judy Polumbaum, "The Cultural Contradictions of Communism." Rev. of *Red Azalea* by Anchee Min. Women's Review of Books 11:8 (1998): 1—3. Ben Xu, "A Face That Grows into a Mask: A Symptomatic Reading of Anchee Min's *Red Azalea*." MELUS 29:2 (2004): 157—180. 转引自徐贲:《全球传媒时代的"文革"记忆:解读三种"文革"记忆》,见徐贲网络文集 http://www.tecn.cn/homepage/xuben.htm,2005 年 9 月 23 日。

② 严歌苓:《一个女兵的悄悄话·后记》,春风文艺出版社,1998 年,第 372 页。

认"文革"叙事的性别化表述——以铁凝、王安忆创作为中心

情感规约宰制下的女性同性情欲。在此,个人的欲望对象与情感方式的选择权利,成为在意识形态巨石下顽强生长、呼之欲出的野草。两相比照,可以看出作者在中美不同文化、制度、政治环境下所作出的不同价值选择。

二、大陆女作家"文革"叙事的转变与新质

20世纪90年代以来,大陆的"文革"叙事经历了叙事形态的不断变化,总体的趋势是经验与记忆的个人化、琐屑化、玩物化和颓废化。与此同时,和海外华文文学的女作家异军突起的局面相呼应,女作家在大陆文坛也声誉日隆,虽然这一现象有着鲜明的文化市场运作背景[①],但就铁凝、王安忆两位坚持严肃文学创作的女作家而言,其作品依然蕴含新的价值因素。仔细考察这些"文革"叙事作品,则在作者身份、叙事立场、历史观念等方面都具有值得探讨的新特征。

第一,不满足于区分"受害者/加害者"的表层伦理,而是深入到"文革"历史动因的探讨,从普遍的人性悲悯转向深度内省的忏悔,使得女性这一性别不再是历史后果的被动承受者,而具有了承担罪责的主体身份。

与"文革"叙事常见的"受难—悲悯"模式的历史抽象不同,铁凝没有把"文革"叙事的情感逻辑简单抽象为普遍意义上的人类悲悯情怀,而是把主人公钉在具体事件的伦理拷问之上,逼迫其进行内省和忏悔。她创作于80年代末的长篇小说《玫瑰门》讲述了一个名叫司猗纹的女人——她的生命长度基本等同于20世纪——跌宕起伏的一生。或者,以司猗纹在不同年龄阶段对应于"时代症候"的形象和角色,构

---

① 相关分析参见贺桂梅:《1990年代的"女性文学"与女作家出版物》,《现代中国》第三辑,北京大学出版社,2003年。

成了 20 世纪中国女性的"典型形象"的序列:在司漪纹的青年时代,在"五四"的时代语境下,她是一个加入了"讲着国家的存亡讲着平等"的进步学生行列的大家闺秀,被男性革命者"启蒙"(具有精神和身体的双层意蕴)却不"彻底",没有"出走"而不得不成为"庄家大奶奶"。"庄家大奶奶"这一身份使得司漪纹把全部的智慧和精力都用于家庭政治的斗争,还不等她取得"彻底的"胜利,"解放"和"文革"相继到来,"一个旧社会被人称作庄家大奶奶的、在别人看来也灯红酒绿过的庄家大儿媳,照理说应该是被新社会抛弃和遗忘的人物。然而她憎恨她那个家庭,憎恨维护她那个家庭利益的社会,她无时无刻不企盼光明,为了争得一分光明一份自身的解放,她甚至诅咒一切都应该毁灭——大水、大火、地震……毁灭得越彻底越好。于是新中国的诞生与她不谋而合了"①。

于是司漪纹的生命华彩在"文革"的历史背景下浓墨重彩地上演,她想尽一切办法从旧社会旧阶级的阴影中"站出来",揭发、检举、投诚、示忠,不惜造成他人心灵和肉体的重创。这一在"文革"中心态和人格扭曲的女性形象,不仅打破了女性作为被动的历史受害者的刻板印象,而且通过表现女性对暴力、权力与破坏隐秘而强烈的渴望,试图回答"文革"深层历史动因——中国传统政治文化中的暴力因素在西方"现代化"历史观渗透下的"基因突变",导致了"文革"恶性后果的膨胀和对人性的致命摧毁②。女性并非游离于这个文化氛围之外而无辜的那个性别,而是其有机组成部分:这一方面是女性历史能动性的体现,另一方面也是女性进入历史、叙述历史的"原罪"。

---

① 铁凝:《玫瑰门》,作家出版社,1989 年。
② 近来学界对于"文革"的历史动因,特别是"文革"与"五四"的联系颇多看法,西方一些左翼学者也早就注意到"文革"与"现代性"问题的关联。参见王尧:《"文革"对"五四"及"现代文艺"的叙述与阐释》,《当代作家评论》2002 年第 1 期,以及同刊第 4 期蔡翔、王尧、费振钟三人关于王尧文章的对话。

认"文革"叙事的性别化表述——以铁凝、王安忆创作为中心

铁凝创作于1999年的长篇小说《大浴女》[①],以尹小跳、尹小帆、尹小荃三姐妹为主人公,用冷静、细腻而空灵的笔调和缓慢悠长的叙事节奏,精心描述"文革"对一个普通知识分子家庭的生活所造成的深刻影响,以及女性心灵成长的各个细微侧面。在小说中,最小的妹妹尹小荃在出场后不久就死了,她因为不会说话而被别人戏耍,却受到父母格外的宠爱。于是被耻辱感纠缠的尹小跳和充满嫉妒的尹小帆"共谋"制造了一起"意外",消灭了让她们不安的小妹。从此,这个不在场的尹小荃,却成为尹小跳、尹小帆姐妹心灵成长的看顾者和审视者。

在阅读的过程中,读者丝毫感受不到在"文革"叙事中常见的性压抑、政治暴力、人性沦丧等描写套路所挟裹的暴戾之气,因为作者把叙事的焦点对准了尹小跳的心灵自省,挖掘女性成长过程中蕴含在亲情伦理当中的怨羡情结、抢夺欲望、犯罪本能等人性弱点,使得作品的批判性超越了针对"文革"及其特殊历史经验的反省,进而涵盖了忏悔人性恒常的内在缺陷的高度。整部作品并没有对典型的"文革图景"进行细致描绘,而是把它推到远景;不是把人性之恶作为"文革"的后果并以此控诉"文革",而是把"文革"作为人性卑微与污浊的"显微镜"来拷问人自身。作品因此而充满了强烈的宗教式悔罪与救赎意识,从而成为当代"文革"叙事和"女性心灵史"的一个独特而重要的文本。这一文本提供给读者的另一种意义在于,它告诉人们,"文革"的历史后果是由不同身份、不同阶层的人们共同承担的,在不同的身份层面上,"文革"所造成的影响及其政治、伦理含义都是不同的,而超越这种身份与阶层的区别,提供某种具有共性的心灵深度的历史理性,则是一部有追求的文学作品所能够致力的方向。

---

① 小说题目"大浴女"来自法国画家皮耶尔·奥古斯特·雷诺阿的一幅名作《大浴女》,画的近景是三个出浴后休息的裸体美少女,洋溢着青春和生命的欢乐。这可以让人联想到小说的主人公三姐妹,但两者更深层的联系在于"浴"这一字眼的抽象化——小说第一主人公尹小跳经历了心灵的磨难、洗礼和升华,才达到一种畅然酣然的生命境界。

259

第二,叙述主体转向"文革子一代",与"文革一代"控诉苦难的情感姿态保持距离,质疑"文革"塑造出的文化英雄及其特定历史叙述,创造出一个反思"文革"的代际空间。

王安忆创作于1990年的中篇小说《叔叔的故事》即是此方面的杰作。小说以"文革"后成长起来的青年作家"我"的口吻讲述一个在"文革"中受难的右派作家即"叔叔"的人生故事——"叔叔"和"我"没有血缘关系,而是"我的父兄辈"的缩影和抽象。王安忆运用了多个80年代"文革"叙事反复出现、堪称经典的情节[①]——包括叔叔由于一篇作品被打成右派、被发配到边远小镇、作为"摘帽右派"被劳动人民接纳并与民女结婚、在"文革"中受难、平反后出名、以离婚作为埋葬旧时代与落魄自我的仪式等——每一个情节我们几乎都可以在80年代"文革"叙事的代表作中找到,当我们从中嗅到一丝若有若无的戏仿与诙谐气息时,这种从受难到新生的悲剧英雄就变成了一种可笑的哈哈镜像。

整篇小说一共77页,从第39页开始,王安忆开始消解叔叔故事中沧桑、厚重、具有崇高美感的外衣——"叔叔终于获得了新生,可是他却发现时间不多了,时间已不足以使他从头开始他的人生,时间已不足以容他再塑造一个自己"。于是叔叔开始和时间赛跑,他不断追求年轻的女孩子,他开始抛弃原来的古典浪漫主义,他追随年轻一代的游戏精神,颠覆一切。"什么样不合理的事情,都被他窥察到了合理的因素;什么样痛苦的事情都被他觑破了没有价值之处;残酷的事情被他视作历史前进的动力;美丽的事情则被他预言了凋零的命运以推断其腐朽的本质。样样事物都被他看到了反面,再由此推出发展的逻

---

① 腾威在解读《叔叔的故事》时总共归纳出13种经典情节,虽然没有许子东所作的形式主义研究那样细致,但也非常明晰地拓出了小说的骨架。参见网址 http://xiaoteng.bo-kee.com/5130995.html,即腾威2006年5月29日的博客文章。

认"文革"叙事的性别化表述——以铁凝、王安忆创作为中心

辑。叔叔变得越来越冷峻,不动声色,任何事情都被他看得很彻底,已经到了大彻大悟的境界。"虽然叔叔已经变成了一个颇具投机倾向的犬儒主义者,但他的作品却被译成多种文字,他成为一个声名鹊起的"国际人"。叔叔已经完全脱胎换骨了,过去那个小镇上土气、懦弱、有些猥琐的叔叔被埋葬了,叔叔觉得他终于做成了一个新人、一个艺术家。过去的苦难全是为了这个艺术的目的做准备,犹如一种素质的训练。从此,现实的生活不再是真实的,而是小说创造的素材,艺术才是全部的真实的生活。叔叔沉浸在他的小说世界里,观望着现实世界,好像上帝俯视苍生。

就在叔叔以为他"庇身于小说中的生活"非常安全、幸福时,他的好日子也过到了头。"叔叔走出了很远,最终还是堕入了他命运的真相的陷阱。"——他在德国的访问中,对担任翻译的德国女孩产生了非分之想,遭到对方的严厉拒绝。他"有一种时光倒流的感觉,他觉着自己好像又回到了很久的过去,重又变成那个小镇上的倒霉的自暴自弃的叔叔"。如果这一次仅仅是一个幻觉式的信号,那么当叔叔打败了自己那出生于小镇的不成器的儿子大宝时,他"忽然看见了昔日的自己,昔日的自己历历地从眼前走过,他想:他人生中所有的卑贱、下流、委琐、屈辱的场面,全集中于大宝身上了。……"叔叔终于发现他借助于"文革"苦难所雕琢出的伟岸与高尚的形象是虚假的,他尽一切努力告别旧日的自我,没想到那个自我是他命运的全部真相:一个粗鄙、丑陋的小镇上的男人。王安忆就这样拆解了叔叔的故事中所有的神圣与崇高,打破了那个年代所特有的文化英雄与精神领袖的幻象。

王安忆在《叔叔的故事》中把创作过程凸现至前台,颇具"元小说"的色彩。但小说中弥漫的"不快乐"的人生咏叹,证明作者想要表达的远比文本实验更多。作者展现给读者的,是把一堆"七巧板"式的、具有多重组合可能性的"文革"叙事经典情节拼接成有条理有逻辑的连贯故事的奇思妙想,是把一个普通人复杂的、非理性的人生经历用"文

革"叙事特有的情感逻辑编辑成一个落难英雄的浪漫传奇的文学魔力。小说里说,叔叔痛苦的经验,他虚度的青春,他无谓消耗掉的热情,现在合成了小说的题材。由于写小说这一门工作,"他的人生竟一点没有浪费,每一点每一滴都有用处,小说究竟是什么啊?叔叔有时候想。有了它多么好啊!它为叔叔开辟了一个新的世界,在这个世界里,叔叔可以重新创造他的人生。在这个世界里,时间和空间都可听凭人的意志重塑,一切经验都可以修正,可将美丽的崇高的保存下来,而将丑陋的卑琐的统统消灭,可使毁灭了的得到新生。这个世界安慰着叔叔,它使叔叔获得一种可能,那就是做一个新的人"。

叔叔的故事连同80年代文学中关于"文革"历史的宏大叙事就这样被解构掉了。但是王安忆的写作并不仅止于此,叔叔的故事只是这篇小说中的一个叙事层面,与之并行的是叙述者自己的故事。叙述者恰巧心里也升起了一个与叔叔近似的思想,即"我一直以为自己是快乐的孩子,却忽然明白其实不是"。两代人经历的都是一次梦醒时分的失落,都是虚幻的自我心像的无情打破。但是叔叔的故事是具体的、有情节的,而叙述者的故事却始终含混不清、若隐若现。叙述者说因为她自己的故事是与情爱有些关系的个人故事,"不想将其公布于众","所以就决定讲他的故事,而寄托自己的思想"。但实际上,小说中叙述者在讲到自己时,很少涉及个体经验,而是将自己作为子一代的一员,与代表父辈的叔叔形成对照——叙述者用了一大段的文字来阐明"我和叔叔的区别":首先,"叔叔是有信仰,有理想,有世界观的,而我们没有";其次,叔叔的选择与放弃是要经过理性的思考,要有理论与实际的依据的,而我们"接受什么只是听凭感觉,对自己的选择并不准备负什么责任,选择和放弃于我们都是即兴的表现";再次,叔叔们往往是"以导师般的姿态来掩饰落伍的危机感",而我们"总是用现代派的旗帜来掩饰我们底蕴的空虚"。另外,叔叔们"总是被思想所累,样样无聊的事物都要被赋上思想,然后才有所作为。我们认为天

认"文革"叙事的性别化表述——以铁凝、王安忆创作为中心

地间一切既然发生了,就必有发生的理由与后果,所以,每一桩事都有意义,不必苦心经营地将它们归类"。

当叙述者"我"成功地将父辈建构起来的叙事击垮时,似乎完成了一种"文化弑父"的行为。但是值得注意的是,有一个问题阻碍了这一行为的最终实现,就是"我"和叔叔在文学创作上并不是严格意义上的前后相继的两代人。这"两代人"的创作积累期都是"文革",都从"文革"后、80年代初开始发表作品并闻名,在"叔叔们"以理想主义的热情讲述右派生涯时,"我们"以同样的热情回顾着知青岁月。如果颠覆掉叔叔的时代,那"我们"自己的时代亦随之成为虚无。在这里,王安忆表现出对"文革"进行文化解构的彻底性,"文革"子一代一边剥开了上一代人的"文化假面",一边也毫不留情地清算了自身的"文化遗产"。这无疑是对"文革"历史叙述所进行的另一次"文化革命",也为"文革"的反省建立起一个代际的空间。

王安忆的近作——长篇小说《启蒙时代》(人民文学出版社,2006)更加鲜明地体现出她对"文革"代际问题的思考。在这部小说里,王安忆对当代文学的贡献之一就是通过塑造"思想型红卫兵"的形象,询唤出一个"思想史上的失踪者",这个"失踪者"就是亲历"文革"、作为"文革"漩涡中心人物的子辈、对"文革"产生"在场"的怀疑与反思的一部分红卫兵。学者朱学勤这样描述他们——"1968年前后,在上海,我曾与一些重点中学的高中生有过交往。他们与现在的电影、电视、小说中描述的红卫兵很不一样,至少不是'打砸抢'一类,而是较早发生对文化革命怀疑、由此开始一系列有关中国前途的社会政治问题的思考,这种思考发展为半公开的思潮辩论,曾遭到'文革'当局的注意与迫害。我把这群人称之为'思想型红卫兵',或者更中性一点,称之为'六八年人'。"[①] 诚如许子东所言,"红卫兵"与"知青"是一代人的两种

---

① 朱学勤:《思想史上的失踪者》,《读书》1995年第10期。

身份,是一种思潮的两个阶段①,他们在城市大中学校里是"红卫兵",出于自愿或被迫离城下乡之后就成为"知青"。但在当代"文革"叙事中,"知青"成为叙述主体,上演着长盛不衰的悲情剧目,而"红卫兵"则成为游离的影子或者漫画式的暴力丑角。"红卫兵"视角和主体表现的缺失,不仅意味着一种历史叙述的危机,其背后还有一个"远比这一危机更为严重的叙述历史的思想危机"②。这一思想危机,其实质就是对"文革"的"在场"反思(而不是"事后反省")的可能性及其发生契机的回避和沉默。而在《启蒙时代》中,我们清晰地读到了所谓"六八年人"的思想发育史。这在"文革"叙事的发展脉络里意味着新的阐释空间。王安忆抛弃了把"文革"作为社会层面的政治事件或者个人层面的命运事件的叙述框架窠臼,而是把"文革"作为革命思想的"启蒙"事件来描述,小说的重心不在于情节结构或人物性格,而在于始终围绕"革命"的"思想流"——与"意识流"不同,"思想流"通过人物关于思想的自省表白与对话思辨来展开,甚至人物已经成为"思想"的背景,或者说,"思想"才是这部小说的真正主人公。

小说对"文革"的"思想"特质进行了这样人格化的描述:"这场运动,无论它真正的起因是如何具体,落到远离政治中心的地方,再落到尚未走进社会生活的学生中间,已经抽象成一场思想的革命,你可以说它空洞盲目,可毋庸置疑,它相当纯粹。它几乎是一场感情的悸动,甚至带有审美的倾向"。小说的两个主人公南昌和陈卓然,因为都热衷于思想而彼此吸引,一起讨论诸如"文化革命的用意究竟是什么"、"社会主义过渡时期的模式应该如何"等关于中国革命的宏大命题。而他们所用的修辞,都是马克思著作的英文句式,比如"宪法、国民议

---

① 许子东:《为了忘却的记忆:解读50篇"文革"小说》,第207页。
② 王尧:《"思想事件"的修辞——关于王安忆〈启蒙时代〉的阅读笔记》,《当代作家评论》2007年第3期。

认"文革"叙事的性别化表述——以铁凝、王安忆创作为中心

会、保皇党派、蓝色的和红色的共和党人……自由、平等、博爱和一八五二年五月的第二个星期日",他们"被这欧式的修辞法迷住了,沉浸在说话中"。南昌的父亲,一个在"文革"中被边缘化的军队干部和老革命,这样评价儿子和他的朋友:"你们有一个知识系统,是用语言文字来体现的,任何事物,无论多么不可思议,一旦进入这个系统,立即被你们懂得了。"

这个绵里藏针的批判说明了南昌们的"修辞狂欢"式的思想模式在父辈的革命实践经验面前多少有些无足轻重,也直指父子代际冲突的"思想核心",即两代人理解革命和获得政治意识的路径差异。很显然,南昌们"这个相对年轻、缺乏历史经验和意识自觉的群体的政治意识不可能从其自身内部产生,而有赖于更成熟、更有历史感的理论家从外部赋予,有赖于某些具有紧张感或冲突色彩的情景的启示"[①]。马克思著作充当了"外部的理论家",而"文革"恰恰提供了催生思想与政治意识的时代氛围,但它们提供给南昌们的,还只是一种"前政治意识",真正的政治意识是必须以深刻的自我认知作为前提。当南昌对父亲说"我憎厌你"之后,父亲对代际冲突的实质进行了具有相当思想深度的解释:"我也憎厌我的父亲,大概这也是一种遗传现象……憎厌不是叛逆……背叛蕴含着成长,就像蝉挣脱蝉蜕,憎厌却如同沼泽一样,黏滞失陷的情感,它导致的结果可能完全不是生长,而是相反,重复同一种命运。"他认定热爱革命思想及其修辞的儿子身上,有和自己一样的"小资产阶级知识分子"的烙印。对这个群体的精神属性,父亲用诗意的象喻加以描述:"小资产阶级知识分子是一个尴尬的处境……前不着村,后不着店,看见了,又看不全,世界有了轮廓,却又没有光,你渴望信它,怀疑又攫住你……"深刻反思自己信仰状态和思想

[①] 程巍:《中产阶级的孩子们——60年代与文化领导权》,读书·生活·新知三联书店,2006年,第87页。

矛盾的父亲对自己只能给儿子提供"轮廓"而不是"光"感到自责和惭愧，于是代际冲突在一个更为宏阔的思想背景下淡化了，取而代之的是主宰了整个20世纪中国的，革命、理想与信仰本身的矛盾冲突。

王安忆的别具只眼，在于她从未把"文革"看做中国20世纪历史的一个独特阶段、把"文革一代"看做历史的特殊产物，而是把"文革"放置在20世纪中国革命历史的整个脉络中间，把"文革一代"和"文革子一代"并置于思想历史的延续格局与代际纠葛之中，于是，其反思"文革"的代际空间的建构具有了复杂的向度与纵深。在"子一代"的立场上，她既有解构"文革"文化英雄的轻松，也有丧失英雄、无所依傍的失落沮丧和淡淡忧伤（《叔叔的故事》）；她既有发现"思想史上的失踪者"并为其正名的喜悦，也有洞察一代又一代"思想者"之"重复同一命运"的痛感，以及20世纪的中国始终未能解决思想信仰问题的沉重困扰（《启蒙时代》）。在此意义上，王安忆的"文革"叙事具备了新的历史深度。

第三，专注于"日常生活"历史叙述，既呈现了女性特有的历史观，又体现出时代特定的"文化语法"。

已经有研究者注意到王安忆"文革"叙事的"日常"风景[①]，不论把"文革"作为人物爱恨情仇表演的现场，如《"文革"轶事》，还是跨越"文革"、把"文革"作为历史长卷之一帧而频频回顾，如《长恨歌》，那些在惯常的"文革"叙事中已经"凝结成块"的暴力、血腥、非理性、荒谬、悲情色彩，被王安忆稀释成波澜不惊的日常生活景致。她专注于笔下各式各样的小人物如何在那样一个年代里专心应对日日恒常的穿衣吃饭、世故人情，从而使"文革"这一"非常态"的历史"常态化"，甚至使读者丧失了时间感。

---

① 郭冰茹：《日常的风景——论王安忆的"文革"叙述》，《当代作家评论》2007年第3期。

认"文革"叙事的性别化表述——以铁凝、王安忆创作为中心

把握住不同的历史时间,使其混杂而且共置于上海日常生活的结构中的方式,在王安忆1995年创作的长篇小说《长恨歌》里,是独一无二的。小说通过对40年代"上海小姐"王琦瑶一生游离于上海革命史(包括上海解放直到"文革"结束)之外的怀旧式"深描",塑造出一个"历史多余人"的女性形象。主人公王琦瑶曾做过某国民党官僚的外室,经历了1949年,在上海过着一种平凡而压抑的生活。但她的"生命时间"有某种执着的内容,那就是精致、细腻、讲究的吃穿日用。她用物质的方式不断举行对旧时代的哀悼与纪念仪式,与几个怀有像她那样心情的人没完没了地举行派对,对老上海布尔乔亚式的生活方式保持着他们的忠贞。薄呢西裤、镶滚旗袍和做工考究的大衣,胭脂、香粉和头油,一周两次的下午茶,糕饼点心、汤圆糖水和乌梅汤莲子粥……王安忆不厌其烦地用巴尔扎克式的笔法"深描"王琦瑶日常生活的每个细节与剪影。"文革"在窗子外面轰轰烈烈,王琦瑶和她的追随者们依然在炉子上烤鱼干、涮羊肉、包蛋饺。

王琦瑶的身份与文化归属与上海城市文化本身具有某种相同之处:突破了地域性的、全球化的资产阶级文化认同下的市民阶层。所谓"市民阶层"及其文化,本来属于社会主义文化的边缘和"缝隙"——"那些大一统的社会,往往是疏漏的,在一些小小的局部与细部,大有缝隙所在,那里面,有着相当的自由……当然,它们是暗藏的,暗藏在那个大意志的主宰的背阴处"[①],本来应该归为"文化革命"[②]的对象

---

① 王安忆:《隐居的时代》,《王安忆中短篇小说集》,上海文艺出版社,1999年,第399页。
② 中国20世纪的历次革命,在政治与经济的革命层面之外,都曾或多或少地兼顾日常生活层面的"文化革命",而蒋介石在1934年发起"新生活运动"时,曾对这层含义进行明确的界定。"新生活运动"这个名词,最早见于1934年2月17日蒋介石在南昌所作的演说《新生活运动发凡》。在这次演说中,蒋介石指出:"所谓革命者,即依据一种进步的新思想(主义),以人力彻底改进各个人以至整个国家之生活形态之谓。简言之,革命即生活形态之改进也。吾国革命之所以迄今尚未成功,即在于全国国民之生活形态始终无所改进。"

的,却因为其"暗藏",也因为其实践者的执着,它们依然生生不息。

探测为日常生活常规所掩盖的阶级结构,在王安忆的文学感受中最为突出。用左翼文化的眼光来看,"上海小资产阶级的自我意识和生活仪轨把上海重新建立在一种不属于社会主义民族国家体制的物质、文化和时间心理秩序之中。这种秩序比革命和社会主义现代性要古老、经久、普遍,它也更具有世界范围内的意识形态的合法性"①。这样一曲哀悼中国小资产阶级的黄金时代的挽歌,根底里却透露出社会主义中国集体经验在世界历史叙述中难以找到恰当词汇的表达焦虑及其深层的认同危机:"上海渴望由普遍现代性来界定自己的'本质',似乎只要保持相对于国内其他地域的差异性和特殊性,就在民族国家之外获得了一种更具有全球性和普遍性的身份认同"②。小说刻意回避了以"文革"作为高潮和终结的革命、战争和社会主义改造这一中国现代性经验的有机组成部分,对于这一部分历史,它与全球化的资本主义历史保持了一致的叙述姿态即"失语"。

对于作者王安忆而言,这部小说是一次大胆而冒险的实践:小说的历史感在女性生活细节和心理细节不厌其烦的表现中同时被"遗忘"和"强调"——对特定历史的刻意回避更加凸显出时代本身的历史性,而以一个女人的生活史呈现出历史的缺席与在场,正是张爱玲以来的中国女性写作传统③。当然,"对于寓言家来说,同历史对话并不意味着做道德判断和价值取舍,她不过是把握一种历史经验,是让所

---

① 张旭东:《上海怀旧:王安忆与现代性的寓言》,《批评的踪迹——文化理论与文化批评(1985—2002)》,生活·读书·新知三联书店,2003年,第307页。
② 张旭东:《上海的意象——城市偶像批判、非主流写作与现代神话的消解》,《批评的踪迹——文化理论与文化批评(1985—2002)》,生活·读书·新知三联书店,2003年,第338页。
③ 张爱玲曾明确表示:"一般所说'时代纪念碑'那样的作品,我是写不出来的,也不打算尝试。我甚至只是写些男女间的小事情,我的作品里没有战争,也没有革命"。见张爱玲:《自己的文章》,金宏达、于青编:《张爱玲文集第四卷》,安徽文艺出版社,1992年,第178页。

有过去的亡灵在语言的世界里得到安息"①。

三、结语

有关"文革"研究正在中国大陆和海外方兴未艾,观点虽异,学界对于"文革"研究的谨慎态度却高度一致,这一方面是由于学者自身对于情感局限、经验局限和道德局限的自觉,另一方面也是由于"文革"历史及其认识工具、批判资源的复杂性。"文革"历史是不同身份与阶层的历史:权力阶层、官僚知识分子阶层、小知识分子阶层、普通老百姓(包括农民和市民)阶层等分别拥有各自讲述"文革"历史的政治立场与话语策略,而如果考虑到作者的性别及其性别意识,对"文革"叙事加以"性别化"的考量,那么这些历史变量就会呈现出更为复杂的面貌。本文对铁凝、王安忆等女作家"文革"叙事作品的观察,就性别化经验与表述对"文革"历史的独特呈现和认知而展开,其所呈现的吊诡一幕在于:为摆脱固有的叙事模式而达到新鲜的历史理解只能借助个人经验,而以个人经验出发寻求历史理性,又不得不落入历史非理性的陷阱。作家们是否能够意识到她们手中的"话语权力"及其历史解释的有限性?她们能否在"文革"叙事的发展演变中提供新的历史观照方式与诠释角度,甚至不惜质询自身?这些问题还有待于后来者的回答。

---

① 张旭东:《上海怀旧:王安忆与现代性的寓言》,《批评的踪迹——文化理论与文化批评(1985—2002)》,生活·读书·新知三联书店,2003年,第331页。

少数民族传统伦理与多样化的性别生态
——当代新疆少数民族文学的性别书写

王志萍

文学的性别研究是以文化研究为根基的一种"性别诗学"(the poetics of gender),这种诗学"在女性主义文学观、文化观和社会观三方面达成了坚实的默契"。它"具有质疑和重估我们以往认为是天经地义的文学、文本和文化观念的作用。性别诗学所带来的并不只是添加在已有的各种思考维度之上的又一种性别维度,而且还有反思、重估和重构我们已有的文学理论和文学史框架,更新我们的批评话语的一种契机"[①]。性别角度的介入有可能使读者和批评家在文本中品味出新的文化内涵,将文学与社会、人生、历史、文化更为紧密地联系在一起,在开放的理论视野中赋予文学多重的价值判断。

从性别角度阅读当代新疆少数民族文学可以发现,多民族、多宗教、多文化传统的杂糅,使得新疆少数民族文学的性别书写展现出丰富的性别生态,其间既有与中华民族传统社会普遍存在的男性中心文化同构的一面,也有因为处于边缘开放区域、在文化的重叠和缝隙处旁逸斜出的部分。考察新疆少数民族文学的性别书写,有助于我们获取关于少数民族性别伦理、性别秩序、性别处境的鲜活的认知,也有助于从一个侧面了解中华文化圈内与汉民族同中有异的少数民族性别

[①] 叶舒宪:《性别诗学·导论:"性别诗学"及其意义》,《性别诗学》,社会科学文献出版社,1999年,第3、4页。

少数民族传统伦理与多样化的性别生态
——当代新疆少数民族文学的性别书写

生存。

一

据全国妇联2004年的一项调查显示,我国有三成以上的家庭存在家庭暴力,其中丈夫对妻子的暴力占到95%以上。在社会学领域,有关研究屡见不鲜,但在中国当代文学作品中这方面的题材很少出现。种种浪漫的或生死悲剧的男欢女爱为作者们津津乐道,日常生活中夫妻关系的另一种真实往往被遮蔽。而在当代新疆少数民族文学创作中,不同族别、不同性别的少数民族作家不约而同地在自己的作品中描写了这一现象,以至家庭暴力近乎成为叙事文学中一个反复出现的情节。

丈夫在家庭中对妻子施暴,凸显出在少数民族传统伦理秩序中男性/女性之间压迫/被压迫的权力关系。例如,维吾尔族著名作家祖尔东·沙比尔的多篇作品中都写到丈夫对妻子的肆意打骂,其中以《葡萄沟纪事》[①]最具代表性。这篇小说描写维吾尔族农民鲁苏里从农耕经济进入市场经济之后的堕落与回归。作家的关注点是新的经济形式对维吾尔族生活方式和价值观念的巨大影响,而读者从中可以看到维吾尔族妇女所承受的由来已久的性别压迫。鲁苏里的妻子则莱甫罕年轻时以美貌闻名遐迩,她拒绝权贵人物的求婚,嫁给了勤劳能干、与之相爱的农民鲁苏里。但是鲁苏里靠投机倒把富裕起来以后,随着来路不明的财产越聚越多,变得越来越冷酷无情。不仅百般役使妻子,还施以辱骂和毒打。在这种情况下,则莱甫罕还是一再容忍丈夫的粗暴和薄情,怕他受到父亲的严惩而隐瞒他的丑行。但是妻子的善

---

① 祖尔东·沙比尔著,梁学忠等译:《古丽莎拉,再见》,新疆青少年出版社,2001年,第1页。

良并没有感动鲁苏里。最后,他为了别的女人对她说了三个"塔拉克"①。于是,"她亲手栽的花卉,她用汗水浇灌的果园,她用感情温暖的这个家,从现在起要和她告别了;伴随着自己的歌声、劳动和爱情度过最美好时光的这个村子,也不是她的了"。这样的打击让则莱甫罕几乎到了精神失常的边缘。祖尔东的另一短篇小说《模糊的窗口》②中的萨尼汗,则令人想到美国黑人女作家艾丽丝·沃克(Alice Walker)的女权主义小说《紫色》③中的女主人公茜莉。茜莉14岁时被继父强奸,嫁给鳏夫X先生后又成为丈夫的奴隶和泄欲工具。萨尼汗的命运与之相似。她13岁时就被继父的儿子强奸,出嫁后的第一任丈夫因为未得到她的童贞便作践她。为了养活妈妈和供女儿上学,她又嫁给了第二任丈夫库德来提阿洪。可是,不够"清白"的历史成为握在丈夫手中的把柄,她的美貌成为遭受无缘无故打骂的理由。《紫色》中,茜莉在莎格的帮助下走出家门,迈出了反抗男权压迫的第一步;而萨尼汗却是自始至终忍气吞声,终于被丈夫休掉。此后,经常欺负萨尼汗的库德来提的又一任妻子也被休了。"这场没有结局的话剧要有多少女人蒙受屈辱才落幕呢"?透过这个家庭"模糊的窗口",映照出迄今一部分仍在遭受夫权压抑的维吾尔族女性的人生。

如果说祖尔东·沙比尔是站在人性的立场上对丈夫淫威下委曲求全的维吾尔族妇女寄予深切同情,那么哈丽旦·伊斯热依力的《轨道》④则是以女性主体的身份反思爱情、婚姻、道德、义务、责任等人生命题。患了失忆症的女主人公阿斯娅在病榻上阅读自己在灾难性的

---

① 按传统,穆斯林男人说三个"塔拉克"即可休掉妻子。
② 祖尔东·沙比尔著,梁学忠等译:《古丽莎拉,再见》,新疆青少年出版社,2001年,第157页。
③ [美]艾丽丝·沃克(Alice Walker)著,杨仁敬译:《紫色》,北京十月文艺出版社,1987年。
④ 哈丽旦·伊斯热依力:《轨道》,见小说集《城市没有牛》,新疆青少年出版社,2006年,第16页。

少数民族传统伦理与多样化的性别生态
——当代新疆少数民族文学的性别书写

婚姻中记录下来的痛苦经历和情感,难以相信日记中的不幸女人就是自己。她从小铭记母亲"好好学习,长大不要指望男人生活"的鼓励,终于上了大学,并留在大城市工作,但是她的处境并没能比母亲强。在她结婚的当天,丈夫阿布里克木的前女友玛依努尔结束了自己的生命。从此,丈夫便将怨忿宣泄在妻子身上,动辄喝酒殴打阿斯娅,哪怕她有孕在身或刚刚过了产期还在月子里,照样扭住头发拳打脚踢。作者不仅写出了维吾尔妇女在丈夫暴力行径下身体上的创伤,更深刻地表达了受虐妇女精神上的屈辱、疲惫和孤独:"我怕设想未来,未来像烟雾笼罩下的荒坟一样让我感到厌恶、恐怖","生命对于我已经成了累赘和痛苦","我像蚕一样独自生活在用幻想罗织起来的僻静的空间,觉得自己仿佛是一个百岁老人,而实际上到今天我才39岁……"正是在这种精神状态下,阿斯娅宁愿过去的一切根本不存在,将失忆看做一种解脱。

新疆其他少数民族的文学作品中,也经常可以见到关于家庭暴力的描写。例如,哈萨克族作家朱玛拜·比拉勒的长篇小说《寡妇》①中,主人公小寡妇的婆婆年轻时因为有一次在丈夫外出牧羊时留宿过客而引起丈夫的不满。为此,她遭到踢打后孩子流产,并从此失去了生育能力。回族女作家温萍在小说《姨娘》②中写到的姨娘,因早婚而落入泥淖。在姨夫的铁拳下,14岁的她就经历了流产之痛。蒙古族女作家纳·哈斯的小说《给妈妈的信》③中,通过蒙古族少年曼都勒给妈妈的一组信,记述了他那好吃懒做、酗酒吹牛的爸爸如何对身为教师的妈妈阿勒坦"抬手就打,抬腿就踢",并最终将其辱骂后撵出家门。

在汉民族的文化传统中,夫为妻纲、三从四德的伦理观念曾经培

---

① 朱玛拜·比拉勒著,叶尔克西·胡尔曼别克译:《寡妇》,新疆人民出版社,2006年。
② 温萍:《姨娘》,《回族文学》2003年第4期。
③ 纳·哈斯:《给妈妈的信》,见新疆维吾尔自治区党委宣传部编:《新疆新时期少数民族文学作品选·短篇小说卷》,作家出版社,1999年,第409页。

育了男性在家庭中至尊的权力意识以及女性对男性的顺服心理。新疆少数民族关于夫妻关系的表述与汉民族不尽相同，但基本上遵循的也是男尊女卑、男强女弱的伦理秩序。例如，在信仰伊斯兰教的少数民族中，《古兰经》①明确训示"男人的权利比她们高一级"(2:228)。男性对女性的暴力辖制和伤害甚至也得到宗教的许可。例如《古兰经》规定，"你们的妻子好比是你们的田地，你们可以随意耕种"(2:223)，"你们怕她们执拗的妇女，你们可以劝诫她们，可以和她们同床异被，可以打她们"(4:34)。家庭暴力是男性中心的性别压迫制度的极端表现。在以宗教为背景的少数民族文化传统中，女性所受到的制约有时更甚于汉民族女性。于是，读者在新疆少数民族文学关于家庭暴力的书写中看到，面对丈夫的虐待，大多数女性都抱着逆来顺受的态度，鲜有进行反抗者。

美国女性主义的先驱、启蒙思想家玛丽·沃斯通克拉夫特(Mary Wollstonecraft)指出，"温顺"是"男人"捏造出来的女性美德，这种有关女性优点的错误观念将女性压抑得太深了。她指出："温顺的确代表了所有伟大的性格与屈尊俯就那优雅动人的风姿相结合的典型特征，但是它表现出不同的形式：当表现为依赖屈从时，它就作为需要呵护的脆弱爱情的支撑；当表现为忍耐克制时，是因为必须默默地忍受伤害，虽在鞭挞之下，还要笑脸相迎，不敢反唇相讥。这就是一个所谓有修养的女人的可怜相，这就是人们公认的，被徒有其名的理论家们从人类美德中分离出来的女性美德。"②在新疆少数民族题材文学作品关于家庭暴力的描写中，我们看到的正是沃斯通克拉夫特所揭示出的"温顺"的第二种表现形态。"温顺"不是少数民族妇女的天赋禀性，而

---

① 《古兰经》：马坚译，中国社会科学出版社，2003年第2版。
② [英]玛丽·沃斯通克拉夫特著，谭洁、黄晓红译：《女权辩》，广东省出版集团、广东经济出版社，2005年，第23页。

少数民族传统伦理与多样化的性别生态
——当代新疆少数民族文学的性别书写

是妇女在"必须默默地忍受伤害"的传统伦理观念规训中习以为常的选择。"第二性"的历史处境使少数民族女性将性别压迫制度内化为行为准则,失却自我主体意识的同时也失去了反抗的能力。

二

少数民族传统伦理中性别关系的不平等,还体现在民间文化对两性贞操截然不同的要求上。朱玛拜·比拉勒的小说《寡妇》,以巴兰沙家族一位小寡妇的风雨人生,绘制了20世纪上半叶哈萨克族的游牧生活图景;又以同家族中一位中年丧偶的法官的种种情事,勾勒出20世纪下半叶哈萨克人进入城镇后的生存世相。两相对照,映现出哈萨克人艰辛的历史际遇和混沌的现代化进程,于其中见出人情风俗的沿习与变革,凸显了男女两性在民族伦理中的不同处境和命运。

小寡妇生逢乱世又命途多舛。她15岁嫁给巴兰沙家大帐第十五代传人,儿子刚刚出生,丈夫就英年早逝了。年祭过后,由"哈孜大人"(民间法官)主持,小寡妇被判定必须终生寡居。根据教义,一个死了丈夫的女人可以有两种选择,一种是离开家族开始新的人生,但要把"用锅灰写的休妻书贴到自己的脸上","还要拿着《古兰经》,高呼三声'撒旦于我比亡灵还亲!'"另一种则是做一名清教徒,吻着亡夫的护身符发誓从此"再不问津男人"。小寡妇在强大的家族伦理与宗教教规的压力下,不得不选择终生寡居。"偶尔,这个漂亮的女人那颗年轻的心也会莫名其妙地被吹过旷野的风带到某个不可知的角落去",但是她必须收心养性,自我约束。她接受了严格的寺院教育,"如果你想在末日审判时,光彩地见到在那个世界等候你的夫君,那么,你就必须杀死在这个世界上躲在你内心里的情虫。在别的男人面前,你必须保持沉默和肃静"。这样的宗教律令给小寡妇戴上了强大的精神桎梏,"她那曾像泉水一样清洌的私欲被沉重的石头封死。哈孜大人、比大人、公公大人、婆婆大人，还有巴兰沙主帐的威严、亲戚们的希望，将她彻底变成了一个一心守妇道尊教规的女人"。小寡妇以自己的循规蹈矩和周到处世获得了族人的认可，确保了自己在巴兰沙家族的尊严和地位。但在半世飘摇之后，50年代的"肃反"运动期间，她的财产被瓜分一空。这一遭际对她自身是巨大的悲剧，而其对家族的意义也在家庭败落的结局中被消解。守寡终生，成就的只不过是一个关于家族荣誉的神话。

女性被要求为男性家族守贞，男性却可以自由纵欲。同样身为巴兰沙家族一员的法官，其人生际遇与小寡妇有着天壤之别。50年代他曾被发配到塔里木，在那里劳教了20年，也吃了不少苦头，但是在苦难的岁月里，妻子一心一意跟他过日子，对他照顾有加。待平反回到家乡后，他当上了令人敬慕的法官，大权在握，收入不菲，过着声色犬马的生活。与前述小寡妇被族人齐心协力逼迫守寡的情形形成鲜明对比的是，法官的发妻病逝后，"他的同事、朋友，他的七大姑八大姨，一年来，不知有多少热心人为他的婚事操足了心，给他介绍女人，帮他谋划新生活"。即使如此，法官也没有满足，"他就像一只绿头苍蝇，知道什么地方，有宰了牲口的人家丢掉了肉渣儿，好让它去享受"，"他的职业给他提供了一种可能性，使他结识了很多离婚的妇人、寡居的女人，甚至一些老姑娘"。于是他放下"鱼钩"，等待女人们前来投怀送抱。

巴兰沙家族男女有别的贞操要求折射出新疆少数民族传统伦理中男性中心的双重道德标准。日本诗人与谢野晶子认为，贞操道德，"若单是女子当守，男子可以宽假；那便是有抵触，便是反使人生破绽失调的旧式道德"。如果视贞操为只有女性才守的道德，只能证明贞操并非道德，因为道德应该具有"人间共通应守"的特性。因此，与其

少数民族传统伦理与多样化的性别生态
——当代新疆少数民族文学的性别书写

把贞操当做道德,不如把它仅仅视为"一种趣味,一种信仰,一种洁癖"[1],每个人都可以选择却毋需强迫。以与谢野晶子对道德"决无矛盾",并且能够将人类导向"真实自由正确幸福的境地"等特性的阐释来衡量,《寡妇》所揭示的单纯针对女性发生强制作用的贞操律令充满了荒谬,分明属于早该废弃的"暴虐的道德"。

在其他少数民族的伦理规范中,对寡妇再嫁的态度并不都是如此苛刻。比如回族遵守伊斯兰教的规定("待婚期满的时候,她们关于自身的合理的行为,对于你们毫无罪过",《古兰经》2:234)就支持寡妇改嫁,甚至在民间还流行有"叨寡妇"的风俗[2]。然而回族传统道德中对贞操的要求也是男女有别的。《古兰经》规定,如果妇女做了丑事是得不到原谅的,"你们就应当把她们拘留在家里,直到她们死亡,或真主为她们开辟一条出路",而"你们的男人若做丑事,你们应当责备他们俩;如果他们俩悔罪自新,你们就原谅他们俩"(4:15—16)。对两性贞操的差别要求在不同民族日常生活中的表现也许不尽相同,但其基本倾向都是对女性的要求更加严苛一些。例如在维吾尔族的传统伦理中,"贞操是女性首先必须遵从的道德标准",婚前贞洁尤为重要。"维吾尔族以往的早婚习俗,很大程度上根源于这一贞洁观念。因为,在他们看来,女孩子天生孱弱,无力保护自己,早早出嫁可以避免婚前失贞。"[3]由此,我们不难理解为什么在许多新疆少数民族文学作品中,十四五岁的姑娘即被热恋甚至已进入婚姻城堡。

当然,新疆少数民族女性在性别关系中的处境并不总是悲惨无望的,女性的实际生存状态远比家庭暴力或贞操束缚所界定的要丰富得多。至少文学作品中同样能够看到,在某些民族的日常生活中,男女

---

[1] 与谢野晶子著,周作人译:《贞操论》,见舒芜编录:《女性的发现——知堂妇女论类抄》,文化艺术出版社,1990年,第52、55、56页。
[2] 马绍周、隋玉梅:《回族传统道德概论》,宁夏人民出版社,1998年,第155页。
[3] 何星亮:《维吾尔族传统的伦理道德》,《西域研究》1995年第2期。

之间的交往有相当的自由度,女性有可能在顺服的表象下掌握家庭的"实权",甚至可以在更宽广的人性层面实现自己的正当欲望。

通常情况下,出于严守贞操的考虑并受宗教影响,新疆许多民族对女性的社交有一定限制,比如维吾尔族妇女戴面纱的习俗。面纱既带给女性压抑,也给予她们保护。又如,衣饰的内敛与遮盖是为了阻隔男女间的交往,但是在一些游牧民族那里,女性却有一定自由交际的权利和机会,尤其在节日盛会、草原上的谈唱、赛马、叼羊等赛事中,男女青年可以近距离接触和共同娱乐。如浩·巴岱《娇嫩的花儿》[①]中写到蒙古族的"塔克勒根节"(草原上一年一度庆祝牧业丰收的盛会),"打扮的似嘉宾一般的男女牧民,川流不息地涌向节日会场"。姑娘们与小伙子有打趣有私会。哈萨克族女性也是如此,可以在家务劳动之外参加阿肯弹唱、姑娘追、喜宴、舞会等文化娱乐活动。夏木斯·胡玛尔的长篇小说《潺潺流淌的额尔齐斯河》[②]中,叶尔肯的妻子库莱就是一位女阿肯,她受邀参加乡里的阿肯谈唱会还获得了二等奖。即便是《寡妇》里的小寡妇,也只是在丈夫去世的一年内严禁与外界来往。丈夫在世的时候,"她可以有说有笑,可以与同龄人放肆地调侃"。亡夫年祭之后,她也可以与外界自由交往,"可以骑着马出去串门,跟女人们聊天,也可以参加人家的红白喜事"。

在哈萨克族这样的游牧民族的家庭关系中,女性处于谦卑从属的地位,"哈萨克族的家庭是父系家长制,父权是至高无上的,妻子必须服从丈夫"[③],但因为流动的游牧生活方式及女性在操持管理家事中发挥的重要作用,相对于其他信仰伊斯兰教的少数民族而言,哈萨克族

[①] 浩·巴岱:《娇嫩的花儿》,见小说集《昵美尔山风云》,新疆人民出版社,1989年,第1页。

[②] 夏木斯·胡玛尔著,叶尔克西·胡尔曼别克译:《潺潺流淌的额尔齐斯河》,新疆青少年出版社,2006年。

[③] 贾合甫·米尔扎汗:《哈萨克族文化大观》,新疆人民出版社,2000年,第206页。

少数民族传统伦理与多样化的性别生态
——当代新疆少数民族文学的性别书写

女性不可能像农耕文化中的女性一样"锁在深闺",她们不仅需要外出,有时还可以在表面的谦卑下掌握实际的家庭事务支配权。前述《潺潺流淌的额尔齐斯河》的故事中,叶尔肯的妻子库莱和霍拉拜的妻子哈蒂大婶都是颇有持家之才的泼辣女性。从恋爱时起,库莱就表现出强于叶尔肯的主动性。婚后,能言善辩又聪明能干的库莱在发表自己的见解时,很"知道怎么借叶尔肯之名来保护自己"。在定居、盖房、种地等问题上,她也表现得比叶尔肯更加决断。在霍拉拜的家庭中,哈蒂大婶正像阿克拜老汉所戏称的,仿佛是"总统"。虽然她平日里是霍拉拜的"温顺的老婆",但是在为筹盖房款而卖大畜,与牲畜贩子讨价还价的时候,她的从容果断令阿克拜、霍拉拜这些男人叹服。在定居盖房的事件中,她也像库莱一样明晓事理且雷厉风行。这些妇女对家庭重大事务的决策、她们的果敢,在男性作者夏木斯·胡玛尔这里并没有受到批评,叙事中所使用的褒奖语气显示出作者对女性才能的赞誉,这与男权传统中压抑女性才能的倾向明显不同。在现实生活中,一些区分男女性别等级的严格礼法慢慢蜕化为形式的遗存,生活中"越轨"的现象越来越成为常态。

夏木斯·胡玛尔对女性欲望也没有采取贬抑的态度。作品写到哈蒂大婶与阿克拜老汉的婚外性关系时没有作严厉的谴责。哈蒂一边愤怒地声讨阿克拜在动乱年代利用队长的职务之便,利用秋天男人们上山放牧之时潜入牧民家欺负妇女的行为,一边又感受到阿克拜的性侵犯带来的前所未有的身心愉悦。她不断自责,感觉一夜之间自己变成了坏女人,可是二十多年以来却"没有一个人说她是误入歧途的坏女人"。哈蒂没有因此寻死觅活,而是在岁月流逝间,冰释了对阿克拜的一切情怨。

对于触犯教规族规的男女情事,少数民族的处理方式也与中原汉族对同类事件的处理方式不同,体现出更为宽容的人性原则。《寡妇》中的小寡妇在少女时代已与邻家少年初尝了禁果的味道,但是除了被

279

父母强行隔绝之外,并未受到严惩,甚至夫家也并未以此为由取消婚约。朱玛拜·比拉勒的短篇小说《蓝雪》写到对偷情男女的处置。胡尔丽海莺接受了"被呛水"的惩罚,因为她在丈夫逝去才十个月的时候就另觅新欢与人偷情。"呛水"就是把受罚者夯入冰窟窿里,拖出,再夯入,反复多次。胡尔丽海莺最后被拖出水时已是奄奄一息。面对这样令人毛骨悚然的刑罚场面,"竟没有一个人出言辱骂什么,那一对年轻人也不喊叫"。无论施以刑罚的人、受罚的人还是围观者,对这种惩罚均是认可的。按世代约定俗成的族规,寡妇不能守贞理所应当接受惩罚。然而奇特的是,对法规的认可并未影响人们在人性层面对犯忌男女的谅解,"刽子手"们只是按程序夯水,却并没有打那一对年轻人。尤其是当刑罚结束后,"一位黑瘦的老太太赶忙扶起胡尔丽海莺匆匆离去","生怕冻坏浑身是水的年轻少妇"。也就是说,按照家规或民族习俗,犯不贞之罪的女性必须接受应有的惩罚,但在人性的层面,百姓们又是能够理解并更愿意原谅这些不贞之女的。与儒家文化中对"荡妇"的妖魔化和绝不原谅的态度不同,胡尔丽海莺即使有错,在人们眼中仍然是美丽而倔强的。她不仅得到原谅,而且还受到祝福,"一个月后,幸福终于回到这个守寡不久的女人头上。她就要和那位热恋着她并一同身遭厄运的男人结婚了"。主持过她的刑罚的头人又主持了她的婚礼,洗过银戒指的蜜糖水被新郎新娘及在座的每个人品尝。如此这般先是受到严厉责罚而后终又皆大欢喜的情景,在汉民族被诬为"荡妇"的女性人生中是很难想象的。

三

就文学书写中反映出的新疆少数民族不平等性别关系的状况来看,其根源在于英国社会学家沃尔拜(Walby, Sylvia)所指称的私人父

少数民族传统伦理与多样化的性别生态
——当代新疆少数民族文学的性别书写

权制。"私人父权制的特征是家庭中父权关系的主宰地位"①。少数民族女性的家族财产化是私人父权制的实证。许多少数民族的女性作为个体人的权利均被剥夺,她们沦为被父亲或丈夫占有的、可与牛羊布匹等物物交换的地地道道的物品。女性作为"人"的资格的丧失通过两种习俗暴露无遗:一是买卖婚姻的普遍存在,一是"过继婚"制度的世俗合法性。

买卖婚姻是通过收受一定数量的财物,把女子的所有权由父亲移交给丈夫。女儿未出嫁时是父亲的财产,一伺成人,马上嫁人使之转化为现实财物,致使"婚姻多具有买卖婚姻的性质,男方必须向女方付彩礼,其数量由新娘父亲及直系亲属或保护人来定"②。老作家王玉胡的电影剧本《哈森与加米拉》③中,居努斯巴依向贝森提亲时,像买卖商品一样,主客就加米拉的身价有一番争议。主方提出"贝森兄弟虽说穷,可他的姑娘挺好,这身价至少是七十匹骡马",客方则主张"四十匹最公平,双方都不吃亏"。最后,加米拉被以四十五匹马的价格许配给居努斯之子帕的夏伯克。蒙古族作家浩·巴岱在短篇小说《娇嫩的花儿》中,也细致地描写了道尔吉与仁青两家为儿女成婚商定陪亲要价事宜的盛大隆重场面。夏木斯·胡玛尔在《潺潺流淌的额尔齐斯河》中,批判了"随着市场经济的发展,哈萨克人把其他的生意都放在了一边儿,却找到了买卖儿女的各种途径"的丑陋风习。小说中阿克拜老汉的儿子相中了一位姑娘,可是与这位姑娘订亲的花费足以让一个普通人家倾家荡产。先是女方家庭三人来阿克拜家"看灶火",每人都需奉上重礼,然后男方母亲携重礼去女方家"扎鹰羽"正式定亲,之后女

---

① [英]沃尔拜著,吴晓黎译:《女人与民族》,见陈顺馨、戴锦华选编:《妇女、民族与女性主义》,中央编译出版社,2004年,第80~81页。
② 贾合甫·米尔扎汗:《哈萨克族文化大观》,新疆人民出版社,2000年,第207页。
③ 王玉胡:《哈森与加米拉》,见电影文学剧本选集《塞外风云》,新疆青年出版社,1962年,第159页。

方派出三十人来男方做客,男方必须按要求为每位客人准备礼品/礼金,送走客人后,男方再去给女方十户人家送彩礼,最后还要再请女方母亲来做客,并且再送一匹乘骑。如此下来,即使像阿克拜这样的富裕人家也几乎被扫荡一空。

当父亲把女儿当做财产处理时,父亲与女儿之间的人伦亲情便付之阙如了。我们在大量的少数民族文学作品中都能看到父女之间的紧张关系。维吾尔族女作家热孜万古丽·玉素甫的短篇小说《沙枣花》①中,小姑娘赛丽曼从小就感到爸爸"可怕"。16岁时,她被父母嫁给貌似"刽子手"的陌生男人,新婚之夜赛丽曼在极度恐惧中落荒而逃并精神失常。浩·巴岱的中篇小说《昵美尔山风云》②中,艾来巴音的女儿敖东与哈图相爱,艾来巴音却逼迫她嫁给60岁的千户长做二房,敖东只好孤身离家出走,前往迪化寻找哈图。父女绝情的极端表现是朱玛拜·比拉勒的短篇小说《渴望》③中写到的胡尔芝拜父女。因为女儿未婚先孕令自己失了颜面,胡尔芝拜竟派人去杀害女儿,并亲手将女儿的恋人杀死。女儿是物品,她的价值只有通过与他人缔结婚姻换回财物才得以实现。除此之外,她的生死存亡、幸福与否等都不再被关注。在这种情况下,女儿仿佛并不是有血有肉有感情的生命,也不是与父亲血脉相连的亲人。

实际上买卖婚姻不仅冻结了父女情,也侵蚀了夫妻之爱,造成很多无爱婚姻。因为买卖婚姻中,交易双方以女方的相貌、青春、品德、门风甚至仅仅是性属来换取男方的门第、财物,男方用财物买来的是女方的青春美貌。而青春美貌是易逝的,当女性作为消费品的价值损

---

① 热孜万古丽·玉素甫:《沙枣花》,见新疆维吾尔自治区党委宣传部编:《新疆新时期少数民族文学作品选·短篇小说卷》,作家出版社,1999年,第205页。
② 浩·巴岱:《昵美尔山风云》,见作品集《昵美尔山风云》,新疆人民出版社,1989年,第34页。
③ 朱玛拜·比拉勒:《渴望》,见小说集《蓝雪》(叶尔克西·胡尔曼别克译),新疆青少年出版社,2001年,第16页。

少数民族传统伦理与多样化的性别生态
——当代新疆少数民族文学的性别书写

耗以后,就会像真正的物品一样被役使,像《葡萄的精灵》里的则莱甫罕一样"成了男人的铺盖、拐杖"。这种交易中,真正的交易人是双方父母,缔结婚姻的男女当事人无权按照自己的意志去选择配偶。尤其在早婚习俗中,父母控制子女婚姻成为必然①。这种情况下,刻骨铭心的爱情常常在婚姻之外。如《寡妇》中的小寡妇,因为早已被父母定了娃娃亲,她少女时代与邻家少年的恋情便成了不正当的感情,被父母强行隔绝,饱受思念之苦。最终,她与恋人只得在父母的掌控下各自嫁娶。

过继婚,或叫"收继婚"、"转房婚",指寡居的妇女可由其亡夫的亲属收娶为妻②。这种婚姻制度在古代西域诸民族中相当普遍,近现代新疆少数民族的婚姻习俗中也仍有保留。朱玛拜·比拉勒的小说《少妇》③和《符咒》④从不同角度展示了这种古老的过继婚制度的残酷。前者以第一人称儿童叙事视角写堂嫂的悲剧人生。"我"的堂兄年仅18便亡故了,而之前他已订了婚约,"双方除了大人们之间有过会面,两个年轻人并没有任何来往"。即便如此,"我"方家族的人也不愿意放弃那位族源好、风水好、人品也好的15岁的未婚堂嫂,将她强行抢回来给年幼的小弟哈比做转房妻。小姑娘并不愿意就这样被嫁掉,"她像一匹烈马那样踢腾着手脚"。可是这样做于事无补,抢亲的人并没有放过她。小嫂嫂来到"我"家后,渐渐也就适应了身为"少妇"的生活。间或受到其他青年男性的骚扰,她也能洁身自好,"小心地跟在哈比的左右"等待他的成长。

这里个人的情爱完全被剥夺,堂兄与小嫂嫂结亲,本来就没有感

---

① 徐安琪:《新疆维吾尔族的婚姻制度与妇女福利》,《妇女研究论丛》2000年第5期。
② 董家遵:《中国古代婚姻史研究》,广东人民出版社,1995年,第3页。
③ 朱玛拜·比拉勒:《少妇》,见小说集《蓝雪》(叶尔克西·胡尔曼别克译),新疆青少年出版社,2001年,第60页。
④ 朱玛拜·比拉勒:《符咒》,见小说集《蓝雪》(叶尔克西·胡尔曼别克译),新疆青少年出版社,2001年,第118页。

情基础,完全是由父母物色、行礼、送财物订下的婚约;再转房嫁给年幼弟弟,更不见了爱情的踪影。过继婚的实施实际上就是将女性作为家族私有财产的结果,是无视女性生理、心理需要,无视女性人性真实的陋习。可悲的是,这种陋习不仅被男方家族忠实践行,也为女方家族接受,连直接的受害者——新娘也只是略作反抗后便全面服从了。《符咒》中,比叶特家族比官大人萨布尔胡勒家的小寡妇在丈夫年祭过后生活恢复正常,开始向往新生活。按民族习规,她自然也是要成为小叔子的转房妻,但是她的小叔子在外服兵役,于是她对家族产生了怨恨之情——"凭什么她不能把握自己的命运"?在这种情绪的支配下,她做出了偷情的丑事,被人捉了奸。小寡妇几乎身败名裂,可是与儒家文化影响下的汉民族的处理方式完全不同,小寡妇并没有被夫家休出家门,反而是在外服役的小叔子被批准解甲归田,回来继承兄长的家业(包括寡嫂)。也就是说,作为家族财产的寡妇,即使犯了不贞之罪,仍然还是家庭财产,可以惩罚,但不可以丢弃。然而,在外服役三年的小叔子已与族内其他青年有了很大不同,他认为娶寡嫂是对长兄灵魂的亵渎,因此拒不接受。家族委托哈力大人对他发咒以示惩罚,恶毒的符咒似乎真的灵验了,年轻人在放牧时受风寒而中风。这样的故事深刻地写出,过继婚的陋习不仅对女性是一种摧残,对男性同样也是一种折磨。

　　因为女性的物品化、商品化、家族财产化,并且私有财产由男性所拥有并继承,男女在婚姻关系中就不可能达到平等。男方花钱财娶妻,妻子就成了男方家族的私有财产,可以使用、可以殴打、可以继承。也出于同样的原因,一夫多妻成为能够被民族伦理接受的行为。例如,哈萨克族作家艾克拜尔·米吉提的微型小说《阿瓦罕》[①]中,美丽的阿瓦罕因不满丈夫纳妾的行为,向减租反霸工作队谎报丈夫与富豪、

---

① 艾克拜尔·米吉提:《阿瓦罕》,《伊犁河》1985年第4期。

少数民族传统伦理与多样化的性别生态
——当代新疆少数民族文学的性别书写

乡约们共谋暴乱,本想借工作队"吓唬"一下丈夫,却导致丈夫被处死的后果,阿瓦罕也因此精神失常。

与阿瓦罕反对丈夫娶妾酿成悲剧不同,朱玛拜·比拉勒的短篇小说《童养媳》[①]写的是一夫多妻为当事人及其家庭带来的福气。一次伤寒病毒蔓延之后,整个村庄都笼罩着死亡的阴影,一户人家的男主人在埋葬了妻子和大女儿之后自己也倒下了。弥留之际,他把自己幸存下来的小女儿托孤给自远方前来看他的好朋友,要求让女儿当好友家里的童养媳。好友并没有子嗣,小姑娘一天天长大,按照约定,即将嫁给男主人为妾。女主人因此而对小姑娘充满忌妒。作品于此对三个人物的描写隐含了多重意味。意欲维护自己婚姻的女主人,被描绘成一个吝啬、仇忌甚至歹毒的女人,"像一只母狗一样鼠目寸光","像一匹坏脾气的母马";而男主人虽然说是"对那个可怜的孤女没有过非分之想",但又并不对妻子好言解释,却"举起了鞭子,把那糊涂的女人抽得个体无完肤",后来又在比官大人的主持下半推半就娶了孤女做小妾;小姑娘则谨记父亲的遗命,放弃嫁给年轻后生开始新生活的机会,执意要嫁给可以当她父亲的男主人为妾。比官大人对这家家庭纠纷的判词很是特别:"男主人的上半身是神圣的,属于女主人;而他的下半身是污浊的和罪恶的,属于小妾。"这场官司表面上看是小姑娘获胜,但最终的受益者无疑是男主人,他"在两个女人精心的呵护下,脸色红润了,气色也渐渐好起来"。这种令现代人无法理解的婚姻关系却被村民高度认可。作者让男主人表现得毫无贪念,迎娶小妾后,他能在两个女人间找平衡,缓解矛盾,家业越来越兴旺发达。小妾的形象也被美化,她有清醒的头脑,行事有方。当丈夫被马仲英的残兵杀害后,是她毫无惧色据理力争,要回了丈夫的遗体并操办了正式的葬

---

① 朱玛拜·比拉勒:《童养媳》,见小说集《蓝雪》(叶尔克西·胡尔曼别克译),新疆青少年出版社,2001年,第28页。

礼。她从25岁的人生花季开始，为丈夫守寡长达50年之久；并且为女主人养老送终，抚养儿女成人，功德圆满地走完了自己的一生。在这场奇怪的三人婚姻中，唯一受嘲笑的反而是正当权益受到损害的女主人。

这两部作品其实都是在暧昧不明的态度中表现出对一夫多妻的认可——反对纳妾可能家毁人亡，接受纳妾则会家业兴旺。对男性家族来说，多迎娶一位妻子就可能使家业更加繁盛，这实质上暗示着，占有多位女性的过程就是为家族"添置财物"的过程。尽管与儒家伦理中"妻妾有别"的等级观念不同（丈夫被要求公平地对待正妻和小妾），但是仍然可以看出女性独立人格的沦陷。

综上，当代新疆少数民族文学某种意义上具有作为性别文化"活化石"的意味。家庭暴力、妇女贞操、买卖婚姻、过继婚、一夫多妻、父权制家庭伦理关系，这些性别文化现象像标本一样——呈现。同时，在富有民族特色的文学场景中，我们看到，由于少数民族特殊的生活生产方式、特殊的宗教文化传统，由于女性的生存智慧和人性可能具有的宽度，新疆各个少数民族在性别关系上既存在着压迫/被压迫的对立局面，又具有控制/反控制的易位状况。少数民族女性在男权伦理法则下"偷"得的生存空间、不时显露的主动性，使原本明朗的性别权力关系出现了游移模糊的区域，这种性别伦理状况的现实提醒我们，中国的妇女问题从来都并非铁板一块的整体，其内部存在着因民族、区域的不同以及其他各种因素带来的复杂面貌，对此，有必要进行认真而具体的考察和分析。

蒙古族生态叙事的民族认同与女性想象

包天花

毋庸置疑,在文学创作中,蒙古族生态叙事的兴起有着复杂的内因和外因。然而,当我们回溯到蒙古族生态叙事产生的具体社会文化语境中,会发现这些文本的建构无疑是以蒙古族作家对自身所属民族的认同与建构为内在支撑的。"无论侵略、殖民还是其他派生形式的交往形式,只要不同文化的碰撞中存在着冲突和不对称,文化身份的问题就会出现"①。虽然乔治·拉伦关于文化身份问题的论述是以欧洲殖民者与殖民地本土文化关系为指向的,但在很大程度上,这一论断也适用于 20 世纪 80 年代以后中国境内蒙古族知识分子中兴起的民族认同诉求。

首先,随着政治意识形态制造的"社会主义大家庭"神话的幻灭,由于地域的边缘性以及经济的滞后性,蒙古族的边缘性开始在社会生活各个层面被凸显;再者,在 80 年代以来的中国社会转型中,蒙古族世代延续的逐水草而居的游牧生活遭遇剧烈变迁。以此为依托的民族传统文化,也因西方异质文化的广泛传播、渗透以及汉族文化的强势在场,不断地被同化和消解,乃至呈现出溃败之势。而仰望历史的天空,回顾祖辈的荣耀,愈加剧了当下蒙古人的文化焦虑。

---

① [英]乔治·拉伦著,戴从容译:《意识形态与文化身份:现代性和第三世界的在场》,上海教育出版社,2005 年,第 194 页。

可以说,面对现代化进程中民族生存境遇以及民族文化的失落,蒙古族人文知识分子关于身份的惶惑是一种历史的必然。于是,从80年代至今,民族认同很自然地成为了他们内在的文化诉求。而作为文化重要构成的文学也必会从各个维度,以自己的方式,对这一诉求予以表征。所以,80年代以来蒙古族文学创作浪潮虽然此起彼伏、纷繁多变却都始终未曾远离民族认同这一精神暗河。而兴起于80年代初并延续至今的蒙古族生态叙事,所做的亦是通过对蒙古族传统游牧、狩猎生活方式的诗意化表达。在这一表达中,创作者试图构筑人与自然和谐的生态家园,重构蒙古族生态文化,凸显民族传统文化的现代价值,进而实现民族认同。在某种意义上可以说,生态叙事是当代蒙古族作家以文学想象方式建构民族认同的一条"捷径"。因为,从理论上看,由于自身固有的一些质素,蒙古族的游牧文化在现代化进程中显得有些"落后",但在"生态"这一与现代化有着不可调和矛盾的领域中,它却有着得天独厚的优势。

基于蒙古族生态叙事与民族认同之间有着重要关联这一基本现实,我们需要探讨以下问题:在相关的具体文本实践中,作家是如何展开民族认同建构的,这一建构具有怎样的结构性特征以及在此过程中所反映出来的深层次问题。因为唯有探明这些问题,才有可能全面而深入地了解蒙古族生态叙事,并以此为基点,理性地思考当下少数民族文学在文化全球化语境中建构自我民族身份这一文化话语实践的影响与意义。

笔者在具体研究中发现,在蒙古族生态叙事的民族认同建构中,性别表述起了很大的作用。因此,本文尝试以蒙古族生态叙事中的性别书写为考察对象,从这一特定角度入手,通过分析其深层文化内涵,揭示作家如何运用性别所具有的象征意义,在生态叙事空间中完成民族认同这一特定意义的生产,从而对民族认同的结构性特征及相关问题进行思考。

蒙古族生态叙事的民族认同与女性想象

一、女性与自然的互指：民族认同"合法性"的获得

女性与自然的本源同构观念源远流长，在某种程度上，甚至可以说是人类的一种集体无意识。因此，在人类文化史中，女性与自然这两个符码的互相指涉一直都是极为常见的修辞方式。蒙古族生态叙事创作主体亦采用了这种古老而又常新的修辞，在女性与自然的互指中，营造诗意家园，传达对民族祖地景观的依恋之情，进而激发本民族成员的民族自豪感。此外，从叙事伦理的角度看，蒙古族生态叙事在具体的自然"女性化"、女性"自然化"修辞中，充分利用文化的互文性，在具体叙事场域中，赋予生态叙事以伦理的合法性。

有学者在谈到"十七年文学"的性别叙事时指出，少女形象经常处于经典的客体位置之上，成为他人行为及意义的对象。[1] 蒙古族生态叙事中对少女形象的设置亦是如此。整体来看，在此类叙事中，作家对少女形象的描画并不多，她们在作品中大多是辅助性的次要人物。然而，当我们深入文本深层意义架构就会发现，这些着墨不多的女性形象其实负载着颇为重要的能指意义。例如，水晶花（察森敖拉《雪青色的小花》）、孥玛（满都麦《马嘶·犬吠·人泣》）、沙柳（郭雪波《沙狐》）等少女虽然个性不一，但都符合蒙古族传统文化对青年女性的期待：率真、善良、纯洁。她们以蓬勃的生命力、花一般的容颜，点缀着碧波如洗的草原，滋润着荒凉寂寥的沙海；她们和葱郁的草木、奔腾的骏马、温柔而灵性的岩羊、狡黠而优雅的野狐一道，共同组成了男性主人公栖息并眷恋的家园。毫无疑问，这样纯美、宁静、诗意盎然而又极具民族特色的家园空间，会无声息地唤醒当下蒙古族读者意识深处关于

---

[1] 戴锦华：《涉渡之舟——新时期中国女性写作与女性文化》，陕西人民教育出版社，2002年，第17页。

祖地的历史记忆,"不断地强化人们对家园的热爱、眷念和向往,不断地提醒人们自己的文化身份"①。

在具体的表述中,作家偏好用"自然化"的修辞描写少女的容貌和身体。比如:"翁衮敖包一样的轮廓分明的乳房","沙坨子里一棵漂亮的沙柳",等等。于是,诸多类似的描画使得生态叙事空间中的自然与女性呈现出互涉同构的存在状态。而在既有社会文化中,属己性资源的排他性是不证自明的。因而,在女性与自然的互指中,生态叙事语境中生态/文化英雄捍卫民族原住地自然资源,就在更深层次的意义维度上获得了合法性、正当性。甚至像满都麦《马嘶·犬吠·人泣》中嘎慕剌老人为了惩罚射杀生活于爱情桦林中的母青羊的猎人,"用已经偏僵的活扣套住了那家伙的脖子,转身甩出十几丈远"这一不很"人道"的行为,也因为这一意义的转换而具有了正当性。因为某一行为的伦理正当性,根本在于它"与某种形式的道德原则相符"②。显然,作家在此以文化的"互文性"为依据,使性别政治这一最古老、最普及的意识形态在生态语境中得以成功渗透。

二、"神化"女性想象:传统萨满文化的现代阐释

建构民族认同,本质上是"对构成民族与众不同的遗产的价值观、象征物、记忆、神话和传统模式持续复制和重新解释,以及对带着那种模式和遗产及其文化成分的个人身份的持续复制和重新解释"③。从这个意义上看,郭雪波等作家通过一系列"神性"女性形象的塑造,在

---

① 周宪:《文学与认同》,《文学评论》2006年第6期。
② [美]艾伦·格沃斯等著,戴杨毅等译:《伦理学要义》,中国社会科学出版社,1991年,第7页。
③ [英]安东尼·史密斯著,叶江译:《民族主义——理论,意识形态,历史》,上海人民出版社,2006年,第18页。

蒙古族生态叙事的民族认同与女性想象

生态叙事空间中给予蒙古族古老的萨满教信仰以新的文化内涵和现代意义,也是其强化民族认同话语实践的一种表现。

郭雪波《银狐》中的珊梅、杜撇嘴以及《安代王》中荷叶婶是"神性"女性的典型。这些女性形象的一个共同特点是具有某种"法力"。珊梅因为巧遇银狐而变得神思迷离、行迹诡异,最后与银狐共栖沙漠深处;杜撇嘴则是个"半仙",曾跟随列钦(女萨满法师)学艺,虽法术不甚精深,亦能破咒行巫;而荷叶婶则是个真正的列钦,大旱时节为祈雨而跳"安代"(萨满巫术舞蹈),最后因之而死。

文本中这些通"神"的女性与自然的关系和常人不同,她们敬畏自然,热爱自然生命,通晓自然的法则,尽力营造人与自然和谐的生态格局。比如:珊梅通"狐语",可以和银狐交流;杜撇嘴能看出银狐的非凡之处并尽力去保护;荷叶婶则是萨满法师,可以跳神秘的"安代"祭天地、拜敖包、为乡民治病。通过作品的叙述我们可以发现,造就她们如此"生态人格"的最重要的精神资源,是蒙古族萨满教。具体而言,是萨满教"万物有灵"的教旨让她们在与自然交往中形成了独特的生态价值观。这样的书写,无疑是对萨满教这一古老的民族文化信仰的现代诠释。

萨满教是蒙古族的原始宗教,对蒙古族传统生态意识的形成有着重要影响,在民族发展史上亦发生过重要作用。尽管它后因外来宗教及社会历史变迁的影响渐次式微,但并未彻底消失。据相关学者的田野调查,作为一种古老的宗教信仰,萨满教以多种新的形式延续至今,并成为蒙古族传统文化的有机构成[①]。郭雪波本人即有相关的文化背景,并于近年不断搜集整理相关资料,为打捞这一濒危的古老文化作出了很大努力。郭雪波作品中此类女性形象的设置固然是情节所需,但很大程度上也成为挖掘民族文化传统,通过与生态保护意识的勾连

---

① 参见色音:《变迁中的蒙古族萨满教》,《中国民族报》2010年11月30日。

彰显其现代意义的文化载体,甚或后者的因素更多一些。这一创作意图亦体现在具体的叙述中。我们可以发现,具体文本中的这一类女性形象多有类型化倾向,并不具备独立的人格意义。她们不是命运承担的主体,而更近乎一种文化符号。

三、蒙古额吉:民族传统文化的诗性彰显

蒙古族生态叙事中,固守传统游牧生活方式且恪守蒙古族传统文化道德的额吉(母亲)们,是作家最为钟爱的女性形象。歌唱母亲,赞颂母性,是蒙古族文学流传已久的传统。因此,生态叙事对额吉这一角色的选择,本身即是对民族共同体历史记忆的再现。在蒙古族文学史中,从古老的族源神话传说到深入人心的民间文学再到蓬勃的当代作家文学,对"母亲"的释义基本上没有突破原有的词义框架,无不承担着历史性的救赎、抚慰功能,只是不同历史时期被打上的文化烙印有别。

在蒙古族生态叙事中,在作家对额吉们的深情凝视中,"母亲"这个性别角色则与生态、传统文化等紧密联系在一起。创作主体通过一系列叙述策略与话语方式,将她们塑造为生态和谐的缔造者、民族精神的象征,从而将这一性别形象整合到民族认同建构的文化想象中。

首先,作品往往赋予额吉们的日常生产、生活场景以文化意义,从中再现诗意家园,重构蒙古民族特有的生态文化。在满都麦以及阿尤尔札纳等作家的生态叙事中,有这样一群老额吉:她们远离浮世喧嚣,孤独地在草原或者戈壁的深处游牧,秉承着古老的草原法则,由衷地敬畏自然,诚挚地热爱生命。在作家对这一类形象的塑造中,蒙古族妇女传统生活中的汲水、驯养牲畜、烹调、祭祀等场景被诗意化,细节描绘饱含生态文化内涵。

满都麦的小说《雅玛特老人》中,有一段老人汲水饮羊的描写。其

中动物可爱优雅,人物沉静安详,二者亲密默契,人与自然无限和谐。可以毫不夸张地说,作家用语言构筑了一种诗意的生命境界。阿尤尔札纳的《一个人的戈壁》中,有关达尼丽玛老人进食前对天地虔诚敬洒,肃穆地履行人与自然之间那份古老的契约的书写,也让人清晰地感受到"人生天地间"的那份久违了的庄重。察森敖拉的《无词的摇篮曲》中,月光下年迈的老额吉轻抚衰老的乳牛、吟唱古老的歌谣的画面,温馨清丽,亦令人感动不已。类似的书写所展现的蒙古族传统生活、生产方式,无疑可以让本民族读者感觉到亲切而熟悉,获得重归家园般的心灵安适。另一方面,在当下人与自然的关系日趋紧张的情势中,这些祥和、质朴而自然的生命形态显得颇为迷人而富有深意,让人不禁唏嘘:原来我们曾如此诗意地栖居于大地之上。感叹之余,自会对这些平凡却又充满生存智慧的额吉们生出深深的敬意。因为是她们以母性的博大为我们造就了这天地人神和谐共在的情致意境。而对于人、人格的认同,自然也就衍生出对筑就了这人格的价值观、思维方式的认同。在这个意义上可以说,作家通过对额吉们的诗意想象,赋予蒙古族生态意识中的优秀因子以现代意义,使民族传统文化得到了诗性彰显,亦在生态叙事语境中有力地确认了民族认同的合法性。

四、"母—子"场景的重构:民族传统文化优越性的凸显

新时期文学中,以"母与子"或"父与子"来类比、指涉传统文化与现代文明的表达方式很普遍,但由于创作主体文化诉求的差异,"母—子"或"父—子"场景的建构却千差万别。蒙古族生态叙事中,作家以蒙古族传统性别文化为想象基点,通过"母—子"场景的重构,凸显了当下文化格局中蒙古族传统文化的优越性。

文本中的草原母亲们,不单单对"自然之子"(各种野物或家畜)充满爱意,更以母性的光辉点亮了人类生活中不灭的明灯。她们随时给

予"人之子"光明和温暖,营造了人与人和谐相处的理想景观。雅玛特老人在自己被"戴帽子"、羊被牵走的恶劣状况下,却将政治犯拉木藏匿在自己的蒙古包中,为他提供茶饭,"如母子相伴,不知熬过了多少有雾的白天和有云的夜晚"(满都麦《雅玛特老人》)。苏布达老人不仅像慈爱的母亲一样给饥渴中的异乡蒙古族青年以无私帮助,还曾照料过受重伤的汉族知青李明,并认其为子(满都麦《瑞兆之源》)。而达尼丽玛老人于因寻矿而几乎葬身沙漠的"我"更是有着救命之恩(阿尤尔札纳《一个人的戈壁》)。这一情节模式中所展现的超越血缘本能、地域差异、民族隔阂的母性情怀,的确是蒙古族文化中特有的性别文化与伦理传统。在严峻的自然环境中以畜牧为生的蒙古族人,更易感受到生命的脆弱与珍贵,因此也更尊重生命、热爱生命。这种强烈的生命意识渗透到社会文化的各个层面,文本中额吉们对并无血缘关系的孩子的由衷关爱乃至认养,在传统的蒙古族社会生活中是极为常见的。

需要说明的是,文本对额吉们的母性情怀的书写意义并不止于张扬蒙古族传统文化中的生命意识。在对"子辈"文化身份的考察中,我们会发现,作家们对"母—子"场景的设置其实包含着更为复杂的文化价值取向。政治犯拉木、有经济头脑的异乡青年、采矿的技术员、北京知青等一干人,无不负载着现代文明的信息,于蒙古族传统的游牧文化而言无疑都是具有异质性的"他者"。因此,母与子的相逢隐喻着两种文明的际会。而"母—子"场景的建构,则是作家对两种文明之间的关系及发展走向的艺术想象与象征性表达。在蒙古族生态叙事文本中,每当现代文明的主体蒙难或迷失之时,老额吉们总会适时出现,给予他们无私的抚慰与庇护。"母子"相逢之际,隐遁世间一隅的额吉们的价值观、思维方式,以及她们所表现出来的坚毅、沉静、无私、包容等精神特质深深打动了人子之心;而他们的脆弱、懒惰、偏狭、自私等"文明病",亦在这古老的生产、生活空间中暴露无遗。在他们对老额吉们的庇护与帮助表示感恩的同时,也做出了向民族传统文化致敬的姿态。为了表达子辈对传统文化的认同与归附,满都麦甚至让主人公发出了口号似的呼喊:"啊!额吉,我们的生命之源;额吉,我们的理想之源;额吉,我们的瑞兆之源,我将永远在你的光辉照耀下,勇往直前!"这里,作家的表达手法或许稚拙,但不可否认,"他者"的趋同的确是最直接也最有力地确认一种文化的合法性的证明。很显然,蒙古族生态叙事中作家对母/子、传统文化/现代文明之间相对应的关系结构的象征设定,借助"母"身份的伦理优势,突出了传统文化对现代文明的结构优势,进一步肯定和张扬了民族的传统文化。

在对上述女性形象及相关性别表述分析中,我们可以清晰地发现蒙古族生态叙事创作者的性别书写特征:一方面,作家以蒙古族传统的性别文化为依托,诗意化地展现蒙古族女性传统的生命存在形态;另一方面,他们将女性塑造为一系列传统文化的表征,而后通过突出其文化信仰、价值观念、思维模式于生态建构的有效性,激活蒙古族传统文化的"现代性",进而全面确认和张扬民族传统文化。如此女性想象模式也清晰地映射出蒙古生态叙事中民族认同建构的一个重要的结构性特征:复归或挖掘传统,以民族传统文化为主要精神资源。

传统文化于民族认同的意义,诚如吉登斯所说:"总的来说,就其维系了过去、现在与将来的连续性并连接了信任与惯例性的社会实践而言,传统提供了本体性安全的基本方式。"[1]在当代蒙古族文化场域中,传统文化与曾经一度辉煌的民族历史是相勾连的,因此,在作家营造的传统文化情境里,现代化进程中受挫的民族自尊与自信可以获得一系列想象性的抚慰,民族认同也有了合法性依据。所以,对于蒙古族生态叙事这样有着急切认同诉求的文学话语形态而言,传统的复归与张扬确是一种有效的叙述策略。

---

[1] [英]安东尼·吉登斯著,田禾译:《现代性的后果》,译林出版社,2000年,第92页。

在作家运用性别文化资源成功建构民族认同的同时,问题也通过性别书写显露出来。曾有研究者在谈到当代少数民族生态文学创作的不足之处时,认为"缺失女性形象塑造"是其中一个方面,并将原因归结为作家的艺术功力薄弱[①]。显然,这里的所谓缺失并不是指数量上的罕见,而是指缺少能够成为经典的女性形象。应该说,这一"缺失"在蒙古族生态叙事中也是显而易见的。

蒙古族生态叙事中女性形象的数量虽不算少,但能够给人留下鲜活、深刻的印象的却少之又少。在这些故事中,善良、温柔的少女多像一幅背景画,神秘的女萨满也只是文化符号,而慈爱的老额吉似乎是一尊供人膜拜的圣像,她们常常缺少个性和生命实感。这与作家对人物的简化以及高度诗化有一定关系。例如郭雪波在《沙狐》中对沙柳的刻画。

文本中最初沙柳出场时是一个十分向往外面的世界的女孩,沙窝让她觉得透不过气来,以致她"真想去一趟场部,站在那家小电影院门口,看看拥出的人,再看场电影过过瘾"。她曾"几分抑郁地望着迷蒙的沙坨深处",询问父亲"狐狸有没有变小伙子的"。一个少女青春的寂寞与渴望,荒凉而闭塞环境中人对现代文明的向往,都被表现得细腻而生动,可见作家的艺术功底并不差。可是,故事结尾处,在经历了沙狐被杀事件后,沙柳却决定"我一辈子哪儿也不去了"。沙柳的这一选择的确凸出了其生态觉悟,但总有些突兀而不实的感觉,因为有违其自身生命发展逻辑,更是对现代进程中蒙古族民众复杂心态的简化。再比如,许多文本在塑造老额吉形象时,总是倾向于将其传统的生产、生活经验高度诗化、理想化,而对现实生活中真实的女性生存经验如辛劳、困顿等一味盲视。对于熟知蒙古族大众当下生存境遇的读

---

① 王静:《人与自然:当代少数民族文学生态创作概述》,《河南大学学报》(社会科学版)2006年第1期。

蒙古族生态叙事的民族认同与女性想象

者而言,这些美好、高尚但"单薄"的人物是不具备现实穿透力的,也就丧失了思想冲击力。

这一现象透露出一个重要的信息:当作家以民族代言人自居,试图以文学想象的方式弘扬民族传统文化、重构民族精神时,有可能在事实上与本民族大众有着很深的精神隔阂。蒙古族生态叙事创作者大多都是"本源派生—文化自律"型,即"大多是出生于本民族聚居的民间并在该出生地度过了作家的少年甚至青年时代"①。但是由于他们与草原、戈壁、牲畜的"非基本生存关系",使得他们在完成以之为重点书写对象的生态叙事时,所表述的景观与真正的本民族大众的经验相去甚远。于是,他们的"呐喊"陷入了无物之阵,只能有几个少数精英的示意助威,却无法得到更广大民族成员的认可与回应。

在蒙古族生态叙事的性别表述中,还可以见出作家在实现其民族认同建构时存在的另一重要问题,那就是对蒙古族传统文化中某些蒙昧因子缺乏应有的理性审视与批判。如《金色乳汁的草原》(海勒根那)娜仁对"负心汉"的痴情等待以及对曾侮辱过她的黄毛乌力吉的宽容,无疑都包含着愚昧和麻木的成分。然而作家却将其作为蒙古族女性博大的生命情怀以及民族优良传统的表现来加以宣扬。再如在《银狐》(郭雪波)中,为了诠释其生态理想,作者通过白尔泰的选择,全面肯定时而温顺时而疯癫但全无自我意识的传统女性珊梅(因为她是人类和动物之间的"一个好翻译"),而激烈否定甚至丑化具有主体意识的现代女性古桦。可以说,在"生态意识"的旗帜下,以传统男权话语对女性的期待与规定为依据,对女性人生作出价值判断,在蒙古族生态叙事中是常见的。

这些书写自然与作家自身性别观念相关,但亦不排除是其民族认

---

① 关纪新、朝戈金:《多重选择的世界——当代少数民族作家文学的理论描述》,中央民族大学出版社,1995年,第66页。

同的激情消解了文化批判的理性精神。由于作家"坚信自己民族的古老文化在任何时候都会葆有充分的潜力和充分的张力"①,因而在重构蒙古族生态文化时,对其所倚重的思想资源即传统文化,往往倾向于全盘继承与张扬。毋庸讳言,如此方式的民族认同建构在特定历史语境中有一定的必然性甚至必要性,然而其潜在的弊端也是不容忽视的。简而言之,对本民族传统文化深层处的消极构成的盲视或者视而不见,是不可能在文化批判与文化建设相结合的基点上实现适应时代发展、具有积极意义的民族认同的。

或许,在蒙古族生态文化的精神资源构成中,先进与蒙昧的因子的胶着程度较之其他层面更强一些,因此对作家的理性批判意识形成了更大的挑战;或许,现代生态意识形态本身"反启蒙"的理据和意蕴,让蒙古族这个刚刚从前现代向现代过渡的古老民族一时还无法在这一文化场域内作出从容的选择。然而,我们无需悲观,因为蒙古族生态叙事的建构还在行进途中,而且,这只是民族认同建构所尝试的多条路径之一,并不能代表当下蒙古族整体文化建构走向。我们相信,它将成长在路上。

---

① 关纪新、朝戈金:《多重选择的世界——当代少数民族作家文学的理论描述》,中央民族大学出版社,1995年,第66页。

爱情诗歌 何以经典

——以林子《给他》为例

乔以钢 罗 麟

20世纪七八十年代之交,诗歌创作迎来了百花盛开的春天。就在许多作家劫后余生重新起步时,名不见经传的林子以爱情组诗《给他》登上诗坛。组诗发表于1980年第1期《诗刊》,此后荣获1979～1980年全国中青年诗人优秀新诗奖。1985年,诗集《给他》由上海文艺出版社出版,1987年旋即再版。该书共收林子诗作90首。其中第一辑52首,写于1952至1959年;第二辑38首,是1978至1984年间所作。迄今,第一辑的作品已经穿越了半个多世纪的时光,第二辑中的诗歌大部分也已过去了近三十年。然而,《给他》并没有随岁月流逝被人们遗忘。其中一些篇章一再被收入各种诗作选广为传诵;同时也在多种诗歌史、文学史著作中占有一席之地。《给他》甚至为林子带来了"中国的白朗宁夫人"的美誉。

那么,这部诗作的魅力何在?对此,有评论者指出,如果我们的目光"超越'题材'、'内容'这些非审美概念"就会看到,"在爱情这片土地上,林子不仅仅是拓荒"[1];也有研究者将它放在特定的历史背景下,称

---

[1] 代迅:《林子建构的爱情世界——〈给他〉诗美描述》,《文艺评论》1990年第2期。

颂它"让人们忘却环境的丑恶,而赋予受伤和失望的心灵以崇高的抚慰"①。这些观点给人以启发。毫无疑问,《给他》问世后的成功与特定历史时期的社会思潮和审美心理有着密切的关联,不过,这部作品魅力的生成,显然还有超越时代的因素。为此,试从以下几方面加以探讨。

一、灵肉合一的两性爱之美

身心相谐、灵肉合一的性爱观,熔铸了林子爱情诗的精髓。

众所周知,中国诗歌与两性情爱的抒写结缘甚早,《诗经》中即有男女情爱的歌吟。然而,由于后世的民族文学较多地受到儒学、理学思想的禁锢和影响,爱情诗这一品种未能得到很好的发展。部分诗歌虽也涉及两性情感,但常囿于思妇怀远、游子忆内或悼亡之类的题材,艺术表现偏于内敛、克制。直到思想解放的"五四"时期,在封建礼教逐步解体、个体情爱意识觉醒的推动下,现代意义上的爱情诗才浮出历史地表。新诗萌动之初,鲁迅、刘半农、郭沫若等都曾涉足爱情诗创作,稍后则有专事爱情题材的湖畔诗派出现;而新月诗派、象征诗派和现代诗派的创作,更是推动了现代爱情诗的发展。三四十年代,各派诗人争奇斗艳,创作了一批或洒脱或痴迷或热烈或缠绵的爱情诗歌,情思韵致的抒写取得了令人瞩目的成就。共和国建立后,文坛经历了一系列政治运动。在这一过程中,诗歌创作中最为个人化的男女情爱被阶级情感统驭,众口一腔的革命颂歌取代了千回百转的情感抒发。文革期间,爱情诗的园田更是一片荒芜。

---

① 谢冕、陈素琰:《论林子》,《文艺评论》1990年第2期。舒芜晚年自云:"不敢奢望对妇女解放的大业有所贡献,只要能够对于人们特别是知识分子(包括男女性)的女性观、婚恋观、性道德观,起到一点帮助改善的作用,就很满足了"。(《怎能不战栗》,见《哀妇人》,第464页)

然而，正是在革命和爱情联姻逐渐成为诗坛主潮的20世纪50年代，林子听凭心灵的召唤，将恋人间的亲密之情诉诸笔端，写下了《给他》第一辑中的作品。这些诗歌抒发爱情生活的美好感受，寄托爱的信念和理想，展现了大胆而热烈、纯净又温馨的爱情世界，荡漾着青春的激情和活力。难能可贵的是，其中既蕴含着精神层面的深切交流，也毫不回避生命欲望如火般的燃烧。当作者以诗的语言表达时，两者水乳交融自然喷发，凡而不俗地映现出人之为人所可能拥有的健康性爱是多么神圣、美好。

这些诗作很大程度上褪去了时代政治的色泽，洋溢着一位少女对异地情郎深挚热烈的爱恋。这情感时而宛若山间流淌的溪水，无拘无束，一派天然，却又蕴含着看似绵柔实则遒劲的冲击力："我只期待着，/燃烧的/心的会晤，像闪电，/当我们的视线一旦相连，/任凭大地，在雷声中抖颤，/我们奔向自由的旷野，去寻求/那生命照亮世界的灿烂的瞬间！"（《第一辑·二十三》）诗中"烈火"、"闪电"、"雷声"、"自由的旷野"等意象的运用，传达出一对情侣在追求爱情的道路上两心相依、无所畏惧的气概；时而又像燃烧的"山火"，裹挟着澎湃炽热的激情，直撞读者心灵："呵，如果你是风，那么，/我愿是那莽苍的森林，/在我的胸膛里，永远/回响着你的声音。如果/你是雨，我愿是那/慢慢的山火，在我的炽热里/飘洒下你的清新……"（《第一辑·四十九》）爱情宣言式的自由奔放，透露出情窦初开的少女勇敢表白时内心的急切、欢快。

《给他》对爱情信念的大胆张扬，对两情相悦的率真期盼，又是与青春女子的天真无邪、娇羞稚气联在一起的。诗中写道："还有我的小梳妆盒：明亮的镜子，/闪光的发带和那把小红梳子，/都看见过爱情怎样把我装扮，用那/迷人的玫瑰花束……可别询问它们呵，/亲爱的，不然我会羞得抬不起头来"（《第一辑·二十五》）。诗人借助梳妆盒、镜子、木梳、发带等一系列女性日常生活物品，将恋爱中少女温柔羞怯的一面描绘得淋漓尽致。于是，一个对爱情既无限憧憬又不免怀着几分紧张和懵懂的女性形象跃然纸上。再如"我不会再把眼泪轻抛,因为/在我们的生活里,除了爱情,/还有众多的工作和欢乐,/像海绵一样,吸去了思念的愁苦"(《第一辑·四十五》)。诗所展现的恋爱中少女的心情,就像变幻不定的六月天,虽不乏轻怨薄怒,但也别有风情。恋人间的甜蜜私语、抒情主人公"内宇宙"毫不掩藏的袒露,突破了传统女子情爱表达倾于内敛含蓄的一般情形,又不失东方女性特有的婉约。

这之中,《给他》对性爱抒写尺度的把握堪称精当。就爱情诗的写作而言,不论古今中外,两性关系及其情态的揭示都是其中最为核心的构成。以往,现代爱情诗在这方面有过不少成功的范例,林徽因、徐志摩、戴望舒、陈敬容等不少诗人都曾作过出色的尝试。但20世纪50年代以后,爱情诗的情爱抒写出现了某种偏差。一些名篇如《红纱巾》(李季)、《苹果树下》(闻捷)等爱情诗作,往往过于倚重外在事象的描摹,自我意识淡薄,极少个性色彩,很大程度上成为了社会主义劳动和革命生活的附加物或调味剂。林子的诗则不然。《给他》的炽热表达明显超越了那个时代的文学话语,一个热恋中身心激荡的女性形象跃然纸上。其中最有代表性的是《只要你要》:

> 只要你要,我爱,我就全给,/给你——我的灵魂、我的身体。/常春藤般柔软的手臂,/百合花般纯洁的嘴唇,/都在默默地等待着你……爱/膨胀着我的心,温柔的渴望/像海潮寻找着沙滩,要把你淹没。(《第一辑·三十三》)

如此明朗、强烈地表现性爱之思的诗句,让读者仿佛能够触摸到抒情主人公跳动的脉搏。尽管其中不乏"手臂"、"嘴唇"等涉及女性躯体的语汇,但与之联系在一起的,是恋爱中少女至真至醇的情感。这样的情感借助于诗人的适度把握,得到优美而恰切的呈现。全诗热烈而不失温婉,坦诚而未染鄙俗。诗人衷情礼赞身心合一、灵肉一体的两性爱之美,格高调雅,沁人心脾。健康、舒展的性爱观,使林子的爱情诗拥有了可贵的灵魂。

二、独立而温润的女性主体精神

性别,是进入《给他》诗歌世界的又一关键。

中国诗歌的历史一向以男性诗人的创作为主导。一个男性作者能否为诗坛所认可,无须从性别身份的角度加以考虑,至少这一因素不会构成任何障碍。可是对女性诗歌作者来说却未必如此。在不少人的意识中,女性的创作是需要在作品中"以细微的差别取得更引人注目、与众不同的结果"[①]的。而这"细微的差别"的判定,却又往往与传统文化对女性性别角色、性别气质的刻板印象联系在一起。正因为如此,这一尺度被一些女作家指认为性别歧视。这样的认知显然出于自觉而强烈的女性主体意识以及对男性本位思维模式的警惕,但与此同时却有可能忽略了问题的另一面:就性别文化生存的现实而言,如果完全否定男女之间在物质和精神方面诸多差异的客观存在,过分强调男女创作及其评价标准的一致性,某种意义上就有可能重新落入"男女都一样"的男性中心主义窠臼。于是,这里出现了文化上的悖论。那么,如何在坚持女性主体精神的同时,将社会生活对女性人生的赋予转化为创作的独特资源,既不失去女性自我,又不落入承认性别差异所可能导致的等级思维?《给他》在这一点上具有启发意义。

从诗集的题目看,"给他"的意向十分清晰,对方的男性身份也非常明确。这里的"给",无疑融入了对爱人的奉献意识。然而,这并不必然意味着女主人公就此失去自身的主体品格。诵读全诗可以感受

---

① [德]斯特凡·博尔曼著,宁宵宵译:《写作的女人危险》,中央编译出版社,2010年,第21页。

到,宣称"给他"的主体"她"有着坚定的个人意志,虽然深深沉浸在爱河中,但绝不曾将其理解为男性对女性的单向征服。相爱的双方在人格和情智上是完全平等的,"他们彼此之间,双方同时是爱情的主体,又是爱情的客体"[①]。在开篇的序言中,林子即以"关于我"为第一节,畅言"我"作为恋人、妻子、母亲、诗人的心路历程。全诗对爱情的讴歌既是从"我"的生命体验出发,又包含着对方的感受。渗透其间的,是男女恋人相互尊重、相互珍惜的爱情意识。

诗人洞悉民族历史文化中男/女性别之间境遇的不同,对女性被迫置身"深渊"的悲剧处境深怀叹惋,对束缚、压迫女性的传统礼教的反感和抗拒不宣自明;而摆脱桎梏后自由表达爱意的畅快和喜悦也溢于言表——

> 火山的热源来自地心深处,/而我的,却是来自你的心坎……/可怜我们民族古代深闺中的女儿,/一颗心被虚伪的礼教活活窒息。(《第一辑·三十四》)

这样的"情书"柔肠百转,深情缱绻,同时又凸显着女性独立、自主意识的思想筋骨。而两性之间平等相恋、同守坚贞的真挚情怀,也格外打动人心——

> 原来,爱神并不在云端流浪。/而是活在我们的心中。/我们掌管着自己的命运,/那便是爱情至高无上的意志……/两个人相互征服着——/甘愿做爱的奴隶,因而,/也就都成了爱的主宰;/甘愿把爱的权力交出,/却同时都得到了它!我们/热烈又深沉的爱情便是这样!(《第一辑·三十》)

---

① [保]瓦西列夫著,赵永穆、范国恩、陈行慧译:《情爱论》,当代世界出版社,2006年,第45页。

显然,任何一方在爱情中都是平等、独立的存在,谁也不是谁的附庸,女性同样掌握着自己的命运。"主宰"、"征服"、"权力"等字眼儿不再是男性的专属,而是为双方共同拥有。"我们"相互征服又相互给予,共同分享爱的激情和生命的美丽。这里,摒弃了要求女性在两性关系中顺从、依附的传统女性观,也避免了男强女弱的二元结构,实现了人格和情感的两性平等。其中所体现的女性意识,与同时代另一位女诗人舒婷笔下所呈现的自立、坚强的女性精神不谋而合,而《给他》与舒婷的《双桅船》、《致橡树》等诗歌创作,也可说是同声相应。在爱情诗的"合法性"还在被当做问题讨论的80年代初,林子公开发表这些有着鲜明女性意识的诗作,可谓得风气之先。在这个意义上可以说,《给他》仿佛是一个信号,它对女性生命价值和爱情主体位置的确认,为新时期女性诗歌创作开辟了道路。

值得注意的是,林子诗歌中女性主体精神的张扬及其现代性品质的获得,并非通过以阳刚、粗豪的方式向男权文化宣战或是对其加以精心解构的方式完成。她的诗歌在确立女性主体时,没有失去细腻、温婉等倾于柔美的质素。或许,这也成为《给他》能够被众多深受传统审美意识熏陶的读者接受和喜爱的一个因素。毕竟,爱情在人们的向往中更多的是与甜蜜、温馨相伴;在它的基调中,柔美通常不可或缺。正因为如此,当林子很好地将女性主体意识与人类在爱情生活中共通的温润情感融合在一起时,便自然而然地生发出深沉的感人之力。因此,与其将诗中的"温柔"归于"女性特质",不如说它原本就或隐或显地存在于所有具有健全人性的个体生命之中;林子出色的爱情歌吟,触碰到了人们心灵深处的温润、柔和之所在。

诗集第二辑的作品对此有着比较充分的体现。这部分诗作主要致力于抒写一对爱人进入婚姻生活后的喜怒哀乐。此时,爱情与亲情交融,母亲和妻子的视角重合。诗人笔下既有不老的爱情宣言——"即使/我的头上落满了白雪,/那绿色的爱的信息呵,/依然在深深的地心里活着"(第二辑·十七),也有夫妻间日常怄气拌嘴的有趣描摹——"所有赌气似地恨恨的话里,/却鸣响着完全相反的爱的旋律"(第二辑·十三),还有作为母亲/妻子的慈爱与信任——"这就是爱的力量!我把小儿子/交给你强壮的手臂,交给/你等待和体贴的忠诚"(第二辑·九)。女性作为母亲与妻子的双重身份在生活中自是普遍存在,但以往的诗歌创作对其双重身份却较少涉及。林子的诗歌将女主人公爱的情感与日常生活中女性承担的多重角色自然和谐而又充满意趣地统一起来。在她笔下,恬淡的心境使柴米油盐的日子变得怡然,贤妻良母的家庭角色与诗人的自我意志协调在一起。"我"把儿子交给了"你",因为"你"(作为"我"的"他")懂得"等待"和"体贴"。诗中传达给我们的,是夫妻在婚姻生活中的相互信赖、相爱相依。

独立而温润的女性主体精神,相爱双方互为主体的平等意识,锻造了林子爱情诗歌的内在气质,赋予它美好的人性质素和浓郁的现代气息。

三、韵致悠然的艺术创造

《给他》问世后获得如潮的好评,某种程度上的确得益于它在情思意绪上与特定历史时期社会文化心理的契合。在思想解放、呼唤人性复归的80年代前期,没有什么体裁的文学创作比诗歌更容易点燃青年人的激情,也没有什么题材比"爱情"更能够让人倍感兴奋了。选择以诗歌文体来传达个人情感,本身就意味着选择了一种高"真"的抒情方式;而现代女性的生命体验,又赋予林子的诗作隽永的气质。但是,倘若离开了对诗歌创作艺术美的"捍卫"[①],爱情诗歌的经典之作终不可能产生。值得赞许的是,《给他》的作者在诗歌的艺术表现方面,同

---

① 林子:《给他》,上海文艺出版社,1985年,第5页。

爱情诗歌 何以经典——以林子《给他》为例

样作出了大胆的探索。

首先,在诗歌的语言和体式上,林子承续白朗宁夫人的传统,擅写源于西方的十四行诗;但为了传情达意的需要,对其实施了"本土化"的处理和转换。她运用十四行诗这一形式虽不及冯至那般玄奥深沉,却是别有一番韵致;特别是当她发现汉诗格律与西方字母文字组构的诗歌格律之间存在着不可调和的矛盾后,就不再受困于十四行诗对格律的严格要求,而是进行了符合汉民族语言规律的新尝试。例如,她在诗中多用"亲爱的"、"爱人"、"亲人"等当时汉语诗歌中并不常见的称呼;"哦"、"哟"、"呵"等语气词的自如运用也明显带有受到白朗宁夫人等的西方诗歌影响的痕迹。但与此同时,在整部诗集中,并没有哪一首完全符合十四行诗的格律要求。语词的运用及词序、语序的调整,更是顾及到与汉语写作的审美传统相协调。她追求诗歌内在韵律的流畅与协调,时或用现代的语词结构表达颇具古典意蕴的情思,如:"我爱这幅幽静的图画,/碧绿的湖水映着一只白鹭,/那寂寞的,寂寞的倒影哟,/朝朝暮暮,闯进我的心……"(第一辑·三十九)其句式采自西方诗歌中常见的"我爱……"、"那……的……"。但诗人借绿湖映白鹭构成美丽清幽的画面,将心中的感受物化,借以表达少女在等待中略带寂寞忧伤的情思。这里,无论是意境的创造还是情感的传达都富于古典诗词的美感,可谓中西合璧、相映成趣。

其次,新颖、独到的意象运用,对诗意的传达和诗境的创造起到了重要作用。林子的诗篇没有赋予某个意象过多的象征或代指功能,而是创造性地使用了抒情意象群。她经常将多个相关的意象一并拿来,共同作为抒情的媒介,从而在丰富诗歌想象和联想的同时,规避了单独使用某一意象可能出现的艰深晦涩,使情感的表达愈加丰富而又更为可感。诗人还非常善于捕捉生活中极平常又极细微的感人物象,集束式地加以运用,使诗歌内蕴的情感更具张力。例如,她的诗中既有少女怀春的"镜花水月"(如《第一辑·五》用"月色"、"湖水"、"树影"等意象勾勒情人小别时的淡淡忧伤,营造出物我和谐的情境),又有温柔贤妻的"柴米油盐"(如《第二辑·二十一》通过"白发"、"鬓角"等多种意象,把一对中年夫妇间的深挚情义柔化在生活的细微处,借意象的组构传达了"岁月可老去,真爱永年轻"的动人情愫),更有直言所爱的狂风暴雨、电闪雷鸣(如《第一辑·二十三》中的"闪电"、"旷野"等意象一反传统女性表达情感时的含蓄婉约,极具冲击力地烘托出热恋中的诗人不可抑制的思念与爱慕)。在林子诗歌爱的世界里,这些意象的运用不仅恰切熨帖,自然传神,而且能够与传统诗歌的意境相应相谐。它虽然部分化用了西方现代诗的形式,但并没有妨碍其艺术精神与民族传统一脉相承。诗中的意象通常都不是孤立存在,诗人更不曾刻意使用意蕴或情调上相悖的陌生化意象来显示文本特征,而是常常让众多意象以群落化的状态向情思中心靠拢、敛聚,形成完整和谐的艺术有机体。她巧妙地将中国诗歌所注重的意境美与西方诗歌所追求的意象美融合在一起,拓展了传统诗歌的艺术手段。

其三,在抒情技巧方面,《给他》创造性地实现了抒情人称的自如转换以及多向度的情感表达。例如,诗人时而以第一人称直抒心曲,任由情感恣意地迸发:"新年晚会上笑着饮尽同伴斟的酒,/我的心却在不平地抱怨着:/'我不快乐,不快乐!/我要过的年不是这一个……'"(第一辑·二十);时而借第二人称描摹爱人的心思,让爱恋的情愫息息相通:"当你第一次看见我的时候,/你爱我,为了那姣美的青春。/如今哟,你依然爱我,/可为了我的皱纹,我的灵魂——"(第二辑·二十二);时而又用第三人称的全知视角,将一场"旷世之恋"合盘托出:"在长久离别的日子里,/它像金子,穿过了烈火,/却丝毫不曾损伤它的光辉。/沉重的苦难,在人生的天平上,/只能更鲜明地显示出爱的力量。"(第二辑·二十二)。抒情人称及表达方式的转换组合,丰富了诗歌表达的维度,使溢满其间的爱之情思更为立体可感。

毋庸讳言,《给他》并未臻于完美的境地。除了在借用十四行诗的

爱情诗歌 何以经典——以林子《给他》为例

文体形式方面尚存缺憾外，一些诗篇的抒情方式有雷同、单调之嫌。诗人对爱情本身所蕴含的人性深度及其复杂性的揭示也有一定的局限。尽管如此，《给他》依然称得上是 20 世纪中国爱情诗创作实践中的重要收获。它从女诗人的心底流出，素朴真醇，韵致悠然，展现了美好的爱情世界。在这个世界里，男女两性互爱互敬，平等相依；抒情女主人公在"给他"中拥有了更加完整的自己。林子以杰出的艺术创造为诗坛奉献了可贵的爱情诗篇，也给向往爱情的人们以心灵的陶冶和启迪。

"新生代"小说个人话语的性别探析

傅建芬

20世纪90年代是当代中国文学在叙事立场、叙事方法、主题话语等各方面发生重大变化的转型期。"新生代"小说的崛起作为这一时期最为引人注目的文学事件之一,其标新立异的出场方式和偏激的文学态度引发了文学界的各种争论。有关争论不仅围绕"新生代"小说的文本策略、"新生代"作家发起的"断裂"事件,还针对"新生代"这一命名本身。

这种不得已而为之的从代际关系角度进行的命名,遭到了多方质疑,并在某种程度上被视为批评界失语和贫弱的表现。毕竟,所谓"新生代"作家只是一个非常松散的群体,被划入其中的各个成员之间也存在诸多不同,在某些问题上其差异性甚至比共同性更为显著。尽管如此,批评界对此类命名的依赖仍是难以避免的,否则,批评的展开及其有效性就可能面临更大困境。因此,我们倾向于将命名视为一种宽泛的指称性概念。就"新生代"而言,其所指就是20世纪90年代登上中国文坛的一批青年作家。尽管这批作家中不少人出生于60年代,但并不完全等同于"60年代出生作家",因为后者显然无法涵盖这一群体。例如,何顿出生于50年代,卫慧、棉棉出生于70年代,但也往往被划入"新生代"范畴。在此,我们主要以评论界通常纳入"新生代"的作家为研究对象,包括韩东、朱文、何顿、邱华栋、张旻、鲁羊、刁斗、述平、陈染、林白、海男等人。

一、个人、话语与性别

20世纪90年代,作为一个具有"文化编年意义"的学术文化词汇,早已与"个人"、"个人化写作"等概念紧密联系在一起。而"新生代"小说则被看做"个人化写作"最为有力的体现者。个人化、个人化写作、自我表现等语词,也在越来越泛化的使用过程中被逐步发展,以至被建构成了某种"分析性的范畴"。

但是,究竟何谓"个人化写作"?它与"个人"这一范畴之间存在着怎样的关联?究竟是先有了一种明确的"个人"概念继而催生了"个人化写作"潮流,还是所谓的"个人化写作"重新界定了"个人"的意义?这似乎又是一个类似于"先有鸡还是先有蛋"的纠结难题。基于此,我们倾向于将"个人"、"个人化"这些概念纳入一个话语的、历史的范畴,着力探讨"五四"以来一直笼罩在启蒙话语之下的"个人话语"本身及其内涵,在20世纪90年代新的社会文化语境下所发生的深刻变化,这种变化在"新生代"小说中有着怎样的具体表现,其新的意义是如何给定、又是如何得以言说的。

伴随着后现代主义思潮的影响,"话语"(discourse)业已成为中国学术界常用的概念之一。在传统语言学中,"话语"通常被视为一种规则明确、意义清晰的言说。经过"语言学转向"之后,它逐渐开始超出传统语言学的界限,成为人文社会科学领域的一个重要的理论范畴。以法国结构主义叙事学家罗兰·巴特(R. Barthes)、热奈特(G. Genette)和英国语言学家诺曼·费尔克拉夫(Norman Fairclough)等人为代表的叙事学家、语言学家倾向于从文本或形式层面对"话语"这一概念进行界定,将其视为叙事作品语言层面的重要载体,认为它不仅有"自己的单位、规则和'语法'"①,还具有某种修辞性的意义。他们不仅将文本分析和语言分析视作"话语分析"的重要内容,还强调文本与文本之间、文本与话语实践之间所存在的"互文性"关系②。

不同于叙事学家和语言学家以文本为方向的话语分析方法,巴赫金(M. Bakhtin)、福柯(Michel Foucault)等人则倾向于将话语视为一种"超文本的文化现象",更强调其社会人文意义。福柯的话语理论尤为复杂多变,从"考古学"到"谱系学"的视点转移更是直接影响了其话语分析的向度。尤其是后期的"谱系学"著作,更关注话语的权力本性以及"权力的话语本性",认为社会历史发展中的权力关系与权力运作在相当程度上都是话语性的。各种非语言的社会机构、政治事件和经济实践不仅共同构建了一个复杂的社会权力关系网络,同时也形成了一个与此相关的话语体系。福柯的话语理论颠覆了结构主义叙事学家的文本中心主义,将话语纳入了一个更为广阔、复杂的系统之中,着重探讨其中的权力运作与权力关系③。

中国当代文学批评在引入话语概念和话语分析方法的同时,也在认识方面基本达成了某种共识,"即产生在特殊的历史背景的文学作品,并不可能像结构主义者那样将之视为一个内在的实体,一个不受任何外部规律制约的独立自足的封闭体系,而中国当代叙事作品这一既定意识形态下的产物,更是如此"④。因此,就"个人"这一概念而言,我们也倾向于将其纳入"话语"的范畴之中,以形成一个"陈述整体"或

---

① [法]罗兰·巴特著,张寅德译:《叙事作品结构分析导论》,张寅德编选:《叙述学研究》,中国社会科学出版社,1989年,第5页。
② 参见[英]诺曼·费尔克拉夫著,殷晓蓉译:《话语与社会变迁·导言》,华夏出版社,2003年,第4页。
③ 参见[法]福柯著,谢强、马月译:《知识考古学》,生活·读书·新知三联书店,1998年;[英]诺曼·费尔克拉夫著,殷晓蓉译:《话语与社会变迁》,华夏出版社,2003年,第52页。
④ 陈顺馨:《中国当代文学的叙事与性别》(增订版),北京大学出版社,2007年,第4页。

"个人话语"体系。它既是围绕"个人"、"自我"等概念所展开的一种话语性实践,也是各种意义与范畴进行对话与交锋的场所。而文学对"个人"的言说与阐释,也可视为对"个人"这一主题或目标的一种文本表述方式或文本实践形式。其中不仅有着错综复杂的社会、经济、思想、文化渊源,还涉及个人如何面对并解释社会的变迁,如何设想世界的意义与自我存在的意义,如何在变化了的世界里重建自我与个人存在的基础,并选择个体存在的方式等重要问题。

"个人"与"个人话语"所描绘的话语疆界,一直是现代中国文学的"主导性关怀"之一,在近百年的使用与阐释过程中被不断合法化与非法化,由此形成了一个具有自身历史的话语空间,为人们展开了一部有关现代中国文学史的"丰富收藏"。但是,由于社会背景与文化语境的影响,不同时代之文学"对它的阐释与表述从来就没有固定不变的意义",而是在"不同文化场合中游走,并在历史的发展起落中得到重新创造"[①]。"五四"新文化运动时期,一种以个人的自由与发展来衡量国家和群体之发展的修辞方式展现出巨大的"政治能量",真正具有现代性意义的个人观念从此产生。"有个性的人"或者说"个人"也成为了"五四"新文学的主题话语之一。这一话语实践在将"个人"从传统宗族关系的束缚中解放出来的同时,也导生了一个为创建现代民族国家而发展"个人"的宏大工程。不过,"五四"新文学所宣扬的自由主义、人道主义等观念,在较短的时间内就被左翼文学、延安文学中政治化、意识形态化的话语方式所取代。到了建国之后的"十七年"以至"文革"时期,一种集体主义的修辞方式更是全面占据了文学创作的主流,"个人"、"自我"等范畴被整合到社会主义意识形态的话语体系中,失去了独立的地位与自由发言的权利。

[①] 刘禾著,宋伟杰等译:《跨语际实践》,生活·读书·新知三联书店,2002年,第110页。

其实,问题的关键并不在于个人话语遭到了贬抑,而在于它的具体涵义在不同的社会文化语境下不断发生转移与重构。进入新时期之后,随着政治上的拨乱反正,个人、自我、人道主义等范畴在所谓"新启蒙主义"思潮的影响下,再次成为人们构筑新的文学想象的关键词汇。到了20世纪90年代,中国社会开始由高度集中的计划经济体制向市场经济体制转型,这场社会变革"方方面面都涉及人的利益、人的积极性、人的价值取向和整个社会的价值导向等问题,各种新与旧的观念冲突,各种利益调整引发的矛盾,都交织在一起并最终体现在人身上"[①]。反映在文学创作方面就是:个人话语的内涵再次发生了深刻变化,经过一系列现象学似的还原性活动,笼罩其上的启蒙、精英、民族国家、历史等宏大话语开始被消解,"个人"的意义变得更加纯粹与物质化,逐渐开始游离超越的形而上学规定。这一点在"新生代"小说中表现得尤为突出。

在这一过程中,我们关注的重点是:"新生代"小说在对个人话语内涵与外延进行重构的过程中究竟有哪些因素或力量在起作用?在这些因素中,"性别"又扮演了一种什么样的角色?

不妨作这样一个假设:将个人话语视为轴心,围绕这一轴心分布着各种"差异轴",每种"差异轴"都存在一个"力量的向度"。不同时期的文学创作者通过选择不同的"差异轴"来对轴心施以不同的建构性力量,以此来完成对"个人话语"的阐释。于是,我们有理由认为:选择什么样的"差异轴"基本上能够反映出作者在叙述内容与叙述策略两方面的不同侧重;而对批评者而言,从什么样的"差异轴"着手进行研究,同样体现出其关注的重点与盲点所在。从这一点来看,性别因素在个人话语体系中所扮演的角色是颇为奇特的。从创作层面看,在话语建构与话语实践的过程中,它总是被视作一个重要的"差异轴"发挥

---

① 袁洪亮:《中国近代人学思想史》,人民出版社,2006年,第3页。

着某种策略作用,以达到作者的某种陈述目的;但是在批评层面,它又总是受到持不同批评理念的批评者有意无意的误读,或压抑漠视或偏执一端。受女性主义理论的影响,很多研究者都本着颠覆男性中心主义立场的目的,将对性别问题的关注集中在为女性正名的意义层面,而在批评实践方面,则致力于归纳所谓"女性写作"的某些"独特表现形式",并赋予其颠覆与突围的重大意义。

但是,性别问题并不仅仅是女性问题,性别研究也不仅仅等同于女性主义批评。从根本上说,性别问题归根结底还是人的问题。对性别的界定,划分着人与人之间最基本的差异,关乎个人身份自我表达与自我认同之确认的基础。性别因素同社会、政治、文化、民族国家等因素一样,也是个人话语体系中最为重要的建构性力量之一。因此,在研究性别问题时,理当秉持一种"人"的立场,而非只是固守女性立场。但这并不意味着否定性别文化的历史和现实。我们不得不正视的是,从总体上讲,女性性别曾长期遭受压抑和漠视,文学活动以男性话语为中心的状况迄今依然存在。这一点,即使在标榜颠覆与变革的"新生代"作家那里也不例外。

二、社会转型时期的个人想象及其性别表述

20世纪90年代,经济体制改革带来的社会转型以及文化方面解构主义、后现代主义等思潮的涌入,引发了人们对自身主体性的深刻质疑。新旧价值观念的激烈碰撞打乱了人们原本相对稳定的自我认知和价值观念,其自我认同也相应地发生了危机,个体的心理分裂感与破碎感逐渐加剧。在这种情况下,只有转而寻求新的精神支点,才能重新确立自我的存在。在本时期的文学作品尤其是"新生代"小说中,这一问题得到了具体体现。所谓"欲望化写作"与"身体写作"现象的出现就是明证。

(一)"个人"与"女人"

我们关注的重点是性别因素在上述转型过程中所扮演的角色,以及"个人"与"女人"这两个范畴之间或错位、或重叠、或弥合的关系及其相关表述。在此,不妨首先回顾一下新时期以来某些具有代表性的文学现象。

进入新时期之后,"大写的人"、"人的主体性"等成为当时文学批评中反复出现的词汇。值得深思的是,所谓"大写的人",其性别往往是男性。不妨以当时被纳入"知青文学"范畴的文本《高地》(陆天明)为例。文本围绕男主人公谢平在恢复党籍与牺牲自我之间复杂的心理斗争,对"为理想而献身"这一英雄主义话语进行了历史性的反思与质询,并试图以此确立自我的主体地位,完成作为历史牺牲者的一代人的主体化过程。正是在这一过程中,作者的性别倾向得以体现。例如,在女性角色的设置方面,文本强调的仅仅是女性为男性所作的执著而盲目的奉献,男主人公那种反抗性的心理矛盾与纠结在她们身上则是不存在的,或者说已经被抹平。在这一问题上,作者无意间重蹈了自己所反思与质询的那种盲目献身的"无条件律令"。

20世纪80年代末90年代初,"改革的挫折以及随之而来的政治风波同时也挫败了关于人的现代理念,那个大写的人在不知不觉中悄悄萎缩成一个小小的我"[①]。"新写实小说"的出现,真实记录了这一自我萎缩与主体失落的过程,其中女性所处的地位尤其尴尬而微妙。在"新写实小说"中,日常生活的凡庸往往被归因为女性,具体来说就是"老婆孩子",正是她们对物质利益的极端在意以及对男人的予取予求,映现着个人的主体意识与精神追求在生活重压之下的沦落。《单位》(刘震云)里的经典名言是:"钱、房子、吃饭、睡觉、撒尿拉屎,一切

---

① 许志英、丁帆主编:《中国新时期小说主潮》上卷,人民文学出版社,2002年,第524页。

的一切,都指望小林在单位混得如何。"《一地鸡毛》(刘震云)里的小林则慨叹:"老婆变了样,孩子不懂事,工作量经常持久,谁能保证炕头天天是热的?过去总说单位如何复杂不好弄,老婆孩子炕头就是好弄的?"从《单位》到《一地鸡毛》,小林经历了主体性失落的全过程,其核心因素就是"单位"和"老婆孩子",二者的合力摧毁了他的自我意识和奋斗精神。人们为此感慨不已,却完全忽略了对"老婆"自我意识与主体精神的关注。不难看出,在新时期文学的个人话语体系中,女性的声音仍然是微弱的,"个人"与"女人"这两个范畴之间还存在着难以弥合的罅隙与落差。

这一问题到了20世纪90年代的"新生代"小说有所改观。在其文本中,个人同样经历了主体性的离散与丧失,并试图通过彰显身体与欲望的本体地位来重新确立自我认同与主体性。与此前相比,个人的解放确是达到了空前的程度。正如《让你尝到一点乐趣》(朱文)中小丁所宣称的那样,他们深信欲望可以超越一切、改变一切,就算是垂垂老矣也同样可以充满欲望,只有欲望能够让人"谢顶的额头重新放射出青春的光芒"。

客观地说,新生代小说中的这种个人解放,无疑也涵盖了女性在某些方面外在处境的改变——不仅不用再像传统女性那样温良恭俭、端庄贤淑,甚至还程度不同地摆脱了传统的伦理道德束缚,挣脱了家庭重负。她们无拘无束地畅游在商品经济的浪潮中,凭借美貌和心机换取自己想要的一切。《生活无罪》(何顿)里的兰妹,《少量的快乐》(朱文)里的陈青,《作为一种艺术的谋杀》(刁斗)里的丰丰,《生活之恶》(邱华栋)里的眉宁、吴雪雯,以及《越来越红的耳根》(鲁羊)中的余佩佩等人,基本都属于这样的新女性。可以说,在对精英文化的颠覆中,女性也在某种程度上获得了"欲望主体"的地位。在面对男性时,她们只维持着需要与被需要的关系,而不涉及任何道德的承诺。她们自由地支配与发泄着自己的欲望,再不像丁玲早年笔下的莎菲们那样为情所累以致无法付诸行动。

(二)女性的物化与符码化

对于这种所谓的"欲望主体",如若我们追问其主体地位确立的前提是什么,答案无疑离不开欲望客体的确立。在"新生代"小说中,欲望的客体首先表现为物。

"新生代"作家非常注意以当时城市社会中具有代表性的细节与物来填充作品,其目的就在于展现本时期城市文化的一些标志性符码。以邱华栋的作品《城市战车》为例,城市就被描绘成了一所物的集中营:

> 北京由什么构成?北京有1个动物园、2个游乐场、4个风景区、108个公园、23座垃圾台、86辆扫尘车、92辆洒水车、417辆粪车、1360辆垃圾车、6954座公共厕所、6747个果皮箱、30122个垃圾桶……同时北京还有2家游泳馆、5个高尔夫球场、7家电影制片厂、8个电视台、9座棒垒球场、14家体育馆、23家体育场、30家剧场、42个艺术剧团、50个射击场、19家电影院、83个网球场、185家舞场、187座游泳池、233家报社、295个字画销售点、471家台球厅、530家电子游艺厅、641家歌厅、1854家杂志。

除此之外,还有各种各样、五光十色的女人,她们是这座城市里一道更为醒目、亮丽的"标志性符码"。作者经常带着赏玩的眼光描绘她们的容貌、服装、发型以及方方面面的身体特征,可谓巨细无遗。

性作为欲望的另一客体,在新生代小说中也被进行了前所未有的还原式书写。其所具有的突破和颠覆性在于,构成了对以往加诸其上的历史、文化等方面的象征性意义的剥离,并将其还原为一种纯粹的自然属性与生理需要,不再与任何超验的文化意义或价值准则相关。对"新生代"小说中的男性主人公来说,性是与物无异的存在。它不仅具有物的一切属性,还有自己特定的"形象载体",即女性[①]。

以朱文的创作为例。其文本以特有的道德亵渎、欲望宣泄的狂欢化书写,对传统伦理道德与精英式知识分子温文尔雅的行文风格进行了彻底颠覆,其间蕴含的反叛精神自有深刻的文化意义。而从性别视角来看,此类文本对女性的物化与符码化程度也是空前的。正是有赖于这样一种性别策略,《我爱美元》中的男性主人公们种种反叛与挑战的言行才得以进行:"这种话谁都会说,像一句空洞的名言。问题是人们没法按照名言去生活。我们知道性不是坏东西,也不是好东西,我们需要它,这是事实。如果我们的生活中没有,正好商场里有卖,我们就去买,为什么不呢?"

此外,在作者拿男性主人公"开涮"的文字中,也可以看出其典型的性别观念。"我就是这样一个廉价的人,在火热的大甩卖的年代里,属于那种清仓处理的货色,被胡乱搁在货架的一角,谁向我扔两个硬币,我就写一本书给你看看。我已经准备好了,连灵魂都卖给你,七折或者八折。"从这段不无自嘲色彩的独白中不难体会,对商品社会中个人主体性沦落的现状,"我"有着清醒的认知。从这一点来看,欲望的物化与符码化并不仅仅针对女性,同时也指向着男性自身。但是,这种物化与符码化仍然是有"底线"的,即"我"所出卖的仅仅是自己的精神产品而已。

问题的关键还在于这一逻辑背后隐藏的潜台词:男人作践的是精神,而女人出卖的则是肉体。这就是他们眼里两性处境最重要的差异。在男性主人公们看来,只有他才是"那串词汇表上的一串紧挨着的词语";而她只不过是"词汇表的一个小空格"而已。所谓"空格",意味着在男性所建构的话语体系中,女性仅仅被视为无意识、无知觉的

[①] 参见许志英、丁帆主编:《中国新时期小说主潮》(下卷),人民文学出版社,2002年,第675~677页。

"生物性存在者",依然处于"失语"状态。

这样一种性别表述令人深思。仅从事理上说,显而易见,如果颠覆与反叛的目的确是为了个人进一步的自由和解放的话,那么就应当警惕颠覆与反叛过程中某种新的权威、新的压抑的形成;就应当真正地"以人为本",而不仅仅是以"男人"为本。

(三)情爱的幻灭

两性之爱也是"新生代"小说个人话语体系中的重要命题。但在"新生代"作家看来,所谓爱情实际上不过是"假的宗教"而已,对个人来说,它的破坏性远多于它的建设性。相比爱情而言,个人的身体感受及其基本的生理需求才是更为真实可信的存在。

从性别视角来看,在"新生代"小说中,个人的成长蜕变与两性情爱的幻灭常常被奇妙地扭结在一起,成为一个很有意味的主题。但是作者真正关注的并非"爱的圣洁之体验",而是个人在转向"性的荒淫之感受"之前的蜕变过程。

体现之一:对等、平衡、游戏。在"新生代"小说中,所谓情爱往往只是短暂的幻象,其本质不过是两性之间的一种"情感博弈",它的现实存在往往取决于这一博弈过程中得失比例的相对均衡。一旦比例失调、平衡被打破,原有的情爱幻象就会随之破灭,演变成为居心叵测的欲望游戏。述平的《此人与彼人》、《凸凹》,刁斗的《作为一种艺术的谋杀》等作品,基本上都围绕这一主题展开。《凸凹》中,一则与妻子有关的绯闻迅速引发了一场婚姻危机。为洗刷污名,愤怒的妻子带着报复心理去寻找谣言的来源,却莫名其妙地受到了报复对象的引诱,使得本是谣言的背叛演变成了可怕的事实。与此同时,丈夫在婚姻危机爆发之后,为了找回心理的平衡,选择了自我亵渎、自我堕落,并以一场与陌生女人的短暂恋情,完成了一次真正意义上的背叛,成功卸下了心理的重负。

在这场两性之战中,对等与平衡关系的破裂是个人行为最重要的驱动性力量,并在心理与叙事两个层面发挥作用:一方面为男女主人公提供了精神与肉体出轨的合理借口;另一方面,也起着某种"叙事转化"的功能,以此为节点,男女之间的情感游戏在寻求平衡的名义下逐渐陷入欲望的渊薮。

体现之二:女人是一所好的"学校"。邱华栋在其个人随笔《心是为爱而勃起的器官》中曾说:"爱的挫折与遗憾比爱的平和与美满会更长久地占据着一个人的心,从这种意义上讲,男人是靠爱情的挫折而成熟起来的。女人的确是一所好的'学校',男人在这所'学校'中经历越曲折,他实际上就越丰富。"[①]在"新生代"男作家的作品中,这是一种较为通用且常见的性别表述。

当然,不同作家在情节的具体处理方面也存在差异。例如,在何顿那里,女人的背叛往往被视为男人堕落的原因。在其文本中,女性往往爱慕虚荣、贪图富贵,对男人的要求就是必须有钱、成功,这给那些不成功的、没有钱的男人造成前所未有的压力。为了挽救男性的自尊,他们将自己驱赶到追名逐利的"快车道"上一步步走向了迷失和沉沦。

而在邱华栋笔下,两性间的碰撞与交锋往往成为男性个体成长的摇篮。其文本中男性对女性的态度复杂而矛盾:一方面渴望爱情,将异性之爱视为心灵的慰藉;另一方面又偏执极端,对女性充满歧视和敌意:"女人是些什么?她们是水吗?她们或者都是由空气构成的?或者,她们全都是物质的化身、欲望的容器以及简单快乐的催发器"。

在女人这所"学校"里,男人经历着各种各样的挫折,逐渐成熟、蜕变。他们坦言:"我不知道一个人的成长,一个男人的成长是否与多个女人有关。人一生爱一个人是可能的吗?在今天,已没有多少人相信

[①] 邱华栋:《心是为爱而勃起的器官》,《城市漫步》,中国广播电视出版社,1999年,第224页。

了。"① 而女人的结局在文本中往往被处理得非常悲惨,越是遭遇感情挫折,"就越接近苍老与凋谢,灰心与失望,在无望的期待中选择最现实之路"——或破罐破摔、自暴自弃;或心灰意冷、远走他乡;或精神崩溃、绝望自戕。

不同经历、不同背景的男女主人公们演绎着基本雷同的感情故事,让人无法简单地将其归为巧合。这种雷同渗透着作者大体一致的性别观念和创作理念,一方面影响着文本情节与主题的表述,另一方面也不可避免地造成了"新生代"男作家创作的模式化倾向与局限性。

三、说"我"是女人

在20世纪90年代的文坛,基于创作中对个人经验、个人记忆的关注与书写,陈染、林白、海男等女作家也被划入"新生代"作家阵营。出于某种观念或生存策略的原因,这些女作家最初并不情愿以"女"字相标榜,而是试图将自我纳入"个人"这一中性化的范畴之中。例如,陈染就认为自己的写作首先涉及的是"个人与群体、个人与人类的关系"这一具有哲理化色彩的命题;林白亦有与此相似的表白。然而,她们所理解和诠释的个人,与"新生代"男作家相比终究有着明显的"性别距离"。

体现在创作中,这些女作家的文本往往强调并张扬着鲜明的性别立场与女性角色意识。她们真正追求的是在"男人的性别停止的地方,继续思考",并且"在主流文化的框架结构中,发出我们特别的声音","在多重的或者说多声部的'合唱'中,成为一声强有力的女人的'独唱'"。由于性别立场的介入,她们所书写的女性形象不再是前述男作家笔下无主体、无意识的"物"的化身或"性"的符码,而是具备自

---

① 邱华栋:《女人与河流》,见《城市漫步》,中国广播电视出版社,1999年,第291页。

觉、清醒的性别意识与主体精神的女性个体。在商品经济大潮一浪高过一浪的时代,她们固执地选择"用头脑和思想"来观察世界、辨析自我、选择道路,并因此而体验和承担着因不合潮流而导致的孤寂之感。

(一)"手迹"——女性个人历史的记录

对新生代女作家来说,写作行为与个人生命之间是一种互文性、同构性的关系,二者相互沟通、水乳交融。她们认为,每个女人其实都有一个隐秘的愿望,那就是写一本书,将自己一生的经历都放在其中。对女人来说,"最美的、最彻底的埋葬之地"莫过于一部关于自己的书了。这种"自传的思维"和女性生活手迹,正是女性个人历史文本化的核心因素与重要体现。

《一个人的战争》(林白)中,女主人公林多米因为19岁时一次幼稚的"剽窃"事件,以及30岁时一场愚蠢的"傻瓜爱情",不得不背负着由自身重量所构成的沉重阴影步履蹒跚、形影相吊。在幽闭的房间里摆弄文字是她的所长,也使她能够在那些绝望的日子里以写作来支撑自己的生存。"我对着镜子抄稿,我看见我的眼睛大而飘忽,像一瓣花瓣在夜晚的风中抽搐,眼泪滚落,像透明的羽毛一样轻盈,连颜色的重量都没有,这种轻盈给人一种快感,全身都轻,像一股气流把人托向高空,徐徐上升,全身的重量变成水滴,从两个幽黑的穴口飘洒而下,这就是哭泣,凡是在半夜里因为孤独而哭泣的女人都知道就是这样。"这一对镜抄稿的女性形象可谓别有深意。"镜子"与"写作"两个意象对女性来说都具有象征性意义,同时也是女性确证自我生命存在的重要形式。文本与现实、镜子与"我",女性个体从两者之间看到了两个自我——虚构的自我和真实的自我,二者相互发现又相互印证。

《私人生活》(陈染)里的"我"认为,"凡是不以每天翻翻报纸为满足,并且习惯于静坐沉思、不断自省的人,都会经常退回到她(他)早年的故事中,拾起她(他)成长的各个阶段中那些奇妙的浮光片影,进行哲学性的反思"。因此,"我"习惯于枕靠在床榻上静静思索或写写划划,"无论纸页上那些断片残简是日记,是永无投递之日、也无处可投的信函,还是自言自语般的叙述,无疑都是我的内心对于外部世界发生强烈冲突的产物,是我在这个世界上呼吸"。而时间与记忆的强大力量所导致的生命的缓慢凋零,更是促成了"我"以自我为个案研究个人与人类精神史的愿望。为此,"我"将大部分的时间都用来沉思默想或"回忆和记载个人的历史",并以此来研究时间流动的痕迹。

新生代女作家所钟情的正是这种专属于女性的个人历史和女性孤独成长的历程。在她们看来,女性个体正是从自己的成长经历(包括身体的成长与精神的成长),从自己的个人记忆中"汲取汁液",并在一切的文字和话语之中留下印迹。虽然它只是女性印证其个人生命历程的文本,无法上升到国家、民族、集体的层次,但无论是那些残酷的生命细节、可怕的创伤性经历,还是那些原本不可告人的心理感受与生理隐秘都一一地被它接纳与展现,从而填充了历史的"空白之页",并形成了一部完整、真实的女性个人史。

值得注意的是,与此前的文学创作相比,新生代女作家对个人与个人历史的理解有着本质不同。其核心思想就是:被任何一种"光芒"所覆盖的生活与个人,都将充满伪饰和谎言。因此,其写作目的就在于剥除笼罩在个人尤其是女性个体身上的虚假光芒,还其本来面目。陈染在作品中坦言:"我不喜欢被阳光照耀的感觉,因为它使我失去隐蔽和安全感,它使我觉得身上所有的器官都正在毕露于世,我会内心慌乱,必须立刻在每一个毛细孔处安置一个哨兵,来抵制那光芒的窥视。然而,世界上的太阳太多了,每一双眼睛的光芒都比阳光更烫人、更险恶,更富于侵略性。如果,任凭它侵入到羸弱的天性中来,那么,我会感到自己正在丧失,正在被剥夺,我会掉身离去。"这样的观点,与很多新生代男作家有着异曲同工之处。他们同样反感被"光芒"所笼罩的"得意"之人,而对那些"不得意的人"感到异乎寻常的亲切。因此,他们笔下的人物总是显得那么的卑微与失意。但是,两者仍有不同。对女性来说,"世界上的太阳"的确太多了,除了新生代男作家所认为的那些之外,还包括他们所属的男性角色及其代表的男权文化秩序。每一种"光芒"的"直射",都有可能灼伤女性脆弱、敏感的心灵,即便是在趋于多元化的20世纪90年代,女性仍然难以"翻越、避开那一缕刺目的光线"。

因此,在很多新生代女作家看来,女性记录与书写的个人历史往往是由一系列的创伤性经验构成的,这种创伤性经验在历史与记忆的复杂关联中占据重要地位。她们试图通过文字书写这一文化行为进行自我修复、缓解焦虑,并在此基础上重新确立女性主体。从这个意义上说,这一过程是可能具有磨砺女性自我的含义的,因为它有助于女性"逃避过去的束缚"并"敞开未来的机遇"(芭芭拉·约翰逊)。

(二)时间流逝了,"我"依然在这里

进一步辨析也许会发现,逃避过去时间的禁锢并得以向"未来的机遇"敞开,本质上是一种多么简单、乐观的看法,因为它仅仅是一种可能而非真正的现实。这其中的关键因素就是时间。对个人来说,时间并非总是呈线性进化发展,而是还具有某些非线性(循环性、回溯性等)特征,并体现为历史、时间、记忆三者之间的复杂纠葛与交流互动。

当代中国文学对这一问题的书写呈现出两种相互冲突的倾向:一方面是大力呼唤"现代化"的来临,积极迎合时代的进步与社会的变革;另一方面市场化、全球化的神话又遭到了"记忆一端的抗拒",历史的"前瞻加速"与记忆的"迟缓拖延"相互对立、相互置换,形成了颇为戏剧化的情景。早在20世纪80年代中期就已经出现了一系列"记忆书写",大体包括"政治残暴控诉,文化寻根反思,怀旧热,缅怀毛泽东时代,上山下乡怀旧热潮,对社会主义'温暖'时光的呼唤,对阳光灿烂的日子的眷恋"等①。

---

① 王斑:《全球化阴影下的历史与记忆》,南京大学出版社,2006年,第4页。

到了新生代女作家这里,写作对记忆尤其是女性个人记忆的推崇与依附愈加成为了一种潮流。那些"囚禁在时间深处的影像"让她们久久凝望、流连忘返,以致有研究者认为,记忆不仅是女性写作的永久资源与叙述形态,还决定了女性写作把握世界的方式。这种看法不无根据,但是还需要继续追问:为什么女性写作总是以记忆为叙述形态,而其把握世界的方式也往往以记忆为依托呢?更重要的是,这种女性化的记忆与其他类型的记忆有何不同?我们认为,如果说女性写作中真的存在某种与男性写作不同的"历史观念"的话,也许,对历史、时间、记忆三者关系的不同理解正是其核心所在。

现代中国文学史上居于主导地位的历史时间理解大都源自"五四"新文学确立的模式。线性的、进化的时间观念在"五四"新文学及其后阶段的文学中一度成为主流。另一种理解则倾向于把历史看做"危机四伏、创伤累累的身体经验,而不是什么高歌猛进、跌宕起伏的"(王斑语)历史叙述。"新生代"作家正是较为典型的代表。

然而,由于性别立场的介入,"新生代"女作家和男作家的具体处理方式存在重要区别。在"新生代"男作家那里,当有关时间与历史的现代性叙事遭到颠覆之后,过去、现在、未来三者之间清晰的界线已不复存在;对个人来讲,也不再具有任何等级与价值的意义。因此,其文本很少去讲述一个有关过去、现在、未来的时间性故事,而是更重视文本的"空间性"。他们往往围绕自己在不同情境和心境中的关注焦点,选取个人现实生存中的某一个场景、片段乃至某一种情绪来展开叙事。

相对来说,新生代女作家更重视文本的"时间性",并试图以此为契机,构建女性的个人历史。在其文本中,比较典型的一种叙事模式是:以"现在"为起点,以"过去"为依托,循着回忆或记忆的线索进行时间性的回溯,讲述一个有关女性身体与精神的成长故事。虽然行文中不时会有某些"插入"与"闪回"的出现,但这些通常是暂时性的,叙述的时间性与连续性并未因此而被扰乱。

以陈染的文本为例。《私人生活》中的"我"曾经是一个天使,但"天使也会成长为一个丧失理性的魔鬼。正如同有人说,通向地狱的道路,很可能是用关于天堂的理想铺成的。这需要一个多么疯狂的时间背景啊,所有的活的细胞都在它的强大光线笼罩下,发育成一块死去的石头"。这一时间背景,正是由一系列的创伤性记忆所构成:老师的排斥、同学的孤立、密友的死亡、恋人的离去、母亲的病逝……面对创伤,无力对抗的"我"更加关紧了房门,以一种拒绝的姿态来与时间相对,最终导致了时间在心理感应中的断裂与凝滞。正是在时间的断裂、凝滞之处,"我"深切地感受到自我心理时空中生命的逐渐消逝。多年以后,当"我"回首过往之时方才领悟到:"这一切不是一种偶然的'突发',而是渐渐形成的,就像夜晚的降临,不是一下子就放下漆黑的帐幕,天是一点点黑暗下来的。"正因为所有的创痛与记忆都是在时间的渐变中一点一滴地累积起来的,所以也就更加深入骨髓、痛彻心扉,以致失去了超越与修复的可能。当其累积到一个临界点并抵达自我承载的极限之时,女性自我的成长就会因此戛然而止。此后,成长、变化的只是"我"的身体,而"我"的心灵则永远驻留在曾受伤害的地方。在这个意义上,时间流逝了,而"我"依然在这里。

(三) 分裂的女性自我

"自我",是心理学、人类学等不同学派建构其理论体系的核心概念之一。虽然各学派对其看法不尽相同,但大致都包含着个体对自身各种身心状况总和的意识这一基本点,以及对个体与社会、与他人的关系等问题的认知。

完整的自我概念最早由弗洛伊德提出。但在西方,自我的概念还有着更为深远的文化哲学渊源。早在18世纪末,康德就将经验自我(empirical self)作为对象或客体(object),与纯粹自我(pure ego)作为施事(agent)加以区分。而弗洛伊德是将作为施事的"ego"引入心理学研究的第一人。因此,在心理学的理论体系中,"自我"其实有"ego"和"self"两个对应词。"ego"即为精神分析心理学意义上的"自我",指的是作为施事(agent)并在一定程度上涉及潜意识活动的"自我"。而"self"则与他人相对,指的是作为意识对象或客体(object)的、具有反身意识性质的自我,主要与人的意识活动相联系①。两种不同意义的"自我"概念既相互联系、又相互对应,既有分歧又有融通。在此我们对这一概念的运用同样本着上述原则,主要以"self"意义上的自我概念为主;但在某些具体问题上,不排除适当借鉴"ego"的意义上对自我的理解。

对于作为"人学"的文学来说,"自我"十分自然地成为关注和表达的焦点之一。部分女作家直接阐述过有关女性自我书写的思考。例如王安忆指出,女性"天生地从自我出发,去观望人生与世界。自我于她们是第一重要的,是创作的第一人物。这人物总是改头换面地登场,万变不离其宗"②。不过,在女性文学实践中,对女性自我的表现经历了曲折演变的历史过程。从"五四"前后"女性的发现",到"五四"退潮时期丁玲所塑造的灵肉冲突的女性自我;从左翼思潮中女作家对革命性与集体性的认同以及女性自我的被遮蔽,到"十七年"至"文革"时期的"无性别"状态;从新时期之初张洁等人对女性困境的书写,到80年代后期王安忆、铁凝等人对女性身体与感官欲望的初步呈现,女性写作的历程映射着不同时期女作家对女性自我的不同理解。

到了新生代女作家这里,情况发生了新的变化。她们的创作重心开始转向揭示女性内在的生命体验。此时的女性视野有了新的焦点和繁杂的分支,女性自我的表现也相应呈现出更为多重、复杂乃至分

---

① 王益明、金瑜:《两种自我(ego 和 self)的概念关系辨析》,《心理科学》2001 年第 24 卷第 3 期。
② 王安忆:《王安忆自选集之四:漂泊的语言》,作家出版社,1996 年,第 416 页。

裂的状态。从某种意义上说,这一点正是她们探讨女性自我的特征所在,也是与新生代男作家的重要差异所在。

  对一些新生代女作家而言,女性自我的分裂与其双重身份、双重角色有很大关联。这里所谓双重身份和双重角色,是指其社会身份与个人身份、社会角色与个人角色。女性个体从国家、社会、家庭等外在的制约性力量中"突围"而出,追求一种独立的自我身份与自主地位,正是其个人话语的独特之处。不过,她们并没有将女性自我完全封闭在个人世界之中而忽略了其社会性存在;相反,正是由于意识到女性的个人身份与社会身份、内在自我与社会自我有着矛盾对立、难以调和之处,她们才选择退守个人空间以保存自我的完整性。而女性自我的分裂正是由此而生。

  《无处告别》中的黛二小姐为了工作而烦恼、奔波,甚至不得不运用某些人际关系与人际手段。尽管这一切令她深感厌恶,但是她需要挣钱以获得独立生活的能力,还"想向别人证明她并不是无法适应这个世界而处处都逃跑;证明她也具有一个被社会认同的女子的社会价值"。为此,她不得不做着与本性相悖的一次次努力。她深知只要自己活着,就得面对这一切,"无处可逃,也无处告别"。黛二小姐的遭遇与感受,深刻体现了女性个人身份与社会身份、内在自我与外在社会之间的冲突,正是这种矛盾的不可调和性将女性自我推向了分裂境地。

  《一个人的战争》里的林多米,从少年时代起就开始期待着"生命中的那双眼睛"的真正到来。"那双眼睛"能够引发她全部的光彩,在任何时候、任何角度看她,都富于才华、充满活力。对"那双眼睛"的期待集中反映了林多米对获得社会与他人认可的渴望。实际上,在林多米的生命中有两样东西最为重要:一是她的英雄主义情结,一是她的软弱无依;前者代表着她对自我社会性存在的自觉认知和努力寻求,后者则是其个体的自我本性。她的生活就是在两者之间左右奔突,以致伤痕累累。前者让她自以为是"奇女子",勇于拼搏、敢于冒险;后者又使她害怕困难挫折,脆弱无比。这种脆弱是深入骨髓的,一切训练都无济于事。正因为如此,19岁时一次简单的"抄袭"事件才会对她造成巨大的打击,其自我也由此受到严重损伤,"永远失却了十九岁以前那种完整、坚定以及一往无前"。

除了双重身份、双重角色带来的困境之外,女性自我的人际维度也受到一些新生代女作家的关注。她们意识到,女性自我的形成和确立,离不开由家庭成员和社会成员所共同编织而成的人际关系网。所谓的"人际自我",就包含着自我与他人(亲人、朋友、恋人等)之间的关系,以及自我在这一关系网中所处的位置、所充当的角色等人际经验方面的心理因素。对个体来说,能否处理好这种"人际自我"与其内在自我的关系,并有效维持二者之间的相对平衡,是维持其自我完整性的关键性因素。

这一问题在部分新生代女作家的文本中得到了较为充分的体现。从女性个体与亲人之间的关系来看,"父亲"的角色往往是最为敏感的,它所象征的男性本位权威秩序和压抑性力量,首当其冲地成为了她们解构与反叛的对象。另一方面,一些"新生代"女作家对母亲形象的刻画也不再取赞美和膜拜母爱/母性的模式,而是出现了反思和质疑。在其文本中,母女之间往往呈现出某种或紧张对峙或变态依存的微妙状态,《无处告别》里的黛二甚至认为,总有一天母亲将把自己视为"世界头号敌人"。

与此同时,在新生代女作家的文本中,女性个体与朋友、恋人之间的"交往"关系也呈现出一种非正常状态。这种非正常状态同样有可能导致女性自我的分裂。所谓"同性之爱",其实往往是这种内在分裂的表现;而两性间的异性之爱也总是磨难重重、难以圆满。究其原因,是因为对她们来说,无论是同性之恋还是异性之爱往往都是源于女性自我的某种需要,从而在某种程度上取消了对方的独立存在。这样的爱,本质上只是女性个体确证其自我存在的一种方式而已。正如她们自己所言:"我想我根本没有爱他,我爱的其实是自己的爱情。在长期平淡单调的生活中,我的爱情是一些来自自身的虚拟的火焰,我爱的正是这些火焰。"

的确,如果一个人的心中原本就存在着深渊,那么即使扔下巨石也不可能将其填满。对女性个体来说,在面对爱情的时候,以及处理个人自我与人际自我的关系方面,最重要的是确立一种真正的对话意识。如果无法摆脱"来自自身的虚拟的火焰"的纠缠,那么爱得越深就会痛得越苦,最终不可能得到爱的满足而只能是陷于爱的匮乏。

综上,"新生代"女作家的写作不仅"树立了一个女性文学企盼的类型:激情、批判、和对苦痛的敏感"[①],同时也填充了女性个人历史书写的空白,为20世纪90年代中国文学的个人话语增添了新的质素。但是,她们所关注的重点是自身所处时间段的某种"内循环",这也使其在书写女性个人历史的同时,某种程度上切断了女性群体历史的时间链条。此外,她们对女性创伤性经验的关注与执着书写尽管突破了将创伤仅仅解释为"历史暴力对个体心理的重创"的陈旧模式,但却也回避了创伤与社会历史的正面联系,以致女性个体与社会群体相连的历史纽带被人为割断。在这个意义上,"新生代"女作家对女性创伤性经验和"病症"的书写,一定程度上也折射出女性历史叙述面临的困境和问题。

---

① 许志英、丁帆主编:《中国新时期小说主潮》(上卷),人民文学出版社,2002年,第461页。

论当代女性小说中的流产叙事

何宇温

人工流产属于偶在的个体生命事件,但它提供了从生命本体出发开掘女性性别意识的契机。20世纪80年代以来,一些女作家将人工流产纳入文学书写,在部分小说创作中,以其作为重要或比较重要的叙事对象加以表现。影响较大者如:张辛欣《在同一地平线上》,陆星儿《今天没有太阳》、《一个女人的一台戏》、《女人的规则》,黄蓓佳《美满家庭》,池莉《太阳出世》,林白《说吧,房间》、《一个人的战争》、《我要你为人所知》,毕淑敏《红处方》,铁凝《大浴女》,虹影《饥饿的女儿》以及唐敏《人工流产》等①。这些作品程度不同地涉及"流产"这一有关"女性"的叙事题材,从多方面展现了女性生命的独特感受及其文化境遇。这类叙事在提供新的文学审美经验的同时,也为我们立足于女性生命本体反思传统性别文化搭建了一个新的平台。

一、"空前之寂"与"女性之躯":流产叙事中的性别意识

在当代女作家的流产叙事中,一类特殊的人物形象——"流产

---

① 唐敏的《人工流产》1990年发表于陈幼石主编《女性人》第3期(堕胎专号),(台湾)女性人研究室出版,一般被视为报告文学。本文着眼于其自叙传式的叙事方式,将其列入考察对象。

者",被引入了文学审美的空间。这类人物形象及其所经历的"流产"事件,使我们有机会深入了解处于特殊生存境况中的女性生命状态,了解女性由社会文化诸因素激发的性别意识,以及性别身份在她们的生命历程中烙下的独特印痕。

(一)空前之寂:孤独者的困境与自我建构的可能

"人流是一种阴性的风,它掠过每一个女人的身体,却永远碰触不到任何一个男人。"(林白《说吧,房间》)一种无可奈何的孤独感透过这充满质感的文字呈现在我们的视野中。此语道出了流产者的生命自处状态以及女性当事人的性别生存境遇。在《一个人的战争》、《说吧,房间》等一系列作品中,林白铺陈出缠裹于爱情的女人们在保卫胎儿的战役中败阵的凄凉以及独自一人走上手术台时的孤闷与恐惧。

作品中的林多米们对待爱情有着飞蛾扑火般的狂热,却总是不得不付出自己身心连同腹中的胎儿一道受创的惨痛代价。她们"怀着绝望进入人工流产手术室,这是如此孤独的时刻,如果有人陪我们来,她们将留在门外,如果我们独自前往,每接近手术台一步就多一层孤独。与世隔绝,不得援救,耳边只有一种类似于掉进深渊的呼啸声"(《说吧,房间》)。孤独感犹如一张坚韧的网,让囚禁其中的流产者身心剧痛,寂寞无依。张辛欣《在同一地平线上》痛切地描述了自立自强的女主人公为了发展事业,在丈夫反对和医护人员不理解的情况下,独自一人忍受流产术的悲寂心理:"我往下沉往下沉……什么都看得见,什么都拉不住,什么都像是离得很远。我死死抓住床单。没有用。我用自己的一只手去抓另一只手。没有用。我想抓住他的手,把头贴在他的手掌里……我拼命渴望着有他温暖厚实的手掌握住我的手,又拼命推开这个最亲近的念头,我恨他!"

孤独,不仅在作品中以心理活动的形式展示出来,也通过具象来加以表现,达到视觉效果的直观化。毕淑敏运用她所擅长的手法,在《红处方》中通过对一个大月份引产术淋漓尽致的描绘,将流产者的孤

333

独处境揭示得颇为触目惊心。刀光剑影、音色铿锵中,一个沾染着母亲的血滴的胎儿银粉色残缺的肢体横陈于读者的视野之中,而那位母亲"赤裸着半身,死一般寂静地躺在那里,一片片粟粒般的冷疹,仿佛展开的席子,在她洁白的躯体上滚过"。在面对孩子死亡的同时,失败的母亲还要接受来自医生冷酷言辞下的道德盘查。这样孤立无援的时刻,必然会沉积为一个女人的生命中永恒的伤痛。

流产叙事将女性面对流产事件时的"空前之寂"刻画得震撼人心。而这种局面的形成,不仅基于两性生理上的隔膜,更源自人性的自私以及传统性别观念中男性中心文化的影响。一些与构成流产事件直接相关的男性只知立足本身利益思考,对女方生命感受和生存实态漠不关心,将经历人工流产的女性推向孤独。类似于铁凝在《大浴女》中所描绘的负心男子仓皇逃离,少女(唐菲)未婚先孕,孤独无依中经历流产的情节并不鲜见。

这里有着性别文化的深刻影响。首先,基于生理层面的两性隔阂客观存在、难以消除。在生命本体的层面上,流产归根结底是只有女性才可体察的切肤之痛,男性对生命的孕育和流逝难有感同身受的体会。经验的缺失,使一些作为事件参与者的男性当事人有可能在感觉上"置身事外"。然而,生理原因导致的隔阂并非男性不能介入女性生命经验的唯一原因。实际上,传统性别文化对两性行为观念的影响同样不容忽视。男性中心的文化传统很少致力于培养对女性的生命关怀精神,女性生命体验被忽略被漠视是十分常见的社会文化现象。在《人工流产》中,唐敏以一个颇具讽刺性的故事,揭示了男性承袭的性别观念中对女性生命的本质冷漠:一个"无法看着老婆受苦"的好丈夫,因为担心怀孕对妻子单薄的身体造成沉重负担,而与其一同抵制"妇女劳役",支持"人工流产"。然而当妻子在手术室内忍受百般煎熬时,妇产病房外的丈夫却在轻松地与他人谈笑:"我嫂嫂也是医生,她医院也是好多女的去做,拖进去吱哩哇啦大叫一通就放出来了。"那一刻,妻子无限委屈:"眼泪像大雨一样落下来"。她由女友搀扶着,"顺手给了丈夫一巴掌……",这一巴掌不仅呈现了两性间生命感受难以跨越的鸿沟,而且有着性别文化的内涵。

美国女作家艾丽丝·沃克在她的短篇小说《人工流产》中,也反复提及了以男性为中心的社会文化对女性痛苦的漠视。在这部作品中,主人公伊曼妮要离家远赴纽约做人工流产,然而他的丈夫克莱伦斯在送其机场的路上,一直与镇长在"讨论有关市政府基金、带种族主义偏见的警察、新合并的既有黑人又有白人的混乱不堪的学校的教学设施等问题,谈得十分起劲。克莱伦斯只来得及在机场停机坪上匆匆地搂住她吻了她一下"。伊曼妮独立一人忍受了旅途中呕吐的痛苦与手术中因麻药分量不够而引起的难以言喻的疼痛。"跟男人没法谈人工流产",这是女主人公的感慨,同时也是作家的心声。对比中国女作家笔下的流产叙事,可以看出,即使在不同的文化环境中,两性之间在一些话题,特别是"女性"话题中的性别隔阂也有着相同之处,而对这些问题的关注则显示了中外女作家较为鲜明的性别意识。

在流产叙事中,女作家不仅展示了来自异性的疏远与隔膜,也揭示了来自性别内部的敌意和生命感受沟通的失败所导致的流产者的内心凄凉。在小说《今天没有太阳》(陆星儿)中,妇产病房里的一个场景集中展示出这两种情态。小说描写一个老护士责问前来做手术的"驼背小女人":"干吗不采取措施?"可怜的小女人"合拢双手插在膝盖间,伛偻的背上,更高地弓起一个坡":"放环失败了。他……我没办法呀,上次手术后刚三天,他就逼着我……""半年来三次,还了得?都像你这样,我们底朝天也忙不过来。"一些同为女性的医护人员在流产者面临尴尬处境时的冷嘲热讽,加重了当事人的精神创伤。

部分流产叙事对特殊时刻女性当事人孤独的心理状态及其现实处境的叙写,传达出一种深层的生命焦虑。女作家们在作品中不曾为这种焦虑找寻到适当的疏解渠道,但部分叙事文本却传达出另一层含义:当孤独成为女性生命自处状态时,自我的发现也许会成为一种可能。

对自立、自主、自强的生命状态的肯定与尊重,是女作家在流产叙事中所普遍流露出的创作情怀。毕淑敏在《硕士今天答辩》中,塑造了一个勇于独立承担责任,摆脱柔弱和倚赖、走向坚强自立的女性形象。中文系女研究生林逸蓝爱上了机敏、幽默的博士生应涤凡,在他们的交往过程中,林逸蓝清醒地意识到:"这个男人把一切都说得清清楚楚,所有的事情都有言在先。他把自己像个笋子似的剥得干干净净。他将不对她负有任何责任,一切都是她在清醒状态下的自由决定。"然而,当得知"一个毋容置疑的生命已匍匐在她的体内"的时候,"她几乎是下意识地走到了应涤凡的宿舍楼口。她只能来找他,是他和她一道制造出了这件产品,他们要共同负责……"。但是,一个声音又无比坚定地告诉主人公:"我有能力为自己的所做所为负责"。于是,"她突然愤怒自己为什么这样怯懦!生命既然是自己的东西,用它做了自己愿意做的事,为什么要向别人讨主意?况且他有什么主意?那主意谁都知道,像冰冷的蛇横在面前"。即使在私人妇产科的手术台上,林逸蓝仍然劝告自己"不要恐惧!既然你义无反顾地选择了这一切,就应该有勇气承受"。她清晰地意识到自己才是自身生命的主宰,并以坚韧的生命意志承担起生活的磨砺,捍卫了女性的尊严。这类女性形象摆脱了传统性别观念中"第二性"角色的因袭,以其自主意识冲击了柔弱无依、茫然无措的女性传统性格及行为方式,闪耀着主体性的生命光辉。

部分叙事者选择了在特定情境下张扬女性的自主精神,对女性在流产事件上的自主决定权给予了肯定性的评价。在其看来,这是女性在生命本体的意义上完成自我建构的重要时刻。《方舟》、《在同一地平线上》、《美满家庭》、《一个女人的一台戏》、《寂静与芬芳》等作品中的女主人公均表现出把握自身的主动性。她们拥有独立的意志,对生育行为进行了单方面控制。可以说,女性对自身生育自由的把握在她们身上已经成功地变为现实。这些具有自主精神和承担力的女性角色,往往集中体现着女性的主体意识。在黄蓓佳的《美满家庭》中,主人公小好清楚地意识到:"我并不想要这个孩子,他自作主张出来,违背了我的意愿。"她不顾恋人的反对,毅然决然做了流产。主人公的决绝之态使人想到一些女性主义者的主张:"违背自己意愿怀孕,就等于眼睁睁地看着你自己的生命突然失控。当务之急是赶快停下来,免得整个崩溃。如果女人想做一个成人,她就不能让人左右自己的生命。本来不想做母亲,却成了母亲,那生活就像奴隶或豢养的动物。女人跟其他人也一样,也希望在合适的时候生育或不生育。"①

然而,应当引起反思的是,在这样的行为中,女作家希望其主人公所完成的自我建构却没有完全实现。可以说,作者意图和文本本身之间于此出现了一定的裂痕。虽然她们笔下的女性流产者实施了生育与否的自主权,但其自强姿态却因结局呈现的缺憾而显得勉强。《在同一地平线上》中,"我"为了实现自己的理想抱负选择流产,导致婚姻最终破裂;《美满家庭》中的小好也因为自主决绝的流产引发了恋人的精神崩溃,以致酿成同归于尽的惨剧。

(二)"女性之躯"的确认:妇产病房内的性别自觉

尽管以主体性为重要标识的自我建构困难重重,但是流产者性别意识的萌发在部分叙事文本中确乎得到了实现。在这里,妇产病房内的"身体"叙事成为一种有效的方式。

妇产病房,是一个极富性别内涵的叙事空间。对流产者而言,妇

---

① [澳]杰梅茵·格里尔著,[澳]欧阳昱译:《完整的女人》,百花文艺出版社,2002年,第106页。

产病房是一个异己的空间。在这里,医生的眼白如飞刃般凌迟着她们的自尊。而其"身体"的经历,又有效刺激了她们对自身性别身份的敏感和自觉:

  在四周充满冷寂的敌意中听到一句像金属一样硬的命令:把裤子脱掉! 全部脱掉,没有羞怯和迟疑的时间,来到这里就意味着像牲口一样被呵斥和驱赶,把自尊和身体统统交出。"把裤子脱掉"这句话所造成的心理打击跟被强奸的现场感受相去不远……

  我们的脑子一片空白,命令的声音像铁一样揳入我们的意识,我们按照命令躺到了产床上,这是一个完全放弃想法,听天由命的姿势。我们像祭品一样把自己放到了祭坛上,等待着一种茫然的牺牲。那个指令从天而降,它不像从一个女人的嘴里发出、没有声源,声音隐匿在这间屋子的每一个空气分子里,它们聚集在上方,像天一样压下来。这个声音说:

  把双腿叉开!

  如同一个打算强暴的男人,举着刀,说出同一句话。这使我们产生了错觉,以为这个女人在这一瞬间变成了男人。

(林白《说吧,房间》)

在作品中,"把裤子脱掉"、"把双腿叉开"被描述成一种从天而降的压力。文本层面的指令,暗含着男权传统对女性性别身份的粗暴践踏。流产者的个人尊严被漠视,她们"像牲口一样地被呵斥和驱赶"。源于这种不顾及当事人特有感受的"像金属一样硬的命令",流产者意识到,在此被践踏的是自己的女性性别。然而,主人公并未因此而放弃自我的性别身份,诸如将女性的心理感受描述为"被强奸的现场感受"以及将女医生的性别角色在想象中置换为"男人"的叙事行为,都展示了女性在心理深层对自我性别的坚守,同时也揭示出传统性别观念中"男女有别"的深层影响。叙事者通过对流产者内心感受的剖析,呈现出鲜明的性别自觉意识。

流产叙事中,流产者往往以"赤裸下身"的姿态出现在读者的阅读视野中。女性身体、尤其是下体的裸露,在某些所谓"身体写作"的文本中,是作为一种能满足读者窥视欲望的审美观照对象出现的。但是,身处流产事件中的女性身体却成为没有任何美感可言的叙事对象。唐敏在《人工流产》中写到:"整个门诊部挤满了形容憔悴的女性。在这几乎见不到一个像样的妇女。女性在这儿完全失去了正常生活中的美感。因为裸露下体接受检查,使每个人的精神面貌都异常难看。"这里,下体的裸露是女性生命困境的表征,对处于这种身体状态中的女性所进行的一切审美行为都有着漠视其痛苦的嫌疑。唐敏对医生和护士在其裸露下体时还能谈论当事人上衣的时髦感到既惊讶又愤慨:"我实在觉得不可思议,她们怎么能够发现一个裸露着下体的妇女的上衣的美学含义呢?"

流产者对自己"赤裸下身"的姿态异常敏感:

> 这是一个只有我们自己一个人时才能坦然的姿势,即使是面对丈夫或情人,赤裸下身走动的姿态也会因其不雅、难看而使我们倍感压力。在这陌生、冰冷、白色、异己的房子里,我们下身赤裸,从脚底板直到腹部,膝盖、大腿、臀部等全都暴露在光线中,十分细致的风从四处拥贴到我们裸露的皮肤上,下体各个部位凉飕飕的感觉使我们再一次惊觉到它们的裸露。这次惊觉是进一步的确证,它摧毁了我们的最后一点幻想。

"把双腿叉开",这是一个最后的姿势,这个姿势令我们绝望和恐惧,任何时候这个姿势都会使我们恐惧。那个使我们成为女人的隐秘之处是我们终其一生都要特别保护的地

339

方,贞操和健康的双重需要总是使我们本能地夹住双腿。但是现在我们仰面躺着,叉开了腿,下体的开口处敞开着,那里的肌肤最敏感,同样的空气和风,一下感到比别处更凉,这种冰凉加倍地提醒我们下体开口处空空荡荡一无遮拦,有一种悬空之感。(林白《说吧,房间》)

"赤裸下身"的姿态,激发了流产者对自我"女性之躯"的深切认知。来自医护者的强有力的指令瓦解了女性身体由传统文化赋予的审美符号意义,流产者基于这种丧失产生了难言的焦虑。与此同时,经历丧失和遭受漠视,促使她们更加清醒地意识到自己是个"女人"。

人类的身体自文明诞生之日起,就接受着来自文化的约束。在男性中心社会里,女性的身体无疑承受着更多的文化压制。传统文化规范有效地利用服饰,将人的身体划分为显露于外和隐藏于内的两部分。对女性来说,下体尤被视为身体最为隐秘之地。然而,这种身体隐秘权在"妇产病房"里不仅荡然无存,而且成为焦点。这样的体验很自然地刺激了流产者对自身性别身份的敏感和自觉,尽管这在很大程度上是作为她们对生存困境的应激反应出现。妇产病房内的经历使流产者比以往更清晰地认识到,她们的身体,不是抽象的"人之躯",而是负载和感应着几千年文化传统的"女性之躯"。

二、性别身份与生命感怀:流产叙事中的女性生命观

流产,不仅连接男女,也贯通生死。女性生命本体在这场事件中所遭受的损害以及不可忽视的潜在生命的流逝,触及了女性最深层的生命感受。流产叙事不仅展示出女性生命个体经由生存困境所磨砺出的自我意识和性别自觉,同时也引领我们思考一种与其性别身份密切相关的女性生命观。流产叙事中的女性生命观包含了超出人类普

适性生命体验的独特生命感受,它关联着女性立足于性别视角对生命的情感观照和价值评判,具体表现为对女性生命本体和潜在生命体(胎儿)的强烈关怀。

在流产叙事中,这种关怀伴随对漠视女性生命价值和尊严的男权生命观的批判展开。在《说吧,房间》中,主人公南红在其情人史红星眼中,从未被当成具有主体尊严的生命体,而只不过是其满足性欲的对象。南红流产后不到一个月,史红星就与之同床,导致女方盆腔炎发作,疼痛难耐。唐敏在她立场鲜明的带有自叙传色彩的作品《人工流产》中充满悲愤地写道:"妇女毕竟不是母熊、母马,不是猫和兔子!就是猪也不在夏季受孕。难道就能看着妇女不断地去做人流吗?"

流产叙事的意义不仅在于揭示出女性生命本体问题因性别因素而面临的外部困境,同时也描绘出女性自身为争取生命自主的尊严、打破既有文化观念束缚而做出的不懈努力。陆星儿以《今天没有太阳》、《女人的规则》等为代表的小说,着力刻画了女性对自身生命主体价值的追寻。两部作品的主人公丹叶和田恬起初都安于做有妇之夫的"外室",当她们遭遇流产事件时,都希望情人能主动负起责任。然而,在"无望的等待"中,两位主人公终于意识到只有自我掌控生命趋向,才可能赋予自己的生命真正的尊严和价值。丹叶最终抛开了对她的"诗人"的守望,决定放弃流产,希望生下一个"像她的孩子"。田恬则没有服从来自"他"的"打掉孩子"的决定,勇敢地承担了作为一个未婚母亲的多重压力。这些女性在生活的磨砺中成长,从最初的屈从到选择自强,绽放了具有主体性的生命之光。

某种意义上可以说,部分当代女性小说中的流产叙事,通过立足于女性自身的生命关怀,构建了一种更富于人道主义精神的生命之爱。这一点在与一些男性作家创作的比较中可以看得更清楚。张承志的作品《大坂》中,颇富男子汉气概的主人公为了实现自我理想,必须翻越地质环境恶劣的大坂。为此,他在看到妻子"流产。大出血。

住院。能回来吗"的电报后,仍不顾一切地前行,尽管妻子已经第二次流产(而第一次是为了不妨碍丈夫的求学之路),并面临生命危险。故事结尾写道:"古希腊的艺术家是对的,经过痛苦的美可以找到高尚的心灵。这一点,她已经做到了。她不会死,她只会得到更坚实的爱情。因为,她以一个女人的勇敢,早已越过了她的大坂"。在这样一类叙事中,女性只是一朵点缀男性成功的"鲜血梅花",只有用无悔的牺牲为自己的生命赢得价值和尊重。而部分女作家的流产叙事,则生发于女性生命本体,以真实的生活场景揭开了男性叙事传统对女性生命体验的遮蔽。

女作家对女性生命本体的关怀精神,不仅体现在对其生命价值和尊严的肯定,更加表现在对她们生命之痛的一声叹息。毕淑敏的《鲜花手术》正是从这个角度出发,通过对一场"史无前例"的人工流产术的书写,展示了另类"生死场"中的女性悲情:泰山压顶不崩于前的宁营长,"面对着被打开的手术视野惊骇莫名,他完全想不到在女人的体内是这样一个完全陌生的场面。凸起的子宫颈,还有粉红色的管道,他感到轻微恶心,发出干呕"。鲜血在黄莺儿的体下涌出,像一条吐着信子的红蛇往外爬……血流得越来越汹涌澎湃,从蛇变成了蟒,不断地从黄莺儿身体里爬出来,她身下的单子已经完全浸透了。为了快快结束手术,宁营长"开始用刮匙使劲刮……这种妇产科的刮匙,看起来像个闪亮的小圈,其实非常锐利,可以把人肉剔下来"。他感到有一块椭圆形的物体悬在那儿,像个小嫩葫芦,于是狠下心一捅,然后转着圈地一拧一拉,最后是猛地一拽……又是一项致命的误操作,刮匙还没有撤出来,"鲜红的血液就像山洪决了堤,顺着刮匙的把儿奔涌而出。鲜血立刻就漫过了黄莺儿双腿,滴滴答答流到地上,汪成一片血池。那些血冒着泡,好像千百条红色的泥鳅,争先恐后地逃出黄莺儿的身体"。

《鲜花手术》虽写爱情,然而在这场手术中,女性生命苦难带来的触痛感早已超过了爱情的神圣光环。"这是一场鲜花注视下的谋杀"。黄莺儿原本"凝如膏脂,光洁无暇"的身体,在手术失败后"漂在血泊之中,像蜡做的小白船"。即使是爱情,也不能冲淡这场"生死之战"的血腥,女性生命本体所遭受的毁灭般的伤害令人难以回避。来自黄莺儿体内的鲜血,汹涌澎湃地撞击着人的生命感觉——女性的生命在特定际遇中是如此脆弱!虽然并非每一个女性都会面临这样一场"血崩"之灾,但是此类文学书写却藉由"鲜血淋漓"的文学场景,提示人们更加珍惜女性生命本身。因为在女性的很多生命事件中,"疼痛"这一词语往往失去了它的形容能力,每一次伤害对于女性的身心都可能是致命的。在序中,毕淑敏说:"我这双手,做过很多次手术,我珍惜那些白色手术单下卧着的女子,爱她们滴血丛生的躯体,爱她们百孔千疮的灵魂。"一批女作家也正是用同样的情怀进行着她们有关流产故事的讲述,表达出对生命的关爱。

  流产,不仅涉及女性的生命权利和价值,也关涉潜在生命体(胎儿)所具有的生命价值和意义。当代女性小说中的流产叙事,从最直观的生命感受出发,本着对生命的深切关怀晕染出文学对潜在生命的价值和意义的关注。对于流产者而言,胎儿既是一道实在的生命痕迹,又是一种虚幻的生命存在。它们作为潜在的生命介入母体,却又没有真正降临人世。这些曾经存于母体子宫内的准生命体在消陨之际能否得到来自"母亲"的关怀,是因一次毁灭而永久逝去,还是由毁灭而在流产者的记忆中得以"永生"? 流产叙事从多方面展现了女性对这一与之血肉相连的准生命体的复杂感受。怀孕者在做出流产决定及行为发生后的恐惧、不忍、追悔亦或漠然处之等种种情态,都呈现出女性生命观中极具质感的内容,这是男性因着天然的生理隔膜所无法获得的生命感受。对于怀孕的女性来说,胎儿是内在而可感的。而对于与之形成和诞生密切相关的男性而言,胎儿却不免外在而模糊。

我做了一个清晰如见的梦，我看见我的胎儿的 X 光片，一个微蓝的透明的男孩熟睡在我的宫囊里，头发在水波中飘动……（唐敏《人工流产》）

我两毫米半。透明。我的心脏已经造好。我只有两根半火柴棍那样大。我像一朵透明的小蘑菇。我活着。你们看不见我。我顶端有一个头。头上有两小点凸出头。这是我未来的大脑。我还有一点黑的。那是眼睛。我的心脏会跳动。我重零点四克。我上部还有一个凹点。将是我的嘴。我还有一根脊梁骨。像蚕丝一样。（林白《我要你为人所知》）

胚胎取出来了一半，极小的孩子的脊椎骨，像一枚怪鱼的鱼刺，精致而玲珑……肋骨是半透明的，像粉丝一样晶莹，沾染母亲的血滴，发出珠贝般的银粉色。（毕淑敏《红处方》）

以上女作家们对于将要面临或已经接受流产术命运的胎儿的文学书写，表达出一种骨肉相连的生命感怀，丰富了人们对于母爱情怀的审美经验。作为文学创作的一个传统，母性常被当做女人的天性来加以书写，部分流产叙事也呼应了这一传统。唐敏的《人工流产》从人和动物的双重视角展现了女性基于母性本能对于自身孕育的生命的强烈关怀。作品讲述了一个由于身患癌症而不得不引产的妇女，由于失子的悲哀而突然死去。"对女性来说，一旦腹中有了新生命，就永远不会放弃对这生命的感情。这种母爱是妇女能够忍受一切苦难的唯一支柱。病魔不一定能夺取一个妇女的生命，但是失子的悲痛却能置人于死地"。在这个故事中，死亡将母爱烘托到了极致。唐敏还在作品中着重描绘了动物的母爱情怀。她家的猫在生下一只死去的小猫后,徒劳地给小猫喂奶:"终日厮守它,爱抚它。当我们把小猫扔掉时,母猫发疯一样地蹦起两三尺高,要夺回孩子的遗体"。母猫再一次流产后,它"挣扎着用鼻子去嗅(三个透明的胚胎),连嚎叫的劲也没有了"。通过写动物的流产,唐敏将女性的"母性"情愫还原到自然天性的层面。也就是说,在部分女作家看来,女性对胎儿的生命关怀来自一种与生俱来、为女性所特有的生命感受和对生命本体的关爱。

在诸多流产叙事中,林白的作品展现了对胎儿生命价值的特殊关注。一种对未得降生便已流逝的小生命永恒的追怀,流淌在她有关"流产"的叙事文字中,为我们揭示出一种来自女性灵魂深处的感悟生命的能力。

《一个人的战争》讲述了主人公林多米自我成长的艰难历程。其中,"流产"成为生活给予多米的一次"生命中难以承受之痛"。多米为挽救爱情,在情人N的逼迫下做了人工流产,然而对孩子的思念却没有随着那"永生难忘的阵痛"烟消云散。林多米不断提起死去的胎儿,把对孩子的追思宣泄于对N的责问中:"这孩子只活了四十九天,是你杀了他。四十九,这是一个不吉利的数字,孩子阴魂未散,你要当心";"有一个日子,就是多米做人工流产的日子,她把这个日子牢记在心,在这个日子一周年的时候,多米在包里藏了一架相机去找N,她跟N一起抽烟,喝了咖啡。然后她突然说:N你听着,今天是我们的孩子死去一周年的日子,我要给他留一点纪念"。与其说透过多米颇带几分神经质的行为和言语,我们看到了多米对N绝情的谴责,毋宁说她是在拷问自己的心灵。此时此刻的多米终于认识到,自己曾经对"那个刚刚出现的肉虫子有了无限的感情",绝不仅仅因为它是N的孩子。在经历了流产之后,失去孩子的伤痛如潮水般袭来。于是,那个曾经作为爱情的见证物或负载体的胎儿,在"母亲"的切身之痛中获得了生命存在的清晰痕迹。

在《说吧,房间》中,林白通过笔下人物对胎儿价值认识的变化,梳理了流产女性所特有的生命感受,也在此过程中确认了胎儿在女性生命中的位置。开始,流产者无法确认对胎儿的态度,或者说是在有意回避着一种来自内心深处的对逝去的胎儿的怀念:"我是否看见过那个从我身体里分离出来的、酷似我小时候样子的小人儿?我知道它从来就没有成为过一个人,它只是一粒胚胎,它的人形只是我的猜想"。但是,这一无法回避的事实,终究在某一个时刻如闪电般触动了"我",于是"我"不得不承认:"凡是在神圣的子宫里存在过的事物都拥有灵魂。失去了肉体的灵魂有时在云朵里,有时在流水里,从水龙头里就会哗哗地跑出来,在炖汤的时候,一点火,从火里就会出来。在私人诊所的那个铺着普通床单的斜形产床上,如果有谁以为,随着某种陌生的器械伸入两腿之间,随着一阵永生难忘的疼痛,那个东西就会永远消失,那就是大错特错了"。

在林白的叙事中,胎儿在毁灭中得到永生,深刻在流产者的生命中无法忘却。由于自身的软弱和男性推卸责任造成的胎儿的夭折,作为一种创伤性的经验时时敲击着她们的心灵。这类叙事文本的存在,其意义并不只是复制有关"母性"的文学表述,而是同时将女性本身所具有的富于性别特质的生命关怀借助特殊的人生环节展示出来。

另一位女作家李碧华的流产叙事也颇为独特。她以灵异诡谲的笔调,为我们书写了抛弃了孩子的母亲与流逝的生命(胎儿)之间的死生纠缠。作者在《纠缠》的故事中引导我们注视流产问题上的一个思维盲点——胎儿的"怨念"。这是一个惊人心魄、冷彻灵魂的故事:年轻的妈妈结束了一段失去感觉的爱恋,同时也结束了腹中只有"两寸高"的生命。然而,那个小生命,化身黑暗中的鬼魅——一只神秘的老鼠,只待特殊的时刻便闪身而出,冷冷叫着:"妈妈你为什么不要我?"当这个女性再次怀孕并生下一个男孩时,"哥哥"却不甘寂寞,带着怨恨,引领着"弟弟"去另一世界。面对弱小的亡魂,母亲惊恐地发现:"小孩的眼神,竟有怨,这比任何一种武器,更加锋利。"

在这部作品中,作家所传达出的生命观念是耐人寻味的。一种根植于中国古老文化传统的神秘生死观纠结在故事中,使得小说"鬼气"丛生,然而背后隐藏的却是对生命的执着之爱。在面对第二次怀孕时,女主人公叩问自己的心灵:"我岂能一杀再杀?"一个"杀"字,初看用得过于冷酷,其实却真实地蕴含着对生命的敬意。那堕掉的胎儿,并非仅是瓶子内模糊的血块,而是一个真实的生命。在《猫柳春眠水子地藏——吃眼睛的女人》中,李碧华写道:"人工流产是普通手术,其实肉体不痛,心灵受伤。"这心灵之伤,即包含了女性的尊严损伤、情感创伤,更包含了杀生的痛苦,这伤痕烙刻在灵魂的更深处。

流产叙事,通过一个个生命故事的讲述,把女作家对生命的独特体味呈现于我们的文学视野中。其中蕴含的女性生命观,反映了女作家立足女性生命本体,面对女性残损的生命状态而进行的富于性别特质的省思。一个身心俱痛的"母亲",一个匆匆而来、悄然而逝的"孩子",牵动着女作家对生命尊严和价值的探索与追寻,更激发了她们对生命的本真关怀。作品中,无论是女性自我掌控生命趋向的勇敢,还是流产后的愧疚与恐惧,以及对孩子的无限追思,均不失为一种真实的生命情态,以特殊的方式触动着读者的生命感觉。这部分文学书写,不仅为我们提供了一种久被遮蔽的文学审美经验,而且卓为有效地展示了女性对生命的大爱,这里有对女性生命本体绝地抗争的主体意志的礼赞,有对生命超越怜悯的敬畏,也有对无视生命尊严之观念的贬斥。生命之流不息,呵护生命的呼唤终将是女性话语空间内颇具价值的组成部分。

三、文化制约与冲破藩篱:流产叙事的性别文化反思

文学是社会生活的产物,同时也是文化的产物。流产叙事作为女性文学创作的一个组成部分,自有其特定的文化渊源。解读人工流产

这一独特的女性生命故事所折射出的传统的以男性为中心的文化背景下所常见的性别观念和生育观念,反思传统性别文化规范对女性生存的束缚,感悟作品中的女性打破文化桎梏、寻求自我的艰辛,具有性别文化批判的意义。

(一)打破文化壁垒的努力——对"男主女从"性别观念的反思

所谓性别观念,是指由社会文化形成的对男女差异的理解,以及对社会文化中形成的属于女性或男性的群体特征和行为方式的观念认识。文学创作者作为有性别的人,十分自然地会受到社会性别观念的影响,并以个性化的方式将其性别意识渗透于创作中。在流产叙事中,部分女作家对女性现实生存处境的思考,既展示了传统性别观念对女性生存的深刻影响,同时也书写了当代女性冲破既有文化规范,实现人格独立和价值自主的可贵努力。

中国传统的性别文化是以男尊女卑、男性中心为基本点的。儒家文化讲求三纲五常,其中之一即"夫为妻纲"。《礼记》规定妇女要"三从":在家从父、既嫁从夫、夫死从子。在性别角色和社会分工方面,"男主外,女主内"是为通则。在两性能力的评价上,传统文化遵循的是男优女劣的价值判定。这样的性别观念通过文化机制层层渗透,几千年间逐渐内化为大众自觉的心理认知,直至今日仍有着广泛的影响。由此反观女作家笔下的流产叙事可以看到,她们对流产者形象的塑造以及对流产事件中两性关系的书写,真切反映了传统文化因袭对人们观念的深刻影响。

在不同作家的作品中,经历流产的女主人公有着不同的性格。《方舟》中的荆华是坚强的,《在同一地平线上》中的"我"是自主的,《一个女人的一台戏》中的章一琴是独立的。与此形成反差的是,《一个人的战争》中的多米软弱、优柔;《红处方》中的女病人孤独无助;《说吧,房间》中的南红依赖心理强而又情绪化。不言而喻的是,相形之下,后一组女性形象更为符合传统性别观念对女性的文化规范,而前一组则带有明显的现代气息。那么,这类作为精神上的"强者"的流产者的出现,是否具有拯救女性于传统的性别角色之外的文化意义呢?作品中呈现的却是令人遗憾的图景:荆华打掉孩子离开婚姻,但并没有获得理想中的生活,"我"的导演梦也很难以孩子和婚姻为代价换得圆满。而章一琴以一种典型的"女强人"的姿态主控人生,试图通过流产扫除生活中可能会出现的障碍,但是在流产后收获的却是对生活的恐惧。可见,无论是生活本身还是作家的叙事,在有关女性如何摆脱传统性别观念所设定的性别角色束缚的问题上,都还面临着现实的困惑和疑问。

表现流产事件中的男女两性的相处状态,同样是此类叙事的重要内容。首先,部分女作家在相关作品中揭示了男主女从的传统性别观念对两性行为的影响:一方面,它表现为男性的支配欲。例如《女人的规则》中,当田恬告诉情人自己已经怀孕时,对方的第一句话是:"什么时候手术?"这种决断的口气与生冷的态度与两性关系中男性具有支配地位的传统性别观念显然不无关系。再如《人工流产》中,"我"的丈夫在得知"我"在身体不适的情况下怀孕后,做出了要求妻子流产的决定。表面看这是出于对妻子健康的关心,但他在这个问题上强烈的支配欲也从中表现出来,而"我"也正是在丈夫的决断中决心接受手术的。

与男性支配欲相对应的,是女性主体性的缺失。由于传统性别文化潜移默化的影响,一些女性往往处于充满被动的生存状态中,习惯于接受来自异性的指令,不善于作出自己的决断。就《一个人的战争》中林多米的流产事件来说,如果我们仅对其情人 N 的态度作出道德评判,而不对林多米自身的观念和行为缺陷进行反思,对流产事件叙事意义的理解就是片面的。林多米秉承男主女从的性别观念,缺乏自我决断的勇气和魄力,这是造成其生存困境的内在原因。可以说,流产叙事鲜明地映现着传统性别文化的深层制约。

其次,部分流产叙事文本为我们展示了女性突破既有文化规范,反抗传统性别观念对女性生命力压抑的努力。在这些叙事中,女性努力打破"男主女从"观念所形成的文化壁垒,坚持行动的自主和人格的独立。无论是张辛欣的《在同一地平线上》还是陆星儿的《女人的规则》,其中的女主人公均是在此意义上追求着自我的实现。她们没有遵从既有的性别文化规范,而是以自身的行动挑战传统性别观念。在前一部作品中,女主人公为了实现自己成为一名优秀导演的理想而放弃了生育,并勇敢地冲击"贤妻良母"的传统性别角色设定,与丈夫进行意志上的较量;后一部作品中的女主人公也表现出很强的自我决断力。她不为男性意志所动摇,坚持自我的价值认定:虽然情人强烈要求她"做掉",但是她并没有顺从。两部作品中的女主人公或放弃生育或拒绝流产,均是出自主体的意愿。尽管在有关流产和生育的问题上,单方决断的行为一些时候并不完全合情合理,但其间映现的女性力求摆脱传统男性中心思维的压制,展示自我生命价值、张扬生命自主精神的魄力,是具有文化批判意义的。

(二)"能否"与"是否"做母亲——对传统生育观念的反思

从文化的角度对当代女作家小说创作中的流产叙事进行反思,势必需要探讨其与中国生育文化的关系。我们知道,生育文化在人类整个文化系统中占有非常重要的地位。恩格斯在《家庭、私有制和国家的起源》第一版序言中写到:"根据唯物主义的观点,历史中的决定性因素,归根结蒂是直接生活的生产和再生产。但是,生产本身又有两种。一方面是生活资料即食物、衣服、住房以及为此所必需的工具的生产;另一方面是人类自身的生产,即种的繁衍。"[1]这段经典论述明确指出了生殖之于人类的重大意义。实际上,"种的繁衍"不仅包括生殖,也包括养育,以及与之相联系的婚姻等多方面的内容。在人类悠

---

[1] [德]恩格斯:《家庭、私有制和国家的起源》,人民出版社,1972年,第3页。

论当代女性小说中的流产叙事

久的生育文化中所形成的对生育方式、价值和意义的认识,就是生育观念。生育观念是生育文化的核心,它影响着人们的生育行为和生育方式。传统生育观念很可能会影响人们对人工流产问题的看法,女作家在流产故事中,通过展示女性婚姻、事业和生育之间的矛盾冲突,揭示了文化对人类行为的制约性。可以说,在以两性不平等为主要特征的传统性别观念的渗透影响下,中国传统生育观念中包含了诸多压抑女性的文化因素。

婚外恋情和非婚情感的背景设置,是流产故事的叙事要素之一。在陆星儿的《今天没有太阳》、《一个女人的一台戏》、《女人的规则》,方方的《桃花灿烂》,毕淑敏的《红处方》,虹影的《饥饿的女儿》以及林白的《一个人的战争》、《说吧,房间》、《瓶中之水》、《同心爱者不能分手》,铁凝的《大浴女》等多部作品中,一系列流产事件都以婚外恋情和非婚情感所引发的怀孕为背景。丹叶(《今天没有太阳》)、六六(《饥饿的女儿》)、唐菲(《大浴女》)都爱上了有妇之夫,多米(《一个人的战争》)、星子(《桃花灿烂》)又是未婚怀孕。在如此多的作品中,女作家的文学构想与现实生活多有契合,流产与婚姻构成了激烈的矛盾冲突,女性面临在特殊情境下能否做母亲的问题。那么,这其中的文化动因何在?

从生育文化的角度考察,不难给这样的叙事背景以合理的解释。这是因为,在中国传统的生育观念中,婚姻和生育之间存在着必然的文化联系。《礼记·昏义》说:"婚姻者合二姓之好,上以事宗庙,下以继后世"。婚姻是生育合法性的制度性保证。社会学家费孝通曾指出:"婚姻是社会为孩子们确定父母的手段"[①]。在中国传统社会的主导理念中,婚姻是生育的前提,生育是婚姻的主要目的。婚姻和生育之间的密切联系,构成中国古代传统生育观念的重要组成部分,并且对现代社会的生育文化有着重要的影响。在这种生育观念的影响下,

---

① 费孝通:《乡土中国,生育制度》,北京大学出版社,1998年,第125页。

351

社会普遍认可的是婚内生育,而对婚外的生育在伦理道德上持否定态度。人工流产由此很自然地成为一批婚外孕与非婚孕者的选择。人毕竟是文化的生物,多数人总是服从于特定文化规范的安排并习以为常,一旦脱离文化的"藩篱",就可能因行为失范而导致自身道德伦理系统的崩溃。虽然在具体作品中,主人公选择流产的原因不同,她们可能是因为情人的逼迫(如《一个人的战争》中的林多米),也可能是基于自身处境而不得不为(如《今天没有太阳》中的丹叶、《饥饿的女儿》中的六六),但这些非婚孕者或婚外孕者都生活在传统文化观念为主导的行为框架内。婚姻和生育之间的密切联系,通过这些流产者的行为再次从一个特定的角度得到强调。

正是基于婚姻和生育之间的密切联系,我们才不难理解流产叙事何以大都选择婚外恋情和非婚情感作为叙事背景。这一选择既是一定的现实因素作用的行为,也是文化影响的结果。从流产叙事中可以看出传统生育文化对现代人生育行为的影响,而女性作为生育行为的主体,不言而喻总是更为直接地受到来自文化的规约。

当然,人类生活是不断发展的。当今社会,人们不仅在既有的文化框架内生活,也不断冲击和改造着传统的文化规范。就生育文化而言,随着社会制度和时代环境的变化,人们的生育观念也发生着变化。在流产叙事中,这主要反映在一批表现婚内生育过程中断的作品中,比如张洁作品《方舟》中荆华以及张辛欣《在同一地平线上》中女主人公的流产选择。这类作品的意义在于对传统生育文化加之于女性身心的束缚构成了冲击。在传统生育观念中,女性在婚姻中负担的主要职责在于生育,传宗接代被视为人生头等大事。宗法观念认为,生育是已婚女性必须承担的义务。处于妻子角色中的女性如果不能很好地履行这一职责,就面临被休、被弃、被冷落的危险。《孔子家语》将"无子"列为古代休妻法则——"七出"的条件之一。妻子在婚姻内所负有的生育职责作为盛行千年的生育观念的组成部分,对人们的思维方式影响深远。

在女作家的创作中,对部分女性勇于冲破文化束缚的思想行为不乏激赏,但与此同时,她们也没有规避生活的真实:如果女性试图通过摆脱生育职责以获得自己生活的独立意义,也就是说,她们如试图控制自己的生育权利,以实现自我的生活理想,那么其生活将陷入很大的困境。首先,来自丈夫的责难很难避免。《方舟》中,当荆华的丈夫得知其自主地做流产手术之后,不禁嘶喊着:"为了养活你的父亲和妹妹,就做'人流'——害死了我的儿子——我娶你这个老婆图什么,啊?! 离婚!"而《在同一地平线上》中的男主人公在获悉女主人公的人工流产行为后,也离开了家庭。因为在他的观念中,妻子已经完全放弃了自己的职责,婚姻也因此而失去了意义。此外,受传统生育文化影响的既有社会观念也对流产女性施加了很大压力,很多人认为女性对生育的拒绝就是对自身女性角色的背弃。唐敏的《人工流产》中写到了这一点,当"我"告知医生因为进修学习的需要而做流产术时,医生发出这样的责问:"什么? 要读书就不要孩子?! 你做什么女人?!"在是否做母亲的问题上,女性也许可以义无反顾地行动,但其所承受的文化重负,确实带来了精神上的压抑感。

生育往往与女性对事业和理想的追求构成矛盾,其文化渊源仍与传统生育观念有关。生育带给女性的重负不仅在于怀孕和生产的生理痛苦,更在于产后对孩子的抚养。育子职责的牵扯使女性的社会行动受到很大限制,尽管现实生活中大多数女性即使明知如此仍选择生育,但一些个性较强、传统观念淡薄的女性而言,为了不被拖累和束缚,则主动选择放弃。尽管其中有人出于自愿,有人则实属无奈。

延安时期,丁玲的《三八节有感》已经涉及这个问题,她谈到一些女革命者结婚前都有着凌云的志向和刻苦的斗争生活,但婚后却被迫做了回到家庭的娜拉。为了继续自己的事业,她们希望放弃生与育的职责。然而,这却受到来自男性革命者的斥责。在他们看来,生养孩子就是女性的本职工作。由此可见,传统生育观念已经深深扎根于人们的思想意识,即使是进步的革命者也不能摆脱这种传统思维的影响。

其实,女性并不天然排斥生育,但她们却未必都能安于被生育所束缚的人生,所以《在同一地平线上》中的女人公便断然采取了中断生育以争取自由的方式。当然,对女性排斥生育现象我们也应有所反思。一方面,个体应当有做出选择的自由;另一方面,就社会而言,生育是关系着大到种族繁衍、小到家庭生活的"人生大事"。对作为妻子的女性来说,生育既是权利,也是义务。尽管受以往男权文化压制的女性意识应当得到解放,但新的生育观念主要还是强调两性之间在生育问题上的互谅协调,而不是过分宣扬、片面强调单方面的权利。流产叙事中两性沟通匮乏的现实表明,生育文化中新的两性相处模式仍有待建设。

综上,当代部分女性小说对流产故事的讲述,呈现了女性生命独特而真实的"现实一种",不仅建构了女性自我的生命关怀,而且涉及了丰富的性别文化内涵。与此同时毋庸讳言,有关流产的女性文学叙事在艺术表现的深广度上尚有明显缺欠,缺乏严格意义上的精品力作。可以说,迄今为止,这一题材本身所拥有的生命蕴含和性别意味还远未穷尽,相信未来会有更多的创作者对这一领域给予关注。

近三十年"城乡交叉地带叙事"中的"新才子佳人模式"

——以《人生》、《高老庄》、《风雅颂》为中心的考察

乔以钢 李彦文

20世纪70年代末开始的改革开放,促使中国的城乡之间逐渐出现融合态势,这一态势随着20世纪90年代的市场化以及2001年中国加入WTO变得更为显著。当代文学对这一态势的把握几乎是同时的。路遥在80年代初就提出了"城乡交叉地带"概念,意指新旧时代交叉带来的城市和乡村在生活方式及思想意识等方面的交叉(交往、渗透与矛盾)①。这一对社会转型与城乡变迁的敏锐把握,得到不少作家的回应。如果说90年代有关"现实的情况,城与乡的界限开始了混淆,再不一刀分明"②的感慨往往还是由作家道出的话,进入21世纪后,类似的感喟已经出现在一些小说中的人物之口,例如:"在历史上的某一个时期,城市和乡村是如此的对峙又如此的交融"③。从创作情况看,城乡交叉地带叙事以描写乡下人进城、还乡为主。80年代此类叙事还属少见,其故事中的主人公大多通过高考、参军进入城市,到

---

① 晓蓉、李星:《深入农村、写变革中农民的面貌和心理——在西安召开的农村题材小说座谈会纪要》,《文艺报》1981年第22期;路遥:《关于〈人生〉和阎纲的通信》,《作品与争鸣》1982年第2期。
② 贾平凹:《〈商州:说不尽的故事〉序》,《做个自在人——贾平凹序跋书话集》,内蒙古教育出版社,1998年,第45页。
③ 罗伟章:《我们的路》,《长城》2005年第3期。

了90年代以后,有关城乡交叉地带的叙事已然成为潮流,其主人公除了前两类人物外又增加了打工农民。

需要说明的是,本文在使用"城乡交叉地带"这一概念时,既把它当做一种物质时空的现实(即指转型时代的交叉和城乡的交叉),也将其作为一种心理现实,即指处于城乡交叉地带的人所产生的既非城亦非乡的"异乡人"的漂浮体验。而在文本方面,主要从近三十年引起广泛反响的小说中选取路遥的《人生》(1982)、贾平凹的《高老庄》(1998)以及阎连科的《风雅颂》(2008)作为考察对象。

这三部小说,可谓近三十年"城乡交叉地带叙事"的著名文本。它们共同呈现出这样一种叙事模式:乡村出身的知识男性先是与当地最美丽的女性确定婚恋关系,而当他有机会进入城市后,就转而选择与一位美丽的城市女性建立起新的关系并同时抛弃乡村女性;但在另一方,被抛弃的乡村女性却对其痴情不改。本文借用以往学者对传统文学创作中"才子佳人模式"[①]的概括,将此类小说叙事命名为"新才子佳人模式"。同时,权且以"乡村才子"指称乡村出身的知识男性,而相应地以"城市佳人"与"乡村佳人"分别指称小说叙事中的城市与乡村女性。之所以如此借用,是因为无论新旧,此类文学叙事都是以"才子"的人生进退及其与"佳人"的关系为中心的,体现着相近的性别文化观念。而此一模式的书写与传统模式在故事表层的一个明显区别在于,传统故事中的爱情波折往往出于封建势力作梗,而"新才子佳人模式"中的爱情波澜却是与乡村才子的"进城"或"还乡"密切相关。也正是在这一现象背后,有着城市/乡村、现代/传统的复杂纠葛以及主流价值观的悄然演变。

[①] 何满子认为,唐代元稹的《莺莺传》开创了才子佳人型小说模式,属男子负心型,是文人得意后的自我炫耀;明清时期才子佳人小说大量出现,属大团圆型,是不得意的中下层文人对佳人与荣华的幻想式满足。何满子:《中国爱情小说中的两性关系》,上海书店出版社,1999年,第69~71页、第145~150页。

近三十年"城乡交叉地带叙事"中的"新才子佳人模式"
——以《人生》、《高老庄》、《风雅颂》为中心的考察

一

《人生》中的高加林、《高老庄》中的高子路、《风雅颂》中的杨科,这三位男主人公都是农民的儿子,乡下人是他们的原初身份。然而,现代化自身的发展逻辑,新中国建立后几十年间的政策调控以及其他种种因素,导致城市和乡村存在巨大差异。在很长的历史阶段中,城市无论在政治、经济还是文化上,都毫无疑问地具有乡村无法比拟的优越性,并由此生产出城里人/乡下人的等级关系:城里人生下来就得以享受城市提供的基本生活、教育、就业等各种优惠条件,乡下人却只能依靠土地生存,在土地上艰辛劳动、忍受贫穷。因此,摆脱乡下人身份、做个城里人,理所当然地成为乡村青年的梦想。

如果说进城农民的打工者身份并不能改变其在城里人面前的卑微的话,乡村才子却拥有跨越城乡壁垒、实现身份转换的资本——通过接受现代教育掌握一定的知识,进而为获得相对较好的在城里工作的机会打下基础。三部小说中,高加林在县城读了高中,高子路在省城读了大学,杨科则在京城一直读到博士。"文化修养和教育经历能在特定场域里,成为行动者们获取社会地位的凭借。"[①] 对于他们来说,知识就是其文化资本,而城市就是其建构主流身份的场域。

资本的关键问题是积累和转换,文化资本亦然。布尔迪厄指出:"资本是积累的劳动(以物化的形式或'具体化的'、'肉身化'的形式),当这种劳动在私人性,即排他的基础上被行动者或行动者小团体占有时,这种劳动就使得他们能够以具体化的或活的劳动的形式占有社会

---

① 张意:《文化与符号权力——布尔迪厄的文化社会学导论》,中国社会科学出版社,2005年,第127页。

资源。"①三位乡村才子在文化资本的积累方面都非常勤奋。高加林在县高中时是学习尖子,在县委做通讯干事时写出许多出色的通讯报道;高子路考上了省城的大学,并在工作后写出古代汉语研究的专著;杨科在京城的全国最高学府清燕大学一直读到完成博士学业,留校任教后写出不少重量级的研究论文和一部砖头厚的《诗经》研究专著。从积累的角度看,他们的文化资本呈上升趋势,越来越多且越来越高级。但文化资本能否帮助他们建构主流身份,还有赖于不同历史时期场域的结构,特别是各种资本所处的位置。

在20世纪80年代,高加林虽然只是个高中生,却近乎文理兼修的全才。重要的是,当时百废初兴的城市,为他有限的知识提供了施展作为的理想空间。在这里,他写作的通讯报道——文化产品能够迅速转化为经济资本;更重要的是,县广播站、地区报、省报、县委会议、灯光球场等各种公共空间全部向他敞开,让他有可能大显身手。在成为县委的出色通讯干事和灯光球场上的篮球健将之后,高加林终于被捧上县城"明星"的宝座。"明星"身份的获得是他的文化资本转化为社会资本的标志。在依靠知识建构主流身份这一点上,生逢其时的高加林无疑是一个成功者。现代场域的"明星",某种意义上恰是80年代知识分子的理想身份——时代的文化英雄。

《高老庄》中的高子路虽是大学毕业生,他的知识却只涉及人文领域。他的专业古代汉语属于中国传统文化范畴。高子路的活动场域,也已经从高加林的整个县城(在高加林看来县城就是大城市)缩小到省城大学校园这一象牙塔的狭小空间。而他的文化资本——古代汉语研究专著,为他换取的不过是文化体制内的教授岗位。

《风雅颂》中,杨科的知识被设定为《诗经》研究,同样属于中国传

---

① [法]布尔迪厄著,包亚明译:《文化资本与社会炼金术——布尔迪厄访谈录》,上海人民出版社,1997年,第189页。

近三十年"城乡交叉地带叙事"中的"新才子佳人模式"
——以《人生》、《高老庄》、《风雅颂》为中心的考察

统文化。杨科的文化资本经历了一个从成功转化到难以转化的过程：先是他的论文能够顺利发表并获得不菲的稿费；之后是他要发表论文就必须交版面费；最后是他历时五年写出的专著必须交五万元才能出版。更严重的是，杨科的文化资本甚至不能帮助他在文化体制内从副教授晋升为教授，他的《诗经》研究课也备受学生冷落。总之，杨科作为一位人文知识分子经历着全面失败，这一失败内含两个层面的社会现实：一是"大学"以及相应的精英文化本身在整个商品社会的边缘化；二是其安身立命所倚赖的专业"古典文学"，受西方话语霸权以及科层化的现代知识体系内部结构变动的影响，位置亦趋于边缘化[①]。最终，杨科无法在大学这一文化场域内顺利地建构起自己的主流身份，只能落荒而逃。

从高加林的占领整个现代场域（成为"明星"），到高子路的安身于大学（担任教授），再到杨科立业的艰难（评不上教授），可以看到，虽然三位男主人公的文化资本呈上升趋势，但城市这一现代场域分配给他们的发展空间却越来越少。"在特定的时刻，资本的不同类型和亚型的分布结构，在时间上体现了社会世界的内在结构。"[②]在这个意义上，乡村才子的文化资本的位置迁移以及由此产生的身份转换的艰难，是近三十年中国社会结构变迁的表征：20世纪80年代前期，文化资本一枝独秀占据优势；随着90年代中国社会的市场化转型，经济资本取代了文化资本的优势地位；21世纪以来，中国社会转型进一步深入，经济资本已经从社会场域侵入到文化场域，并形成强势。

对乡村才子来说，主流身份建构的成功与否直接影响着他们的自我认同感。高加林的成功使他在县城里自信而骄傲，高子路虽然只是

---

① 这里值得反思的一点是，小说中杨科之类的男性传统文化人，在社会现实面前毫无抗争的意识和能力；作家在塑造他们时，也未能为社会提供相关的思想资源。
② [法]布尔迪厄：《文化资本与社会炼金术——布尔迪厄访谈录》，第190页。

大学校园里的一个教授,但他也把自己看成一个"人物",杨科身份建构的失败则引发了他的严重焦虑。在被迫逃回乡村后,他总是在别人面前说自己是教授(而非副教授)、知识分子,动不动就让人看自己清燕大学的工作证,还假冒校长给村长打电话把自己说成最有学问、最有威望的名教授。杨科的行为已经成为无法停止的重复扮演。其悲剧性在于:一方面,他在扮演中对"知识分子"、"最有学问、最有威望的名教授"等主流身份符码的占有,暴露出他的实际身份和言说出的主流身份的分裂;另一方面,他又必须不断地把这种言不副实的扮演重复下去,才能在幻想中确认自我。这样,他的扮演就显示出强迫性、重复性及仪式化特征[1],从而成为精神疾病的某种"症状";并且,按照拉康"无意识是大写他者的话语"[2]的著名论断,他的"症状"——那脱缰的无意识欲望虽然真实,但他的欲望对象却不过是主流话语这个"大写他者"提供的幻象。

二

如果说,乡村才子进城后对主流身份的建构要面对的是自我、知识与现代场域的关系,是在公共空间中追求"是其所是",那么,他们在城市里的恋爱或联姻则指向私人空间。在这个领域里,他们需要"城市佳人"的爱情对其身份的再度确认。而两者之间在出身和知识上的差异,必将参与构建甚至左右他们相处过程中的两性关系。

《人生》中的黄亚萍生长在干部家庭,依靠这一背景,她能把高加林带到南京。就家庭出身而言,她显然是优越的。但在小说中,当黄

---

[1] [奥]弗洛伊德著,罗生译:《精神分析学引论·新论》,百花洲文艺出版社,1997年,第224页。
[2] 张一兵:《不可能的存在之真——拉康哲学映像》,商务印书馆,2006年,第10页。

近三十年"城乡交叉地带叙事"中的"新才子佳人模式"
——以《人生》、《高老庄》、《风雅颂》为中心的考察

亚萍朗读高加林那文采斐然的文章时,"感情顿时燃烧起来",轻而易举便折服于高加林的才华之下。这里所呈现的是,高加林的才华构成了压倒黄亚萍城市出身优势的砝码;但高加林也并非不需要黄亚萍这个城里人对他的肯定:"你实际上根本就不像个乡下人了"①。

值得深究的是,小说中的黄亚萍事实上被塑造成了一个前后不无矛盾的人物形象②,这种矛盾又与她是否表现出女性特征密切相关。在没有和高加林确立恋爱关系之前,她被放置在文化馆这一公共文化空间中,与高加林就国际局势和世界能源展开热烈交流。这时的黄亚萍聪敏而博观,是一个性别特征并不明显、形象颇为"正面"的知识女性。而当二人确立恋爱关系后,黄亚萍就呈现出让高加林陶醉又头疼的矛盾性。一方面,高加林陶醉于黄亚萍所代表的当时最现代的生活方式。从时尚的服装到在河边穿着泳装、戴着墨镜晒太阳等,无不是黄亚萍的主动选择和策划,而高加林只是一个抱着"实习"态度的被动参与者。此时,高加林对现代生活方式的陌生和迷恋,与他对黄亚萍的迷恋非常相似。在高加林看来,黄亚萍身上弥漫着一种"非常神秘的魅力"。"神秘",暗示着黄亚萍魅力的陌生性即魔性,也就是"他者"性。恰如高加林的老父亲所说,黄亚萍是个"洋女人"。"洋"正透露着某种现代品格。

作者很可能意识到对这个"洋女人"的迷恋会危及高加林的男性主体性,使他面临被同化的危险③,于是,后期的黄亚萍性格中加入了"任性"的负面成分,以致高加林头疼于黄亚萍总想支配自己。小说中有这样一个饶有意味的情节:高加林正在参加县委重要会议时,黄亚

---

① 路遥:《人生》,《路遥精选集》,北京燕山出版社,2006年,第172页。
② 在小说发表后一个时期的研究中,只有雷达指出黄亚萍的性格前后不一致。参见雷达:《简论高加林的悲剧》,《青年文学》1983年第2期。
③ 路遥对黄亚萍代表的现代生活方式并不认同,他不仅在小说中描写了县城人讽刺高、黄是"业余华侨",在"创作谈"中,更是把现代生活方式和资产阶级意识直接挂钩。见路遥:《面对新的生活》,《中篇小说选刊》1982年第5期。

萍执意要他冒雨去郊外寻找她的进口水果刀。等到高加林空手而归，黄亚萍却说水果刀根本就没丢，她是想知道高加林对她的话听到什么程度。高加林当即大发雷霆，黄亚萍被吓哭，向他道歉并保证再不惹他生气。这一情节蕴含的潜在逻辑是：黄亚萍（女性）竟然让高加林（男性）不顾国家大事（重要会议）去做私人小事（找水果刀），这是一种感性至上的弱智者的荒唐和任性。在这里，黄亚萍的所思所为显然是负面的，而高加林的大发雷霆则是正面的，代表着具有理性的男性的威严。黄亚萍的最终臣服，既是在她与高的两性关系中争夺主导者位置的失败，也是高加林对具有某种现代品格的女性之魔性的成功驯服。

《高老庄》中，高子路和城市女性西夏之间的关系，与他们之间随种族差异而来的体貌、性格和习性之别密切相联。在体貌上，高子路的丑陋、矮体短腿、黄面稀胡、大板牙等，是高老庄人特有的纯种汉人的标志。西夏则相反。她容颜美丽、身高腿长，脸庞不是平面的，头发是淡黄色的，这些都突出了她的非汉人的"他者"特征①。并且，这些差异已经暗示了各自的优劣：子路是衰朽的汉人后裔，西夏则是年轻、强壮、充满活力的混血美人。西夏不仅在性格上比子路优越（如西夏慷慨大方，子路斤斤计较；西夏果断热情，子路优柔寡断），在生活习性上，也是西夏卫生、子路肮脏，西夏勤快、子路贪吃贪睡等。值得注意的是，相对于子路明确的汉人出身，西夏的父母和家庭从未被提及。她第一次出现在子路面前是从博物馆中出来，子路发现她脚小腿长，很像自己刚才在博物馆里看到的大宛马（"大宛马"正是子路给西夏的绰号）。因此，或许有理由认为，西夏这个形象并非完全写实，而是在作者心目中多少具有表征某些现代特质的虚化意味。当然，另一方面

---

① 西夏的"他者"性在小说中曾得到高老庄人和法国女人的指认。高老庄人怀疑她是外国人，法国人则问她是否有欧洲人血统。

近三十年"城乡交叉地带叙事"中的"新才子佳人模式"
——以《人生》、《高老庄》、《风雅颂》为中心的考察

的事实是,西夏所承载的观念几乎可以等同于近现代时期所流行的种族优劣论,子路对"西方美人"的身体意淫也早在晚清小说中屡见不鲜。

西夏的优势,决定了子路和她之间交往的开端不再是《人生》中的"女追男"型,而是子路对西夏纠缠不舍才终于把她娶回家。而他们的相处,也多是西夏以现代生活方式影响、改造子路,回乡后更是以现代目光审视他从教授到农民的蜕变:"你现在是教授,教授!你一回来地地道道成了个农民了嘛!"[①]在高老庄,是西夏而非子路发现并研究了高家族谱,并最后做出权威性结论:"纯粹的汉人太老了,人种退化了!"[②]她还有权出入于这里的任何空间。这使西夏在高老庄的行动近乎成为现代人类学家对某个非现代区域的全面考察。她挖掘高老庄人窝里斗、贪婪、爱说是非、好色贪淫等种种劣根性,并充当高老庄人的指导者和拯救者[③]。

在子路和西夏的关系式中,如果说西夏对子路的审视是蕴含着现代知识权力的凝视,那么,子路也可以相应地进行反凝视。事实上,他男性欲望的目光已经把西夏的身体分割为长腿、细腰、大臀等性感部件,进行恋物癖式的观赏;更何况,西夏还是子路换种的工具。因此,两人在不同层面上可谓互为主体又互为客体。

《风雅颂》的叙述者是杨科。在他的第一人称主观性叙述中,他与城市女性赵茹萍的婚姻是他的导师——赵茹萍父亲的预谋。也就是说,他一开始就充当了这场婚姻中"被俘获者"的角色。妻子赵茹萍与他在知识的拥有方面差距悬殊:相对于杨科的正牌本科、硕士、博士学

---

① 贾平凹:《高老庄》,太白文艺出版社,1998年,第105页。
② 同上,第125页。
③ 西夏的形象类似于晚清时期王韬的《媚梨小传》、《海外壮游》等小说中出现的爱上中国才子的西方美人,但贾平凹看到的乡村现实使他不可能再把西夏塑造成王韬想象中的中华文明爱慕者,而主要是一个批判者。

历,赵茹萍高中没毕业就当了图书馆管理员,后来读的是函授本科、硕士,但她却就此当上了清燕大学影视艺术系的教师;相对于杨科有分量的学术论文,赵茹萍的所谓论文不过是拼凑而成;相对于杨科深奥古雅的《诗经》研究课,赵茹萍的公开示范课不过是靠搬演影星名导的轶事吸引学生;相对于杨科靠自己实力写出的专著,赵茹萍的出版物不过是对杨科专著的剽窃。简言之,二者的知识构成明显呈现出高/低、真/伪之别。赵茹萍学历的速成、论文的拼凑、专著的剽窃,与卡林内斯库对媚俗艺术特征的总结类似:"媚俗艺术的整个概念显然围绕着模仿、伪造、假冒以及我们所说的欺骗与自我欺骗美学一类的问题。"[①]当赵茹萍以媚俗为手段轻易获取了杨科梦寐以求的教授职称以及住专家楼的待遇时,她的成功强烈地映衬着杨科的失败。更有甚者,赵茹萍还背叛丈夫投靠权势人物。这样,在杨科的叙述中,赵茹萍被彻底妖魔化了。然而,这一叙事虽然揭露了赵茹萍的种种劣迹,却也暴露出杨科无力应对时代变迁的恐慌,或许还有对女性超越男性的恐惧以及文人的自怨自艾。

吊诡的是,尽管杨科知道导师预谋把女儿赵茹萍嫁给自己,却从未反对;赵茹萍背叛他与人通奸,他却在他们面前下跪;他认为赵茹萍的讲课是哗众取宠,自己却又不由自主地模仿。也就是说,杨科从未试图与媚俗的赵茹萍划清界限,反而曲意逢迎。这就更深刻地显示出,杨科对建构主流身份的渴望和他的全面失败,已经蛀空了他作为一个男性的"人"的尊严。在赵茹萍对他所施加的压抑和扭曲中,始终有他自身的合谋。为了在城市中立足和发展,他实在太需要得到赵茹萍的"爱情"以便完成对自己身份的确认,以至即使赵茹萍已经提出离婚,他还在臆想"赵茹萍往死里爱我"。

[①] [美]马泰·卡林内斯库著,顾爱斌、李瑞华译:《现代性的五副面孔》,商务印书馆,2002年,第246页。

近三十年"城乡交叉地带叙事"中的"新才子佳人模式"
——以《人生》、《高老庄》、《风雅颂》为中心的考察

从《人生》中前后矛盾的黄亚萍,到《高老庄》中带有一定的理想、虚幻色彩的西夏,以及《风雅颂》中被叙事者妖魔化的赵茹萍,几位女性的形象变化极大且意味深长。从现实的层面说,这与20世纪80年代以来"乡村才子"进城后的生存体验和现代性焦虑是密切相关的。他们通过与"城市佳人"的交往,从一个侧面体验着现代性的魅力和魔性。从《人生》中的高加林轻易俘获并驯服黄亚萍从而在两性关系中获得主导位置,到《高老庄》中高子路与西夏在不同层面上互为主体又互为客体,再到杨科完全失去优势,几乎成为赵茹萍的奴隶,可以发现男主人公们在私人空间中的主导力量逐渐弱化。或许可以说,这样一条由几部小说中所表现的男性人物命运折映的轨迹,与近三十年来从乡村到城市的知识分子在公共空间中所经历的从相对中心到基本边缘的主流身份建构处境,在相当高的程度上呈现出一致性。

三

在乡村才子身边的城市佳人形象系列变幻不定的同时,乡村佳人形象系列则很少变化:《人生》中的刘巧珍、《高老庄》中的菊娃、《风雅颂》中的付玲珍,都具有美貌、善良、温柔、痴情等基本特点。不过,此时男女双方关系的建立、维系与破裂,是与他们之间知识资本有无的差异密切相关的,这使他们的关系有可能重蹈"郎才女貌"的传统模式[①]。曾有学者把"郎才女貌"的实质概括为:"男子以自己的才力以及由此得到的社会地位,自上而下地向女子体现自己的占有权"[②]。这

---

① 何满子认为"郎才女貌"是古代下层社会的爱情标准(何满子:《中国爱情小说中的两性关系》,第100页);刘慧英认为"郎才女貌"就是"才子佳人"(刘慧英:《走出男权传统的藩篱——文学中的男权意识批判》,生活·读书·新知三联书店,1996年,第17页)。本文倾向于对二者加以区分,因为不少"才子佳人模式"中的佳人是才貌双全的。

② 李劼:《高加林论》,《当代作家评论》1985年第1期。

里,两性之间的不平等以及男性对女性的占有是其要点。不难看到,在本文主要考察的三个文本中,情形也是如此。

乡村才子与乡村佳人关系建立的契机,往往是前者的失意。高加林被人顶替了民办教师的工作,杨科接连考了三次大学都没考上。也就是说,他们是在不得不做乡下人时俯就乡村姑娘的。此间,美貌作为女性的价值砝码,并不具有与知识资本同等的分量。因此,在他们的关系中,一方面是女性因美貌而沦为被观赏的客体,一方面是男性所拥有的知识资本成为支持性别压迫的力量。小说中,刘巧珍对高加林的爱情,很大程度上是基于她对知识的仰慕以及由此产生的自卑感。她总是不假思索地听从高加林的一切指令。而高加林所得意的,恰是她温顺地跟在身边。高子路致力于把菊娃改造成理想的观赏客体,他指责她不注意打扮,"恨不得一下子把她改造得尽善尽美"。一旦菊娃表示反抗,高子路就以发火来弹压。可以说,才子从来就无意以知识对乡村女性进行启蒙,而是非常乐于让她们如同传统女性一样,充当丧失自我意愿和决定意向的被动客体。因此,他们之间关系的维系,其实质只能是男性凭借知识资本占有女性身心的过程。

乡村才子与乡村佳人关系破裂的关节点是男方的进城。此时,城里人与乡下人的区隔使女方成为男方进军城市的累赘。因此,抛弃的发生几乎是必然的。如果说高加林在抛弃刘巧珍时还感到难过和内疚的话,杨科在抛弃付玲珍时则根本就不曾考虑对方是否会受伤害。高子路和菊娃关系的破裂是因为他与一个城市女性有染,菊娃执意要离婚,高子路却认定这是菊娃在认死理。支撑这一判断的,是他有权犯错、菊娃则理当容忍的陈腐意识。所有的断裂都类似于传统的"始乱终弃"(不论是精神的还是身体的),即以牺牲女性的方式为进城的男子进一步建构主流身份扫清障碍。具有反讽意味的是,男主人公在抛弃乡村女性后,却对她们的贞洁有着极为苛刻的要求。高子路与菊娃离婚多年,也不能容忍菊娃和别人发生恋爱关系;杨科抛弃付玲珍

近三十年"城乡交叉地带叙事"中的"新才子佳人模式"
——以《人生》、《高老庄》、《风雅颂》为中心的考察

20年,一旦听说她可能与吴胖子有过关系,就声言自己要去找小姐伤害她。对女性贞洁的苛求既暴露了他们的占有欲,也昭示了男权传统观念是何等的根深蒂固。

耐人寻味的是,三个文本不约而同描写了乡村佳人被抛弃后不改的痴情。《人生》中的刘巧珍,面对提出分手的高加林,殷殷诉说"你不知道,我是怎样爱你……";《高老庄》中的菊娃,和高子路离婚多年却未再嫁,只因为"这心还在你身上"。堪称极端的是《风雅颂》中的付玲珍。在杨科向她提出退婚之时,她竟然要献身于他;她后来嫁给杨科的本家亲戚,为的是便于听到杨科的消息;在丈夫死后,她用杨科当年用过的家具把自己的卧室布置成杨科卧室的复制品;她的死亡,是因为听说杨科去找小姐而自杀;她临死前的愿望,是杨科能把贴身衣服和自己葬在一起,以实现生不能同室、死可以同穴的痴梦。显然,付玲珍的生与死全都围绕着杨科这个男人。但是,既然断裂的基点是城里人与乡下人的区隔,乡村女性也无意以痴情修复两性关系,她们何以要进行如此的精神自虐呢?为了深入解读作品中的相关描写,这里尝试对男主人公们的生存现实、心理处境以及作者写作动机略加探讨。

首先,从男主人公们的处境看,进城后的他们在现实和心理上都处于"城乡交叉地带"。就现实处境而言,高加林当红之时被人告发,只好回乡当农民;高子路努力向现代文化看齐,却无法完全剔除自己身上的农民性,从而只能成为城里人和乡下人的混合体;杨科既无力成为城市精英,也无意当个农民。再看心理处境。走在回乡之路上的高加林"感觉到自己孤零零的,前不着村,后不靠店。他不知道自己从什么路上走来,又向什么路上走去……"[①];高子路无论对菊娃还是故乡,都抱着情感眷恋和理性批判的矛盾态度;杨科感到:"我在这个世

---

① 路遥:《人生》,《路遥精选集》,第214页。

界闲余而无趣……原来我在哪儿待着都是一个闲余人。"①无论是高加林的彷徨、高子路的矛盾,还是杨科的"闲余人"之感,都是处于"交叉地带"的异乡人的无根性体验,属于非常典型而真实的存在性焦虑。当作者立足于乡村才子(男性)本位、希望在创作中探求消解而不是加深他们的焦虑时,小说中与之对应的女性人物取何姿态,自是很容易根据需要被设定的。

其次,不妨联系作者的写作动机进行思考。20世纪80年代初的路遥,感受到城乡交叉地带"资产阶级意识和传统美德的冲突"②,当他笔下的高加林和黄亚萍所代表的个人主义这一"资产阶级意识",竟然一度战胜了刘巧珍代表的"我们这个国家、这个民族的一种传统的美德,一种生活中的牺牲精神"③时,作者的道德焦虑促使主人公选择了回归乡村和传统美德。而巧珍正是这一传统美德的化身。高加林一回村,德顺爷爷就告诉他,巧珍为他劝走了试图羞辱他的姐姐,还去向支书求情让他当民办教师。不过,当高加林的回归被叙述成痴情的刘巧珍继续为高加林奉献爱心时,就不能不暴露出作者的局限性。一方面,作品再次以带有褒扬倾向的书写,强化了二人分手前女性奉献、男性享用的两性关系格局;另一方面,巧珍传统美德的功能,不过是给高加林提供了暂时的精神小憩,并不能真正解决他的精神危机,高加林回归之路的前景终不免可疑。但无论如何,巧珍在作者的安排下,始终是应高加林之需履行着人生使命。

1998年,贾平凹创作了《高老庄》。当时他自陈写作意图时,曾表示"意在哀高老庄的不幸",批判其"文化僵死,人种退化"④。如果说

---

① 阎连科:《风雅颂》,江苏人民出版社,2008年,第170页。
② 路遥:《面对新的生活》,《中篇小说选刊》1982年第5期。
③ 路遥:《关于〈人生〉的对话》,《路遥文集》第5卷,人民文学出版社,2005年,第409页。
④ 贾平凹:《写作是我的宿命》,《文学报》1998年8月6日。

近三十年"城乡交叉地带叙事"中的"新才子佳人模式"
——以《人生》、《高老庄》、《风雅颂》为中心的考察

"文化僵死"是借还乡者子路和新妻西夏之口批判的高老庄人的劣根性,"人种退化"则首先体现为子路和原妻菊娃生下了残疾孩子。此时,传统在子路这里已非美德,而是他和高老庄走向现代的重负;菊娃亦不意味着精神的抚慰,而是一份无法摆脱的情感眷恋和责任(这与子路对待自己的传统之根的态度近似)。因此,既然子路在眷恋,菊娃自需以痴情做出回应;但既然批判以及斩断与传统(也包括菊娃)的关系是小说的鹄的,菊娃的痴情姿态就不免显得暧昧。于是,尽管小说中有许多二人之间藕断丝连的描写,结局却是高子路绝然离去再不回来。《高老庄》对《人生》回归路向的反转,固然显示出不同时代不同作家在处理现代和传统这一对矛盾时的复杂性,但小说中女性人物菊娃的痴情,显然充当了无谓牺牲的角色。

2008年,《风雅颂》的作者阎连科坦言,写杨科就是"写我"。他说:"我只是描写了我自己漂浮的内心","这部小说的土壤,就是多少年来'回家的意愿'"[①]。在小说中,阎连科"漂浮的内心"置换为杨科的"闲余人"之感,阎连科"回家的意愿"置换为杨科的回乡之举。那么,当阎连科重复了路遥式的回归,他是否会重复路遥存在的问题呢?从小说情节看,作者确是继续让付玲珍的痴情为杨科提供物质和精神的休憩的;并且,由于杨科不能在城市和赵茹萍那里得到认同,他对付玲珍的痴情要求的程度更高。可是,尽管付玲珍的痴情已经达到极端,却非但没有解决杨科的精神危机,反而使杨科滋生出更加疯狂的男性占有欲。付玲珍死后,杨科竟然因为其女儿小敏长得和母亲相像,就想当然地认为小敏应该嫁给自己;一旦小敏要嫁给别人,他就认为自己的权力受到了侵犯,于是杀死了小敏的新郎,并为小敏一结婚就成了寡妇而感到报复的快意。这里,阎连科在重复路遥的回归路向时,通过故事的叙述不期然间暴露出这一路向可能导出的更为严重的问题:当

---

① 阎连科:《风雅颂·后记三篇》,《风雅颂》,第328页。

失意的男主人公回归时,可以从乡村女性那里获得抚慰;但他未必会真诚感激女性的痴情付出,反有可能要求更多、甚至实施更无理的占有,从而迫使女性付出更大、更惨烈的代价。

毫无疑问,这三部小说所触及的,远不是乡村现实生活中两性关系真实图景的全部,但它确可从一个侧面反映出传统性别文化的本质。我们看到,渗透在作家文化心理中的男性中心意识,给文学创作中的性别想象及两性人物塑造带来了十分深刻的影响。在乡村才子与乡村佳人婚恋关系的建立、维系、断裂及至断裂之后的整个过程中,女性始终处于被获取(美貌)、被改造(温顺)、被苛求(贞洁)、被期望(痴情)的位置,在屈从的角落里做出奉献和牺牲;而男性却凭借其知识资本占据优势,进而可以从女性那里获取尽可能多的现实的和心理的利益。正因为如此,新时代"乡村才子"与"乡村佳人"之间的关系,终未超出"郎才女貌"的实质。它既昭示了传统性别秩序的历史性延续,也自有其当代意涵:近三十年间,随着人文知识这一文化资本从中心被挤到边缘并逐渐被经济资本所掌控,乡村才子们越来越难以建构自己的主流身份,也越来越难以在与城市佳人的关系中占据主导位置;对他们来说,也许只有借助于对乡村女性的身体、情感甚至生命的宰制,才能有效地重建其自我中心意识。在这个意义上,小说中的乡村佳人或可说是一些男性作家有意无意间努力为其男主人公保留的一个美妙梦幻。

综上所述,本文对近三十年"城乡交叉地带"叙事中"新才子佳人模式"的考察,既指向"城乡交叉地带叙事"中的关键问题之一:身份(即进城后的乡村才子能否成功建构起城市精英这一主流身份);也指向这一模式的性别文化内涵(即在乡村才子与城乡佳人的关系中,是哪些因素在起作用,男女双方遵循着怎样的性别秩序)。其间,涉及乡村才子的身份建构与两性关系之间的互动。通过考察我们看到,三个文本中的"新才子佳人模式"并未表现为传统才子佳人小说"千部共出

近三十年"城乡交叉地带叙事"中的"新才子佳人模式"
——以《人生》、《高老庄》、《风雅颂》为中心的考察

一套"的重复,而是在人物主体位置的交互迁移中,映现着近三十年社会结构的变迁。"乡村才子"凭借知识建构城市精英这一主流身份相对而言从易到难的历程,是近三十年人文知识分子处境的缩影。他们与"城市佳人"之间从主导位置的争夺到全面让渡,与其身份建构所面临的基本状况相一致;而他们与"乡村佳人"之间基于知识资本之有无的关系历程,在强化男性中心的性别文化格局时,也塑造着女性的被动性。然而,对女性的占有和压抑无法真正消除他们处于"城乡交叉地带"的心灵漂浮体验,并不能使其获得精神拯救。

当前,现代化进程和全球化浪潮正在生产出更多的"城乡交叉地带"以及在物理和心理上处于其中的人。置身这个时代,如何处理身份认同的困惑、新身份的建构以及两性之间的关系,越来越成为无法回避的问题。在这个意义上,"新才子佳人模式"的写作实践或可从一个特定的角度促人思考。

婚恋观念与20世纪90年代的小说叙事

王 宁

20世纪90年代,世界形势风云变幻,中欧剧变、苏联解体,国际政治从两极对立走向多元共生。在特定的时代背景下,国人的文化心态逐渐走出80年代狂飙突进式的激情澎湃状态。1992年邓小平南巡讲话,推动了市场经济发展,社会文化也相应转型。市场经济改变着人的生活方式,也促使人际关系、文化观念悄然生变。在此背景下,传统婚恋观念发生着深刻变化,种种婚恋现象引起文学创作者的关注,市场这只"看不见的手"也进一步促使婚恋题材成为文学书写的热点。

90年代小说叙事逐渐从政治文化的巨型寓言中脱身,演变为着力书写生活中人之情性与命运相纠缠、传统婚恋文化与商业大潮相碰撞的丰富场景。在多元文化背景下,婚恋观念的变化和其他因素相交织,赋予相关题材小说文本驳杂的色彩。

一

注重生活实利,是90年代颇为突出的文化景观。这既是经历了八九十年代之交的特殊时期以后普通民众的精神姿态,也受制于政治导向和经济效应。90年代初,邓小平的南巡讲话打破思想禁锢,明确提出"社会主义的本质是解放生产力,发展生产力,消灭剥削,消除两

婚恋观念与20世纪90年代的小说叙事

极分化,最终达到共同富裕";社会主义的判断标准是"是否有利于发展社会主义的生产力,是否有利于增强社会主义国家的综合国力,是否有利于提高人民的生活水平"①。"发展"被确立为关系民族国家生计的"硬道理",提高生活水平成为国民个体公开而合理的诉求。

如果说政策提供了重视"生活"的允诺与导向的话,那么市场经济本身则提供着活生生的教材。作为市场经济最基本法则的"等价交换",其作用远超"市场"范畴,强烈冲击着人们头脑中根深蒂固的传统价值观念。市场经济一定程度上把个人从体制中解放出来,注重现实生活与实利的思潮在大众层面迅速生长。体现在婚恋观念中,浪漫、神圣的爱情观逐渐淡出,现实生活的实利原则产生了越来越大的影响力。这种倾向在文学叙事中获得了明确而又意味深长的表达。

> 记得是在秋末的花园里,我和姨母整理着葡萄架。黄叶像蝴蝶一样在我们身边飞舞。满目皆是老干枯藤的褐色。
>
> 姨母说:我也不同意你的观点。到谈婚论嫁这一步,就必须冷静地看对方的人品,才貌,性格及家庭背景。家庭必须是有文化的,性格要温和,要会体贴人,要有良心。人材也应该有十分。在以上条件具备的情况下,再看你们两人是否相处得合宜。合宜就是最好的了。
>
> 我红着脸说:那么爱情呢?
>
> 姨母说:傻孩子,我们不谈爱情。
>
> ——池莉《绿水长流》

小说中姨母的话传达了一种颇具代表性的婚恋观,它的简要表述便是"不谈爱情"。我们知道,池莉在80年代后期的小说创作已经开

---

① 邓小平:《在武昌、深圳、珠海、上海等地的谈话要点》,《邓小平文选》第3卷,人民出版社,1993年,第373页。

始消解"爱情"的神圣色彩。《烦恼人生》中男主人公印家厚之所以抵制了可能成为情人的多个女性的诱惑,坚持没有背叛妻子,最重要的原因是他深知婚恋必须以"过日子"为首要原则:"他背后不长眼睛,但却知道,那排破旧老朽的平房窗户前,有个烫了鸡窝般发式的女人,披了件衣服,没穿袜子,趿着鞋,憔悴的脸上雾一样灰暗。她在目送他们父子。这就是他的老婆。你遗憾老婆为什么不鲜亮一点呢?然而这世界上就只有她一个人在送你和等你回来"。进入90年代,"不谈爱情"在池莉以及其他不少"新写实"小说的创作中成为婚恋观的主流。

池莉的另外两部作品《你是一条河》和《生活秀》以女性人生历程为主线,描画了饱含艰辛与无奈的生活本相。两篇小说各自的女主人公辣辣和来双扬,一个早年丧夫,在非同寻常的历史环境中拉扯七个孩子长大;另一个母亲早亡,父亲抛家再婚,过早地承担起抚养弟妹的生活重担。爱情与婚姻在她们的生存中被排挤到绝对边缘的位置。辣辣以生存为依据来选择委身对象。丈夫死后,向她伸出援助之手的男人不止一个。粮店的老李和血贩子老朱带来的是粮食和金钱,小叔子王贤良奉献的是情诗。前者是物质的援助,后者是精神的慰藉。辣辣欣然接受了前者,对后者却清醒地保持距离:"王贤良也许不是个粗人,可挑担水都喘大气,上屋顶收拾个漏瓦都不会,哪是个男人,要他做什么"。生活至上的婚恋观同样深植在《生活秀》的叙事中。尽管文本所呈现的来双扬的生活时段已无衣食之忧,然而她与卓雄州的爱情较之实实在在的生活而言仍然轻若浮云。并且,九妹继续扮演了理智的婚恋抉择者。放弃对来双久的"爱情",嫁给房管所所长的花痴儿子,来双扬稍作点拨,渴望成为城市人九妹马上心领神会。与其说九妹与来双扬、辣辣心有灵犀,莫若说文本蕴含的婚恋观具有一致性。在平凡而碌碌宛若蝼蚁的生存面前,婚恋的浪漫、神圣只能是不着边际的神话。

如果说辣辣和来双扬是在艰辛和屈辱中生成了这样的婚恋观、进

婚恋观念与20世纪90年代的小说叙事

而做出了特定选择的话,那么,同样出自池莉之手的《怀念声名狼藉的日子》和《致无尽岁月》,则在对女性个体成长历程中的青春感受天马行空般的书写中,消解着"爱情"的神圣。前一部小说中"豆芽菜"所拥有的"声名狼藉"的青春岁月充满了生命的畅想和自由飞扬的爱情梦幻。但是,尽管她真挚地凭借为所欲为般的胆识选择了爱情,爱情却没有最终选择她。无论是她不顾一切爱上的小瓦,还是冒着危险离弃的关山,都一个个离开,奔着自己的美好前程而去,留给她的是"声名狼藉"而又实实在在的生活。"豆芽菜"张扬而懵懂地主动迎接她的"爱情"得到的不过是生活的教训,《致无尽岁月》中的"我"则一直怀着朦胧的情愫观望潮起潮落,最终看到的仍然是生活压倒"爱情"。

池莉90年代的写作大都关涉婚恋问题,她的小说也总是在强调生活的重要性。辣辣们和"豆芽菜"们的爱情故事,一而再、再而三地印证了《绿水长流》中那个"我"阅尽古今婚恋故事之后做出的决定——"不谈爱情"。这是日常生活的婚恋哲学,也是融入凡俗女性生存智慧的婚恋总结。相对于写于80年代后期的名篇《烦恼人生》、《不谈爱情》等小说中所隐含的男性中心意识,池莉90年代的小说创作隐隐发生了变化。在一些作品中女性生存意志有所凸显。她笔下的一些女性人物常能窥破爱情神话,作为行为的主体以符合自身利益的标准来衡量和选择男性配偶。所谓"不谈爱情",无疑蕴含着对现实生活中两性关系的失望与无奈。

不独池莉,以探究生存本相为重要特征"新写实"小说在"过日子"的人生哲学主导下,不约而同将"不谈爱情"的"幸福生活"当做了婚恋描写的主调。在《贫嘴张大民的幸福生活》(刘恒)和苏童带有转向意义的《离婚指南》中,"幸福生活"占据了绝对的优势地位。杨泊、张大民以婚姻生活中的摸爬滚打证明,结婚是实在的,离婚是虚妄的,婚恋的主旨在于生活。《贫嘴张大民的幸福生活》中,"爱情"和"幸福生活"暗含着一种相互排斥的关系。小说中李云芳的恋人去美国后向她提出分手,张大民的"贫嘴"适时地驱走了她失恋的绝望情绪,"从此,两个人就过上幸福的生活了"。曾经的"爱情"是那么脆弱、不可靠,而"幸福生活"虽琐细烦杂却有滋有味。无论对于李云芳还是张大民,只有这样的"幸福生活"才是看得见摸得着的,才通向婚姻的本质。这部作品与《你是一条河》等小说在展示"小人物"生活的原初形态方面是相似的,其所体现的婚恋观也很接近,但是作为认识生活、承载生活重担的主要人物,主人公的性别不同。

《离婚指南》同样是由男性主体来阐释相似的婚恋观,只是选择了另外的角度。如果说《贫嘴张大民的幸福生活》是以主人公的"幸福生活"颠覆了爱情神话,那么《离婚指南》则是在生活与"爱情"的对决中,证实了前者的力量。小说中,杨泊厌烦了同妻子朱芸的婚姻生活。他眼里的妻子形象粗鄙,"头发散乱地被垂着,粉绿色的棉毛衫腋下有一个裂口,在半明半暗的晨光中她的脸色显得枯黄发涩,杨泊不无恶意地想到了博物院陈列的木乃伊女尸"。而促使杨泊决意离婚的更重要的原因是妻子行为庸常,"因为你只会熬鸡汤洗衣服,你的思想只局限在菜场价格和银行存款上。你整天想着怎样拖垮我,一起往火坑里跳"。如果说文本中的妻子与生活是合一的,那么,他心目中纯洁的公主俞琼则是与心灵、与爱情合一的。离婚恰恰是对妻子,也是对生活的逃离,它"只跟我的心灵有关"。然而漫长而复杂的离婚过程令杨泊遍体鳞伤、尊严尽失。最具毁灭性的打击是,想象中的天使竟对他颐指气使,暴露出"邪恶与凶残"的一面。先是连续寄"今天是元月5号,算一算离立春还有多少天"式的明信片逼催他离婚,后是授予他发夹,喝令他划破妻子的脸以证实"清白"。这个可怕的发现令四面楚歌的杨泊更加心灰意懒。"爱情"在生活面前丢盔弃甲。当春天匆匆来临,离婚这件"冬天的事"就成了过眼烟云。作品中,杨泊身边的女人们成为杨泊生活中无穷无尽的麻烦,直接构成了迫使他丧失精神理想、陷入平庸的强大力量。而杨泊因之萌生的"仇女"心理在"他妈的,又是一个疯女人"的怨责和牢骚声中表露无遗。

　　注重生活实利的婚恋观渗透在90年代小说叙事中。"先锋作家"余华在90年代创作了长篇小说《活着》、《许三观卖血记》等作品。以往其文本中常可见到的人与人之间的孤独隔膜、刻骨仇恨以及一见钟情、跨越生死的古典爱情转化为平凡的"过日子"的温情,苦难生存中磕磕碰碰、相依为命的夫妻情感得以凸显。此外,所谓"现实主义冲击波"创作所体现的婚恋观也具有"现实主义"色彩。小说《年前年后》(何申)、《无边无际的早晨》(李佩甫)中的一些基层干部为着仕途前程,努力维护"后院"的平静,生怕"起火"。他们将"爱情"打入生活奢侈品之列,就连妻子"红杏出墙"也选择忍气吞声。在这些文本中,男性是叙事和体验的主体,女性人物则意味着大大小小的麻烦,体现的是卑微的现实生存。

　　文学文本中注重实利的婚恋观与90年代创作中现实主义的"回潮",是时代文化讲求利益与高度务实因素的直接产物。在特定的时代语境中,平庸的生命个体得以理直气壮地追求实利性因素。这种倾向比较早地透露出90年代文化思潮的重要信息,即"生活的目的取向的重点挪到了此岸",以及"所有意趣、思想和诉求之此岸性的超常高涨"[①],审美现代性对宏大叙事的消解于此可见一斑;这对于婚恋书写而言也是一次解放。当然与此同时,相关创作中精神内涵不同程度的缺失,又意味着写作具有堕入庸常的可能。

二

　　性爱观念的解放是90年代婚恋文化之演进的重要方面。此时,在80年代多少仍是小心翼翼的性话语开始变得堂而皇之。在90年

[①] 刘小枫:《现代性社会理论绪论》,生活·读书·新知三联书店,1998年,第348页。

代文学书写中,性爱即使脱离了《绿化树》、《古船》式的宏大叙事,卸载了《红高粱》式召唤生命力的内涵,也足以拥有自身的价值。这一时期,涉及性爱的文学书写在创作中相当普遍,其中所体现的观念以及作家所取的态度纷繁各异。其中,王小波、韩东、朱文、陈染、卫慧、棉棉等人的创作,比较突出地表现出为欲望正名的倾向。

"新状态"小说所体现的强调个人欲望的婚恋观颇具代表性。例如,对于韩东来说,"性书写是他全部小说的不可或缺的重要构成部分,是我们进入作家创造的精神世界的一个重要通道"[1];朱文的《我爱美元》、《大汗淋漓》、《上帝的选民》,张旻的《情戒》以及韩东的《障碍》、《我的柏拉图》、《烟火》等作品,同样凸显了原生态的欲望,甚至某种程度上将其上升为婚恋的首要目的。"我真想和那个女人睡上一觉啊"(《大汗淋漓》),几乎成为这些小说中某些人物的基调。而主人公千方百计猎取欲望对象的过程,则构成了基本的故事情节。当《烟火》中的"我"离婚后遭受性压抑折磨的时候,朋友吕翔将小彭介绍给"我"。于是,一场精心设计的、诱使小彭落入圈套的计划展开了。"我"事先预谋了晚宴、到楼顶看烟火等活动,唯一的目的就是将猎物引上床。《上帝的选民》所体现的性爱意识更为执著,也更为直白。于小克心仪偶遇的美女时晓晴,但这种心仪与"爱情"无干,于小克的愿望就只是同她"睡上一觉"。为此,他不惜在炎热和瘟疫的环境中用尽心机纠缠不休。不仅如此,于小克的"求爱"干脆就是直截了当地告诉对方自己的目的是"做爱"。这里,不但"结"婚成为一种虚妄,就连"谈"恋爱也不合时宜。只有单纯动物性的、来自身体本能冲动的"性"真实存在。

此类性欲书写达成的效力是多重的。当《我爱美元》中的"我"以"性"来孝敬自己"可怜"的父亲时,其婚恋观体现了人生的理念。小说

---

[1] 林舟:《在绝望中期待——论韩东小说的性爱叙事》,《当代作家评论》2000年第6期。

婚恋观念与20世纪90年代的小说叙事

中有这样一段话:

"生活中除了性就没有其他东西了吗？我真搞不懂！"父亲把那叠稿纸扔到了一边，频频摇头。他被我的性恼怒了。

"我倒是要问你，你怎么从我的小说中就只看到性呢？"

"一个作家应该给人带来一些积极向上的东西，理想、追求、民主、自由等等，等等。"

"我说爸爸，你说的这些玩艺，我的性里都有。"

应该说，这些小说在嘲弄"父亲"权威的同时，也嘲弄着"知识"建构的权力机制。福柯曾说："在任何一个社会里，人体都受到极其严厉的权力的控制。那些权力强加给它各种压力、限制或义务。"[1]性爱叙事放飞身体的欲望，本身就是在反抗权力对肉体由来已久的操练。而个体的真实困境不仅来自于知识、道德等权力机制对肉体的束缚，还与个人生存的卑微、人与人关系的紧张有关。这种现实困境在创作中往往被形象化地微缩于两性关系的结构中，使之具有了一定的象喻性。无论是窘迫的男性和故作忸怩的女性(韩东:《烟火》)，还是玩世不恭的男性与欲望符号化的女性(朱文:《我爱美元》)；也无论是束手无策的男性与充满心机的女性(毕飞宇:《男人还剩下什么》)，还是迟疑的男性和热情主动的女性(张旻:《情戒》)，对象化的、被征服的女性人物对作为征服者的男性而言，恰如难以立足的现代社会。这些婚恋故事的叙事中融入了男性在现代社会的困境体验。

王小波的小说中有着更为坚决、纯粹地强调本能的性欲，借以反抗权力机制的书写。已有不少论者指出，"王小波的小说自始至终贯穿着对躯体的各种展示，对刑罚场景的描绘、对权力与反抗的书写和

---

[1] [法]福柯著，刘北成、杨远婴译:《规训与惩罚》，生活·读书·新知三联书店，1999年，第155页。

对性的奇异表现,并且躯体、刑罚、权力和性之间构成了盘根错节、错综复杂的关系"①。值得思考的是,正如上述韩东等的小说文本中,女性人物与都市社会作为有待征服、又难以征服的对象物是同一的,对于王小波小说中浪漫骑士般的男性主人公而言,女性人物与"体制"在钳制个人身体、扭曲自由精神方面也具有某种一致性。因而,王小波与韩东、朱文的文学叙事中婚恋观的相似处并不止于为个人性欲正名和对抗权力机制,而是还在于在对女性人物进行的欲望化、对象化描写中所流露出来的男性中心意识。

上述现象与韩东、朱文、王小波的男性作家身份及其所选取的男性人物视角不无关系。正如托多罗夫所说,"对同一事物的两种不同视角便产生两个不同的事实,事物的各个方面都由使之呈现于我们面前的视角所决定"②在个人欲望的表现方面,女性写作往往选取女性人物作为视点,从而呈现出别具风致与内涵的景观。

90年代文坛的一个热点是所谓"身体写作"。在特定的文化语境中,女性写作的欲望叙事具有一定的颠覆性意义,"她是在用自己的血肉之躯拼命地支持着她演说中的'逻辑'"③,同时也充满复杂的危险性。当时"风头正健"的陈染、林白、海男、徐小斌等女作家的小说没有回避欲望的存在。在其创作中,不但建立在精神之爱基础上的婚恋书写是尊重欲望的,而且性欲的存在有时是可以自足的。陈染《私人生活》中的倪拗拗之所以倒向T老师的怀抱,就是出于性欲的驱使:"我对他的向往只是因为他传递给我一种莫名的欲望。这欲望如同一片树叶,不小心被丢进起伏跌宕的河水里,水波的涌动挤压使这片叶子

---

① 张伯存:《躯体 刑罚 权力 性——王小波小说一解》,《小说评论》1998年第5期。
② 托多罗夫:《文学作品分析》,转引自王泰来等编译:《叙事美学》,重庆出版社,1987年,第27页。
③ [法]埃莱娜·西苏:《美杜莎的笑声》,见张京媛主编:《当代女性主义文学批评》,北京大学出版社,1992年,第195页。

婚恋观念与20世纪90年代的小说叙事

从懵懂中醒过来。它一边疼痛，一边涌满湿淋淋的幻想和欲望"。在艺术方面，她们的书写以"爱欲摹写的象喻性、想象性"显示出与男性书写不尽相同的审美特质[①]；在思想意蕴方面，其对欲望的认同与尊重，比80年代王安忆的"三恋"(《小城之恋》、《荒山之恋》、《锦绣谷之恋》)更侧重于女性主体体验的传达，也更为大胆和坦然。在女性身体经验久被遮蔽的传统文学视阈中，这无疑是"惊世骇俗"的。也正是在世俗的"惊"、"骇"中，女性书写彰显了一种新的、更具时代开放性的婚恋观念。

然而，女性作者的写作并不等同于女性意识自觉的写作。在男性中心文化浸染下，两性作家文化心理中已然或多或少植入了某些集体无意识因素，因而写作者的性别意识远不是二元对立的性别分水岭所能划清界限的。更何况90年代末期，商业文化与传统男性中心文化极易一拍即合。继陈染等而起的卫慧恰是在认同欲望的同时，将其演化成一个符合男性目光的看点。在倪可(《上海宝贝》)的经验世界中，"爱"与"性"是矛盾的。她一次次为性欲所俘获，更为马克的西方文化特征与"男性气质"所俘获。文本笼罩在一种被征服、被虐恋的快感中，一再出现直露的性场面书写。故事中人物的婚恋观显然不具备自主精神，而瞩意迎合商业与男性中心文化的二重标准。而棉棉的小说与之相近但又不无差异。若就在叙事中对性欲泛滥的场景以及难以自抑的冲动进行描绘而言，《糖》与卫慧的书写是具有相似性的。而两者不同点之一在于，《糖》中的"我"之性欲望，是发自主体性要求的，并且与一种"对抗"相关。"他看着我说小兔兔告诉我你最想要的无论是什么我都会给你。我说我要你是我的男朋友我要那种叫爱情的东西"。纯洁的渴望与爱情的无法达成之间的矛盾造就了"末路天使"的

[①] 赵树勤:《当代女性爱欲书写的历史演变及其审美特征》，《中国文学研究》2001年第2期。

残酷之美:"'我'的每一次'滥交'都由于对无望的爱情的执著追求,是奉向爱情祭坛的自戕"①。这种对抗在针对赛宁之"不忠"的同时,也是对现代文明的质询。它构成了棉棉小说叙事的一个重要的精神指向。

总之,对原生态性欲的认同与强调,构成了90年代小说的重要方面。这与相对宽松的政治政策下世俗生活得到认同、文化趋向多元的文化大背景有密切关系。同时,或许一项特殊政策的推行也与之具有直接间接的关联。众所周知,自1980年起,国家推行了独生子女政策。避孕措施的普及、流产的合法化客观上为部分人追求"性解放"提供了便利,客观上催化了性爱与生殖之间必然关系的解体。但是,只有在90年代市场经济发展的条件下,在世俗性张显、个人与体制出现更多的游离的氛围中,个人欲望才得以逐步凸显。无论对于社会文化,还是对于文学书写而言,这一倾向都值得思考。

按照审美现代性是"人身上一切晦暗的,冲动性的本能的全面造反……反抗伦理性的生命法则,即反抗对身体之在的任何形式的归罪"②的说法,承认个人欲望体现着对人性的尊重,这无疑是把"人和人的关系还给人自身"的一次重大解放。然而,泛滥的欲望与欲望书写也潜在着不言而喻的精神危机。特别是对于文学书写而言,大肆地渲染、复制欲望未免暗含着迎合商业文化的动机。类如卫慧现象既是文化精神贫血的表征,也是商业文化与传统性别文化的畸形产儿。这种危险性值得文学写作者与研究者警醒。

从性别文化的角度讲,也出现了值得深思的现象:男性作者在我文本中对欲望的认同,往往被认为是体现了对"个人"的尊重以及对逻格斯中心体制的反抗,尽管其中常有着明显的男性中心意识;而当作

---

① 张英:《棉棉:关于文学、音乐和生活》,转引自邵燕君:《倾斜的文学场》,江苏人民出版社,2003年,第290页。
② 刘小枫:《现代性社会理论绪论》,生活·读书·新知三联书店,1998年,第348页。

婚恋观念与20世纪90年代的小说叙事

者换为女性,评价尺度无形中就往往发生游移。其间性别因素在文学接受过程中所起的作用值得探讨。

三

在90年代小说叙事中,也出现了着力表现精神之爱跨越政治、道德的樊篱,抵御平庸的生活和泛滥的欲望洪流的创作。尽管这样的主题并不新鲜,但其中注入了新的时代气息。

迟子建的相关文本深切描摹了平凡夫妻间相濡以沫的温情和恩爱。她往往从凡俗生活落笔,却并未将其平面化。《亲亲土豆》、《一匹马,两个人》等小说中的夫妇在社会底层默默讨生活,其中的艰难自不待言。但也恰是这平凡和艰辛,浇灌了夫妻间相依为命的感情。这种感情并非炽热如火,也并不惊天动地,然而,不易察觉的情思中蕴蓄着生命的热能。生离死别的关头,日常蓄积的情愫被挤压到爆发的极限;在短暂的终点反观人生,愈加感人肺腑。即便是书写死亡凝固的一霎那,作者也以朴素的忧伤代替了长久的恸哭,充满温情的生活场景轻音乐般缓缓流淌。《亲亲土豆》充满了精雕细琢的细节刻写。李爱杰和秦山的日常生活,相濡以沫,平凡而幸福。秦山重病后彼此更添依依之情,朴实的爱仍然体现在平凡的细枝末节上,"秦山帮助妻子订了一份小米粥,怕粥凉了,用饭盒扣得严严实实的,搁在自己的肚子上,半仰着身子用手捂着。李爱杰一来,他就笑着从被窝里拿出饭盒,说:'还温着呢,快吃吧。'"而妻子为了在丈夫面前掩饰得知病情带来的绝望,也可谓别出心裁,"趁他不备将花从袖筒掏出来:'闻闻,香不香?'她将花拈在他的鼻子下。"即便妻子为丈夫治病花费的心思以及丈夫不愿因为自己给妻子增加经济负担的心理相互矛盾,两心也似有灵犀能通。"'他一定明白他的病是绝症了,治不好的病他是不会治的。'李爱杰哽咽地说,'他是想把钱留下来给我和粉萍过日子,我知道他。'"生离死别之际，一条宝蓝色的旗袍、五麻袋浑圆的土豆则将情之深切与情之朴实的渲染发挥到了极致。与此不同的是，《一匹马，两个人》是写一对老夫妻的相依为命对生活苦难的缓解。小说中，妻子死后丈夫托人画像的情节尤为动人："到了那天，老头穿得整整齐齐的，他还特意把木梳蘸了水，将仅存的几绺白发梳得格外光顺。他向饭庄走去的时候有些害羞，又有些激动，就像他第一次去柳树林赴老婆子的约会似的"。在得到充满生命之美的画像之后，老头去坟前探望他的"老太婆"，静静地死在缓缓行走的马车上。见证这一切的只有一匹老马。

在迟子建充满夫妻间温情的小说叙事中，凡俗生活样态的书写、个人情感的价值得到肯定和认同。有趣的是，《一匹马，两个人》中的老夫妻之间，竟有一个"第三者"——王木匠。他对老太婆长及一生的深爱伴随着作者的温情书写静静流淌，三个老人之间达成了一种温暖的默契。文本通过老马的视角展开了王木匠对"老太婆"的爱：

> 他爱老太婆，一辈子都爱，这只有它知道。它不止一次看到，深夜的时候，王木匠常常在主人家的门外徘徊。他怕别人看见，总是等到村庄没有人影的时候才出来。他其实无非是等着老太婆出来泼洗脚水的那个时刻。隔着院子，天又黑，他其实根本看不清什么，不过是听到"哗——"的泼水声以及她偶尔的咳嗽声。老马还记得，主人家的儿子第一次入狱的时候，老太婆被气病了。王木匠捕了几条鱼，把它们穿成了一串，甩在主人家的院子里。第二天清晨起来，发现了鱼的老头看着那串鱼，喜不自禁地回屋向老太婆报告：有人悄悄给送来了鱼，老头只当是好心人同情他们，才悄悄给了这些鱼。可是老太婆明白，那鱼一定是王木匠送来的。他虽然也娶妻生子了，但对她一直难以忘怀，虽然他从来没有用

婚恋观念与20世纪90年代的小说叙事

语言表达过。就是这次给老太婆下葬,马都明白王木匠是特意赶到二道河子的,捕鱼只是一个借口。老马记得王木匠故作轻松离开墓穴之后,他眼里顷刻间涌满了泪水。他去河里捕鱼,莫如说是去那里洒泪去了。

笔者之所以不嫌冗长地大段引述,是因为这种"非道德"的精神之爱叙写是学术语言难以恰切转述的。文本中,叙事者的身份突破了"人"的界限,爱情的叙写打破了"道德"的常规。惟其如此,对精神之爱的信守才凸显了极强的个人性,纯粹而明净。类似的情境在《逝川》、《原始风景》等文本中也有所体现。这样的情感表达超越了政治或道德话语,洋溢着浓郁的人性之美。在谈到自己的女性观时,迟子建曾说:"上帝造人只有两种:男人和女人。这决定了他们必须相偎相依才能维系这个世界"①。如此渗透了微笑和宽容的性别观念无形中影响着小说中婚恋书写的格调。

爱情对个人精神世界的健全具有十分重要的价值。如果说迟子建小说的婚恋观整合了此岸的热爱与精神的守望,那么另一类小说的精神之爱则有助于对现实生活的超拔。在90年代市场经济大潮的裹挟下,各种欲望空前膨胀,传统价值观念发生了错位与迷失。一些小说作者借助精神之爱的书写,表达了摆脱困境的愿望和寻找灵魂栖居之所的努力。例如,陈染、林白、徐小斌、海男等往往借助抽象之境达成现代文明语境中的精神救赎:"我坐在伦敦南部的这座花园宅舍里等待一个人——我兄弟般的爱人!每日每刻都在等待这个人走近我"。《另一只耳朵的敲击声》(陈染)的女主人公在走出母亲、伊堕人、大树枝的世界后的这段独白,代表了部分文本中所传达的对精神之爱的渴望。

---

① 迟子建:《我的女性观》,谭湘主编:《花雨·飞天卷:首届中国女性文学奖获奖作品精品卷》,花山文艺出版社,2001年。

张欣的写作更为切近地表达了商业社会中的精神信守。《浮世缘》、《亲情六处》、《爱又如何》等小说，涉及了商业社会里人与人之间的情感背叛。然而，一对坚守真诚之爱的男女却总是出现在故事的结局。作者在《岁月无敌》里写道："爱是一种能力，并不是每个人都具备这种能力。在游戏、交换、背叛、买卖、自利等观念笼罩下的现代社会，有些人丧失了这种能力。其实，纯粹而忘我的爱情并没有消失，它存在着，而且不只存在在小说和诗篇里，它就在我们身边，在我们平淡的生活里"。不少时候，张欣小说中支配男女主人公行动的力量源泉正在于此。戴来的精神之恋书写则寄予着个人在"单向度"的现代文明中超拔的希望。她的小说叙事似乎有两幅笔墨。《我看到了什么》以及新世纪初年发表的《我们都是有病的人》等"安天系列"小说，在焦灼地讲述现代人精神困扰与卑微人格的同时，无奈地否定了爱情的精神内涵。"妻子"、刘末在多个男人之间的穿梭与安天漫步大街可随时对街头女孩产生性幻想双向印证了"爱情"的虚妄。即便如此，安天在逃离现实之际没有忘记揣上刘末的香水瓶。马尔库塞认为现代社会"压抑削弱了人的爱欲，却刺激了人的性欲，性现在成为一种能为市场制造的欲望"①。现实叙事中的安天逃离莫若说是隐含叙事者对"天鹅绒监狱"的抽离、对"梦的疆域"的追寻。戴来别一类型的小说，《找啊找》、《半支烟》等，恰恰是以凄美的爱情故事描述了一幅幅梦幻图景。小史（《找啊找》）从年轻时就以"人民教师、大辫子"的双重标准寻找他失踪的爱人，直到变为"老史"；大可不倦地寻找身上带有糖炒栗子味道的娇小女孩，直至车祸死去；老人以珍藏的半支烟寻找离去多年的心上人……

颇有意味的是，这类女性写作大都在男性形象身上寄予了某种理

---

① ［美］马尔库塞著，黄勇、薛民译：《爱欲与文明》，上海译文出版社，2005年，第233页。

婚恋观念与20世纪90年代的小说叙事

想。海男创作了《私奔者》、《勾引》一系列小说,女性主人公不断从虚伪、浑浊的现状出走,寻找真纯的、充满生命力的生活以及与之相匹配的爱情。在《勾引》中,"我"从充满赌博与争战的家出走、从毫无尊严的富人世界出走、从塑料戒指所象喻的虚伪爱情中出走,终于发现了苹果园这片理想的生命乐土。"一旦我灵魂附体的那一刻,我就会钻进苹果园,钻进苹果园主的手臂之下去,站在泥土上,手一往上伸就摘到那只让我的生命芬芳四溢的青苹果"。(《勾引》)可见,苹果园主正是"我"理想世界的载体。"苹果园主"具有某种普泛性,尹楠(陈染:《私人生活》)、牙医(陈染:《嘴唇里的阳光》)、子速(林白:《空心岁月》)、驾着诺亚方舟的男孩和丹朱(徐小斌:《羽蛇》)、小史、大可等人,多具有类似的叙事功能。

可以说,将男性人物作为理想的化身,是女性写作中较为常见的现象。作者一方面在迷恋和认同、审视和反思的纠结中建构着女性主体世界,一方面将男性客体化,使之一定程度上充当了"隐含作者"的精神乌托邦。恰如柏拉图所说:"把真理问题作为一个最基本的问题引入爱情关系中……一个人在另一个人身上寻找的不是他失去的一半,而是同他的灵魂相连的真理"[1]。相应的,一些男性作家则不断重写着"永恒之女性引导我飞升"这一古老母题。较为显著的是张炜。

在90年代文学写作的特定时代语境中,坚定而鲜明地选择"以笔为旗""抵抗投降"姿态的张炜,在有关爱情理想的个人叙事中,往往借助巧妙的象喻传达人性理想和对社会的期待。他的《家族》、《九月寓言》等系列文本中有一个男性主人公"我"。"我"在对现代文明有所反感的同时,也反对专制,反抗粗暴的历史,坚持寻找符合人性的理想。而精神乌托邦的重要组成部分之一是理想化的婚恋对象。张炜小说中,"我"的爱人(如出现在多个文本中的梅子及柏慧)是城市女性,不

---

[1] 李银河:《性的问题 福柯与性》,山东人民出版社,2005年,第164页。

愿与"我"一同到大自然中去追寻理想。文本在此抹去了女性人物的思想和艰辛,只是将其作为城市生活的象征符号来供"我"告别。故事中精神上的流浪与寻求是由复杂的男性主体"我"来完成的。但与此同时,张炜的作品中还创造了一批富于光彩的女性形象,如鼓额、响铃(《我的田园》),赶鹦、肥、金敏、香碗、三兰子(《九月寓言》),大贞子(《看野枣》),小能(《天蓝色的木屐》),大萍儿(《三大名旦》)等。她们生于、长于野地,身体如同果实和秋天一般壮硕、健美,心灵像平原一般坦荡,没有丝毫杂念和诡计;她们热爱劳动,善良正义,勇于站在弱势一方,敢于惩恶扬善;她们以原始的怀抱收留、抚慰着相对软弱的婚恋对象。不过,与其说作者刻画了这样一群美好的少女,不如说她们象征着"我"所寻求的大自然中本真、健全的人性。有趣的是,这些浑沌天然的女性对掌握知识的男性充满敬仰和爱慕。赶鹦、小能、大萍儿等"拔尖"的姑娘都是抛开众多追逐者,选择了毫不起眼但有知识的人,连鼓额这样一个羞涩的小女孩都将爱恋交给了"我"。然而,她们又大都只限于驻足野地表达对"我"的倾慕,在现实生活中,"我"的婚恋对象只能是不太理想的梅子们。正是在现实与理想的张力下,"我"才得以告别和追寻。这些野地中的女性仅仅是原始的生命、清洁的精神的对象物,"我"才是灵魂历险的主体。

　　无论是温情的缅怀,还是永远"在路上"的追寻,都有着对精神之爱的信守。自 80 年代以来,代表主流意识形态话语的《婚姻法》对"感情"的首肯[①]众所瞩目,直至 90 年代,感情在婚恋中的地位日益凸显。90 年代小说叙事的婚恋观明显提升了个人情感因素的地位,这无疑是相对开放的时代文化的一个映像,是审美现代性的一个表征。而对于商品经济飞速发展的 90 年代来讲,精神之爱显然还兼具质疑现代文

---

① 1980 年《婚姻法》修订,离婚的必要条件变为:第一,双方感情确已破裂;第二,经调解无效。以法律的形式肯定了感情在婚姻中的地位。

明的后现代意味。在马尔库塞所代表的一部分学者看来,爱欲的解放是人的解放最重要的部分。而爱欲不仅仅是性欲,它是一种感性的狂欢,会使个人获得全面、持久的快乐。强调包括爱情在内的人本身的欲望所蕴含的生命力、活力对单向度的现代文明的对抗作用[①]。这是90年代的小说叙事不容忽视的一个精神向度。

以上从注重现实生活、为欲望正名、信守精神之爱等几方面探讨了90年代婚恋书写所蕴含的性别文化观念和意味。其中比较突出的是"个人"因素的提升。个人的生存利益、本能欲望、情感需求成为公开、合理的诉求。中国传统文化强调"男女正,天地之大义也。家人有严君焉,父母之谓也。父父、子子、夫夫、妇妇,而家道正。正家而天下定矣";"有天地然后有万物,有万物然后有男女,有男女然后有夫妇,有夫妇然后有父子,有父子然后有君臣,有君臣然后有上下,有上下然后礼义有所错"(《周易·序卦传》)。在漫长的封建社会,统治者借助礼、法、俗的途径,将个人之间的婚恋纳入家国秩序,有关婚恋的文学书写往往程度不同地承担着载道功能。"五四"时代,新型知识分子将婚姻视为影响社会变革的重要因素之一,揭露和批判旧式婚姻实质及其习俗,大力提倡婚恋自由,相关的文学书写也因而负载着"启蒙"的思想文化功能。此后,在20世纪各个时期,婚恋观念的文学表达一直较多地受到来自社会政治意识形态的影响,个人话语很大程度上淹没在"宏大叙事"中。在90年代小说中,性爱、情感等个人因素得到了前所未有的重视,这与90年代的文化语境有着重要的关联。同时,90年代的经济、文化等多重因素还对传统性别关系形成前所未有的冲击。一方面,经济的高速发展对两性地位变动带来深刻影响,两性平等与女性生理、心理的特殊性问题日益受到重视,男女平等成为促进社会

---

① 参见[美]马尔库塞著,黄勇、薛民译:《爱欲与文明》,上海译文出版社,2005年。

发展的基本国策;另一方面,传统性别文化根深蒂固,商业文化大潮的涌动中沉渣泛起,女性身体常常沦为新的看点和消费品。性别关系的这些变动无疑给 90 年代小说中婚恋观注入了新的内涵。女性书写者透过女性视角、以或隐或显的女性意识言说自我身体与灵魂的体验,拓展了文学书写的场域。与此同时,传统性别文化与商业文化合谋之下,新的问题值得警醒。

我们知道,婚恋不但关乎个人形而下的日常生活和形而上的精神之维,而且关乎家国秩序和人类文明的进程。在这个意义上可以说,90 年代小说叙事的婚恋观念这一窗口,为我们敞开的是一个深广的文化视界。

招魂、分裂与质询
——新世纪乡土文学叙事中的"好女人"书写

李彦文

新世纪以来,中国更深地卷入全球经济和文化竞争之中。一方面,中国必须继续大力发展经济,将现代化进行到底;另一方面,随着经济实力的增强,中国对文化软实力和文化自主性的追求也愈益迫切。处在这一社会文化语境下的乡土文学,也必然以自己的方式参与这一时段的历史想象与文化建构。此间一个值得注意的现象是,乡土文学中出现的一批"好女人"书写。比较重要的文本有:贾平凹的《秦腔》、李佩甫的《城的灯》、周大新的《湖光山色》、孙惠芬的《歇马山庄》、《上塘书》、张炜的《浪漫或丑行》、莫言的《蛙》、阎连科的《母亲是一条河》(电视小说)、罗伟章的《大嫂谣》、胡学文的《荞荞的日子》、《挂呀么挂红灯》、葛水平的《黑脉》,等等。其中,张炜的《浪漫与丑行》、莫言的《蛙》、阎连科的《母亲是一条河》、罗伟章《大嫂谣》、胡学文《荞荞的日子》、《挂呀么挂红灯》、葛水平《黑脉》对"好女人"的书写基本上延续了20世纪乡土文学中的"好女人"书写范式,将其模塑为勤劳、善良、克己、文化水平低的地母或底层不幸女子,本文不拟讨论。而《秦腔》中的白雪、《城的灯》中的刘汉香、《湖光山色》中的楚暖暖、《歇马山庄》中的翁月月、《上塘书》中的徐兰,虽也保留了勤劳、善良、克己等美德,同时还具有较高的文化水平与社会身份。这种对"好女人"品德与能力配置的变化使其书写显示出某种新质。然而,到目前为止,有关评论似乎过多强调了其中的女性形象与传统美德的关联,将其定位为圣母、地母。这种基于品质的认定当然是必要的,但更重要的或许在于,将这几位"好女人"形象与文本的叙事类型相结合,探究作者为什么要塑造这种"好女人"形象,即他们在这种"好女人"形象中寄予了何种意识形态诉求?这种意识形态诉求在新世纪的文学/文化空间中占据一个怎样的位置?又说明了什么问题?

一、后寻根叙事:召唤肖/孝之媳女的幽魂

贾平凹的《秦腔》以"密实的流年式"写法,铺叙清风街上生老病死、吃喝拉撒睡的日常生活碎片,于无数的细节中展现广义的父子(老一代与新一代)冲突以及父子秩序的全面崩塌。总之,这是一曲传统农耕文明的挽歌。从这一意义上讲,《秦腔》应该属于后寻根叙事[①]。虽然贾平凹并未将其中的父辈仁义礼智(夏家父辈之名)理想化,但其同情显然在他们一边,《秦腔》的立场也更倾向于文化守成主义。

《秦腔》中的"好女人"白雪出身于清风街上的白氏大家族,是县剧团的秦腔名角。由于白雪与夏风的婚姻是这部碎片化的小说的一条潜在线索,目前关于白雪的评论多着眼于她与夏风的婚姻悲剧或其隐

[①] 后寻根叙事出现于20世纪90年代,与80年代的寻根叙事相比,它不再表现子对父所象征的传统文化精神的追慕,而是表现子对父及其所象征的传统文化精神的背弃,传统文化因后继无人最终土崩瓦解。而且,后寻根叙事的写作立场也发生了偏离,不再是站在子的立场上寻找父亲,以解决"我从哪里来"、"我是谁"的主体认同问题并面向未来,而是站在父即文化守成主义的立场上,为传统之根的衰颓而挽悼。陈忠实的《白鹿原》与阿来的《尘埃落定》都是其著名文本。

招魂、分裂与质询——新世纪乡土文学叙事中的"好女人"书写

喻①,还有评论称其为"乡村版才子佳人"②,其依据大概是,夏风是省城的名作家,白雪是清风街出名的美人。然而稍加注意就会发现,二人之间绝无古典才子佳人故事的缠绵爱情,反倒是争吵不休,最后以离婚告终。因而,关于他们的婚姻,清风街人的说法值得注意:"清风街过去和现在的大户就只有夏家和白家,夏家和白家再成了亲家,大鹏展翅,把半个天光都要罩啦!"则白雪的婚姻是夏、白两大家族的联姻,她的大家族出身乃是为了和夏家相匹配;"不是一家人不进一家门,白雪活该就是给你爹当儿媳的。"这甚至不是夏风娶白雪,而是夏家娶了合意的儿媳。总之,这场婚姻与当事人无关,只与家族利益与家族中长辈的喜好有关。如果进一步联系贾平凹对小说中各种婚外情和自由恋爱的粗鄙描写,白雪的婚姻就是贾平凹精心设计的、有意剔除爱情的婚姻。因为按照儒家文化的规定,爱情对婚姻不仅是不必要的,还可能妨害家庭和社会秩序,引生对白雪的痴情可作为反证③。

实际上,除了与夏风关系的隐喻,关于白雪还有另一个被普遍忽略了的解读角度:白雪之于夏家父辈、子辈的关系。

从白雪与夏家父辈的关系看,她是夏家唯一的好儿媳。首先,她是一位肖媳。白雪热爱的秦腔是公公夏天智最心爱的。这一设置并非偶然,因为秦腔在小说中的意义绝非仅仅是一种民间戏曲,而是"传

---

① 参见王春林:《乡村世界的凋蔽与传统文化的挽歌——评贾平凹长篇小说〈秦腔〉》,《海南师范大学学报》(社会科学版)2005 年第 5 期;刘志荣:《缓慢的流水与惶恐的挽歌——关于贾平凹的〈秦腔〉》,《文学评论》2006 年第 2 期。
② 孙新峰:《怪胎女婴:解读〈秦腔〉作品的一把钥匙——重读〈秦腔〉》,《当代文坛》2009 年第 3 期。
③ 小说在一开头就为引生对白雪的爱情定下了基调:"她还在村里的时候,常去包谷地给猪剜草,她一走,我光了脚就踩进她的脚窝子里,脚窝子一直到包谷地深处,在那里有一泡尿,我会呆呆地站上多久,回头能发现脚窝子里都长满了蒲公英。"可见,引生的痴情并非纯情,而是混合着强烈的情欲成分。他不断寻找白雪的身体留下的踪迹以及和白雪的身体接触过的物品,她洗过衣服的棒槌、乳罩、手帕都使他激动不已。贾平凹把引生的痴情作如此粗鄙的处理,其实也就否定了其爱情的正当性。

统乡村中国的象征,它证实着乡村中国曾经的历史和存在"①。因此,白雪对秦腔的热爱和在其衰落后的坚持,就主要不是在坚持一己之事业,而是在坚守父辈代表的传统乡土精神。其次,白雪还是一位孝媳。这从其中的两个细节可以见出:其一,白雪在河边偶遇婆家的二伯夏天义,见其衣服脏了,主动给他洗衣,二伯为其乖巧而感动;其二,白雪因怀孕吃不下饭,婆婆端饭到她的房间,公公夏天智说,"你真轻狂,你给她端什么饭?你再惯着她,以后吃饭还得给她喂了不行?!"由此可知,夏家平时吃饭都是白雪伺候公婆而非相反,夏氏大家族的等级与规矩之森严及白雪平日对公婆的恭敬可见一斑。

  白雪的肖与孝,使她与夏家子辈(包括子侄及孙辈)构成对比性关系。也就是说,夏家子辈是不肖不孝的。从不肖的角度看,夏天义坚持"土农民,土农民,没土算什么农民",把土地当成农民的根,子孙们却纷纷离土而去,使其不仅后继乏人且深感耻辱。夏天智这位乡村文化人酷爱秦腔,他的儿子夏风虽是省城的文化名人,却明白表示自己烦秦腔,夏雨根本无意于文化,干脆开酒楼去了。简言之,无论在生存方式还是文化观念上,子辈都表现出与父辈的主动断裂。从不孝的角度讲,夏天智在侄子夏君亭初任村干部时,教导他要像老虎一样"无言先立意,未啸已生风",夏君亭却说:"是吗,那老鼠的名字里也有个'老'字?"其言语方式的放肆表明子辈对父辈毫无恭敬之仪。小说中还出现了相当多的子与父顶嘴、争吵或阳奉阴违的细节,可见子辈也全无遵亲之意。夏天义的五个儿子经常为赡养父母互相推诿、争吵,夏天义死后,他们甚至不愿为父亲均摊一块碑钱。夏家子辈的做法离"尊亲、遵亲、养亲"的传统孝亲观念相去甚远。

  从后寻根叙事的角度看,白雪的位置并不特别重要。因为作为女

---

① 孟繁华:《风雨飘摇的乡土中国——近年来长篇小说中的乡土中国》,《南方文坛》2008年第6期。

性,她并不是父子秩序中的一环。她的肖孝在子辈中也不具有示范效应。然而,对于夏家没落的父辈,白雪又是重要的,因为只有她能给他们带来些许安慰。因此,夏家的子辈越是不肖不孝,白雪就越必须符合肖孝之道。甚至仅仅让她做好儿媳还不够,她必得成为夏家的好女儿。在白雪与夏风离婚后,夏天智收白雪为女。可以预期的是,离婚后的白雪不会像未嫁之女那样结婚离去,而是将永远留在夏家,做夏家的肖孝之女。

简言之,如果说《秦腔》是文化守成主义者贾平凹在为儒家文化传统——仁义礼智送终,白雪就是他从儒家文化传统中召唤出的典范孝媳/女的幽魂(完美的孝文化的承载者),她不需要活生生的身体,但必须保证身体的贞洁。则从保证贞洁的角度看,引生的自阉就是必须的,因为只有这样才能彻底杜绝白雪失贞的可能性。既然白雪是个概念化与功能性的幽魂,她的个人幸福当然不在贾平凹的考虑之列。

二、启蒙叙事:对"好女人"的分裂性形塑

李佩甫的《城的灯》与周大新的《湖光山色》,分别讲述了女主人公刘汉香与楚暖暖争取自由婚恋与引导前现代乡村走现代化之路的故事。显然,它们继承的是20世纪乡土文学的启蒙叙事传统。不过其启蒙叙事的成分稍微复杂一些:公共空间中的启蒙与改革相交织,且都以女主人公家庭空间中的自由婚恋为前奏。

在公共空间中,刘汉香与楚暖暖首先是掌握知识/真理的主体。刘汉香通过笛卡尔式的"我思"发现了物质贫困与精神贫困的必然联系这一"国民性"真理,通过学习和科学实验掌握了培育果树和月亮花的致富知识;楚暖暖的高中文化和进城经历使她具备了现代商业以及民主、法律知识。其次,她们还是说出与实践知识/真理的主体。刘汉香教导村民放弃仇恨彼此爱护,叫出媳妇们的名字唤醒其主体意识,

命令村民种果树致富，又用月亮花引来巨资重建花镇，终于使村民摆脱了物质与精神的双重贫困；楚暖暖凭借敏锐的现代商业意识和足够的胆略，带头开发乡村旅游业，在使自家成为村中首富的同时带动村民致富，她还凭借现代民主、法制知识和强烈的正义感，抓住民主选举的时机将腐败的村主任詹石磴赶下台，并及时发现度假村经理薛传薪捕捉国家保护动物娃娃鱼、带来按摩姑娘卖淫、与权力联手强拆民房、强占良田等恶行，为保护村民利益与生态环境挺身而出，坚持上告并获成功，使乡村最终走上可持续发展的绿色旅游之路。简言之，刘汉香与楚暖暖是知、言、行的现代主体。

如果说知、言、行的能力不具备性别意味，刘汉香与楚暖暖也类似于20世纪80年代乡土文学启蒙/改革叙事中的男性启蒙与改革主体的话，她们的善就使她们与他们区别开来。因为他们对自由或财富的追求大多是个人主义的，她们的善却表现为宽恕和利他，保证村民的而非一己的公共幸福。并且，知、言、行的能力，一向是20世纪乡土文学中以善为核心品质的圣母/地母型"好女人"形象所不具备的。因此，笔者倾向于将刘汉香与楚暖暖看做新世纪出现的集知、言、行、善于一身的新型"好女人"形象。

这两位新型"好女人"形象背后的意识形态诉求异常鲜明。刘汉香的现代化之路分明是一条"物质文明与精神文明一起抓"的道路；楚暖暖的现代化之路包含着的富裕、民主、公平、正义、环保等现代理念，则是十六大提出的"和谐社会"的关键词。并且，刘汉香与楚暖暖的现代化改造的"成果"，都与"社会主义新农村"这一概念内含的"生产发展、生活富裕、乡风文明、村容整洁、管理民主"有相当多的契合之处。如果说略有差别，那大概就是刘汉香对村民的管理里没有"民主"这一项，楚暖暖的改造中少了"村容整洁"这一条。因此，可将这两部小说的思想立场概括为现代化派。

刘汉香与楚暖暖在家庭空间中的婚恋似乎颇具现代意味：都自己

招魂、分裂与质询——新世纪乡土文学叙事中的"好女人"书写

选择恋爱对象且都勇敢地反对父亲的包办婚姻。小说也渲染了她们的"革命行动"带来的爆炸性效应：父亲的震怒以及村民们的纷纷议论。但这不过是20世纪的"中国娜拉"故事：不是从夫家而是从父家出走。并且，不应忽略她们的婚恋从高到低的阶层跨越：刘汉香是村支书的女儿，冯家昌家却是最穷的；楚暖暖家的经济条件也明显高于旷开田家。这种女高男低的社会身份与经济条件设置，意味着她们的出嫁都是下嫁。下嫁在违反父亲"女嫁高"的期望的同时，却暗合了民间传统的七仙女/织女叙事语法（高贵的仙女爱上并嫁给凡间的穷小子）。然而，当娜拉的故事被嫁接在七仙女/织女的故事之上，其革命性还能剩下多少？

果然，一旦走进夫家，革命的娜拉立即就变成了夫家的七仙女/织女。《城的灯》中，刘汉香一到冯家就说，"一个家，不能没有女人。"她的出走根本不是为了与相爱者厮守（冯家昌远在城里当兵），而是甘愿为冯家昌的父亲和四个弟弟奉献上有饭吃、有衣穿并最终住上新房的好日子。楚暖暖虽然远比丈夫聪明能干，却自动遵循着把权威地位留给男人的男权制规定，在成立旅游公司时让丈夫做经理，在酝酿民主选举时鼓励丈夫竞选村主任。因而，家庭空间中的两位女主人公都是传统的舍己为家为夫的"好女人"。

并且，两位作者为了突出她们的"好"品质，都将她们的身体放在了家庭共同体的祭坛之上。《城的灯》中两次写到刘汉香的手，"那手已经不是手了，那手血乎乎的"，"那手已不像姑娘的手了，那手已经变了形了，那手上有血泡、有一层层的老茧，那手，如今还缠着块破布呢……那就是一天天、一年年磨损的记录"。"不是手"、"不是姑娘的手"的定位，显然突出了刘汉香双手的磨损、变形与伤痕，表征着她的勤劳与献身美德，但与此同时，却也凸显了刘汉香双手的非身体性：当身体的伤痕与变形成为精神的象征，身体及身体的疼痛就消失了。在这一意义上，刘汉香的双手是"女人的楷模"这一道德符码的祭品。

《湖光山色》一面强调楚暖暖的贞洁，一面又让她在夫家遇到困难时两次献出身体，且有意把这一"身体事件"处理成被迫失贞。值得注意的是，小说为楚暖暖失身准备的诸多条件：丈夫旷开田因被骗把假农药卖给了村民，村主任詹石磴授意乡派出所逮捕旷并暗示楚暖暖只有献身才能救回丈夫，公公忽然肚子疼盼望儿子尽快回来，别人告诉她如果丈夫被判刑会影响儿子的前途。这些条件全部来自家庭中的男性成员：公公、丈夫、儿子，却没有哪一条与她自己相关。这是否表明，在周大新的潜意识中，家庭中男性的利益高于女性的利益，女性的身体只有在贡献给家庭共同体时才有意义？

如此说来，刘汉香与楚暖暖在公共空间与家庭空间中的形象是分裂的，在公共空间中她们代表着理想的主动的知、言、行、善的现代精神，指引乡村走向现代化的美好未来，在家庭空间中她们却是传统的"好女人"，是次要而被动的随时准备接受伤害的身体。人物形象的巨大裂隙是症候的表征，既表征着两位男性作家陈旧的性别意识，还表征着启蒙叙事自身的缺失。一方面，支撑启蒙叙事的启蒙哲学中隐含的精神与身体的分离以及精神相对于身体的优越性，早就为启蒙叙事在必要或未必必要时献出身体埋下了伏笔；另一方面，启蒙叙事更为关注的是前现代乡村亟待现代改造的现实问题，却未必会把刘汉香和楚暖暖作为乡村女性的"现实"问题提上日程，尤其是其身体的"现实"。启蒙叙事对乡村"好女人"形象的现代与传统的分裂性形塑，是对乡村"好女人"形象的又一次符号化征用。

三、质询叙事："好女人"良心/道德与爱欲的两难

孙惠芬的《歇马山庄》将三代村长（唐义贵、林治帮、程买子）、两代妇产医生（潘秀英、林小青）、两代"好女人"（翁月月之母与翁月月）的观念与行为的差异以及农民打工、开店并置于歇马山庄中，书写当下

招魂、分裂与质询——新世纪乡土文学叙事中的"好女人"书写

乡村的变迁,"好女人"翁月月的故事在其中占的分量最重;《上塘书》以风俗志的方式写上塘村庄的地理、政治、交通、通讯、教育、贸易、文化、婚姻、历史,"好女人"徐兰的故事是其中的一个片段。

如果说在以上男性作家那里,"好女人"的诸多品质都是天生的,那么在孙惠芬这里,"好女人"的品质却由后天培养而成。《歇马山庄》中,翁月月的"好女人"品质是家庭教养的结果,《上塘书》中徐兰之所以克己、孝顺,是为了赎回"好女人"的名声。"好女人"因此不再是被征用的文化符号,而是有着内心诉求的人。

翁月月出身于当地的翁氏大家族,她的奶奶和母亲都正派正直、重教育重家法,任劳任怨地为家庭付出,对月月有深刻影响:"月月对翁家传统的操守、把持,不是一种理性的选择,是已经深入了血液铸成了性格。"小姑子小青说她"出身优越,却偏觉得自己欠所有人",可谓一语中的。月月的"欠所有人"当然并非事实,而是她的主观感觉。弗洛伊德曾这样讨论正直与良心的关系:"一个人越正直,他的良心就越严厉、越多疑,因此,最后正是那些对上帝最虔诚的人指责自己是罪孽深重的人。"[1]也就是说,正直与良心是成正比的。在月月这里,良心是家庭教养内化成的严厉超我,无时无刻不在监视着她的身心。同时,月月的中学教师、村长家儿媳这两种社会身份,无疑也期待月月的道德自律。

月月的确像奶奶和母亲一样正直、善良、无私,她体贴照顾亲人、学生甚至是给自己造成过灾难的人。但这绝非一个月月的奶奶和母亲的故事,而是月月的故事。事实上,月月的奶奶和母亲的故事已经被无数遍讲述:众多的古代女德故事,20 世纪以来乡土文学中的圣母或地母书写均属此类,白雪、刘汉香、楚暖暖在家庭空间中的故事也不

---

[1] [奥]西格蒙特·弗洛伊德著,杨韶钢译:《文明及其不满》,《一个幻觉的未来》,华夏出版社,2003 年,第 58 页。

例外。它们共同构成月月故事的前文本。

月月的故事既是良心(超我)与爱欲①(本我)的故事,也是月月的爱欲与外部世界相碰撞的命运故事。月月故事的开端,是新婚之夜丈夫林国军被大火吓成阳痿。爱欲一开始就处于弗洛伊德所谓的匮乏状态,而良心又使她无时不在对爱欲/匮乏进行稽查与精心掩饰:为了维护丈夫的自尊,月月从不许自己表现爱欲,也不让任何人知道丈夫阳痿的事实。月月的爱欲就此被压抑入潜意识区域。然而,月月不知不觉间爱上了已故女友庆珠的男友买子,她生命中被良心压抑着的爱欲渐露峥嵘,从此陷入明晰的良心与混沌的爱欲的牵扯中不断挣扎、摆荡。

如果小说就此打住,月月的故事就类似于凌淑华笔下的《酒后》,表现"发乎情而止乎礼"的"好女人"心中瞬间即逝的爱欲波澜,就依然是母亲的故事。但是,小说却让月月的爱欲日渐强大且冲破了良心的屏障。她主动向买子说出"我爱你",并让爱欲在身体的欢爱中得到满足。"当那最后的颠簸和冲撞终于浇铸成一个结局、一个美丽的瞬间,月月感到一个女人,一个完整的女人,在毁灭中诞生!"经由爱欲的实现,月月不再仅仅等于良心/道德的符号,而是一个活生生的兼具良心与爱欲、道德与身体的"完整的女人"。月月的身体在其中扮演的角色是创造,"一切都是可能的……身体再次要求创造。不是把符号的精神生命吹入身体的那种创造。而是诞生,是身体的分离和共享"②。

月月主动走出"道德的庄园"的意义的确非比寻常。对于月月自己,是直到事后才知道"她在这一天里做了一件对自己是多么重大多

---

① 在《歇马山庄》中,"欲望"与"爱情"这两个词语是先后出现的,前者侧重于身体欲望,后者侧重于内心激情。这里借用马尔库塞的"爱欲"一词指称"欲望"与"爱情"两方面含义。

② [法]让-吕克·南茜著,陈永国译:《身体》,汪民安、陈永国编:《后身体:文化和生命政治学》,吉林人民出版社,2003年,第97页。

招魂、分裂与质询——新世纪乡土文学叙事中的"好女人"书写

么了不起的事情","重大"与"了不起",表明月月对自己勇气的赞赏。在背后起支撑作用的,是她对时代的认知:"妈是旧时代的人,我是新时代的人,我们赶的时候不一样"。"时代不同了"是月月为自己的爱欲争取合法性的认知前提,这其中,当有她接受的现代教育的影响。对于孙惠芬来说,让"好女人"月月走出"道德的庄园",则是对已有的"好女人"书写的大胆冒犯:历来的"好女人"书写都以贞洁为首要条件。

如果孙惠芬把月月的故事处理成偷情故事,其意义就很有限,而当她选择让月月的爱欲公之于众,就指向了一种新的爱情叙事和一场广泛的有关月月爱欲的讨论。

从爱情叙事的角度看,爱情在月月这里不再是千年不变的神话,而是一个流变的过程。先是爱情作为一股非理性的力量裹挟了月月的理智,要求她不顾一切地宣告其存在,小青的突然插入、买子选择小青以及丈夫的控告,让她相继失去了所爱、婚姻与工作;爱情继而要求证明和坚持,月月发现怀了买子的孩子后不去打胎,买子却与小青结婚;月月在爱情幻象中久久沉迷;月月在一次大哭后清醒,发现自己不再爱买子;小青与买子离婚提出让月月顶替自己的位置,买子也来找她等着做孩子的父亲,月月只得打胎。月月的故事始于爱欲的匮乏,终于爱情幻象的破灭,在爱情命运的一次次转机中,月月复杂细腻、瞬息流转的女性心理经验得以呈现:

> 其实那混沌的,一时无法理清的疼痛一直都在……月月心里的疼已不再是过程中的疼,不再是纠缠在某一件单一的、暂时的事情上的,而是看到了命运中某种不曾期望的结果。这疼里没有怕没有恐怖——面对这种结果月月毫无畏惧,而只有委屈和恨。自己一向遵循秩序,遵循乡村已成定局的风俗法则,像自己的母亲,却不想在关键的事情上,在山

庄人唾弃的事情上走出轨道。

……

在此之前,月月从不知道感情是只狂犬,当它发现快到嘴边的心爱的猎物被别人抢走它会这么样的疯狂,这么的不顾一切;在此之前,月月也从不会知道,在这个世界上,会有一种东西使女人与女人之间变得如此丧心病狂,没有理智,变得如此坚硬。那东西在打碎着属于平常人的尊严的同时,又是那样不可思议地建立着只属于女人的、似有些神圣而伟大的尊严……

以上是月月在离开林家又遭到买子拒绝后的心情,这是惯常的"好女人"书写有意删削、根本就不曾进入的空白区域,孙惠芬却揭示出这空白压抑着的灼热内里:伤痛、委屈、决绝、疯狂以及对疯狂的讶异。

从讨论爱欲的角度讲,《歇马山庄》有意识地构建了一场"表现了爱欲的月月还是不是'好女人'"的讨论。参加这场讨论的,既有乡村舆论,更有与月月关系密切的人们。乡村舆论发动的是对月月的重新评估:"越是不声不响的女子越能做出震天动地的事情","月月是一个因为跟了人而被婆家不要的女人"。它们遵循的是古老的道德话语。婆婆和丈夫从受害者的立场出发,一个对月月发出"臭不要脸"的怒骂,一个鄙夷地骂她"贱人"、"下烂货"。他们毫不犹豫地把月月驱逐到"好女人"的边界之外。疼爱她的母亲既代表家族说出"我们翁家对不起林家,我养了这么个败坏家风的闺女",严正指出月月对翁家"好女人"传统的背叛,但也要求林家"不许打我闺女"。这是母亲对女儿实实在在的维护——女儿身体的尊严与精神的尊严同在。月月的校长说:"人言可畏,为人师表,你要慎重"。他虽然理解爱情但必须从权威位置发言。月月的学生孙小敏的母亲姜珍珍既安慰月月"你是好女人,你不是好女人没有好女人",也对她发出"人总得有点良心"的轻微

招魂、分裂与质询——新世纪乡土文学叙事中的"好女人"书写

责备。这是因为她从月月给女儿补课、照料她们的生活中体会到了月月的人性之善。月月来自京城的二叔给予她最高的评价:她忠贞的爱情岂止应该被允许,而且是高尚的。可以看到,由于不同的人与月月的关系不同、看问题的立场不同,他们关于月月品质的讨论各执一端,从而使讨论呈现出众声喧哗的复调性。这场讨论是对既有的"好女人"书写的质询:如果月月始终善良,尽其所能体贴、照顾他人,能否因为她的爱欲就否定她是个"好女人"?

笔者以为,孙惠芬对月月的出身、社会地位的设置,以及让她走出"道德的庄园"并将其爱欲公之于众,乃是为了通向这场讨论。在这一意义上,笔者把《歇马山庄》命名为"质询叙事"。

《上塘书》中的徐兰是小学教师和村长的妻子,与翁月月的社会身份类似。徐兰的故事是一个本我、超我与大写他者的故事。其中,本我欲望的表达只是短暂的起点:做姑娘时的徐兰为一件衣服和姐姐争吵。姐姐的意外自杀使乡村舆论这一占据了"法律的位置"的大写他者立即判给她"要尖"的坏名声。为了从乡村舆论那里赎回"好女人"的名声,徐兰的超我断然阉割了本我的欲望。她专门嫁给有病妈的刘立功,婚姻不再与爱情相关,而是长达十几年的对"好女人"规范的主动顺从:精心侍候病婆婆、孝顺公公、永远听命于小姑子们。然而,乡村舆论并不永远公正,它的判断常常受到谣言的干扰。当徐兰的小姑子们、弟媳以及村妇们先后传播徐兰不孝的谣言时,徐兰终于没能赎回"好女人"的名声。犹如卡夫卡笔下的 K 一样,徐兰陷入了荒诞境遇。她那被超我阉割的本我再次寻求表达——向村中的道德权威鞠文采诉说冤屈。徐兰在诉说中发现了自己最大的福分:一个男人看着她的眼睛和她说话。爱情从做人的尊严中诞生,照亮了徐兰被重重压抑的暗淡生命。

质询叙事要求将爱情公之于众。因为徐兰和鞠文采的社会上层身份,他们的爱情立即被乡村舆论判为非法:"它一次性地毁掉了上塘

人们过日子的信念:那徐兰老师,孩子还放心让她教吗?那鞠文采,家里有事还能找他说吗?""好女人"的道德与爱情的两难问题再次提出:如果徐兰一直在努力做"好女人",却得不到"好女人"的名声反而受到冤屈,悲苦中的她有没有权利获得爱情的慰藉?而如果她的行为关乎一个村庄的道德信念,她是否应该把自己送上乡村舆论的祭坛?

总之,孙惠芬的《歇马山庄》中月月的故事和《上塘书》中徐兰的故事,在背离既有的"好女人"书写成规的同时,打开了"好女人"书写的另一条路径:揭示出"好女人"的品质乃是后天培养而成,让"好女人"在欲望的匮乏中走出"道德的庄园",让她那被删削为空白的内心体验得以浮现,并提出"好女人"良心/道德与爱欲的两难问题。

以上三种叙事类型的"好女人"书写在新世纪的文学/文化空间中占据的位置,在一定程度上表征着它们是否有效参与了当代文学/文化的建构。这里从它们的出版、"触电"、获奖、评论几方面窥其一二。

从出版与"触电"情况看,《秦腔》的出版业绩最好①;《湖光山色》与《城的灯》在出版上虽比不上《秦腔》,但前者被改编为电视剧,后者被改编为广播小说;《歇马山庄》与《上塘书》在出版上无法和《秦腔》相比,且无缘"触电"。在获奖方面,《秦腔》获得第四届"华语文学传媒大奖"、"首届红楼梦大奖"(香港)、"茅盾文学奖"等多项大奖;《湖光山色》获"茅盾文学奖";《歇马山庄》与《上塘书》虽获"茅盾文学奖"提名但均未获奖,只有《歇马山庄》获得"冯牧文学新人奖"。最后,关于《秦腔》的评论最多且最有分量,不仅京、沪评论界都召开了作品研讨会,知名评论家们也纷纷为其撰文;《湖光山色》与《城的灯》得到的评论也

---

① 有消息称:《秦腔》出版后一年就已第六次印刷,2008年获"茅盾文学奖"后,出版界迅速掀起《秦腔》热,据不完全统计,目前《秦腔》已有8种版本。参见郭志梅:《贾平凹,乘着〈秦腔〉的翅膀》,http://xinfang.shaanxi.gov.cn/0/1/8/30/45/668.htm。

招魂、分裂与质询——新世纪乡土文学叙事中的"好女人"书写

不算少;关于《歇马山庄》与《上塘书》的评论却是寥寥,有分量的评论更为少见。可见,在新世纪文学/文化空间中,后寻根叙事占据中心位置,启蒙叙事居于非中心亦非边缘的位置,质询叙事居于边缘位置。个中缘由,固然与作家在当代文坛的知名度有一定关系,但不能忽略的是,在中国主动加入全球文化竞争的今天,后寻根叙事表现出的文化守成主义立场正在得到社会各界越来越多的情感与价值认同,近年政府对提高国家文化软实力的重视,也鼓励对传统文化的适度复兴。从这个角度看,《秦腔》生逢其时。而启蒙叙事所表达的现代化立场则与国家意识形态关系密切。质询叙事虽然对当下乡村的变迁有深切表现,但它们显然很重视揭示乡村女性的欲望、心理等问题。这样,它就与后寻根叙事与启蒙叙事这两种相当主流的书写样式拉开了距离,反而在内质上更接近20世纪90年代中后期的女性写作。

如果从以上三种类型的"好女人"书写分别占据的位置,观察其参与当代文学/文化建构的有效程度的话,质询叙事对当代文学/文化的参与是最少的。这从一个侧面提示我们,在全球化/现代化进程发展迅猛的今天,乡村女性的问题仍在被当代文学/文化有意无意地忽略。

当身体不再成为"武器"
——"80后"部分女作家身体书写初探

乔以钢 李 振

女性主义的身体论认为,身体的意义和价值不仅在于其物质存在,更重要的是,它与女性主体性的建构有密切关系。而日常现实是,身体被普遍的权力关系所制约,成为权力关系中无法解脱的一环。在这一前提下,女性主义者力图通过揭示各种强加于女性身体的使之不能自由的权力关系和运作,以积极的反抗姿态和行动来争取达到平衡与和谐意义上的身体的自由。基于这样的认识,在一些带有女性主义倾向的文学写作中,身体常常不同程度上成为反抗男性中心话语的"武器",作者试图通过强调和运用女性身体的主体性,来实现对男性中心话语的质疑与颠覆,从而实现身体内在的意义和价值。

如果说在20世纪90年代曾产生较大影响的女性写作中,相当一部分作品正是借助身体反映出作者旗帜鲜明的性别姿态,从而在特定意义上赋予了身体某种"武器"意味的话,那么,部分年轻的"80后"女作家在有关身体的书写中,则显示出有所不同的面貌。在此,试就其进行初步的探讨。

一、难以承受的"身体"之重

有人将"80后"的写作称为"身体写作的毒生子"。这种说法很尖

当身体不再成为"武器"——"80后"部分女作家身体书写初探

锐,也很容易引人注意。然而,细读"80后"的作品便会发现,这样的评论并不合理。我们知道,20世纪90年代产生的所谓"身体写作"文本大都有着相当浓郁的性别意识,其中一部分包含了作者对女性命运、女性身体的自觉思考。而"80后"女作家的创作情况并非如此。

春树的小说《北京娃娃》[①]描写的是一批年轻人在理想、情感、欲望和成人世界之间奔突呼号甚至绝望的历程。虽然它有令人震撼之处,但是我们却难以从中找到一个丰满清晰的男人或是女人形象。小说里的"我"只是一个"小女孩",而作者也在有意无意地强调着这一点。因为"我只是一个小女孩",所以喜欢一个人又说不出口,打了一天没有人接的电话,只能不停地哭泣;因为"我只是一个小女孩",所以只能以一个新生婴儿而不是一个成熟女人的姿态出现在与男人的性交往中;因为"我只是一个小女孩",所以被人觉得可爱和好玩便能兴奋地满脸通红,喜欢一些人便一心一意做出喜欢他们的样子。这里的"我"不是一个成熟的女子,也便不会有她们那样的心事。"我"在约会前拼命地试衣服,总是到华联的CK香水柜台试喷香水并暗暗发誓以后也用这个牌子;尽管极端讨厌学校,但是清华附中还是让"我"留恋,因为它"符合我所有关于理想中学校的一切想象"。这一切都说明尽管主人公向往长大,拼命装成大人的样子,但她还没有真正长大。另外,作者在小说中留下的对天真、纯洁等极端厌恶的话语(例如:"我讨厌那个天真的自己。我讨厌那个不懂世事的自己。我讨厌那些纯洁的年代。纯洁是狗屎!")也恰恰暴露了天真纯洁的未成年心态。

小说中,在与赵平的感情出现问题之后,林嘉芙曾经有这样的感慨:"作为一个人,作为一个女人,我的悲剧色彩已经很明确了……"这样的话如果出现在一些比较年长的女作家笔下,读者大概不致产生异样的感觉,然而它镶嵌在《北京娃娃》里,却不免令人感到可笑。因为

---

① 春树:《北京娃娃》,远方出版社,2002年。

是在整部小说所提供的比较混沌的性别生存状态中,冷不丁地冒出一个"女人",而且是一个带有"悲剧色彩的女人"。事实上,如此带有标榜意味的性别叹息,反而更为清晰地映衬出作者性别意识的模糊和幼稚。这一点在小说的其他一些地方也有体现。例如小说中人物对待性的态度:"其实我认为理想中的性爱关系应该像美国一些俱乐部,比如'沙石'一样,大家本着共有的精神,每个人都是自由的,包括基本层次的真实、身体上的裸露及开放的关系,只要不攻击他人,不把自己的意志强加给他人。毫不保留,毫不遮掩。"这种想法所要表明的不过是一种态度,一种在作者看起来标新立异的个性。但是对于真正的性,特别是成熟女人的性,小说中的"我"尚缺乏真切的了解,所以尽管她说得振振有词,仿佛多老到,"其实连自己都心虚"。

事实上,无论是作者还是小说里的主人公,都还只是处在青春期的女性,她们还没有充足的人生阅历足以支撑起相对成熟的性别观念,甚至还不懂得十分关心女性的身体。既不知道如何享受它,也不曾自觉地把它当做"武器",更不清楚男女之间所可能存在的种种复杂关系。她们失落、愤怒、玩世不恭,与周围的人纠缠不清,奋力表现出抵抗的姿态。然而,无论怎样在性与感情的问题上出言轻狂甚至付诸行动,她们所寻求的也首先还是那种能够适应潮流的特立独行,而与真正的性和性别却未见得有太大的关系。当然,也许正是这样的过程有可能帮助她们逐渐建立起自觉的性别观念和意识,但就当下的文本表现来看,这种意识眼下还是比较模糊的。

张悦然的《水仙已乘鲤鱼去》[①]也显露了同样的问题。小说讲述一个女作家坎坷的成长历程。女主人公璟生在一个不幸的家庭,疼爱她的奶奶很早过世,生父也因为心脏病突然死去,之后,母亲带她嫁入了桃李街3号。因为父爱的缺失,她将爱情简单地理解为寻求保护和关

---

① 张悦然:《水仙已乘鲤鱼去》,作家出版社,2005年。

当身体不再成为"武器"——"80后"部分女作家身体书写初探

照,从而导致了女性的成长包括对于身体和性的感受能力滞留于少女时期。璟在桃李街3号度过的第一个晚上就因透过锁孔看到了继父与母亲做爱的场面而大受刺激:"白晃晃的胴体在暗淡的柠黄色灯光下奕奕生辉……她努力让自己丢开那个锁孔里面的世界,它是一道闪电,把生命里尚被遮蔽的阴暗角落劈开了。白亮的光刺痛了她的眼睛。她一直相信,这伤疤已经融化在她的眼神里。"随后,璟感到前所未有的饥饿,吃掉了冰箱里所有的东西,从此患上了暴食症。在璟对爱的理解中,身体感受与精神感受是分开的。如果说女性的精神成年的重要方面在于懂得追寻灵肉合一的性爱,懂得追求和驾驭身体感受的话,那么,璟却是一直无法确立一个清楚的性别身份。陆逸寒与母亲做爱刺激了璟,使她患上暴食症;当青梅竹马的小卓与璟收留的小颜做爱又被她看到时,"便是另一道闪电,在她如今的天空上划过"。这两个在璟心中非常重要的男性与其他女性的性爱,使璟对性持有一种恐惧和拒斥的态度,而每一次精神刺激都使她的暴食症更加严重。后来她所能接受的只是亲吻、拥抱和抚爱,正如一个慈爱的父亲对幼年的女儿所做的那样,而难以进入性的领域。在与沉和同居的很长时间里,"她不与他做爱",一旦沉和来到床边她就陷入恐慌,往日经历造成的伤口"像是沟壑一样无法填平"。

在这类小说中,身体非但没有成为"武器",没有成为表达女性声音与意志的载体,反而成了女性全方位成年的障碍。与此同时,女性那种需要自我声音、需要表达和认同、需要理解和关爱的特质,在小说中则基本停留和依赖于单一性别系统中的申诉。这不仅导致除却女主人公之外其他人物的平面化(他们不拥有人性的复杂、微妙,而只是简单地被刻写为女主人公人生历程和精神探索中对应的符号),而且也带来了过于单调肤浅的女性声音在遮蔽了他人声音的同时,淹没了真正的女性欲求。这种状况阻碍了女性思索的深入,使那些原本可以更为丰富的文本内容,那些原本有可能构成尖锐质疑和批判的力量,一定程度上弱化为顾影自怜的自伤、自恋和自赏。

二、告别"武器"的身体意象

武器与工具或许只有一步之遥,区别仅在于其功能指向。对于"80后"的年轻女作家来说,她们还远没有深入体验两性之间的相互依赖与复杂纷争,对男性中心文化的历史与现实也还未能进行更为深入的思考。在这样的背景下,她们即使对男性中心的社会文化现实不无怨怼,似乎也并没有将其视为需要借"武器"展开"搏杀"的对立面。在部分"80后"女作家的书写中,身体意象的运用大致属于表意"工具"的范畴。

例如张悦然的小说《水仙已乘鲤鱼去》中,璟的身体变化就颇可注意。璟原先是一个肥胖而丑陋的女孩子,皮肤很黑,鼻子上长着螨虫。但是,经过漫长而痛苦的努力,她成了一个"美得眩目的姑娘"。究其成因,这种变化的动力一方面来自继父陆逸寒,另一方面则是针对她的母亲。璟在进入走读学校后,一直拒绝直面陆逸寒。每当陆逸寒到来的时候,她总是在楼上看着他,满含热泪,而后又站在窗户前面默默地看着他离开。璟决心"让自己好起来",再光艳夺目地出现在他面前。这里值得探询的是,璟在身体上的改观并非源自某种性别价值观上的变化。对璟来说,陆逸寒娶了自己漂亮的母亲是一个不可改变的事实,而在潜意识里她有替代母亲的意愿,所以,璟在身体上的改观首先是出于对身为继父的男人陆逸寒的一种迎合,而不是追求女性自身的价值。对璟的母亲曼来说,璟变化的意义更是复杂。璟和曼之间是用仇恨连接的,曼"常常看着璟就心生怨气……她觉得璟丑陋,觉得璟累赘";而在璟的成长中,"也生出一份相当的恨"来回馈曼。璟长大之后,深深地爱上了继父陆逸寒,而陆逸寒直到离开人世都是爱着曼的。于是,当那个曾经被厌弃和鄙夷的女儿让母亲的脸上露出"因妒忌而

当身体不再成为"武器"——"80后"部分女作家身体书写初探

诱发的苦楚"时,身体便成了母女之间相互复仇的工具……在张悦然的笔下,身体不断地被纠缠于母女二人对同一个男人的争夺之中,以致原本有可能包涵性别主体性意义的少女的成长在这场争夺中遭到无情的消解。

而在蒋离子的小说《俯仰之间》①里,负载作者表意工具意味的身体最终走向了悲剧。小说在叙事者的不断变换中,描绘了高干之女柳斋和出身贫贱的少男郑小卒之间的情感折磨。身体于此非但不再是抗争的"武器",而且负载着女性精神的下滑。

柳斋出生在干部家庭,有着显赫的背景。她在家里与母亲作对,在学校恣意妄为,但她却爱上了生在平民家庭的郑小卒。郑小卒的父亲是个修自行车的残疾人,母亲擦皮鞋兼职修鞋子,还有哥嫂和三姐。整个家庭用郑小卒自己的话说就是"婊子和混混,倒也和谐"。郑小卒为了拒绝柳斋,把她带到自己生活的民生巷,本以为会以此吓退柳斋,结果却适得其反。柳斋以为自己的出身妨碍了他们的交往,于是拼命地作贱自己,试图以付出身体的方式来打破她跟小卒之间那层难以跨越的距离,结果却毫无成效。六年里,小卒不断和女人发生关系,柳斋不断和男人发生关系,但两人却没有一点关系。他们不是朋友,不是恋人,相距很近却又无法拥彼此入怀。柳斋押上了全副身家,输到一无所有,最后只有选择自杀。

小说以一种残酷的方式描写了一个少女为了爱情所进行的苦苦挣扎。为了配合小卒的玩世不恭,柳斋也拼命把自己扮作太妹;为了保护小卒,柳斋一次次地忍受人妖的骚扰。一方面柳斋为了自己的爱情不惜任何代价,试图在身世上与小卒获得某种平等;但另一方面,由于那些根深蒂固的观念,小卒对柳斋却是既爱护又疏离。柳斋把身体上的牺牲当做换取小卒爱情的筹码,到头来成为畸形的性别关系的牺

---

① 蒋离子:《俯仰之间》,朝华出版社,2005年。

牲品。当女性主义文学写作在文本中以"身体"为"武器"争取女性权益时,这部小说中的柳斋却通过身体表达了她对丑陋、畸形的性别关系的屈从。在一篇专访中,蒋离子说:"我是个伪女权主义者。就是说,我崇尚女权,而我则没有女权。要女权,很难。不如做个温柔的女子,内心保持着清醒,好好在这个以男人为主的社会里残存下来。"[1]在她的眼中,女性的"负隅顽抗"只会给她们带来更多的伤害。基于对女性命运的悲观,蒋离子对女性身体的书写也是带有悲剧性的。

部分"80后"女作家在自己的小说创作中虽然触及了对性和身体的书写,但是她们显然并没有清晰地意识到真正意义上的女性主义身体书写所具有的性别文化意义上的深刻含意;或者,她们压根也还不曾产生这样的追求。于是,身体意象在一些年轻女作家的作品中,被简单地型构为一种情感或诱惑的出发点,被当成了一种丛林式竞争的有力工具。在这一过程中,女性身体所承载的性别文化内涵很大程度上被忽略和屏蔽了。

三、"走过青春期"的身体实验

相对于中学教育的呆板、教条,大学的环境比较宽松。于是,走出高考炼狱、初入大学校园的学生们很自然地渴望着轻松和宣泄。他们有的急着恋爱,有的投身参加各种社团活动,也有的抽烟酗酒……这一切常常进入"80后"的小说创作,于是产生了《草样年华》(孙睿)、《理工大风流往事》(张韬)、《谁的荷尔蒙在飞》(三蛮)等一系列作品。网上有人将这类作品的主题称之为"走过青春期"。

在"80后"女作家的创作中,周嘉宁的《往南方岁月去》堪称此类小

---

[1] 《青春别样红——专访80后女作家蒋离子》,录自秋韵文学社论坛:http://cq.net-sh.com/bbs/814218/html/table_14959545.html。

当身体不再成为"武器"——"80后"部分女作家身体书写初探

说的代表。小说中的"我"是生在东部城市的女孩。她向往着与众不同的生活,追求着自己也说不清的理想。一切都是从"我"与好朋友忡忡一起考到南方山坡上面的一个学校开始的。她们从传统有关青春期的种种禁忌中挣脱出来,拼命地体验生命。她们染头发,交男朋友,逃课,似乎是要把中学时代错过的事情全都重新经历。

整个小说以"我"看似没有目标的游荡为线索,在有意无意中显示出一批年轻女性甚至是一代人面对生活的态度。小说中,无论是"我"、忡忡还是小夕等人,对于性和身体,都采取了与此前固守文化传统的人们迥然不同的态度。作品中的异性或同性之间,更多的是在轻松地进行某种基于尝试目的的体验。高中时代"我"决定跟忡忡接吻,在没有人的教室里,常常是嘴唇靠近的时候就开始发笑,一直闹到日落时分。这在"我"看来,是在禁锢的青春期中,如同女孩亲吻镜子里的影像,只是"迫不及待地想知道另一个嘴唇的滋味"。

在"我"、忡忡、马肯还有安迪的郊游中,原来本不相识的忡忡与安迪在夜里接吻、互相抚摸,只是因为"接吻令我平静",而"抚摸总是令我高兴,也不感到陌生,好像回到在河堤上的日子,那是过去最值得记忆的时间"。"我"的第一次也给了马肯,虽然疼痛难忍,但还是不想有更多被推迟、被错过的第一次。"我"哭了,但是"内心充满了骄傲",好像"那个由母亲陪着去内衣店里买胸罩的小女孩,充满期待地看着那些花边,那些蕾丝,在试衣间里羞涩而又雀跃地脱去衣服,再穿上那紧绷绷的小衣裳"。其实不论是面对马肯还是其他人,"我只是想尽早地变成女人"。

在这样的青春游戏般的体验中,身体与情感是两相分离的,甚至与欲望都很少关联。以往,不少作家曾创作了大量有关"灵"与"肉"的作品,试图在"灵"与"肉"之间分出个你高我低,至少也希望找到二者的平衡点。但是,从《往南方岁月去》这类小说中可以看到,一些"80后"女作家面对身体进行书写时,少有形而上的思辨或对生命本体明晰的探询意识,更多的还是如实地再现同龄人基于崇尚新奇而为的"走过青春期"的实践。

综上所述,我们对部分"80后"女作家在写作中自觉不自觉间呈现出来的身体意识大致有这样的初步印象:她们有关身体的书写不像女性主义写作那样具有鲜明的性别政治意味或意识形态色彩,其借助身体所表达出来的性别姿态常是比较含混而稚嫩的。考其主要原因,一是在她们成长的大环境中,两性相处的社会文化氛围发生了重要改观,在身体书写方面已经很少束缚,她们切实拥有了多样处理身体与文学关系的可能;二是年轻的她们还有待于在更多的社会实践和个人阅历中去体验、认识和思考包括两性关系在内的人与人之间各种关系的复杂和隐密。"80后"女作家风华正茂,她们的创作也在不断变化中。与其轻率地对她们作出任何判断,不如给予她们更多的关注和爱护,本文的着眼点也即在此。

当代女性文学批评的一个历史轮廓

贺桂梅

一、问题的提出和说明

从 20 世纪 80 年代中期"女性文学"(或称"妇女文学")这一范畴的提出,到 90 年代中期形成对女性文学的社会性关注热潮,有关性别与文学关系的探讨,构成了当代中国(大陆)文学研究界一个广受瞩目的问题。同时,这种文学领域的讨论,又直接联系着人们对于社会、文化中女性的历史/现实处境的认知,联系着有关性别身份和性别秩序的想象与认同,因而,关于女性文学的探讨就不仅是"文学"研究领域的议题,而同时具有强烈的性别政治意味。在此提出的"性别政治",指的是凯特·米利特所阐述的:在父权制社会/文化体制下,"一个集团(男人),凭借了天生的权利,可以支配另一个集团(女人)"[①]。这种支配,采取种种不同的形式,而女性文学关系的探讨最值得重视的核心在于,它使人们(尤其是女性)意识到她们由于身为女性而在写作、阅读等方面受到了怎样的压抑,并做出相应的反抗或解放行为。这是性别政治最基本的含义。因而不管人们对当代中国女性文学关系的

---

① [美]凯特·米利特著,钟良明译:《性的政治》,社会科学文献出版社,1999 年,第 37 页。

探讨采取何种态度和方式,作出怎样的解释,都可被纳入共同的学术/政治领域之中。

　　本文尝试对20世纪80年代以来中国大陆女性文学批评的发展脉络和理论资源作出一种描述和清理。这一工作的现实针对性在于,到90年代中期,女性文学批评和研究中频繁出现"困境"、"危机"这样的字眼,这表明八九十年代之交女性文学批评的活力、它所提供的文化阐释和所形成的社会冲击力在一定程度上有所减弱。这种衡量是在两个方面提出的:一方面,如果说女性文学批评尤其在90年代前中期形成了广泛的社会影响,从90年代后期至今的情形来看,造成这种影响的因素并非仅仅由于性别政治或女性文学研究本身的冲击力,而与中国特定历史时期的社会状况、与偶然的历史契机(如1995年联合国世界妇女大会的召开)、与中国社会转型期性别秩序的重构等因素联系在一起。这一判断,使得我们必须对90年代前中期的女性文学研究保持相对冷静的态度,厘清女性文学批评处在怎样复杂的社会文化关系网络之中,并对造成性别压抑的社会文化状况保持充分的警惕。从另一方面来看,不可否认的是,1995年前后的女性文学热潮确实在宽泛的性别政治意义上产生了广泛的影响,而这种影响随着中国文化市场的发展和社会状况的变化而在逐渐减弱。与这种并不乐观的情形相伴随的另一情形,却是女性文学研究的学科化和学院化进程的加快。一边是女性文学研究的规范化和学科化,一边是大众文化和社会常识系统中女性形象(想象)的刻板化和定型化。这至少在一个方面说明,90年代后期以来,女性文学研究缺乏能够与社会产生有效互动的实践方式。这其中蕴含的问题,不仅在于文学创作/文化市场的构造,更关键的因素在于以怎样的理论资源作为女性文学批评介入社会现实的支点。可以说,90年代后期的状况暴露出的是性别政治意义上的理论资源的矛盾或困境。因而,重新清理并审视80年代中期以来女性文学实践与理论资源互动的历史过程,就成为一个值得重视的问题。

对女性文学现状的批评,目前已经成为批评界一种较为有力的声音。就其中较有针对性的分析而言,讨论主要集中在民族(欧美女性主义理论是否适合中国的社会情况)、阶级(90年代女性写作的中产阶级属性及其对底层女性的无视)这两个纬度。本文试图在对80年代中期以来女性文学批评实践回应的核心问题及其所采纳的思想、理论资源的大致梳理、分析中,来面对这一问题,使问题的讨论具体化。笔者关注的重点在于:"女性"这一范畴或视野的引入,针对的具体对象是什么;诸多与性别相关的范畴如"女性文学"、"人/女人"、"两性同体"、"女性意识"、"女性主义"的具体语境、历史上下文关系是怎样的;西方女性主义理论被译介的情形、被作了怎样有选择的吸收,并被用以讨论怎样的具体问题等。

为讨论的方便,需要说明的两点是:第一,本文使用的"女性文学"较为宽泛地指涉所有涉及女性和文学关系的讨论。为避免使讨论的范围过于窄化和固定化,笔者没有使用"女性文学"或"女性主义文学"这样的概念提出之初试图固定的内涵,而尝试去分析这些概念出现的历史语境,当时界定内涵的方式及相关讨论。第二,在讨论女性文学批评时,为了标识出理论资源的差异和变化,笔者或许过于简单地把"当代"女性文学批评的理论资源区割为:毛泽东时代的妇女解放理论、20世纪80年代的新启蒙主义人性理论、80年代后期引入的西方当代女性主义理论。这样的区割并不简单地意味着三个不同的"历史阶段",而是为了显示出当代女性文学批评在使用某一理论资源时的参照对象或潜在理论视野。比如,如果不了解毛泽东时代的妇女解放理论、它的历史实践及其造成的复杂后果,就不能很好地理解20世纪80年代提出"女性文学"范畴的针对性以及它的对话对象和先在的理论视野;如不把毛泽东时代的妇女解放理论、20世纪80年代的新启蒙思潮纳入考察的视野,同样不能很好地理解"两性和谐"、"女性文学作为'人'的文学的一部分"这种在当代中国具有强大影响力的观点,也无法理解西方女性主义理论在当代中国语境中的曲折遭遇。引入毛泽东时代的妇女解放理论、20世纪80年代的新启蒙思潮,另一方面的考虑是避免简单地在"中国/西方"这样的二元对立框架中讨论女性主义理论在中国的影响问题,而试图把讨论放在具体的历史情境当中,考察女性文学批评在性别视野之外,如何与民族(或许"国族"一词更准确)、阶级等主体身份形成特定的认同关系,进而产生了怎样的问题。

二、"女性文学"与新启蒙思潮的"人性"话语

"女性文学"或"妇女文学"这样的提法在20世纪二三十年代就已出现,但作为一个试图界定确切内涵并引起广泛争议的范畴,却是出现在1984至1988年间。这是1949年后中国大陆首次从性别差异角度讨论女性与文学的关系,因而在清理当代女性文学批评历史实践时,这一范畴具有无可回避的重要性[①]。一个重要的问题是考察"女性文学"这一范畴提出的历史背景、它的特定历史视野,以及围绕这一范畴的讨论所呈现的性别想象。追溯"女性文学"概念的起源,不仅因为它至今仍具有广泛影响,而且也因为它是在中国特定历史上下文关系中出现,有着特定的现实针对性和文化脉络。也就是说,这是一个在20世纪80年代历史语境中勾连起多重复杂关系的核心范畴。

(一)界定"女性文学"的方式

"女性文学"这一范畴在20世纪80年代中期的提出,有着明确的针对性,即针对毛泽东时代妇女解放理论的性别观念及其历史实践的

[①] 关于这一概念的提出在当时引起的争议,谢玉娥编撰的《女性文学研究教学参考资料》(河南大学出版社,1990年)一书作了细致的辑录和整理。

后果。在毛泽东时代，尽管在社会实践层面上，女性获取了全方位的政治与社会权利，成为与男性同等的民族－国家主体，但在文化表述层面上，性别差异和女性话语却遭到抑制，女性是以"男女都一样"的形态出现在历史舞台之上。这一历史和文化实践造成的后果，是女性处在一种"无性别"的生存状态中，缺乏相应的文化表述来呈现具有自身特殊性的生存、精神状况。正是在这样的情形下，"女性文学"首次将"女性"从"男女都一样"的文化表述中分离出来，成为试图将性别差异正当化的文化尝试。但是如何论述这种"差异"，从怎样的话语／理论资源角度给予有针对性的阐释，却是"女性文学"这一范畴提出之初就始终面对的问题。

由于毛泽东时代马克思主义脉络上的妇女解放理论，把女性解放视为与劳工阶级、第三世界国家的解放"同一"的历史议题，侧重从阶级压迫、传统社会的结构性权力关系（即"政权、族权、神权、夫权"）中来解释女性的不平等地位，性别歧视和压迫被解释为阶级压迫和传统社会的封建压制。从这一思想资源当中，无法提供阐释同一阶级内部的男女性别差异以及革命政权的父权制结构问题的理论表述。作为一种历史契机，20世纪80年代在反省和批判毛泽东时代历史所形成的社会／文化转型过程中，马克思主义人道主义和西方19世纪人道主义理论，成为新启蒙思潮中的主导思想资源。这两种人道主义话语在强调人的"全面解放"和相对中世纪神权统治的世俗人性方面，为个体从统合性的民族国家话语中分离出来提供了有效资源；但其性别议题仍旧是"男女平等"，即它们都是在抽象的"人"的乌托邦想象中来规划"人性"的差异。在这一理论脉络中，男女差异很大程度上被表述为基于生理、心理差异这些"自然"因素而导致的"人性"差异。作为一种倡导性别差异的范畴，"女性文学"一方面需要反叛"无性"的阶级话语而对"女性"的独特性作出描述，另一方面又缺乏必要的理论资源对造成"差异"的历史文化因素作出解释。而且，在讨论"女性"这一话题时，

20世纪80年代的谈论方式大部分时候都并没有意识到其中的权力、等级关系,而在"人性"这一平面上展开。这也加重了"女性文学"这一范畴的温和性和含混性。一个基本判断是,20世纪80年代的"女性文学"范畴大致是一个人道主义理论脉络上的范畴,而非以反抗性别歧视和性别压迫的女性主义理论脉络上的范畴。

如何界定"女性文学",在20世纪80年代提出之初即引起了争议。这一试图把女性和文学的特殊关系固定为一个讨论空间的范畴的具体内涵,一直被人们认为是比较"模糊"的。对"模糊"这一性质的认知,表明当时的人们希望为女性和文学之间的关系寻找一个确定的表述,以使"女性文学"与普泛意义上的"文学"或"男性文学"具有相区别的固定品质。形成较为普遍的共识的,是将这个概念作"广义"和"狭义"的区分。所谓"广义的女性文学"是"泛指一切描写妇女生活的文学作品(也包括男作家的此类作品)",而"狭义的女性文学"则"一般指女作家的作品,有的定得更为严格,限定只有女作家创作的,描写妇女生活,并能体现出鲜明的女性风格的文学作品方能归入妇女文学"[1]。这种界定方法,"广义"的内涵侧重的是文学作品中的女性形象,"狭义"的内涵强调的是作家性别以及特定的"女性风格"。另一种关于"女性文学"的界定与此大同小异,"一种是特指女作家反映女性生活的作品,称之谓'狭义的女性文学';另一种是泛指女作家的一切作品,称之为'广义的女性文学'"[2],只不过把所有的"女性文学"规定为女作家的文学作品,由其是否表现"女性生活"来划分"广义"和"狭义"。这种区分建立在对文学/女性关系的不同层次上,由作家的性别

---

[1] 吴黛英:《女性世界和女性文学——致张抗抗信》,《文学评论》1986年第1期。吴黛英同时对"妇女文学"和"女性文学"这两个命名法提出自己的看法,认为"女性文学""更突出了性别特征"。

[2] 马婀如:《对"两个世界"观照中的新时期女性文学——兼论中国女作家文学视界的历史变化》,《当代文艺思潮》1987年第5期。

区分,到作品的内容或表现形象的性别区分,最后到作品是否有特定的"女性风格"与"女性意识",从性别差异的角度,作了或宽或窄的限定。但对性别身份的理解,基本上是建立在经验主义或一种女性本质的理解之上的,因而带有比较鲜明的"先定"性,即从某种关于"女性"的理解出发来衡量文学作品是否属于"女性文学"。由于这种界定方法对"女性"的理解带有这样的先定性(经验式和本质化的),并且其用以分析女性与文学关系的思路是命名式而非分析性的,因而它一开始就陷入前后矛盾、顾此失彼的处境中。

与"广义"和"狭义"的分辨相伴随,"女性文学"逐渐被纳入"两个世界"的格局之中。这种说法最早出现在作家张抗抗于 1985 年西柏林举行的国际女作家会议上的发言《我们需要两个世界》(《文艺报》,1985 年 8 月 10 日)。其中提出"必须公正地揭示妇女所面对的外部和内部的两个世界",更具体的解释则是"女作家的文学眼光既应观照女性自身的'小世界',同时也应投射到社会生活的'大世界'……在此基础上,顺理成章的结论是:成熟的女性文学应同时面向'两个世界'"[①]。另外也有批评者提出"内在世界/外在世界"、"第一世界/第二世界"的说法,"作家以女性的眼光观照社会生活,以表现妇女意识、妇女世界为主要艺术追求的'内在世界';作家以辩证的眼光观照社会生活,在艺术表现上超越妇女意识、超越妇女世界的'外在世界'。我们可以把前者称为女性文学第一世界,把后者称为女性文学的第二世界"[②]。尽管"两个世界"说法的阐释者似乎总是在"平面"地处理女性/人类、自我/社会、内在/外在,但这种区分方式却不自觉地透露出一种"等级"关系。如"女性文学的第二世界,是女作家对外在世界的艺术把握,是

[①] 王绯:《女性气质的积极社会实现——读〈女人的力量〉兼论女性文学的开放》,《批评家》1986 年第 1 期。

[②] 同上。

女作家与男作家站在同一地平线上,不仅作为女性,而是作为一个人创造出的一种不分性别的新文化"①,或者"应该是女性以女性化笔法用女性化生活来表现超乎女性的全人类生活的一切精神和意义的文学"②等。可以看出,在"女性文学"、"女性意识"之"上",还存在一种"人类"的文学,一种"超越"了性别限定的、比"女性文学"级别更高的文学。

这一点事实上构成了"女性文学"提出的内在悖论:一方面,这一概念的提出,是为了给"女性"的文学提供正当性;但是,当"女性文学"与"人类的文学"并列时,它又必然地处在"次一等"的位置上。而这种悖论的出现,是因为在20世纪80年代的语境中,对于"女性"差异性的指认,被不言自明地限定于"生理"、"心理"等"自然"层面上。以"一阴一阳才为'道'"来谈论男女差异,是评述者经常使用的类比。这事实上是将男女差异本质化和神秘化,而缺少从文化建构角度展开分析与批判的自觉。一个较为明显的症候是,在20世纪80年代中期关于"女性文学"的讨论文章中,人们很少从"父权制"的社会文化结构层面来谈论性别等级关系,也很少见到关于性别压迫和压抑关系的表述,而集中针对于一种"无性"状态,提倡女性的独特性,并以达成"两性和谐"作为目标。从这里可以看出,"女性文学"这一范畴的讨论,被限制在一种关于"人"、"人类"的抽象想象和等级关系之中,问题提出的动因是"人性"诉求而非针对性别压迫或压抑的强烈意识。即使对于张洁的《方舟》、张欣欣的《在同一地平线上》这样一些明显将女性的社会处境作为问题提出的小说,评论文章也是在"妇女的自强不息"、"对自身存在价值的自信和实现"等层面上提取"女性意识"。

在讨论20世纪80年代中期的"女性文学"范畴及其独特内涵时,

---

① 徐剑艺:《论新时期"女性文学"的超越》,《文艺评论》1987年第1期。
② 同上。

不能否认的是,它确实与西方女权运动的初衷及后 60 年代的女性主义理论的针对性,有很大的不同。从强调性别差异这一点看来,20 世纪 80 年代的中国和 60 年代的欧美,都是在对既有的"男女平等"观念作出反省;但有所不同的是:60 年代西方女权运动"第二波"出现,主要是女性在民主运动、学生运动等过程中意识到她们和与之"并肩战斗"的男性之间始终存在的不平等关系,由此重新提出性别问题;而 80 年代中国的女性意识主要是针对作为民族国家主流的"阶级"话语而提出,倡导"女性文学"在很大程度上被认为是补充"人类"的丰富性,而不是置疑男女性别关系和文化秩序。因而,从表面看来,这种强调女性文学关系的范畴表现得颇为温和,且限定在既有文化秩序之内。那么是否可以认为 80 年代的"女性文学"批评就是"保守"的,或者缺乏足够的政治意义呢?对这一问题的回答,需要联系 80 年代中国的社会、文化语境,分析这一范畴得以提出的潜在历史/文化的参照系和内在文化逻辑,进而在此基础上分析它的突破性和局限。

(二)两个历史/理论参照系

"女性文学"概念提出时所针对的历史对象,是毛泽东时代的妇女解放思想。这种妇女解放理论以"阶级"议题取代了"性别"议题,或者说,民族国家话语以一种同一的主体想象抹去了性别差异的存在。毛泽东在《湖南农民运动考察报告》中,提出女性是处在各种封建压制关系的最底层,但对解放步骤的设想是:"家族主义、迷信观念和不正确的男女关系之破坏,乃是政治斗争和经济斗争胜利后自然而然的结果",亦即只要政治斗争和经济斗争胜利,妇女解放将是"自然而然"的事情。在组织妇女参与到民族国家的建国运动中时,毛泽东特别强调妇女参与的重要性,甚至提出"全国妇女起来之日,就是中国革命胜利之时",但女性解放的议题,始终只是阶级解放和民族解放的附属议题,并被阶级议题统摄。可以说,这种妇女解放思想把"阶级"属性看得高于一切,性别差异并不足以构成主体之间的区别。周恩来也提出了类似的观点:"妇女运动解放的对象,是制度不是人物或性别,不是因我是男子,才来说这种话。事实却是如此。要是将来一切妨碍解放的制度打破了,解放革命马上就成功,故妇女运动是制度的革命,非'阶级'的或性别的革命"①。

中国社会主义革命强调妇女解放是民族国家解放的重要组成部分,西方女权运动所争取的选举权、财产权、受教育权、工作上同工同酬、婚姻自主等,在毛泽东时代,都由国家干预并以法律的形式保障施行。但在文化表述和主体想象上,女性虽然成为男性一样的主体,潜在的性别等级秩序却依然存在。姑且不讨论从20世纪50至70年代的电影、美术、绘画、小说中的人物形象上可以看出明显的性别等级,即使从所谓"时代不同了,男女都一样。男同志能办到的事情,女同志也能办得到"的经典表述中,也可以看出,女性依然是仿照、模仿男性而成为"主体"的。这使得在社会权利平等的背后,作为女性的"差异性"却遭到压抑。一个明显的例证,是1942年的延安,因丁玲写作的《"三八节"有感》而引发的女性与革命政权、阶级秩序之间的冲突。在那篇著名的文章中,丁玲直截了当地提出了革命政权内部的性别等级问题,并质询种种压抑女性正当化的性别制度和社会性因素。这篇文章被认为是分裂党的言论而受到批评。如果把这一事件纳入到毛泽东时代妇女解放理论的脉络中来看,可以显示出当代妇女解放运动的特定品质:一方面,妇女解放运动并没有和民族—国家、政党—阶级形成对抗关系,而是后者重要的构成部分;但另一方面,这种由民族国家、阶级话语组织的解放理论,又必然压抑对女性差异性的表述,并将那视为理所当然的代价。这样,女性既是享有社会主权的主体,同时

---

① 周恩来1926年3月在广东潮汕纪念三八国际妇女节上的讲话,收入《毛泽东、周恩来、朱德、刘少奇论妇女解放》,人民出版社,1988年,第69页。注释中说明文中的"阶级"是指男性对女性的压迫。

又是一个必须无视其性别差异的准主体,她必须参照"男同志"而成为主体。社会主义妇女解放运动及其实践造成了当代中国女性的两面性:一方面,当代中国女性迄今仍是世界上社会地位最高的女性群体之一,社会主义革命的历史塑造了当代中国女性格外强烈的主体意识;但另一方面,在"平等"的旗号下父权制结构对女性的压抑却被作为视而不见的因素遭到压制。

正因为20世纪80年代中期"女性文学"的提出,所针对的是"男女都一样"的毛泽东时代妇女观念和性别制度,因此,在"文学"一词前加上"女性"的前缀,就不是一种毫无指向的泛泛而论,而是试图以这个范畴固定女性区别于男性的特殊品质。尽管它没有直接质询革命政权的父权制结构,但把"女性"作为一个特殊的问题提出,本身就是一种反抗以阶级话语压抑性别话语的方式。也就是说,"女性文学"范畴不是在反抗性别压迫、父权制的文化脉络内产生,而是在马克思主义妇女解放思想的脉络上产生。这使得它始终将女性问题作为社会问题而提出,并认为社会的改造和完善将是解决问题的途径。而其关于理想社会以及理想的两性生存状态的构想,又与80年代的新主流话语——新启蒙话语联系在一起。80年代新启蒙主义话语建构自身的合法性,是在"救亡(革命)/启蒙"、"传统/现代"的脉络上提出的。这两组二项对立式有着同构并互相替代的关系,也就是将20世纪50至70年代的革命历史指认为"传统"社会,是保守、落后、封建的前现代时期,而80年代则在延续"五四"时代的文化启蒙的意义上,成为一个"现代"时期。作为从封建体制中解放出来的现代化运动,其重要指标是"人性"的解放,特别强调个体的价值和丰富性。由此,有意味的是,在80年代的中国,作为对"阶级"话语的反拨,"性别"成为标识"人性"的主要认知方式。

在如何阐述"女性意识"的合法性这一点上,80年代有着两种方式:一种是把毛泽东时代与封建时代等同,认为这一时期"似乎是中国当代的女权运动的兴起,是在鼓吹男女之间的平等。然而,骨子里除了'四人帮'的政治用心之外,其实是对封建意识的泛滥。封建时代把女性看做'性'的动物,是女性的物本化;这里则把女性看做'神'的抽象物,是女性的神本化。两者殊途同归,都不是把女性看做血肉和灵魂相和谐的人,是彻底的女性主体的异化"[1]——在这种表述当中,值得注意的不仅是"'五四'复归"式的现代想象的重申,更重要的是所谓"人"的主体想象被看做是"血肉和灵魂相和谐"这种认知主体的方式。"人性"被充分自然化了,即由"血肉和灵魂"构成。这使得对"女性"差异性的认知必然导向"生理"和"心理"差异,而拒绝去面对"阶级论"对社会权力关系的结构性认知。正是80年代的这种新启蒙主义思路影响着"女性文学"的倡导者,侧重从生理、心理等"自然"而非"文化"的因素来界定女性,从而把性别差异导向一种本质化、经验化的理解。这种将女性解放纳入"现代解放"想象之中的方式,由于对性别差异缺乏文化反省,因而在对女性差异的描述上很大程度地重复了传统社会"男女有别"的性别本质主义观念。

另一种论证80年代"女性意识"合法性的方式,是首先承认:经历了社会主义革命之后,女性已经获得了"平等"的社会地位,但没有获得与社会地位相匹配的自主意识,因此,80年代倡导"女性文学"和"女性意识",就是以"文化革命"的方式确立女性的主体性和独立意识。"在社会已最大限度地提供与男性同等政治权利的今天,女性要获得真正的女性平等和显示她们生存的价值,她们所面对的已不再是封建道德观念的外在束缚,也不是男性世界的意识压力,而主要的是她们自己的觉醒和自主意识的复萌"[2]。在这种解释中,女性的政治解放和

---

[1] 阮忆:《女性文学和女性意识——新时期女性文学断想》,《文艺评论》1987年第4期。

[2] 彭子良:《新时期女性意识构成初探》,《当代文坛》1988年第3期。

自主意识的文化解放被区分为两个层次:在前一层次上,中国女性被判定为"解放"的;在后一层次上,中国女性又被判定为"未解放"的。这种理解显然比那种简单地把毛泽东时代视为"封建统治"的变相形态的观点,更能描述当代中国女性的复杂处境。如果说封建论和异化观把问题指认为社会制度的话,那么强调女性独立意识的看法则将问题指认为女性自身。这种观点到90年代依然被一些批评者所重复:"在当今世界上,没有任何一个国家的妇女能象中国的妇女这样解放,也没有任何一个国家的妇女象中国的妇女这样不解放。如此自相矛盾的判断同时适用于当今的中国妇女,这并不仅仅基于城乡差异,更重要的是就妇女的社会存在形式与妇女的自我意识之间的巨大反差而言"①。这种观点特别强调中国妇女解放的被动性,即"解放妇女"还是"妇女解放"。但这种把"解放/被解放"的关系绝对化的理解并非没有问题。一方面,中国女性确实真诚地投入到民族国家解放同时也是自我解放的运动之中;另一方面,获得社会主体地位的女性也不再是传统女性,其"主体意识"之强是难以估量的。如中国妇女运动的创始人之一蔡畅明确地说到:"中国妇女运动,如能与整个革命斗争紧密结合前进时,妇女运动就有发展,对人民革命斗争就有贡献;反之,凡不实际参加革命,只空喊口号,或离开当时整个革命斗争的中心任务,自己孤立地搞一套,就使妇女运动遭受挫折"②。这种表述方式中固然有民族国家话语压抑女性话语的因素,但同样值得考虑的是,中国妇女运动和社会主义革命的密切配合与其解释为中国女性缺乏主体意识,不如说那正是作为第三世界国家的中国妇女解放运动的独特性之所在。因此,一些研究者倾向于把80年代提倡"女性意识"视为由女性的社会解放转向深层的自我意识的文化解放,或许是一种更具历史感

---

① 陈晓明:《勉强的解放:后新时期女性小说概论》,《当代作家评论》1994年第3期。
② 蔡畅:《中国共产党与中国妇女》,《人民日报》1951年6月27日。

的理解方式。"作为真正的妇女解放运动,除了政治、经济等等的社会变革和保证之外,必须伴之以一场意识和文化的革命,现当代的女性恰是在一个历史的瞬间浮现到了现实的层面,然而她们的命运和地位并非一个瞬间的产物,只有辅之以深刻的文化革命,才能破除历史长久以来沉积在、压抑在她们身上的意识重压和负荷"[1]。80年代对"女性文学"和"女性意识"的提倡,就是在实践这种"文化革命"。这种解释在很大程度上能够为"女性文学"的文化革命意义找到确切的表达方式,但其问题在于,"政治/文化"的二分法可能并没有把倡导"女性文学"的政治意味显现出来。

值得一提的是,李小江在文章中把女作家的作品中对女性问题的表现,与"人口问题和婚姻家庭问题"相参照,认为文学中"女性"身份的强调,是"'解放了'的妇女的问题",是"主体意识已经觉醒的中国女性在心灵世界和社会生活中的真实历程"[2]。显然,在这种表述中,由于论述者所具有的相对广阔的社会学视野,已经提出了女性内部的差异问题,即还处在争取婚姻家庭自由、受到传统封建势力困扰的普通女性和已经"解放了"且有"主体意识"的知识女性。正是这一似乎不经意点出的女性内部的差异,使普泛的"女性文学"讨论显露出其"阶级/阶层"属性。事实上也可以说,"女性文学"以"人/人类"的名义探讨女性的差异性,仅仅是参照同样普泛化的"男性"而言。由于忽视了女性内部的差异和更广阔的社会学视野,"女性意识"的讨论就只能限定在特定阶级/阶层的女性主体的"生理"、"心理"的层次上。这也使得"女性文学"的讨论既是从新启蒙主义的人道主义话语那里获取思想资源,同时也仅仅是人道主义话语的重要组成部分。

---

[1] 陈惠芬:《神话的窥破——当代中国女性写作研究》,上海社会科学院出版社,1996年,第10页。

[2] 李小江:《新时期妇女运动回顾》,收入《告别昨天——新时期妇女运动回顾》,河南人民出版社,1995年,第5页。

三、女性主义理论/批评与"性别差异论"

20世纪80年代中期关于"女性文学"的讨论可以说是80年代新启蒙运动的一个组成部分,这也就是说,尽管性别差异的问题被提了出来,但关于这种"差异性"的界定是在"人性"这一人道主义话语脉络中被谈论的。因而,对文学作品是否具有"女性意识"的指认,基本上是从女性的生理特性、心理体验和特殊情感等"本质"、"自然"层面上进行,而并不追究构成这些差异的背后的父权制文化结构和社会性别制度。其主要批判对象是民族国家内部的以"阶级"话语建构的主体想象,它并不反对父权制,也不批判男权意识,而是设定了一个"男女和谐共存"的、"作为一个人创造出的不分性别的新文化"的理想。但是,80年代后期西方女权/女性主义理论的介入,则在一定程度上使女性文学批评从新启蒙主义话语中分离出来,形成了独特的表述体系和话语方式。

(一)西方女权/女性主义理论的引入

西方女权主义思想的介绍及论著的译介,在19世纪末20世纪初西学东渐之时就已开始。最早在1902年马君武就翻译了斯宾塞的《女权篇》,而第一部由中国人撰写的阐释男女平等思想的论著《女界钟》(1903年),其宣扬的观点成为流行一时的说法,即"18、19世纪之世界,为君权革命之时代,20世纪之革命,为女权革命之时代"。当时普遍兴起的废缠足运动、兴办女校、女子参政运动等,无不受到男女平等的女权思想影响,是中国最早的女性解放运动。马克思主义脉络上的女性解放思想从20世纪20年代后期劳工运动中开始的主流化,某种程度上是以对这种西方女权思想的批判为前提的。蔡畅1951年发表的《中国共产党与中国妇女》中所批判的"以资产阶级妇女运动的观点来代替无产阶级的妇女运动的观点……只空喊妇女解放的口号,而不着手认真地组织工农劳动妇女"的"右的倾向",和"将妇女运动突出,把它从整个的革命斗争中孤立起来,离开当时的中心政治任务去谈妇女解放"的"左的倾向"①,大致可以使我们看到西方式女权观念受到压抑的情形。

20世纪80年代中后期对西方女权/女性主义论著的译介,是"改革开放"后形成的"西学热"中的一部分。从译介的情况来看,对西方女权/女性主义理论的介绍和吸纳,仍是有选择的。构成西方女权运动"第二期"的四本重要论著中,西蒙·德·波伏娃的《第二性》翻译最早(很多研究者也指出,这大约是受到80年代前期中国的"萨特热"影响)。这本书对当时中国批评界影响最大的是,它宣称"一个人之为女人,与其说是'天生'的,不如说是形成的"。另一本较早被翻译过来的是贝蒂·弗里丹的《女性的奥秘》,应该说这本美国60年代女权运动的"圣经",它所讨论的发达国家郊区中产阶级家庭主妇的"无名痛",由于社会现实的"滞后"而并未在中国引起多少共鸣。弗吉尼亚·伍尔夫的《一间自己的屋子》1989年被翻译过来,它对女性从经济到文化表述上必须获得独立性的倡导,在中国产生了广泛的影响。有趣的是,与文学和文学批评关系最密切的凯特·米利特的《性的政治》,却翻译得最晚(1999年)。这本书难以被80年代中国批评界接纳的原因,大约是因为它如此敏锐而激烈地抨击男权制,并且把男/女两性的关系纳入"政治"范畴,这对于以"两性和谐"为理想的中国批评界显得过于激进。即使到1999年被翻译成中文时,译者的"译序"也明显地透露出其对于书中倡导的性别政治的不以为然。在序言的开篇,译者钟良明这样写道:"许多年前就听说过这本书。一旦拿过来仔细阅读,受益之余也有不时的苦笑:在这个称得上'微妙'的问题上,欧美人士居然已经作出了这么多的思索、研究、'实验',说了这么多俏皮的、聪

---

① 蔡畅:《中国共产党与中国妇女》,《人民日报》1951年6月27日。

明的、发人深省的、莫名其妙的话"。显然,这里所用的"苦笑"、"俏皮"、"莫名其妙"等语词,正表明翻译者认为两性关系这个"微妙"的问题,其实并没有凯特·米利特这个"欧美人士"所说的那么重要。潜在语义中的"中国/欧美"框架,就把这种讨论视为"欧美人士"的特殊问题,或夸大其词与"无病呻吟"。这篇序言在介绍《性的政治》于"女性主义的历史"上的重要性的同时,特别强调它引起的争议,并特别介绍诺曼·梅勒"奋起回击"的《性的囚徒》"普遍被认为是梅勒写得最好的书"。这种看似"客观"介绍中的褒贬,也可看出翻译者对《性的政治》一书的态度。1989年翻译的另外两本女权/女性主义批评论著,是英国玛丽·伊格尔顿主编的《女权主义文学理论》和挪威陶丽·莫依的《性/文本的政治》。这两本书的特征,其一是和文学批评关系密切,其二是论著在英文世界的出版和它在中国的翻译接近于同步。除了上述这些专著,不同的杂志都对英美女作家和女性主义理论有介绍。

一个明显的特征是,这一时期对"西方"女权/女性主义理论的介绍主要偏重英美,而另一流脉——法国的女权/女性主义理论则相对少得多。一个可能的解释是,英美派注重女性经验的表达,法国派则注重与同期理论的对话,尤其与结构—后结构主义理论有着密切关系。而对于80年代中国批评界而言,对结构主义—后结构主义、解构主义、精神分析理论和后现代主义理论并不熟悉,文学批评的主流还停留在前语言学转型的经验—美学批评时期。由于缺乏对法国女性主义理论的上下文的理解,对其接受相对困难一些。即使到1992年,张京媛主编的《当代女性主义文学批评》中较多地收入了法国的埃莱娜·西苏、朱莉亚·克里斯多娃和露丝·依利格瑞的文章,以及80年代以后英美"受到欧洲文学理论的影响"的"后结构主义的女性主义批评"如佳·查·斯皮瓦克等的文章,但在中国批评实践中产生影响的,主要还是注重女性经验和女性美学的表达那一部分。这事实上已经症候性地呈现出了中国女性文学批评的接受视野。由于语言学转型并未真正在 80 年代的中国批评界完成，文学批评的主流在很大程度上仍旧是经验主义和实证主义的，因而，内在地把（后）结构主义、精神分析和解构主义作为自己的理论构成和对话对象的后结构主义女性主义批评理论，并没有在 80 年代后期到 90 年代前期的中国女性文学批评界产生太大的影响。如果说这是因为知识结构的不同体制而导致的中/西差异，那么，由于"女性文学"讨论中已经显露出来的从女性经验角度为"女性文学"特质寻找命名的倾向，则更使得中国的女性文学批评倾向于"经验的女性主义"一脉。即一方面从性别角色的文化构成性角度思考"女性"被书写、被规范的命运，从而试图通过女性基于自身经验创建"女性美学"以反叛被书写的命运，写出女人的"真相"，执著于女性"差异"，并且为其寻找文化上的阐释；而另一方面，对"女性"角色的"后天"建构性的理解仅仅表现在对父权制、伪装成中性或人类的文化表述实则是"男性"的表述等观念的发现，但并没有因此发展成为对两性角色的全面怀疑或否定，而是试图"在男性的苍穹下另觅天空"，着重挖掘女性的文学创作中表现出的强烈的反叛压抑和发出自己声音的部分。

这种批评实践又由两个主要部分构成：一是挖掘文学史（尤其是现代文学史）上被淹没、遮蔽的女作家，通过重新阐释她们的作品来建构女性文学的传统；另一是对同期女作家创作的关注和阐释，为其中表现出来的构成女性独特美学的内容作出阐释。而这两种主要的批评方式几乎一致地采取了"女作家批评"，也就是主要分析女作家创作，相应地文学作品中的女性形象分析做得较少。"女作家批评"一方面延续了"女性文学"讨论时的界定方式之一，即把所有女作家的创作都视为"女性文学"；另一方面，"女性写作"这一范畴的提出则更将批评的重点转移到女性作家和文学创作的关系上来。埃莱娜·西苏关于创作与女性身体关系的阐释，即"写作是女性的。妇女写作的实践

当代女性文学批评的一个历史轮廓

是与女性躯体和欲望相联系的"①,引起了评论者和作家们的很大兴趣。但正如一篇分析中国女性主义文学批评问题的文章指出的,这种理解基本上是在"本质主义"的脉络上被接受的,而桑德拉·吉尔伯特提醒人们注意"一些美国及法国的女性主义者反对对于生物本质主义的任何程度的强化,而西苏的'女性'或'女性写作'的概念有时看起来正是如此,但作为《新诞生的妇女》一书的读者,我们将会发现,作者本人是批判持续不变的性别本质这一概念的",却并没有得到更多的介绍②。这里的关键问题并不在于"本质主义"还是"结构主义",尽管对于女性"本质"的表述一直受到多方质疑,但没有理由认为"结构主义"就比"本质主义"更重要或者更"高明",关键问题在于,中国女性文学批评是在以怎样的方式实践经验—本质女性主义理论一脉,并产生了怎样的社会/文化互动关系?

与西方女权/女性主义理论的引入相伴随,在女性文学批评中出现了"女权/女性主义"一词。这一范畴译自英文"feminism"。关于这个词的翻译一直存有争议。20世纪90年代之前,主要把这个词翻译成"女权主义"。1992年张京媛在《当代女性主义文学批评》的"前言"中把它翻译成"女性主义",并提出理由:"女权主义"和"女性主义"反映的是妇女争取解放运动的两个时期,前者是"妇女为争取平等权力而进行的斗争",后者则标识"进入了后结构主义的性别理论时代"。1996年王政在《社会性别研究选译》的序言中,对"feminism"的翻译作了更全面的解释。但无论是"女权主义"还是"女性主义",在中国语境中,它似乎并不是一个受欢迎的词。不仅作家和批评家们拒绝被称为"女权或女性主义者",而且文学批评中使用这一概念的也不多,人们更愿意使用"女性文学"(批评),尽管这个概念的含义一直不清晰。造

---

① 张京媛主编:《当代女性主义文学批评》,"前言",北京大学出版社,1992年,第8页。
② 赵稀方:《翻译与新时期话语实践》,中国社会科学出版社,2003年,第132页。

成这种效果的原因,是"女权"和"主义"所引起的反应常常是"女人霸权"、"女人控制男人"或"反对男人",或常识想象中种种与女性相关的负面品质联系在一起。经常被女性文学批评家作为女性写作典范的王安忆对于人们称她是"女权主义者"这样解释道:"我在这里要解释我写'三恋'根本不是以女性为中心,也根本不是对男人有什么失望。其实西方女权主义者对男人的期望过高了"①。在这里,"以女性为中心"、"对男人失望",就是王安忆对于"女权主义"一词的直接反应,而并不表明她对这一语词本身有更多的了解。另外的反应是,"feminism"本身就是一个西方的概念,只有产生过独立的女权运动的西方社会才接受这一概念,而中国则未必需要接纳这个"西方"概念,在使用时这个词也经常和"西方"联在一起。

值得一提的是,美国黑人理论家贝尔·胡克斯在她 2000 年的著作《女权主义理论:从边缘到中心》中也谈到美国社会对"女权主义"这一称号的拒斥,很多女性"回避'女权主义者'这个词,把它当做一种讨厌的、不愿意与之有联系的东西"。贝尔·胡克斯解释道:说自己是"一个女权主义者",通常意味着"被限制在事先预定好的身份、角色或者行为之中",这种"事先被预定好的身份、角色或者行为"常常是人们遵照常识系统对性别观念的理解而作出诸如"同性恋者"、"激进政治运动者"、"种族主义者"等反应②。——可以看出,即使是西方女性,对于"女权/女性主义"也并非一概接受,中国女性作家或批评家对"女权/女性主义"的回避或拒绝,并不能简单地在中国/西方这样的文化身份关系中作出说明。在很大程度上,也不能作为"中国"(本土)拒绝"西方"女性主义理论的证明。女性主义理论确实是在西方(英美、欧

---

① 陈思和、王安忆:《关于"性文学"的对话》,《上海文学》1988 年第 3 期。
② 参阅[美]贝尔·胡克斯:《女权主义理论:从边缘到中心》,第 2 章"结束性压迫的行动",江苏人民出版社,2001 年。

陆)历史语境和文化脉络中产生,而且中国/西方、第一世界/第三世界女性的处境也有很多差异。"第三世界女性主义理论"的提出就是东/西差异冲突的结果。但讨论东/西差异并不意味着两者之间缺乏沟通和合作的可能,理解差异只是警惕其中的权力关系。被翻译成中文的一篇谈论东德和美国女性之间不愉快的交流的文章《东西方女权主义》这样写道:"尽管东西方妇女的愿望之间存在差别,东方妇女自身的愿望也存在差别,东西方妇女还是有许多共同的东西,双方妇女运动还能有许多共同关心的事物、价值和目的"[①]。因此,谈论东/西差异,不是对女性主义的"中国"、"西方"属性作出泛泛的判定,更有建设性的方式,是从一些具体的理解方式、可以沟通的文化想象和文化交流之间作出辨析。

(二)女性主义批评实践与"性别差异论"

最早在20世纪80年代中国提出"女性主义文学"这个范畴的,大约是1987年被列入"文艺新潮丛书"的《女性主义文学》[②]一书。这本书使用"女性主义文学"(英文为"feminist literature")一词,并未超出关于"女性文学"的讨论,以恩格斯的《家庭、私有制和国家的起源》中母系/父系社会的转变为立论基础,讨论建立一种"双性人格"的两性和谐状态。但引人注意的是,它将论述的基点放在"父系文化圈"中的"传统的男女性格模式"当中,也就是把女性问题的讨论放在父权制的不平等关系结构当中。这本书尽管没有具体表现出怎样受到当代西方女性主义理论的影响,但引入关于父权制社会文化结构的讨论,却是80年代后期女性文学批评超越新启蒙主义式的"女性文学"讨论的一个关键词。

---

① [美]南尼特·芬克:《东西方女权主义》,收入李银河主编:《妇女:最漫长的革命:当代女权主义理论精选》,生活·读书·新知三联书店,1997年。
② 孙绍先:《女性主义文学》,辽宁大学出版社,1987年。

在这一方面产生广泛影响的,是由戴锦华、孟悦合作完成的《浮出历史地表——现代妇女文学研究》。这本书的绪论引入了精神分析、叙事学理论和结构—后结构主义理论,分析中国传统社会的权力关系结构,提出"女性"作为被统治的性别是这一社会秩序构成的秘诀,即"以女性作为敌手与异己而建立的一整套防范系统乃是父系秩序大厦的隐秘精髓,正是从男性统治者与女性败北者这对隐秘形象中,引申出这一秩序的所有统治者/被统治者的对抗性二项关系"。在这样的社会结构当中,不仅"女性的真正存在""在形形色色的阐释中被永远封闭在一片视觉的盲区",而且这一抹煞行为本身也被抹煞、被正当化,因而"使男性社会对女性的奴役成为永远的秘密"。正因为整个传统社会秩序都建立在对女性的统治和压抑这一基点上,因此,对"女性的真相发露",提出女性问题,"不是单纯的性别关系问题或男女权力平等问题,它关系到对历史的整体看法和所有解释。女性的群体经验也不单纯是对人类经验的补充或完善,相反,它倒是一种颠覆和重构,它将重新说明整修人类以什么方式生存并已在如何生存"①。这篇绪论不仅对两千年的传统历史作出了重新解释,而且对20世纪一百年历史也作出这样的解释:女性并没有能够摆脱作为"空洞的能指"的命运,随着1949年新国家的建立,女性的历史"走完了一个颇有反讽意味的循环,那就是以反抗男性社会性别角色始,而以认同中性社会角色终"。对那些"不隐讳自己的女性身份的作家",《浮出历史地表》赋予了她们独特的性别意味,即"写作与其说是'创造',毋宁说是'拯救',是对那个还不就是'无'但行将成为'无'的'自我'的拯救,是对淹没在'他人话语'之下的女性之真的拯救"。这一结论不仅远远地超出了80年代新启蒙主义关于历史、人性或人类的理解方式,而且表现出

---

① 孟悦、戴锦华:《浮出历史地表——现代妇女文学研究》,"绪论",河南人民出版社,1989年。

了前所未有的激进性。

新启蒙主义话语始终是在抽象的、本质论意义上来谈论"人"和"人类",《浮出历史地表》则引入历史的维度,并指出这历史是男性统治者压制女性,由此形成整个社会秩序的结构性因素。因而,所谓"人类"的历史,就成为男性统治女性的父权制结构的历史,并且因为压制女性的事实始终是以"自然"的方式呈现,因此,男性话语和父权制结构也始终是以"人类"的形象出现。使女性写作"浮出历史地表",就不仅仅是完满人类的两性,而是对整个父权制结构的颠覆,所有历史和意识形态话语都需要重新解释。正是在这一点上,《浮出历史地表》为女性写作的正当性和必要性提供了颇为有力的解释。当然,《浮出历史地表》的问题在于,它在阐释女性被压抑的历史,指出女性作为始终被"他人话语"书写的"空白能指"的符号意味时,简单地设立了男性/女性这样一个二元对立项,并将之解释成为社会的结构性因素的全部。与此同时,它又设立了一种"女性的真相"的本质化想象,认为这种"真相"受到了压抑,而女性写作的意义在于呈现这种真相,并因这种真相的浮现而能够使整个社会结构重组。但问题在于,如果说"男性"(父权制)始终必须参照"女性"才能建构社会秩序,那么在什么时候女性曾经有过"真相"?或者说,作为父权制社会的结构性因素,"女性"是否能够或怎样不被父权文化"污染",而保持一片尽管是"黑暗、隐秘、暗哑"但毕竟是别一世界的"黑暗大陆"?这片"黑暗大陆"是始终隔绝于父权社会之外,还是与整个父权社会之间产生了复杂交错的关系?具体到现代中国的民族国家建国运动,固然有着被规范到一种"不可超越的精神性别身份",但同时女性也是这一建国运动的主动参与者。女性和现代民族国家的关系远不止是二元对立式关系,而是有着更复杂的关联。

《浮出历史地表》最后落脚于"性别差异"论的必要性,认为由于中国女性解放与西方妇女解放道路的不同,"性别差异远不是一个应当抛弃的概念,而倒是一个寻找自己的必由之径"。这可以看做20世纪80至90年代中国女性文学批评的普遍诉求。尽管从80年代中期提出"女性文学"范畴到90年代普遍使用"女性写作"这样的概念,在表述方式和所使用的理论资源上发生了很大变化,但其中一以贯之的因素是"性别差异"论。即试图将"女性"从统一的主流话语中分离出来,寻求其独特的文学表达传统、特定的美学表达方式。80年代后期西方后60年代女性主义理论的引入,在这一文化期待视野中,主要被吸收的是其对性别角色文化构成性的揭示。由此到90年代初期"社会性别"概念的引入,使得人们对于性别差异的讨论不再限制在sex,即生理、心理等"自然"层面,而是进入gender,即性别角色、性别制度或秩序等"文化分析"层面。这在一定程度上破解了限定在新启蒙主义话语中的"女性文学"范畴所遭遇的困境。新启蒙主义话语更关注的是女性出于生理、心理等"自然"因素而形成的差异,在文学表现上女性差异被看做一种"文学风格"和"特殊气质",而这种差异的提出主要是为了"补充"和"完善"整个"人类"。但新启蒙主义话语未曾意识到或无法解释的一点是:如果表现女性意识仅仅意味着丰富对"人类"的理解,那么由"社会"、"理性"、"第一世界"这些词所揭示的因素与男性构成怎样的关系?提供女性意识是否表明女性必须表现"自我"、"情感"、"第二世界"这些"次一等"的领域?这其中的权力、等级关系如何解释?80年代后期女性文学批评主要引入了西方女性主义对父权制结构的批判,在这一结构中来解释女性从属、被压抑的位置。法国女性主义批评所揭示的"所有的父权制——包括语言、资本主义、一神论——只表达了一个性别,只是男性利比多机制的投射,女人在父权制中是缺席和缄默的"[①],成为对波伏娃"女人形成论"更有力的解释。

---

① 张京媛:《从寻找自我到颠覆主体——当代女性主义文学批评的发展趋势》,收入李郁编选:《女性主义文学批评文选》,春风文艺出版社,1993年。

这使得人们意识到,在人道主义话语脉络上抽象地谈论的"大写的人"、"人类"背后的性别属性。

20世纪80年代后期到90年代前期,对父权制性别结构的"发现",主要是为女性"差异"论寻找文化和历史的解释。由于对父权制的指认,"女性文学"的提倡由"文学风格"的指认而开始具有性别政治和文化批判的意味。到90年代前期,开始有一些批评者提倡用"女性主义文学"来更严格地规定文学的性别意味。如把"女性主义"界定为"进入文化批判的女性主义企图通过揭示人类文明中的父权制的本质,强烈地要求打破现存的两性秩序,重新确立女性的地位和角色",由此,"女作家的写作并非就一定是'女性写作',描写女性生活的本文并非就一定是'女性本文',只有那些具有女性主义意识和女性主义视角的才构成'女性写作'和'女性本文'"①。这种命名法与80年代中期对"女性文学"的规定不同,强调的是文学创作与理论的契合程度。在这一意义上可以说,90年代的"个人化写作"现象,正是文学创作实践中女性差异论的理论和创作互动的结果。

四、女性文学的社会性热潮与"个人化写作"

在20世纪80年代仅仅作为一种文学思潮的女性文学的创作实践和批评,到了90年代前期开始成为一种引起广泛注目的社会文化思潮。在造就女性文学"中心化"的诸多因素当中,1995年第四届世界妇女大会在北京召开这一事件是被研究者经常提及的重要因素。形成热潮的诸多现象都围绕这一会议的召开而形成,比如对女作家作品的集中出版、报刊杂志电视等媒体的集中宣传,以及社会性的对女性

---

① 陈虹:《中国当代文学:女性主义·女性写作·女性本文》,《文艺评论》1995年第4期。

问题的普遍关注等。但是仅仅强调这一近乎偶然的历史事件的重要性尚不能解释女性文学形成热潮的全部原因。事实上,这是一次由多种历史因素耦合而成的并非必然的热潮。

首要因素或许是90年代伴随着市场化进程全面推进而蓬勃兴起的大众文化和文化市场。这是女性文学热中媒体积极介入的客观条件,它使关于女性文学的讨论扩散到社会文化的"公共领域"之中。而大众文化和文化市场对"女性"的热衷,又与八九十年代之交中国社会转型过程中的意识形态重构联系在一起。这种意识形态重构不仅为中国社会阶级/阶层的急剧分化提供合理化和自然化的文化表象,同时也伴随着性别观念和性别秩序的重组。而80年代新启蒙思潮中关于女性差异性的表述,由于没有厘清反抗"男女都一样"的毛泽东时代妇女解放思想的性别差异论与"男女有别"这一传统社会的性别本质主义之间的差别,甚至在很大程度上借助了后者的文化表象,无形中已经成为社会常识系统中关于女性的定型化想象,并在90年代成熟的大众文化市场上呈现出来。最为明显的例证是1995年前后出版的多套女作家丛书,在其运作方式、书籍包装、文化市场的定位等方面,把女作家定位于客体、他者、被观看的位置上,表现出的正是大众文化想象中对"女性"符码的定义和消费方式。总体而言,90年代的女性文学的流通/消费与大众文化市场有着非常密切的关系,而女性文学介入其中的方式也相当被动。也就是说,这种热潮的形成并不是或主要不是由于明确的文化目的而形成,而是借助文化市场才得以浮现出来,且相当无奈地被纳入到大众文化事先预定好的定型化性别想象模式当中。事实上,女性文学在90年代初期与大众文化、文化市场之间的勾连,显现出的是中国女性文学主体性的匮乏。如果说19、20世纪之交的西学东渐、五四运动时期的个性解放、社会主义革命时期的妇女解放运动,女性问题始终被纳入到民族国家的结构当中而在某种程度上丧失其独立性,那么,90年代前期形成的女性文学热也具有同样的性质,即它始终与多重复杂因素密切地交织在一起,并在一个被限定的文化空间当中浮现。

在大众文化兴起和文化市场形成之外,另一可以考虑的因素是,中国快速地卷入"全球化"进程而形成的与国际学术资源的密切互动。在女性文学领域,"全球化"力量直接地表现为世界妇女大会的运作方式和国际学术资源的介入。如《全球社会学》一书在描述妇女组织在全球化过程中产生的作用时这样写道:"各种妇女组织的兴起,并将其活动推进到全球规模已成为建构'自下全球化'的一个重要途径。妇女运动特别能将小规模的、共同参与的、富有意识的运动转变成诸如1985年肯尼亚和1995年北京国际妇女大会这类大事件中,具有突出效果"[①]。一个明显的表现是,正是在1995年世界妇女大会前后,中国女性主义研究与欧美学术界的联系得到加强。这不仅表现为翻译、介绍、出版女性主义著作自80年代后期开始再次形成一个高潮,而且也表现为多项国内外合作研究项目和研究成果。这种状况的形成使得中国女性文学研究不再如80年代那样仅仅是单方面的引入,而是一个双向互动的过程。正如90年代中国卷入全球化格局之后,已经很难分清何谓"国内"何谓"国外",知识界的学术活动和学术视野也不再仅仅局限于民族-国家内部,女性文学批评也进入到这样一种不能由单一的民族-国家视野衡量的情境之中。具体表现不仅是学术资源跨国流动的加快,而且也影响到中国女性文学批评学科化进程、批评成员的构成、理论资源和批评对象之间的互动关系的复杂化以及女性文学构成成分的变化等。在这一过程中,一个"老"问题被重新提了出来,这就是"西方"的女性主义理论与中国本土文化实践之间的适用性问题。一些批评者再次强调了中国历史现实问题的特殊性,及其与西

---

① [英]罗宾·科恩、保罗·肯尼迪著,文军等译:《全球社会学》,社会科学文献出版社,2001年,第25页。

方的女性主义理论的不相容①。但正如本文前面讨论过的那样,关键问题不在"中国/西方",事实上中国男女平等、女权女性主义的诸种思想资源无不来自"西方",关键问题在于,需要在"西方"(不如说欧美)与本土文化实践之间的具体互动关系的清理中提出问题,而不能把问题框定在抽象的"中国/西方"的本质想象之上。跨国学术资源的快速流动对 90 年代以后中国女性文学批评带来的真正问题,是如何在交流中构成"对话"关系,并将怎样有效的资源拿来回应中国的本土问题。

　　使女性文学浮现到社会"中心"的另一重要因素,与中国社会本身的变化密切相关。一个成为学界共识的观点是:在 90 年代,统合性的主流意识形态话语趋于分化,直接表现为 80 年代处于中心的主流话语如新启蒙主义及其现代化意识形态,在 90 年代遭到种种质疑。尤其在经历了八九十年代之交中国的政治、社会震荡之后,民族国家的整合性话语已经丧失了其有效性。在这样的背景下,"个人"已经丧失了 80 年代处于民族国家内部并在话语象征层面上形成的对抗性关系。颇为有趣的是,正是在这个时期,"个人"话语与"女性"话语有效地结合在一起,成为借以标识身份政治的主要符码。90 年代女性写作中,最为引人注目的一个脉络被称为"个人化写作"或"私人化写作"。这已经是一种被广泛讨论的文学现象。陈染、林白、徐小斌、海男等女作家,在 80 年代后期她们的作品主要被纳入到"先锋小说"这一称谓之下,但在 1995 年前后,她们注重个人经历的自传性小说被当成了"个人化写作"的代表作品。在这些小说中,主人公的成长经历被放置在封闭性的私人生活空间和成长经历当中,比如家庭、独居女人的卧室、个人的性爱经验等。在这些封闭的空间中,性别成为最重要甚至

---

① 赵稀方:《女性主义的困境》,《文艺争鸣》2001 年第 4 期;陈骏涛:《中国女性主义文学批评的两个问题》,《南方文坛》2002 年第 5 期。

唯一的身份标志;而小说所写到那些女性成长经验,尤其涉及身体经验,在某种意义上构成90年代讨论女性写作的背景和想象空间。"个人化写作"显然与60年代西方女权运动"个人的就是政治的"中的性别政治意味并不相同。如果说"个人的就是政治的"是通过打碎私人领域/公共空间之间的区隔,而将女性个体经验政治化和社会问题化,那么"个人化写作"却是在重建私人领域与公共空间的分界线的前提下,通过将女性经验"私人化"而获取其正当性。王晓明在文章中谈到,90年代"个人"意识的膨胀与关于当代中国创伤性的"集体"记忆相关:"这一股在90年代急剧膨胀的'个人'意识,却并非只是经济'改革'、文化和社会'开放'之类的所谓'现代化'的一般后果,它分明还带有一系列由八九十年代的中国现实所铸就的特别性质。这其中最重要的一条,就是一种创伤性的记忆,一种对于公共生活的不由自主的回避"[①]。"个人化写作"正是在对"创伤性"的集体经验的批判中获取其合法性。不过,这里存在的更关键的问题不止在于"个人/公共"之间的对立,而是"个人"与"女性"的对接。当女性的问题被置于私人领域中,并为其合法性张目时,女性文学的政治意味也就发生了变化。

在很大程度上可以说,90年代女作家自传性小说的出现被视为"女性写作"的主要形态,既是女性主义理论和文学创作之间的互动,同时也是注重女性差异的女性文学探索的必然延伸。从80年代中期提出"女性文学",到80年代后期注重反叛父权制社会的"女性真相",都在指向一种经验化、本质化的女性想象和认知。女作家自传性小说对女性成长的性经验的重视,对父权制社会中性别压抑意识的自觉,并有意营构女性主体形象和一种独特的美学风格,正是试图实践一种基于女性独特体验的女性美学。同时,由于关于"女性文学"和"女性

[①] 王晓明、薛毅等:《90年代的女性——个人写作》(笔谈),《文学评论》1999年第5期。

真相"的阐述,尽管由抽象的"人"转向了"男人/女人",但由于在单一的性别纬度中谈论问题,因而,构成女性主体的其他因素被忽略。被越来越多批评者指出的是,"个人化写作"中的女性个体,不可忽视的主体身份是其"中产阶级"特性。王晓明因而颇为尖锐地批评道:被女性批评者所认为的90年代前中期的这次女性"解放","绝对不是面向所有的妇女,下岗的女同胞根本没有这种幸运。时代给予一部分女性自由与自主,给予她们一间自己的屋子,她们不再为柴米油盐而烦恼,在日常生活中不再天天与权势相遇,不用求爷爷、告奶奶、讨好村长经理书记,看别人的眼色行事,说得直截了当一点,是一部分提前进入'小康'的女性,这样的女性才有时间与兴趣专门研究性别问题,才有可能把性别问题与其他有碍观瞻的事情区别开来"[1]。这种以"阶级"身份质疑"女性写作"合法性的方式,无疑对许多女作家并不公平,不过这一质问方式却正显示出90年代中国女性写作与阶级分化、社会主流秩序重构之间的暧昧关联。它使我们能够尖锐地看到90年代女性文学批评在构造单一性别维度上的"同质"的女性想象时,忽略或压抑了怎样的他种主体身份。如果说在80年代,女性文学对差异性的女性主体的建构,正是以其对僵化的社会主义性别秩序的批判而吻合于一种新启蒙式的"告别革命"的历史氛围,那么90年代的女性文学对个体性的彰显,却不期然地显示出了其中产阶级特性。如果说在后60年代的西方女性主义社会与文化实践中,"性别"与"阶级"构成了最具批判性的两个结合维度的话,那么90年代中国的社会现实却使得性别立场上的激进性越来越显示出其阶级/阶层立场上的保守性。在很大程度上,女性文学在市场上的成功销售,以及它能够成为一个社会热潮的内在原因之一,也正在于"个人化写作"对私人生活空间的建构和想象,并没有为叛逆的女性主体开辟新的天空,相反,却以不自觉

---

[1] 王晓明、薛毅等:《90年代的女性——个人写作》(笔谈)。

的方式参与了 90 年代中国社会以"中产阶级"为主体想象的新主流秩序的建构。关于差异性的女性经验的书写,没有颠覆定型化的性别想象模式和既有的性别秩序本身,却在"看女人"的市场消费过程中变成了一次女性的、个人的、中产的(莫如说"时尚的")性别表演。因此,从"红罂粟丛书"中的个人照加作品滑向卫慧刻写在身体上的小说①,并不是一个怎样曲折的过程。

五、结语:仍是问题的提出

从对 20 世纪 80 年代中期"女性文学"范畴的提出到 90 年代"个人化写作"的简单描述来看,当代中国女性文学批评关注的主要问题一直是性别差异问题,其指向是确立一种独特的女性美学。这使得关于女性问题的讨论始终限定在单一的性别纬度,并且不自觉地陷入男女二元对立结构当中。有意味的是,尽管在自传性女性写作出现的同时,90 年代也出现了徐坤的《游行》、《广场》、《先锋》以及蒋子丹的《桑烟为谁升起》、《绝响》等直接颠覆、解构性别秩序的作品,也有大量的并不以直接表现女性差异性而呈现出"现实主义"风格的作品,但后两种小说并没有获得与前一种小说同等的注意力。这从另一侧面说明当代女性文学批评关注的重点一直是建立在经验论的性别差异论基础上的。而 90 年代后,女性文学遭到的批评,以及女性文学批评自身的实践遭遇到的问题或者说"困境",也主要来自性别差异论。它造成的问题,一方面是由于注重同质化的女性想象,而忽视了女性内部的差异,尤其在阶级/阶层的维度上受到质疑;另一方面,性别差异论的前提和视野是把性别作为唯一的决定性因素,而忽视了与其他主体身

---

① "红罂粟丛书"由 22 本女作家选集构成,其中每本书前都有作家的 15 幅生活照。卫慧小说《上海宝贝》的封面,是卫慧本人的照片,小说名字刻写在她裸露的肩膀上。

份形成彼此参照的关系,因而在很大程度上容易把"女性"身份简单化和固定化;在分析文学作品和文学现象时,也无法对问题作出更灵活、更丰富的解释。作为一个几乎是下意识的反应,目前多数女性文学批评都采取了"女作家"论的方式,并在阐释女作家时采取单一的性别视角。相应地,对于女性形象和女性阅读的研究则不多,在研究女作家时把作家纳入到复杂文化关系和特定历史格局,讨论女性身份与多种关系的交互连接的研究也不多见。这种批评方式潜在地将性别身份和女性主体构成抽象化或非历史化,因而无法作出更复杂深入的讨论。卫慧的《上海宝贝》所构成的社会影响,就是在性别、都市、时尚、畅销小说等多重影响下交互形成,用单一的性别立场和性别视角不能解释问题的全部。

但指出"性别差异论"造成的问题,并不意味着取消关于性别差异的探讨和推进。一篇提出"超越性别差异论"的文章也不得不强调:"正是由于父权制解构仍然还是一个客观的存在,产生女作家批评和女性文学批评的历史条件也还存在,继续进行这些教学和学术研究工作仍旧是合理的而且是迫切需要的"[①]。这篇反省女作家批评和女性文学批评把"一种差异——自然性别和/或社会性别差异凌驾于其他差异之上"的文章,倡导一种"社会身份新疆界的关系论、情景论、流动不固定论",一种"位置上的女性主义批评",即视具体的对象、情景和人物关系来讨论性别身份与其他主体身份关系的交融。但她同时说明:反省自然/社会性别的僵化,并不意味着取消性别差异论研究的重要性和必要性,其前提是人们"已经懂得社会性别问题的重要性,或是她们把全部注意力都集中在社会性别上"。参照90年代中国女性文

---

① [美]苏珊·斯坦福·弗里德曼:《超越女作家批评和女性文学批评——论社会身份的疆界说以及女权/女性主义批评之未来》,收入王政、杜芳琴主编:《社会性别研究选译》,生活·读书·新知三联书店,1998年。

学批评,类似的问题似乎同样存在,而且似乎是一种更糟糕的情形:人们会把所有与女作家、女性相关问题都以性别作为唯一的纬度去讨论。在这样的情形下,在不放弃对性别差异问题的强调的同时,引入社会身份的多重关系和视野,似乎更有利于对问题的澄清。

这事实上也就要求,女性文学批评必须对"女性"问题的讨论采取一种流动、灵活的方式,在对具体问题和具体结构关系的讨论中分辨性别差异在其中扮演的角色;要求对性别问题的讨论与其他主体身份的讨论更多地联系起来而不是隔绝开来分析;也要求研究者在其性别立场和对具体问题的讨论方式之间保持一定的距离。或者换一种说法,女性文学批评更主要的不是一种政治正确式的立场的强调,而是把性别问题纳入到具体的文化网络、主体位置关系中进行批判性分析。但是,这是否导致对女性问题关注程度和女性主义立场的弱化?在反省"性别差异论"的批评实践所造成的问题的同时,应当怎样更为准确而深入地理解当代女性文学批评的历史及其现实问题,怎样寻找到一种更有效的方式使性别问题的政治性呈现出来?这对笔者仍是需要继续思考的问题。

世纪之交中国女性文学研究的新进展

乔以钢

具有学科意义的中国女性文学研究,自 20 世纪 80 年代起步,经过二十多年来的发展,在众多学人共同努力下,取得了引人瞩目的成绩。有关这方面的情况,多年来,不少研究者给予热情关注,在一些论文和专著中进行了学术性归纳,为进一步推动女性文学研究的深入提供了重要参考。本文拟就世纪之交女性文学研究所呈现的基本面貌,特别是其所取得的新进展进行探讨。

世纪之交的中国,社会生活发生着日新月异的变化,女性文学的研究实践也在不断探索中走向丰富和深邃。这在以下几个方面表现得尤为突出:

第一,国外性别理论的系统译介与深入研究紧密结合,有力推动了多维理论视野的初步建立。

众所周知,20 世纪 80 年代到 90 年代前期,当西方女性主义理论开始被引进和介绍的时候,承担这方面工作的主要是国内学界一部分从事外国文学和文艺理论研究的学者,如朱虹、王逢振、康正果、王岳川、林树明、盛宁等。这些学者有着相当深厚的理论修养和外语功底,对引进西方已经兴起并仍处在不断发展中的女性主义批评的意义和价值有着清醒而敏锐的认识。特别可贵的是,他们中的不少人并没有仅限于译介西方理论,而是在这一过程中,从中国文学和文学理论的实际出发,对西方女性主义批评进行了初步的理论分析。这些工作在国内学术界产生了较大影响,为国内女性文学批评实践的发展奠定了基础。

20世纪90年代后期到21世纪初年,有关译介方面的工作在先前的基础上有了新的进展。此期的译介者在知识结构和教育背景方面较前发生了引人瞩目的变化,女性比例大为增加。她们中的不少人曾先后在中国和西方接受高等教育,对世界范围内相关领域的研究状况有着较多的了解。开阔的学术视野、双重的学术背景、以自身女性主体性对国内性别状况的切身体察,使她们选择译介的西方学术成果更富于现实性和针对性。这些译作既有在性别研究方面影响较大的外文原著,也有经中国学者筛选、编辑的西方女性主义批评论文集。前者如1970年出版后被认为是女性主义经典之一的《性的政治》(凯特·米利特)、《女权主义理论:从边缘到中心》(贝尔·胡克斯)、《女性主义思潮导论》(罗斯玛丽·帕特南·童)、《女权主义的知识分子传统》(约瑟芬·多诺万)[1]等;后者如《社会性别研究选译》(王政、杜芳琴主编)、《越界的挑战——跨学科女性主义研究》(钟雪萍等主编)[2]等。

在译介过程中,与此同步进行的对西方理论本身的研究也在趋于深入。这主要表现在,较之前一时期,译介者一方面对西方女性主义理论本身的内涵有了更为全面、深入的认识;另一方面,对国内现当代女性文学研究的状况也有着较前更为深切的了解。正因为如此,在介绍西方女性主义文学理论的同时,对其进行了更为深入的探析。

其中,分别出自两位年轻女博士张岩冰和宋素凤之手的论著《女

---

[1] 凯特·米利特著,钟良明译:《性的政治》,社会科学文献出版社,1999年;贝尔·胡克斯著,晓征、平林译:《女权主义理论:从边缘到中心》,江苏人民出版社,2001年;罗斯玛丽·帕特南·童著,艾晓明等译:《女性主义思潮导论》,华中师范大学出版社,2002年;约瑟芬·多诺万著,赵育春译:《女权主义的知识分子传统》,江苏人民出版社,2003年。

[2] 王政、杜芳琴主编:《社会性别研究选译》,生活·读书·新知三联书店,1998年;钟雪萍等主编:《越界的挑战——跨学科女性主义研究》,上海社会科学出版社,2003年。

权主义文论》和《多重主体策略的自我命名:女性主义文学理论研究》,所作的译介、研究尤为系统、深入。

张岩冰的《女权主义文论》①是王岳川主编的"20世纪西方文论研究丛书"中的一部。关于该套丛书编写的宗旨,主编在"导言"中明确强调,要"从对西方的译介和摹仿中走出来,以国内文论研究学者的眼光重新审理20世纪西方文论中最重要的理论现象,分析其优劣,发现其内在的文论精神,为创立中国当代或新世纪文论做一些基础性的工作"。这一指导思想在张岩冰所著的这部书中得到成功的体现。她在系统介绍西方女权主义文论的缘起及其历史背景、阐述重要代表人物的主要思想的同时,指出其理论方法论特征,对女权主义文论在中国的影响进行宏观考察,总结了它的作用和意义,并就这一理论在实践中引发的种种困惑发表了自己的看法。女权主义文论的系统介绍与对理论本身的深入反思紧密结合,是这部著作的显著特色。

宋素凤的《多重主体策略的自我命名:女性主义文学理论研究》②同样对西方女权主义文论模式进行了相当系统、深入的研究。该书作者是一位曾先后在中国台湾、美国、中国大陆的高校深造、任教的女性,既有中国文化的禀赋,又接受了西方文化熏陶。凭借娴熟掌握英、法两种外语的优势以及在海外搜集资料的便利条件,她在论文写作中采用了不少20世纪末西方有关女性批评的最新资料,使论文在材料的运用方面颇富新意。作者主要运用综合分析的方法,将西方流行的种种女性批评理论加以条理明晰的梳理,结合历史背景,在展开比较中探讨和评判其得失。全书结尾,她以充满感情的语言表达了改变社会性别文化现状的愿望:"我们的历史与文化长久以来对非男性的、非

---

① 张岩冰:《女权主义文论》,山东教育出版社,1999年。
② 宋素凤:《多重主体策略的自我命名:女性主义文学理论研究》,山东大学出版社,2002年。

阳性的说得太少，说得太扭曲了。我怀疑——我想这是个合理的怀疑——对非男性的非阳性的不去认真思索与对待，如何可以对男性的、阳性的（如果真有某种男性的、阳性的本质的存在）有较全面的认识？它的一些向度必定也跟随着那不被讲述的一起滑入了无意识的黑暗大陆。所以不只女人要倾听'沉默的、缺席的、没有说出的、符码化的'，男人也要定神静听：那'沉默的、缺席的、没有说出的、符码化的'，有可能是他自己失落的一部分。"这实际上也正是从健全人类文化的高度指出了女性文论建设所具有的重要意义和价值。

《妇女、民族与女性主义》①是一部值得重视的译文集。不可否认，中国妇女解放与女性主义的历史，与中国作为现代民族国家的历史息息相关，又充满张力和冲突。社会主义的历史经验，使得这份正、负关联更为紧密而繁复。基于这样的认识，该书确定了"妇女与民族的关系"、"民族冲突中的妇女"、"妇女与民族的文化再现"的思路，从三个方面介绍女性主义者对民族主义的多层次介入。"导言一"（陈顺馨）就此所作的理论阐释，指出这三个方面分别指向理论、行动实践和文化再现层面。女性主义理论作为一种思想武器或资源，批判的是不平等的性别权力关系和不利于女性的性别秩序，以及维护、建构和强化这些关系和秩序的意识形态与践行，如父权资本主义、民族主义等。因为民族主义事实上同父权和资本主义一样，成为一种霸权统识的存在。在行动实践上，它有两种实践模式所涉及的两种截然不同的民族主义立场：一种不否定民族主义本身的合理性，只是不满女性被置放在民族、国家计划的边缘上，建构民族主义就是把女性放回民族计划应有的中心位置，至少是与男性平起平坐；一种否定民族主义的绝对合理性，不赞同其占有的霸权统识位置。在文化再现的层面上，女性主义者解构性别化的民族、国家话语，就主体、形象、叙述方式、视觉效

---

① 陈顺馨、戴锦华选编：《妇女、民族与女性主义》，中央编译出版社，2004年。

果以及语言等提出质疑并进行创作实践;针对男性理论家或批评家在对民族国家的文化与历史再现进行理论化或评论时所呈现的性别盲点进行批评。这些阐释给人以深刻启发,进一步开拓和活跃了女性主义批评理论思维,丰富了女性主义理论、批评与实践本身的内涵。"导言二"(戴锦华)反思新时期以来对国外女性主义理论的译介状况,尖锐地指出了其中存在的问题:"20世纪最后20年中,一个社会文化的奇观是,一边是渐次打开的国际视野,一边是在某种思维定式之下的被封闭本土实践领域。我们对国外理论资源的引进、介绍,一方面将视野限定在欧美,主要是美国之上,一方面其选择、评判的依据,却基本上是中国本土的社会、文化需求。换言之,对国外理论资源的译介,建立在某种缺少充分自觉的'拿来主义'的基础之上。其结果是,在相当清晰、却不甚自觉的本土历史脉络和问题意识支配下的文化选择,却割裂了这些西来理论自身的历史和文化脉络。于是,这些断章取义、为我所用的国外理论,便在西化的总体氛围中,被绝对化,乃至神圣化或普泛化,成为相对于中国社会现实的'真经'。"正因为有着如此判断,这部文集更多地选取了来自第三世界的女性主义文本和基于第三世界现实的、对女性主义与民族主义的批判性思考。"它不仅旨在补充、提供女性主义思想资源的不同脉络,也旨在重新打开我们朝向第三世界,朝向我们或可分享的历史经验、思想积累的视野。""选择和并置女性主义与民族主义的命题,是尝试通过女性的、第三世界女性的、关于民族主义的思考,展示这历史进程的多元状况,从而开启思想、批判与社会实践的更为广阔的空间。"这本译文集给人们所带来的启发,将有助于国内学者在本土的语境中思考妇女与民族或民族主义的关系,从而在一个更为开阔的历史背景中深化对中国的女性文学创作的认识和理解。

此期还有一部博士论文新作《多维视野中的女性主义文学批评》[①]值得注意。它出自一位多年来一直热情关注、积极参与女性文学理论建设的男性学者林树明之手。作者所强调的"多维视野",其内涵是指以马克思主义为指导,以比较诗学尊重异类文化的理论要旨为基本向路,在跨越中西异质文化中探讨中西文学的碰撞、浸透和文学的误读、变异,寻求这种跨越异质文化的文学特色以及文学对话、文学沟通和文学观念的整合与重建。该书第一次从跨文化比较的角度,梳理了女性主义批评生成的文化背景、伦理价值取向和诗学精神。书中大量翻译运用境外第一手材料,对女性主义批评各派进行了具体翔实的描述,肯定其在促使文学批评理论从形式主义范式向更具综合性的文化批评范式转移中的积极作用,同时也指出了各派女性主义批评的弱点。作者还对女性主义批评与当代其他各种批评理论之间的复杂纠葛进行了比较分析,从而为知识重组和科际整合提供了有益的借鉴。

第二,有关女性文学领域基本概念的辨析和理论资源的清理工作,取得了新的收获。

自从20世纪80年代女性文学研究开始兴起,有关这一研究领域的一些基本概念和理论资源就处于众说纷纭之中。如关于"女性文学"概念的界定,关于妇女文学、女性文学、女性主义文学之间的联系与区别,关于中国女性文学的现代性及其文化内涵、价值目标、艺术特色和美学品格,关于中国女性文学研究所接受的西方影响等。随着这一学科初现雏形,不少研究者对这些关系到女性文学理论基本建设的重要问题进行了更为冷静、深入的思考。

王绯《女性批评:从哪里来,到哪里去》[②]一文,从 feminism 汉译过程中由"女性主义"和"女权主义"的不同选择所映现出来的"女性话语

---

① 林树明:《多维视野中的女性主义文学批评》,中国社会科学出版社,2004年。
② 王绯:《女性批评:从哪里来,到哪里去》,《文艺研究》2003年第6期。

与国家话语"、"个人声音与集体声音"中的"话语迷雾"入手,追踪西方女权/女性主义理论的历史变化和发展,以确认造成女性批评话语迷雾的西方流源,揭示其中可借鉴的理论意义;在此基础上,深入中国妇女解放理论"与男共舞"的演进历史,确认这一话语迷雾的东方流源,着眼建构符合中国国情与历史传统的妇女解放思想理论体系。作者认为,中国妇女解放思想/运动这一与男共舞的历史传统,绘制出不同于西方女权/女性主义的曲线特征,主要体现在:其一,民族/国家的大政治意识对妇女解放思想/运动的高度熔铸。其二,阶级论对妇女解放思想/运动的干预和统摄。这便是中国妇女解放思想/运动特有的东方传统。正由于对这一传统所取的是这样的认识,故作者在论文中有意选用了"女性批评"的提法而回避了"主义"二字。

年轻学者贺桂梅在近年来有关女性文学理论资源的讨论中所发表的论文《当代女性文学批评的三种资源》[1],也就这一问题提出了自己的学术新见。她在文中提取了"女性文学"、"女性主义"和"个人化写作"三个核心范畴,通过对 20 世纪 80 年代以来女性文学批评实践的梳理、分析,清理当代女性文学批评的思想／理论资源。文中首先阐述 80 年代前期"女性文学"与新启蒙主义话语之间的关系,指出在这一阶段关于女性文学的讨论中,一方面设定了一个"男女和谐共存"、"不分性别的新文化"理想,针对民族国家内部"阶级"话语建构的主体想象提出性别差异问题,首次将"女性"从无性别的文学表述中分离出来,试图呈现其差异性;另一方面,对"女性文学"的理解实际上被限制在一种关于"人"、"人类"的抽象想象之中,女性文学的差异被视为"人性"修辞的一部分,而并没有明确的反对父权制和批判男权意识。80 年代后期开始引入的西方女权/女性主义理论,则在一定程度上使女性/文学批评从新启蒙主义话语中分离出来,明确地将批判对

---

[1] 贺桂梅:《当代女性文学批评的三种资源》,《文艺研究》2003 年第 6 期。

世纪之交中国女性文学研究的新进展

象指认为男(父)权制,从而形成了独特的表述体系和话语方式。90年代后,女性文学及批评集中于"个人化写作",这是女性主义理论和文学创作之间的互动,也是注重女性差异的女性文学探索的必然延伸。然而其问题不仅在于这种关于女性经验的书写必须在以父权／男权为等级结构的社会／文化市场上流通,落入女性作为父权社会文化的"他者"、"私人领域的女性"的等级结构中,事实上没有改变社会性别秩序,而正好满足了后者的想象和需要;更值得重视的还在于,"个人化写作"所确立的女性主体想象,在单一的"男人／女人"性别维度中谈论问题,而忽视了女性内部的差异。文章主张将女性问题纳入更为开放的历史／现实视野之中,在主体身份多样性(诸如阶级、民族、时代等)之间寻求适度的结合点。文章的新意在于,作者没有简单地在"中国／西方"的二元对立框架中讨论女性主义理论在中国的影响问题,而是将讨论放在更为开放的历史／现实视野中,在整体把握当代女性文学批评基本面貌的同时,具体考察了新启蒙主义、女权／女性主义理论以及马克思主义女性话语三种资源在中国女性文学批评实践中产生影响的不同状况,并对其间的得失进行了讨论。其中关于当代女性文学批评忽略女性解放与20世纪中国的左翼历史实践、尤其是马克思主义女性话语对阶级／性别维度的关注,从而造成"资源使用上的偏向性"的见解,尤为引人瞩目。

　　林树明《评我国当代的女权主义文学批评》[①]是90年代初较早出现的、比较详细地梳理女权主义理论最初如何引进中国的论文。文中认为,中国的女性主义文学批评主要是从翻译、介绍西方女性主义文学批评开始的,即它的产生和发展首先是受世界女性主义批评的滋润。这一判断包含着作者当时对"中国女性主义批评"的理解。对此,作者在晚近的研究中显然又有所补充。在前述新著《多维视野中的女

---

① 林树明:《评我国当代的女权主义文学批评》,《文学评论》1990年第3期。

性主义文学批评》中,他系统梳理了新时期以前的"性别批评"视野,在"中国女权主义思想的萌芽及其发展"的标题下,专章讨论了明清时期一些男性思想家、文学家(如李贽、袁枚、蒲松龄、李汝珍、俞正燮等)的"女权"意识和戊戌变法至"五四"阶段女权思想的发展,凸现了明清以降关于妇女解放问题的讨论在中国的现代化进程中所负载的重要意义,以及中国男性在从事女性文学批评的过程中"代女性言"的特点。

有关女性文学理论资源的问题自然还须进一步展开探讨,但上述研究所透露出来的新的思考路向值得重视,即在充分重视西方性别理论影响的同时,注意回到中国历史文化的特定土壤和情境中,探求中国女性文学批评形成过程中的传统因子。这种努力在不少学者的研究中都有反映。

第三,动态把握西方女性主义理论在本土的实践,对其适用性进行理论思考。

西方女性主义理论自引进之日起,就面临着如何与中国本土的批评实践相结合的问题。世纪之交,在经历了多年的探索之后,更多的研究者能够密切联系国内文学创作和研究的实际,对女性文学研究自身进行审视和思考,具体分析在移植和借鉴西方理论过程中值得注意的倾向,在肯定已有成就的同时,敏锐地指出尚存的问题。

屈雅君《关于女性主义文学批评学科建设的若干问题》[1]对女性主义文学批评方法论所涉及的立场、意义、策略与方法等问题进行了理论探讨。在对女性主义文学批评进行梳理的过程中提出,女性主义的立场实际是一种"没有立场的'立场'",表达的是一种悖论般的处境,这一处境迫使女性主义始终执著于解构、破坏而似乎永远与"建设"无缘。这些先天与后天的条件决定了女性主义研究更多体现为"策略",

---

[1] 屈雅君:《关于女性主义文学批评学科建设的若干问题》,《学术月刊》1999 年第 5 期。

而不是明确的方法。文中从理论来源与实际国情的深刻影响两方面考察女性主义文学批评的相关概念,突出强调要将西方女性主义理论与本土的文化传统、女性生存现状、女性文学实践和文学批评实践结合在一起,生成新的、适合中国国情的女性文学批评。作者另两篇论文《女性文学批评本土化过程中的语境差异》、《女性文学批评的本土化》[①]则着眼于分析女性文学批评理论与中国本土文化环境之间存在的差异。作者从历史背景、意识形态背景以及学术背景三方面,描述中西女性文学批评不同的发展轨迹、话语方式和学术土壤,提出基于种种差异,中国女性文学批评在自身发展过程中所需要注意的问题。在谈到认识历史背景差异的意义时,作者指出,中国学者在接受西方的批评理论后,不必匆忙追随它的发展路线,而应根据自己的优长和不足寻找新的学术生长点。在谈到关注中西女性文学批评学术背景差异的意义时,她又进一步提出,当西方女性主义拼命地反拨"新批评"时,对于"新批评"不熟悉或者说不甚熟悉的国人,不必跟从。相反,却有必要补上"本文批评"这一课,以从中择取对我们有益的理论资源;当西方女性批评理论出现新一轮转向时,我们应避免时空的错位。这些见解都是从中国文学批评的实际出发的,因而有着很强的针对性。

陈志红的博士论文《反抗与困境——女性主义文学批评在中国》[②]较为清晰地梳理和考察了20世纪80年代西方女性主义批评传入中国之后,如何被中国的批评家们所借用和改造,从而有效地植入中国当代文学批评话语体系之中,成为文学批评多元化格局中的一元,形成中国自己的女性主义文学批评的理论过程。作者认为,虽然中国的

---

① 《女性文学批评本土化过程中的语境差异》,《妇女研究论丛》2003年第2期;《女性文学批评的本土化》,载《文艺报》2003年3月4日。

② 陈志红:《反抗与困境——女性主义文学批评在中国》,中国美术学院出版社,2002年。

女性主义文学批评还未能像西方女性主义文学批评那样,在自身的发展中分支出许多流派,但在具体的批评实践中,却有着各自的路径。在这篇博士论文中,作者颇具眼光地将新时期以来的中国女性主义批评分成"建构式"、"兼容式"和"颠覆式"三种类型,置于"反抗性阅读"这个总的框架中加以考察。她认为,"建构式"重在寻找传统,体现着批评家们试图对女性文学传统进行理论归结的努力。通过她们的批评实践,性别立场和视角作为一个新的层面和维度,被成功地引入中国文学批评和研究之中,并参与了对传统文学史和批评方法的质疑和重审。"兼容式"是指研究者"试图在传统批评和女性批评、创作的普遍性和特殊性中寻找一种相通的可能"。这一类型研究的关注重点在于对中国女性文学产生的具体历史文化语境的考察。这种具有"人的发现"和"女性的发现"相兼容品格的批评,在一些学者的论著中得到突出体现。她们的批评因为能够在社会的、历史的批评中注入性别的立场和角度这一新质,而显得"更有张力";女性主义的批评立场则由于同时接纳了其他视角,而尽可能地避免了价值判断上的倾斜和偏颇。"颠覆式"批评以《浮出历史地表》的作者为代表,她们以女性主义批评为武器,以重读和拆解为主要的理论框架,得出与以往的传统阅读大相径庭的结论,其思路具有强烈的解构和颠覆色彩,以及由此而来的强烈的反价值深化、反意识形态神话的特质。值得肯定的是,作者没有孤立、静止地看待这些实践,而是明确指出它们常体现为一种共时性的存在,且常是你中有我、我中有你,一起丰富着中国女性主义文学批评的理论空间。论文将中国的女性主义文学批评置于一个更为开阔的视域之中,进而考察其在接受西方女性主义思潮影响过程中所发生的跨文化反应和变异。这种在文化层面和诗学语境中对女性主义文学批评所进行的多维观照,对文学理论和文学批评的发展无疑具有积极的意义。

《西方女性主义与中国女作家批评》[1](西慧玲)将问题置于世界文化格局的动态构成与相互联系中,在梳理女性主义在大陆的传播、女性主义各主要流派对中国女作家创作影响的基础上,分设专章,讨论了"中国女性创作对女性主义的接受"和"中国文化背景中的女性主义文学批评"。作者首先追寻当代女作家性别视野转换的历程,剖析代表性女作家张洁、王安忆、陈染等人如何在理论接受与消化的过程中形成自己独特的创作个性以及中国当代女作家文化心态的转变,继之以开阔的理论视野论述了各异质文化之间互相了解、互相补充与互相证明的必要性和可能性,认为"打破文化的疆界,寻找使本土文化'活性'的因素,大胆移植异族异域文化的精华,在打破限制,寻求互识,勇于吸纳,寻求互补,放开视野,寻求互证的原则下,解放自我,才是本民族文化与世界文化同步前进的一个先决条件"。作者指出,传统中国的文学经验,事实上为我们寻找中国与西方文化的交融点奠定了基础。只有将代表西方最先进、最有活力的新鲜文化成就与本族传统文化的经验相整合,才能打造出被世界承认并重视的新文化,这也是促使西方批评中国化的必由之路。文中还提出将对多元文化以及不同文化之间的相互对话的认同,作为中西方女性批评理论共处的原则。

女性批评家形成一个群体,并在女性批评和女性文学研究领域产生较大影响,是新时期以来中国文坛的新景观之一。与之相伴生的对女性文学研究者的研究,也是深化女性文学研究的一个方面。《关于当代中国(大陆)三代女批评家的笔记》(陈骏涛)[2]一文,以年龄作为代际的界线,对20世纪八九十年代活跃在中国大陆女性文学研究领域的女性文学批评家进行了总体扫描式的综合研究。在肯定三代批评家在基本问题上存在共识、有彼此相通处的前提下,文章着重从思想

---

[1] 西慧玲:《西方女性主义与中国女作家批评》,上海社会科学院出版社,2003年。
[2] 陈骏涛:《关于当代中国(大陆)三代女批评家的笔记》,《东南学术》2003年第1期。

观念、知识资源、理论背景、批评个性等方面概括和把握三代批评家之间的差异,描述了多元批评研究格局在女性文学和文化领域的形成,并对尝试建立中国的女性主义文学批评标准或坐标系发表了自己的见解。

此外,还有《女性主义诗学在中国:双重落差与文化学分析》[①]探讨女性主义理论形态和批评模式在中国的传播与实践,指出在此过程中出现的"双重落差",并围绕这一问题展开文化学分析;《百年中国女性文学批评》[②]较系统地梳理了近百年来女性文学的研究史料,并对不同时期女性文学研究所取得的成果以及尚存在的问题做出了评价和分析等。

第四,中国女性文学创作研究的进一步拓展和深入。

世纪之交,一批以中国女性文学创作为研究对象的著作和论文相继问世。如:《中国女性文学新探》(盛英)、《双调夜行船——九十年代的女性写作》(徐坤)、《女性主义批评与文学诠释》(陈晓兰)、《两性对话——20世纪中国女性与文学》(荒林、王光明)、《中国现代女性创作及其社会性别》(乐铄)、《中国女性文学的沉思》(万莲子)、《用身体思想》(艾云)、《对苦难的精神超越——现代作家笔下女性世界的女性主义解读》(白薇)、《雪中芭蕉——萧红创作论》(黄晓娟)等。其中,《找寻夏娃——中国当代女性文学透视》(赵树勤)、《中国现代文学的性别意识》(李玲)、《二十世纪中国女性文学的生命意识》(郭力)、《边缘叙事——20世纪中国女性小说个案批评》(徐岱)和《多彩的旋律——中国女性文学主题研究》(乔以钢)等,在整体把握、深入探讨20世纪中国女性文学所包蕴的丰富的思想文化内涵及其创作特色方面,比较突

---

① 杨莉馨:《女性主义诗学在中国:双重落差与文化学分析》,《文艺研究》2003年第6期。

② 王吉鹏、马琳、赵欣编著:《百年中国女性文学批评》,吉林人民出版社,2001年。

出地体现了世纪之交中国女性文学研究的新进展。

《找寻夏娃——中国当代女性文学透视》①有着鲜明的女性意识和女性视角。作者在"绪论"中尖锐指出,以往的现当代文学史编撰存在着女性显性或隐性缺席的状况,并明确表示该书在写作上具有对不公正文化进行颠覆的意味。全书也正是贯穿着对以男性为中心的种种传统观念的解构和颠覆。然而,这种颠覆并非体现在对既往文学史书写的全盘否定和重构上,而主要在于以男性所不能企及的女性经验补充传统文学史书写的局限,在多元中寻求对世界、对历史、对人类自身的更完善、更接近真理的认识。书中从性爱、死亡、逃离、爱欲、孕育、言说等六个方面,分析了新时期以来近二十年间女性文学创作的主题话语。其突出特色在于"整体性的眼光与女性研究的特殊视角相结合"(陈美兰语),同时浸润着作者个人的独到感悟和理解。长期关注女性文学创作和研究的学者陈骏涛认为,这是一部"颇为激进的女性主义者的言说",在这言说之中,"贯注着作为一个女性作者的独特的感受和体验,一种掩藏不住的女性的激情",因此它"不仅具有一般学术著作的理性思辨特点,也是一部有血有肉、有声有色的书"。尽管全书论述中间或不无失察和偏激之处,但总体看,仍不失为"一部寻求对20世纪八九十年代女性写作重新解读的力作"②。

《中国现代文学的性别意识》③一书所考察的并非仅限于女性文学创作本身,而是涉及整个中国现代文学的性别意识这一重要问题。作者从回应当代文化的精神建构需求以及中国现代文学的现代性追求的高度阐释反思现代文学性别意识的必要性,特别指出:"应该仔细辨析男作家创作中对传统性别观念的超越,更应该仔细辨析男作家在进

---

① 赵树勤:《找寻夏娃——中国当代女性文学透视》,湖南师大出版社,2001年。
② 陈骏涛:《夏娃言说——近年几部女性文学理论批评著作评述》,第六届中国当代女性文学学术研讨会论文,2003年12月,哈尔滨。
③ 李玲:《中国现代文学的性别意识》,人民文学出版社,2002年。

步的名义下对性别等级观念的不自觉继承和重新建构。后者更为隐蔽,至今为止受到的文化批判也更为有限。应该仔细辨析女作家创作在现代女性主体性建构方面的业绩,也应该深入反思现代女作家是否有不自觉屈服于男权文化传统的一面。"该书的上、下两编正是循此思路展开。上编具体深入地分析了中国现代男性叙事中的"天使型"、"恶女型"、"正面自主型"和"落后型"四大类女性形象,下编是对"五四"女性文学性别意识的阐发。书中通过对包括鲁迅、茅盾、巴金、曹禺、老舍、钱锺书等在内的一系列现代文学著名作家及其经典作品的分析,尖锐指出:"中国现代文学在有限度地同情女性苦难遭际、有限度地褒扬女性主体性、有限度地理解女性生命逻辑的同时,仍然十分顽强地在总体格局上维护着男性为具有主体性价值的第一性、女性为只有附属性存在价值的第二性这一不平等秩序。这种价值偏颇不仅出现在鸳鸯蝴蝶—礼拜六派等通俗作家身上,不仅发生在新感觉派等摩登作家身上,而且也相当普遍地存在于新文学主流作家、经典作家身上,从而使得现代新文学在现代男性启蒙、革命的框架内悄悄背离了两性平等的启蒙原则,而在实际上走向了启蒙的背面。"鲜明的女性视角、女性立场以及对男性中心意识毫不留情的批判,赋予该书独到的见解和犀利的锋芒。

相当浓重的女性主义批评色彩,使上述两本出自年轻女学者之手的研究著作颇具文化冲击力,尽管读者未必能完全赞同和接受其中的阐释和观点,但它们至少可以促使人们更多一些对习焉不察的性别文化现象进行反思的自觉。

另一部出自年轻女学者之手的专著《二十世纪中国女性文学的生命意识》[①],选取了一个非常好的切入点进入女性文学研究。作者抓住"生命意识"作为女性文学发展的内在生长点,由这一特定的视角透视

---

① 郭力:《20世纪中国女性文学中的生命意识》,黑龙江教育出版社,2002年。

女性主体意识成长的思想轨迹及其对文学创作的影响。书中联系现当代中国女性文学的思想文化背景和文本实际,揭示女性文本的生命内涵及文本中生命意识的具体构成,主要就女性文本与历史、政治、文化的错综关系,生命本体问题与女性现代生命感觉及伦理价值诉求,以及女性文学"此在"关怀向度对女性生命本真存在思考及其生命意义的探求诸方面展开论析。可贵的是,作者的目光并未仅限于生命意识本身,而是充分注意到基于女性主体意识的女性生命意识与社会意识形态诸因素之间错综复杂的关系,注意到女性主体存在与历史、文化之间的动态关联,注意到生、死、灵、肉、爱、欲等生命本体问题与女性现代生命感觉方式及伦理价值诉求之间的内在关系等,并在这些方面进行了卓有成效的探讨,从而动态地凸现了中国女性文学生命意识的基本内涵和特征。

《边缘叙事——20世纪中国女性小说叙事个案批评》[1]一书同样有着对新的研究视角的自觉追求。作者有意从现代诗学的角度,分析论述百年来的中国女性小说,力求从具体的艺术实践与文学现象中总结出一些具有普遍理论意义的诗学思想。书中选取作者所认为的"五四"以来最具代表性、最能体现中国女性小说叙事特色的三十六位女作家的个案"文本",以史为线索,以文本的叙事内容和叙事方式为依据,分六章展开具体论述。在此过程中,本书的努力目标并未仅限于彰显百年女性小说创作的成就,考察其叙事特征;而是希望通过对女性与小说关系的研究,探索如何从性别视野入手,为诗学对艺术奥秘的考量开辟新径,促使人们对审美价值的丰富性与多元化有更深入的认识。作者在展开分析的过程中,常能借助对文本的解读,生发出对具有一定代表性的文学现象和叙事特征的个人新见,既热情肯定女作家们的创作成绩,也毫不讳言她们在叙事艺术方面的某些不足。故尽

---

[1] 徐岱:《边缘叙事——20世纪中国女性小说叙事个案批评》,学林出版社,2002年。

管每一节以作家和文本为依据划分的小单元文字不多,却能带给人新意和启迪。

《多彩的旋律——中国女性文学主题研究》[1]对现代中国女性文学主题的演变进行了比较系统深入的考察。它所采用的"主题研究"形式,比之通常的作家作品体例更重视作品所表现的内涵,重视由相关主题的形成、演变勾勒出百年女性文学史展开的过程,并从中呈现出不同历史时期女性文学创作的复杂面貌。书中立足于客观现实与女性作家主观世界的双向交流,提炼概括出"社会性主题"、"女性主题"和"哲学性主题"这三种基本的主题类型,一方面考察女性文学主题的孕育土壤、精神指向以及女性意识与女性文学创作主题之间的内在联系;另一方面就"五四"至20世纪末包括台湾女性创作在内的中国女性文学主题展开分析。作者有意打破男女二元对立的思维定势,避免对女性文学作过于狭隘的理解,即一方面充分重视文学女性的性别书写,另一方面不忽略女作家超越对女性本体问题的揭示,主动面向广阔社会现实的具开放色彩的创作。如评论者所说:"该书的重心在于强调女性文学与20世纪中国历史和文学的交互性,而非分离性。这一基本观点构成本书写作的立足点。'女性文学'被放置在更为广阔的历史和文学视野当中加以考察,但同时并没有抹杀其间所存在着的女性文学自身的传统和创造,从而得以从'女性文学'概念及其历史书写的矛盾性中脱身而出。""在建构女性文学的历史叙述时,特别强调应在更大的历史视野当中分析、考察女性文学的现代传统,强调女性解放作为20世纪中国'现代化议程'的重要构成部分,而非分离部分。可以说这是出于对特定历史情境中性别观念误区的一种纠正,同时也恰正反映了中国女性文学的现代传统。"[2]

---

[1] 乔以钢:《多彩的旋律——中国女性文学主题研究》,南开大学出版社,2003年。
[2] 贺桂梅:《女性文学的现代传统》,载《中华读书报》2003年4月23日。

世纪之交中国女性文学研究的新进展

在以往的研究中,有关中国古代妇女文学的研究一直相当薄弱。近年来这种状况开始发生变化。不仅围绕古代女作家创作的个案研究论文在数量上明显增多,而且出现了从新的角度和视野出发,对古代妇女文学创作按文类进行系统研究的专门著作。其中,邓红梅的《女性词史》[1]和鲍震培的《清代女作家弹词小说论稿》[2]堪称两部扎实之作。

前者被当代学者誉为"填补词史空白的力作"[3]。该书以女性词人为观照中心,为唐代至近代女词人作史立传,在对女性词的总体特色与主体美感作出理论分析和宏观把握的基础上,通过李清照、徐灿、吴藻、顾春、秋瑾等重要女作家的创作活动,界定女性词史发展的阶段性特征和成就。同时,围绕她们描述了一组组女词人群,进而勾画出女性词史的全貌,特别是展现出进入全盛期的清代女性词坛群芳灿烂的景观。不仅如此,作者还对形成女性词发展特定形态的历史原因和文化语境进行了具体深入的探讨。通过大量事实指出,女性词史的发展过程,实际上是女性探寻和发展自己的过程,也是女性建立自己的文学体貌、展现自己的审美独特性的过程。作者认为,尽管囿于既往女性狭窄的生存格局和单薄的生活经验,女性词难以体现出文学的最完善境界,但它作为中国古代女性最集中地表现自己的"情和美"的文学,作为文学这一"人类灵魂的合唱"中的一个独特声部,自有其价值。《清代女作家弹词小说论稿》在对大量原始资料进行认真考辨和细致梳理的基础上,借鉴多种研究方法,系统考察女作家弹词在古代妇女文学活动中的地位,探讨其文学史和文化史价值,从而填补了以往小说史和妇女文学史研究的一个空白。作者能够在现代意识的导引下,

---

[1] 邓红梅:《女性词史》,山东教育出版社,2000年。
[2] 鲍震培:《清代女作家弹词小说论稿》,天津社会科学院出版社,2002年。
[3] 刘扬忠:《填补词史空白的力作:评邓红梅〈女性词史〉》,《文学评论》2001年第1期。

以新的文学观念、性别观念观照中国古代妇女创作,将资料性、知识性与较为深入的理论思考相结合,对作家生态与文本内容的各个方面展开研究。其间具体考察了明清社会妇女观的渐变与才女文化形成的关系,探讨女作家弹词小说的突出成就及其对中国女性文学叙事传统所具有的意义,不少论述富于创见。例如,在讨论中国现代女性主体意识的萌生以及现代女性文学传统的初创时,作者以翔实的材料表明,在明清时代反理学、反礼教的启蒙思潮影响下,女性弹词小说的思想内涵已在一定程度上酝酿了富于独立色彩的女性主体意识和积极面向社会的姿态。其所映现的女性精神、所形成的女性叙事传统,实际上对"五四"前后开始从事新文学创作的现代女作家产生了深刻影响。作者由此得出这样的结论:清代女作家弹词是现代意义上的中国女性文学发生发展过程中的重要环节。由于这一立论有着相当充分的妇女文学史材料支撑,因而值得重视。

近年来,有关台湾、香港及海外华文文学方面的女性创作研究也取得了新的成绩。一些学者经过艰辛的努力,发表了质量较高的研究成果。例如:《缪斯的飞翔与歌唱——海峡两岸女性主义诗歌创作比较》(樊洛平)、《"房子":精神的居所:香港女性写作的一种景观》(颜纯钧)、《论海峡两岸女性写作的思想资源和文化身份》(刘传霞)、《试论台湾女性主义文学对身体自主的追求》(刘红林)、《论海峡两岸女作家笔下男性形象的文化意蕴》(曹书文)、《20世纪90年代华文女作家的写作姿态》(金燕玉)等[1]。其中既有对代表性女性文本的解读,也有对女性创作发展进程中所呈现的独特风貌的宏观考察,还有两岸女性创

---

[1] 樊洛平:《缪斯的飞翔与歌唱——海峡两岸女性主义诗歌创作比较》,《文艺研究》2000年第4期;颜纯钧:《"房子":精神的居所:香港女性写作的一种景观》,《东南学术》2000年第4期;刘传霞:《论海峡两岸女性写作的思想资源和文化身份》,《济南大学学报》2001年第1期;刘红林:《试论台湾女性主义文学对身体自主的追求》,《台湾研究集刊》2001年第3期;曹书文:《论海峡两岸女作家笔下男性形象的文化意蕴》,《当代文坛》2002年第2期;金燕玉:《20世纪90年代华文女作家的写作姿态》,《江海学刊》2002年第3期等。

作的比较分析。而《中国台湾女性主义文学批评略论》[①](林树明)一文,则将台湾女性主义文学批评纳入研究视野。论文以台湾出版的学术性较强的《中外文学》月刊为例,梳理女性主义文学批评在台湾的发展轨迹,分析台湾女性主义文学批评由对男权主义的批判向性别诗学转向,以及由文学/性别批评逐步向跨文类/性别研究深化的特点,并指出这些特点既与世界文论发展的大趋势同步,也与大陆女性主义文学批评的发展相通相似。这就为海峡两岸的文化交流与提升提供了新的参照系,也从一个侧面生动地表明,台湾文学是中国文学密不可分的一部分。当然,我们也应看到,在取得新的成绩的同时,由于种种条件的限制,长期以来,有关台湾、香港及海外华文文学中女性创作的研究相对薄弱的状况尚未得到明显改观,今后还须付出极大的努力。

第五,关注和思考女性文学的学科化建设。

随着女性文学创作和实践的发展,对女性文学研究历史与现状的思考也越来越受到重视。一些学者在就此进行归纳、梳理的基础上,对女性文学研究的发展提出了自己的看法。前边提到的《反抗与困境——女性主义文学批评在中国》、《多维视野中的女性主义文学批评》等部分论著或论文,均涉及中国女性文学学科建设问题。其间,刘思谦的《性别理论与女性文学研究的学科化》[②]和乔以钢的《论女性文学的学科建设》[③],从不同方面入手,对此进行了比较系统的理论思考。

刘文首先就涉及女性文学研究学科基础的"女性"、"性别"等核心概念以及西方女性主义的社会性别理论进行了辨析和论述,在肯定西方社会性别学说对女性文学研究的理论和实践意义的同时,明确指出了它所存在的局限性以及有待完善的方面。继之,深入讨论了"性别

---

① 林树明:《中国台湾女性主义文学批评略论》,《南开学报》2005 年第 2 期。
② 刘思谦:《性别理论与女性文学研究的学科化》,《文艺理论研究》2003 年第 1 期。
③ 乔以钢:《论女性文学的学科建设》,《南开学报》2003 年第 2 期。

与文学的关系"这个与"女性文学"的存在和女性文学研究的学科化有无合理依据直接相关的根本性问题。作者认为,性别所关联的两性关系的特殊性有两点:一是它不可能像其他关系如阶级关系那样阵线营垒分明,二是它的遍及全人类的日常性。作者认为,性别及性别关系所关联与覆盖的,是涉及每一个男人和女人的恒久而普遍的日常生活,包括社会生活、家庭生活和性生活,是由此而世世代代年复一年积淀在男人和女人心理深层和日常生活中的性别观念、性别无意识。而性别的生活化、个人化和心理化,带来了它与文学天然的亲和力。就性别与文学创作来讲,二者并不构成直接的和必然的关系,它是文学作品的一种非结构因素,并不直接构成文学的结构要素。性别与文学作品的关系通过有性别的作者功能这个媒介来实现。而性别之于女性文学研究,主要是一个从什么角度去发现和阐释文本中的性别内涵的问题,这也就是近年来开始引起学界关注的性别视角问题。从这个意义上说,性别是女性文学研究的一个合理、有效的分析范畴,一个切入和解读文本的视角。作者将性别视角作为性别理论与女性文学研究学科化的关联点之一,结合近年来女性文学研究方面的部分成功实践,对此进行了颇为有力的阐述。与此同时,又十分清醒地指出,在运用以价值论为支点的性别视角阐释文本意义时,需要以性别为切入点综合分析相关的民族、阶级内涵,而不能只见性别不见其他,重复以往以阶级视角遮蔽性别等其他内涵的失误。本文对女性文学研究核心概念的清理以及就性别与文学关系所展开的论述,为女性文学研究学科基础理论的建设作出了贡献。

乔文回顾中国女性文学研究从学科意识的萌发到学科理念的形成所经历的近二十年实践过程,重点阐述了女性文学学科建设的内涵和意义,指出现阶段积极推进学科化进程,不仅有利于学科自身的发展,同时也有利于争取在尽可能高的程度上实现女性文学研究的人文价值。文章认为,女性文学研究进行学科建设所欲寻求的"承认",并不是指向对某些具体理论观点、学术主张的认同,而首先是在如下方面寻求肯定:从性别角度出发考察历史文化、文学创作是必要而合理的;女性文学的创作、批评和理论研究者就此以多样的方式提出问题是具有特定的社会科学研究价值的。而在这个意义上寻求承认实际上也是力求使更多的人意识到,人类历史发展至今,社会上的性别观念以及对女性文学创作的认识仍然存在着重大缺欠;女性文学创作者和研究者以超越传统思维的方式质疑、批判文学的历史与现实,构建新的女性文学创作风貌和理论框架,不仅有益于文学事业的健康发展,而且具有文化建设的积极意义。因此,在学科建设方面付诸努力,并不意味着放弃对以传统文化为基石建立起来的性别观念以及文学领域存在的性别问题的质疑立场和批判精神,而是试图充分利用现代学术管理制度中所可能争取到的空间,创造对女性文学研究更为有利的外部环境和条件,推动学科发展,扩大事业影响。就这一学科的建设目标来说,当是力求做到紧密结合中国实际,创造多层次、开放型、宽视野,有自己明确的研究范畴和研究方向,能够充分吸收多学科成果,包容多样化研究方法的学科体系。进而在学术管理体制内,充分展现自身的学术前景和生命活力,从一个特定的方面促进整个文学研究事业的发展,同时也为本学科的成长创造更为广阔的空间和更为有利的内部环境;在学术管理体制外,争取为更多的普通民众所了解,尽己所能推动整个社会性别观念的进步和文明程度的提高。

值得一提的是,在女性文学研究学科建设不断前行的过程中,与新时期以来高等教育长足发展、对外交流机会大大增加的背景相伴随,许多年轻研究者的知识结构正在得到优化。她们大都比较熟练地掌握一门以上外语,具有通过现代化手段直接了解国外相关学术信息和有关方面研究动态的能力,在中国文学理论和现当代文学研究方面也有较好的基础,其中一部分人还程度不同地拥有在国外读书、生活的体验。这使她们的视野更为开阔,在进入女性文学研究领域时具备了较好的中外文化素养、多样的生活积累和比较合理的知识结构。前述不少成果正是出自年轻学者之手。她们富于创造性的努力为女性文学研究事业注入新鲜血液,也为女性文学学科建设的发展赢得了蓬勃生机。

当然,作为一项初兴的事业,在年轻而充满活力的同时,无疑也存在种种缺欠和不足,在学科建设方面还有大量的基础性工作仍须付诸艰苦的努力。例如,目前一个显而易见的情况是,在有关女性文学各层面的研究中,绝大多数研究者所关注的主要仍是现当代女性文学,特别是当代大陆的女性创作。这自有其必要性与合理性。但与此同时,值得考虑:其一,在高度关注现当代女性创作的同时,对通常未必被划入这一范畴的女性创作是否注意不够、有所忽略?这一点不仅在以往对古代妇女创作研究明显不足的状况中有所体现,更表现在对少数民族文学、台港文学和海外华文文学中的女性创作以及中外女性文学的比较研究等方面重视不够,投入较少,致使有关研究相当薄弱,甚或近乎空白。其二,即令仅就大陆现当代女性文学创作来说,也仍有一个需要扩大研究范围的问题。目前在研究对象的选取上,往往比较集中于关注那些女性意识浓厚,特别是取鲜明女性立场创作的作家作品,而对现实创作中仍广泛存在的不带有明显的性别意识和女性色彩的女性创作现象则注意不够。表面上看,这似乎只是涉及研究范围的宽窄,但若从女性文学研究的整体建构考虑,它实际上关系到学科深层结构的完整、合理。当然,就从事女性文学研究工作的研究者来说,完全可以根据自己的兴趣、眼光和主客观条件决定个人的研究方向;但就女性文学研究的内部构成来讲,有关方面的内容则理应作为整个研究的组成部分纳入研究者视野。这不仅关系到对女性文学加以系统、整体的把握,同时也涉及女性文学及其思想文化资源的挖掘、整理和全面认识。

以上仅就近年来个人目之所及,对世纪之交的中国女性文学研究状况进行了大略的梳理。从中可以看到,尽管当今学界面临着商品经济大潮的强烈冲击,由于种种原因,学风浮躁、追求功利的现象在知识界已成为一个比较突出的问题,但在女性文学研究领域,始终不乏心境平和、踏实勤勉、以知识分子应有的操守和严肃认真的态度从事理论建设和批评实践的学人。正是靠着众多学人的努力,世纪之交的女性文学研究非但不曾乏善可陈,反却取得了比较可观的成绩。可以预期,随着21世纪女性文学实践的不断发展和理论思考的进一步深入,中国女性文学的研究事业将会得到更进一步的发展,取得更为可喜的成绩。

20世纪80年代女性文学批评中的身体想象

陈 宁

20世纪70年代末,中国学界曾开展了一场关于"人性解放"的讨论。这场讨论直接指涉此前二十年间高度统一的政治文化政策,认为其严重压抑和扭曲了人的自然本性。这一时代文化主题也渗透到了女性问题的研究领域,"时代不同了,男女都一样"的性别理念遭到了普遍的质疑。当时的文学批评认为,片面追求两性政治经济权利的绝对相同,无形中掩盖了两性的特征和差异。同时,它将传统的男性特征作为普遍的"人"的标准让女性加以模仿,并将传统的女性特征在文化价值上加以贬低,从而使女性最终丧失了自己的性别特征。在研究者看来,这种"性别同一"观点正是对女性之"人性"的压抑。

基于这种批判前提,重新寻找"原初"的女性特征成为20世纪80年代文学研究所热衷的话题。为了证明女性特质存在的合理性,当时的研究者普遍选择了"天性"、"本能"、"自然"这样似乎无需论证的生物概念,即将女性特质看做与"身"俱来的本质,两性由于生理功能的不同而必然具有不同的性别特征。中国的女性解放运动也从追求"男女平权"阶段过渡到追求"男女有别"的阶段。

然而,综观20世纪80年代文学批评对女性身体的描述却不难发现,它并没有在本质上超出传统男权文化对女性之躯的想象——柔美、弱小、母性、无欲、贞节等元素依然被作为女性身体的"天性"保留

20世纪80年代女性文学批评中的身体想象

下来。可以说,男权文化传统中的女体规范在此处别有意味地充当了反对"性别同一化"的武器。在中国女性文学批评史上,这种对女性身体的认知是一个比较独特的现象。本文就以这个时期的批评文本为研究对象,从女性身体形象、女性身体功能和女性身体欲求几个方面,探讨其中的女性身体想象,以期从一个特定的角度认识文学批评中的性别观念。

一

在20世纪80年代的小说中,一系列从外在形象到行为举止再到内在气质都非常接近传统男性的女性人物引起了文学批评界的警惕。这些女性没有柔美的身体曲线、温柔的声音和文雅的举止,其外部特征与男性相比几乎没有什么明显的差异。比如《我在哪儿错过了你》(张辛欣)中的女主人公:

> 如果不是时时能听到她在用售票员那几乎没有区别的、职业化的腔调掩去女性圆润悦耳的声音吆喝着报站,光凭她穿着那件没有腰身的驼绒领蓝布短大衣,准会被淹没在一片灰蓝色的人堆里,很难分辨!她在车门旁跳上跳下,蹬一双高腰猪皮靴,靴面上溅满了泥浆。她不客气地紧催着上下车的人,或者干脆动手去推……①

当时的文学批评认为,建国以来高度统一的政治文化政策以硬朗、粗糙的男性形象强行塑造女性,这意味着要求她们按照男性的体力标准去参加社会生产劳动。在此背景下,反映传统女性柔美特征的服饰都会被斥为资产阶级情调,体力上的示弱也会被当做劳动道德的缺陷加

---

① 张辛欣:《我在哪儿错过了你》,《收获》1980年第5期。

以批判。当时有女作家指出,这样的女体形象"实际上却是一次更大倒退。这是对于人性的严重歪曲,对女性的精神侮辱。如果扼杀大自然赋予我们的女性美和女性柔韧温婉的天性,无异于扼杀我们的生命"①。

"男性化"的女性身体形象引起了批评者广泛的"同情的批判"。他们虽然承认这类女性是特定时代文化扭曲的结果,但却将之严格地划出"常态"女性的范畴,而将"柔美温婉"看做女性外形的"天然"之态;女性身体曲线不明显、面容不柔和、声音粗糙、举止粗鲁等现象,被认为不符合女性的"天性"。相反,线条柔美、声音圆润、举止端庄的女性则被认为是"健全"的。不无意味的是,在不少研究中,抽烟、酗酒、讲粗话之类不甚文明的行为,并没有被看做两性共有的缺憾,却仅仅因其不符合女性的行为规范而遭到批判。

还有一些研究将"弱小"当成女性的生理特质,即认为女性在体力、智力等方面相对于男性而言具有天然的弱势。这种源自身体的弱势感明显地体现在批评者对女性受压迫地位的看法上。不少学者认为,在特定的生产力发展阶段,"身单力薄"的女性必然处于受压迫的地位,这种状况在现阶段中国还将继续存在。比如有批评者指出:"在我国,男子占支配地位的情形仍未根本改变。……由于我国现阶段生产力水平还相当低下,大部分劳动还是主要靠笨重的体力支出,这样,身单力薄的女子在社会生产中不能不处于次要地位。"②这种典型的生物决定论在女性的体能与其历史地位之间建立起了某种必然联系。肉身的"匮乏"不仅被看成女性受压迫的历史原因,而且被当做现代女性的发展阻滞力量。女性作为体能和智力的劣势群体要付出比男性更多的努力才能达到与之相当的地位。比如这样的论述:"有成就的

---

① 张抗抗:《我们需要两个世界》,《文艺报》1985 年 8 月 10 日。
② 吴黛英:《新时期"女性文学"漫谈》,《当代文艺思潮》1983 年第 4 期。

20世纪80年代女性文学批评中的身体想象

中年妇女,承受着照料家庭和事业竞争的双重负担,智力上优势的强度和持久度也总是低于自己逐渐上升的生理劣势。这种不公正是上帝的错误,我们所能做的只是努力把这种劣势变为优势。"[1]

还有的研究将女性的身体特征与其创作的文体特征相联系,认为女性身体的弱小决定了其文风的柔弱。比如,"(女性创作)与女性的生理和心理特点有某种内在的一致性,娇小、轻巧、柔弱、圆润、温和、和谐……诸如此类的特点,往往在女性身上体现得最为充分"[2]。值得注意的是,关于身体的"弱势感"比较集中地体现在一些女性批评者那里。她们默认了关于女性身体弱小、匮乏的文化描述,并认为这种特质完全出于自然之手,是女性无法抗拒的生物命运。一种自卑感和无奈感时常流露在研究文本中。

上述文学批评中所蕴含的对女性身体外形的想象值得思考。一些研究者试图通过对"柔美"、"弱小"等特质的强调来反拨建国以来社会文化对女性形象特殊性的抹煞,然而,这种反拨仍是在男性中心的文化场域内进行的,批评者对女性之"柔弱"的强化实质上正是传统男权文化的欲望想象。有学者指出:"在古典文学、哲学作品中诸如《诗经》、《列子》、《朱子》、《淮南子》中关于美女基本标准是这样的:年轻纤巧,曲线优美,柔若无骨,削肩细颈,罩在华美紧身缎子下的肌肤美如凝脂,纤纤玉手,额头净白,耳垂突出,乌发、别有精致发卡,眉毛浓而黑,眼睛清澈如水,声音娇媚,鼻子高挺,唇红齿白,优雅大方。"[3]不难看出,20世纪80年代文学批评者的女体想象与中国古典的美女标准并无本质上的区别。

同时,一些批评者也夸大了女性的"身单力薄"所具有的社会、历

---

[1] 张抗抗:《我们需要两个世界》,《文艺报》1985年8月10日。
[2] 吴黛英:《新时期"女性文学"漫谈》,《当代文艺思潮》1983年第4期。
[3] 文洁华:《美学与性别冲突》,北京大学出版社,2005年,第112页。

史的普遍意义。不论是在女性群体内部还是相对于男性而言,由于地域、种族、劳动方式和社会文化的不同,女性的体形和体能都有很大差异,这种身体差异未见得小于男性和女性的群体差异。将"身单力薄"作为女性身体的普遍特质某种程度上透露出男性中心意识或潜意识中对女性的控制欲望。而一些女性研究者对"强壮"身体的潜在渴慕,某种意义上也透露出她们对女性自身的文化价值尚缺少性别自信。在人类的社会生产实践中,"强壮"并非衡量劳动力价值的唯一标准。男性固然通常在某些方面具有体力上的优势,但其本身也不乏相对不利的一面,比如婴幼儿阶段易夭折、耐力相对较差、平均寿命短等。事实上,在今天的科学技术条件下,女性身体通常具有的相对灵活、更富韧性等特点已成为劳动力的构成要素。批评者对女性"身单力薄"的印象和焦虑,是将男权文化中女体约束进行内化的结果,女性身体的弱势感是文化弱势感的体现。

应该承认的是,新中国建立之后女性身体的"男性化"现象,确实不是一种合乎人身健康发展的正常状态。然而,这种现象的不合理之处,并不只是在于抹杀两性身体在生物属性方面的客观差异,让女性勉强从事力所难及的工作,而更在于它无形中使女性丧失了自我支配身体的权利。这种支配权至少包括如下几个方面:一是根据自身体能条件自主选择劳动方式的权利;二是按照个人意愿塑造自身形象的权利;三是在身体条件特殊不利的情况下,寻求社会制度保护的权利。当然,在这个意义上,尽管 20 世纪 50 年代到 70 年代的"身体政策"潜在的是以传统的男性身体特征为蓝本的,但对男性来说,个体层面的身体支配权同样是匮乏的。

实际上,人类身体的形态特征既是自然的产物,又是文化的产物。它受人类生活的自然环境、生产方式和社会文化的综合影响,又有着巨大的个体差异,因而并不存在某种符合"天性"的普遍意义上的性别身体特征。比如在人类早期的造像艺术中,基于对神秘生命和生殖的膜拜,以丰乳巨腹的女性最为常见,而男性雕像的出现不但晚于女像,而且在数量和质量上都不能与女像相提并论。我们很难从中看出"健硕的男性"和"柔弱的女性"这样的形象区别①。对于充满个体差异的人类群体来讲,任何一种性别特征的模式化,都会抹煞和压抑个体特征的存在。从身体形象的角度来讲,正如硬朗、粗糙等特征不能成为女体形象的规定一样,柔美、圆润等特征同样也不以"天性"的名义成为女性身体的准则。

但是,当时的女性研究者的确面临复杂的情形:新中国成立以后男女两性已在很大程度上实现了共同参与社会生产,在法律上拥有平等的政治经济权利。基于这样的现实,她们既没有足够的理论依据来挣脱那只隐形的"自然之手",同时又要为了与男性"站在同一起跑线上"而与身体抗争,这便陷入了两难的处境。表现在批评态度上,则是新生的乐观与发展的焦虑并存。一些女性采取回避"女"字的权宜之计来缓解这种性别焦虑,即明确反对被特别指称为"女作家"或"女批评家"。张抗抗曾经作过一个形象的比喻,她认为被强调为"女作家"就像在伤残人运动会上,人们欢呼伤残运动员同正常人一样跑步,虽然他们跑得并不快,但正因为大多数观众认为他们根本不会跑,也不应该跑,所以这才是奇迹②。

如果说对"女"字的格外强调反映出男权文化对女性整体能力的轻视甚至某种程度上的否定,那么女性批评者不自觉流露的"厌女"情结本身,恰恰包含了对这种观念的认同,即默认了"女"的属性势必与柔弱、低等、被动等相联系。显然,这一时期的女性批评者还没有重新建立女性身体文化的自信力,当她们急于摆脱"女"字背后所承载的男

---

① 叶舒宪:《高唐神女与维纳斯——中西文化中的爱与美主题》,陕西人民出版社,2005年,第9页。
② 张抗抗:《我们需要两个世界》,《文艺报》1985年8月10日。

权内涵和文化压抑时,干脆连"女"之本身也丢掉了。

二

在对女性身体功能的认知上,20世纪80年代的文学批评表现出双重倾向:一方面,封建社会遗留下来的将女性作为"生育工具"的观点遭到批判,女性是与男性一样的社会劳动者和国家建设者,这一点与"五四"以来的妇女解放思想一脉相承;而另一方面,依托女性生殖功能建立起来的某些性别角色非但没有动摇,反而作为被解放的女子"天性"在很大程度上被强化。

文学批评在女性的生殖功能与其性别角色之间建立了一种带有宿命色彩的紧密联系。不少研究者坚持,生育孩子的母亲自当承担起养育孩子的义务,并且还应该照顾所有家庭内务,母性和妻性是女人与生俱来的属性。身体功能还被认为在很大程度上影响了"性别气质"的塑造。有研究认为:"女性由于孕育和哺乳活动的关系而最早萌发和体会了人类的感情,加之女性的活动范围客观上比男性更多更早地洞穴化和人间化,便日益发展了身心中柔和的部分,初建了敏感细腻的心理结构。"[①]这里,生殖功能以及与之联系的早期人类活动被假想为影响女性气质的重要因素。这一假想所具有的合理性加深了文学批评的如下倾向:诸如温柔慈爱、细腻敏感、注重感情之类的性格和气质,在文学批评中常被视为女性作者的"天性"。

但是抵牾之处在于,在当时的语境下,那些与男性共同参与社会生产、承担社会角色的女性被认为是真正"大写的人",但母职与妻职又被看做与"身"俱来、不可推卸的义务;现代职业理念希望女性在工

---

① 陈惠芬:《找回失落的那半:"认识你自己"——关于女性文学的思考兼及人类意识的提高等等》,《当代文艺思潮》1987年第2期。

作中如同男性一样肩负责任,具有进取精神,而这又与所谓女性温柔慈爱的"天性"相违背。面对这一矛盾,20世纪80年代的文学批评在理论上是焦虑的,在价值阐释上也难以取舍。于是某些权宜之计被用来"调和"冲突、缓解压力。常见的大体有如下三种情况:

一是采取暂时悬置矛盾的策略。有批评将这一矛盾看做现代职业女性发展过程中暂时出现的问题,不急于求得解决。研究者相信,当女性经过某个"男性化"的阶段争取到平等地位之后,她们会自然而然地恢复其女人的天性。下面这段论述较有代表性:

> 如果生活迫使我们不得不向"男性化"发展时,我们又该怎么办?现代社会剧烈的竞争(包括知识、能力、体力等方面,并非指经济意义上的)往往使我们不知不觉地在某些方面日益男性化起来,譬如进取、好胜、强悍等原本属于男性的一些性格特征已在越来越多的女子身上体现出来。……我以为,这种现象的出现只是暂时的,它是一种对妇女压迫的矫枉过正,是在恢复女性本来面目过程中的必经阶段。①

显然,研究者并不认为"男性化"的生活模式将是女性永久的状态,而是相信女性具有某种"天性",这种"天性"的复归在经历了特定的阶段之后是可以期待的。虽然我们很难从这段表述中看出所谓女子"本来面目"的具体内涵,但至少可以知道其中并不包含"进取、好胜、强悍"等质素,因为这些是"对妇女压迫的矫枉过正"的结果,是男性气质的专属特征。

二是对社会职能与家庭职能兼顾的女性给予肯定。不少批评文本认为,现代女性既应该担负起生育孩子、照顾孩子以及家庭内务的职能,也应与男性一样追求个人事业的发展。比如有批评说:"我们并

---

① 吴黛英:《女性世界和女性文学——致张抗抗信》,《文艺评论》1986年第1期。

不是过激地认为女性的事业与家庭形同冰炭,也不是认为女性不应该成为贤妻良母,实际上正相反,真正的女性应该是丰富的、身心全面发展的个体,她不仅可以是事业的主人,也应该是贤淑的妻子、温良的母亲,因为女性解放的过程实际上就是一个女性自身不断完善的过程。"①这里研究者把能否将家庭角色和社会角色双肩挑起,作为衡量女性是否趋于完善、成为"真正的女性"的标尺。

三是主张家务劳动社会化。一些批评认为,家务劳动不能充分社会化,是女性陷入两难困境的主要原因:"目前我国家务劳动社会化的程度很低,大部分仍需要家庭承担,这样,历来主'治内'的妇女,不得不把许多精力耗费在繁琐沉重的家务劳动上。因此,妇女无论在社会上还是在家庭中,都面临着比男子更多的困难和障碍,有时甚至受到歧视。"②为此,"家务劳动社会化"被看做解决这个棘手问题的"药方",即把育儿等相当一部分原先主要压在女性身上的家务工作交由社会组织去做,以缓解女性生物角色和社会角色之间的紧张。

上述思路尽管不同,但都有一个基本的出发点,那就是认为女性的母职和妻职是基于其特殊的生理构造形成的,这是女性不当推卸的使命。至于男性是否也当参与一定的家庭劳动,人类的生产孕育是否也当在社会生产的价值体系中占有一定的位置,或者两性是否有可能根据自己的实际情况在家庭和社会之间自由选择角色,这一时期的批评文本均未曾顾及。

20世纪80年代之初,小说《在同一地平线上》(张辛欣)中女主人公发出的一段感慨曾被很多批评引用,借以说明女性面对双重压力的困境:"难道我注定要在专注地、不变地去爱的本能和不断保持自己的

---

① 禹燕:《女性文学的历史与现状——兼论什么是"女性文学"》,《当代文艺思潮》1985年第5期。
② 吴黛英:《新时期早期"女性文学"漫谈》,《当代文艺思潮》1983年第4期。

20世纪80年代女性文学批评中的身体想象

奋斗中,苦苦地来回挣扎?!"深究起来就会发现,这种看似两难的心态,正是以高度肯定女性具有"爱的本能"为前提的。当其生物性角色被认定与生俱来时,社会角色的加入势必促使女性在难以两全的现实面前陷入困窘之境。

对女性身体功能的认知,直接影响到文学研究者对女性创作的评价。不少批评将家庭题材以及与感情有关的题材看做女性创作的天然之选。有批评十分明确地说:"女作家,当她获得了创作上较充分的外部自由和内部自由时,她们关注的第一命题,很可能就是感情、爱情生活及其观念的重新审度与变更。这是合乎她们的天性的。"[1]还有研究者认为,既然女人天然拥有母性,那么关注孩子也便是女性创作的题中应有之意。在谈及女性创作的成绩时,儿童文学往往被纳入其中。例如:"当代女作家对文学的贡献还表现在她们凭借母性的光辉,对儿童生活和儿童心理的独到观察。她们中的许多人或从儿童文学起步,或至今还在为儿童写作。"[2]还有的批评本文将女性创作风格的形成与女性身体上的特征联系起来。比如女性身体构造的"弱小"决定了其文学风格的柔弱,如:"(女性创作)与女性的生理和心理特点有某种内在的一致性,娇小、轻巧、柔弱、圆润、温和、和谐……诸如此类的特点,往往在女性身上体现得最为充分。"[3]在20世纪80年代的文学批评中,"细腻、优美、柔和"等元素,经常被看做女性创作的天然形态。

不难看出,这一时期的文学批评不仅有意无意间沿袭了传统文化对女性性别角色的定位,同时也在批评实践中传播了这种性别角色的文化价值。在男权文化中,与个体性的肉体呵护有关的育儿及家务劳

---

[1] 谢望新:《女性小说家论》,《黄河》1985年第3期。
[2] 张维安:《在文艺新潮中崛起的中国女作家群》,《当代文艺思潮》1982年第3期。
[3] 吴黛英:《新时期早期"女性文学"漫谈》,《当代文艺思潮》1983年第4期。

动,其重要性和经济价值明显低于社会性劳动,甚至不被看做社会生产的有机组成部分。同样的,在文学题材方面,尽管研究者将婚恋家庭题材看成符合女性身体功能的选择,但同时又将它视为相对低层次的、甚至有缺陷的文学领域。有研究称:"竭力地关注着女性命运,强化着女性意识,全神贯注地探索着女性的位置和生存方式,这不能不说是一种缺陷,或者说是一种性别的偏执"①。关注女性题材就意味着某种与社会生活相脱节的文学视野,这样的认知在 20 世纪 80 年代早期的文学批评中屡见不鲜。

研究者显然预设了一种更为"高级"的文学观照,它通往全人类的公共视野,而与女性的经验世界相隔离。不少学者试图在女性创作中区分"两个世界":"第一世界"关乎女性生殖经验和家庭生活,包括育儿、家庭、婚恋等。这个世界往往被认为是狭隘的、个人化的,因而从思想内容的角度衡量,其文学价值不高。"第二世界"则是人类共有的社会公共空间,包括社会改革、历史、军事等,它为作品获取较高的文学价值提供了可能。这里,"两个世界"并非单纯的文学题材的划分,而是带有一定的"性别比附"倾向:有关"第一世界"的创作大多时候出自女性作者之手,而"第二世界"中的宏大主题写作则大都是由男性作者完成。基于这样的写作现实,很多批评相信,女性文学创作的历史发展趋势就在于从"第一世界"向"第二世界"的迈进②。

这种文学价值的等级划分和性别比附现象,不仅体现在对文学题材、文学主题的价值衡量上,也体现在对艺术风格的判定上。逻辑缜密、艺术形式复杂等特点往往被认为是属于男性的风格,当女性具有这种创作风格时则被视为某种艺术上的"进步"。有研究者在评价女

---

① 魏维:《在炼狱的出口处——论当前女性文学的理论超越》,《上海文论》1989 年第 2 期。
② 陆文采:《沉思在女性文学批评的园地里》,《社会科学辑刊》1989 年第 2~3 期。

作家谌容时,高度肯定她视野开阔、目光犀利、揭示深刻,因而颇具"男作家的特点"①。

这种现象至少透露出两个问题:其一,研究者潜在地认为,在"女性"之上还有"人"的存在,在"女性文学"之上还有"人类"的文学。现代女性首先是人,然后才是女人。这样一来,文学批评的逻辑就出现了某种内在的悖论:"女性文学"概念的提出标志着"女性"作为独立的言说主体的合法性,但当"女性文学"与"人类的文学"并列时,它又势必处在"次一等"的位置上。其二,此期文学批评将文学特征区分为"女性的"和"男性的"两个阵营,其间并没有可供作者自由选择的中间地带;与此同时,认为与男性相关的文学质素就是好的、进步的,而与女性有关的质素就是低级的、落后的。当女性创作具备了某种类似于"男性的"特色时,文学批评往往将其认定为作者在文学水准上的自我超越和提升。

"性别类比"的思维在中西方文化的发展中都有体现。但实际上,所谓文学的"第一世界"和"第二世界"之间并不能够进行机械的划分。文学史告诉我们,优秀的文学作品在对个体性躯体经验的描摹中,必然蕴含着对特定历史阶段的群体处境的深刻反思;而在关于社会性问题的写作中,更是不能回避对个体血肉之躯的深刻关怀。所谓"两个世界",在文学创作中只能是一种相互关联、彼此渗透的良性关系,而不可能彼此割裂甚至分出高下。既然如此,性别视角也就注定不是仅在观照世界的某一部分时所独有的。所谓创作中性别意识的自觉,并非联系着某一性别对某类题材或风格的独特偏爱。在特定的意义上,它可以成为作家对不平等的人类性别文化的省思和提示,同时又是对性别平等权利的自觉维护。因而,对所谓"第二世界"的观照同样需要性别意识的自觉。

---

① 谢望新:《女性小说家论》,《黄河》1985年第3期。

在此,我们无意否认两性作家的写作侧重点有着明显不同的文学史实,问题在于,对这一现象产生原因的理解及其意义的评定,需要借助更为自觉的性别平等意识。20世纪80年代的文学批评主要是从两性"生理"差异方面来认识这种不同的,而未能深入分析隐藏其后的社会文化根源,以及这种写作差异中所透露出的性别等级意识。面对充满个性自由和丰富内涵的文学创作,文学批评将某种创作风格与作家性别简单地联系起来,进而轻率地判其高下,客观上强化了两性角色的对立以及人们对性别与文学创作之间关系的片面理解。

三

在20世纪80年代的文学创作和批评中,"女人是人不是性"[1]的口号曾经格外引人瞩目。这是针对传统男权文化将女性仅仅当做性欲对象和生育工具的现象提出的。学界希望通过彰显女性的人格使其从被"物化"的命运中解放出来,恢复做人的主体性。然而,当批评者在鼓吹女性的身体不是欲望对象、不是生殖工具时,却无法继续回答身体对于女性自身来说究竟意味着什么。"步入'女人'阶段的女性对自己的躯体尚然没有研究权、阐释权和阐释的习惯,她痛恨男性社会对女性之躯体所下的种种定义,但同时又无从辩明女性之躯对自身究竟有何意义"[2]。对女性身体欲望本体价值的无视,使得"女人是人不是性"的良好愿望在批评实践中往往被阐释成"女人不要性",由此形成了一个理论上的怪圈:明确反对"性压迫"的女性主体却并不拥有对自己身体的主体权利。

---

[1] 张洁:《方舟》,北京出版社,1983年。
[2] 孟悦、戴锦华:《浮出历史地表——现代妇女文学研究》,河南人民出版社,1988年,第113页。

20世纪80年代女性文学批评中的身体想象

在女性身体所具有的各种感官欲望中,性要求往往被批评者贬斥为"低级趣味",与精神世界的"崇高追求"相对立。虽然"重精神,禁肉欲"的文学诉求在中国有着漫长的历史,但细究起来不难发现,文学批评对女作家"去欲化"的文学要求要比对男作家更加明确和强烈,甚至将此作为女性创作的独特"优势"加以阐扬。

与此同时,这一时期的文学批评一方面肯定"爱情自由",另一方面又将其中"性爱自由"的成分抽空,只凭借"爱情自由"来标榜"人性解放"和"人格独立"等时代主题。然而,翻身做了"爱情主人"的女性并没有成为自己身体的主人。批评者对"性爱"的肯定仅仅是将其作为人生命题的一个抽象表征,并不涉及任何关乎身体的物质细节。当批评者强调"性爱的问题最能反映一个时代女性主体意识觉醒程度,最'可以判断出人的整个文明程度'"[①]时,他们并不真的关注"性爱"之于女性个体的价值以及文学创作对身体的处理方式,而是很快将笔锋一转,指出"但这些小说并没有囿于纯粹性爱,而是渗透了人生社会的态度。从个人性爱出发,趋于人生社会,又始终不离性爱婚姻问题,是20世纪80年代女性文学主题意识的主要走向"。——"性爱书写"还没有来得及展示此岸真切的身影,就匆匆抵达了"人生社会"的理想彼岸。

还有一些批评者将"性需要"看做现代女性已然超越的低层次阶段性需要。与上述两种批评倾向不同的是,他们并不否认或回避女性性欲望存在的合理性,但他们坚持认为性欲望和吃穿住行一样是低层次的生物性要求,这种要求早已随着新中国妇女的解放而被充分满足,当代中国女性应该超越生理需要的低级阶段进入社会性需要的高级阶段。这种将人类需要进行等级划分的方法似乎有理由使批评者

[①] 阮忆:《女性文学和女性意识——新时期女性文学断想》,《文艺评论》1987年第4期。

乐观地相信,"我们已经得到一个判别中国近代、现代与当代妇女的解放程度乃至社会进步的理论性参数。即是说,哪个社会的妇女所追求的合理需求层次越高,说明其解放程度越多,社会亦越进步。"[①]

实际上,与世界各国妇女一样,中国女性的肉身解放与精神解放也不是一个前后承继的线性进化过程。二者在封建男权文化中同时受到贬抑,因而需要一种共时性的解放。当社会文化和制度允许女性自由寻求婚姻对象时,并不意味着她同时已然获得了充分的身体控制权。对这种双重压抑的无视导致了批评者对于如何认识女性的"人身自由"这一概念产生了结构性缺失——将之仅仅等同于女性走出闺阁,不在空间上受到约束,而女性是否得到了对自己身体的赋义权、支配权和保护权,则还没有进入当时批评者的视野。

以上三种批评态度其实都有意无意地回避了一个棘手的问题,那就是如何正面阐释女性性欲望的意义和价值。我们从这种回避中隐约可以见到封建男权道德针对女性的"性不洁观"。不过,在一个将"人性解放"作为普泛主题的年代,这种性禁忌的痕迹不太可能是显性的存在,它往往采用变体的方式隐含在批评者对"人格"、"自由"等理念的讴歌中。在女性性欲望的不洁感和爱情的神圣感之间,在性禁忌与性自由之间,20 世纪 80 年代的批评者表现出某种值得探究的矛盾态度,这种态度从批评者如何阐释女性的"名誉"和"贞洁"等概念中可见一斑。

一些批评者虽然肯定女性追求"性爱自由"的合理性,却又格外强调女性在这一追求过程中所付出的"名誉"代价。比如有文章在谈到女性对爱情主题的写作时指出:"作为妇女中先知先觉者的女作家们,为今天妇女的进一步解放,不仅付出了辛勤劳动的心血与汗水,而且付出了巨大的牺牲——包括对女性最为珍视的名誉的牺牲,这种勇气

[①] 夏中义:《从祥林嫂、莎菲女士到〈方舟〉》,《当代文艺思潮》1983 年第 5 期。

和牺牲精神,往往只有开拓者才具有。"①又如:"张洁,20世纪80年代一位勇敢的女性,她甚至不惜自己的名誉受到严重挑战的代价,辟开布满荆棘的妇女文学之路,树起一帜。"②从中不难看出,研究者们认为对女性作家而言所谓"名誉"是最为珍贵的。尽管他们正面肯定女作家放弃某种"名誉"的先锋精神,但这种肯定是以默认女性"名誉"的传统内涵为前提的。

与此类似,批评者有关女性"贞节"的阐释也表现出某种"欲拒还迎"的矛盾立场。《性扭曲:女界人生的两极剖视》这篇文章具有一定的代表性。批评者一方面正面抨击"处女嗜好"、"从一而终"等父权文化中的"贞节"观念,另一方面却并没有放弃将"贞节"作为女性独有的道德规范,只不过是将其变体理解为某种女性"生命本体内在"的要求。文章写道:

> 贞节作为一种积极的德操,是女性性意识觉醒的标示。……一旦女性智力的发展使她们走出了性蒙昧的时代,便觉醒了沉睡的性意识,随之产生了女性所特有的性羞耻感(羞怯、羞涩感)、排他性要求以及个体意志和人格尊严。妇女的这种内在的贞节要求,使其在阳施阴受的自然性行为中,不致因为被动的地位而失去自己的人格尊严,特别是父权文化将女性视为男性性享乐的玩偶以后,女性内在的贞节要求则使其最大可能地维系了个人意志,成为一种自我保护的内在动力。③

从这段论述看,作者似乎是想将"贞节"阐释为女性维护自身的个体意志、人格尊严的一种天然的心理防御机制。但这种女性"贞节"观值得

---

① 吴黛英:《新时期"女性文学"漫谈》,《当代文艺思潮》1983年第4期。
② 谢望新:《女性小说家论》,《黄河》1985年第3期。
③ 王绯:《性扭曲:女界人生的两极剖视——来自〈中国女性系列〉的报告》,《上海文论》1989年第2期。

商榷:其一,女性觉醒了性意识之后为何会产生"特有的性羞耻感"?显然,在批评者的潜在话语中,女人的"性"依然是不健康、不自然的和不洁净的。她很难在"性"的道德禁忌和"性"的自主守护之间划分出一条清晰的界限。其二,如果说"贞节"是人类对个人身体尊严的正当守护,是一种"生命本体内在"的要求,那么为何男性不存在这种需要呢?虽然批评者将"贞节"的内涵从一种被动的身体压迫转换为一种主动的内在的身体守护,但"贞节"依然是女性需要独自遵守的身体规则,女性并没有从中获得表达欲望的权利。

这种专门针对女性的"性不洁观"也影响到批评对于女性创作的文学功能的判定。不少批评者认为,女性文学创作应该是一种"美的化身",它的特质在于带给人们"净化心灵"的功用。这种文学审美期待的基本出发点是去除女性身体的感官欲望,认为女性文学之美就在于坚持精神世界的高尚而不能涉及身体需要的具体描写。比较典型的是关于航鹰小说《明姑娘》[1]的评论。这篇小说讲述了一位盲人姑娘自强不息的故事。文中没有正面提及女主人公任何身体残疾的痛苦,而是将笔墨重点放在展现明姑娘的乐观精神上。这种回避身体细节体验的"想象和夸张"得到了批评者的高度肯定:"作者略去了残废者生理上的痛苦、缺陷和丑陋,通过想象和夸张,把内在美和外在美集于明姑娘一身,使之成为美的化身"[2]。

应该承认,这种去除身体欲望的文学审美期待在很大程度上秉承了20世纪50年代后新中国文学创作中的身体观念。在这一时期,我们可以看到一个越来越清晰的对肉体的排斥和贬低过程:身体不仅成为与精神相对立的存在,在激进的"无产阶级世界观"中,肉身及其所表征的个体欲望还带有了"私"的性质。然而,身体问题对于女性而言

---

[1] 航鹰:《明姑娘》,《青年文学》1982年第1期。
[2] 吴黛英:《新时期"女性文学"漫谈》,《当代文艺思潮》1983年第4期。

似乎远没有这么简单。批评者不仅要求女性创作是"去欲"的,而且希望女性身体通过这一"去欲"的过程成为"美的化身",从而使作品具备"净化人的心灵"的文学功能。"女性文学之美,在内容方面多表现为歌颂崇高的理想、美好的心灵和高尚的行为。……女性的心灵就像一座熔炉,生活在这里得到了过滤和净化,淘汰杂质,留下来的是美的结晶。这一类纯净的作品在女性文学中比比皆是。"①这后一种"净化"功能被看做女性创作的"天然"优势和独有之态,这显然有别于批评界对男性创作的审美期待——为什么单单是女性的文学创作应当肩负起"净化人的心灵"的功能呢?这种高尚性和纯洁性的美学期待隐含着女性角色的定位:"好"的女性应该是没有身体欲望的、具有神性的奉献者。这与男权文化对于女性的道德监控密不可分。对所谓道德完满的女性的呼唤企图剔除的正是女性血肉之躯的丰富性和复杂性,这种过滤的最终目的是抑止其产生独立的思想价值体系的可能性。想象某一性别必然是"纯美"的,正如想象某一性别必然是"邪恶"的一样不可思议。其中所渗透的,不能不说是一种片面针对女性的"精神贞洁观"。

综上所述,20世纪80年代初期的文学批评对于女性身体的态度表现出明显的矛盾之处。研究者既希望依托女性的身体重新建构被社会忽视已久的女性特质,又难以在这种重建中摆脱封建男权文化对女性身体的想象和规范,独立拓展关于女体想象的丰富的审美空间。这种矛盾的立场直到21世纪的文学批评中仍时隐时现。可喜的是,从80年代中后期开始,随着西方女性主义理论的译介和本土女性研究的深入开展,不少研究者从女性主义视角对女性的身体权力和身体处境进行反思,并取得了切实的收获,从而为我们围绕这一问题展开进一步思考提供了新的条件。

---

① 吴黛英:《新时期"女性文学"漫谈》,《当代文艺思潮》1983年第4期。

性别视野中的"小女人散文"批评话语

乔以钢 李 萱

在文学研究中引入性别视角,已逐渐成为学界公认的合理而有效的阐释方式之一,而在文学批评话语中引入性别视角同样值得实践。其中的道理很简单:不仅文学创作者是有性别的人,文学批评者同样皆有性别,不同性别带给文学批评者不同的人生经历和生命体验;与此同时,两千多年积淀下来的性别集体无意识,会以不同方式、在不同程度上融入文学批评活动,并通过文学批评话语这一外在形式展示出来,进而对作家创作、读者接受乃至社会性别文化产生深刻影响。在这个意义上,带有性别意味的批评话语是一种隐性的权力运作方式,它不是对文本现实纯客观的体现,而是批评主体基于历史与现实对批评对象的一种陈述、创造和建构。批评方式与话语表达的选定与采纳,"既有批评家一贯着力的技术渗透,也有他自觉的价值参与,更融涵了批评主体固有的无意识心理范型和思维定势"[1]。其中无可置疑地包含着性别自觉或性别无意识的因素,这也就为我们从性别视角入手对批评话语进行二度批评提供了依据。

本文以20世纪90年代以来文学批评话语中出现的一个有着特定内涵的词组——"小女人散文"为考察对象,从性别文化的角度进行分析。

---

[1] 邵莹:《"第七天的批评":试论作家批评》,《华中师范大学学报》2003年第3期。

性别视野中的"小女人散文"批评话语

"小女人散文"所指称的对象,最早出现于 20 世纪 90 年代初广州、上海等沿海城市创办或改版发行的各种"晚报"及"副刊",作者多是从业于报刊及电台的女记者、女编辑。她们以撰写篇幅短小的都市女性小品文在专栏发表的形式赢得众多读者的注意,其中比较有代表性[①]的作家如马莉、石娃、黄茵、张梅、南妮和黄爱东西等。不过,这批都市女性小品文真正引起文坛关注并开始兴盛是在 1995 年前后。1995 年,联合国第四次世界妇女大会在北京召开,在此前后,花城出版社和上海人民出版社分别组织出版了装帧精美的散文合集《夕阳下的小女人》和两套"都市女性随笔"丛书,并举行了女作者签名售书仪式。随后,《广州文艺》1996 年第 3 期刊出"女人的都市"专号,并设"小女人散文特辑",发表了八位女作者的作品及照片;同时刊发艾晓明、程文超、姚玳玫、陈虹等批评家的评论文章。同年,北京大学谢冕教授主持召开关于"小女人散文"的研讨会,并在 1996 年第 5 期《艺术广角》上以"文学的软化现象研究"为题,辟专栏集中刊发了此次研讨会的部分文章。接着,《光明日报》、《文艺评论》等报刊亦先后发表了相关文章。

至此,"小女人散文"作为都市女性小品文"约定俗成"的命名进入文学批评话语,经由媒体的渲染与推进,逐渐型构为在特定的社会、地域、文化、经济背景下出现的一个有着深刻性别文化内涵的文学现象,同时也成为文学批评谈到相关话题时屡屡出现的词汇。近些年,一再有学者对这一命名提出质疑[②],但其间的问题仍未从理论上和实践上得到充分澄清。为此,本文透过性别视角,尝试对这一文学批评现象展开进一步分析。

---

① 邵莹:《"第七天的批评":试论作家批评》,《华中师范大学学报》2003 年第 3 期。
② 参见谢玉娥:《"小女人散文"批评话语质疑》,《妇女研究论丛》1999 年第 1 期;刘思谦等:《女性生命潮汐——二十世纪九十年代女性散文》,河南大学出版社,2005 年,第 131~145 页。

一

20世纪90年代,文学界先后出现过"女性文学热"和"散文热"。"小女人散文"批评话语正好同时涉及这两个方面。并且,从其产生到逐渐消退,学界围绕它所展开的批评与争论也正围绕着"小女人"和"小散文"这两个焦点。而其之所以会成为焦点之一,正表明它们触及了性别观念、文学观念以及社会文化心理的敏感地带。

先看第一个关键词:"小女人"。"小女人"是当下日常生活中应用频率比较高的词汇。它常常或明或暗地与"大男人"并置,用来指称与高大、坚强、有主见的"大男人"截然不同的温柔、娇媚、小鸟依人的女性。可以说,作为一个性别符号,"小女人"的"能指"是传统性别观念制约下的社会文化对女性从内而外的限制、规范与压抑,它所顺应的是"大男人"对女性的性别期待心理。而无论是"小女人"抑或"大男人",同样都是男性本位文化思维的产物。

"小女人散文"所指称的对象以及包括编辑在内的批评者对其进行的命名,正是在这样的语境下产生的,深受传统性别观念影响的大众读者也是在这样的语境下阅读并欣赏作品的。然而,"小女人"的内涵在这一过程中并非固定不变。它复杂而暧昧,并且,在作者、批评者以及大众读者的内部与相互之间,在有关这个概念的理解上,存在着颇有意味的分歧。

都市女性小品文的作者大多是在偏于传统的教育背景中长大,并长期生活在广州、上海等经济发达的大都市,有一定的经济基础和社会地位,具有独立、自主的精神,这使得她们对"小女人"的理解原本并非完全拘囿于男性中心话语的框架内。她们或是在散文中以"小女人"自称,或是将"小女人"作为笔下女主人公的自称,在不同的语境下赋予其不同的含义。比如,黄文婷的散文《生活所迫》中的"小女人",

性别视野中的"小女人散文"批评话语

指的是传统意义上习惯于依赖大男人的"小女人",作者通过"我"的成长与自立对其进行了自嘲与批判;马莉则在散文中以"聪明亲切而又自然"的"小女人"自诩,以区别于那些"大手大脚大个子大膀子讲话大声大气"的从"男女都一样"的时代走来的"大女人";黄爱东西更是直接打出"都市里的小女人"的旗帜,把自己的散文集命名为《大都市小女人》,有意以"小女人"与大都市中的"伪君子"、"大市民"形成对应,借助日常生活的感受和体验,阐发现代知识女性的个体意识。

可以说,就这些女作者写作意图和主观倾向来讲,主要是想借"小女人"这一男性中心话语的"旧瓶"来换装"新酒",即传达身处都市的现代知识女性不同于传统女性的个体独立与自主精神。然而,她们所采用的特殊表达方式,使其作品呈现出较为复杂的局面。一方面,在她们的作品中,"小女人"既有时相对于"大男人",指称"依赖性较强"的传统女性,也时或与"大女人"、"大市民"对应,指称"风情万种"、独立而自信的现代女性,总体上看含义并不确定;另一方面,当她们在作品中尝试表达自己对"小女人"不同于男性中心话语的理解时,常会出现自相矛盾的情况。如素素在自称"小女人"时,认为"小女人""不懂生活的愁苦,不谙世事的炎凉,总是有几多的闲情逸致"(《浅谈"小女人"》);马莉在自诩为不同于"大女人"的"小女人"时,认为"小女人""真真正正的愁肠百结而又风情万种"(《"小女人"一词》),而这些恰正落入男性中心话语对女性性别角色的期待。黄爱东西将"大都市里的小女人"指认为"集小人与女子之大成"、"直接而简单"、"爱虚荣,爱热闹,爱是非"(《小女人者》)。表面上看,似乎剔除了男女对立,具有一定的女性自审意识,实际上却仍然没有摆脱"真/伪"、"大/小"二元对立的思维模式。她在散文《小女人者》中阐释"小女人"时,还搬出了孔夫子有关"女子与小人"的断语"近之则不逊,远之则怨"作注解,也许本意是想说明"小女人"与"大都市"的关系与距离,但却于不自觉间陷入了传统性别话语的窠臼。

493

这些情况表明，都市女性小品文的作者对"小女人"内涵的理解基本上是处于新旧杂糅、思维含混的状态。她们以"小女人"自称，并在具体的语境中不断变换参照点，尝试寻找并定位身处都市的现代知识女性的社会位置与性别角色。但是，正是对"小女人"这一男性中心话语的借用，导致其不可能真正形成对男性中心文化的反拨。我们知道，语言符号不仅是表达和交流的工具，更是文化的载体。"小女人"这一传统性别符码实际上负载着传统性别观念并将其外化。它本身所依托的传统性别观念决定了借助这一词汇无法摆脱传统性别观念对语言符号的内在束缚，而只能是"在语言后面跛足随行"（海德格尔语）。与此同时，作品中所呈现的"小女人"内涵之复杂暧昧，也使都市女性小品文在被包括编辑在内的批评者与大众读者接受的过程中，围绕这一关键词的理解出现了诸多歧义。

首先，包括编辑在内的批评者的指认与作者的主观意图之间存在距离。马莉在《"小女人"辩——兼答朱建国》[1]一文中曾说，她的散文《夕阳下的小女人》原名为《阅读》，在投给杂志社后，标题被编辑改为《夕阳下的小女人》。后来，花城出版社要为她们出版散文合集时，又被责编拿来作为散文集的总标题。马莉对此命名一直耿耿于怀。这是编辑在性别集体无意识的影响下对作品最初的"指认"，同时也是他们基于市场规则与大众读者的需求对作品所作的编辑加工。它直接影响着文学批评话语的生产以及流通。对此，女作家素素总结说："名称并不等于内涵"[2]。但在批评实践中，这种指认无疑发挥着影响和作用。例如，黄文婷的散文《生活所迫》讲述了一个"依赖性很强的小女人"如何成长为独立面对生活的女性的故事，但有些批评者却直接依据"小女人"的传统含义断章取义，将都市女性小品文指认为缺乏精神

---

[1] 马莉：《"小女人"辩——兼答朱建国》，《文汇报》1996年4月30日。
[2] 陆梅：《21世纪上海大文化丛书——谁在畅销》，学林出版社，2003年，第66页。

性别视野中的"小女人散文"批评话语

独立的自主人格,"将女人的依赖性表现得淋漓尽致"①。面对作品的这种遭遇,与马莉觉得"只好这样"的态度不同,黄爱东西直接对这些"因小女人而生义"的评论文章表示了不满,认为作者原本"都是自食其力的人",被归入"娇滴滴的宠物","实在冤枉"②。

其次,批评内部对"小女人"理解混乱。一些批评者从传统性别观念出发,将商业语境下的都市女性小品文误读为类似于"六朝金粉,五代绮罗"的媚俗的"快餐文化"、"泡沫散文"③;另有一些批评者尽管敏锐地意识到"小女人"之称不无问题,认为小女人的絮絮叨叨、多愁善感、计较小事与都市女性小品文的"轻松心态、通透品性和宽容境界"南辕北辙,但是为了论说的方便,仍继续使用这一命名④;还有一些批评者却是将"小女人"的自称与命名视为对男性话语的戏谑,有意加以推广⑤。而其结果,很可能是于无形中愈加促使女性与女性写作的双重边缘化。

此外,大众读者作为文学作品最主要的接受群体,有其自身的复杂性。不同性别的读者对作品的感受和理解也往往有所不同。一些女读者,特别是现代都市的知识女性读者,更多地表现出对女性小品文的认同与共鸣,甚至"蔓延成为一个'文学现象'。黄爱东西等人在上海更成为红了半边天的明星"⑥。这种现象并不奇怪。作为普通读者,她们的日常阅读很自然地更倾向于轻松消闲,而较少可能从性别观念的角度对"小女人"这一命名进行自觉的理性审视。部分男性读者或轻视与排斥都市女性小品文对身边琐事和一己情怀的书写,或反过来将女性小品文甚至连同其作者统统作为精神消费的对象,贴上

① 林祈:《"小女人散文"与消费文化》,《艺术广角》1996年第5期。
② 黄爱东西:《代跋·想说的话》,《誓言》,上海人民出版社,1997年。
③ 若峰:《"小女人"·凌云笔》,《中国文化报》1997年1月7日。
④ 杨苗燕:《重新发现"小"的美丽》,《广州文艺》1996年第3期。
⑤ 姚玳玫:《个人与规则:专栏作家的纯情与尴尬》,《广州文艺》1996年第3期。
⑥ 程文超:《说不尽的小女子》,《广州文艺》1996年第3期。

"小女人"的标签。于是,"小女人"称谓中的性别歧视意味在这样的文化语境中被进一步强化。

二

"小女人散文"批评话语的第二个关键词是"小散文",即"小女人"写的"散文",或"女人"写的"小散文"①。它所对应的是"大散文"的概念。

1992年,贾平凹在《美文》杂志创刊号上,发表题为《提倡"大散文"概念》的文章,针对当时国内散文的浮靡甜腻之风,首次提出"大散文"的概念。提倡散文要写大境界、大气象,追求雄沉、博大的感情,"内容上求大气,求清正,求时代、社会、人生的意味"②;思想上拒绝生活的琐碎平庸,力求具有独特的文化反思性、现实批判性和思考的深刻性。当代文坛的众多作家,如余秋雨、周涛、张承志等人,都自觉地加入到这类"大散文"创作的行列中。与此同时,"大散文"也被称为20世纪90年代的"时代文体"③。

"大散文"概念的确立,诱导批评者将那些与"大散文"在题材选择、审美趣味等方面截然不同的都市女性小品文相对应地称为"小散文";同时还引发了学界对被称为"时代文体"的"大散文"的认同与对"小女人"或"类小女人"写的"小散文"的批评和争议。在此,我们不妨从如下两方面来加以探讨。

首先,散文命名中"大"与"小"的问题在文学批评史上存在已久。

---

① 1996年第3期《广州文艺》推出"小女人散文特辑"时有一段编者的话:"至于何为'小女人散文',自然还会有不同注解,最直截的方法,或许是把'小'字挪后,变而为'女人小散文'。"
② 贾平凹:《〈美文〉三年》,《美文》1996年第1期。
③ 陈剑晖:《论20世纪90年代中国散文的文体变革》,《中国社会科学》2001年第5期。

当它涉及性别因素的时候,不可避免地有着传统性别关系模式对文学批评的渗透。

中国两千多年散文史上一直有"立言载道"和"言志抒情"两大流脉。前者较多地被主流意识形态束缚;后者则更看重文学的个人化,即言个人之志,抒个人之情。周作人曾根据散文是"载道"还是"言志",将其分为"集团的"与"个人的",并将后者称为小品文,认为小品文是"个人的文学之尖端"[①]。与"小品文"相对应的则是"大品"[②]。而有着大与小、载道与言志、集团与个人这样内涵分立的散文创作,其相互间的关系模式与以男性为中心的父权制文化所规定的崇大抑小、男尊女卑的传统性别关系模式是如此暗合。更进一步说,文学批评话语其实历来都渗透着男性中心文化主导下的性别观念,对散文流脉的认知也自古以来便打上了性别无意识的烙印。

散文命名的"大"与"小",大多时候是就作品内容的"载道"或"言志"以及篇幅的大小而言。在处于20世纪末期的90年代,"大散文"顺应时代思想文化潮流以及散文本身亟待变革的美学要求,在散文创作中占据了正席;又因其大气魄、大格局和大境界的内质比较符合男性本位的审美尺度,故而被评论者以"大"名之,成为具有代表性的"时代文体"。而"小女人散文"则因为内容展示的是"小情境,小感小悟,身边琐碎饤饾的事情",空间较为狭窄、篇幅短小,被比喻为"女人家嗑瓜子"[③],很少得到文坛认可。加之作者大多为生活在都市的年轻女性,因此,"小"便进入了它的标签,用以指称"小女人"写的"小散文"。相形之下,"小女人散文"的命名显然更为被动,一定程度上具有男性

[①] 周作人:《近代散文钞序》,《中国新文学大系导论集》,上海书店,1982年。
[②] "小品"之名本于佛学,原意是与"大品"相对而言的,指佛经的节文。刘孝标为《世说新语》所作的注中说:"释氏《辨空经》,有详者焉,有略者焉,详者为《大品》,略者为《小品》。"
[③] 徐三思:《"女人家嗑瓜子"》,《咬文嚼字》1997年第1期。

创作压抑女性创作、民族国家叙事压抑日常生活审美叙事的文化意味。

　　与其遭遇形成对照的是，一些女作家写的符合"大散文"理念的作品（例如马丽华的西藏文化散文和王英琦的灵魂拷问散文），由于冲破了以往女性散文写作偏于狭小的格局，将笔触伸进历史和文化的广阔领域，知识丰富、叙述从容、气势宏大，而受到批评界的肯定。与此同时，一些男性所写的与日常生活琐事相关的散文则被称为"类小女人散文"，也即"小男人散文"，并被认为"更能令人起腻"，"忸怩、矫情、造作"，没有个"男人的样儿"①。当然，批评家对女性"大散文"的肯定或对"小男人散文"的否定，并非仅仅着眼于性别角度，甚至可能主要并非出自这方面的考虑，但其间与传统思维模式在一定程度上形成了某种呼应。

　　其次，关于"（大）小散文"的命名受到包括编辑在内的批评者的"前理解"的综合影响。"前理解"指的是"批评者尚未接触文本时自身已形成的知识修养、批评意识等先在观念"。而与性别有关的"前理解"主要包括批评者的性别集体无意识以及他们长期沿用而又习焉不察的以男性为中心的审美标准与批评范式。在对批评对象的命名中，这种审美标准和批评范式产生了综合性影响，并在批评话语中反映出来。

　　毋庸讳言，"大散文"的创作从贾平凹提出其概念，一直到后来成为集结了很多散文家的创作潮流，是由部分男性散文家着力倡导并成为其主要作者的。他们并不仅仅是文本的创造者，一些人往往同时还兼有杂志主编及批评家身份。而"小女人散文"的命名者显然是首先认同了"大散文"的概念与文学主张，进而以其为坐标和尺度，衡量90年代的都市女性小品文，将其命名为"小女人"、"小散文"。批评者的

---

①　樊秀峰：《"小男人"快长大》，《文学自由谈》1998年第1期。

性别集体无意识以及他们所沿用的传统性别关系模式影响下的审美范式，综合影响着对创作的评价与指认。事实上，90年代女性小品文的内涵并不那么单纯，其中既有传统性别观念的印痕，也有都市中的人、特别是都市女性个体价值的张扬，以及她们日常生活体验、生命感受的倾诉。可是，在特定的评价尺度下，男性中心审美思维给予这些作品的是简单化的定位和总体倾向上的否定。这类有关"小女人散文"的批评话语，实际上是传统性别观念与性别集体无意识在文学批评标准和批评话语中的渗透与反映，是以男性为主导的文学批评对女性创作的性别压抑和改写。在这样的情况下，有关批评自然难以对90年代都市女性小品文创作作出恰当的概括和评价。

综上，我们认为，把女性小品文称为"小女人散文"是既不准确也不合理的。这样的命名借用"小女人"这一带有明显男性本位色彩的话语，并沿用了深受传统性别观念影响的散文批评范式。它潜在地以"男性大散文"创作为尺度，将女性与某种类型的女性散文创作从整体上置于次等地位，陷入了两性对立、男尊女卑的思维方式，客观上强化了以男性为中心的社会文化对女性及女性创作的性别压抑和消费心理。

应该指出，时至今日，一定程度上与这一命名相类似的现象在文学批评话语中依然屡见不鲜。例如，在有关所谓"私人化写作"、"美女作家"、"身体写作"等创作现象的命名和阐述中，时常可见男性中心话语对女性与女性创作的误读。这些批评话语对大众阅读产生着非常消极的影响。为此，在当前的文学批评建设中，对那些与社会性别现象密切相关的文学批评话语进行自觉的文化反思，揭示其中存在的问题，是必要而有益的。

论生态女性主义批评及其本土实践

乔以钢　李晓丽

近年来,生态环境成为备受人们关注的热点。在这个关乎人类与自然以及人类未来命运的重要问题中,一些女性发出了响亮的呼喊。她们用雄辩的事实痛心疾首地宣告:自然正在人类疯狂的攫取和冷漠的摧残下渐渐走向死亡;长此以往,人类将永远面临没有鸟语花香、只有死亡和病痛的"寂静的春天"。部分女性对生态问题的敏锐体察及其一系列相应的现实行动,催生了女性主义与生态主义相融合的生态女性主义理论。它对文学批评产生了深刻影响。

一

1962年,美国海洋生物学家蕾切尔·卡逊出版《寂静的春天》一书,探讨现代科学对自然的开发以及女性和自然同样被奴役的历史,为澄清妇女 — 自然关系的复杂性提供了发人深省的思路。书中振聋发聩地提出现代社会对自然贪婪的掠夺和破坏造成潜在威胁,第一次把女性和自然受到的迫害紧密相连,揭示出其中的近似性,呼吁人类与自然和谐相融。这本著作成为生态女性主义的先导。1975年,法国女性主义者奥波尼提出"生态女性主义"的概念。1980年,美国加州大学伯克利分校环境哲学与环境伦理学教授卡洛琳·麦茜特出版了重要著作《自然之死——妇女、生态和科学革命》(以下简称《自然之死》),从妇女与生态的双重视角出发来评介科学革命。作者翻开西方文明的历史褶皱,小心地梳理出一条西方女性与自然同构的历史,不仅考察"社会变化与变化着的自然建构之间的关联",也指出"当今日妇女试着去改变社会对自然的支配时,她们是在推翻自然和妇女作为文化上被动的、次要的种种现代建构"①,从理性思辨上把生态女性主义推向深入。此后,澳大利亚生态女性主义理论家薇儿·普鲁姆德在其著作《女性主义与对自然的主宰》中,又作了进一步阐述。她在前人奠定的基础上,追求一种宏大的视角,绘出了生态女性主义的理论蓝图。

生态女性主义的文化批判是秉承其反对人类中心主义与男权中心主义的基本理念展开的。它"不是试图寻求一种以女性为性别基础的品质来替代男性品质,而是提倡一种女性的组织原则,这种原则不仅将改变生产和再生产关系,而且也改变人们的思想意识"②。其根本目的,则是追求建立平衡、和谐、完整的生态系统。

首先,生态女性主义通过对西方文化的现实反省和历史重审,对男性中心主义的西方理性哲学进行了批判。它从人类历史文化的长河中,提取出这样一个有关两性格局的现实:以柏拉图为起点的西方理性哲学从有机论发展到机械论,隐匿了男性与女性在智慧上平等共享的可能,把女性与无言的自然、无生命的物质世界、无理智的非理性并置,并在此基础上指认其本质特征;进而在女性/自然与男性主宰的理性世界的截然对立中,建构起西方理性哲学的男性中心主义体系。在这个体系中,"男性对待与摧毁女性的方法与男性对待与摧毁自然

---

① [美]卡洛琳·麦茜特著,吴国盛等译:《自然之死——妇女、生态和科学革命·前言》,《自然之死——妇女、生态和科学革命》,吉林人民出版社,1999年,第3页。
② 金莉:《生态女权主义》,《外国文学》2004年第5期。

的方法二者之间存在着明显的联系"[①]。女性和自然一样成为男性的附庸,成为地位低于男性的被动者以及受制于男性、为男性服务和驾驭的"他者"。这一判断犀利而醒目地揭示了男权思想的根深蒂固及其普遍存在,强化了以反抗和颠覆男女不平等为逻辑起点的女性主义理论基础。由于它挖掘出男权思想的哲学背景——二元对立的理性哲学,女性主义的任务在此也便很自然地有所延伸:它不再仅仅是站在女性立场上争取女性应有的与男性平等的权利,而是同时要在充分认识男权思想得以生成并长期存在的深层土壤的基础上,把男性和女性从二元对立的思维框架中解放出来,为男女两性携手实现双性和谐、共同发展的性别文化理想提供理论和实践方面的指导。

其次,生态女性主义以女性和自然的关系为参照,思考女性在人类社会中的现实生存,反对人类中心主义。生态女性主义认为,女性与自然在存在方式上有着天然的相似性,女性的生育本能、生理节律、情感内涵、思维方式等与自然具有很大的关联性。比如,世界各地不分种族、肤色和文明程度,几乎都存在着把自然或者大地比作"母亲"的文化观念。在有关女性的刻板印象中,母性品格与传统文化观念中赋予"自然"的坚忍、奉献、博大、柔弱、神秘等特性具有相似性,这也成为许多民族的共识。传统文化一般认为,在思维方式上,女性更倾向于用整体的方式来处理人与自然的关系,把自身看做与自然同一的;自觉不自觉地出于交互主体性原则与自然进行交流,以达到和谐共生。这种对待自然的态度构成了很多女性参与现实生态运动的情感内驱力。它与积极的、具有建设性的生态伦理的要求相一致,不仅对推进生态主义的发展具有参考价值,同时也开启了一些女性主义者把交互主体性原则延伸到男女两性之间来建构性别和谐的新思路。

---

① [美]威廉·鲁克特:《文学与生态学:一项生态批评的实验》,[美]格洛特·费尔蒂主编《生态批评读本》,美国乔治亚大学出版社,1996年,第117页。

论生态女性主义批评及其本土实践

　　从生态女性主义的基本观点可以看出,这是一种具有多向理论整合性质的、富于开放性的文化理论。不过,生态女性主义内部在具体如何看待女性与自然的关系、是否应该支持社会发展等问题上存在分歧,因而形成了不同的分支。大体包括文化生态女性主义、社会生态女性主义、自由生态女性主义、激进生态女性主义、批判生态女性主义、原住民生态女性主义以及第三世界生态女性主义等①。

　　在生态女性主义理论影响下,文学艺术领域的女性主义批评开始探询新的路径。卡洛琳·麦茜特在《自然之死》一书中,运用西方艺术史的事实,向人们揭示了女性在男性艺术家笔下作为自然的延伸物被随意塑造的现象。比如女巫被塑造为同恶劣的自然一样具有邪恶的力量;又如在男性画家的田园画中,常可见到女人以美丽的裸体出现等。作者认为,这是把自然与女人同样当做给男性带来愉悦和享受的他者来对待。《自然之死》还专门设有"文学形象"一节,分析了斯宾塞、莎士比亚等作家笔下的女性与自然形象之间的对应关系,批判了培根反自然、反女性的文化倾向。无论是关于绘画还是关于文学,《自然之死》都揭开了隐匿在大量西方文学艺术田园诗般的浪漫抒情背后的男权思想,印证了人类对自然的主宰姿态与男性对女性的性别压迫在逻辑关系上是同源、同质的。

　　此外,生态女性主义批评进行拿来"再解读"的,还包括一些经典小说。比如,以生态女性主义的观点来看,《鲁滨逊漂流记》不再是弘扬人类智慧和生存能力的高贵,而是表达当人面对自然时,夸饰人类(男性)对自然的开发和主宰的能力,宣扬人类智慧在原生态自然面前的绝对优势。又如,长期以来的文学批评大都认为,劳伦斯的作品《查特莱夫人的情人》抒写了对人类情爱的无上赞美;它把性的欢愉与美

---

① 关于生态女性主义的分支有不同的划分,在此采用李银河《女性主义》一书中的说法。参见《女性主义》,山东人民出版社,2005年,第87页。

丽的自然融在一起,为西方文学建构了"天人合一"的自然、健康情爱模式。而生态女性主义批评却指出,小说中无论是作为浪漫情爱因素的自然环境,还是对所谓本真情爱的赞美,都是站在男性本位的立场上,维护着男人雄强、具有主导力量,女人柔弱、等待被男人开发这一传统文化有关男女性别角色的认知。尽管小说中的女主人公康妮仿佛在与看林人梅乐士的性爱中获得了新生,但在这个过程里,梅乐士显然居于优势、主导的地位。所谓自然主义的性爱其实并没有脱离男性占有和征服女性的内涵,没有改变男性在女性面前的主宰姿态。

与此同时,生态女性主义批评认为男性作家在融入自然方面是不彻底的,往往带有或多或少的功利之心,不如女性那样自觉地将自然与自身同一化。比如,有论者指出,《瓦尔登湖》(梭罗)的作者虽然亲近自然,但这种亲近不是放下人类的尊严,与自然达到融合,而是站在一种观察、观测的角度,没有脱离超验和逃离人类社会的功利心态。批评者认为,同样的自然,在男性作家和女性作家笔下会有不同的表现。这里的一个例证是,英国浪漫派诗人华兹华斯与他的妹妹多萝西都曾写有以自然为主题的作品,但是华兹华斯把自然当做对象化的事物,其后期诗歌中的自然具有某种象征意味;而多萝西则能够贴切地表达出女性与自然同一的感受,让自然以自在的方式进入文学世界。

生态女性主义理论除了引导女性主义文学批评从文学作品中甄别隐匿的男权观念和人与自然的二元对立关系外,还致力于重新发掘女性文学作品的意义。比如从生态女性主义视角对英国女作家弗吉尼亚·伍尔夫的作品加以审视,会发现她的部分作品关注的是动物或风景与人类之间的联系,表达出人类处于与自然息息相关的网络中的思索。由此来理解作品中人物与自然内在合一的心理气质以及对女性与自然、与他人关系的处理,令人耳目一新。还有研究者吸收生态女性主义理论对其他一些女作家的作品(如玛格丽特·阿特伍德的《浮现》、《使女的故事》,玛丽·奥斯丁的《干涸的土地》,艾丽斯·沃克的《紫颜色》，薇拉·凯瑟的拓荒小说等)进行解读,同样拓展了作品的内容空间,作出了比较深入的阐释。一些原本被埋没的女性创作也得到重新发现。

1995年,美国印地安那大学教授墨菲编著了《文学、自然与他者:生态女性主义批评》,这位女学者还与另一位生态女性主义者格里塔·加德合著了《生态女性主义文学批评:理论、文本阐释和教学》。1996年,美国生态批评家格洛特·费尔蒂主编了《生态批评读本》。在"导言"中,她对女性生态批评发展的进程作了这样的概括:第一阶段,发掘女性主义文学的主题和作品;第二阶段,追溯女性主义文学传统,发掘其内涵;第三阶段,考察包括经典文本在内的生态女性文学的内在结构①。通过这些努力,生态女性主义文学批评的影响进一步扩大。

二

近年来,中国当代文坛出现了一批不同程度涉及生态问题的作品,例如《怀念狼》、《大漠狼孩》、《豹子最后的舞蹈》、《狼图腾》、《藏獒》等。在进行解读的过程中,一些研究者对西方生态主义理论有所借鉴。与此同时,吸收生态女性主义批评视点解读中外文学创作的研究也日益增多。其观照对象包括散文、诗歌和小说等各种体裁;所涉及的作家既有女性也有男性,前者如池莉、方方、王安忆、铁凝、迟子建、毕淑敏,后者如沈从文、废名、贾平凹、姜戎、杨志军、周涛等,同时还包括部分外国作家的创作。

研究者注意到,一些作家在创作中通过形象化的方式,表达了对自然与女性同样处在男权思想主宰与压迫之下这一现实的关注。周

---

① [美]切瑞尔·格罗费尔蒂:《前言:环境危机时代的文学研究》,[美]格洛特·费尔蒂主编:《生态批评读本》,美国乔治亚大学出版社,1996年,第215页。

涛《二十四片犁铧》中的一段描述,被视为比较典型的文例:

> 拖拉机以坦克那样沉重、不容商量的样子进行着,它的履带的钢齿碾过覆盖了绿草鲜花的草原,像一个性欲强烈的蛮横男人在少女的胴体上留下的牙印。它是粗暴的、阴郁的,它在某种性欲表象之下执行着一种冷漠的钢铁般命令。它对草原的强暴里不含玩弄和欣赏,它是严肃地、一丝不苟地强奸了草原,破坏了巩乃斯草原与牧人之间保持了很久的青梅竹马之情而后仍然保留着的贞操。

作者用令人震撼的文字描绘出,女性与自然在具有强烈欲望的男性主宰者面前,被迫承受着同样被粗暴践踏和残酷蹂躏的命运。粗暴的开采和掠夺成就了现代工业文明的辉煌,但是其中所付出的人与自然亲和关系破裂的巨大代价,迄今还远未得到足够的重视。类似的文学表述不再是一般意义上的寓情于景、对拖拉机和草原作形象生动的描绘,而是更为深切地将心灵与草原融为一体,以自然为本,批判拖拉机所代表的人为破坏。作者在表达自己关于人与自然的思考时,直接借用男强女弱、主动/被动、支配/被支配的传统两性关系模式,不仅使文字具有象形性,更重要的是大大增强了情感的表现力度。

如果说上面一段文字或许建立在作家对自然和女性命运进行文学联想的基础上,那么张抗抗、叶广芩、毕淑敏等女作家的部分作品,则是非常明确地从女性主体意识和生态意识出发的。她们在自己笔下非常自觉地把女性对自然的感同身受与生态危机的时代命题联系起来。散文《主妇与白色污染》(张抗抗)呼吁主妇们尽量少用塑料制品,以承担起对地球这个人类家园的大爱;《老县城》(散文集,叶广芩)不仅展示了老县城的历史传统和生活习俗,同时也在人类文明进程中思考人与生态环境的关系,关心生物的多样化,倡导人与自然和谐共处的生态理念。毕淑敏的一系列相关文章关注了女性与生态的联系。

《女人与清水、纸张与垃圾》一文敏锐地捕捉到,如果把民俗中的男人和女人进行比较,可以发现二者对自然承担着不等量的责任。男人无论从事多么浪费水的职业,也无须在死后承担任何与此相关的责任;而女人则需要凭借纸做的水牛来替她吸干阻碍她走向来世的水,才可望获得解脱。有研究者指出,这里暗含了女人天然地与自然具有更加紧密联系的观念。不过,它对生态与女性之间的关联的思考,还停留在强调和呼吁女性要更加珍爱自然的生态观念层面,没有深入到把女性与自然的关系与男权思想相联系的理性思考层面[1]。

21世纪初,张抗抗在《我的女性观》中说:"我至今依然坚持认为,只有在一个男人和女人都能得到快乐和幸福的社会里,女性解放才能真正实现。……一个理想的社会,男权和女权应是平等分立、互相制约的。我们最终所渴望的是男人和女人之间的和平共处,达到一种两性和谐,自由融洽的境界。"[2]生态女性主义理论正是在这一向度上与当前的部分女性创作一定程度上有着内在的吻合。对于一些女性文学作品,尤其是叙事型的作品来说,如若我们把文学中所表现的女性与自然的关系当做审视女性与男性、女性与社会关系的一个平台,把这些作品和生态女性主义中关于人与自然、人与人之间相互关联、平等对话、和谐共生、共同发展的理念联系起来考察,可能会有新的发现。

铁凝的《孕妇与牛》等作品,就是在这样的背景下顺理成章地进入了生态女性主义的批评视野。在这篇精致的短篇小说中,孕妇与一头怀孕的牛做着伴,"相互招呼着、关心着",表现了"天人合一、人与周围

---

[1] 韦清琦:《中国视角下的生态女性主义》,《江苏大学学报(社会科学版)》2006年第2期。

[2] 张抗抗:《我的女性观》,见《钟点人》,中国文联出版社,2001年,第292～293页。

环境和谐一体的美的意境"①。这种对待天地间生命的态度,恰与生态女性主义所强调的人在与自然、与他人相处中的"关情"达到了某种契合。又如张贤华的小说《远方》描写出身于大山中的女科学家拒绝顺从有权势的丈夫,自愿留在深山自然保护区的故事。女主人公最终与自然合为一体,找到了自己的生命价值。评论者从故事叙述中看到,在这位女主人公身上,始终涌动着借助自然反抗男权的力量。作品不仅展示了女性家庭生活与事业的矛盾,也揭示了女性和自然同男权之间产生对立的过程②。

再如胡敏琦就英国小说《法国中尉的女人》(约翰·福尔斯)展开的评论③。作者在文章中首先分析了故事发生的维多利亚时代,指出那是一个工业文明逐步形成霸权、男性独占风光的时代,柔顺的女性甘愿做没有自主性的花瓶,像女主人公萨拉这样追求自由的女性会被当做疯子和荡妇排斥在社会之外。不仅女性受到如此压制,"自然"在小说中也是一个"他者"的存在。它承受着工业文明的剥夺,原本自在的山野被有权势的富豪霸占为私家植物园,甚至被贴上"流脓的疮"这样丑陋的标签;而像伊甸园一样美丽的安德悬崖和韦尔康芒斯山,则被诬蔑为淫乱放荡之地和淑女不该涉足之所。而当具有自由生命活力的萨拉遭到小镇放逐后,她寄身于这片美丽的山野,"在观察感知大自然的过程中,获取追求本身的力量,具有自然般的野性"。这是女性与自然具有天然联系的美好印证。萨拉在自然中找到自由、真实自我的同时,也在自然中与异性建立了和谐的关系。她在男主人公查尔斯面前宣称自己是与男性平等的智慧生命:"您不懂,因为您不是一个女

---

① 唐长华:《当代女性文学的生态女性主义批评》,《临沂师范学院学报》2005年第1期。

② 韦清琦:《中国视角下的生态女性主义》,《江苏大学学报(社会科学版)》2006年第2期。

③ 胡敏琦:《自然与命运——〈法国中尉的女人〉的生态女性主义解读》,《译林》2009年第1期。

人,不是一个出生后将来要做农夫的妻子,但后来又受过相当教育的女人,一生向往追求智慧、美和学识的女人。"她还在自然中引导查尔斯去体验没有功利的男女相爱是一件美好的事情。在小说的第二和第三种结尾中,无论结局是萨拉生下她与查尔斯爱情结晶的女儿,还是拒绝查尔斯的求婚独自消失在山野中,都体现了女性自主、自在、自为的本真生命状态。最后,文章得出这样的结论:"《法国中尉的女人》中蕴含的生态女性主义思想为解构文化与自然、男性与女性的二元对立,达到女性与男性、自然与文化和谐共存提供了一个崭新的视野。"文章的分析密切联系西方工业文明的文化背景和作品的实际,阐释合理而富于启发性。

这些作品经由生态女性主义视角的解读,开掘出其所隐含的生命观、性别观,作品内涵由此得到更为丰富的理解。

三

尽管相关批评实践取得了一定进展,但迄今为止,生态女性主义批评在本土的实践还只是初步的。它在给研究带来启发和新意的同时,也显露出其有限性。一方面,并非凡是在题材上与"人和自然"发生关联的创作就一定适合生态女性主义的批评模式;另一方面,即使作品确实适合运用这一视角加以分析,这种分析也只能是在阐释相应的问题时发挥作用。比如,有研究者结合张抗抗小说《作女》的实际指出,女主人公卓尔是在一次畅游大自然的旅途中,在人与自然和谐的氛围中实现了与男性的情爱和谐,这一情节的设置隐现着女性与自然的某种天然联系。又如,在小说结尾,卓尔变化不定的行踪无不与自然和环保有关(有人传闻她承包了一座荒山去植树种草,有人说卓尔在回收废旧电池,也有人说她在投资防风固沙项目,等),这也体现出女主人公在借助生命与自然的关联追求着身心的和谐统一[①]。也有研究者认为,小说中那对美好和谐的翡翠鸟是卓尔理想的化身,对这一意象的多次渲染,隐喻着卓尔在努力摆脱在男权社会中被看、被消费、被征服的命运。而小说中珠宝商郑达磊被生机勃勃的卓尔所吸引,也表达了男性对和自然一样活脱的女性的征服欲与控制欲,这与生态女性主义理论也具有相通之处[②]。这样的解读,虽然确也让人感觉有一定道理,但无论如何,它只是从一个侧面触及了小说所关注的核心问题,即女性在现代世界里应当如何获得独立、自在的生存方式。如若要对作品作出更为全面、深入的把握,仅从生态角度出发显然是不够的,而是还须同时运用其他考察方式和理论方法。

值得注意的是,尽管现有的与生态女性主义相关的批评成果为数不多,但已经出现了生硬运用生态女性主义理论、对文学作品阐释过度的倾向。这种阐释不但没能有效揭示作品的内涵,反倒远离了作品本体。在此以有关女作家铁凝几部小说作品的评论为例。

有些论者简单化地将铁凝笔下底层乡野生活中女性受男性压迫的生存状态与生态女性主义联系在一起,不免牵强附会。如果说《麦秸垛》中大芝娘对生命的宽容和地母般的仁厚,还可以从女性与自然的天然联系来阐释的话,铁凝的另一篇小说《永远有多远》中女主角白大省的"老好人"性格被赋予生态女性主义意味,就不免令人觉得匪夷所思了。白大省在被男友无情抛弃之后,依然对周围的人保持无条件的体谅和宽容。这样的品性与"母性"联系起来加以剖析,内涵无疑是复杂的。正如铁凝自己所言:"实际上这篇小说更深层次的东西,我更想讨论的是人要改变自己的合理性,但同时这改变几乎又是不可能

[①] 唐长华:《当代女性文学的生态女性主义批评》,《临沂师范学院学报》2005 年第 1 期。

[②] 顾玮:《理想两性关系的文化想象——评张抗抗的〈作女〉》,《东岳论丛》2006 年第 4 期。

的,她的悲剧构成一种存在。这个悲剧不是属于女性的,而是属于人类的"①。对于力求探究人性深层悲剧的小说来说,生态女性主义理论所能达到的阐释力显然并非无限。就女性文学研究而言,从当代文论的新成果中汲取营养固然十分必要,然而并不是所有相对较新的理论与性别视角相结合,就一定具有对文学创作的阐释力。在考察对象选择适当的前提下,还必须很好地进入审美的层面,循着文本的艺术表达进行具体分析。

在这过程中,如何处理好外来理论与本土传统文化资源之间的关系,是一个必须认真面对的问题。是否能够做到在适当借鉴来自国外的生态女性主义理论的同时,恰切地整合本土资源,使其有效性在文学领域得到更好的发挥,不仅关系到批评的实践,也关系到理论的创新。

在西方的思想文化传统中,人与自然的关系是二分的,以对立为主。自然和女性在男权面前同处于被压迫、被主宰的地位。这样的格局在一个充满反思精神和解构、批判意识的当代社会受到挑战,自是理所当然。而本土情况则有不同。从远古的神话传说到古典哲学、美学、文学等领域,包含着大量有关人与自然关系的整体性思考。比如《周易》所体现的"阴阳"和谐的自然观,明确强调了天、地、人三者之间的有机联系;儒家"天人感应"、"天人合一"以及"赞天地之化育"、"与天地参"思想,映现出古人面对自然的尊重和敬畏;道家崇尚自然,超越世俗功利,主张取法自然、返璞归真,顺应和效法自然的发展规律和发展方向,向往人与动、植物和谐共处;佛教主张人对世间万事万物都出之以平等的态度,爱物厚生,慈悲为怀……如此等等,显示出传统中华文化有关人与自然之间关系问题的思考非常丰富。可以说,古老的中华文明中的传统生态文化话语,一定程度上肯定了人与自然是具

---

① 朱育颖:《精神的田园——铁凝访谈》,《小说评论》2003年第3期。

有互动关系的整体。

毋庸置疑,如此丰富的思想文化传统和生态观念并非仅停留在论述中,而是渗透在千百年来的民族文化心理和作家创作中。正因为如此,我们在对本土相关文学作品进行阐释的时候,首先应当注意的无疑是作品的实际,而不是如何为作品贴上仿佛时髦的理论标签。如若只是片面强调作品与西方生态伦理观的对应,而忽略了源远流长的本土文化质素,势必难以准确认识和评价作家创作的丰富内涵。比如,迟子建以东北广阔的自然山水为文学源泉,一向满怀深情地书写乡野世界的纯净、温润和丰厚。她常把人物的悲欢化在温情的自然中,以一种人与自然彼此交融形成的和谐带给读者灵魂洗尘般的感受。然而,这位女作家对自然和人性的表述,首先是来自敬畏自然、天人合一的本土文化传统,而非任何理论方面的教条。在她书写鄂伦春族生存状态的史诗、长篇小说《额尔古纳河右岸》中,女主人公在那一片生她养她的山林里体验着生命的欢乐和痛苦;大自然一方面见证着她和族人的生存,给他们丰富的物质和精神馈赠,一方面也毫不留情地剥夺甚或摧残她和族人的生命和快乐。这里,大自然与鄂伦春人同生同灭,在萨满教万物有灵、人与自然通灵的信仰和敬畏中融为一体,一同见证着世事的沧桑变幻。对于这样的作品,生态女性主义批评或可补充新的认识角度,却无法取代从中华文化传统以及鄂伦春人特有的生活方式和宗教信仰出发,对作品文化内涵进行考察。

综上,生态女性主义从性别与生态相复合的特定角度反思人类共同的文化经验,在涉及哲学、伦理学、政治学、生态学、女性学等诸多方面进行了理论上的有效整合,为人们更为全面、深入地认识和把握世界提供了启发。薇儿·普鲁姆德在《女性主义与对自然的主宰》一书中说:"正如地壳运动一样,理论界最富戏剧性的演进与巨变往往发生在某些方面几大理论板块交汇于碰撞的边界。当'四大解放'——对性别压迫、种族压迫、阶级压迫与自然压迫的解放——理论终于走到一起时,其震撼力足于掀翻压迫赖以存在的整个理论基础。女性主义理论试图阐释对自然的主宰时,也将自己推向了一个必要而艰难的全新前沿。"[1]当前,生态女性主义在本土文学批评领域的实践还只是初步展开,如何比较恰当地吸收和运用这一理论方法,还有待进一步探索。

---

[1] [澳]薇儿·普鲁姆德著,马天杰、李丽丽译:《女性主义与对自然的主宰》,重庆出版社,2007年,第1页。

舒芜的妇女观及其性别文化批评

乔以钢　李　玲

"嘉孺子而哀妇人"是《庄子》中记载传说中尧谈兴亡之道的一句话。20世纪40年代,周作人摘引其意,有"哀妇人而为之代言"之语①。综观舒芜关于女性问题的一系列论述,可以说时刻贯穿着这一中心。不过,舒芜本人对借用这一说法并非毫无保留,因为"很不喜欢""'妇人'这个词的词感"。而他所作的另一种平实而通俗的表达,或许颇能见出其超越许多代言者之处,这便是"念念不忘女性的苦难"②。

从20世纪40年代中期到2009年8月辞别人世,舒芜围绕妇女/性别问题写下了大量杂文。他关注妇女苦难,不遗余力地揭露和批判一切与两性平等的妇女观背道而驰的文化观念和社会现象,在思想文化界产生了影响。2004年,他接受一位青年朋友的建议,将这些文字

---

① 《庄子·外篇·天道第十三》:"昔者舜问于尧曰:'天王之用心何如?'尧曰:'吾不敖无告,不废穷民,苦死者,嘉孺子而哀妇人,此吾所以用心已。'"周作人在《我的杂学》一文中说,一个男子"若能知哀妇人而为之代言,则已得圣王之心传,其贤当不下周公矣"(见《周作人自编文集 苦口甘口》,河北教育出版社,2002年,第77页)。该文原发于1944年7月16日《华北新报》文学第11期,署名"知堂",收入《苦口甘口》(上海太平书局,1944年11月)一书中。

② 舒芜:《女难——病后小札二》,《哀妇人》,第505页。在其他文章中,他也多次作过类似表述。

舒芜的妇女观及其性别文化批评

辑录为《哀妇人》出版①。该书收入舒芜六十年间关于女性问题发表的文章,从写于1944年11月12日的《吹毛求疵录》,到2003年7月20日所作的《一个小女子的生死》。在这本书的"后记"中,舒芜再次表达了对妇女问题的"念念不忘"之情。他说:"我以男性之身,对于女性的苦难,不敢说能够感同身受,但是对于古今中外的女性已经、正在和将要遭受的无边苦难,不由自主地总是念念不忘。"②

此后的几年,在生命的最后岁月,舒芜不顾年高体衰,一如既往地关注妇女问题,又陆续发表了一批新的文字。仅其博客上收录的相关文章即达三十余篇。最晚的一篇(《谈富豪征婚》)写于2008年5月1日③。他"以男性之身,抱着对女性深刻的'了解之同情',以感同身受、推己及人的大关怀,将女性视为有同等尊严和权利的与男性对等的人,而非古代文人骚客猎艳式的'怜香惜玉',从一切被侮辱与被损害的女性的立场出发,重新审视着中国的历史和现实"④。可以说,由此出发关注和探讨妇女问题,贯穿了他的一生。

一

身为男子而为妇女"代言",固然不可能完全摆脱男性身份的局限,但却有可能做到坚持以两性平等为内核的性别观念和文化立场,超越男性本位思维和男性中心意识。舒芜有关性别问题的一系列言

---

① 关于《哀妇人》的成书,舒芜在该文集"后记"中说:"这本小集子,完全是周筱赟先生督促编成的。""我们是通信的朋友……一开始通信,他就建议我把平生所写关于女性问题的文章编为一集出版。我兴趣不大。他一再劝说,举出各种理由。我终于被他说服。"
② 舒芜:《怎能不战栗》,见《哀妇人》,第464页。
③ 在写下此文十八天后,舒芜留下了最后一篇博客文字《送侄女方宾宾赴汶川救灾》。此后因健康原因停止博客写作,直到次年8月18日去世。
④ 周筱赟:《哀妇人而为之代言——舒芜文集〈哀妇人〉导言》,见舒芜:《哀妇人》,安徽教育出版社,2004年,第5、7页。

515

论生动地体现了这一点。

(一)性别文化考察的着眼点:古今文人的妇女观

在舒芜的思想文化批评中,古今文人的妇女观是其考察性别问题的主要着眼点。他认为,妇女观问题不是妇女问题的全部,但是其极重要的一部分。只有从妇女观的根本上端正了看法,才谈得到妇女问题的其他种种具体问题。更进一步,舒芜在文章和通信中还多次非常明确地把一个人的妇女观如何,提到考量人的思想识见高低的重要位置,断定一个人"不论如何高谈阔论,如果在妇女观上不及格,便无足观"[①]。这一看法深受周作人在相关问题上观点的影响。周氏曾说:"鄙人读中国男子所为文,欲知其见识高下,有一捷法,即看其对佛教以及女人如何说法,即已了然无遁形矣。"[②]舒芜对此高度认同,还将此说称为"照妖镜",并断定"持此去照向种种隐微曲折之处,一切反科学反民主的思想,的确都无所逃遁"。

其间道理何在呢?他的阐述有着"言女性所不易言"的透辟:

> 对于男性儒生(其实儒生自然都是男性)而言,女人是"异性",是他们的性玩弄、性禁忌、性歧视、性凌虐、性专制的对象,这"异性"比那"异端"更无任何学术文化上的抵抗力,而生活中又关系密切,乐得在她们身上显一显男子的威势。一个男性士子的识见的高下清浊,在别的场合往往还不得不有所掩饰,也较易掩饰,惟独在关于女人的场合,他会觉得不须掩饰,事实上也不易掩饰,愈是庄严正论,愈是会流露出可憎可鄙可怕的性玩弄、性禁忌、性歧视、性凌虐、性专制的思

---

① 舒芜:《致吴黛英·一〇》,《哀妇人》,第571页。
② 周作人:《看书偶记·扪烛胜存》,《书房一角》卷三,河北教育出版社,2002年,第166页。

想来。①

在"五四"以来关注妇女问题的讨论中,舒芜是为数不多的围绕妇女观问题进行持续、深入思考的知识分子。他明确说道:

> 妇女观的问题的意义,又不仅仅限于妇女问题的范围之内。首先是男子,其次是女子自己,怎样看待妇女,必然就会深刻影响到对爱情、婚姻、家庭、子女、伦理……乃至政治、社会、法律、宗教、文艺、哲学……一系列问题的看法。譬如说,轻蔑妇女的人,决不可能是真正的民主主义者;禁锢妇女的宗教,决不可能是尊重人权的宗教:都是有许多事实为证的。所以妇女观的问题,有着重大的文化意义和政治意义。②

舒芜对古代文人妇女观的具体剖析,主要是在开展性别批评的过程中,结合种种历史文献进行的,有关例证将在下文中多有涉及。这里主要就其有关现代思想家妇女观的阐述做一梳理。

20世纪八九十年代,当中国社会走出"文革"的历史浩劫,女性主义批评在思想解放的时代氛围中刚刚起步、尚处在主要面向西方寻求思想资源的阶段时,舒芜是为数不多的沉潜下来深入梳理中国现代文化中的妇女解放资源的学者。1990年,他花费大量心血辑录的《女性的发现——知堂妇女论类抄》一书出版。在此前后,舒芜陆续撰写了《女性的发现——知堂妇女论略说》、《母性的颂歌——鲁迅妇女观略说》和《毁塔者的声音——聂绀弩妇女观略说》三篇有关中国现代思想家妇女观研究的论文,对这一问题进行集中思考。他细致梳理、精辟阐发了周作人、鲁迅、聂绀弩等人为中国妇女解放思想的建设所作的

---

① 舒芜:《异端小尼姑与儒家阿Q》,《哀妇人》,第297页。
② 舒芜:《毁塔者的声音——论聂绀弩的妇女观》,《鲁迅研究月刊》1993年第11~12期。

卓越贡献,认为"'五四'以来男作家的妇女观,当以二周为最健全"。他认为,知堂在理论上有很大贡献;鲁迅则于议论之外,尚有子君、祥林嫂等艺术形象的塑造,"其中寄托了爱惜、怜悯、尊重,哀其不幸,怒其不争,丰富无比,就是没有一丝一毫的玩弄、轻薄之意,这不是其他男作家轻易能及的"①。

《女性的发现——知堂妇女论略说》一文,是舒芜在"五四""人的发现"的大背景下,对周作人的妇女观所作的全面评述。他指出,"中国'五四'以来的人文主义思想家当中,最重视妇女观、自己也有完整一套妇女观的是周作人"②;"其特出的贡献尤在'女性的发现'方面"。对于"女性的发现",他从两个方面来概括:"一方面是,女子与男子是同等的人;另一方面是女子与男子是不同样的人。"舒芜重温周作人既肯定现代妇女运动强调"男女平等",又批评现代妇女运动忽视女性性别独特性的深刻思想,赞赏周作人关于女性"灵肉一致"、"神性加魔性"的中庸、人道的妇女观,认同他对佛教、礼教"不净观"的不懈批判,判定"这种片面的'不净观',就是单把女子的性生活性存在视为莫大的污秽罪恶,这使女性产生严重的自卑,甚至对自己身为女性的整个生命产生无可宽解的悲观"。他十分重视周作人关于"憎恶女性和玩弄女性,常常是相通的"、道德家及大众文化对女性存有"兽性的玩弄"的卑劣心理的观点,并就此痛切地阐发道:"要求女性驯服地履行被男子性的使用、供男子性的享乐的义务,不尽这个义务便违犯了道德,尽了义务也毫不减轻其污秽和罪恶。必须加上这一面,才是完整的残酷的性道德。"

舒芜强调了周作人为建设现代妇女观和健康的性道德所作出的努力,认为"周作人的大贡献,在于他能从性心理的角度,划清'情'与

---

① 舒芜:《碧空楼书简·致乔以钢·一〇》,《文艺评论》2000年第6期。
② 舒芜:《毁塔者的声音——聂绀弩妇女观略说》。

舒芜的妇女观及其性别文化批评

'淫'的界限"。他肯定周作人对情诗裸体画的辩护,赞赏"周作人所呼吁的以女性为本位的家庭中的两性关系",并进一步探讨了周作人的妇女思想之所以能达到这样的高度,"显而易见,是因为他有一个梯子,就是性科学性心理学"。

在《母性的颂歌——鲁迅的妇女观略说》一文中,舒芜将鲁迅妇女观的核心概括为"母性的颂歌"。从三个方面阐释其内涵。他结合鲁迅分别描绘神话和现实的《补天》、《颓败线的颤动》、《阿长和山海经》等作品,赞赏作者"从历史和文化的高度,以科学家的眼和诗人的心,热烈歌颂了女性在人类的创造和文化的创造上的伟大作用",进而将歌颂女性"性的伟大和母性的伟大的统一",视为鲁迅女性观的第一个特色。然而,性和母性的伟大,在历史实现的过程中,被异化的力量所侮辱所损害,鲁迅对此有着炯照一切的观察,通过杂文《我之节烈观》以及祥林嫂、单四嫂子、爱姑、顺姑等文学作品中乡村劳动女性形象的塑造,鲁迅揭示了"残酷的性道德、性伦理"这一最沉重的枷锁给女性带来的不幸命运。而鲁迅逝世前不久所写的《女吊》,则"诉尽了几千年中国妇女的一部血泪史",其中对女性复仇的歌颂,构成了鲁迅妇女观的又一个特色。鲁迅在《伤逝》、《纪念刘和珍君》、《萧红作〈生死场〉序》等篇章中,对"五四"以后在城市里逐渐出现的一小部分知识女性的觉醒和抗争异常珍惜,对她们寄寓殷切期望;同时又注意观察新式女性在旧社会里受到戏侮的现象,启发她们不要苟安于既得的一点解放,而要改变社会。这是其妇女观的第三个特色。

舒芜指出,鲁迅尽管热烈歌颂女性,深切同情女性,但作为清醒的现实主义者,鲁迅并不曾把女性理想化,而是正视中国几千年的深重压迫所造成的奴性。例如,在其笔下刻画的"半殖民地的流氓化了的女洋奴"阿金身上,寄寓了深沉的思考。另一方面,透过对凯绥·珂勒惠支画作的喜爱可以看出,鲁迅最终把女性的希望放在女性"天赋的母性"的升华上。他认为这种升华所带来的强有力的、无不包罗的善与美的力量,将足以帮助她们摆脱来自社会的压迫戏侮,也克服自身的负面因素,使自己真正成为"有价值有成就的新女性"[1]。

《毁塔者的声音——聂绀弩妇女观略说》一文,是舒芜就思想家、杂文家聂绀弩的妇女观所作的系统评述。他认为,《蛇与塔》这个书名本身就是聂绀弩妇女观的一个概括[2]。具体而言,聂绀弩的妇女观有两个特色:一是感情上的痛烈性,二是理智上的清醒性。前者是对"五四"以来的反封建的妇女观的继承,后者则是聂绀弩在"五四"以来反封建的妇女观的发展系列中的独特贡献。

在思想特质上,舒芜判定聂绀弩的妇女观属于"五四"以来民主思想的范畴。他归纳说,"聂绀弩强烈反对一切压迫妇女的制度,首先是封建的婚姻和家庭生活"。在入情入理的分析中,聂绀弩阐释了"封建家庭之所以是女性的地狱,最主要的关键是丈夫对妻子的绝对的性占有"。同时,"聂绀弩更关注着正常的婚姻和家庭制度之外的妇女的种种不幸"。舒芜进而强调,"聂绀弩强烈反对一切压迫妇女的思想、理论、主张、社会观念","聂绀弩并不把妇女理想化、抽象化,他清醒地正视妇女生活中的种种愚恶丑,而给以理解、宽容和同情"[3]。

舒芜自身妇女观的形成,受到上述几位思想家、特别是周作人和鲁迅的妇女观的深刻影响,同时也在他对这些思想家妇女观的论述以及一系列有关妇女问题的讨论中,得到了鲜明的体现。

(二)性别文化批评的重心:封建性道德的"淫心"和"杀意"

舒芜将两性平等的坚定主张以及面对性别生存的历史和现实而生发的主持正义、同情弱者的真挚情感凝聚为对种种社会性别文化现

---

[1] 舒芜:《母亲的颂歌——鲁迅妇女观略说》,《鲁迅研究月刊》1990年 第9期。

[2] 聂绀弩在《蛇与塔》的"自序"中对书名作了如下解释:"一望而知,是取白娘子与雷峰塔,寓意妇女到哪里,对妇女的压迫、虐待、轻视、玩亵便到了哪里。对妇女实施这种种行为的,甚至是妇女自己。"(《蛇与塔》,生活·读书·新知三联书店,1986年)

[3] 舒芜:《毁塔者的声音——聂绀弩妇女观略说》,《鲁迅研究月刊》1993年,第11~12期。

象的深刻剖析。当此之际,封建主义性道德对女性的残酷压迫,男权文化的"淫心"和"杀意"成为他批判的着力点。

在《关于几个女人的是是非非》、《礼教吃人补论》、《谈海瑞杀女》、《辱与死》等多篇杂文中,舒芜批判了封建节烈观这一"严整的道学"对女性生命的残酷压制。他既痛恨男性依仗封建贞节践踏女性生命的行为和意识,也悲慨于女性常常被迫把吃人的封建贞节内化为自我的道德戒律。在《谈海瑞杀女》中,他激愤地写道:"一个五岁的女孩,从男性家僮手中接了饼饵来吃,就乱了'男女授受不亲'之大防,犯了不贞之罪,被父亲逼得只有自动饿死,方能赎罪。这样的父亲,以及啧啧称道这样父亲的论者,今天来看固然是虎豹不如","说他以理杀人,毫不过分"①。《礼教吃人补论》一文中,他针对《阅微草堂笔记》中讲述的一则女性"为了坚决实行'烈女不事二夫'的道德,甘心瞑目忍受活割,供人去吃"的残酷故事,评价说:"这个故事如果完全真实,自然可见儒家的仁义道德,儒家的礼教,儒家的女教,确确实实是在吃人,是在使被吃者心甘情愿地被吃。即使故事不完全真实,说故事者意在歌颂赞美这样甘心被吃的女子,而他平素还是思想通达的学者,这一点同样可怕,或者说更加可怕。"②

舒芜还在《古中国的妇女的命运》、《乱离最苦是朱颜》、《"伤心岂独息夫人"》、《朱温夫人语再释》、《"这个不是亲丈夫"》、《中西女劫通观》、《月宾·李凤姐》、《伟大诗人的不伟大一面》、《定庵诗中儇薄语》、《温知堂,看〈废都〉》、《"嗜幼"的歌颂》、《什么是"处女情结"?》、《海淫教暴的文章道德》等一系列文章中,揭示了旧时代女性常不免被当做性消费品的事实,批判了男权文化淫猥暴虐的一面。

首先,舒芜借助历代皇帝采选后宫、管理使用后宫的历史文献指

---

① 舒芜:《谈海瑞杀女》,《哀妇人》,第 29~295 页。
② 舒芜:《礼教吃人补论》,《哀妇人》,第 290~291 页。

出,"在古中国,皇帝是最高的最大的侮辱妇女迫害妇女者",后宫女性"所受到的性摧残,是十分可怕的";借助正史、笔记,他强调,无论是战争还是和平时期,妇女常常被掠为军队的"慰劳品战利品"。他犀利而沉痛地概括道:在古代中国,"被淫、被杀和被吃,都是女人的义务"①。女性在传统社会里生命的低贱、命运的悲惨,通过一系列血淋淋的史实记载得以揭示。

其次,舒芜结合文学作品,揭露了不仅在古代社会普遍存在、而且在当代文化中也未曾消失的轻薄、调戏女性的淫猥的性别意识。针对"伟大诗人"白居易"十载春啼变莺舌,三嫌老丑换峨嵋"的"不伟大"的诗句,他激愤地批评道:"听听:我家里养的家妓,每过三几年,我就嫌她们老了丑了,又换一批年轻的进来,十年间换了三次了。这是什么话!说得这样得意,这样自夸,贱视女人到什么程度,恬不知耻的程度!"②他赞赏王国维对龚自珍诗句"偶逢锦瑟佳人问,便说寻春为汝归"的批评,认为这两句诗"轻薄调笑"、"拿女人开心"③。在此,舒芜是明确主张严格区分"情与淫"、"艳词与儇薄语"之间的不同的,坚决反对以"性的游戏"的态度轻薄妇女。在他看来,指出一些历史名流诗中的儇薄之语,并非从道德上苛责前贤,也并非对其整个为人或文学成就的全盘否定,而"只是要用显微镜来照出,正是在种种'未能免俗'之处,'逢场作戏'之处,男性中心的'性的游戏'的态度之无所不在,习焉不察"④。对白居易那些"不伟大"的诗句的批评如此,对龚自珍"偶逢锦瑟佳人问,便说寻春为汝归"(《己亥杂诗》第135首)的剖析也是如此。他的《可污不可污》一文见微知著,就《拍案惊奇》卷二十中一则故事的情节展开剖析,发露作品中以女性为男性附属物、"把女性当做

---

① 舒芜:《古中国的妇女的命运》,《读书》1992年第11期。
② 舒芜:《伟大诗人的不伟大一面》,《读书》1997年第3期。
③ 舒芜:《定庵诗中儇薄语》,《哀妇人》,第419页。
④ 舒芜:《定庵逢场作戏?》,《哀妇人》,第441页。

舒芜的妇女观及其性别文化批评

纯然性工具"的性别意识。《"奸人妻女"质疑》中，作者质问道："为什么'掠人财产，奸人妻女'二事这么相提并论？为什么这样明显地暗示着妻女和财产同是所有物，这么明显地暗示着人对财产的所有权和对妻女的所有权是同类的应得到保护的'合法权益'？"①《"男性心理"的文野》、《"夫纲"思想的幽灵》等文，也表达了对"夫为妻纲"的思想意识仍在当代社会延续的忧虑和悲愤。

再次，舒芜严厉批评部分男性创作中存在的讴歌性暴力的倾向。通过检视《聊斋志异》和《萤窗异草》等古代小说、笔记，他发现男性性暴力的颂歌普遍存在。"这些故事细节里面的'女方'，不论是人是狐是鬼（也包括男色），作为承受者、被进入者，特别是在'第一次'，都只有不可堪的痛楚感受，而男方即以此为乐，对方愈痛楚他愈乐。这样看来，《聊斋志异》即使不说全书都是，但是说它很多处都有'诲淫教暴'的作用，完全是可以的。"②舒芜尖锐指出："男性的淫虐狂暴心理"，"才是'处女情结'的核心之核心"③。他剖析这种强奸文学的写作和阅读心理，指出"男权意识的根底，本来就在于男人对女人的性的侵犯、占有和君临"④。

舒芜的文化批评探讨并不局限于文学领域。他首先是将相关的文学文本作为承载古代文人妇女观的一个个"标本"加以考察的。他善于借助心理分析方法，增加文化批判的深度和力度。比如，他针对两类道学与色情相结合的文学所进行的剖析。其中一类是"正大"的"祸水"说，另一类则是"借因果报应之说来写名为'惩淫'而实'宣淫'的故事"。前者他举萨都剌的《杨妃病齿图》为例，判其"前几句在一个被蹂躏的病弱的女子身上调笑够了。尤其如'龙髯天子空垂涎'云云，

---

① 舒芜：《"奸人妻女"质疑》，《哀妇人》，第437页。
② 舒芜：《诲淫教暴的文章道德》，《哀妇人》，第446页。
③ 舒芜：《什么是"处女情结"？》，《哀妇人》，第508～509页。
④ 舒芜：《月宾·李凤姐》，《哀妇人》，第454页。

523

卑劣地意淫够了，后半再突然板起面孔来，惨刻无人心地说什么,'一身溅血未足多',把亡国的祸因一齐推到她身上,而'一齿作楚藏病根'云云,'正大'之中又仍有浓厚的淫猥分子。这样的诗读之实令人自疑是否身在人间"。舒芜概括道:"最严整的道学与最淫猥的色情,常是一物的两面,所以'正大'的'祸水'论往往又兼轻薄的调笑。"①另一类道学与色情相结合的文学,则是"借因果报应之说来写名为'惩淫'而实'宣淫'的故事"。这类文学书写把承受嫖客性暴力的娼妓生活阐释为"她们前生都是淫棍,今生这是在受报受罚,越是悲惨,越证明前生淫罪太重,越是活该"。舒芜尖锐指出,此时"作者已化身为那些嫖客,亲身体味施暴的'乐趣'和性超人的'自豪'";"作者还化身为老鸨鬼奴,对一个弱女子被他们'降伏',作幸灾乐祸的鉴赏"。"说是惩罚一个破人贞操的男性,其实却是把更多的施淫施暴的男性,美化为捍卫贞操的道德的力量,伸冤报仇的正义的力量。"②这样的分析深刻犀利,入木三分。

(三)性别不平等的深层透视:传统社会文化结构反思

舒芜对陈腐、落后的性别观念、封建主义的性道德以及种种性别歧视现象的批判,并没有停留在文化现象的表层,而是深入到对传统性别文化整体结构的反思。在评价知堂哀妇人而为之代言时,舒芜曾说,知堂"并不只是单纯的'感同身受,义愤填膺'。女性为什么会落到这样的处境? 为什么对女性的侮辱与摧残,成了整个文化道德的焦点? 这样的文化道德,是如何构成的? 知堂对这些问题都进行了深入持久的探索"③。可以说,舒芜自身在性别文化批评实践中同样致力于此。

---

① 舒芜:《关于几个女人的是是非非》,《哀妇人》,第198页。
② 舒芜:《看看这个标本》,《哀妇人》,第342~344页。
③ 舒芜:《致徐敏》,《哀妇人》,第590页。

舒芜的妇女观及其性别文化批评

  舒芜反对把性道德问题视为一个纯粹的生物欲望问题,而坚持将其置于社会历史背景下进行考察。他认为,"在自然的意义上,在生理、心理,特别是性心理的意义上,女性是'较弱的性'……社会之所以成为男性中心,未尝不与此自然事实有很大关系"①。同时,他又强调,"原来,男子的性强暴,本来就不单是涉及泄欲、不单是生理性要求,而是还能满足男子的侵犯、占有、操控、掠夺等的权力欲,能使男子得到作为强者的自我体验,这是社会性的"②。"压迫妇女的,根本上是制度,不是男性。……妇女解放的斗争对象当然不是男子,但妇女解放的每一步,无可避免地要同男子这种贱视妇女的态度发生不可调和的冲突。"③这里不曾抹杀和忽视性别差异的生物学基础,但更强调把男女的生理差别因素纳入人的社会性生存中来审视。

  舒芜痛感封建性道德的根源在于女性在整个社会性别文化秩序中所处的从属地位,着力批判了"把女人不当人"这一在传统社会文化结构中占主导地位的性别意识形态。例如,在《"伤心岂独息夫人"》一文中,他剖析道:

    亡国败军的妇女之所以理该作为战利品处理,其前提是,妇女本来是男子的所有物,对她们的所有权当然应该从失败者手中剥夺,转属胜利者,正如失败者的江山官殿、服玩珍异……理应转属胜利者一样。这也就是人们常说的"把女人不当人"。不过,这个说法还是含浑的。如果妇女仅仅被当做无生命的所有物例如金银珠宝之类,或是其他有生命的所有物例如骏马爱犬之类,则当所有权例当转属胜利者之时,这些所有物本身并不负什么责任,道义上不会受什么责

---

① 舒芜:《致吴黛英》,《哀妇人》,第565页。
② 舒芜:《诲淫教暴的文章道德》,《哀妇人》,第450页。
③ 舒芜:《岳麓书社"古典名著普及文库"版〈红楼梦〉前言》,《哀妇人》,第630页。

难。而妇女就没有这个幸运,她们被当做战利品的时候,社会上一方面承认胜利的男子占有她们的权利,一方面却又要求她们忠于失败了的"故主"而誓死拒绝"新主"的占有,否则就要受到讥嘲辱骂,背上百世莫赎的罪名。息夫人就是最倒霉一个。所以,女人不仅不被当做人,而且比不上犬马金银之类。[①]

在《"父仇"与"父恩"》中,他就清人笔记中所载某人因"割股疗继父疾"而被御史判为"亏父体以济父仇"之事,深刻揭示了其中"父仇"一说所隐含的女性从属观:"原来,这是认为,妻子绝对属于丈夫,丈夫死了还应该绝对属于丈夫,最好是拿来殉葬,或自动殉节,到阴间去继续做妻子。其次也应该守节不再嫁,一辈子还算是属于死去的丈夫。寡妇再嫁,便是对死去的丈夫的背叛。那么,娶了再嫁之妇,当然便是夺了死者的所有品,而且是极重要极不容侵犯的所有品。语云:'杀父之仇,夺妻之恨'言仇恨之最大者也。这样,从儿子的角度来看,所谓继父,当然一律都是'父仇'了。那位御史判的'父仇'两个字,便包含着这么复杂的伦理观、妇女观、性道德观"。

关注性别不平等的社会历史根源,必然触及以"维护父家长的家族制度"为核心价值观的儒家文化。在《异端小尼姑与儒家阿Q》、《论"和尚动得,我动不得?"》等杂文中,舒芜深入阐释了儒家文化对"异端"和"异性"的"排斥"和"玩弄"的态度:"小尼姑是什么人呢?岂不正是佛教徒与女人的合二而一,'异端与异性'的合二而一么?"[②]在他看来,阿Q欺负小尼姑的行动纯粹是"虐无告"加色情狂。这些分析犹如传统性别文化的解剖刀和显微镜,从隐微曲折之处揭露和剖示了腐朽性别意识的卑鄙龌龊,将其恶劣的本质公之于众。

[①] 舒芜:《"伤心岂独息夫人"》,《哀妇人》,第215页。
[②] 舒芜:《异端小尼姑与儒家阿Q》,《哀妇人》,第296~297页。

舒芜的妇女观及其性别文化批评

传统等级结构中,男女之间高与低、主与从的地位之别,渗透在文化生活领域的方方面面。为此,在剖析中国古代文学中常可见到的"男人说女人话"现象时,舒芜提出了这样的看法:

> 《白雨斋词话》的自序中指出有一种词的毛病是"美人香草,貌托灵修,蝶雨梨云,陈指琐屑",正是指屈原以降男人说女人话的"香草美人"的传统,必须寄托有君臣(堂属、主奴)之遇的男性情感内容,那才是虽说女人话而仍有"丈夫气";而不可以当真像女儿家那样地"蝶雨梨云,陈指琐屑",那就"无一毫丈夫气"了。由此可见,中国古代男性作家虽是对地位低于自己的女性话语进行模拟,其实是借取女性话语中的一部分来加强表现自己的一种男性感情,而不取女性话语中的另一部分,那是只足以把男性降低为女性的,卑视女性的心理在这里一点也没有失去作用。①

这一分析独到而深刻,不仅指出中国古代君/臣、男/女这两组阴阳关系相互间的错综情形,而且揭示了古代男性创作"香草美人"传统背后所隐藏的女性境遇。传统文化结构就是如此这般或显或隐地以各种方式、在各个层面影响着社会性别的现实,造就了女性被贬抑、被扭曲的不平等命运。

舒芜并不侈谈女性主义、心理分析、叙事学或其他学术理论,他的分析阐述总是尽量用平实简洁的语言道出。其剖析的深入依赖于对古代哲学和现代理论的深刻把握以及在性别问题上对现代人文观念的彻底坚守。他针对古今创作中男性本位意识所作的分析,显示了深邃的文化目光,体现了善于化用多种理论方法解剖性别文化现象的深厚功力。

---

① 舒芜:《"香草美人"的奥秘》,《读书》1994年第9期。

二

整体观之,舒芜对妇女问题的看法及其性别文化批评实践具有如下特色:

(一)以现代人文精神和两性平等理念为根基

舒芜的妇女观是以深厚的现代人文精神和两性平等理念为根基的,他毕生就妇女问题所发表的一系列言论盖出于此。时至晚年,在《哀妇人》一书的"后记"中,他又再次重申:

> 我相信,女人是和男人同等的人,女人又是和男人不同样的人。我相信,女人不是"小贱人",男女不是"都一样"。我反对针对女性的一切歧视和压迫(包括抹杀差别也是歧视和压迫),特别反对针对女性的严酷的性道德,淫猥的性心理,残忍的性虐杀。①

本来,如果从现代人文精神出发,尊重女性,把女人当人,这一理念的正义性不言而喻;历史上启蒙运动的基本特征也正是从人的立场出发,以人为目的,为人的自由和权利而努力。它因此获得了鲜明的思想标识。然而,事实上,在很长时间里,当人们关注新文化启蒙时,对"人"的理解往往忽略性别因素,其实质并未脱出男性中心。在这样的"整体观"导引下,启蒙运动内部"人"的性别身份及其两性间关系的复杂性被抹杀,"男、女两性在历史发展中享有文化的不同水平和作为性别主体的不同成熟程度,使整体视角的启蒙信念无法在标准上达到平衡"②。基于这样的思想文化背景,舒芜高度肯定"五四"新文化运动

---

① 舒芜:《哀妇人·后记》,《哀妇人》,第 670 页。
② 刘日红:《文学启蒙与性别困境》,《天津社会科学》1999 年第 4 期。

中"女性的发现"所具有的重要意义,赞赏周作人早年提出的关于女子与男子"同等"而"不同样"的基本看法。由此出发理解和定义"女人",就有了不容忽视的意义。

在舒芜的性别批评实践中,现代人文精神面对人类历史文化和现实生存所理当包含的性别思考,得到了鲜明体现。例如,早在20世纪80年代中期,舒芜就将性别分析引入对中国古典小说名著的解读。他称赞《红楼梦》的性别观念"了不起",因为"它在中国古典文学里面,带来了一个全新的空前未有的东西,就是把女性当人,对女性尊重"。舒芜指出,尽管中国古典文学曾经写出了许多美丽的女性的形象,但是,其中最高的也不过是敢于为自己的爱情和幸福而斗争的可爱的形象,例如崔莺莺和杜丽娘;其次是被侮辱被损害的可同情的形象,例如刘兰芝和杜十娘;再次是可怜悯的形象,例如"宫怨"诗、"思妇"诗的主角;最低的则是供玩弄、供侮辱、供蹂躏的对象,就是那些宫体诗艳体诗的主角……而这还未必是最低的。还有"三言二拍"里面那些女性,总是抢劫、欺骗、拐卖的对象;《金瓶梅》里的女性,是以受侮辱、受蹂躏为乐、为荣的卑贱污浊的形象;《水浒传》里的孙二娘、顾大嫂,是"母夜叉"、"母大虫"的形象;扈三娘是无意志、无情感,全家被梁山好汉杀了,却听凭宋江指配给曾是她手下败将的王矮虎,从此自自然然地入了梁山一伙,好像是个机器人似的形象;潘金莲和潘巧云,则是活该在英雄好汉的刀下剖腹开膛的"淫妇"形象。"这样一比,就看得出《红楼梦》确实伟大。"①通过自觉地引入性别视角,他强调了以往文学批评中普遍忽略的一个重要方面,即透过作品的艺术表现考察其中蕴含了怎样的妇女观。

又如,针对当代长篇小说《废都》中的性描写,他犀利地指出其间

---

① 舒芜:《岳麓书社"古典名著普及文库"版〈红楼梦〉前言》,《哀妇人》,第629~630页。

流露出极为陈腐的性别观念,即"人尽愿为夫子妾"。其实质是以女人来证实士君子的价值,以女人的性奉献、性屈辱来衬托出男性士子的道德、文章、声名、地位的价值。他剖析说:"问题不在于《废都》里写了性关系,而在于以什么样的态度写了什么样的性关系。……《废都》以赞赏的态度描写的庄之蝶同那些女人的性关系当中,庄采取的纯然是'性的游戏'的态度,丝毫没有以对方当做对等的人,当做'自己之半'的态度。……它表现的是封建道德的妇女观之最恶劣的形态。"[1]现代人文精神与性别平等意识的考量结合在一起,赋予他的文化批评很强的穿透力。

(二)深厚的历史意识与现实情怀相交融

舒芜对中华文化传统有着深入的了解和切身的感受,他的现代性别观念借助其深厚的学养得到阐发。当他就社会生活中千姿百态的性别现象发表看法时,从不停留于就事论事,而是由表及里,以古鉴今。他的旁征博引不是书斋里的闭门论道,更不是卖弄学问、夸夸其谈,而是渗透着强烈的当下意识和现实情怀。关于这一点,《哀妇人》一书的"导言"中有如下概括:"舒芜先生深刻揭露了这部男性针对女性的性奴役的中国历史的残酷与荒谬,而这又是与他强烈的时代感紧密结合在一起的。他揭露历史上一切侮辱女性、歧视女性、凌虐女性的性道德的残酷性与虚伪性,并非是为博物馆撰写供人观览的古物说明书,供人发思古之幽情,而是充溢着对当下现实的人生关怀。因为这一切恶劣的思想并没有随历史而永久消逝,而是依然真真实实地存在于当下的现实中。"[2]

舒芜从女性解放这一维度"回归'五四'",不倦地追溯中国现代思想史上的妇女解放资源,是因为认识到妇女观问题在现实社会生活中

---

[1] 舒芜:《温知堂,看〈废都〉》,《哀妇人》,第312页。
[2] 周筱赟:《哀妇人而为之代言——舒芜文集〈哀妇人〉导言》,《哀妇人》,第23页。

舒芜的妇女观及其性别文化批评

有着重大的意义。他汲取鲁迅从"残酷的性道德、性伦理"入手批判腐朽文化对妇女的压迫这一思路,将妇女观的探讨与民族文化传统的反思紧密结合在一起。事实上,正是在对历史和现实性别文化现象进行深入骨髓的剖析这一过程中,舒芜妇女观的实践性品格得到了充分的体现。

20世纪90年代以后,一系列发生在当下中国以及异域的性别事件使舒芜看到,性别歧视的现象、侮辱和迫害妇女的事实和思想依然大量存在,并且出现了新特点。一直坚持在性别领域批判封建意识形态的舒芜曾感到困惑:"我发现不少比我年轻得多的人对待妇女(包括妇女对待自己)的态度和看法,比我封建得多";对此他觉得"吃惊"而又"难怪","因为他们和她们没有赶得上身受'五四'新文化运动的洗礼,而在成长期中刚好经历了封建主义大泛滥的文化大革命"。但在伴随时代生活变迁进行的思考中,舒芜意识到,如若把性别歧视的妇女观归于封建思想的影响,还是不够的。1995年,在比较系统地阅读了有关美国女权运动史的材料后,他对自己以往主要从"封建思想"的角度思考性别歧视问题的思想方法进行了严肃反省,明确表示:"性别歧视的历史账,特别是最直接的性压迫性剥削的历史账,恐怕不能仅仅记在封建一户的名下"[①]。他意识到,性别歧视是古今中外一切男性中心社会所共有的,并不仅仅属于中国封建社会。与之相应,"要消灭性别歧视,彻底改变妇女命运,固然要经过彻底反封建,但又不能靠一个'彻底反封建',而是要靠全人类长时期的一个脚步一个脚印的努力"。在现实面前,舒芜选择正视,主张"不廉价乐观,不急性求成,不小挫灰心,不小胜止步"[②],也就是坚持鲁迅所说的"韧性的战斗"。他在这方面毫不含糊地身体力行,直到生命的终点。

---

① 舒芜:《不仅是封建的账》,《读书》1996年第8期。
② 舒芜:《致吴黛英·三》,《哀妇人》,第360页。

531

(三)文化批判与文化建设相结合

舒芜对男权思想的批判,注重从具体的文化现象入手,通过鞭辟入里的剖析,挖出其中所蕴含的男权集体无意识,并深入民族文化之源进行反思。这样,他的批评也就抓住了民族文化心理的根本,既富有深邃的思想力度,又避免了从抽象的理论出发所可能产生的先入为主的偏差。

舒芜批判封建男权道德对女性的残害,主要落脚点固然在于对男权势力的揭露,但他也未曾忽略对女性生命状态的探询;他以悲悯弱者、追求公平正义之心呼唤男女平等,同情女性境遇,同时亦清醒地看到女性身上的种种弱点。他批评班昭的《女诫》"替夫权设计,真是太周到了"[1],感叹"最顽固地反对妇女解放的,往往倒是女人,即使在今天也还有许多实例"[2]。可以说,对于女性迎合男权文化的种种现象,他是有着清醒认识的。然而,面对女性的不觉醒,他与聂绀弩一样,首先是出之以对女性无奈屈从的生命状态的深切的同情,"哀其不幸"之心大于"怒其不争"之意,他更倾向于从根源上思考女性的苦难而不是苛责女性个体。比如,在《才女的冤痛与才子的残酷》一文中,舒芜说自己固然不喜欢双卿的《西青散记》,因为"忍苦全贞"的才女佳人双卿完全按照封建道德来塑造自己,但继而设身处地想到:"所谓'就范'也者,换一个角度看,何尝不可以说是一个弱女子,抵抗不了社会的强大的塑造力?……双卿的所谓'德',其实也应该包括在她的苦难之内,不但不应该抵消我们对她的同情,而且是最令人感到撕心裂肺之痛的苦难。"[3]

舒芜渴望建设两性平等的社会文化,对女性美好的人性深怀期

---

[1] 舒芜:《御妻之威与事夫之礼》,《哀妇人》,第307页。
[2] 舒芜:《理解与代言》,《哀妇人》,第253页。
[3] 舒芜:《才女的冤痛与才子的残酷》,《读书》1993年第11期。

待。他心目中的理想女性类似于汉乐府《陇西行》中描写的"好妇",具有"雍容大雅、自重重人、入情入理"的气质;而最为重要的是,这样的女性"已经脱离了依附和依附意识,获得了独立和独立意识"。于是,即使面临离婚,也能出之以文明的姿态:"在她身上,不但没有了刘兰芝、赵五娘、崔莺莺、秦香莲……那种'弃妇'的屈辱哀怨,也一点没有大闹'赡养费',把自己当做处理商品的自我贬值。"①当然,基于对人的生活的全面理解,舒芜认为,觉醒的女性对人生的把握应该涵盖个人生活和社会历史两个维度。"中国女作者的人的觉醒、女性的觉醒,不能不和政治的、社会的觉醒结合在一起。"②他显然不赞成那种将女性的觉醒仅仅局限于两性关系而舍弃政治历史维度的偏狭观点,为此,多次批评"战国策"派的"妇女回家论";也正是在这个意义上,他肯定"小女人散文"的特定价值,主张"也该有'大女人散文'"③。

舒芜为健康的性别文化建设所作的努力,还包括对现代爱情观的倡导和维护。他说:"现代爱情的观念,爱的是对方的'人',爱的是'这一个',不是任何人可以代替的,哪怕是对方的双胞兄弟姊妹也不是可以代替的。"基于这样的认识,他多次赞美宝黛心灵相知中所蕴含的爱情唯一性,感慨在高鹗续写的后四十回《红楼梦》中紫鹃认为面貌相似的甄宝玉可以替代贾宝玉,"未免唐突黛玉太甚,也唐突了紫鹃"。即如沈复《浮生六记》这样写夫妇感情之笃十分感人的小品,舒芜在肯定其具有"尊重女性人格、同情女性痛苦的现代爱情因素"的同时亦尖锐指出,其"浪游记快"一章,在记载花船狎妓、有意挑选一位"身材状貌有类余妇芸娘"的雏妓,以补"芸娘不能偕游至此"的遗憾时,实不过是"以妓女喜儿充作妻子芸娘的代用品,好像用一头身材毛色相类似的

---

① 舒芜:《文明女性的一个侧影》,《哀妇人》,第267页。
② 舒芜:《关于女性意识和政治、社会意识的思考——读〈中国古代女性文学创作的文化反思〉》,《读书》1988年第7期。
③ 舒芜:《也该有"大女人散文"》,《哀妇人》,第360页。

猫狗代替原来宠爱的猫狗一样",与现代爱情的观念相去甚远①。

三

在妇女观方面,与其说舒芜有很多超越前人的理论建树,毋宁说其最为可贵和难得的,是数十年如一日在思想文化建设的实践中坚持现代人文精神的题中应有之义——男女平等。而舒芜之所以能够以男性之身对女性所受的男权压迫高度敏感,在大力批判歧视妇女的腐朽思想文化方面做得如此坚定、如此深入,自是取决于诸多因素,例如家庭成长环境的影响,现实生活的感受,"五四"新文化运动和启蒙思想的陶冶,以及对当代人文社会科学研究成果的吸收借鉴。

对于舒芜来说,早期女性观之形成,主要源于家庭因素和"五四"新文化运动的启蒙。他曾回忆说:

> 我从小依母亲长大。父母早就分居,父亲别娶,母亲实际上是个弃妇,但在大家庭中仍然作为我父亲的合法的夫人,受到家人亲戚上下的尊重礼遇。她把全部钟爱和希望寄托在我身上,在家人亲戚上上下下的尊重亲切之中,过得很"愉快"。她从不表示过一点对父亲的怨恨,反而经常向我灌输父亲如何有才有学,如何受人尊重……我稍大一点,便敏感到她在"愉快"之中,内心深处的悲苦,种下我关注女性问题的根。②

舒芜幼年时,从朝夕相处的母亲身上体会到女性的精神之美,由此生发出尊重女性、平等对待女性的人生态度。直到晚年,他在深情

---

① 舒芜:《重读〈浮生六记〉》,《哀妇人》,第 332~333 页。
② 舒芜:《致吴黛英·二》,《哀妇人》,第 557 页。

地撰文颂扬母亲时,还特别强调:"母亲教我尊重女性,不是言教是身教。她是不幸的女性,平凡的女性,可是女性的尊严在她身上闪闪发光。我是她惟一的儿子,完全在她的这道光的照耀煦育下成长,不可能不尊重女性。"母亲"温润圆和、柔中有刚"的形象在舒芜心中留下深刻印记;大家族生活中的姑姑、堂姐妹等女性,也使他感受到"女性的内心的美"。后来,他即使"听到看到过女性的恶劣、低贱、愚蠢","仍然坚信女性应该得到最大的尊重"①。22岁时,他执教于女校,进一步拓宽和加深了对女性的认识。他觉得女性是美的,应当受到关切尊重,然而事实上她们是不幸的。他为这种不合理的现象感到愤懑不平。

舒芜关注妇女问题的另一个重要原因,在于"受了二周特别是知堂的影响"②。他说:"我自幼接受'五四'新文化运动的影响,知道要尊重妇女、解放妇女,知道一切侮辱和压迫妇女的思想都是要不得的。鲁迅、陈独秀、吴虞等人关于妇女问题的言论,给我影响极深,使我颇有志于在这方面明是非辨美丑的工作。""五四"新文化的滋养,促使他很早就确立了尊重女性的文化立场并将其贯穿始终,真正做到了"阅世数十年,此志不渝"③。

在性别批评的实践中,舒芜不仅有着知识分子的强烈使命感和敏锐洞察力,而且充满思想活力。进入暮年以后,他仍保持着与多位当代性别文化研究者的交流,并以八旬高龄进入网络世界,利用现代科技手段联络友人,沟通信息,持续着性别文明之思。从在长达二十多年的岁月里,他以书评、杂文、序跋的方式,先后推介和回应了乔以钢、周乐诗、杜芳琴、王政、冯奇、安顿、李玲等人的性别文化研究成果,并

---

① 舒芜:《平凡女性的尊严》,《中国文化》2007年第2期。
② 舒芜:《碧空楼书简·致乔以钢·一五》,《文艺评论》2000年第6期。
③ 舒芜:《温知堂,看〈废都〉》,《哀妇人》,第310页。

与一些学人在往来信件中交换有关性别文化问题的看法。面对晚辈后学,舒芜从不摆学问家和长者的架子,始终以平等的态度进行坦率真诚而又认真严肃的讨论。

与此同时,他在坚持批判封建性道德的同时,涵容当代学人有关性别文化研究的多方面探索,拓展性别文化考察的学术视野。1988年,舒芜在学术期刊上看到乔以钢有关古代女性文学创作文化反思的论文后,撰写长文给予肯定,进而对古代男性创作中的"香草美人"传统作出了深入阐释[1]。90年代中期,他关注当代性别研究中的"换装"理论,赞赏周乐诗借助这一理论提出的"男性作家对地位低于自己的女性话语进行模拟"[2]的观点。进入21世纪,他与青年学人李玲就中国现代文学性别意识进行深入探讨,反省自己以往"偏于从政治社会角度来体验女性的遭遇,比较少从主体性角度来体验女性所受到的不公平待遇",意识到身为男性,对一些在文学文本中并非作为"淫和杀的对象"的女性,"她们所受的不公平待遇、指责乃至悲剧,需要从她们的主体性上来作'易性体验'"[3]。就在去世前一年,他还热情关心女性文学的学科建设,在阅读《女性文学教程》时认真写下自己的感受[4]。超越年龄、性别等因素,与晚辈学人进行坦诚深入的思想交流,使舒芜的性别文化批评愈加具有兼容、开放、切入当下学术前沿的特质。

舒芜晚年在接触到海外学者有关美国女权运动的研究成果后,联系自己日常所见所闻的种种性别歧视的文化现象,对妇女解放问题的复杂性作了进一步思考。《不仅是封建的账》一文中,对此有着较前更

---

[1] 舒芜:《关于女性意识和政治、社会意识的思考——读〈中国古代女性文学创作的文化反思〉》,《读书》1988年第7期。
[2] 周乐诗:《换装:在边缘和中心之间——女性文学传统与女性文学批评策略》,《文艺争鸣》1995年第5期。
[3] 舒芜:《性别的认同与尝异——致李玲女士》,《书城》2006年第1期。
[4] 见舒芜在"读书随想录"《"不怀好意"看张爱玲》中,对《女性文学教程》(乔以钢、林丹娅主编,河北教育出版社,2007年)的评论(《南方都市报》2008年4月25日)。

为深入的阐述：

> 大概，性别歧视就是性别歧视，自有男性中心社会就有，在可预见的将来也一直会有。它曾经成为封建主义体系的一个重要组成部分，却非封建主义所专有。反封建，争民主，争人权，有些时候，会有助于性别歧视的消除，但不会彻底，有时反而会以不应分散大目标为由把妇女的事压下不许提，甚至在民主人权运动中就对妇女实行着最恶劣的性压迫性剥削。同理，愚昧会支持性别歧视，但性别歧视也不专属于愚昧。科学发展一般地有助于性别歧视的减少，但也有的科学理论反而给性别歧视提供根据。

进而，他得出了这样的结论："要消灭性别歧视的事实和思想，就要全人类的长期艰苦的努力，不能指望一个反封建便毕其功于一役"；"只有长期不断地，一步一个脚印地反对性别歧视，根据性别歧视的层出不穷的新特点，针锋相对地进行斗争"[①]。其中融入了他毕生对两性平等的文化建设艰巨性的深刻感悟。

既是跨越生物性别的"代言"，自不免有所隔膜，舒芜对此有着自觉的省思。一方面，他非常坚定地确认自己承担着以男性身份为受歧视、受压迫的妇女代言的历史文化使命；另一方面，他十分重视女性发出自己的声音，乐于吸收她们对女性文学世界的阐释，采纳她们对性别问题的见解。从文章中可以看到，舒芜是从这样几个方面来认识和肯定男性之代言所具有的积极意义和文化价值的：其一，两性世界有必要相互尊重和理解，"一般地说，男人理解女人，难免隔阂，事实确实如此。但女人理解男人，不也同样难免隔阂吗？正因此，我觉得有必要提倡相互理解，促进相互理解，尊重一切相互理解的努力，包括不太

---

① 舒芜：《不仅是封建的账》，《读书》1996 年第 8 期。

成功的努力"①。其二,由于历史的原因,女性常常难以为自己言说,因此,"中国的所谓'父性的女权主义',实是中国历史的必然的合理的产物"②。其三,身为男性,对男性如何歧视女性的问题更能"曲尽幽微",有着可以更为真切、深入地体察男权文化心理的便利,从而"见女性所不自见,言女性所不易言"③。他说:"弥漫充塞于男性思想意识中的对女性的歧视,除了流氓无赖强奸犯表现于行动而外,一般男人在女性面前,总会自觉不自觉地加以重重掩饰。有的男士,平日道貌岸然,甚至口口声声'男女平等','妇女解放',却满肚子最黑暗最肮脏最下流的侮辱女性思想,偶一吐露,令人目瞪口呆,这又是女性所不容易知道的。身为男子,对于这方面的了解,就比女性有相当的优势。"④在舒芜的性别文化批评实践中,这一优势与他深厚的传统文化素养相融合,得到了十分有效的发挥。尽管舒芜曾憧憬,等到妇女"自己能充分发声时,代言人交卸任务就是了"⑤,但他最终还是确认了"男性'哀妇人而为之代言',不是一时权宜之计,而是永远不可少的"⑥。

综上,舒芜的性别文化批评植根于"五四"新思想,其核心着眼点是批判男权道德对女性的"淫心"和"杀意",同时延伸到性别文化问题的诸多方面。可以说,他是自周作人、鲁迅以来,在密切关注妇女解放、为推进两性平等提供重要思考方面,用心最多、用力最勤、坚持时间最长的现代学者。作为深受周作人、鲁迅妇女观和"五四"新文化思想影响的知识分子,舒芜秉承推进社会思想文化进步的坚定使命感,数十年如一日,化古融今,洞幽发微,"哀妇人而为之代言"。尽管他清

---

① 舒芜:《理解与代言》,《哀妇人》,第253页。
② 舒芜:《关于"父性的女权主义"》,《哀妇人》,第407页。
③ 舒芜:《关于父性的女权主义》,《哀妇人》,第411页。
④ 舒芜:《哀妇人——病后小札一》,《哀妇人》,第502~503页。
⑤ 舒芜:《理解与代言》,《哀妇人》,第254页。
⑥ 舒芜:《哀妇人·后记》,《哀妇人》,第670页。

楚地知道自己所作的努力对实际生活的作用十分有限[①],依然执著地坚持到生命的最后时光。他对腐朽性别文化的无情批判以及有关两性平等问题的深入思考,从一个特定的方面为现代中国的思想文化建设作出了可贵的贡献。

[①] 舒芜晚年自云:"不敢奢望对妇女解放的大业有所贡献,只要能够对于人们特别是知识分子(包括男女性)的女性观、婚恋观、性道德观,起到一点帮助改善的作用,就很满足了。"(《怎能不战栗》,见《哀妇人》,第464页)

问题与挑战:女性文学学科建设之思

乔以钢

学科建设是一个比较大的命题。一般情况下,当我们从事具体研究时,未必认真思考学科建设与从业者个体之间的关系。而事实上,大部分女性文学的研究者恰是在中国大陆改革开放后高等教育迅速发展、学科体制趋于规范的环境中成长起来,并在女性文学的学科建设取得一定进展的背景下迈进职业生涯的。现在,一批20世纪下半叶出生的青年学人正在成长为女性文学研究的生力军,学科建设呈现出新的面貌。

1981年,朱虹教授撰文介绍了带有女性主义色彩的美国"妇女文学"[①];1983年,她又为《美国女作家短篇小说选》作序,评述美国20世纪60年代后期的女权运动,宣扬文学中的"妇女意识",介绍女性主义批评经典和历史上被埋没的女作家。这些工作标志着大陆文坛开始了对性别与文学创作、文学研究之间的关系的学理性思考。也正是这一时期,研究界出现了有关"女性文学"的讨论。而今30年过去,女性文学的学科建设从无到有,在理论探讨和实践层面取得了收获,呈现出积极的文学文化意义;与此同时,也存在种种不足。对此,笔者曾在

---

① 朱虹:《美国当前的"妇女文学"》,《世界文学》1981年第4期。

问题与挑战:女性文学学科建设之思

一些文章中有所涉及①,兹不赘述。这里,仅从三个方面就当前学科建设面临的问题和挑战谈一点看法。

首先,如何理解女性文学学科建设与当下社会文化建设之间的关系,并在实践中使二者得到有效的沟通?

多年来,在社会经济生活和文化思潮发生深刻变化的背景下,我们看到,女性文学一方面持续为人关注,在文学界成为比较常见的话题,研究论著的生产数量不断增长②;另一方面则在很大程度上失去了20世纪80到90年代曾经出现的与社会思想文化对话或抗辩的情境。也就是说,"象牙塔"中的理论探讨与时代生活以及当下创作之间未能很好地建立起密切的关联,为研究而研究的"书斋化"倾向比较明显。

毋庸置疑,女性文学研究作为人文学术的组成部分是需要深厚的学理支撑的,但与此同时,"女性文学"之提出,这一考察文学的特定角度之成立,本身即与人类社会的文化实践密不可分地联系在一起。可以说,以文学研究、文学批评的特有方式对文学文化活动中的性别现象作出回应,是自"女性文学"在学科意义上被提出之时,即已内在包含的历史使命。然而,近些年来,尽管研究成果的数量不断增加,但是面对一些在大众层面影响广泛的带有性别意味的文学文化现象以及各类媒介出于不同考虑对"女性"和"性别"表现出的浓厚兴趣,专业研究领域的作用并没有得到很好的发挥。例如,"在关于'个人化写作'的讨论中,'女性文学'被等而下之地视为'身体写作'或'美女文学',

---

① 相关论文主要有:《关于中国女性文学研究学科建设的思考》,《南开学报》1999年第2期;《论女性文学的学科建设》,《南开学报》2004年第2期、《新华文摘》2003年第6期;《世纪之交中国女性文学研究的新进展》,《中国现代文学研究丛刊》2005年第5期;《胸襟·视角·心态—近十年女性文学研究反思》,《天津师范大学学报》2006年第1期;《近百年中国古代文学的性别研究》,《中国社会科学》2008年第3期;《中国现代女性文学史观的初建及其反思》,《中国社会科学》2010年第3期。

② 参见谢玉娥:《女性文学研究与批评论著目录总汇》(1978—2004),河南大学出版社,2007年。

而女性文学批评界却未能对此作出更为有效和有力的回应。"①正是基于这样的现实,有学者尖锐指出:"中国的性别研究逐渐萎缩为一种书斋里的存在,很大程度上丧失了介入现实、影响现实的能力。"②

这种情况之所以产生,重要原因之一在于现行学科管理所包含的评价体系客观上对研究者心态乃至价值观的影响。多年前有文章指出,学科建设意味着需要纳入一定的管理体制,而管理体制在为学科建设带来有力支持的同时也势必存在明显的局限性。研究者为在体制内求得认同,某些时候可能会自觉不自觉地消蚀研究的锐气和锋芒③。如今,我们的确看到了这样的现实:在评价体系所关联的现实利益的驱动下,研究者往往陷入浮躁、焦虑,急功近利的状态,学科意识被片面强化。学术评价体系的考量指标无形中成为指挥棒,研究者自觉关注的是如何才能在成果发表、立项、评奖、职称晋升等方面符合指标要求,而女性文学研究何为?它的人文关怀和社会责任何在?这样的根本性问题反而被淡忘。而一旦切身利益之想在科研活动中成为主导,就很难避免程度不同地淡化甚或遗忘学术研究的人文关怀和历史使命。当这样的情况演化为比较普遍的存在时,客观上就有可能导致制度化的知识生产与具有社会实践能动性的女性主体之间两相脱节,不但缺乏有效的联系,前者对后者甚至还会形成难以觉察的新的遮蔽。

毫无疑问,在书斋里做学问是不可少的,文学研究也不应重新沦为实用主义的工具,但不容忽略的是,对具有五千年文明史的中华民族的生存及其性别文化的深入把握,需要以开阔的生活视野、丰富的生活阅历以及深沉的文化思考和生命感悟做基础。当前,中国社会正

---

① 贺桂梅:《当代女性文学批评的三种资源》,《文艺研究》2003年第6期。
② 董丽敏:《性别、语境与书写的政治》,人民文学出版社,2011年。
③ 乔以钢:《论女性文学的学科建设》,《南开学报》2004年第2期。

处在前所未有的经济发展进程中,思想意识形态发生了重大变化。处身其中的女性文学研究者一方面需要直面这样一个剧烈变动的时代带来的机遇和挑战,在专业活动中寻求安身立命和自我价值的实现;另一方面,需要保持清醒的头脑,自觉意识到本身的局限性(比如,在学科背景、知识储备方面,我们各自情况不同地存在相当重要的缺欠;又如,青年学人在近三十年国家经济起飞、教育事业发展的背景下成长起来,大都长期生活在都市、校园文化圈,对社会的了解较多地依赖于书本和媒介等)。在可能的情况下,主动创造条件,深入沉潜到鲜活的时代生活中,真切体察"乡土中国"①所孕育的民族文化在社会转型时代极为丰富、复杂、立体、胶着的存在状态,并且更多地发出自己的声音,以多种方式介入当下的文学批评和中国文学史叙事,介入性别文化现象的阐释。从某种意义上说,只有研究主体达成与时代生活的深度关联,本学科领域的探索方可得到切实拓展。否则,我们将难免陷于"自说自话",既无法对女性文学作出恰当的评价,也无法为促进社会性别文明的健康发展作出应有的贡献。

说到底,当我们热切而持续不断地引进和借鉴国外女性主义理论时,不可不注意到,它所拥有的生机恰恰来源于面对所处时代和社会生活所具有的人文关怀。也就是说,我们的女性文学研究不能仅仅满足于话语层面的变革,而是需要切实建立起与时代生活的有效关联。尽管学科建设确实受到管理体制方面的制约,但这不应成为我们放弃人文关怀和社会责任的理由。只有深深植根于中华民族的历史和现实,女性文学研究才能从优秀传统文化的肌理和时代脉搏的跳动中汲取生命的活力,赢得良好的发展前景。

其次,如何改变重复性研究现象较多的状况,加强女性文学研究

---

① "乡土中国"借用费孝通的概括。它某种意义上是传统文化的符号。指包含在具体的中国基层传统社会里的一种特具的体系,支配着社会生活的各个方面。

的学风建设和学术创新能力?

近三十年来,女性文学研究的成绩有目共睹。在此基础上,有价值的问题之发现,愈益成为推进研究深化的重要方面。然而,反思研究现状,可以说,重复性研究较多是一个比较明显的弱点。一方面,期刊、杂志、网络、书籍等各类媒介上有关性别的知识生产或传播空前发展,堪称兴旺;另一方面,出自本土、有新意、有创见的高质量成果并不多见。一些时候,某些"成果"虽然进入了专业数据统计,而实际很大程度上是对已有成果的拼贴组装;前人的研究工作得不到应有的尊重,学术不端现象时有发生。这就涉及学科建设中值得注意的端正学风和增强原创力问题。

毋庸置疑,人文社会科学研究离不开对前人成果的广泛涉猎和适当借鉴,所谓原创只是一个相对的概念,它强调的是在先前的基础上能够取得新的发现、新的突破。无论学科建设还是个人的学术发展,都来不得大跃进,只能靠踏实勤奋的努力。真正的学术精神首先是一种发自内心的诚笃、不懈地追求真理的精神。外部环境的改善,出版物数量的增多,并不意味着一定能够产出具有学术创新意义的成果,而低水平的重复甚或学术底线的失守,不仅造成研究资源的浪费,更还会对学科声誉和未来发展产生负面影响。因此,加强女性文学研究的学风建设,提升学术创新能力,对于学科发展来说非常重要。

一般而言,人文学术的开拓创新主要体现在几个层面:一是资料的发掘;二是研究范式的创新;三是理论建构。女性文学研究亦是如此。

首先,从事具体研究离不开对相关材料的占有和消化,否则只能是无本之木,流于空疏。对女性文学研究来说,尽管有学者多年来在资料方面做了很多工作,但无论古代、近现代还是当代,相关资料的发掘整理仍有很大空间,很多事情需要一点一滴积累。另一方面,对已发掘出来并经过初步整理的材料,研究利用也远不够充分。

问题与挑战:女性文学学科建设之思

值得一提的是,当前,在注重汉民族历史文献的同时,有必要加强对具有民族性、地方性质素的各种资料的开掘与关注。这原本就是考察中国文学包括中国女性文学的题中应有之义,而长期以来工作薄弱,只有为数不多的学者在研究中有所涉及。实际上,其间蕴含着新的学术生长点和增强原创性的契机。

其次,研究范式的创新对推进学术研究具有重要意义。在进行研究的过程中,承载学术的"框架"如果趋于僵化,不能根据问题视域的变化做出必要的调整,就会对学术的发展产生阻碍。对女性文学研究来说,根据考察对象和具体目标寻求合适的路径,探询研究范式的创新,是一项十分艰巨的任务。托马斯·库恩在《科学革命的结构》一书中,将学术共同体进行科学研究时所遵循的模式与框架称之为"范式"。它大致可理解为特定的学术群体在一定时期内基本认同并在研究中遵循的学术信念、原则体系和实践路线。对学科意义上的女性文学研究来说,同样需要有自己的基本要素,比如公认的概念范畴、理论逻辑以及共同的学术理念和价值观等,这就涉及研究范式的构建。可以说,研究范式的生成及演变,某种意义上反映出学科成长的水平。

近三十年来,我们的女性文学研究主要是在借鉴和采用西方女性主义范式的实践中取得进展的。比如,在研究中强调性别差异,进而对文学活动和人类文化生存中的不平等现象作出分析批判。今后,如何超越二元对立思维以及对"性别"的本质主义理解,以一种有"性别"而不惟"性别"的更加宽广的视角去观察和阐释多姿多彩的女性文学现象,努力创造多样化的研究范式,应当成为女性文学学科建设自觉关注的一个方面。

第三,理论建构是学术创新的重要标志。它意味着以新的理念、观点和思路为核心,构建比较系统的理论体系。这样的体系并未割断与学科传统的联系,但在继承和超越中实现了具有特定人文价值的新的创造。就本学科的理论建设而言,女性主义"本土化"议题近年来颇为引人瞩目。其中所包含的对民族文化和女性文学理论建设的使命感无疑是可贵的。然而,本土化是一个显示各种异质多样性和特定情境要素的过程,而非目的本身。从中国女性文学研究借鉴国外理论的实际情况来看,恐怕很难说我们现在已经拥有充分的积累和实力,在短时间内一蹴而就,搭建起中国特色的、具有自洽性和完整性的女性文学理论体系。当下最为切实的,是尽心尽力铺好一砖一石,做好基础性工作。所谓一砖一石,是指结合具体问题所作的分析考察和理论提炼,同时也包括对传统中国性别研究理论资源的发掘和认知。只有历史地把握中华民族性别文化的基本特征和多样形态,深入探讨在中国社会进程中性别与文学活动之间的具体联系以及这种联系所产生的社会作用,才有可能进行富于深度的思考,作出新的理论概括。

应该说,追求原创性绝非轻而易举之事。它不仅与知识背景、思维方式、文化底蕴、研究传统、学术环境等因素有关,同时也需要研究者具有智慧、信念、自觉的批判意识和创造的激情。当前,中国社会在自身经历转型和面对外部种种挑战的情势下,呈现出问题丛生、纷繁复杂的状况。就文学研究者来说,面对商品经济以及娱乐传媒对传统意义上的文学活动产生深刻影响和极大冲击的现实,如何厘定文学研究的立场、问题与方法,努力穿透学科层级化体制的坚硬外壳,实现对现实的精深理解与真诚关怀,是一个需要认真对待的严峻课题。

毫无疑问,女性文学研究的原创性离不开特定的时代背景。也就是说,它所面临的问题并非自身所独有,而是在文学研究界乃至整个学术界带有一定的共通性。不过,创造性地从事女性文学研究确又需要独特的前提——性别意识的自觉以及在两性平等观念主导下对性别文化传统和现状的认知。落实到研究中,就是强调从"女性／性别"的维度提出问题,结合中国文学的实际展开思考。在此过程中,若能在前述几方面有所突破,女性文学学科的建设水平当可得到比较大的提升。

再者,在文学文化研究中,如何处理好性别分析与文学的审美性二者之间的关系?

近年来,文学研究中比较常见的情况,一是立足于文本,将其作为一种精神文化现象,探询其中包涵的文化意味;二是以鲜明的文化批判意识为主导,借助对文学文本的评论介入现实,落脚点则在种族、阶级、性别或日常生活方式和意识形态话语等。这两种情况都与文学有一定关联,但分别突出的是文化视角与文化批评,重心在于文化阐释而不是文学解读,对文学自身内在规律的研究未能得到深入的展开。在课题立项中这一倾向也相当明显。有学者对2006年以来国家社科基金课题项目的情况进行统计,得出的结论是:在跨学科研究中,"文学性"实际上处在完全被消解的境地:"数据显示,'文学性'已在当代文学研究面临危机,这直接导致研究者对文学人性论的漠然。"[1]

面对这样的情况,一些学者认为,把文学作为研究某种社会文化现象的突破口,能使文学研究超越单纯的文本解读,获得丰富的文化意蕴;这种文学研究向文化研究的位移,包含着让学术走出书斋,在介入文学文化的同时贴近社会现实的意味。另有学者在肯定文化研究积极意义的同时担忧文学审美的失落,对文学研究中出现的过分注重理论操作性、轻视文学审美经验性分析的倾向提出质疑,指出文学研究历来关注的"文学性"被漠视和丢弃,诸如审美、情感、想象、艺术个性一类文学研究的"本义"被放逐,这种文学研究"空洞化"的现象值得反思[2]。也就是说,如果过于强调文学作为某种文化权利符号的政治功能,有可能抹煞文学与其他文化形式的区别,使文本解读变成思想批判而毫无诗意可言[3]。另有学者提出,对于文学的文化研究来说,必

---

[1] 牛学智:《我们的"文学研究"将被引向何处?》,《天津师范大学学报》2011年第6期。
[2] 温儒敏:《现当代文学研究中的"空洞化"现象》,《文艺研究》2004年第3期。
[3] 张毅、王园:《文学研究的价值取向与理论视阈》,《文史哲》2007年第6期。

须兼顾审美与现实,不能置诗情画意于不顾,因为这是文学的生命和魅力所在,无诗意或反诗意的文化批评是不足取的;进而主张以跨学科的文化视野把"内部研究"与"外部研究"贯通起来,建构一种植根于现实土壤的"文化诗学"。这种文化诗学具有现实性的品格,关注现实的社会文化问题,但又追求文学艺术的意义与价值。它既是文化的,又仍然是诗学的,保持着文学诗情画意的审美特质,在文学阐释与文化分析二者之间形成折衷的互文关系[1]。这一观点在认同文学文本与其外部错综复杂的历史文化语境关联的同时,强调"诗意",也即自觉葆有文学的审美特质。

对女性文学来说,学界有关文化研究的讨论具有启发意义。实际上,自20世纪80年代大陆的女性文学研究兴起开始,如何处理"性别"与"审美"之间的关系问题就已提上议程。80年代中后期完成的《浮出历史地表》(孟悦、戴锦华著)和《二十世纪中国女性文学史》(盛英主编)两部著作,对这个问题的认知和把握各有不同;其后,研究者也就此做出了种种尝试。然而,要想在女性文学批评和文学史研究中真正做到兼顾性别与审美,在二者的融通中有机把握研究对象整体,绝非易事。既然"性别"在人类社会生活中渗透在包括学术领域在内的方方面面,那么,文学中的性别现象如何在同审美活动的关联中与"其他"相区别,从而获得独特的意义?这一问题给女性文学研究带来深深的困扰,也促使我们作出新的探索。

可以肯定的是,"女性文学"这一命题的提出,决定了有关它的研究工作不可能仅仅局限在传统意义上的文学领域,而是包含了对跨学科研究的召唤。但这并不等于要取消现行的学科分野,而是试图寻求不同的学科之间在开展研究的过程中围绕文学中的性别现象进行科际整合。这种整合包括对历史、哲学、社会学、心理学等人文学术成果

---

[1] 童庆炳:《植根于现实土壤的"文化诗学"》,《文学评论》2001年第6期。

的吸收借鉴,也包括与文化研究的互补。整合的精髓不在于简单的叠加,而在于各部分要素的有机结合,也即相互交叉、渗透,形成综合性的、有价值的整体。

文学研究重视文学文本,尤其是文本中艺术审美和艺术创造的个性和差异,偏重于对研究对象特点的探求;而文化研究所关注的往往是文学现象、文学文本背后的东西,特别是其中隐藏的权力关系。后者自有其积极意义和独特价值,但它只当是作为女性文学研究方式之一种,而不能取代对作为艺术审美创造的女性文学展开的探讨。这样的探讨需要研究者具备良好的艺术审美的能力以及对语言文学的感悟力和表达能力,体现了女性文学研究的专业功能和素质。在文化研究已成"显学"之时,特别需要自觉地关注女性文学的审美诉求,因为它原本就蕴含在女性创作中,是女性文学精神追求和艺术品质的重要构成。

对于女性文学研究与文化意义上的性别研究之间的关系,或可这样理解:无论是将女性文学放到文化研究或思想史的场域中考察,还是利用文化研究与思想史的方法、角度来解读女性文学,都不是脱离文学,而是旨在探询文学活动与性别文化、性别观念的互动,也即是"从更开阔的背景中了解文学所依持的思维方式、想象逻辑及情感特质,以及这些文学想象和情感方式如何在特定的历史语境中形成带普遍性的社会心理现象"[①]。这种互动原本就是一种客观存在。对它的复杂内涵和机制进行深入探讨,有助于认识文学审美活动的意义和功能。这样的思路一方面不曾抛开文学的审美特质,另方面没有将文学做封闭式的理解,而是打开视野,对女性文学本体以及与其联系紧密的文化问题做出一定的判断。当然,在此过程中把握好"文学"的立足点是必要的。因为任何事物总有其相对稳定的界线,学科研究同样如

---

① 温儒敏:《现当代文学研究中的"空洞化"现象》,《文艺研究》2004年第3期。

此。有些时候,界线可以模糊处理;但若完全打破,也就无异于取消了事物本身。

总之,女性文学的学科生命力来自社会生活,它的意义和价值不是依凭小圈子里的孤芳自赏来体现。在当代学术之林里,这个学科年轻而充满朝气。今后,在联系实际、端正学风、注重审美以及学术创新等方面,还有待付出更大的努力。只有靠众多学人坚持不懈地奋斗,才能以高水平的研究撑起根基坚实的学科大厦。

后　记

　　教育部重大攻关课题"性别视角下的中国文学与文化"的研究队伍,从一开始就是跨学校组建的。本书作为其系列成果之一,研究的开展有赖诸位同仁的共同努力及合作。书中汇集了重大攻关课题子课题之一"中国现代文学文化现象与性别"的部分研究成果。

　　全书一、二辑在性别视野中考察近现代文学及当代创作中的诸多现象;第三辑对 20 世纪 80 年代以来的女性文学/性别文化批评进行探讨。

　　在此,特别感谢北京大学贺桂梅副教授、北京语言大学李玲教授参与课题研究;感谢南开大学罗振亚教授的热情支持。其他各位作者均有在南开大学文学院求学的经历。多年来,我和他们一起度过了非常愉快的时光。他们之中,现已走上工作岗位、任教于国内其他高校者有:张凌江(洛阳师范学院)、张莉(天津师范大学)、王志萍(新疆昌吉学院)、王宁(廊坊师范学院)、李萱(上海财经大学)、傅建芬(中共河北省委党校)、李振(吉林大学);任职于南开大学者包括:陈千里、陈宁、林晨、卢桢、何宇温、刘堃。另有李晓丽、孙琳、宋声泉、包天花、罗麒诸君在南开大学,马勤勤在北京大学攻读博士学位;李彦文在南开大学博士后流动站从事研究。

　　中国现代文学文化现象丰富复杂,性别研究在这一领域大有可为。今后,我们将继续探索,促进相关研究的拓展与深化。

乔以钢
2011 年仲夏